张少康文集

第八卷

文心雕龙注订语译(上)

北京大学出版社

图书在版编目(CIP)数据

张少康文集.第八卷,文心雕龙注订语译.上 / 张少康著. —北京：北京大学出版社,2024.5

ISBN 978-7-301-34589-4

Ⅰ.①张… Ⅱ.①张… Ⅲ.①《文心雕龙》—文集 Ⅳ.①I-53

中国国家版本馆 CIP 数据核字(2023)第 202470 号

书　　名	张少康文集·第八卷：文心雕龙注订语译（上） ZHANG SHAOKANG WENJI · DI-BA JUAN: WENXIN DIAOLONG ZHUDING YUYI (SHANG)
著作责任者	张少康　著
责任编辑	沈莹莹
标准书号	ISBN 978-7-301-34589-4
出版发行	北京大学出版社
地　　址	北京市海淀区成府路205号　100871
网　　址	http://www.pup.cn　新浪微博:@北京大学出版社
电子邮箱	编辑部 dj@pup.cn　总编室 zpup@pup.cn
电　　话	邮购部 010-62752015　发行部 010-62750672 编辑部 010-62756694
印　刷　者	涿州市星河印刷有限公司
经　销　者	新华书店
	650 毫米×980 毫米　16 开本　32.25 印张　450 千字 2024 年 5 月第 1 版　2024 年 5 月第 1 次印刷
定　　价	149.00 元

未经许可,不得以任何方式复制或抄袭本书之部分或全部内容。
版权所有,侵权必究
举报电话：010-62752024　电子邮箱：fd@pup.cn
图书如有印装质量问题,请与出版部联系,电话：010-62756370

第八卷说明

本卷及第九卷收入新作《文心雕龙注订语译》,本卷为《文心雕龙注订语译(上)》。

目　录

《文心雕龙注订语译》写作缘起 / 1
《原道》篇 / 1
《征圣》篇 / 24
《宗经》篇 / 38
《正纬》篇 / 53
《辨骚》篇 / 65
《明诗》篇 / 86
《乐府》篇 / 111
《诠赋》篇 / 134
《颂赞》篇 / 155
《祝盟》篇 / 171
《铭箴》篇 / 190
《诔碑》篇 / 208
《哀吊》篇 / 223
《杂文》篇 / 236
《谐䜌》篇 / 261
《史传》篇 / 280
《诸子》篇 / 311
《论说》篇 / 334
《诏策》篇 / 365
《檄移》篇 / 386
《封禅》篇 / 401

《章表》篇／414

《奏启》篇／432

《议对》篇／454

《书记》篇／477

《文心雕龙注订语译》写作缘起

本书之撰写,起源于对目前《文心雕龙》研究的考察与思索。有关《文心雕龙》的研究著作非常之多,而且有很多堪称经典的校勘、注释,而分析论述更是不胜枚举。在这样的状况下,为何还要撰写本书,是基于以下这样一些想法。

第一,《文心雕龙》研究专著各有优点长处,但也都存在一些不足,尚有难以令人十分满意的地方,缺少一本综合各家之长,相对比较完善的著作。有的有学术深度,却缺乏普及性;有的照顾普及,而学术深度有所不足。我们希望能有一本兼顾学术性和普及性的著作。学术界在《文心雕龙》的版本、注释、原著解读、现代汉语今译、理论分析等方面存在很多分歧,需要在吸取已有成果基础上,作出选择,尽可能符合作者原意。本书撰写希望朝着这个方向作出努力。

第二,研究《文心雕龙》首先要确定原著的版本、文字,这是理解原著并进行翻译、注释、解析的前提。《文心雕龙》在唐、宋、元、明、清各有很多不同版本和引用,在文字上有很多差别,直接影响到对原文的认识和理解。现在能看到的最早版本是敦煌的残存唐写本,但是它仅存从《原道》篇的最后几句到《谐讔》篇前共十三篇零几句。其中虽然有不少可以用作纠正后世版本,但是它也并不是全部都正确,因为只是抄写本,不可避免有抄错或讹误之处,不能全都据以为证,也有些只能作参考之用。宋代据记载有辛处信的注本,但是没有流传下来。台湾王更生先生认为宋代王应麟《玉海》所引《文心雕龙》附有注释,可能就是辛处信的注,但是缺乏足够依据,难以断定,同时也只是零星残存。明代天启七年,冯舒校谢恒钞本(原铁琴铜剑楼藏,今藏国家图书馆)《文心雕龙》,卷末有钱允治(功甫)跋语一条,说万历四十二年(甲寅)他从阮华山处得到宋本,钱功甫有钞本,后归钱谦益收藏。然而现在已经看不到了。北宋《太平御览》和南宋《玉海》这些类书都有《文心雕龙》的部分引用,确可供我们校勘之用,但它们是类书,而并非专门的《文心雕龙》研究著作,引用抄录未必都能成为完全可靠的根据。我们现在能看到的最早最完整的版本是元代至正本,现存上海图书馆。虽有个别空白页面,应该是相当珍贵的版本。明代最早的版本是冯允中刻的弘治甲子本,和元至正本基本一致,这是我们校证《文心雕龙》的重要依据,但是也并非完全可信,也有不少文字谬误。明代的版本很多,如新安汪一元本、佘诲本、谢恒钞本等,还有比较重要的王惟俭的训诂本、梅庆生的音注本,是现存最早的注释本,都是非常重要的版本。杨慎和曹学佺的批点本也很有参考价值。明代很多学者作过《文心雕龙》的校勘,如何焯、徐燉、谢兆申、朱谋㙔等都有过一些很好的见解,但也有不少并无任何依据。清代比较早的黄叔琳本、张松孙本,很注意吸取元、明以来版本的成果,纪昀、郝懿行等也有过不少好的见解。十九世纪以来当代学者如范文澜、铃木虎雄、杨明照、王利器等在版本校勘上下过很大功夫,应该说基本上解决了《文心雕龙》的大部分文字问题,但是他们也有不少意见分歧,也有些见解是值得商榷的,或者说是比较随意的,需要我们作认真分析择善而从。例如他们很多是根据《太平御览》的引文所作修改,但是和元、明以来各种版本不同,对此我们不能因为是北宋人所引就认为一定正确,因为引用者往往会根据自己的理解而有所改动,但并不一定符合原文实际。所以我们对《文心雕龙》文字校订需要细致研究各种版本、各家意见,尽可能在原意顺畅的情况下遵循元、明主要版本,不可草率改字。同时对重要的文字差异,作必要说明,可以作为研究者之参考。本书原文以元至正本、明弘治本为主要依据(简称"元本""弘治本"),参考明清各家重要版本,及当代研究成果,在正确理解原著的前提下,决定文字差异的抉择。亦介绍某些分歧意见,以供读者参考。为避免繁杂,对原文校勘以与原义理解有关的为主,对一般的不同版本、引用文字差异,凡不影响理解原意、可校可不校的,均不出校。

第三,对《文心雕龙》的注释,现存比较早的是明代王惟俭的训诂本和梅庆生的音注本,清代最重要的是黄叔琳的辑注本等。当代学者有很多的专著,例如范文澜的《文心雕龙注》,是具有经典性的著作,奠定了当代《文心雕龙》注释的基础,杨明照、刘永济、李日刚、周振甫、王更生、牟世金、詹锳、王运熙等继之,此外,如郭晋稀的《文心雕龙注释》、祖保泉的《文心雕龙解说》、赵仲邑的《文心雕龙译注》、周勋初的《文心雕龙解析》,台湾李景濚的《文心雕龙新解》、张立斋的《文心雕龙注订》、王叔岷的《文心雕龙缀补》等,也都是很重要的注释校勘本,在大陆和台湾还有很多注释本,此处不能一一列举,他们都作出了重要贡献,在典故出处、难懂词语,乃至句子含义等方面,基本上是已经阐述得比较清楚了,但是各家的理解和注释还是有不少分歧,也都存在一些不能尽如人意的地方。如范文澜注本引用了丰富例证,但也有错误不当之处,已有多家有专著列条指明,如日本斯波六郎的《文心雕龙范注补正》、杨明照的《文心雕龙范注举正》等。《文心雕龙》的注释,从普及性角度讲,需要简洁清楚明白,不仅阐明典故出处,并能对难懂词语给予确切解释;从学术性角度讲,需要在正确认识原著的基础上,对其论述深度有符合实际的说明,同时要有充分资料有助于对原著的理解,对于许多分歧解释要作出较为稳妥的选择,或提出更接近原意的新解。同时引用典故出处尽量选择核对过的原文,并对引文难懂处增补有代表性的注释内容。因此,如何在吸取各家成果的基础上,认真辨析是非对错,并对原著的正确理解和理论思想作出有深度的分析,撰成一个较为完善的译注本,仍然是我们研究《文心雕龙》的重要任务。本书希望在这方面作出努力,并在重新核实典故出处及选择内容方面,增加一些必要的补充。当然能否有所进展,还有待学者评说。

第四,为了适应大众阅读的需要,应该对原著作现代汉语今译。《文心雕龙》的今译大约始于二十世纪六十年代,张光年先生六十年代初就翻译过很多篇有关创作的篇章,当时只是内部流传,并未公开出版。陆侃如、牟世金的译注也开始于六十年代(当时是选本),郭晋稀有《文心雕龙译注十八篇》，台湾台南出版社李景溁的全译出版于1968年，大陆"文化大革命"后先后有很多全译本出版，其中影响比较大的是陆侃如、牟世金的《文心雕龙译注》，郭晋稀的《文心雕龙注释》，赵仲邑的《文心雕龙译注》，周振甫的《文心雕龙今译》，王运熙、周锋的《文心雕龙译注》等，台湾则有李曰刚《文心雕龙斠诠》、王更生《文心雕龙读本》等，二十一世纪初，有诗人张光年的《骈体语译文心雕龙》(共三十篇)等等，译本种类之多亦不胜枚举。对《文心雕龙》的今译，也存在一些问题。一是有的按照自己的理解发挥过多，可能多少有些偏离原著；二是有的以文字直译为主，难以完整传达作者原意；三是有的比较简略，仅可基本读懂文本，不能显示深层意义，尤其是它所包含的理论思想；四是原著为精致骈文，往往含义曲折，文辞极富艺术美，今译常常难以体现原著的精神风貌。所以，我们尽可能在翻译中保持现代骈文句式，特别是每篇的韵文"赞曰"，努力做到字句齐整，双句押韵，竭力探讨更为理想的今译。本书称为"语译"，希望译意更接近刘勰原著风貌。

第五，《文心雕龙》是一部文学理论专著，包含有丰富的理论思想，特别是有很多创新的理论，以及新的理论概念与范畴，我们读懂《文心雕龙》的目的就是要了解和掌握他的文学理论，新注本不是研究论文，不能要求它全面分析书中文学理论思想，但是必须概要指出理论要点，正确阐述和解释理论概念，这往往是很多译注本做得不能让人满意的地方，其实也是较为困难的地方。我们希望在这方面做一点努力。

根据以上五个方面的思考，我们希望撰写一本能充分吸收各家成果，全面妥善地考察校订、注释、翻译、解析各种问题，提供新的见解，学术性、普及性相结合，理论和资料相结合的更加科学的《文心雕龙》读本，既可以帮助青年学生读懂，又可以启发研究者深入探索，提供必要而丰富的研究资料，正确深刻地理解原著。本书为简体字版，为了语义分析的便利，适当保留使用了一些异体字、繁体字。当然由于个人水平限制，未必能够达到以上目的，如果能为《文心雕龙》学习研究的深入，提供一点帮助，也就了却本人的心愿了。

《原道》篇

　　文之为德也,大矣⁽¹⁾;与天地并生者,何哉⁽²⁾?夫玄黄色杂,方圆体分⁽³⁾,日月叠璧,以垂丽天之象⁽⁴⁾;山川焕绮,以铺理地之形⁽⁵⁾:此盖道之文也。仰观吐曜,俯察含章⁽⁶⁾,高卑定位,故两仪既生矣⁽⁷⁾;惟人参之,性灵所钟,是谓三才⁽⁸⁾。为五行之秀,实天地之心⁽⁹⁾。心生而言立,言立而文明,自然之道也⁽¹⁰⁾。傍及万品,动植皆文⁽¹¹⁾,龙凤以藻绘呈瑞,虎豹以炳蔚凝姿⁽¹²⁾;云霞雕色,有逾画工之妙;草木贲华,无待锦匠之奇⁽¹³⁾。夫岂外饰,盖自然耳⁽¹⁴⁾。至于林籁结响,调如竽瑟;泉石激韵,和若球锽。故形立则章成矣,声发则文生矣⁽¹⁵⁾。夫以无识之物,郁然有彩;有心之器,其无文欤⁽¹⁶⁾!

　　人文之元,肇自太极,幽赞神明,《易》象惟先⁽¹⁷⁾。庖牺画其始,仲尼翼其终⁽¹⁸⁾。而乾坤两位,独制《文言》。言之文也,天地之心哉⁽¹⁹⁾!若迺《河图》孕乎八卦,《洛书》韫乎九畴⁽²⁰⁾,玉版金镂之实,丹文绿牒之华⁽²¹⁾,谁其尸之?亦神理而已⁽²²⁾。自鸟迹代绳,文字始炳⁽²³⁾,炎皞遗事,纪在《三坟》⁽²⁴⁾,而年世渺邈,声采靡追⁽²⁵⁾。唐虞文章,则焕乎始盛⁽²⁶⁾。元首载歌,既发吟咏之志⁽²⁷⁾;益稷陈谟,亦垂敷奏之风⁽²⁸⁾。夏后氏兴,业峻鸿绩,九序惟歌,勋德弥缛⁽²⁹⁾。逮及商周,文胜其质,《雅》《颂》所被,英华日新⁽³⁰⁾。文王患忧,繇辞炳曜,符采复隐,精义坚深⁽³¹⁾。重以公旦多材,振其徽烈,剬《诗》缉《颂》,斧藻群言⁽³²⁾。至夫子继圣,独秀前哲⁽³³⁾,镕钧六经,必金声而玉振[34];雕琢情性,组织辞令[35],木铎起而千里应,席珍流而万世响[36],写天地之辉光,晓生民之耳目矣。

爰自风姓,暨于孔氏,玄圣创典,素王述训[37],莫不原道心以敷章,研神理而设教[38],取象乎河洛,问数乎蓍龟[39],观天文以极变,察人文以成化[40];然后能经纬区宇,弥纶彝宪[41],发辉事业,彪炳辞义[42]。故知道沿圣以垂文,圣因文而明道,旁通而无滞,日用而不匮[43]。《易》曰:"鼓天下之动者存乎辞。"辞之所以能鼓天下者,迺道之文也[44]。

赞曰[45]:道心惟微,神理设教[46]。光采玄圣,炳耀仁孝[47]。龙图献体,龟书呈貌[48]。天文斯观,民胥以效[49]。

简析:

《原道》为全书第一篇,首先阐明"文"的范围和"文"的本质特征。《文心雕龙》所说的"文"主要指人文,但是,本篇是从天地万物之文出发来论说人文的。人文具有和天地万物之文共同的本质,即是"道之文",是"道"的具体体现。但是,人文和天地万物之文相比,又有不同,人文是"性灵所钟"的人的心灵世界之表现,是人的灵魂、感情、思想的形象展示,是"有心之器",而不是"无识之物"。从天文、地文、动植之文来说,都是宇宙事物的"自然之道"的一种美的表现形式,不管是形文、声文,还是情文,也都是"自然之道"的一种美的表现形式。因此无论是宇宙间最广义的文,还是人类所创造的人文,其本质都是"自然之道",而其特征是具有美的形式。文是道的体现,具有美的形式,这就是刘勰的结论。

刘勰所说的"道之文"的"道",从根本上说和老庄的"自然之道"是比较一致的,它指的是宇宙万物内在的规律,也是存在于事物内部的客观真理。但是他又认为儒家的六经是人文的典型代表。也就是说,"自然之道"具体化为人文,即是最早的六经,是圣人根据神明启示而创造的经典文献。这样,他就把老庄的"道"和儒家的"道"统一起来了。《原道》篇的篇名,当是源于《淮南子》的《原道训》,范文澜《文心雕龙注》(以下简称"范注")已经说得比较清楚,其云:"高诱注云:'原,本也。本道根真,包裹天地,以历万物,故曰原道,用以题篇。'按刘勰于篇中屡言'心生而言立,言立而文明,自然之道也','夫岂外饰,盖自然耳','故知道沿圣以垂文,圣因文而明道'。综此以观,所谓道者,即自然之道,亦即《宗经》篇所谓'恒久之至道'。"范注所说源于黄侃《文心雕龙札记》:"《韩非子·解老》篇曰:'道者,万物之所然也,万理之所稽也。理者,成物之文也;道者,万物之所以成也。……'《庄子·天下》篇曰:'古之所谓道术者果恶乎在?曰无乎不在。'案庄韩之言道,犹言万物之所由然。文章之成,亦由自然,故韩子又言:'圣人得之以成文章。'韩子之言,正彦和所祖也。"但是,由于中国历史上儒家思想的影响深刻,而刘勰《文心雕龙》又紧接《原道》有《征圣》《宗经》之篇,《序志》篇又说:"盖《文心》之作也,本乎道,师乎圣,体乎经。"所以古代不少学者以为刘勰所说之"道"乃是儒家之道而非老释之"道",如元人钱惟善《文心雕龙序》:"自孔子没,由汉以降,老佛之说兴,学者趋于异端,圣人之道不行,而天地之大,日月之明,固自若也。当二家滥觞横流之际,孰能排而斥之?苟知以道为原,以经为宗,以圣为征,而立言著书,其亦庶几可取乎?呜呼!此《文心雕龙》所由述也。"故范注又认为彦和所言之道虽从自然之道出发,实际仍是说的儒家圣贤之道。其云:"《周礼·太宰》以九两系邦国之民,其四曰'儒以道得民'。郑注曰'儒,诸侯保氏有六艺以教民者'。孙诒让疏云:'儒则泛指诵说诗书,通该术艺者而言,若荀子《儒效》篇所称俗儒雅儒大儒,道有大小,而皆足以得民,亦不必皆有圣贤之道也。'彦和所称之道,自指圣贤之大道而言,故篇后承以《征圣》《宗经》二篇,义旨甚明,与空言文以载道者殊途。纪评曰:'自汉以来,论文者罕能及此。彦和以此发端,所见在六朝文士之上。'又曰:'文以载道,明其当然;文原于道,明其本然。识其本乃不逐其末。首揭文体之尊,所以截断众流。'又曰:'齐梁文藻日竞雕华,标自然以为宗,是彦和吃紧为人处。'"近代学者又有谓其"道"为佛家之道者,如饶宗颐先生主编的

《文心雕龙研究专号》刊登了《文心雕龙》前五篇的集释,《原道》一篇注释为饶先生所撰。饶先生在《原道》篇的注释中不赞成范注"彦和所称之道,指圣贤之大道而言"的说法,他说:"晋宋以来,治学宗旨,在于体道通玄。如孙绰著喻道之篇,谢客作辨宗之论,追探本源,蔚为时尚。此种议论盖远出道家,而近参释氏。彦和熏沐玄风,自莫能外;又精释典,务达心源。故其论曰:'至道宗极,理归乎一;妙法真境,本固无二。'"故其"运佛老之知量,接尧舜之心传,推原道枢,以立文学之本体,自为当时'穷宗派''探心源'之学术风气下之产物也。"首先明确提出了彦和之"道",包含有儒、释、道、玄多家内容,而在探本溯源方面有取于"淮南鸿烈,首原道之训,扬雄《法言》,揭问道之旨"。石垒的《文心雕龙与佛道二教义理论集》则强调佛教思想是《文心雕龙》的根本,他在本书自序中说:"像我在本书首篇论文中所指出的,《文心雕龙·原道》篇所原的道是佛道,即神理、神或'般若之绝境'(《论说》篇)状态中的般若。这是我研讨《原道》的道这个难题时所得到的结论,也是本书各文的立论基础。"后来,马宏山在《文心雕龙散论》中也非常突出地强调刘勰的"道"是指佛道。詹锳《文心雕龙义证》(下简称詹证)则比较强调玄学之道的影响,他认为:"《易·系辞上》:'一阴一阳之谓道,继之者善也,成之者性也。仁者见之谓之仁,知者见之谓之知。百姓日用而不知,故君子之道鲜矣。'刘勰所谓道,就是《易》道。"又说:"《文心雕龙》全书虽以儒家思想为主,而并不排除玄学的影响,魏晋玄学就是以道家思想来说《易》的。自然之道和《易》道并不矛盾,而且在本篇是统一的。这里所谓道,兼有双重意义,广义乃指自然之道,狭义仅谓儒家之道。二者也是统一的。"因此如何理解刘勰的"道"历来较为分歧,许多探讨刘勰"道"的含义,大概不出上述几种观点。二十世纪八十年代中期以来,主张《原道》之"道"为老庄自然之道的比较多,这是和强调老庄思想对中国古代文艺的影响之思潮有关的。但是,在纷纭复杂的争论中,趋向于承认刘勰的"道"兼有儒、释、道、玄多种因素影响的比较多,然而,究竟哪种占主导地位,则各家看法就很不同了。其实,刘勰在《灭惑论》中已经明确指出儒、释、道三家的"道",从根本上说是一致的:"至道宗极,理归乎一;妙法真境,本固无二。""梵言菩提,汉语曰道。""经典由权,故孔释教殊而道契;解同由妙,故梵汉语隔而化通。"而道家则"寻柱史嘉遁,实惟大贤,著书论道,贵在无为,理归静一,化本虚柔"。此与佛家之"空玄无形,而万象并应;寂灭无心,而玄智弥照",也是相同的。所以儒、释、道的"道",从根本原理上说是一致的。不过,"道"有哲理阐述之道和世俗应用之道的差别,也就是佛教之道与儒家之道的差别。但"权教无方,不以道俗乖应;妙化无外,岂以华戎阻情?"道家、佛家侧重于对"道"作理论性的分析,而儒家则偏向于对"道"作日用性的论说。从佛道关系说,佛教之道实为更高境界,《论说》篇中曰:"然滞有者全系于形用,贵无者专守于寂寥,徒锐偏解,莫诣正理,动极神源,其般若之绝境乎?"儒、道、佛之道虽然"理归乎一",但是佛道之阐说和理解无疑是最深刻的。这种思想是和梁武帝的三教同源思想有不可分割的密切关系的。梁武帝在《会三教诗》中说:"少时学周孔,弱冠穷六经。孝义连方册,仁恕满丹青。……中复观道书,有名与无名。妙术镂金版,真言隐上清。……晚年开释卷,犹日映众星。苦集始觉知,因果乃方明。示教惟平等,至理归无生。分别根难一,执着性易惊。穷源无二圣,测善非三英。"三教同源而至理归于无生无灭之佛教,儒、道归其统率,如众星捧月,老子、孔子乃释迦之弟子。天监三年四月梁武帝在《敕舍道事佛》中曰:"大经中说:'道有九十六种,惟佛一道是于正道,其余九十五种皆是外道。'朕舍外道,以事如来。若有公卿能入此誓者,各可发菩提心。老子、周公、孔子等,虽是如来弟子而为化既邪,止是世间之善,不能革凡成圣。"梁开善寺释智藏法师《奉和武帝三教诗》云:"周孔尚忠孝,立行肇君亲。老氏贵裁欲,存生由外身。出言千里善,芬为穷世珍。理空非即有,三明似未臻。近识封歧路,分镳疑异尘。安知悟云渐,究极本同伦。我皇体斯会,妙鉴出机神。眷言总归辔,回照引生民。"故而三教同源,而佛法最高,确实是梁武帝的基本思想。刘勰《灭惑论》的思想和梁武帝是一致的。但在论文的《文心雕龙》中,文的本源和美学原则是以释老之道为宗旨,而文章写作及其社会功用,则以儒家为标的。故以《原道》为首,而次之以《征圣》《宗经》。

  我在《刘勰及其〈文心雕龙〉研究》一书中曾说,刘勰的"道"是以儒家为主而兼通佛、道、玄的。现在看来不是很妥善,需要作一些修改。"道"在根本原理上是释老的哲理之道,而儒家的社会政治之道,乃是对哲理之道的具体运用。所以,从"文原于道"层面说,文是道的体现,是指释老的哲理之道;而从"文"的功用与写作层面说,则圣人之文乃是典范。文原于道,而又以圣人之文为写作楷模,这样可能更符合实际。因此"文"既是宇宙万物内在的普遍的自然规律,又是具体现实的儒家社会政治之道。刘勰就把老庄那种哲理性的"自然之道"具体化为儒家之"道",又把儒家之"道"上升抽象化为老庄的哲理之"道"。这和魏晋南北朝时期玄学、佛学的泛滥是有密切关系的。刘勰对于"道"的这样一种认识,从历史渊源上看,与荀子和《易传》的思想有密切关系。荀子所说的"道",一方面含有普遍的自然规律的意义,例如荀子在《解蔽》篇中说:"夫道者,体常而尽变,一隅不足以举之。"指出"道"乃是一种事物所普遍存在的规律。他在《哀公》篇说:"夫大道者,所以变化遂成万物也。"他在《天论》篇说:"天有常道矣。"梁启雄在《荀子简释》中谓此"二道字指天行或天演"。这是正确的。这两处的"道",都是说的客观事物内在的规律。又荀子在《天论》篇中说:"万物为道一偏,一物为万物一偏。"梁启雄说,这个"道"即是指"大自然"。它说明"道"乃是广泛地存在于"万物"之中的,任何一个具体的"物"都是"道"的一种表现形式。而儒家的社会政治之"道",就是作为普遍的自然规律的"道"的具体现实表现。荀子在《儒效》篇中说:"圣人也者,道之管也。天下之道管是矣。百王之道一是矣。"他在《天论》篇中又说:"百王之无变,足以为道贯。"认为"天下之道""百王之道"都汇集到了圣人那里,圣人把它们统一起来了。而经历了百代帝王都没有改变的东西,足以成为贯穿始终的"道"。他把儒家的社会政治之"道"看成具有哲理性的一种普遍的原理。而圣人正是这种原理的阐述者和代表者。刘勰关于"文"本于"道"的思想的另一个重要思想来源是《易传》，主要是《系辞》。《系辞》中所说的"道"，和荀子所说的"道"是很接近的，它和荀子一样，既是一种哲学上的"道"，又是一种社会政治之"道"、儒家之"道"。《系辞》论"道"也认为它是体现宇宙万物普遍的一种亘古不变的真理。《系辞》说："一阴一阳之谓道。"认为宇宙万物之产生及其变化发展，都是阴阳两种因素相结合的结果。事物由于所禀赋的阴阳二气之不同，而分别表现为各种不同的情状。因此，这里所说的"道"，正是指事物所具有的一种普遍的规律。《系辞》又说："易与天地准，故能弥纶天地之道。仰以观于天文，俯以察于地理，是故知幽明之故。"这里所谓"天地之道"，即是指天地万物所具有的内在规律和本质。《系辞》的作者认为这种"道"是体现于万物之中的，它"知周乎万物"，"曲成万物而不遗"，《易》就是讲的这样的"道"，圣人所阐明的也是这样的"道"。《系辞》这种对于"道"的认识和刘勰在《原道》篇中说的"文为德也大矣，与天地并生者何哉"的观点是一致的。《系辞》把宇宙万物分为"道"和"器"二大类，说："形而上者谓之道，形而下者谓之器。""器"是体现"道"的。这一点也直接为刘勰所接受，《文心雕龙·夸饰》篇中就引用了这两句话。《系辞》中所说的这种"道"和"器"的关系，实际上也就是刘勰在《原道》篇中所讲的广义的"道"和"文"的关系。《系辞》认为这种至高的"道"乃是由圣人来加以阐明的。《易经》就是圣人对天地万物"自然之道"的论述，并把它运用于说明具体的社会政治之"道"。

本篇论文原于道，故最美的文乃是自然本身的美，日月星辰、山川地貌的天文、地文之美，都是天然的，而不是人为雕饰的。"云霞雕色，有逾画工之妙；草木贲华，无待锦匠之奇。夫岂外饰，盖自然耳。"故而人文也是如此，以自然本色为美的最高境界。这显然与儒家注重人为修饰有很大的不同。《论语·宪问》：子曰："为命，裨谌（郑国大夫）草创之，世叔（郑国大夫子太叔）讨论之，行人（官名）子羽（郑国大夫公孙羽）修饰之，东里子产（郑国大夫曾辅佐郑简公执政）润色之。"强调文章要经过反复修改方臻完美。而刘勰这个强调自然美的基本美学原则贯穿于全书，其论诗歌的本质曰："感物吟志，莫非自然。"论文学的风格强调"自然之恒姿",论文学的势突出"自然之趣"。不过,刘勰并不否定人工修饰,而是认为以自然美为最高理想,而以人工修饰作为辅助。他在《文心雕龙·隐秀》篇中说:"故自然会妙,譬卉木之耀英华;润色取美,譬缯帛之染朱绿。"这种思想贯穿于全书,所以他在下篇中论述了很多人工修饰技巧,但都以自然美为基本标准。如《文心雕龙·丽辞》篇论对偶:"造化赋形,支体必双,神理为用,事不孤立。夫心生文辞,运裁百虑,高下相须,自然成对。"《文心雕龙·声律》篇注重自然之"和声"等。以循自然为原则是《原道》篇十分重要的基本美学思想。

本篇由最广义的"文"(天文、地文、动植之文)说到"人文",重点是在阐述"人文"之本质乃和最广义的文一样,都是"道之文",并指出人文的起源是八卦易象,而六经则是人文的经典文献,而对人文贡献最大的是孔子。并进一步阐明了道、圣、文的关系:"道沿圣以垂文,圣因文而明道。"所以作为道之体现的文,是圣人最早创作修订的,而六经则是其杰出典范。

语译:

文作为道的体现,其意义是非常伟大的;它是和天地同时产生,一起存在的,为什么呢?(宇宙从混沌元气区分为天地就分为不同颜色)天玄地黄色彩纷杂,天圆地方分为两体。太阳月亮有如圆形圭璧,悬挂天空景象瑰伟耀眼。山川河流犹若绮丽锦绣,覆盖大地形态纹理清晰。这(天文、地文)就是自然之道所体现的美丽文采。仰望天空观察日月星辰所发出的辉光,俯视大地巡视山川河流所包含的文采,天高地卑位置确定,天地二仪已经产生。人与天地鼎立为三,乃是灵性凝聚而成,遂与天地并称三才。人作为(木、火、水、金、土)五行秀气之融汇,实为万物之灵天地之心。人的心灵产生之后必然会以言语来表达感情思想,确立了语言就会用文字明白抒写出来,所以人文产生是十分自然的道理。由此扩大到宇宙万物,无论是动物、植物,均有其绚丽文采。龙凤以其鲜艳美丽的外形呈现其祥瑞状貌,虎豹以其色彩斑斓的毛色展示其魅力姿态。云霞的自然艳丽,远远超越人工绘画的美妙;草木的鲜艳绽放,无需等待工匠织锦的奇特。这些岂是人为外在装饰?都是自然本色的显现。自然之风从林木间空隙吹过所发出的天籁音响,就像乐器笙、瑟弹出的曲调。泉水冲击石块所激发的声韵,犹如玉磬钟声般自然和谐。自然界事物形状确立后就会有美的表现形式,有声音发出就会构成有文采的音乐形象。宇宙间无知觉、无意识之物,而各有色彩浓郁的文章,人是"有心之器"(是有思想、有灵魂、有感情的),怎么可能没有文采呢。

人文之起源和产生,是从太极开始的,根据幽远深奥的神明启示,创造了最早的人文——"易象"。从伏羲画八卦卦象开始(而后经过文王、周公的发挥),到孔子作《十翼》最终完成《易经》。在乾卦和坤卦后面,专门撰写了说明重要意义的《文言》。《文言》很有文采,实为天地心灵的体现。至于黄河龙马背负出八卦神图,洛水乌龟呈献出《洛书》"九畴",珍贵玉版上刻镂金字,绿色竹简上抒写红文,这是谁在主宰?是万灵神明所赐予的真理。自从模仿鸟迹创造文字代替结绳记事(结束了没有文字的历史),于是文字开始了它彪炳灿烂的历史。炎帝(神农氏)和太皞(伏羲氏)的遗事,被记载在《三坟》里。然而年代久远(典籍佚失),无法追溯考察其声音文采。到了唐尧、虞舜时代,文章才光辉茂盛。《尚书·益稷》篇中虞舜的"元首"之歌,已经开始了吟咏志向的歌唱;(虞舜大臣)伯益和后稷陈述治国谋略,遗留下来臣下向皇帝进言的风貌。夏后氏(夏禹)兴起,事业俊伟功绩宏大,九项政治措施井然有序受到万民拥戴歌颂,功德辉煌文采繁茂。到了商、周时代,文采更加繁盛远胜前代质朴风貌,以《雅》《颂》为代表的《诗经》覆盖了当时文坛,影响所及华美文采日新月异。周文王被殷纣王囚禁于羑里(今河南汤阴县),忧患时世动乱,于是演绎《周易》八卦(将其两两重叠相配转化为六十四卦),撰写了光芒四射的卦辞和爻辞(使易象含义更加深厚彪炳)。卦辞爻辞如宝玉横纹内藏隐奥,蕴含寓意精确深刻。再加上周公(名旦)才华横溢,振兴和发扬了文王的宏伟功业,整理和创作《诗经》《颂》诗的不少篇章,修饰订正了很多经典文献(在人文发展上有重大贡献)。孔子继承伏羲、文王、周公等的事业,更加优异地超越了前代圣哲,融会贯通整理六经(删定《诗》《书》,制订礼乐,研修《周易》,撰写《春秋》,作了大量的卓有成效的工作),犹如音乐金声玉振般集其大成;陶冶镕铸思想感情,组织提炼文辞表达,倡导教化的木铎铃声传遍千里百姓纷纷响应,其道德学问如席上珍宝流传后世万代。孔子借六经传播了天地万丈光辉,使百姓耳聪目明认识了真理之"道"。

由伏羲(风姓)开始,直到孔子,从玄圣(伏羲)创造八卦,到素王(孔子)阐述训导(指孔子作《易传》并修订六经),都是依据"道心"(宇宙自然真理)而撰写成文章,钻研神明深奥启示来设置教化,效法《河图》《洛书》的易象和九畴,从龟甲蓍草中询问吉凶运数,考察日月星辰的天文景象来通晓穷尽宇宙变迁,研究六经人文的人伦义理而普遍实施百姓教化。然后可以治理国家,综合论述通常法规,发扬成就宏伟事业,展示文辞辉耀光彩。自然之道(宇宙自然规律和真理)是经过圣人理解阐述而呈现于人文(六经),圣人也因为通晓人文(六经)而明白了自然之道(宇宙自然规律和真理),融会贯通而没有滞碍,日常妙用而不会匮乏。《周易·系辞》说:"能够鼓动天下人心者就在于其文辞(卦爻辞)。"文辞之所以能鼓动天下人心者,因为它是自然之道的体现(是表现宇宙客观规律和真理的)。

总论:自然之道其心微妙,神明启示教化显现。巍巍圣哲光彩普照,仁义孝悌闪耀美善。黄河龙马献图八卦,洛水神龟洪范呈见。观察星象天文灿烂,万民效法百姓眷恋。

注订:

(1)首两句是对"文"的实质的一个重要说明,其关键是在对"德"字的理解上。《文心雕龙》的旧注一般对它没有作什么注释。范文澜《文心雕龙注》:"按《易·小畜·大象》'君子以懿文德'。彦和称文德本此。"范注以儒家德教来释"德"字,然此处之"德",指的是"文"和天地并生之特点,以"文德"释之不确。周振甫《文心雕龙注释》:"德,指功用属性,如就礼乐教化说,德指功用;就形文、声文说,德指属性。就形文、声文说,物都有形或声的属性;就情文说,又有教化的功用。文的属性或功用是这样遍及宇宙,所以说'大矣'。"这个解释也不妥,说形文声文的形或声属性,并未涉及其本质,仅指其外在表现形式;说情文有教化功用,则与范注"文德"说接近,系指内容而言,与形文声文亦不统一。陆侃如、牟世金《文心雕龙注释》中释"德"字为"意义",把这一句译为"文的意义是很重大的"。其实,没有把"德"字的含义反映出来。刘勰原意是:"文之为德",其意义是很重大的。从《原道》篇的基本思想来看,这个"德"是从老子《道德经》的"德"字而来,是"得道"的意思,指"人文"和天文地文一样,作为道的体现,其意义是非常伟大的。老子《道德经》下篇王弼注:"德者,得也。……何以得德,由乎道也。"

(2)《庄子·齐物论》:"天地与我并生,而万物与我为一。"郭象注:"苟足于天然而安其性命,故虽天地未足为寿而与我并生,万物未足为异而与我同得。则天地之生又何不并,万物之得又何不一哉!"

(3)《周易·坤·文言》:"夫玄黄者,天地之杂也,天玄而地黄。"此以天地的颜色代指天地。"色杂",指天地未分之时。《淮南子·天文训》:"天圆地方,道在中央。"《大戴礼记·曾子天圆》:"天道曰圆,地道曰方。"《淮南子·兵略训》曰:"夫圆者,天也;方者,地也。""体分",指天地互相分开形成两体。

(4)"叠璧",本指日月像重叠的璧玉,但非谓二者重叠,而是指二者相继而出。《说文》玉部:"璧,瑞玉圜也。"《尚书·顾命》:"昔君文王、武王宣重光。"陆德明《经典释文》引马融曰:"日月星也。太极上元十一月朔旦冬至,日月如叠璧,五星如连珠,故曰重光。"《庄子·列御寇》:"吾以天地为棺椁,以日月为连璧,星辰为珠玑。""垂",垂挂,出现。《周易·系辞》:"天垂象,圣人则之。""丽",附着。"丽天",依附于天。《易·离》彖辞:"离,丽也。日月丽乎天,百谷草木丽乎土。"孔颖达《正义》:"丽,谓附着也。"

(5)"焕绮",光彩绮丽。《论语·泰伯》:"焕乎其有文章。"何晏集解:"焕,明也。""铺",陈列。《小尔雅·释诂》:"铺、敷,布也。""理",指文理脉络。"理地",即地理。"理地之形",指大地的山川原野分布极有条理,构成美丽的文采。《周易·系辞》:"在地成形。"韩康伯注:"形,况山川草木也。"

(6)"吐曜",发出光辉,此指天文。魏明帝《山阳公赠册文》:"乾精承祚,坤灵吐曜。"刘熙《释名·释天》:"曜,耀也,光明照耀也。""含章",包含文采,此指地文。《周易·坤卦》六三《爻辞》:"含章可贞。"王弼注:"含美而可正。"《周易·系辞》:"仰以观于天文,俯以察于地理。"孔颖达《正义》:"天有悬象而成文章,故称文也;地有山川原隰,各有条理,故称理也。"

(7)"高卑",高低,指天地。《周易·系辞上》:"天尊地卑,乾坤定矣。卑高以陈,贵贱位矣。"孔颖达《正义》:"天以刚阳而尊,地以柔阴而卑。""两仪",即天地。《周易·系辞》:"是故易有太极,是生两仪。"

(8)"参",三,人与天地相配而为三。《礼记·孔子闲居》:"三王之德,参于天地。"郑玄注:"参天地者,其德与天地为三也。""性灵",人的灵性。"钟",凝聚,聚集。《周易·说卦》:"是以立天之道,曰阴与阳;立地之道,曰柔与刚;立人之道,曰仁与义。兼三才而两之,故易六画而成卦。"《后汉书·张衡传》章怀太子注:"三才,天、地、人。"

(9)《礼记·礼运》篇:"故人者,其天地之德,阴阳之交,鬼神之会,五行之秀气也。"郑玄注:"言人兼此气性纯也。"孔颖达《正义》:"'故人者天地之德'者,天以覆为德,地以载为德,人感覆载而生,是天地之德也。'阴阳之交'者,阴阳则天地也,据其气谓之阴阳,据其形谓之天地。独阳不生,独阴不成,二气相交乃生,故云'阴阳之交'也。'鬼神之会'者,鬼谓形体,神谓精灵,《祭义》云:'气也者,神之盛也。魄也者,鬼之盛也。'必形体精灵相会,然后物生,故云'鬼神之会'。'五行之秀气也'者,秀谓秀异,言人感五行秀异之气,故有仁义礼知信,是五行之秀气也。故人者,天地之德,阴阳之交,是其气也;鬼神之会,五行之秀,是其性也。故注云'兼此气性纯也'。"《礼运》又言:"故人者,天地之心也,五行之端也。"郑玄注:"此言兼气生之效也。"孔颖达《正义》:"'故人者天地之心也'者,天地高远,在上临下,四方,人居其中央,动静应天地。天地有人,如人腹内有心,动静应人也,故云'天地之心'也。王肃云:'人于天地之间,如五藏之有心矣。'人乃生之最灵,其心五藏之最圣也。'五行之端也'者,端,犹首也。万物悉由五行而生,而人最得其妙气,明仁义礼智信为五行之首也。王云:'端始用五行者也。'"此处的心即指人,人与万物之别,即在人是有灵魂、有思想、有感情的,人有自己的语言,也就必然会有文字,有用文字写的文章。元本、弘治本、王惟俭本等"实"上有"人"字,"天地之心"下有"生"字,作"为五行之秀,人实天地之心生"。梅庆生天启八次本挖去此二字。黄叔琳本、张松孙本从之。按梅本是也。

(10)"自然之道",即指自然的规律和原理。黄侃《文心雕龙札记》:"案彦和之意,以为文章本由自然生,故篇中数言自然,一则曰:'心生而言立,言立而文明,自然之道也。'再则曰:'夫岂外饰,盖自然耳。'三则曰:'谁其尸之,亦神理而已。'寻绎其旨,甚为平易。盖人有思心,即有言语,既有言语,即有文章,言语以表思心,文章以代言语,惟圣人为能尽文之妙,所谓道者,如此而已。此与后世言文以载道者截然不同。"李翱《杂说》:"日月星辰经乎天,天之文也;山川草木罗乎地,地之文也;志气言语发乎人,人之文也。"

(11)"傍",杨明照《增订文心雕龙校注》云:"何焯校作'旁'。按何校'旁'是。《说文》上部:'旁,溥也。'又人部:'傍,近也。'近义于此不惬,当原是'旁'字。《史记·五帝本纪》'旁罗日月星辰',《汉书·郊祀志上》'旁及四夷',《文选》张衡《东征赋》'旁震八鄙',其词性并与此同,足为推证。"当为"旁",广也,扩也,溥及。"万品",万物。

(12)《论衡·书解》篇:"龙鳞有文,于蛇为神;凤羽五色,于鸟为君。""呈瑞",呈现出吉祥的样子。"炳蔚",光彩繁茂。《周易·革卦》九五《象辞》:"大人虎变,其文炳也。"上六:"君子豹变,其文蔚也。"孔颖达《周易正义》:"九五居中处尊,以大人之德为革之主,损益前王,创制立法,有文章之美,焕然可观,有似虎变,其文彪炳。""上六居革之终,变道已成,君子处之,虽不能同九五革命创制,如虎文之彪炳,然亦润色鸿业,如豹文之蔚缛,故曰'君子豹变'也。"又,毛奇龄《仲氏易》引王湘卿云:"虎文疏而著曰炳,豹文密而理曰蔚。""凝姿",凝聚成壮丽的姿态。

(13)"贲",本为"饰"之意,《周易·序卦》传:"贲者,饰也。"此处指自然绽放之意。"华",花也。"锦匠",织锦之工匠。刘勰认为自然美要远高于人工美,这是贯穿全书的基本美学观念,也是他批评文学的指导思想。

(14)道之文乃是自然本性,非赖外饰。刘勰本篇所说的"文",包括天文、地文、人文、动物植物等万物之文,其范围极其宽广,而他全书所说乃是"人文",《原道》篇是从天地万物之文来阐述人文,说明人文具有和天地万物之文的共同特征,亦即都是道之文,而更有自己不同于天地万物的独特特征,即是运用语言文字来表达思想感情,是由人是"性灵所钟"的本质所造成的。所以文的美以自然为最高标准。

(15)"林籁",《庄子·齐物论》:"子游曰:'地籁则众窍是已,人籁则比竹是已。敢问天籁。'子綦曰:'夫吹万不同,而使其自己也,咸其自取,怒者其谁邪!'"成玄英疏:"地籁则窍穴之徒,人籁则箫管之类,并皆眼见,此则可知。惟天籁深玄,卒难顿悟,敢陈庸昧,请决所疑。"郭象注:"此天籁也。夫天籁者,岂复别有一物哉?即众窍比竹之属,接乎有生之类,会而共成一天耳。无既无矣,则不能生有;有之未生,又不能为生。然则生生者谁哉?块然而自生耳。自生耳,非我生也。我既不能生物,物亦不能生我,则我自然矣。自己而然,则谓之天然。天然耳,非为也,故以天言之。以天言之所以明其自然也,岂苍苍之谓哉!而或者谓天籁役物使从己也。夫天且不能自有,况能有物哉!故天者,万物之总名也,莫适为天,谁主役物乎?故物各自生而无所出焉,此天道也。""物皆自得之耳,谁主怒之使然哉!此重明天籁也。"成玄英疏:"夫天者,万物之总名,自然之别称,岂苍苍之谓哉!故夫天籁者,岂别有一物邪?即比竹众窍接乎有生之类是尔。寻夫生生者谁乎,盖无物也。故外不待乎物,内不资乎我,块然而生,独化者也。

是以郭注云,自己而然,则谓之天然。故以天然言之者,所以明其自然也。而言吹万不同。且风唯一体,窍则万殊,虽复大小不同,而各称所受,咸率自知,岂赖他哉!此天籁也。故知春生夏长,目视耳听,近取诸身,远托诸物,皆不知其所以,悉莫辨其所然。使其自己,当分各足,率性而动,不由心智,所谓亭之毒之,此天籁之大意者也。""自取,犹自得也。言风窍不同,形声乃异,至于各自取足,未始不齐,而怒动为声,谁使之然也!欲明群生纠纷,万象参差,分内自取,未尝不足,或飞或走,谁使其然,故知鼓之怒之,莫知其宰。此则重明天籁之义者也。"上云龙凤虎豹之瑞姿,云霞草木之妙奇,指形文,此处林籁泉石之自然声韵则指声文。笙有三十六簧。"瑟",和琴类似,有二十五或五十弦。"和",不同声音和谐配合所形成的乐音。《说文》谓:"球,玉磬也。""锽,钟声也。""章""文",皆为文采之意。或谓"章成"与"文生"应对调(郭晋稀),非也。

(16)"器",指形体。刘勰认为"人文"所具有的文采,要远远高于动植等物的文采。

(17)"太极",本指天地未分时的混沌元气。《易·系辞》:"是故易有太极。"孔颖达《正义》:"太极谓天地未分之前,元气混而为一,即太初太一也。"刘勰此处所说之"太极"实即指下两句所说之"易象",也即是八卦。"肇自太极"和"《易》象惟先"同义。"幽讚",即"幽赞",深明也。"神明",即神灵也。此谓"易象"乃神灵给与人类的启示。《周易·说卦》:"昔者圣人之作《易》也,幽赞于神明而生蓍。"韩康伯注:"幽,深也。赞,明也。蓍受命如向,不知所以然而然也。"孔颖达《正义》:"据今而称上世谓之昔者也。聪明睿知谓之圣人,此圣人即伏牺也。不言伏牺而云圣人者,明以圣知而制作也。且下系已云:包牺氏之王天下也,于是始作八卦,今言作易言是伏牺非义王等。凡言'作'者,皆本其事之所由,故云'昔者圣人之作《易》'也,圣人作《易》,其作如何?以此圣知深明神明之道,而生用蓍求卦之法,故曰'幽赞于神明而生蓍'也。""幽者,隐而难见,故训为深也。赞者,佐而助成,而令微者得著,故训为明也。'蓍受命如向,不知所以然而然'

者,释圣人所以深明神明之道,便能生用蓍之意,以神道与用蓍相协之故也。"此可与下文言"《河图》孕乎八卦,《洛书》韫乎九畴"相参。

(18)"庖牺",即伏羲。《周易·系辞》:"庖牺氏之王天下也,仰则观象于天,俯则观法于地,观鸟兽之文,与地之宜,近取诸身,远取诸物,于是始作八卦,以通神明之德,以类万物之情。"伏羲画八卦,而孔子作《易传》(《十翼》),将神明之意志昭示于天下。

(19)《史记·孔子世家》:"孔子晚而喜易,序彖、系、象、说卦、文言。读《易》,韦编三绝。曰:'假我数年,若是,我于《易》则彬彬矣。'"张守节《史记正义》:"序,《易》序卦也。夫子作《十翼》,谓上彖、下彖、上象、下象、上系、下系、文言、序卦、说卦、杂卦也。"《汉书·艺文志》:"孔子为之《彖》《象》《系辞》《文言》《序卦》之属十篇。"孔颖达《周易正义》说:"《文言》者,是夫子第七翼也。以《乾》《坤》其《易》之门户邪?其余诸卦及爻,皆从《乾》《坤》而出,义理深奥,故特作《文言》以开释之。"人为"天地之心",故圣人《文言》("人文")亦为"天地之心"的体现,所以必然具有文采。从伏羲到孔子,圣人就是按照神理而创造了人文。

(20)"迺",即"乃"。《周易正义卷首》:"《系辞》云:'河出图,洛出书,圣人则之。'又《礼纬·含文嘉》曰:'伏牺德合上下,天应以鸟兽文章,地应以《河图》《洛书》,伏牺则而象之,乃作八卦。'故孔安国、马融、王肃、姚信等并云:'伏牺得河图而作《易》。'是则伏羲虽得河图,复须仰观俯察以相参正,然后画卦。伏牺初画八卦,万物之象皆在其中,故《系辞》曰'八卦成列,象在其中矣'是也。"《周易·系辞》:"河出图,洛出书,圣人则之。"孔颖达《正义》:"如郑康成之义,则《春秋纬》云河以通乾出天苞,洛以流坤吐地符。河龙《图》发,洛龟《书》感。《河图》有九篇,《洛书》有六篇。孔安国以为《河图》则八卦是也。《洛书》则九畴是也。"《汉书·五行志》:"刘歆以为虙牺氏继天而王,受《河图》,则而画之,八卦是也;禹治洪水,赐《洛书》,法而陈之,《洪范》是也。"

(21)"玉版金镂",玉版上嵌有金字。"实",《太平御览》作

"宝",徐燉校亦作"宝"。按当依元、明各本作"实"。此类明显不妥者,均依元、明本,以后均不出校。"丹文绿牒",绿色的玉版上有红字。《尚书中候·握河纪》:"河龙出《图》,洛龟《书》感,赤文绿字,以授轩辕。"《诗纬·含神雾》曰:"刻之玉版,藏之金匮。"

(22)"尸之",主宰。《诗经·召南·采苹》:"谁其尸之?有齐季女。"毛传:"尸,主。""神理",神灵的意志和原理。王融《三月三日曲水诗序》:"设神理以景俗,敷文化以柔远。"李善注:"神理犹神道也。《周易》曰:'圣人以神道设教而天下服。'"

(23)《周易·系辞》:"上古结绳而治,后世圣人易之以书契。"许慎《说文解字序》:"黄帝之史仓颉,见鸟兽蹏(同蹄)远之迹,知分理之可相别异也,初作书契。"孔安国《尚书序》:"古者伏牺氏之王天下也,始画八卦,造书契,以代结绳之政,由是文籍生焉。""炳",昭彰显明。《说文》:"炳,明也。"

(24)孔安国《尚书序》云:"伏羲、神农、黄帝之书,谓之《三坟》,言大道也。"

(25)"渺邈",久远。"声采",声音和文采。"靡追",无法考察和追究。

(26)《论语·泰伯》:"子曰:大哉尧之为君也,……巍巍乎其有成功也,焕乎其有文章。"焕,鲜明有光彩。"文章",这是指广义的文章,相当于"文化"的概念,包括一切典章制度。

(27)"元首",指舜。《尚书·益稷》:"帝庸作歌曰:'敕天之命,惟时惟几。'乃歌曰:'股肱喜哉,元首起哉,百工熙哉。'皋陶拜手稽首,扬言曰:'念哉,率作兴事,慎乃宪。屡省乃成。钦哉。'乃赓载歌曰:'元首明哉,股肱良哉,庶事康哉。'"孔安国传:"敕,正也。奉正天命以临民,惟在顺时。惟在慎微。""元首,君也。股肱之臣喜乐尽忠,君之治功乃起,百官之业乃广。""宪,法也。""屡,数也。""赓,续也。载,成也。帝歌归美股肱,义未足,故续歌。先君后臣,众事乃安,以成其义。"

(28)"益稷",指舜的臣子伯益和后稷。"陈谟",叙述治国的谋略。元本、弘治本作"陈谋",今据王惟俭本。"垂",流传。"敷奏",《尚书·舜典》:"敷奏以言,明试以功。"孔安国传:"敷,陈也;奏,进也。诸侯四朝各使陈进治礼之言。"黄侃《文心雕龙札记》云:"案业、绩同训功,峻、鸿皆训大。"

(29)"九序",指九种治理国家善养百姓的功业皆有秩序。《左传》文公七年:"九功之德,皆可歌也,谓之九歌。六府三事,谓之九功。水、火、金、木、土、谷,谓之六府。正德、利用、厚生谓之三事。""勋德",功德。"弥缛",更加繁盛而有文采。刘向《说苑·修文》篇云:"德弥盛者文弥缛。"

(30)"逮",及也。"被",覆盖。《礼记·表记》:"子曰:虞夏之质,殷周之文,至矣。虞夏之文,不胜其质;殷周之质,不胜其文。"孔颖达《正义》:"'子曰:虞夏之质,殷周之文,至矣'者,至,谓至极也。言虞夏为质,殷周为文,并已至极矣。纵令后王为质,不能过于虞夏;后王为文,亦不能过于殷周,是至极矣。'虞夏之文,不胜其质'者,言虞夏之时,虽有其文,但文少而质多,故文不胜于质。'殷周之质,不胜其文'者,言殷周虽有其质,亦质少而文多,故'不胜其文'。然案《三正记》云:'文质再而后始。'则虞质夏文,殷质周文,而云'虞夏之质,殷周之文'者,夏家虽文比殷家之文犹质。殷家虽质,比夏家之质犹文于夏。故夏虽有文,同虞之质;殷虽有质,同周之文。"《通变》篇:"商周篇什,丽于夏年。"

(31)"繇辞",指《周易》的卦辞和爻辞。孔颖达《周易正义序》卷首:"其《周易》系辞,凡有二说。一说,所以卦辞、爻辞并是文王所作。知者,案《系辞》云:'易之兴也,其于中古乎?作《易》者其有忧患乎?'又曰:'易之兴也,其当殷之末世,周之盛德邪?当文王与纣之事邪?'又《乾凿度》云:'垂皇策者牺,卦道演德者文,成命者孔。'《通卦验》又云:'苍牙通灵昌之成,孔演命明道经。'准此诸文,伏牺制卦,文王系辞,孔子作《十翼》,《易》历三圣,只谓此也。故史迁云'文王囚而演易',即是'作《易》者其有忧患乎'。郑学之徒并依此说也。二以为验爻辞多是文王后事,案《升卦》六四:'王用亨于岐山。'武王克殷之后，始追号文王为王，若爻辞是文王所制，不应云'王用亨于岐山'。……又《左传》韩宣子适鲁见《易象》云：'吾乃知周公之德。'周公被流言之谤，亦得为忧患也。验此诸说，以为卦辞文王，爻辞周公。马融、陆绩等并同此说。今依而用之，所以只言三圣，不数周公者，以父统子业故也。案《礼稽命征》曰：'文王见礼坏乐崩，道孤无主，故设礼经三百，威仪三千。'其三百三千，即周公所制《周官》《仪礼》。明文王本有此意，周公述而成之，故系之文王。然则《易》之爻辞，盖亦是文王本意，故《易纬》但言文王也。"《史记·太史公自序》："昔西伯拘羑里，演《周易》。"《周易·系辞》孔颖达《正义》："'其于中古乎'者，谓《易》之爻卦之辞，起于中古。若《易》之爻卦之象，则在上古伏牺之时，但其时理尚质素，圣道凝寂，直观其象，足以垂教矣。但中古之时，事渐浇浮，非象可以为教，又须系以文辞，示其变动吉凶，故爻卦之辞，起于中古。则《连山》起于神农，《归藏》起于黄帝，《周易》起于文王及周公也。此之所论谓《周易》也。'作《易》者其有忧患乎'者，若无忧患，何思何虑，不须营作。今既作《易》，故知有忧患也。身既患忧，须垂法以示于后，以防忧患之事，故系之以文辞，明其失得与吉凶也。""炳曜"，杨明照《增订文心雕龙校注》："'曜'，《御览》引作'耀'。按《说文》火部：'耀，照也。'无'曜'字。《御览》作'耀'是也。赞文'炳耀仁孝'，《诏策》篇'符命炳耀'，并作'耀'，尤为切证。""炳曜"，发出夺目的光彩。"符采"，玉的横纹，这里比喻文王所作卦爻辞的文采。"复隐"，指卦爻辞深复隐奥，有并未明言的复隐意在。

（32）"公旦"，周文王之子周公姬旦。"振"，元本、弘治本、王惟俭本等作"裖"，谢谋埠、徐燉据《太平御览》改"振"，是也。"徽"，美。"徽烈"，美好的功业。"剬"，整饬修订。"剬"，王利器《文心雕龙校证》据《太平御览》改为"制"。按元、明各本均为"剬"，即整饬之意，不宜改。"缉"，编撰写作。据《毛诗》《尚书》《国语》《吕氏春秋》等书记载，《诗经》中的《七月》《鸱鸮》《时迈》《常棣》《文王》《清庙》等均为周公所作。《史记·鲁周公世家》："周公既受命禾，嘉天子命，作《嘉禾》。东土以集，周公归报成王，乃为诗贻王，命之曰《鸱鸮》。王亦未敢训周公。……周公归，恐成王壮，治有所淫佚，乃作《多士》，作《毋逸》。"《礼记·明堂位》："昔殷纣乱天下，脯鬼侯以飨诸侯。是以周公相武王以伐纣。武王崩，成王幼弱，周公践天子之位以治天下；六年，朝诸侯于明堂，制礼作乐，颁度量，而天下大服。"郑玄笺："践犹履也。颁读为班。度，谓丈尺高卑广狭也。量，谓豆、区、斗、斛、筐、筥所容受。"孔颖达《正义》："周公摄政三年，天下太平，六年而始制礼作乐者，《书传》云：'周公将制礼作乐，优游三年，而不能作。将大作，恐天下莫我知也。将小作，则为人子不能扬父之功烈德泽，然后营洛邑，以期天下之心。于是四方民大和会。周公曰：示之以力役且犹至，而况导之以礼乐乎？'""斧藻"，扬雄《法言·学行》："吾未见好斧藻其德，若斧藻其楶者。"李轨注："斧藻，犹刻桷丹楹之饰。""斧藻群言"，是指周公在整理加工古代典籍文献方面的功绩。

（33）"独秀"，特异，超越。"前哲"，指伏羲、文王、周公等。

（34）"镕钧"，陶铸。"金声玉振"，比喻孔子完善六经的重大意义和深远影响。《孟子·万章下》："孔子之谓集大成。集大成也者，金声而玉振之也。金声也者，始条理也；玉振之也者，终条理也。"朱熹《四书章句集注》："犹作乐者集众音之小成，而为一大成也。成者，乐之一终，《书》所谓'《箫韶》九成'是也。金，钟属；声，宣也；玉，磬也；振，收也。此言圣德全备，如作乐之以钟发声，以磬收韵，集音之大成也。"

（35）"雕琢情性"，即陶冶情性。"组织辞令"，撰写有文采的文章。'情性'，元本、两京本，作"性情"，《御览》亦作"性情"，此据弘治本、王惟俭本、梅庆生本。

（36）"木铎"，以木为舌的大铃。先秦儒家宣传政教时摇木铎。"起"，元本、弘治本、王惟俭本均为"启"，梅庆生本改作"起"。按：起、启均可。《尚书·胤征》："遒人以木铎巡于路。"孔安国传："木铎，金铃木舌，所以振文教。"《论语·八佾》："仪封人出曰：天将以夫子为木铎。"孔安国注曰："木铎，施政教时所振也。言天将命孔子制作法度以号令于天下。""席珍"，儒者有珍贵的道德学问，可以从容席上待君王招聘,并流播万方。《礼记·儒行》:"哀公命席,孔子侍,曰:儒有席上之珍以待聘,夙夜强学以待问。"孔颖达《正义》:"席犹铺陈也,珍谓美善之道,言儒能铺陈上古尧舜美善之道,以待君上聘召也。"

(37)"风姓"即"玄圣",指伏羲。《史记·三皇本纪》:"太皞庖牺氏,风姓。"庖牺,即是伏羲。"创典",指伏羲画八卦。"孔氏"即"素王",指孔子。《北堂书钞》五十二引《论语谶》:"子夏曰:仲尼为素王。"《汉书·董仲舒传》:"孔子作《春秋》,先正王而系万事,见素王之文焉。"《论衡·超奇》篇:"然则孔子之《春秋》,素王之业也。""述训",指孔子阐述易象,删订整理六经。本篇上文说:"幽赞神明,《易》象惟先。庖牺画其始,仲尼翼其终。"

(38)"道心"即是"神理",既是宇宙万物的内在规律,又是神明意志的真实体现。《尚书·大禹谟》:"人心惟危,道心惟微。惟精惟一,允执厥中。"孔安国传:"危则难安,微则难明,故戒以精一,信执其中。"孔颖达《正义》:"因戒以为君之法:民心惟甚危险,道心惟甚幽微,危则难安,微则难明,汝当精心,惟当一意,信执其中正之道,乃得人安而道明耳。""以敷章",指撰写有义采的辞章。元、明各本作"裁文章",此据黄叔琳依据《太平御览》改,徐燉校同。《周易·观卦》象辞:"圣人以神道设教,而天下服。"王弼注:"神则无形者也。不见天之使四时,而四时不忒。不见圣人使百姓,而百姓自服也。"孔颖达《正义》:"此明圣人用此天之神道,以'观'设教而天下服矣。天既不言而行,不为而成,圣人法则天之神道,本身自行善,垂化于人,不假言语教戒,不须威刑恐逼,在下自然观化服从,故云:'天下服矣。'"

(39)"取象",取法。"河洛",指河出《图》、洛出《书》。"数",指命运。"蓍龟",占卜用的蓍草和龟甲。《周易·系辞》:"探赜索隐,钩深致远,以定天下之吉凶,成天下之亹亹者,莫大乎蓍龟。"孔颖达《正义》:"探,谓窥探求取。赜,谓幽深难见。卜筮则能窥探幽昧之理,故云探赜也。索,谓求索。隐,谓隐藏。卜筮能求索隐藏之处,故云索隐也。物在深处,能钩取之;物在远方,能招致之,卜筮能然,故云'钩深致远'也。以此诸事,正定天下之吉凶,成就天下之亹亹者,唯卜筮能然,故云'莫善乎蓍龟也'。案《释诂》云:'亹亹,勉也。'言天下万事,悉动而好生,皆勉勉营为,此蓍龟知其好恶得失,人则弃其得而取其好,背其失而求其得,是成天下之亹亹也。"

(40)李鼎祚《周易集解》引虞翻云:"日月星辰为天文也。""人文",指以六经为代表的各种文化古籍。《周易·贲卦》象辞:"观乎天文以察时变,观乎人文以化成天下。"王弼注:"观天之文,则时变可知也。观人之文,则化成可为也。"孔颖达《正义》:"言圣人当观视天文,刚柔交错,相饰成文,以察四时变化,若四月纯阳用事,阴在其中,靡草死也。十月纯阴用事,阳在其中,荠麦生也。是观刚柔而察时变也。'观乎人文以化成天下'者,言圣人观察人文,则《诗》《书》《礼》《乐》之谓,当法此教,而化成天下也。"

(41)"经纬",经线和纬线交错,表示治理的意思。"区宇",疆域,这里指国家。《左传》昭公二十五年:"礼,上下之纪,天地之经纬也。"孔颖达《正义》:"言礼之于天地,犹织之有经纬,得经纬相错乃成文,如天地得礼始成就。""弥纶",综合阐述。"彝宪",常用的法规。《周易·系辞》:"《易》与天地准,故能弥纶天地之道。"孔颖达《正义》:"言圣人作《易》,与天地相准,谓准拟天地,则乾健以法天,坤顺以法地之类是也。……弥谓弥缝补合,纶谓经纶牵引。能补合牵引天地之道,用此《易》道也。"

(42)"发辉",王惟俭本作"发挥",杨明照等改为"发挥"。元本、弘治本、梅庆生本等作"发辉",按:辉、挥皆通,可改可不改。《周易·系辞》:"是故,形而上者谓之道,形而下者谓之器,化而裁之谓之变,推而行之谓之通,举而措之天下之民,谓之事业。"《周易·坤·文言》:"美在其中,而畅于四支,发于事业,美之至也。""彪炳",指文采焕发辞义鲜明。

(43)"而明道",或谓当作"以明道",非是。"滞",停滞、不流通。"无滞",元明各本作"无涯",此据黄叔琳依《太平御览》改。"匮",匮乏、缺乏。

(44)《周易·系辞》:"鼓天下之动者存乎辞。"韩康伯注:"辞,爻辞也。爻以鼓动,效天下之动也。"孔颖达《正义》:"鼓谓发扬,天下之动,动有得失,存乎爻卦之辞,谓观辞以知得失也。""天下者",元明各本无"者"字,此据黄叔琳本依《太平御览》增。"廼",即"乃"。

(45)"赞曰",全篇总论。全书五十篇,每篇结尾都有"赞曰",是对全篇内容的概要归纳和总结。以后各篇"赞曰",皆同,不再注释。

(46)"道心"与下句"神理"含义相同,均指神明所启示的自然真理。"微",深奥微妙。"设教",实施教化。

(47)"炳耀",本篇上文云:"繇辞炳曜。""仁孝",指儒家的仁义道德思想。《论语·学而》:"孝弟也者,其为仁之本与?"

(48)"天文",指《河图》《洛书》。《诗经·小雅·角弓》:"尔之教矣,民胥效矣。"郑玄笺注:"天下之人皆学之,言上之化下,不可不慎。"

(49)"胥",《尔雅·释诂》:"胥,皆也。"

《征圣》篇

夫作者曰圣,述者曰明⁽¹⁾,陶铸性情,功在上哲⁽²⁾。夫子文章,可得而闻⁽³⁾,则圣人之情,见乎文辞矣⁽⁴⁾。先王圣化,布在方册⁽⁵⁾,夫子风采,溢于格言⁽⁶⁾。是以远称唐世,则焕乎为盛⁽⁷⁾;近褒周代,则郁哉可从⁽⁸⁾。此政化贵文之征也⁽⁹⁾。郑伯入陈,以文辞为功⁽¹⁰⁾,宋置折俎,以多文举礼⁽¹¹⁾。此事迹贵文之征也⁽¹²⁾。褒美子产,则云:"言以足志,文以足言⁽¹³⁾。"泛论君子,则云:"情欲信,辞欲巧⁽¹⁴⁾。"此修身贵文之征也。然则志足而言文⁽¹⁵⁾,情信而辞巧,乃含章之玉牒,秉文之金科矣⁽¹⁶⁾。

夫鉴周日月,妙极几神⁽¹⁷⁾;文成规矩,思合符契⁽¹⁸⁾。或简言以达旨,或博文以该情,或明理以立体,或隐义以藏用。故《春秋》一字以褒贬,丧服举轻以包重⁽¹⁹⁾,此简言以达旨也。《邠诗》联章以积句,《儒行》缛说以繁辞⁽²⁰⁾,此博文以该情也。书契断决以象夬,文章昭晰以效离⁽²¹⁾,此明理以立体也。四象精义以曲隐,五例微辞以婉晦⁽²²⁾,此隐义以藏用也。故知繁略殊形,隐显异术,抑引随时,变通适会⁽²³⁾,征之周孔,则文有师矣。

是以论文,必征于圣;窥圣,必宗于经⁽²⁴⁾。《易》称"辨物正言,断辞则备⁽²⁵⁾",《书》云:"辞尚体要,不惟好异⁽²⁶⁾。"故知正言所以立辨,体要所以成辞,辞成则无好异之尤,辨立则有断辞之美⁽²⁷⁾。虽精义曲隐,无伤其正言;微辞婉晦,不害其体要。体要与微辞偕通,正言共精义并用;圣人之文章,亦可见也。颜阖以为:"仲尼饰羽而画,徒事华辞⁽²⁸⁾。"虽欲訾圣,弗可得已⁽²⁹⁾。然则圣文之雅丽,固衔华而佩实者也⁽³⁰⁾。天道难闻,犹或钻仰;文章可见,胡宁勿思⁽³¹⁾?若征圣立言,则文其庶矣⁽³²⁾。

赞曰:妙极生知,睿哲惟宰⁽³³⁾。精理为文,秀气成采⁽³⁴⁾。鉴悬日月,辞富山海。百龄影徂,千载心在⁽³⁵⁾。

简析:

本篇说明圣人六经是人文典范,后人写作文章必须以圣人为师。学习圣人文章,要点有三:一是要懂得文章的基本功用。《征圣》指出圣人文章从内容方面说,包括了"政化""事迹""修身"三部分,也就是说文章有政治教化、礼仪事功、修身养性,三个方面的功用。二是要掌握文章写作的基本方法。圣人文章从表达形式来看,有四个基本特点,这就是:"或简言以达旨,或博文以该情,或明理以立体,或隐义以藏用。"概括来说,即是繁、略、隐、显四种基本的技巧和方法。他还具体地举了经书中的例子对这四种表达方式加以说明。三是归总而说,圣人文章的特点可以用"雅丽"来概括,即内容雅正、文辞华丽,所以说是"衔华佩实"。这三个方面是后世文章写作的重要原则和途径,也是文学批评的基本依据和标准。可见,刘勰认为"征圣"的目的是了解文章的功用和基本写作方法,并不是专指儒家仁义道德的思想体系。刘勰虽然对圣人十分崇敬,但他的"征圣"不是指一切以儒家是非为是非,也不是以孔子言论作为评价文章的标准,而主要是学习圣人文章的写作方法和技巧,懂得文章的社会功用,诚如他在《序志》篇中所说要折衷于客观自然的"势"与"理",而不是折衷于儒家和孔子。因此,《文心雕龙》全书对文章优劣的判别,主要是根据客观自然的真理作出分析,而绝不简单地以儒道作为唯一评价标准。他尊敬孔子,也是因为孔子整理六经有重大贡献,而六经正是人文的优秀典范。

但是在具体评价作家作品时，都是根据实际情况来分析，而并不以儒道作为唯一判断依据。研读本篇必须明白"征圣"的角度和实际所指，从刘勰所总结的三个作用、四个方法和"雅丽"原则出发，由此可以清晰知道他的"征圣"是从文章写作角度来说的，并不是从思想体系上来说的。

语译：

制礼作乐撰写经典的是伟大圣人，阐述礼乐义理深意的是贤明才士。陶冶教化百姓情性，是高尚圣哲的宏伟功业。孔子的文章，可以听到见到，圣人的情感意志，体现在文辞之中。古代帝王的声威教化，分布在圣典的版牍简册里，孔子的风貌文采，也洋溢于他的格言中。所以颂扬远古唐尧时代，称其光彩明亮丰硕茂盛；赞美和他相近的周代（兼备夏、商二代风采），称其郁郁葱葱而可以依从，这是政治教化需要以文章来体现的表征。郑简公率军攻入陈国（子产奉命向当时盟主晋国告捷帮助晋惠公复国），全是郑国大夫子产外交辞令获得的功勋；宋国大夫向戎以很高的礼节宴飨赵文子，因宾主言辞恰当丰富多彩而符合礼仪被记录下来，这是外交、军事功业事迹需要言辞文章来实现的证明。赞扬子产辞令，则称"言语要充分表达情志，文采要充分修饰语言"；泛论君子言行，则称"情感要真实，文辞要巧妙"。这是说士人君子修身养性需要用文章来陶冶的范例。所以意志深厚充沛语言富有文采，情感诚挚真实文辞生动巧妙，这才是饱含文采的玉牒，撰写文章的金科啊！

圣人的观察如日月鉴照宇宙万物，圣人的思维微妙深刻善能领悟到宇宙万物深奥内涵；圣人文章为后来确立了基本规格，而其思维内容也和神明启示的真理（神理）符合一致。或者以简洁的语言充分表达丰富的意旨，或者以富博的文辞完美展示内心的感情，或用明白的道理来建立行文体制，或以深隐的语义来蕴藏文章功用。《春秋》经传皆讲究"一字褒贬"（从一个字的用法去体现褒贬的态度），《礼记·曾子问》论穿轻丧服不参加祭祀包含了穿重丧服更不能参加祭祀的观点,这就是"简言以达旨"。《诗经·豳风》用很多章连在一起、很多句子互相堆积,《礼记·儒行》以繁缛文辞反复论说君子行为礼节,这就是"博文以该情"。文字明确决断像《周易》夬卦,文章清晰晓畅如《周易》离卦,这就是"明理以立体"。《周易》太阳、太阴、少阳、少阴四种易象(皆由阴阳两个符号组成,由此而产生八卦。由四象发展到八卦,来象征宇宙万物)含义十分精深隐蔽,《春秋》"五例"以婉转曲折的语辞来说明其蕴藏深意,这就是"隐义以藏用"。由上述四种写作方法("简言以达旨""博文以该情""明理以立体""隐义以藏用")可以知道繁略形态不同,隐显方法各异,抑止或引申随顺当时情况来决定,善于通达变化以适合实际需要,如果能以周公、孔子文章来验征,就有师法的依据了。

所以论述文章写作,必须以圣人为典范;而以圣人为榜样,则必须以六经为标准。《周易·系辞》说:"辨别事物要用正确恰当的言词,文辞明晰果断辨别事物才能真正完备。"《尚书·毕命》说:"文辞要充分体现关键要领,不应该只追求奇异华美。"所以正确恰当的言词才能对事物作出符合实际的分辨,能体现所要说明的基本思想才能形成合适文辞;形成合适文辞才没有追求奇诡的弊病,明确辨析事物才能有明白决断的美义。圣人文章含义精深曲隐,但是不会伤害其正确恰当;圣人言辞微妙隐晦,也不会损害它表达要领。体现基本要领和委婉微妙言辞和谐一致,正确的言论和精深的含义同时并用。古代圣哲的文章,亦可见一般了。春秋时期鲁国隐士颜阖回答鲁哀公问时说:"孔子的为人犹如在漂亮羽毛上再施加文采,只是偏重华艳辞藻。"他虽然想诋毁圣人,却并不能得逞。故而圣人的文章既有雅正充实的内容又有华美艳丽的辞采,真正是华实并茂的杰作。天道深隐奥妙很难真正理解,自古以来还是有很多人去钻研探讨,但是圣人的文章则是清晰可见的,为什么不去做认真的思索呢!如果能够依据圣人文章而立言,那么自然就能接近圣人传统写出最好的作品了。

总论:悟性微妙生而知之,聪明智慧实为主宰。义理精深发为文章,清秀气魄铸成瑰采。识见深邃日月高悬,丰赡辞采无尽山海。人生苦短百岁易逝,文章载心千载永在。

注订:

(1)此处的"作"和"述",都是指六经而言的。故孔子说:"述而不作,信而好古。"(《论语·述而》)但后来有很多人认为并非只有圣人才能作,如汉代的王充等,不赞成"述而不作"之说,特别强调"作"的意义和价值,提倡"作"而贬低"述"。《礼记·乐记》:"故知礼乐之情者能作,识礼乐之文者能述,作者之谓圣,述者之谓明。"郑玄注:"述,谓训其义也。"孔颖达《正义》:"述,谓训说义理。既知文章升降,辨定是非,故能训说礼乐义理,不能制作礼乐也。圣者通达物理,故作者之谓圣,则尧、舜、禹、汤是也。""明者辨说是非,故修述者之谓明,则子游、子夏之属是也。"

(2)"陶铸",陶冶,教化。《庄子·逍遥游》:"陶铸尧舜。""上哲",上古哲人,即上文"作者曰圣"的圣人,也就是指尧、舜、禹、汤、文王、周公、孔子等。可参看《原道》篇:"夫子继圣,独秀前哲。""雕琢情性,组织辞令。"

(3)"夫子",孔子。"文章",指孔子整理删定的六经,本书《原道》篇所谓"镕钧六经"。孔子是"独秀前哲"的圣人,其著作不是"述"而是"作"。《论语·公冶长》:"子贡曰:夫子之文章可得而闻;夫子之言性与天道,不可得而闻也。"《周易·系辞下》:"圣人之情见乎辞。"孔颖达《正义》:"辞则言其圣人所用之情,故观其辞而知其情也。"

(4)"文辞",唐写本无"文"字,此句为"则圣人之情,见乎辞矣"。元、明各本均为"文辞",今依此。

(5)"圣化",圣哲的教化,唐写本作"声教",则谓"威声文教"。本书《练字》篇有"先王声教"之语。"方策",指木简、竹简等书籍。《礼记·中庸》:"子曰:文武之政,布在方策。"郑玄注:"方,版也;策,简也。"孔颖达《正义》:"言文王武王为政之道,皆布列于方牍简策。"

(6)"风采",风貌文采。本书《书记》篇:"所以散郁陶,托风采。""格言",可以作为后世效法之言。范注:"《论语比考谶》:'格言成法,亦可以次序也。'(《文选》潘岳《闲居赋》注,又沈约《奏弹王源》注引)《(孔子)家语·五仪》篇云:'口不吐训格之言。'注:'格,法也。'""于",唐写本作"乎"。

(7)"唐世",指尧为皇帝时代。"焕",光明。《论语·泰伯》:"子曰:大哉尧之为君也,巍巍乎,唯天为大,唯尧则之。荡荡乎,民无能名焉;巍巍乎其有成功也,焕乎其有文章。"何晏注:"孔曰:则,法也。美尧能法天而行化。""包曰:荡荡,广远之称。言其布德广远,民无能识其名焉。""功成化隆,高大巍巍。""焕,明也。其立文垂制又著明。"邢昺疏:"此章叹美尧也。'子曰:大哉,尧之为君也!巍巍乎,惟天为大。唯尧则之'者,则,法也。言大矣哉,尧之为君也。聪明文思,其德高大,巍巍然有形之中,唯天为大,万物资始,四时行焉,唯尧能法此天道而行其化焉。'荡荡乎,民无能名焉'者,荡荡,广远之称。言其布德广远,民无能识其名者焉。'巍巍乎其有成功也'者,言其治民功成化隆,高大巍巍然。'焕乎其有文章'者,焕,明也。言其立文垂制又著明也。"

(8)"褒",赞美。"郁",茂盛貌。《论语·八佾》:"子曰:周监于二代,郁郁乎文哉!吾从周。"何晏注:"孔曰:'监,视也。言周文章备于二代,当从之。'"邢昺疏:"此章言周之礼文。犹,备也。'周监于二代,郁郁乎文哉'者,监,视也。二代,谓夏、商。郁郁,文章貌。言以今周代之礼法文章,回视夏、商二代,则周代郁郁乎有文章哉。吾从周者,言周之文章备于二代,故从而行之也。"

(9)"政化",指政治教化。"征",验证,表征。

(10)"文辞",元、明各本作"立辞",冯舒、何焯校本均作"文辞",与《左传》一致,今依此。《左传》襄公二十五年《经》云:"六月,壬子,郑公孙舍之帅师入陈。"孔颖达《正义》:"《释例》曰:陈、蔡、楚之与国,郑欲求亲于晋,故伐而入之。晋士庄伯诘其侵小,且问陈之罪,子产答以东门之役,故免于讥。……陈之见伐,本以助晋,晋不逆劳,而以法诘之,得盟主道理。故仲尼曰:'晋为伯,郑入陈,非文辞不为功,善之也。'"《传》云:"郑子产献捷于晋。晋人问陈之罪,对曰:

'……今陈忘周之大德,蔑我大惠,弃我姻亲,介恃楚众,以凭陵我敝邑。不可亿逞(亿,度也。逞,尽也)。我是以有往年之告(谓郑伯稽首告晋,请伐陈),未获成命(未得伐陈命),则有我东门之役(前年陈从楚伐郑东门)。……'晋人曰:'何故侵小?'对曰:'先王之命,唯罪所在,各致其辞。……'(晋)士庄伯不能诘。……十月,子展相郑伯如晋,拜陈之功(谢晋受其功)。子西复伐陈,陈及郑平(前虽入陈,服之而已,故更伐以结成)。仲尼曰:'志有之(志,古书),言以足志,文以足言(足犹成也)。不言,谁知其志。言之无文,行而不远(虽得行,犹不能及远)。晋为伯,郑入陈,非文辞不为功。慎辞哉!'"郑简公率军攻入陈国,晋人责问陈国之罪,子产指陈背恩,联楚伐郑,而晋国却不管,所以郑要去讨伐。孔子赞扬子产的对答适当。

(11)据《左传》襄公二十七年记载:"五月,甲辰,晋赵武至于宋。丙午,郑良霄至。六月,丁未朔,宋人享赵文子,叔向为介,司马置折俎,礼也(折俎,体解节折,升之于俎,合卿享宴之礼,故曰礼也。《周礼》司马掌会同之事)。仲尼使举(记录之也)是礼也,以为多文辞(宋向戌自美弭兵之意,敬逆赵武。赵武、叔向因享宴之会,展宾主之辞,故仲尼以为多文辞)。"孔颖达《正义》:"盖于此享也,宾主多有言辞,时人迹而记之。仲尼见其事,善其言,使弟子举是宋享赵孟之礼,以为后人之法。丘明述其意。仲尼所以特举此礼者,以为此享多文辞,以文辞为可法,故特举而施用之。""俎",盛牲礼器。宋国平公宴请晋国来的贵宾赵文子,按照礼节,非常隆重,备有蒸肉招待。宴会上双方讲话都很文雅,彬彬有礼,善于辞令。孔子特别让学生记下这次宴会的礼节和辞令。"多文",元本、弘治本作"多方",今依王惟俭本作"多文",梅庆生本谓孙汝澄改,唐写本亦同。

(12)"迹",元明各本皆同,唐写本作"绩"。

(13)"言以足志",见注(10)。

(14)"情欲信,辞欲巧",情感要真实,文辞要巧妙。语见《礼记·表记》:"子曰:'君子不以色亲人,情疏而貌亲。在小人,则穿窬之盗也与。'子曰:'情欲信,辞欲巧。'"郑玄注:"巧谓顺而说也。"孔颖达

《正义》:"既称情疏而貌亲,故更明情貌信实,所以重言之也。辞欲巧者,言君子情貌欲得信实,言辞欲得和顺,美巧不违逆于理,与巧言令色者异也。"指君子的人品道德修养而言。

(15)"志足",弘治本作"忠足",非。谢兆申改为"志足"。当依元本作"志足"。

(16)"含章",蕴涵文采。"秉文",把握文章。含章、秉文,互对而义同,均指美好文章之写作。"玉牒",珠玉一般的牒札。"金科",金银一般的条例。此均比喻珍贵美文之创作要领。

(17)"鉴周",普遍周到的观察。"日月",比喻观照整个宇宙。"几",元、明各本作"机",冯舒谓"当作几",何焯、黄叔琳同。以"几"为妥,本书《论说》篇:"锐思于几神之区。"可证。范注引《周易·系辞》"阴阳之义配日月"谓:"鉴周日月,犹言穷极阴阳之道。"《周易系辞》:"唯几也,故能成天下之务;唯神也,故不疾而速,不行而至。"韩康伯注:"适动微之会曰几。"《周易·系辞》又曰:"子曰:知几其神乎!君子上交不谄,下交不渎,其知几乎。几者动之微,吉之先见者也。君子见几而作,不俟终日。"

(18)"规矩",法度、规格。"符契",即符节。发兵符和使者所持之节,两者应该是密合的。此指"神理"。"思合符契",指圣人的思考和神明思理完全吻合。以下总结出圣人文章四种基本表现形式:简、繁、显、隐。下文分别举例说明之。

(19)范宁《春秋穀梁传序》:"一字之褒,宠踰华衮(衮冕,上公之服)之赠;片言之贬,辱过市朝之挞。"杨士勋疏:"言仲尼之修《春秋》,文致褒贬。若蒙仲尼一字之褒,得名传竹帛,则宠踰华衮之赠,若定十四年石尚欲著名于《春秋》是也。若被片言之贬,则辱过市朝之挞,若宣八年仲遂为弑君不称公子是也。言华衮则上比王公,称市朝则下方士庶。衮则王公之服,而有文华。或以对市朝言之,华衮当为二,非也。"杜预《春秋左氏传序》:"《春秋》虽以一字为褒贬,然皆须数句以成言。"孔颖达《正义》:"褒则书字,贬则称名,褒贬在于一字。褒贬虽在一字,不可单书一字以见褒贬,故答或人曰:'《春秋》虽以一字为褒贬，皆须数句以成言语，非如八卦之爻，可错综为六十四也。'卦之爻也，一爻变，则成为一卦；经之字也，一字异不得成为一义。故经必须数句以成言，义则待传而后晓，不可错综经文以求义理，故当依传以为断。"此以《春秋》和《礼记》的例子来说明"简言以达旨"。如《春秋》隐公元年："郑伯克段于鄢。"郑伯，指郑庄公，段，即共叔段，郑庄公亲弟弟。其父郑武公娶武姜，生庄公时难产，所以不喜欢庄公，而喜欢小儿子共叔段。郑庄公即位后，武姜要求他给共叔段封地，庄公封段于大邑京。共叔段在京，称京城大叔，并将邻近的两邑使归自己，又修缮城防，训练士兵，准备攻打郑庄公，而其母则将为内应。为此郑庄公命其子带兵攻京邑，京城人都背叛共叔段，共叔段逃到郑国的鄢邑。郑庄公进攻鄢，打败共叔段。共叔段遂出奔到共国。《春秋》这里用"段"，而不称他是郑庄公弟，是谴责他违背了做弟弟的身份；用"克"字，是把他看作敌人。又说不称"庄公"，而称"郑伯"，是因为他对弟弟有失教诲。本书《宗经》篇："《春秋》辨理，一字见义。"《史传》篇："褒见一字，贵踰轩冕；贬在片言，诛深斧钺。""丧服举轻以包重"，《礼记·曾子问》："缌不祭。"缌，细麻布，多用以制丧服，这是轻的丧服，穿这种丧服的不参加祭祀。"缌不祭"，包含了穿更重丧服的更不参加祭祀的意思。"包"，唐写本作"苞"。

(20)《豳风·七月》是《国风》中最长的一篇诗，有八章，每章十一句。《儒行》是《礼记》中的一篇，《礼记·儒行》篇："哀公问曰：'敢问儒行？'孔子曰：'遽数之，不能终其物，悉数之，乃留，更仆未可终也。'"郑玄注："遽，犹卒也。物，犹事也。留，久也。仆，大仆也。君燕，朝则正位，掌摈相。'更'之者，为久将倦，使之相代。"孔颖达《正义》："'鲁哀公问于孔子'者，言夫子自卫反鲁，哀公馆于孔子，问以'儒行'之事。记者录之，以为《儒行》之篇。孔子说儒凡十七条，其从上以来至下十五条，皆明贤人之儒。其第十六条，明圣人之儒，包上十五条贤人之儒也。其十七条之儒，是夫子自谓也。"范注："据《礼记·儒行》篇郑注，则孔子所举十有五儒，加以圣人之儒为十六儒也。"这都是讲有道德的儒者行为，孔子指出有自立、容貌、备豫、近人、特立、刚毅、仕、忧思、宽裕、举贤援能、任举、特立独行、规为、交友、尊让十五种(《儒行》所说贤人之儒,实际是十六种,有两种都称"自立",故郑玄谓十五种),加上圣人之儒"不陨获于贫贱,不充诎于富贵,不恩君王,不累长上,不闵有司",一共十六种。"繁辞",唐写本作"繁词"。

(21)"书契",即文字。"断决",元、明各本均同,唐写本为"决断"。《周易·系辞》:"上古结绳而治,后世圣人易之以书契,百官以治,万民以察,盖取诸《夬》。"《夬》,是《周易》卦名,表示决断。《象》曰:"夬,决也,刚决柔也。"韩康伯注:"夬,决也;书契所以决断万事也。""昭晰",原为"昭哲",唐写本作"昭晣",晣,或作晢。王利器《文心雕龙校证》:"徐(燉)校作'晰'。"引孙怡让说,谓:"案徐校孙说是也。"昭晰,明白、清晰。"离",是《周易》卦名。根据《周易·离卦》彖辞:"离,丽也。日月丽乎天,百谷草木丽乎土,重明以丽乎正,乃化成天下。"丽,是依附、附着的意思。清人黄叔琳《文心雕龙辑注》引项世安曰:"日月丽乎天而成明,百谷草木丽乎土而成文,故离为文又为明。"《周易·说卦》:"离也者,明也,万物皆相见,南方之卦也。圣人南面而听天下,向明而治,盖取诸此也。"又曰:"离为火,为日,为电。"离卦有明晰的含义。"效离",元本、弘治本作"象离",此据唐写本。

(22)按:"四象"之说本见于《周易·系辞》:"《易》有太极,是生两仪;两仪生四象,四象生八卦。八卦定吉凶,吉凶生大业。是故法象莫大乎天地,变通莫大乎四时,悬象著明莫大乎日月。"此处"四象"指春、夏、秋、冬。唐李鼎祚《周易集解》引虞翻说:"四象,四时也。两仪,乾坤也。乾二五之坤,成坎、离、震、兑。震春,兑秋,坎冬,离夏,故两仪生四象。"然孔颖达在《周易正义》里引庄氏说,谓四象是指卦象运用中的实象、假像、义象、用象。黄侃《文心雕龙札记》:"四象:彦和之义盖与庄氏同,故曰:四象精义以曲隐。《正义》引庄氏曰:四象,谓六十四卦之中有实象,有假像,有义象,有用象。"周振甫《文心雕龙注释》同黄说,并谓:"按如《乾》卦,以乾象天,当为实象。乾象天,引申为父,当为假像。乾,健也,当为义象。乾有四德:元亨利贞,即始通和正,开始亨通,得到和谐贞正,当为用象。这四象的含义是曲折隐晦的。"此亦可备一说,然孔颖达引庄说,刘勰可能并未见到。杜预《春秋左氏传序》:"故发传之体有三,而为例之情有五。一曰'微而显',文见于此,而起义在彼。'称族,尊君命;舍族,尊夫人''梁亡''城缘陵'之类是也。二曰'志而晦',约言示制,推以知例。参会不地、与谋曰'及'之类是也。三曰'婉而成章',曲从义训,以示大顺。诸所讳辟,璧假许田之类是也。四曰'尽而不污',直书其事,具文见意。丹楹刻桷、天王求车、齐侯献捷之类是也。五曰'惩恶而劝善',求名而亡,欲盖而章。书齐豹'盗'、三叛人名之类是也。"孔颖达《正义》:"传体有三,即上文发凡正例、新意变例、归趣非例是也。为例之情有五,则下文五曰是也。""称族",见成公十四年传。"梁亡",见僖公十九年。"城缘陵",见僖公十四年。"参会",见桓宣公七年,"与谋",见桓公二年。"讳辟",见僖公十六至十七年。"璧假",见桓公元年。"丹楹",见庄公二十三年至二十四年。"天王",见桓公十五年。"齐侯",见庄公三十一年。"齐豹",见昭公二十年。"三叛",见襄公二十一年、昭公三十一年。周振甫《文心雕龙注释》曰:"一,微而显,像《春秋》僖公二十年(按:当为僖公十九年):'梁亡。'不写秦灭梁,含有梁君暴虐自取灭亡意,是微;但责备梁君较显。二,志而晦,《春秋》宣公十七年(按:当为宣公七年):'公会齐侯伐蔡(当为伐莱)。'用'会'表示鲁公事前不知道,倘事前知道得用'及'。这样记(志),含义隐晦。三,婉而成章,《春秋》桓公元年:'郑伯以璧假(借)许田。'郑国拿田来和鲁国交换许田,因价值不相当,再加上块璧。照规矩,诸侯的田不能互相交换,所以写成用璧来借许田,这是婉转隐讳的说法。四,尽而不污,《春秋》桓公十五年:'天王使家父来求车。'照礼节,天子不能在诸侯贡品外向诸侯要东西,这里老实写出,不加隐讳。五,惩恶而劝善,《春秋》襄公二十一年:'以漆、闾丘来奔。'邾庶其没有名望,他的名字没资格写进《春秋》,他带了土地来投奔,孔子憎恶他出卖祖国土地,所以记入《春秋》来显示他的罪状。""以婉晦"之"以",唐写本作"而"。

(23)"形",唐写本作"制"。"适会",原为"会适",此据唐写本改。《章句》篇:"随变适会,莫见定准。"

(24)"是以论文,必征于圣;窥圣,必宗于经",元本、弘治本、王惟俭本等皆作"是以政论文,必征于圣,必宗于经"。明代杨慎补为:"子政论文,必征于圣;稚圭劝学,必宗于经。"可能是因为看到本书《乐府》篇有"昔子政论文,诗与歌别"之语。稚圭,匡衡之字,汉成帝时曾"上疏劝经学威仪之则"。梅庆生本等从杨补。然杨补无确凿根据,此依据唐写本。

(25)《周易·系辞下》:"夫易彰往而察来,而微显阐幽,开而当名,辨物正言,断辞则备矣。"韩康伯注:"夫易彰往而察来,而微显阐幽。易无往不彰,无来不察,而微以之显,幽以之阐。阐,明也。""开释爻卦,使各当其名也。理类辨明,故曰'断辞'也。"孔颖达《周易正义》曰:"'辨物正言'者,谓辨天下之物,各以类正定言之。若辨健物,正言其龙;若辨顺物,正言其马,是辨物正言也。'断辞则备矣'者,言开而当名,及辨物正言,凡此二事,决断于爻卦之辞,则备具矣。"李鼎祚《周易集解》引干宝说云:"辨物,辨物类也。正言,言正义也。断辞,断吉凶也。如此,则备于经矣。""正言"或释为雅正之言,不妥。此指正确言辞,无雅正之意。

(26)"不",原作(本书凡谓"原作某某",其含义除元本、弘治本外,尚有重要明清版本与之相同。此与引其他著作所说中"原作"含义不同,如引王利器文中所说"原作",则为王著底本黄叔琳辑注本)"弗",此据唐写本改,与《尚书》合。黄侃《文心雕龙札记》:"伪《古文尚书·毕命》篇:'政贵有恒,辞尚体要,不惟好异。'孔氏传:'辞以体实为要,故贵尚之。若异于先王,君子所不好。'《正义》:'为政贵在有常,言辞尚其体实要约,当不唯好其奇异。'"《序志》篇:"盖《周书》论辞,贵乎体要。"

(27)"辨",元、明各本作"辩",此据弘治本、唐写本。"辞成"下,唐写本有"则"。"美",元、明各本作"义",此据唐写本。此处"立辨"之"辨"与"辨立"之"辨",原均作"辩",今据唐写本改。"尤",过失。"美",原作"义",此据唐写本改。这正是强调圣人文章特点不仅内容深奥体要,而且文辞也端正微妙。黄侃《文心雕龙札记》:"案自'《易》称辨物正言',至'正言共精义并用',乃承'四象'二语,以辨隐显之宜。恐人疑圣文明著,无宜有隐晦之言,故申辨之。盖正言者,求辨之正,而渊深之论,适使辨理坚强。体要者,制辞之成;而婉妙之文,益使辞致娇美。非独隐显不相妨碍,惟其能隐,所以为显也。然文章之事,固有宜隐而不宜显者,《易》理邃微,自不能如《诗》《书》之明莿;《春秋》简约,自不能如《传》《记》之周详。必令繁辞称说,乃与体制相乖。圣人为文,亦因其体而异,《易》非典要,故多陈几深之言,史本策书,故简立褒贬之法,必通此意,而后可与谈经。"

(28)《庄子·列御寇》:"鲁哀公问于颜阖曰:'吾以仲尼为贞干,国其有瘳乎?'曰:'殆哉圾乎!仲尼方且饰羽而画,从事华辞,以支为旨。忍性以视民,而不知不信,受乎心,宰乎神,夫何足以上民!'"成玄英疏:"言仲尼有忠贞干济之德,欲命为卿相,鲁邦乱病庶瘳差矣。"郭象注:"圾,危也。夫至人以民静为安,今一为贞干,则遗高迹于万世,令饰竞于仁义,而雕画其毛彩。百姓既危殆,人亦无以为安也。"成玄英疏:"殆,近也。圾,危也。以贞干迹率物,物既失性,仲尼何以安也!方将贞干辅相鲁廷,万代奔逐,修饰羽仪,丧其真性也。圣迹既彰,令从政任事,情伪辞华,析派分流为意旨也。后代人君,慕仲尼遐轨,安忍情性,用之临人,上下相习,矫伪黔黎,而不知已无信实也。以华伪之迹教云苍生,禀承心灵,宰割真性,用此居人之上,何足称哉!后代百姓,非直外形从之,乃以心神受而用之,不能复自得之性,以此居民上,何足可安哉!""贞干",指国家的重臣。"瘳",变好,转危为安。"饰羽而画",羽毛本身已经有文采,再画上色彩,就过分了,显得华而不实。"以支为旨",以支离碎乱的话当作正旨。"何足以上民",怎么能居于民上呢。"徒事",梅庆生从何焯校改为"从事",不妥。今依唐写本及元、明各本。

(29)"訾",元、明各本作"此言",冯舒、何焯校谓"此言"是"訾"之讹。今依唐写本作"訾"。"弗可得已",唐写本作"不可得也"。

(30)"雅丽",雅正的内容和华丽的形式之和谐统一。这是刘勰对圣人文章写作特点和经验的概括,是对文章写作的基本要求。《诠赋》篇:"原夫登高之旨,盖觌物兴情,情以物兴,故义必明雅;物以情觌,故词必巧丽。丽词雅义,符采相胜。"《才略》篇:"吐纳经范,华实相扶。"

(31)《论语·公冶长》:"子夏曰:夫子之文章可得而闻也;夫子之言性与天道,不可得而闻也。"何晏注云:"章,明也。文彩形质著见,可以耳目循。性者,人之所受以生也。天道者,元亨日新之道。深微,故不可得而闻也。"但孔子的学生还是非常恭敬而认真地去瞻仰和钻研孔子的道。《论语·子罕》:"颜渊喟然叹曰:仰之弥高,钻之弥坚。瞻之在前,忽焉在后。"何晏注:"喟,叹声。言不可穷尽。""言恍惚不可为形象。""胡宁",即何乃,也就是为什么的意思。《诗经·大雅·云汉》:"胡宁忍予。"《诗经·魏风·园有桃》:"其谁知之,盖亦勿思。"唐写本"犹"作"且","胡宁"作"胡曰"。

(32)"若",唐写本无。"庶矣",接近。《论语·先进》:"子曰:回也其庶乎,屡空。"何晏《论语集解》:"言回庶几圣道,虽数空匮,而乐在其中。"

(33)《论语·季氏》:"孔子曰:生而知之者,上也。"邢昺疏曰:"'生而知之者上也'者,谓圣人也。""睿哲",圣哲。

(34)"精理",精深的义理。"秀气",秀丽清新气质。唐写本"睿"作"叡"。《诗经·商颂·长发》:"濬哲惟商。"郑玄笺:"深知乎!维商家之德也,久发见其祯祥矣。"

(35)"徂",去,往。"影徂",形影消散。

《宗经》篇

三极彝训,其书言经⁽¹⁾。经也者,恒久之至道,不刊之鸿教也⁽²⁾。故象天地,效鬼神,参物序,制人纪⁽³⁾,洞性灵之奥区,极文章之骨髓者也⁽⁴⁾。皇世《三坟》,帝代《五典》,重以《八索》,申以《九丘》⁽⁵⁾,岁历绵暖,条流纷糅。自夫子删述,而大宝咸耀⁽⁶⁾。于是《易》张"十翼⁽⁷⁾",《书》标"七观⁽⁸⁾",《诗》列"四始⁽⁹⁾",《礼》正"五经⁽¹⁰⁾",《春秋》"五例⁽¹¹⁾"。义既极乎性情,辞亦匠于文理⁽¹²⁾,故能开学养正,昭明有融⁽¹³⁾。然而道心惟微,圣谟卓绝,墙宇重峻,而吐纳自深⁽¹⁴⁾。譬万钧之洪钟,无铮铮之细响矣⁽¹⁵⁾。

夫《易》惟谈天,入神致用⁽¹⁶⁾。故《系》称旨远辞文,言中事隐⁽¹⁷⁾,韦编三绝,固哲人之骊渊也⁽¹⁸⁾。《书》实记言,而诂训茫昧,通乎《尔雅》,则文意晓然⁽¹⁹⁾。故子夏叹《书》,昭昭若日月之明,离离如星辰之行,言昭灼也⁽²⁰⁾。《诗》主言志,诂训同书⁽²¹⁾,摛风裁兴,藻辞谲喻,温柔在诵,故最附深衷矣⁽²²⁾。《礼》以立体,据事制范⁽²³⁾,章条纤曲,执而后显,采掇片言⁽²⁴⁾,莫非宝也。《春秋》辨理,一字见义,五石六鹢,以详略成文⁽²⁵⁾;雉门两观,以先后显旨⁽²⁶⁾;其婉章志晦,谅以邃矣⁽²⁷⁾。《尚书》则览文如诡,而寻理即畅;《春秋》则观辞立晓,而访义方隐。此圣文之殊致,表里之异体者也⁽²⁸⁾。

至根柢盘深,枝叶峻茂⁽²⁹⁾,辞约而旨丰,事近而喻远,是以往者虽旧,余味日新,后进追取而非晚,前修文用而未先⁽³⁰⁾,可谓太山徧雨,河润千里者也⁽³¹⁾。

故论、说、辞、序,则《易》统其首;诏、策、章、奏,则《书》发其源;赋、颂、歌、赞,则《诗》立其本;铭、诔、箴、祝,则《礼》总其端;纪、传、盟、檄,则《春秋》为根⁽³²⁾;并穷高以树表⁽³³⁾,极远以启疆,所以百家腾跃,终入环内者也。若禀经以制式,酌雅以富言⁽³⁴⁾,是仰山而铸铜,煮海而为盐也⁽³⁵⁾。故文能宗经,体有六义⁽³⁶⁾:一则情深而不诡,二则风清而不杂⁽³⁷⁾,三则事信而不诞,四则义贞而不回⁽³⁸⁾,五则体约而不芜,六则文丽而不淫。扬子比雕玉以作器⁽³⁹⁾,谓五经之含文也。夫文以行立,行以文传,四教所先,符采相济⁽⁴⁰⁾。励德树声,莫不师圣⁽⁴¹⁾,而建言修辞,鲜克宗经。是以楚艳汉侈,流弊不还,正末归本,不其懿欤⁽⁴²⁾!

赞曰:三极彝道,训深稽古⁽⁴³⁾。致化归一,分教斯五⁽⁴⁴⁾。性灵镕匠,文章奥府。渊哉铄乎,群言之祖⁽⁴⁵⁾。

简析:

本篇说明学习圣人文章要具体落实到六经,圣人对文章功用和基本写作方法的认识和经验,就体现在经典之中。六经中的《乐经》没有流传下来,所以一般都说五经。五经以天道来阐明人道,以自然之道来阐明儒家之道,其功效和作用是巨大的。经孔子整理删定的五经,各有自己的特点:《周易》论述天道,是具有哲理性的著作;《尚书》记载政治文诰和君臣对话,为政论文献;《诗经》是言志缘情的,乃是文学创作;《礼经》是论述典章制度和礼节仪式的,属于法制性文件;《春秋》则是记载历史的,为史学巨典;《乐经》虽佚属于艺术类别。因此,六经包含了哲学、政治、文学、艺术、法制、历史等人文的不同部门。它们在内容和形式上各不相同,各有不同的写作方法,例如《尚书》的"览文如诡,而寻理即畅",《春秋》的"观辞立晓,而访义方隐"。因此现存的五经成为后世各种不同文体的源头,每一经均发展为相应的多种文章体裁,如《诗经》为各种韵文之首,《春秋》为各类史学著作之祖,等等。文章写作若能以经书为典范,则可以具备六个方面的重大意义,包括内容方面的主体意识(情、风)和客观社会生活(事、义),形式方面的体裁和文辞(体、文)。这是对文学创作内容和形式各个构成因素的分析,也为文章写作提出了明确具体的标准和要求。"宗经"不是因袭经书,更不是要求文章内容都必须符合经书,而是要明白各类文章的源头在五经,因此其基本写作要点,也可以从经书中得到启发。他的出发点还是在文章的写作,要从经书中取得必要的经验。重的是经书的"文",而不是经书的"道"。要从经书中找到合适的写作经验和技巧方法。所以特别分析了五经的不同性质及其写作特点,目的是为后世各种众多文体找到根据。这和扬雄的原道、征圣、宗经是有不同的。扬雄重道,刘勰重文。刘勰对五经特点的分析中,尤其值得我们重视的是对《诗经》的论述,这里很清楚地体现了他对文学特征的认识,不仅指出了诗歌的"言志"本质,也强调了其抒情特色,"温柔在诵,最附深衷",能以感情激起人们的心灵共鸣。而他所提出的"文能宗经,体有六义",更说明他对文学作品有很清晰的美学要求:感情深刻鲜明、风格清新有力、叙事真实正确、义理严谨正直、体制精练简洁、文辞华丽适度。这也是从总结经典中提出来的。

《原道》《征圣》《宗经》都是讲的所有文章写作必须继承的基本传统,属于"通变"中"通"的部分。同时,也是对于"道、圣、经"关系的重要阐述。

语译:

天、地、人终极原理的通常训示,记载在书本就是"经"(六经)。所谓"经",乃是永恒的最高真理,不可磨灭的伟大教导。圣人经书乃取法天地,仿效鬼神,研究万物生长规律,并制订出人伦纲纪,洞察人类灵性的最深奥领域,而穷尽文章的核心精髓。三皇(伏牺、神农、黄帝)时代的《三坟》,五帝(少昊、颛顼、高辛、唐、虞)时代的《五典》,再加记载八卦之说的《八索》,记录九州风物的《九丘》,都是传说中的古代经典文献。由于岁月久远未流传下来,所以晦暗不明,而后人所说分支流派众多纷纭复杂(难以有清晰正确的理解)。自从孔子对五经加以删述整理,圣人的宝贵经典始展现其耀眼光辉。于是《周易》有了解释经文的十种《易传》,《尚书》则标明了七种观察的角度,《诗经》列举了《风》《小雅》《大雅》《颂》四类言王政兴废的作品,《礼经》严格规定了吉、凶、宾、军、嘉五种礼仪,《春秋》以实例指明了五种不同表达方式。五经的义理既能体现至高至大情性,文辞运用又能如工匠运斧合乎纹理有条不紊,故能启发后学涵养正道,使之(光明正道)发出灿烂光辉长久地延续下去。神明所揭示的自然真理极为幽微难测,而圣人所展现的宏图大略更是无与伦比,有如高墙深院重叠俊伟,蕴育渊深出入奥妙,犹如宏大的巨钟声音厚重,而没有铮铮的细微声响。

  《易经》是专门谈论天道的(有关宇宙本体各种问题),深入阐述神明意旨(解释自然社会现象),发挥实际功用。所以《系辞》说《周易》经文特点是旨意深远文辞多彩,言语切中事理叙事隐晦曲折。孔子喜爱读《易》,以至于用牛皮捆绑竹简的绳子断裂了三次,《周易》确是圣人运用哲理思考的渊薮。《尚书》实际是记录君臣对话之作,但是古语艰涩茫然难明,然而通过《尔雅》这类解释古辞的著作,那么其文意即可通畅晓达。孔子的学生子夏感叹《尚书》说:"其叙事昭著如日月之光明磊落,其内容条理如星辰之交错运行。"这是说《尚书》的意义是清晰明白的。《诗经》以言志为主,其文辞训诂和《尚书》一样,它铺展风、雅、颂三类作品,运用赋、比、兴艺术手法,文辞藻饰比喻诡谲,诵读《诗经》具有温柔敦厚风貌,最能引起人内心感情的强烈共鸣。《礼经》(包括《周礼》《仪礼》《礼记》)是确立礼仪体式的,根据具体事理来制订各种规范,章法条文非常详尽细密,执行之后即可显出效果,采摘《礼经》的片言只语,也都是极其宝贵的。《春秋》善于辨别人事伦理,一个字就可以体现圣人褒贬态度。"五石六鹢"这段经文,足以看出记载不同事例有详略差别;"雉门两观"这段经文,以叙述的先后表明君尊臣卑的应有次序。其文辞的委婉和情志的隐晦,即可说明其旨意的深邃了。《尚书》初观其文,觉得深奥诡异而难以知晓,但若深入细致探讨其义理立即会感到通晓明畅。《春秋》则观看其文辞立即可以知晓其意思,但是要探寻其隐含深义则就很不容易了。这就是圣人的情致趣味差别,构成外表内里体例的不同。

至于经书的根底深厚,枝叶繁茂,文辞简约而宗旨丰硕,叙事切近而寓意深广,虽然是远古旧作,但余味无穷日新月异(始终有重大现实意义)。后学之辈研究经书发扬光大其内容并不为晚,前代学者长久运用也并未能完全超越。就像泰山乌云浓密雨水遍布大地原野,如黄河汹涌波涛灌溉滋润千里良田。

所以后代论、说、辞、序一类说理文体,是以《周易》为首来统率;诏、策、章、奏一类政论文告,则以《尚书》为最早渊源;赋、颂、歌、赞等韵文体式,乃是《诗经》确立了规范;铭、诔、箴、祝等礼仪文体,实是《礼经》开创了端绪;纪、传、盟、檄等史论文体,当是《春秋》建立了根基。"五经"树立了崇高的标准,开辟了广阔的疆域,虽然后来发展出众多文体千差万别,但追索其源头都不能越出"五经"的基本体制范围(如山川飞跃翻腾,还都是在环宇之内)。若能秉承"五经"来制定体式,以圣人"雅言"来丰富文辞,如同依山而铸铜,傍海以煮盐(用之不尽取之不竭)。如果文章写作能以"五经"为榜样,就会有六个方面重要意义:一是思想感情渊深笃实而不诡异媚俗,二是精神风貌清新爽朗而不杂乱模糊,三是叙述情事真实确切而不虚假荒诞,四是义理阐发坚定正直而不歪曲邪僻,五是文体格式精炼简约而不芜杂混乱,六是文辞藻饰华美绚丽而不淫靡泛滥。扬雄以玉石不加雕琢不成宝器,说明圣人五经都包含丰硕文采。文章要以德行来确立,德行要靠文章来流传,孔子文、行、忠、信四种教诲以"文"为先,犹如美玉横纹(文)体现珍贵质地(行、忠、信)镕铸配合。厉行道德树立名声,没有不以圣人为宗师的,撰写文章修饰辞句,没有不以经书为典范的。所以(和经典相比)《楚辞》过于华美艳丽,汉赋更为闳衍奢侈,其后流弊愈来愈严重。纠正末流弊病回归经典正道,岂不是最美好的事吗?

总论:三极常道圣人彝训,教诲深沉稽考古籍。圣明教化目的唯一,经书有五各具教益。镕铸性灵神工巧匠,文学宝库辞藻圭璧。辉光闪耀渊深无比,群言祖宗文章往昔。

注订:

(1)"极",指将天、地、人之道理推向终极。《周易·系辞上》:"六爻之动,三极之道也。"孔颖达《周易正义》:"六爻递相推动而生变化,是天地人三材,至极之道。""彝训",即常训,圣人经常的教导。《尔雅·释诂》:"彝,常也。"《尚书·酒诰》:"聪听祖考之彝训。"孔安国传:"言子孙皆聪听父祖之常教。""其书言经",记载彝训的书就是"经"。唐写本"言"作"曰"。

(2)"恒久之至道",永恒的最高真理。《周易·恒卦》:"恒:亨,无咎,利贞。"孔颖达《正义》:"恒,久也。恒久之道,所贵变通,必须变通随时,方可长久,能久能通,乃无咎也。恒通无咎,然后利以行正。"《象辞》:"天地之道,恒久而不已也。"孔颖达《正义》:"先举天地以为证喻,言天地得其恒久之道,故久而不已也。""不刊之鸿教",不可砍削的鸿伟之教导。《周礼·秋官·柞氏》:"夏日至,令刊阳木而火之;冬日至,令剥阴木而水之。"郑玄注:"刊、剥,互言耳,皆谓斫去次地之皮。"

(3)《礼记·礼运》:"故圣人参于天地,并于鬼神,以治政也。处其所存,礼之序也。玩其所乐,民之治也。"郑玄注:"并,并也,谓比方之也。存,察也。治,所以乐其事居也。""孔子曰:……是故夫礼必本于天,殽于地,列于鬼神,达于丧、祭、射、御、冠、昏、朝、聘。"郑玄注:"圣人则天之明,因地之利,取法度于鬼神以制礼,下教令也。既又祀之,尽其敬也,教民严上也。鬼者,精魂所归。神者,引物而出。谓祖庙山川五祀之属也。"陆德明《经典释文》:"殽,法也。《汉书·礼乐志》:'六经之道同归,而礼乐之用为急。……故象天地而制礼乐,所以通神明,立人伦,正情性,节万事者也。'""效",唐写本作"効"。

(4)"奥区",性灵的最深奥地区。《昭明文选》张衡《西京赋》:"实惟地之奥区神皋。"本书《事类》篇:"实群言之奥区。"陆机《豪士赋》:"福地奥区之凑。""极",尽也。

（5）"重""申",义同,皆有加上之义。《尚书·尧典》:"申命羲叔宅南交。"孔安国传:"申,重也。"《文选》宋玉《九辩》:"秋既先戒以白露兮,冬又申之以严霜。"五臣李周翰注:"申,重也。"孔安国所作《尚书序》说:"伏牺、神农、黄帝之书谓之《三坟》,言大道也。少昊、颛顼、高辛、唐、虞之书谓之《五典》,言常道也。……八卦之说,谓之《八索》,求其义也。九州之志,谓之《九丘》,丘,聚也,言九州所有,土地所生,风气所宜,皆聚此书也。"孔颖达《正义》云:"'坟',大也。以所论三皇之事,其道至大,故曰'言大道也'。以'典'者,常也。言五帝之道,可以百代常行,故曰'言常道也'。""言为论八卦事义之说者,其书谓之《八索》。其论九州之事所有志记者,其书谓之《九丘》。所以名'丘'者,以丘,聚也。言于九州当有土地所生之物,风气所宜之事,莫不皆聚见于此书,故谓之《九丘》焉。"黄侃《文心雕龙札记》:"此数语用伪孔《尚书序》义,彼文曰:《春秋左氏传》曰:楚左史倚相能读《三坟》《五典》《八索》《九丘》,即谓上世帝王遗书也。"《左传》昭公十二年:"左史倚相趋过。王曰:是良史也,子善视之;是能读《三坟》《五典》《八索》《九丘》。"杜预注:"皆古书名。"

（6）"删",元至正本作"刊",此据唐写本。"大宝",指五经。"咸",唐写本作"启"。孔安国《尚书序》:"至于夏商周之书,虽设教不伦,雅诰奥义,其归一揆。是故历代宝之,以为大训。"孔颖达《正义》:"先君孔子生于周末,睹史籍之烦文,惧览者之不一,遂乃定礼乐,明旧章,删《诗》为三百篇,约史记而修《春秋》,赞《易》道以黜《八索》,述职方以除《九丘》。""大宝咸耀",指五经这些伟大宝典,都发出了耀眼光彩。

（7）《易传》十篇,称"十翼",即《彖卦上》《彖卦下》《象辞上》《象辞下》《系辞上》《系辞下》《文言》《说卦》《序卦》《杂卦》。汉儒以为孔子作,《汉书·艺文志》曰:"孔氏为《彖》《象》《系辞》《文言》《序卦》之属十篇。"孔颖达《周易正义》:"其《彖》《象》等十翼之辞,以为孔子所作,先儒更无异论。"据后来学者研究实际并非如此,多数为孔子以后儒家之作。《易传》中有些篇(如非常重要的《系辞》等)当为战国时所作。

(8)传说孔子认为从《尚书》中可以看到七种好处。《尚书大传》:"孔子曰:'六《誓》可以观义,五《诰》可以观仁,《甫刑》可以观诚,《洪范》可以观度,《禹贡》可以观事,《皋陶谟》可以观治,《尧典》可以观美。"六誓为:《甘誓》《汤誓》《泰誓》《牧誓》《费誓》《秦誓》。五诰为:《酒诰》《召诰》《洛诰》《大诰》《康诰》。因《汤诰》为东晋的伪《古文尚书》,故《尚书大传》谨列五诰。七观都是举的《尚书》篇目。

(9)"四始",有两种解释:一是指风、小雅、大雅、颂。始者,谓王道兴衰之所由。此当为《毛诗》与郑笺之说。《毛诗序》:"是以一国之事,系一人之本,谓之《风》。言天下之事,形四方之风,谓之《雅》。雅者正也,言王政之所由废兴也。政有大小,故有《小雅》焉,有《大雅》焉。《颂》者,美盛德之形容,以其成功告于神明者也。是谓四始,诗之至也。"郑笺云:"始者,谓王道兴衰之所由也。"另一说谓"四始"始指风、小雅、大雅、颂各自的第一篇,如司马迁《史记·孔子世家》说:"《关雎》之乱以为《风》始,《鹿鸣》为《小雅》始,《文王》为《大雅》始,《清庙》为《颂》始。"周振甫说:"按《颂赞》说:'四始之至,《颂》居其极。'以《颂》为四始之一,可见刘勰用《毛诗序》说。"这是对的。

(10)"五经",即指五礼。《礼记·祭统》谓:"凡治人之道,莫急于礼;礼有五经,莫重于祭。"郑玄注:"礼有五经,谓吉礼、凶礼、宾礼、军礼、嘉礼也。"孔颖达《正义》:"经者,常也,言吉、凶、宾、军、嘉,礼所常行,故云礼有五经。"

(11)《春秋》之五例,见《征圣》篇注(22)。

(12)"极",元、明各本皆同。杨明照《增订文心雕龙校注》:"唐写本作'挺',宋本《御览》六百八引作'埏'(明钞本《御览》同)。"又曰:"按'埏'字是,'挺'其形误也。作'埏',始能与下句之匠字相俪。《老子》第十一章'埏埴以为器'。""'埏乎性情',与《征圣》篇'陶铸性情'之辞意同(僧祐即以'陶铸'与'埏埴'对举)。曰'埏',曰'陶铸',皆喻教育培养之道也。"杨说不妥。张立斋《文心雕龙考异》:"极字至高至大至正之意,从极是。""匠",运用、经营。"文理",纹理,条理。

(13)《周易·蒙卦》彖辞:"蒙以养正,圣功也。""蒙",启蒙。"正",正道。下句引《诗经·大雅·既醉》:"昭明有融。""昭明",光明。"有",又。"融",长。

(14)"圣谟",元本、弘治本、王惟俭本等作"圣谋",梅庆生本作"圣谟",此据唐写本。《尚书·伊训》:"圣谟洋洋,嘉言孔彰。"孔安国传:"洋洋,美善。言甚明可法。"此指圣人的谋略言论,即五经。这两句着重说明圣人经书的含义高远深奥。孔颖达《正义》:"此叹圣人之谟洋洋美善者,谓上汤作官刑,所言三风十愆,令受下之谏,是善言甚明可法也。""而吐纳",杨明照《增订文心雕龙校注》:"'而',唐写本无,《御览》引同。"

(15)"洪钟",宏大的钟。《昭明文选》张衡《西京赋》:"洪钟万钧。"李善注:"三十斤曰钧。""言大钟乃重三十万斤。"

(16)"易"前有"夫"字,元、明各本无,此据唐写本。"入",元、明各本作"人",此据唐写本改。《周易·系辞》:"精义入神,以致用也。"韩康伯注:"精义,物理之微者也,神寂然不动,感而遂通,故能乘天下之微,会而通其用也。"孔颖达《正义》:"亦言先静而后动。此言人事之用,言圣人用精粹微妙之义,入于神化,寂然不动,乃能致其所用。'精义入神',是先静也;'以致用',是后动也。是动因静而来也。"

(17)《周易·系辞》:"其旨远,其辞文,其言曲而中,其事肆而隐。"韩康伯注:"变化无恒,不可为典要,故其言曲而中也。""事显而理微也。"孔颖达《正义》:"'其旨远'者,近道此事,远明彼事,是其旨意深远。若'龙战于野',近言龙战,乃远明阴阳斗争,圣人变革,是'其旨远'也。'其辞文'者,不直言所论之事,乃以义理明之,是其辞文饰也。若'黄裳元吉',不直言得中居职,乃云黄裳,是其辞文也。'其言曲而中'者,变化无恒,不可为体例,其言随物屈曲,而各中其理也。"(其事肆而隐者)其《易》所载之事,其辞放肆显露,而所论义理幽隐也。""辞文",据梅本依孙汝澄改,至正本、弘治本、唐写本作"辞高"。杨明照曰:"杜预《春秋左传集解序》:'言高则辞远。'《抱朴子·

内篇》极言:'其言高,其旨远。'《陈书·周弘正传》:'(梁武帝诏)设卦观象,事远文高。'遣辞似均出自《易系》,其作'高'与此同。"此可参考。

(18)《史记·孔子世家》:"孔子晚而喜《易》,序《彖》《系》《象》《说卦》《文言》;读《易》,韦编三绝。""骊",骊珠,指珍贵的千金之珠。《庄子·列御寇》:"夫千金之珠,必在九重之渊,而骊龙颔下。""骊渊",喻孔子探索《周易》精义如入深渊而获得骊珠也。

(19)"记言",唐写本作"纪言",王惟俭训诂本同。此据元本、弘治本、梅庆生本等。《汉书·艺文志》:"左史记言,右史记事,事为《春秋》,言为《尚书》,帝王靡不同之。""诂训",唐写本同,黄叔琳本作"训诂",即古言。"茫昧",晦昧不明。《汉书·艺文志》:"《书》者,古之号令,号令于众,其言不立具,则听受施行者弗晓。古文读应《尔雅》,故解古今语而可知也。"

(20)唐写本"明"上有"代"字,"行"上有"错"字。当可参酌。《尚书大传·略说下》:"子夏读《书》毕,见夫子。夫子问焉:'子何为于《书》?'子夏曰:'《书》之论事也,昭昭如日月之代明,离离若参辰之错行。'""离离",谓状列分明。"昭灼",指记言明白,唐写本作"昭昭"。杨明照《增订文心雕龙校注》:"按'照'字与上'昭昭'句避复,当据改。《西京杂记》六'照灼涯涘',《文选》谢灵运《拟魏太子邺中集》诗'照灼烂霄汉',又鲍照《舞鹤赋》'对流光之照灼',《昭明太子集·咏同心莲》'照灼本足观',并其证。"杨说可参考。

(21)《尚书·尧典》:"诗言志,歌永言,声依永,律和声。"孔安国传:"谓诗言志以导之,歌咏其义以长其言。声谓五声,宫、商、角、徵、羽。律谓六律、六吕,十二月之音气,言当依声律以和乐。"孔颖达《正义》:"诗言人之志意,歌咏其义以长其言,乐声依此长歌为节,律吕和此长歌为声。"《毛诗大序》:"诗者,志之所之也,在心为志,发言为诗。"孔颖达《正义》:"诗者,人志意之所之适也;虽有所适,犹未发口,蕴藏在心,谓之为志;发见于言,乃名为诗。言作诗者,所以舒心志愤懑,而卒成于歌咏,故《虞书》谓之'诗言志'也。""主",唐写本作

"之"。"诂训",元本、弘治本无"诂"字,王惟俭本、梅庆生本作"义训"。此据唐写本作"诂训"。王利器《文心雕龙校证》:"徐(燉)补'诂'字。冯(舒)校云:'志'下《御览》有'诂'字。"范文澜《文心雕龙注》:"《毛诗·周南·关雎》孔颖达《正义》:《诂训传》者,注解之别名,毛以《尔雅》之作多为释《诗》,……故依《尔雅》诂训而为《诗》立传。"

(22)"摛风裁兴",以风代表《诗经》之三类:风、雅、颂。以兴代表《诗经》的三种表现方法:赋、比、兴。"深衷",内心深厚衷情。"最附深衷矣",元本、弘治本"最"字前多"敢"字。王惟俭本作"敢附深衷",梅庆生本作"故附深衷"。此据唐写本。

(23)"礼以"之"以",元本、弘治本作"季",此据唐写本,冯舒校谓《太平御览》作"以"。《汉书·艺文志》:"《礼》以明体。"扬雄《法言·寡见》:"说体者莫辩乎《礼》。"李轨注:"正百事之体也。""制",王利器《文心雕龙校证》:"制,原作'剬',唐写本、梅六次本、张松孙本俱作'制',今从之。"

(24)"执",《论语·述而》:"《诗》《书》、执《礼》,皆雅言也。"邢昺疏:"《礼》不背诵,但记其揖让周旋,执而行之,故言执也。""执而后显,采掇片言,莫非宝也。《春秋》辨理"十六字,元本、弘治本脱,王惟俭本作"观辞立晓,而访义方隐,春秋则",梅庆生云:"四句一六字,元脱,朱(谋㙔)按《御览》补。"唐写本有此十六字。其中"片言",《太平御览》作"生言",此据唐写本。"掇",唐写本作"缀"。

(25)董仲舒《春秋繁露·实性》篇:"《春秋》别物之理。""一字见义",参见《征圣》篇注(19)。《左传》僖公十六年《经》:"春,王正月,戊申,朔,陨石于宋,五。是月,六鹢退飞,过宋都。"杜预注:"陨,落也。闻其陨,视之石,数之五,各随其闻见先后而记之。庄七年星陨如雨,见星之陨而队(坠)于四远若山若水,不见在地之验。此则见在地之验,而不见始陨之星。史各据事而书。""是月,陨石之月,重言是月,嫌同日。鹢,水鸟。高飞遇风而退,宋人以为灾,告于诸侯故书。"孔颖达《正义》:"陨,落。《释诂》文。《公羊传》曰:'曷为先言霣(坠落)而后言石？賈石记闻,闻其磕然,视之则石,察之则五,是随闻见先后而记之也。'""鸟飞不能自退,《传》言风也。是鸟高飞遇风而退却也。《公羊传》曰：'视之则六,察之则鹢,徐而察之,则退飞,是亦随见先后而书之。'"又《传》："十六年,春,'陨石于宋五',陨星也。'六鹢退飞,过宋都',风也。"鹢,一种水鸟,羽色苍白,善能高飞。"详略成文",记陨石有月有日,为详；记六鹢仅有月,为略。晋范宁《穀梁传集解》："石无知而陨,必天使之然,故详而日之。鹢(即鹢)或时自欲退飞耳,是以略而月之。"

(26)"雉门",是鲁国宫殿的南门。"两观",雉门外两个观望台。《春秋》定公二年《经》："夏,五月,壬辰,雉门及两观灾。"杜预注："雉门,公宫之南门。两观,阙也。天火曰灾。"孔颖达《正义》："《明堂位》云：'库门,天子皋门。雉门,大子应门。'是鲁之雉门,公宫南门之中门也。《释宫》云：'观谓之阙。'郭璞曰：'宫门双阙。'《周礼·大宰》：'正月之吉,县治象之法于象魏,使万民观治象。'郑众云：'象魏,阙也。'刘熙《释名》云：'阙在门两旁,中央阙然为道也。'然则其上县法象,其状魏魏然高大,谓之象魏；使人观之,谓之观也。是观与象魏、阙,一物而三名也。观与雉门俱灾,则两观在雉门之两旁矣。《公羊传》曰：'其言雉门及两观灾何？两观微也,然则曷为不言雉门灾及两观？主灾者,两观也。主灾者两观,则曷为后言之？不以微及大也。'《穀梁》亦云：'灾自两观始,先言雉门,尊尊也。'《公羊》称子家驹云：'设两观,诸侯僭天子。'其意以其奢僭,故天灾之。左氏无此义。案《礼器》云：'天子、诸侯台门。'此以高为贵也。《郊特牲》云：'台门,大夫之僭礼也。'唯言大夫异于诸侯,不言诸侯异于天子。两观为僭,礼无其文。天之所灾,不可意卜。言主灾两观,以门尊先门,若灾先从门起,又将何以为异？丘明无文,或是灾起雉门,而延及两观也。"《公羊传》："其言雉门及两观灾何？两观微也。然则曷为不言雉门灾及两观？主灾者两观也。时灾者两观,则曷为后言之？不以微及大也。"鲁宫南门外的两个观望台失火,延及南门,为什么不说"两观及雉门灾",而说"雉门及两观灾"？是因为雉门重要,是天子应门；两观属于雉门旁边观望台,虽然火是从两观发生的,但君尊臣卑,所以要先说雉门,后说两观,此即"以先后显旨"。

(27)"婉章志晦",参见《征圣》篇注(22)。又,《左传》成公十四年:"故君子曰:《春秋》之称,微而显,志而晦,婉而成章,尽而不污,惩恶而劝善。非圣人,谁能修之?"杜预注:"辞微而义显。志,记也。晦,亦微也。谓约言以记事,事叙而文微。婉,曲也,谓曲屈其辞,有所辟讳,以示大顺而成篇章。(尽而不污)谓直言其事,尽其事实,无所污曲。善名必书,恶名不灭,所以为惩劝。"以委婉曲折方式表达隐晦微奥之志,确是非常深邃的。

(28)此以《尚书》《春秋》为例说明五经行文之不同特点。清代学者黄叔琳、纪昀等均以为有脱漏,然此只举例说明各经不同,未必真有脱漏。而《尚书》语言古奥说理顺畅,《春秋》文辞易晓隐义深邃,恰为鲜明对照,足可说明"圣文殊致""表里异体"。王利器《文心雕龙校证》:"'《尚书》则览文如诡'至'而访义方隐'四句二十四字,传校元本、两京本、王惟俭本、梅六次本、张松孙本,无。"按:元本、弘治本、唐写本等均有,今依此。梅庆生本将"览文"两句增至"《书》实记言"后,"观辞"两句增至"《春秋》辨理"后,非也。"圣文",原作"圣人",此据唐写本。

(29)"至",元明各本均同,唐写本作"至于"。"盘",广大。"盘深",唐写本作"盘固"。《楚辞·离骚》:"冀枝叶之峻茂兮。"王逸注:"峻,长也。"

(30)"虽",唐写本作"唯"。唐写本"余"前有"而"字。"非晚",元本、弘治本作"非晓",此据唐写本,王惟俭本、梅庆生本同。"文用",元本、弘治本、王惟俭本同,梅庆生本作"运用",唐写本作"久用",较妥,译文据此。班固《典引》:"久而愈新,用而不竭。"

(31)"徧",与"遍"通。《公羊传》僖公三十一年:"不崇朝而徧雨乎天下者,唯泰山尔。河海润于千里。"何休《解诂》:"崇,重也。不重朝,言一朝也。""亦能通气致雨,润泽及于千里。"

(32)"纪",唐写本作"记"。"盟",元、明各本作"铭",当以唐写本作"盟"。《颜氏家训·文章》篇:"夫文章者原本五经:诏、命、策、檄,生于《书》者也;序、述、论、议,生于《易》者也;歌、咏、赋、颂,生于《诗》者也;祭、祀、哀、诔,生于《礼》者也;书、奏、箴、铭,生于《春秋》者也。"

(33)"树表",树立标准。

(34)"式",文体形式。"雅",当是指圣人雅正言辞。《论语·述而》:"子所雅言:《诗》《书》、执《礼》,皆雅言也。"郭晋稀《文心雕龙注释》以为指《尔雅》,王运熙同,可作参考。

(35)"仰",唐写本作"即"。《汉书·吴王濞传》:"(晁错)说上曰:'……(吴王)不改过自新,乃益骄溢,即(就)山铸钱,煮海为盐,诱天下亡人谋作乱。'"

(36)"六义"是从文学作品的内容和形式两个方面来说明"宗经"好处的。前四条是从作品内容方面来说的,其中"情"和"风",是指文学作品内容中作家的主体意识;而"事"和"义"是指文学作品中的客观社会生活内容。后两条"体"和"文"是从作品的形式方面来说的。

(37)"情",必须是深沉强烈而又纯正不诡的,"诡"不应简单看作是儒家所反对的"异端","不诡"当是指应该高雅而不低俗。"风",当即《风骨》篇"风清骨峻"之意。

(38)"事",指文学作品中所描写的客观生活内容。"信",真实。"诞",虚假、怪诞。"义",指文学作品所描写的客观生活内容中所包含的意义。"义贞",此据唐写本。"贞",正也。"回",邪也。《诗经·小雅·小旻》:"谋犹回遹。"毛传:"回,邪。遹,辟。""贞而不回",正而不邪。

(39)《法言·寡见》:"或曰:'良玉不雕,美言不文,何谓也?'曰:'玉不雕,玙璠不作器;言不文,典谟不作经。'"玙璠,美玉。《初学记》卷二七引《逸论语》:"玙璠,鲁之宝玉也。孔子曰:'美哉玙璠,远而望之,焕若也;近而视之,瑟若也。'"

(40)《论语·述而》:"子以四教:文、行、忠、信。"何晏注:"四者有形质可举以教。"邢昺疏:"此章记孔子行教以此四事为先也。文谓先王之遗文。行谓德行,在心为德,施之为行。中心无隐谓之忠。人言不欺谓之信。此四者有形质,故可举以教也。"

(41)"励",唐写本作"迈"。杨明照《增订文心雕龙校注》:"按'迈'字是。《左传》庄公八年:《夏书》曰:'皋陶迈种德。'"《文选》吴质《在元城与太子笺》:'若乃迈德种恩,树之风声。'亦'励'当作'迈'有力旁证。"杨说可以参考。元、明各本均为"励德",应当不误。

(42)刘勰在《辨骚》篇中对《楚辞》之"艳"并不否定,而是赞美的,曾夸其"气往铄古,辞来切今,惊采绝艳,难与并能",此"楚艳"疑偏指宋玉以下,而非谓屈原。参之班固《汉书·艺文志·诗赋略》:"其后宋玉、唐勒;汉兴,枚乘、司马相如,下及扬子云,竞为侈丽闳衍之词,没其讽谕之义。"皇甫谧《三都赋序》:"及宋玉之徒,浮文放发,言过于实,夸竞之兴,体失之渐,《风》《雅》之则,于是乎乖。"足可知矣!"懿",美。

(43)王利器《文心雕龙校证》引日本铃木虎雄《校勘记》:"案'三极彝训'已见正文。此'道''训'二字疑错置。"按,此无证据,仅为猜测,不妥。唐写本、元、明各本均一致无误。"彝道",与"彝训"义同。"训深稽古",谓经典之训导,含义深远,需稽古以明之。

(44)"致化",达到教化。"归",唐写本作"惟"。《礼记·经解》:"孔子曰:入其国,其教可知也。其为人也,温柔敦厚,《诗》教也;疏通知远,《书》教也;广博易良,《乐》教也;絜静精微,《易》教也;恭俭庄敬,《礼》教也;属辞比事,《春秋》教也。"《乐经》早佚,故实为五。

(45)"渊",深远。"铄",光芒闪烁。

《正纬》篇

　　夫神道阐幽,天命微显⁽¹⁾,马龙出而大《易》兴,神龟见而《洪范》燿⁽²⁾,故《系辞》称:"河出《图》,洛出《书》,圣人则之。"斯之谓也⁽³⁾。但世夐文隐,好生矫诞,真虽存矣,伪亦凭焉⁽⁴⁾。

　　夫六经彪炳,而《纬候》稠叠⁽⁵⁾;《孝》《论》昭晰,而《钩》《谶》葳蕤⁽⁶⁾。按经验纬,其伪有四:盖纬之成经⁽⁷⁾,其犹织综,丝麻不杂,布帛乃成;今经正纬奇,倍摘千里,其伪一矣⁽⁸⁾。经显,圣训也;纬隐,神教也⁽⁹⁾。圣训宜广,神教宜约,而今纬多于经,神理更繁,其伪二矣。有命自天,乃称符谶,而八十一篇,皆托于孔子⁽¹⁰⁾,则是尧造《绿图》,昌制《丹书》⁽¹¹⁾,其伪三矣。商周以前,图箓频见,春秋之末,群经方备⁽¹²⁾,先纬后经,体乖织综⁽¹³⁾,其伪四矣。伪既倍摘,则义异自明,经足训矣,纬何豫焉⁽¹⁴⁾!

　　原夫图箓之见,乃昊天休命⁽¹⁵⁾,事以瑞圣,义非配经。故河不出图,夫子有叹,如或可造,无劳喟然⁽¹⁶⁾。昔康王河图,陈于东序,故知前世符命,历代宝传⁽¹⁷⁾,仲尼所撰,序录而已⁽¹⁸⁾。于是伎数之士⁽¹⁹⁾,附以诡术,或说阴阳,或序灾异,若鸟鸣似语,虫叶成字,篇条滋蔓,必假孔氏⁽²⁰⁾,通儒讨核,谓伪起哀平⁽²¹⁾,东序秘宝,朱紫乱矣。至于光武之世,笃信斯术,风化所靡,学者比肩⁽²²⁾,沛献集纬以通经,曹褒撰《谶》以定礼⁽²³⁾,乖道谬典,亦已甚矣。是以桓谭疾其虚伪⁽²⁴⁾,尹敏戏其浮假⁽²⁵⁾,张衡发其僻谬⁽²⁶⁾,荀悦明其诡诞⁽²⁷⁾,四贤博练,论之精矣$^{(28)}$。

若乃羲农轩皞之源,山渎钟律之要$^{(29)}$,白鱼赤乌之符$^{(30)}$,黄银紫玉之瑞$^{(31)}$,事丰奇伟,辞富膏腴$^{(32)}$,无益经典,而有助文章。是以后来辞人,采摭英华$^{(33)}$,平子恐其迷学,奏令禁绝$^{(34)}$;仲豫惜其杂真,未许煨燔$^{(35)}$;前代配经,故详论焉。

赞曰:荣河温洛$^{(36)}$,是孕《图》《纬》。神宝藏用$^{(37)}$,理隐文贵。世历二汉,朱紫腾沸。芟夷谲诡,采其雕蔚$^{(38)}$。

简析:

本篇主要辨别纬书的真伪及其与经书的异同。刘勰是把神明启示的《河图》《洛书》和后代的纬书严格区别开来的,他对《河图》《洛书》是肯定的,也是很尊敬的,并且认为是《易经》《尚书》等经书的渊源。纬书本属于神明的教导,但是后来的纬书只是解释经书的辅助作品,所以他不相信纬书。不过,实际上后来纬书产生与《河图》《洛书》是有密切关系的。历来认为纬书是配经的,但是刘勰详细考察纬书的内容,和经书相比则有四个方面的伪诈:第一,经书雅正,纬书诡奇,相互悖谬,差之千里。第二,纬书为神教,是神明对人类的启示,应该是简约深奥的;经书为圣训,是圣人理解了神明启示后对广大百姓的训导,应该是更为丰富的,可是现在却相反,"纬多于经,神理更繁"。第三,纬书既是神教,而纬书八十一篇(据《隋书·经籍志》),皆托于孔子,所以是不可信的。而说尧得《河图》,文王得《丹书》,更和传统所说伏羲氏得《河图》、大禹治水得《洛书》相违背。第四,纬书既是配经书的,应该先有经书,可是商周以前就图箓频见,经书则春秋末年方经孔子编定,是先有纬书后有经书,所以更不符合经纬相配的原则了。由此,刘勰肯定纬书乃后人之伪造,它完全是和经书典雅真实精神背道而驰的。但是,纬书也不是一无可取,它里面有比较丰富的神话故事,文辞丰硕奇伟,对文章写作有一定帮助。《文心雕龙》前五篇"文之枢纽"说的就是人文的"通"和"变",前三篇讲必须继承的优良传统,是"通"。后二篇讲在"通"的基础上如何"变"。"变",有正确的"变"和错误的"变"之不同,纬书是错误的"变"的典型,而《楚辞》则是正确的"变"的典型。纬书没有继承和发扬圣人写作文章的优良传统,它的内容荒诞而不真实,"变"的方向错了,而《辨骚》讲的才是正确的"变"。

语译：

神祇所阐述的幽深道理,是上帝天命的微妙显现,黄河龙马背负出八卦图而《周易》蓬勃兴起,洛水乌龟呈现出《洛书》而《洪范》闪耀天下。所以《周易·系辞》说:"黄河出现图象,洛水出现神书,圣人效法它而创立经书。"就是说的这个道理。但时代久远,《河图》《洛书》内容隐晦不明,故而后世往往滋生矫妄荒诞之说,真实的《河图》八卦、《洛书》九畴虽然留存下来了,但虚妄伪托阐述经典的纬书也藉此而产生了。

六经光耀万丈,而纬书重叠繁多。《孝经》《论语》明朗昭晰,而钩谶一类纬书(如解释《孝经》的《钩命诀》、解释《论语》的《撰考谶》等)则纷繁杂乱。按照经书去检验纬书,则有四个方面的虚假伪劣。纬书配合经书,犹如织布机器上经线为主纬线辅助。质地各异的丝、麻不杂乱混合一起,方能织成上等布帛。现在经书真实雅正而纬书虚假诡奇,两者相比乖谬背忤差之千里,这是纬书伪诈表现之一。经书义理明显,是圣人训导;纬书含意隐晦,是神明教诲。圣人的训导本宜广博,神明教诲本宜简约,而今相反纬书远多于经书,神理更加繁杂,这是纬书伪诈表现之二。纬书自谓上承天命,故称为符命、谶纬,可是八十一篇皆托为孔子所作〔见注(10)引《隋书·经籍志》〕,(按照这样的说法)岂不是和说唐尧创造绿色《河图》,文工制作红字《洛书》一样荒唐吗？这是纬书伪诈表现之三。商代、周代以前,呈现天命的图箓(即《河图》《洛书》之类)频繁出现,到春秋末年,(孔子最后编定)群经方始完备,(纬书本来是配经书的)现在反而变成纬书在前而经书在后,体制违背了织布必先经后纬的规则,这是纬书伪诈表现之四。纬书既然和经书论述谬之千里,其含义之荒诞不言自明。经书所体现圣人训导已经足够了,纬书又何必参与进来搅浑水呢。

考察符命图箓的出现,乃是上天所赐予的美好命令,此事应验了圣人所获祥瑞,本意并不是用来配经书的。所以黄河不出现龙马负图,孔子就喟然长叹,感慨世道衰微(祥瑞不再呈现),如果《河图》可以人为制造的话,又何必有劳孔子感慨呢?周成王儿子康王在位时,《河图》陈列在明堂东边厢房内,前代君王对受命于天的符命这一类祥瑞,都当作珍宝收藏,使之流传久远。至于孔子所撰写的《易传》"十翼",乃是对《周易》的分析、叙述、记录。而后来的方技术数之士,以诡诈方法来附会经书,或以自然界的阴阳变化来解释社会现象,或以灾异祥瑞来预测人事吉凶,如《左传》襄公三年以鸟鸣声为人语声,《汉书·五行志》以虫吃食树叶而形成文字(预告人的死亡和皇位变迁)。类似篇什滋生蔓延不计其数,而都假借为孔子著作。识鉴宏博的儒生研讨考核纬书,都认为其虚假诡诈,乃起源于西汉哀帝、平帝时代,周康王藏于东厢房之《河图》一类宝藏和后来的谶纬之作,就如紫之夺朱混淆不清了。东汉光武帝刘秀之时,笃信谶纬术数之学。帝皇好之,下必从之,朝野上下风靡一时,谶纬学者比肩接踵蜂拥趋势。沛献王刘辅收集很多图谶之作来讲论经书号"沛王通论",侍中曹褒以谶纬来确定礼仪(制定婚丧吉凶制度),乖违正道背弃经典,已经达到极点。故桓谭痛恨谶纬以虚假伪妄来欺惑君主,伊敏以为图谶非圣人所作,浮浅假冒贻误后生,张衡指责纬书荒谬邪僻,玷污圣典,荀悦更是揭发其诡诈怪诞假冒为孔子。四位才思博练的学者,已经论述得十分精辟了。

至于伏羲、神农、轩辕(黄帝)、少皞(帝挚)这些远古帝王的神话传说来源,山岳、川渎、钟鼓、律吕等图箓大要,周武王渡河时白鱼跃入船中、大火变为赤乌这些符命,黄银、紫玉之类帝王祥瑞,这些丰富奇伟的故事,丰硕华丽的文采,虽然对经典并无益处,却有助于文章写作。所以后来文人学士,采摘其精华以为写作参考。张衡(字平子)担心会迷惑后学,曾奏请皇帝禁止图谶;荀悦(字仲豫)可惜其中杂有真知灼见,不允许全部焚毁。由于前人以纬书配经书,所以需要详细论述辨析。

总论:黄河荣光洛水温暖,图谶含蕴纬书郁蔚。神明宝物隐藏功用,义理曲隐文辞珍贵。东汉西汉经纬腾跃,真伪难辨朱紫杂汇。铲除诡谲删刘伪诈,采摘精华存其雕蔚。

注订:

(1)"神道",与"天命"相对,神道体现天命,天命展示于神道。自幽至明,从微而显。《周易·观卦》彖辞:"观天之神道,而四时不忒,圣人以神道设教,而天下服矣。"孔颖达《正义》:"'观天之神道,而四时不忒'者,此盛名观卦之美。言'观盥'与天之神道相合,观此天之神道而四时不有差忒。'神道'者,微妙无方,理不可知,目不可见,不知所以然而然,谓之'神道',而四时之节气见矣。岂见天之所为,不知从何而来邪?盖四时流行不有差忒,故云观天之神道而四时不忒也。'圣人以神道设教,而天下服矣'者,此明圣人用此天之神道,以'观'设教而天下服矣。天既不言而行,不为而成,圣人法则天之神道,本身自行善,垂化于人,不假言语教戒,不须威刑恐逼,在下自然观化服从,故云'天下服矣'。"《周易·系辞》:"夫《易》,彰往而察来,而微显阐幽。"韩康伯注:"《易》无往不彰,无来不察,而微以之显,幽以之阐。阐,明也。"孔颖达《正义》:"'夫易彰往而察来'者,往事必载,是彰往也。来事豫占,是察来也。'而微显阐幽'者,阐,明也。谓微而之显,幽而阐明也。言《易》之所说,论其初微之事,以至其终末显著也;论其初时幽闇,以至终末阐明也。皆从微以至显,从幽以至明。观其《易》辞,是微而幽闇也。演其义理,则显见著明也。以体言之,则云'微显'也;以理言之,则云'阐幽',其义一也,但以体以理,故别言之。"参见《原道》篇注(6)。

(2)《礼记·礼运》:"河出马图。"郑玄注:"马图,龙马负图而出也。"孔颖达《正义》引《(尚书)中候·握河纪》:"伏牺氏有天下,龙马负图出于河,遂法之画八卦。"又云:"龙而形象马。""见",现。《尚书·洪范》:"(箕子曰)天锡禹以《洪范》九畴。"孔安国传:"洪,大。范,法也。言天地之大法。""天与禹洛出书,神龟负文而出,列于背,有数至于九。禹遂因而第之,以成九类,常道所以次叙。"孔颖达《正义》:"以禹得而鲧不得,故为天动威怒鲧,不与大法'九畴'。畴,是辈类之名,故为类也,言其每事自相类者有九,九者各有一章,故《汉书》谓之为九章。此谓九类,是天之常道,既不得九类,故常道所以败也。自古以来得九畴者惟有禹耳,未闻余人有得之者也。若人皆得之,鲧独不得,可言天帝怒鲧。余人皆不得,独言天怒鲧者,以禹由治水有功,故天赐之,鲧亦治水而天不与,以鲧禹俱是治水,父不得而子得之,所以彰禹之圣当于天心,故举鲧以彰禹也。""燿",唐写本作"曜"。

(3)"斯之",唐写本作"斯其"。

(4)"诞",唐写本作"托"。"真",指《河图》《洛书》。"伪",指谶纬之书。"凭",凭证,依据。

(5)"彪炳",光耀华美。"稠叠",重复繁多。

(6)"孝"指《孝经》。"论"指《论语》。"晢",元本、弘治本作"哲",今据唐写本。"昭晢",明晰。"钩谶",很多纬书均以"钩""谶"为名,如《钩命诀》《文耀钩》《论语谶》《撰考谶》等。"葳蕤",繁茂众多。

(7)"按",唐写本作"酌",不妥,此非斟酌经书,而是依据经书。"成经",王利器《文心雕龙校证》:"'成'疑作'于',盖涉下文'布帛乃成'而误。"张立斋《文心雕龙考异》:"纬经有相成之势,盖作纬者必依经以成,引经为说,故'成'字为长,王校疑作'于'非是。"斯波六郎:"'成'者,'成就''成功'之'成'。"当以张、斯说为是。

(8)"倍摘",乖谬。杨明照《增订文心雕龙校注》:"'摘',唐写本作'擿'。按'摘''擿'二字本通,犹'指摘'之为'指擿','发摘'之为'发擿'也。然以下文'伪既倍摘'例之,此当依唐写本作'擿',上下始能一律。"杨说是有道理的,可参考。

(9)"圣训",圣人的训导、教化。"神教",神明之教诲,即神明的显灵、启示。唐写本无二"也"字,"圣"作"世",杨明照说同,非也。

(10)《隋书·经籍志》纬书类叙:"《易》曰:'河出《图》,洛出《书》。'然则圣人之受命也,必因积德累业,丰功厚利,诚著天地,泽被生人,万物之所归往,神明之所福飨,则有天命之应。盖龟龙衔负,出于河、洛,以纪易代之征,其理幽昧,究极神道。先王恐其惑人,秘而不传。说者又云,孔子既叙六经,以明天人之道,知后世不能稽同其意,故别立纬及谶,以遗来世。其书出于前汉,有《河图》九篇,《洛书》六篇,云自黄帝至周文王所受本文。又别有三十篇,云自初起至于孔子,九圣之所增演,以广其意。又有七经纬三十六篇,并云孔子所作,并前合为八十一篇。而又有《尚书中候》《洛罪级》《五行传》《诗推度灾》《氾历枢》《含神雾》《孝经勾命决》《援神契》《杂谶》等书。汉代有郗氏、袁氏说。汉末,郎中郗萌,集图纬谶杂占为五十篇,谓之春秋灾异。宋均、郑玄,并为谶律之注。然其义辞浅俗,颠倒舛谬,不类圣人之旨。相传疑世人造为之后,或者又加点窜,非其实录。起王莽好符命,光武以图谶兴,遂盛行于世。汉时,又诏东平王苍,正五经章句,皆命从谶。俗儒趋时,益为其学,篇卷第目,转加增广。言五经者,皆凭谶为说。唯孔安国、毛公、王璜、贾逵之徒独非之,相承以为妖妄,乱中庸之典。故因汉鲁恭王、河间献王所得古文,参而考之,以成其义,谓之'古学'。当世之儒,又非毁之,竟不得行。魏代王肃,推引古学,以难其义。王弼、杜预,从而明之,自是古学稍立。至宋大明中,始禁图谶,梁天监已后,又重其制。及高祖受禅,禁之踰切。炀帝即位,乃发使四出,搜天下书籍与谶纬相涉者,皆焚之,为吏所纠者至死。自是无复其学,秘府之内,亦多散亡。今录其见存,列于六经之下,以备异说。"

(11)"绿图",即《河图》。据《尚书中候·握河纪》:"尧修坛河洛,仲月辛日礼备,至于日稷,荣光出河,休气四塞,白云起,风回摇,龙马衔甲,赤文绿地,临坛止霁,吐甲图而蹯。"《尚书中候·我应》:"周文王为西伯,季秋之月甲子,赤雀衔丹书入丰镐,止于昌户,乃拜稽首受最曰:'姬昌苍帝子,亡殷者纣也。'"《淮南子·俶真》篇:"洛出《丹书》,河出《绿图》。"

(12)"群经",指五经。汉儒认为五经是孔子在春秋末年编定的。

《意林》三引桓谭《新论》:"谶出《河图》《洛书》,但有兆朕,而不可知;后人妄复加增依托,称是孔丘,误之甚也。"

(13)"体乖织综","织综",经纬线相成之原理,此指先后体制不符合织布的常规。

(14)"豫",唐写本作"预",参与、介入。

(15)"见",现,显示。"昊天",浩瀚广大的上天。"休命",美好的天命。

(16)《论语·子罕》:"子曰:凤鸟不至,河不出图,吾已矣夫。"邢昺疏:"此章言孔子伤时无明君也。圣人受命则凤鸟至,河出《图》。今天无此瑞,则时无圣人也,故叹曰:'吾已矣夫!'伤不得见也。《河图》,八卦是也。""喟然",即指孔子上述感叹。

(17)"东序",东厢房。《尚书·顾命》:"大玉、夷玉、天球、《河图》,在东序。"孔安国传:"东西厢谓之序。""三玉为三重。夷,常也。球,雍州所贡。《河图》,八卦。伏牺王天下,龙马出河,遂则其文以画八卦,谓之《河图》,及典谟皆历代传宝之。""世",唐写本作"圣"。"符命",即指《河图》《洛书》之类前代圣人的宝物。

(18)"仲尼所撰",当指"十翼",即《易传》。

(19)"伎数之士",方技、术数之人,如医、卜、史之类。

(20)《左传》襄公三十年:"鸟鸣于亳社,如曰'嘻嘻'。甲午,宋大灾。宋伯姬,待姆也。"鸟鸣预兆宋国要发生大灾,而火灾预示宋恭公妻子伯姬去世。《汉书·五行志》:"昭帝时,上林苑中大柳树断仆地,一朝起立,生枝叶,有虫食其叶,成文字,曰:'公孙病已立。'又昌邑王国社有枯树复生枝叶。眭孟以为木阴类,下民象,当有故废之家公孙氏从民间受命为天子者。昭帝富于春秋,霍光秉政,以孟妖言,诛之。后昭帝崩,无子,征昌邑王贺嗣位,狂乱失道,光废之,更立昭帝兄卫太子之孙,是为宣帝。帝本名病已。""篇条",指纬书。"滋蔓",滋生蔓延。"假",唐写本作"征"。纬书大都假托孔子,故桓谭《新论》:"谶出《河图》《洛书》,但有兆朕,而不可知;后人妄复加增依托,称是孔丘,误之甚也。"

(21)"通儒",谓学识渊博、通晓典籍的儒生。如《后汉书·卓茂传》:"卓茂……元帝时学于长安,事博士江生,习诗、礼及历算,究极师法,称为通儒。"《后汉书·刘宽传》章怀太子注引谢承书曰:"宽少学欧阳《尚书》、京氏《易》,尤明《韩诗外传》。星官、风角、算历,皆究极师法,称为通儒。"《后汉书·方术传序》注谓桓谭、贾逵、张衡等为"通儒硕生"。"伪"字本无,据唐写本加,即指伪诞之纬书。《后汉书·张衡传》载张衡上疏:"则知图谶成于哀平之际也。"

(22)《后汉书·方术传序》:"后王莽矫用符命,及光武尤信谶言,士之赴趣时宜者,皆骋驰穿凿,争谈之也。故王梁、孙咸名应图箓,越登槐鼎之任,郑兴、贾逵以附同称显,桓谭、尹敏以乖忤沦败,自是习为内学(李贤注:"内学,谓图谶之书,其事秘密,故称内"),尚奇文,贵异数,不乏于时矣。"学者凡不信谶纬,均遭贬斥。《后汉书·桓谭传》:"其后有诏会议灵台所处,帝谓谭曰:'吾欲谶决之,何如?'谭默然良久,曰:'臣不读谶。'帝问其故,谭复极言谶之非经。帝大怒曰:'桓谭非圣无法,将下斩之。'谭叩头流血,良久乃得解。"

(23)《后汉书·光武十王传》:"(刘)辅矜严有法度,好经书,善说《京氏易》《孝经》《论语》传及图谶,作《五经论》,时号之曰沛王通论。"《后汉书·曹褒传》:"章和元年正月,乃召(曹)褒诣嘉德门,令小黄门持班固所上叔孙通《汉仪》十二篇,敕褒曰:'此制散略,多不合经,今宜依礼条正,使可施行。于南宫、东观尽心集作。'褒既受命,乃次序礼事,依准旧典,杂以五经谶记之文,撰次天子至于庶人冠婚吉凶终始制度,以为百五十篇,写以二尺四寸简。其年十二月奏上。帝以众论难一,故但纳之,不复令有司平奏。"

(24)《后汉书·桓谭传》:"是时帝方信谶,多以决定嫌疑。又酬赏少薄,天下不时安定。谭复上疏曰:'臣前献瞽言,未蒙诏报,不胜愤懑,冒死复陈。愚夫策谋,有益于政道者,以合人心而得事理也。凡人情忽于见事而贵于异闻,观先王之所记述,咸以仁义正道为本,非有奇怪虚诞之事。盖天道性命,圣人所难言也。自子贡以下,不得而闻,况后世浅儒,能通之乎!今诸巧慧小才伎数之人,增益图书,矫称谶记,以欺惑贪邪,诖误人主,焉可不抑远之哉!臣谭伏闻陛下穷折方士黄白之术,甚为明矣;而乃欲听纳谶记,又何误也!其事虽有时合,譬犹卜数只偶之类。陛下宜垂明听,发圣意,屏群小之曲说,述五经之正义,略雷同之俗语,详通人之雅谋。'……帝省奏,愈不悦。"

(25)《后汉书·儒林列传·尹敏传》:"帝以敏博通经记,令校图谶,使阙去崔发所为王莽著录次比。敏对曰:'谶书非圣人所作,其中多近鄙别字,颇类世俗之辞,恐疑误后生。'帝不纳。敏因其阙文增之曰:'君无口,为汉辅。'帝见而怪之,召敏问其故。敏对曰:'臣见前人增损图书,敢不自量,窃幸万一。帝深非之,虽竟不罪,而亦以此沈滞。'""浮假",原作"深瑕",此据唐写本。

(26)《后汉书·张衡传》:"初,光武善谶,及显宗、肃宗,因祖述焉。自中兴之后,儒者争学图纬,兼复附以妖言。衡以图纬虚妄,非圣人之法,乃上疏曰:'臣闻圣人明审律历以定吉凶,重之以卜筮,杂之以九宫,经天验道,本尽于此。或观星辰逆顺,寒燠所由,或察龟策之占,巫觋之言,其所因者,非一术也。立言于前,有征于后,故智者贵焉,谓之谶书。谶书始出,盖知之者寡。自汉取秦,用兵力战,功成业遂,可谓大事,当此之时,莫或称谶。若夏侯胜、眭孟之徒,以道术立名,其所述著,无谶一言。刘向父子领校秘书,阅定九流,亦无谶录。成、哀之后,乃始闻之。《尚书》尧使鲧理洪水,九载绩用不成,鲧则殛死,禹乃嗣兴。而《春秋谶》云:"共工理水。"凡谶皆云黄帝伐蚩尤,而《诗谶》独以为"蚩尤败,然后尧受命"。《春秋元命包》中有公输班与墨翟,事见战国,非春秋时也。又言"别有益州"。益州之置,在于汉世,其名三辅诸陵,世数可知。至于图中讫于成帝,一卷之书,互异数事。圣人之言,势无若是,殆必虚伪之徒,以要世取资。往者侍中贾逵摘谶互异三十余事,诸言谶者皆不能说。至于王莽篡位,汉世大祸,八十篇何为不戒?则知图谶成于哀平之际也。且《河》《洛》、六艺,篇录已定,后人皮傅,无所容篡。永元中,清河宋景遂以历纪推言水灾,而伪称洞视玉版。或者至于弃家业,入山林。后皆无效,而复采前世成事,以为证验。至于永建复统,则不能知。此皆欺世罔俗,以昧势位,情伪较然,莫之纠禁。且律历、卦候、九宫、风角,数有征效,世莫肯学,而竞称不占之书,譬犹画工恶图犬马而好作鬼魅,诚以实事难形,而虚伪不穷也。宜收藏图谶,一禁绝之,则朱紫无所眩,典籍无瑕玷矣。'"

(27)《后汉书·荀悦传》:"时政移曹氏,天子恭己而已。悦志在献替,而谋无所用,乃作《申鉴》五篇。"《申鉴·俗嫌第三》:"世称纬书仲尼之作,臣悦叔父爽辨之,盖发其伪也。"

(28)"博练",广博精练。

(29)张立斋《文心雕龙注订》:"山渎钟律四字对上文羲农轩皞而成文,四人四事耳。山即山岳,渎即川渎,钟即钟鼓,律即律吕也。因四皇之源,四事之要,纷见纬书。"

(30)《史记·周本纪》:"武王渡河,中流,白鱼跃入王舟中。武王俯取以祭。既渡,有火自上复于下,至于王屋,流为乌,其色赤,其声魄云。"《史记集解》引马融谓:"白者,殷家之正色。""赤者,周之正色也。"《尚书中候·洛师谋》:"太子发,以纣有三仁附,即位,不称王,渡于孟津,中流受文命,待天谋,白鱼跃入王舟,王俯取鱼,长三尺,赤文有字,题目下名授右,有火自天,止于王屋,流为赤乌。""符",符命。

(31)"银",原作"金",此据唐写本。礼纬《礼斗威仪》:"君乘金而王,其政象平,黄银见,紫玉见于深山。""瑞",祥瑞。

(32)"膏腴",指文辞富美。

(33)"采",唐写本作"捃"。"采摭",采摘。

(34)张衡事参见注(26)。

(35)荀悦《申鉴·俗嫌》篇曰:"世称纬书仲尼之作也,臣悦叔父故司空爽辨之,盖发其伪也,有起于中兴之前,终张之徒之作乎?或曰杂,则以己杂仲尼乎,以仲尼杂己乎?若彼者,以仲尼杂己而已。然则可谓八十一首非仲尼之作矣。或曰燔诸?曰:仲尼之作则否。有取焉则可,曷其燔?""煨燔",焚烧。

(36)"荣",荣光。《尚书中候》:"帝尧即政,荣光出河,休气四塞。"《易乾凿度》:"帝盛德之应,洛水先温,九日乃寒。"《史记·龟策传》:"高庙中有龟室,藏内以为神宝。"

(37)《论语·述而》:"用之则行,舍之则藏。"

(38)"芟夷",除草,删除。"谲诡",虚妄怪诞。"采",原作"糅",此据唐写本。"采其雕蔚",即"捃摭英华",谓取其精华。

《辨骚》篇

自《风》《雅》寝声,莫或抽绪⁽¹⁾,奇文郁起,其《离骚》哉⁽²⁾!固已轩翥诗人之后,奋飞辞家之前⁽³⁾,岂去圣之未远,而楚人之多才乎⁽⁴⁾!

昔汉武爱《骚》,而淮南作传⁽⁵⁾,以为:"《国风》好色而不淫,《小雅》怨诽而不乱⁽⁶⁾,若《离骚》者,可谓兼之。蝉蜕秽浊之中,浮游尘埃之外⁽⁷⁾,皭然涅而不缁,虽与日月争光可也⁽⁸⁾。"班固以为:"露才扬己,忿怼沉江⁽⁹⁾;羿、浇、二姚,与《左氏》不合⁽¹⁰⁾;昆仑悬圃,非经义所载⁽¹¹⁾;然其文辞丽雅,为词赋之宗,虽非明哲,可谓妙才⁽¹²⁾。"王逸以为:"诗人提耳,屈原婉顺⁽¹³⁾,离骚之文,依经立义⁽¹⁴⁾,驷虬乘鹥,则时乘六龙⁽¹⁵⁾;昆仑流沙,则禹贡敷土⁽¹⁶⁾;名儒辞赋,莫不拟其仪表⁽¹⁷⁾,所谓'金相玉质,百世无匹'者也⁽¹⁸⁾。"及汉宣嗟叹,以为"皆合经传⁽¹⁹⁾"。扬雄讽味,亦言"体同《诗》《雅》⁽²⁰⁾"。四家举以方经,而孟坚谓不合传,褒贬任声,抑扬过实,可谓鉴而弗精,玩而未核者也⁽²¹⁾。

将核其论,必征言焉:故其陈尧舜之耿介,称禹汤之祗敬,典诰之体也⁽²²⁾;讥桀、纣之猖披,伤羿、浇之颠陨,规讽之旨也⁽²³⁾;虬龙以喻君子,云蜺以譬谗邪,比兴之义也⁽²⁴⁾;每一顾而掩涕,叹君门之九重,忠怨之辞也⁽²⁵⁾。观兹四事,同于《风》《雅》者也。至于托云龙,说迂怪⁽²⁶⁾,驾丰隆,求宓妃⁽²⁷⁾,凭鸩鸟,媒娀女⁽²⁸⁾,诡异之辞也;康回倾地,夷羿彃日⁽²⁹⁾,木夫九首,土伯三目⁽³⁰⁾,谲怪之谈也;依彭咸之遗则,从子胥以自适,狷狭之志也⁽³¹⁾;士女杂坐,乱而不分,指以为乐,娱酒不废,沉湎日夜,举以为懽⁽³²⁾,荒淫之意也。摘此四事,异乎经典者⁽³³⁾。故论其典诰则如彼,语其夸诞则如此⁽³⁴⁾,固知《楚辞》者,体宪于三代,而风杂于战国⁽³⁵⁾,乃《雅》《颂》之博徒,而词赋之英杰也⁽³⁶⁾。观其骨鲠所树,肌肤所附,虽取镕经意,亦自铸伟辞⁽³⁷⁾。

故《骚经》《九章》,朗丽以哀志⁽³⁸⁾;《九歌》《九辩》,绮靡以伤情⁽³⁹⁾;《远游》《天问》,瑰诡而惠巧⁽⁴⁰⁾;《招魂》《大招》,耀艳而深华⁽⁴¹⁾;《卜居》标放言之致,《渔父》寄独往之才⁽⁴²⁾。故能气往轹古,辞来切今,惊采绝艳,难与并能矣⁽⁴³⁾。

自《九怀》以下,遽蹑其迹⁽⁴⁴⁾,而屈、宋逸步,莫之能追。故其叙情怨,则郁伊而易感⁽⁴⁵⁾;述离居,则怆怏而难怀⁽⁴⁶⁾;论山水,则循声而得貌⁽⁴⁷⁾;言节候,则披文而见时⁽⁴⁸⁾。是以枚、贾追风以入丽,马、扬沿波而得奇⁽⁴⁹⁾,其衣被词人,非一代也⁽⁵⁰⁾。故才高者菀其鸿裁,中巧者猎其艳辞,吟讽者衔其山川,童蒙者拾其香草⁽⁵¹⁾。若能凭轼以倚《雅》《颂》,悬辔以驭《楚》篇⁽⁵²⁾,酌奇而不失其真,玩华而不坠其实⁽⁵³⁾;则顾盼可以驱辞力,欬唾可以穷文致⁽⁵⁴⁾,亦不复乞灵于长卿,假宠于子渊矣⁽⁵⁵⁾。

赞曰:不有屈原,岂见离骚。惊才风逸,壮采烟高⁽⁵⁶⁾。山川无极,情理实劳⁽⁵⁷⁾。金相玉式,艳溢锱毫⁽⁵⁸⁾。

简析:

本篇是刘勰对《楚辞》的评价和分析,他认为《楚辞》是继承经典传统基础上的正确变革发展之典范,所以放在"文之枢纽"五篇之中,成为和纬书相比一反一正的两个"变"的不同方向。刘勰在总结汉代对《楚辞》的各种不同评价的基础上,详细地分析了《楚辞》和经典的异同。他认为《楚辞》在"典诰之体""规讽之旨""比兴之义""忠怨之辞"四个方面,是和以《风》《雅》为代表的经典相同的,这可以说明《楚辞》充分继承了圣人经典的优良传统。他又指出《楚辞》有"诡异之辞""谲怪之谈""狷狭之志""荒淫之意"四个方面,是和圣人经典不同的,而这正是《楚辞》在圣人优良传统基础上的创造性发展。他总结《楚辞》的创作是:"观其骨鲠所树,肌肤所附,虽取熔经意,亦自铸伟辞。"《楚辞》"同乎《风》《雅》"的四方面是"骨鲠所树",是"取熔经意";而"异乎经典"的四方面则是"肌肤所附",是"自铸伟辞",有受战国时代影响的"夸诞"风貌。学术界关于刘勰对"异乎经典"的四方面,是肯定还是否定是有争议的。不过,我们从刘勰自己的总结看,"异乎经典"的四事就是"自铸伟辞"的内容。再从他对《楚辞》总的评论称其"奇文郁起","气往轹古,辞来切今,惊采绝艳,难与并能",给予了极高的评价。再他对《楚辞》各篇的分别论述来看,也是充分肯定的。他说:"故《骚经》《九章》,朗丽以哀志;《九歌》《九辩》,绮靡以伤情;《远游》《天问》,瑰诡而慧巧;《招魂》《大招》,耀艳而深华;《卜居》标放言之致,《渔父》寄往之才。"其实,刘勰心目中对《楚辞》的喜爱,可能是要超过《诗经》的,不过,《诗经》已经列入经典,《楚辞》自然不能和它并列,只能说它是"《雅》《颂》之博徒,而词赋之英杰",但是他的赞叹之意,早已不言而喻,十分清楚。刘勰对《楚辞》的高度赞赏,说明他在对待文学的历史发展上,是十分重视创新的,决不是复古守旧者。文学创作既要继承自己民族的优秀传统,又必须有革新和创造,《楚辞》正好是这方面的典范。《楚辞》之列入五篇"文之枢纽"中,还因为它体现了刘勰对文学创作的基本要求,这就是:"凭轼以倚《雅》《颂》,悬辔以驭《楚》篇,酌奇而不失其真,玩华而不坠其实。"如何才能做到《征圣》篇说的"雅丽"原则,就是既要学习以《雅》《颂》为代表的雅正,又要学习以《楚辞》为代表的华丽,必须"雅丽"兼备、华实并茂,才是最正确的创作方向。可见刘勰是把《诗经》和《楚辞》看作是文学发展的源头和典范,这和锺嵘在《诗品》中的主张是一致的,也是南朝文艺思潮的核心。从"文之枢纽"来看刘勰对通变的认识，其基本思想和《通变》篇及二十篇文体论中对继承创新的观点是完全一致的，"通"就是要继承《诗经》的传统，"变"就是要以《楚辞》为榜样。

语译：

自从以《风》《雅》为代表的《诗经》声音止息之后，很少有能延续《诗经》的作品出现，而到战国时奇特之文勃然郁起，这就是以《离骚》为代表的《楚辞》！《离骚》（代表《楚辞》）高高飞扬于《诗经》作者之后，展翅翱翔于（汉代）辞赋作家之前，难道不是因为距离圣人不远，又加上楚人多才多艺的缘故吗？

以往汉武帝喜爱《离骚》，命令淮南王刘安作《离骚传》详细解释之。刘安评价《离骚》说："《诗经》的《国风》虽然喜好男女情爱之作，但并不过分陷于淫秽；《小雅》虽多怨刺之语，但并不悖道叛乱，而《离骚》之作，则兼有《国风》《小雅》的特色。屈原（虽然生活在政治昏闇、动荡不安的时代）却能如蝉一样在污秽中蜕去皮壳飞上天空，高高漂浮云游于尘世之外，他白璧般纯洁品质，虽陷于黑色染缸之中却不粘丝毫污浊，即使与日月争光亦毫不逊色。"班固认为：屈原过于自负，显露才华宣扬自己，而愤激怨恨楚怀王，自投汨罗江，以示对国君决绝（十分偏激）。他作品中所说有穷国君后羿、其臣寒浞之子浇、有虞国君两个女儿的事与《左传》记载不一致，而对神灵居住的昆仑、悬圃的描写，与《左传》记载也不符合，不过他的作品文辞雅正华丽，实为辞赋的开山鼻祖，他虽然不是善于明哲保身的聪慧贤臣，但可以说是文坛上的奇妙才士。王逸（不同意班固对屈原的批评）认为：《诗经》的作者所说的"耳提面命"（提着耳朵，当面陈说，极其恳切的讽谏），与屈原和顺忠诚委婉劝说（楚怀王）是一样的。而屈原的《离骚》是依据经书来确立其本义宗旨的，例如他说的"驾驭虬龙、乘坐凤凰"，即是《周易·乾卦·象辞》的"时驾乘六龙飞腾天上"；他说的"攀登昆仑山，涉足流沙地"，也就是《尚书》所说大禹分别治理九州土地（"禹贡敷土"）。后来著名儒家所写辞赋，没有不以屈原《离骚》为仿效的典范和标准,真所谓外有金子般相貌,内有玉璧般质地,千百年来都没有能与之相媲美的。及至汉宣帝感叹《楚辞》,认为皆合于经传,扬雄讽咏回味,也说《楚辞》体式与《诗经》大小《雅》相同。上述四家(刘安、王逸、汉宣帝、扬雄)都举出《楚辞》仿效经典特征,而班固则认为《楚辞》不合于儒家经传,他们的褒赞或贬斥都随顺好恶任意评说,故而批评和赞扬都不符合实际状况,可以说是虽有识鉴而不够精深,欣赏玩味而不能核实真情(都是不够妥当的)。

如果要考核这些言论的对错,必须要以《离骚》为代表的《楚辞》进行验证。屈原在《离骚》中陈述唐尧、虞舜的光明正大耿直胸怀,称赞夏禹、商汤的诚心诚意敬畏神祇,这就是符合经书的典诰体式。讥讽夏桀、殷纣的邪僻猖狂而亡国,哀伤后羿、过浇的颠倒陨落而丧生,这就是同乎《诗经》的讽喻意旨。以虬龙比喻正直光明君子,云霓比喻谗佞邪僻小人,这就是类似《诗经》的比兴义法。每每回顾故土而掩面痛泣,深深感叹与君王远隔九重城门,这就是对待君王的忠贞怨切。综合观察上述四个方面,则是和经书中的《风》《雅》精神完全相同的。至于假托驾驭八龙驱云布雨,叙说迂阔怪诞奇诡情事,驱使云师丰隆寻求神女宓妃之所在,藉凭鸩鸟为媒求娶有娀国的美女,这都是荒诞诡异的言辞。康回(共工)怒触不周山,使大地向东南方倾斜,古时十日并出,后羿用弓箭射掉九个太阳,善于拔掉树木的壮夫有九个头,作为土地神的侯伯有三只眼睛,这都属于诡谲怪僻的谈论。(屈原)愿依古代贤士彭咸遗留的原则,随顺忠臣伍子胥以自杀来讽谏的做法,这是他个性狷介狭隘的表现。至于《招魂》所写男女杂坐一起,随意调笑混乱不分,借此以为娱乐,酗酒欢宴而不废政事,日夜沉湎以狂欢忘忧,这就是任性荒淫的意愿。以上四个方面都是和经典不相符合的地方。《楚辞》同于经书的典诰内容为前述四事,而异于经书的夸诞之处即是后述四事。因此可以知道《楚辞》体制是效法夏、商、周三代经书的,而其风貌气质又杂有战国的时代特色,是比《诗经》的《雅》《颂》要低下的作品,又是辞赋中的最为英伟杰出的作品。观察《楚辞》核心骨干内容的树立,外在肌肤辞藻的附丽,确实是镕铸了经典的基本意义,而又创造了自己宏伟新颖的艺术形式。

所以《楚辞》的《骚经》(即《离骚》)、《九章》,以明朗华丽的语言体现了悲哀怨悱的心志;《九歌》《九辩》,以绮靡绚丽的文辞抒写了无比感伤的情怀;《远游》《天问》,以奇特诡异的方式显示了巧妙思考的智慧;《招魂》《大招》,以鲜艳辉耀的构思展现了蕴含深厚的华采。《卜居》标志超尘脱俗、狂放自在的旨趣,《渔夫》寄托了离群独处、自持清高的才华。所以《楚辞》的豪迈气势能够超越一切古人,其文辞切合于当今时代的发展,其绝顶惊人的华艳文采,后人没有能和它相比美的。

自从王褒作《九怀》以后,凡是模仿《楚辞》的作品都跟踪效法其创作轨迹,可是屈原、宋玉俊逸豪放的步伐,却没有一个人能追赶得上。当其叙述哀怨心情时,则忧郁不畅易于伤感;当其抒发离居愁思时,则悲哀失意难以为怀;当其描绘山水风光时,则青山绿水循声得貌;当其阐述气候节令时,则披阅文辞展现时令。于是枚乘、贾谊追随屈宋的风貌而走向华丽,司马相如、扬雄沿着《楚辞》的波涛而发展为诡奇。屈原、宋玉的创作嘉惠后世作家,绝不只是一代啊。才华高超的可以仿效屈、宋的宏伟体式,心思巧妙的可以猎取《楚辞》的华艳辞藻,吟咏讽诵的可以融会其山水美景,幼稚浅薄的可以拾取其香草花卉。如果能像驾车要凭借车前横木一般以《雅》《颂》作为基本依据,又如骑马能自在运用马缰绳一般掌控《楚辞》的特点,既要采酌奇伟藻采又不失去雅正本意,既要慕习华艳又不失去真实,那么在顾盼之际即能轻松驱遣文辞,咳唾瞬间即可穷尽文章情致趣味,也就不必向司马相如(字长卿)乞求灵感,从王褒(字子渊)寻找恩宠了。

总论:若无诗人三闾屈原,怎见《离骚》瑰玮文章?惊天才华飘逸神州,辞采壮丽云烟高扬。山川悠远蕴育无穷,情理丰沛劳苦神伤。金相玉质百世无匹,光彩四溢遍及毫芒。

注订:

(1)"寝声",声音止息。"抽绪",抽引余绪,延续发展。《昭明文选》班固《两都赋序》："昔成康没而颂声寝。王泽竭而诗不作。"李善注："言周道既微，《雅》《颂》并废也。《史记》曰：'周武王太子诵立，是为成王。成王太子钊立，是为康王。'《毛诗序》曰：'颂者，以其成功告于神明者也。'《乐稽耀嘉》曰：'仁义所生为王。'《毛诗序》曰：'止乎礼义，先王之泽也。'然则作诗禀乎先王之泽，故王泽竭而诗不作。作，兴也。《孟子》曰：'王者之迹息而诗亡。'"《汉书·艺文志》："春秋之后，周道浸坏，聘问歌咏不行于列国，学诗之士逸在布衣，而贤人失志之赋作矣。大儒孙卿及楚臣屈原离谗忧国，皆作赋以风，咸有恻隐古诗之义。其后宋玉、唐勒，汉兴枚乘、司马相如，下及扬子云，竞为侈丽闳衍之词，没其风谕之义。"《汉书·礼乐志》："汉典寝而不著，民臣莫有言者。"颜师古注："寝，息也。"《说文》："抽，引也。"扬雄《太玄经·莹》："群伦抽绪。"李轨注："抽，收也。"张立斋《文心雕龙注订》："莫或抽绪者，叹继起无人也。"

（2）"郁起"，周振甫《文心雕龙注释》："郁起，经过深厚的积累而兴起。"《离骚》，代指《楚辞》，下同。

（3）"轩翥"，高飞。《楚辞·远游》："鸾鸟轩翥而翔飞。"王逸注："鷁鹏玄鹤，奋翼舞也。轩，一作骞。"洪兴祖《楚辞补注》："《方言》：'翥，举也。楚谓之翥。'"《昭明文选》班固《典引》："三足轩翥于茂树。"五臣吕向注："三足，鸟也。轩，飞貌。翥，飞也。""奋飞"，振翼飞翔。《诗经·邶风·柏舟》："静言思致，不能奋飞。"毛传："不能如鸟奋翼而飞去。""辞家"，以汉赋为代表的辞赋作家。张立斋《文心雕龙注订》谓："辞家指宋玉以下诸家而言。"按：此说不妥。本篇所论包括屈原和宋玉在内，其云："自《九怀》以下，遽蹑其迹，而屈、宋逸步，莫之能追。"已经说得非常清楚。

（4）"圣"，此处当是指孔子。《孟子·尽心下》："由孔子而来，至于今，百有余岁，去圣人之世，若此其未远也；近圣人之居，若此其甚也。"孙奭疏："故自孔子以来逮至于今，但百有余岁，以其去孔子之世如此之未远，自邹国至于鲁国其地相去如此之甚近，然而犹可应备名世，如傅说之中出于高宗也。"《左传》襄公二十六年："晋卿不如楚，其大夫则贤,皆卿才也。如杞、梓、皮革,自楚往也。虽楚有材,晋实用之。"杜预注:"言楚亡臣多在晋。"

(5)淮南王刘安是汉高祖刘邦的孙子,汉文帝弟弟厉王刘长的儿子,曾主编《淮南子》。《汉书·淮南王传》:"初,安入朝,献所作《内篇》,新出,上爱秘之。使为《离骚传》,旦受诏,日食时上。"颜师古注:"传谓解说之,若《毛诗传》。"《汉纪·孝武纪》、高诱《淮南鸿烈解叙》所引均作《离骚赋》,詹锳《文心雕龙义证》:"杨树达《汉书管窥》以为当作'传',传'记述大意','赋'则'传'之讹字。又其专文《离骚传与离骚赋》详论'传'在西汉是指'通论杂说式'的传,东汉方指'训故式'的传。武帝、刘安皆西汉人,故知所作《离骚传》只是'泛论大意的文字',不是训故,所以能半日而毕。"

(6)"好色不淫",色谓女色,指《国风》多写男女之情,而不过分。《毛诗大序》:"《关雎》乐得淑女以配君子,忧在进贤,不淫其色,哀窈窕,思贤才,而无伤善之心焉,是《关雎》之义也。"孔颖达《正义》:"说后妃心之所乐,乐得此贤善之女,以配己之君子;心之所忧,忧在进举贤女,不自淫恣其色;又哀伤处窈窕幽闲之女未得升进,思得贤才之人与之共事。君子劳神苦思,而无伤害善道之心,此是《关雎》诗篇之义也。""怨悱不乱",怨恨讽刺而不越礼。

(7)"蝉蜕",蜕,脱皮,以蝉之脱壳比喻解脱。"秽浊",泥汙污浊。"尘埃",世俗。

(8)"皭然",洁白貌。"涅",染黑,谓陷于污泥之中。《说文》:"涅,黑土在水中者也。""缁",黑色。以上刘勰转引刘安《离骚传》的话,当源自司马迁《史记·屈原贾生列传》,刘安《离骚传》原著已不存。这段话究竟是刘安原文,还是司马迁转述其大意,已不可考。

(9)"忿怼",气愤怨恨。"沉江",指屈原自投汨罗江而死。

(10)"羿",后羿,夏代有穷国国君,善射,曾废夏帝太康,取得政权,后被其臣寒浞所杀。"浇",寒浞的儿子(寒浞杀羿,夺取其妻,生浇),灭了夏帝相,后被相的儿子少康所杀。"二姚",是有虞国国君的两个女儿。浇灭相后,相子少康逃到有虞国,有虞国君遂把两个女儿嫁给他。《离骚》:"羿淫游以佚畋兮,又好射夫封狐。固乱流其鲜终兮,浞又贪夫厥家。浇身被服强圉兮,纵欲而不忍。日康娱而自忘兮,厥首用夫颠陨。"王逸注:"羿,诸侯也。畋,猎也,一作田。封狐,大狐也。言羿为诸侯,荒淫游戏,以佚畋猎,又射杀大狐,犯天之孽,以亡其国也。鲜,少也。固,一误作国。鲜,一作尟。浞,寒浞,羿相也。妇谓之家。言羿因夏衰乱,代之为政,娱乐畋猎,不恤民事,信任寒浞,使为国相。浞行媚于内,施赂于外,树之诈慝而专其权势。羿畋将归,使家臣逢蒙射而杀之,贪取其家,以为己妻。羿以乱得政,身即灭亡,故言鲜终。浇,寒浞子也。强圉,多力也。浇,一作奡。一云被于强圉。纵,放也。言浞取羿妻而生浇,强梁多力,纵放其情,不忍其欲,以杀夏后相也。一本'欲'下有'杀'字。康,安也。而,一作以。首,头也。自上下曰颠。陨,坠也。言浇既灭杀夏后相,安居无忧,日作淫乐,忘其过恶,卒为相子少康所诛,其头颠陨而坠地。自此以上,羿、浇、寒浞之事,皆见于《左氏传》。夫,一作以。一无'夫'字。"按:《左传》襄公四年、哀公元年所载有关事实,其实和屈原所写基本一致,只是详略不同,班固之责备过于苛刻。《左传》襄公四年:"公曰:'后羿何如?'对曰:'昔有夏之方衰也,后羿自鉏迁于穷石,因夏民以代夏政。恃其射也。不修民事,而淫于原兽(淫放原野)。弃武罗、伯因、熊髡、龙圉(四子皆羿之贤臣),而用寒浞,寒浞,伯明氏之谗子弟也(寒国,北海平寿县东有寒亭。伯明,其君也)。伯明后寒弃之(伯明谓寒国君而弃浞),夷羿(夷氏)收之,信而使之,以为己相。浞行媚于内(内宫人),而施赂于外,愚弄其民而虞羿于田(乐之以游田)。树之诈慝,以取其国家,外内咸服。羿犹不悛(改),将归自田,家众杀而亨之,以食其子,其子不忍食诸,死于穷门。靡奔有鬲氏。浞因羿室,生浇及豷,恃其谗慝诈伪而不德于民,使浇用师,灭斟灌及斟寻(皆国名)氏。处浇于过(国名),处豷于戈(国名)。靡(夏遗臣)自有鬲(国名)氏,收二国之烬(遗民),以灭浞而立少康。少康灭浇于过,后杼(少康子)灭豷于戈,有穷由是遂亡,失人故也。"《左传》哀公元年:"昔有过浇杀斟灌以伐斟鄩,灭夏后相,后缗(相妻)方娠(怀孕),逃出自窦,归于有仍

(国名),生少康焉。为仍牧正,惎(毒也)浇能戒(备也)之。浇使椒(浇臣)求之,逃奔有虞,为之庖正(掌膳羞之官),以除其害。虞思(有虞国君)于是妻之以二姚,而邑诸纶(虞邑),有田一成(方十里谓成),有众一旅(五百人谓旅)。能布其德,而兆(始)其谋,以收夏众,抚其官职;使女艾(少康臣)谍(候)浇,使季杼(少康子)诱豷。遂灭过(浇国)、戈(豷国),复禹之绩。祀夏配天,不失旧物。"

(11)"昆仑",指昆仑山。"悬圃",或作玄圃,在昆仑山顶。《离骚》:"邅吾道夫昆仑兮,路修远以周流。"又:"朝发轫于苍梧兮,夕余至乎悬圃。"王逸注:"悬圃,神山也,在昆仑之上。"《昭明文选》李善注:"苍梧,舜所居。"五臣吕向注:"轫,车轮也。苍梧,舜所游。悬圃,在昆仑山,仙人所居。"

(12)"明哲",儒家善能在动乱之世明哲保身的君子。《诗经·大雅·烝民》:"既明且哲,以保其身。"

班固对屈原和他的作品的批评,见于他的《离骚序》。其原文如下:

> 昔在孝武,博览古文。淮南王安叙《离骚传》,以"《国风》好色而不淫,《小雅》怨悱而不乱,若《离骚》者,可谓兼之矣。蝉蜕浊秽之中,浮游尘埃之外,皭然泥而不滓,推此志虽与日月争光可也"。斯论似过其真。又说"五子以失家巷"谓五子胥也。及至羿、浇、少康、二姚、有娀佚女,皆各以所识,有所增损。然犹未得其正也。故博采经书传记本文,以为之解。且君子道穷,命矣。故潜龙不见是而无闷,《关雎》哀周道而不伤,蘧瑗持可怀之智,宁武保如愚之性,咸以全命避害,不受世患。故《大雅》曰:"既明且哲,以保其身。"斯为贵矣。今若屈原,露才扬己,竞乎危国群小之间,以离谗贼,然责数怀王,怨恶椒兰,愁神苦思,强非其人,忿怼不容,沈江而死,亦贬絜狂狷景行之士。多称昆仑(按:范文澜注谓:"昆仑"下疑脱"悬圃"二字)冥昏宓妃,虚无之语,皆非法度之政,经义所载,谓之兼《诗》《风》《雅》而与日月争光,过矣。然其

文弘博丽雅,为辞赋宗,后世莫不斟酌其英华,则象其从容。自宋玉、唐勒、景差之徒,汉兴,枚乘、司马相如、刘向、扬雄,骋极文辞,好而悲之,自谓不能及也。虽非明智之器,可谓妙才者也。

(13)《诗经·大雅·抑》:"匪面命之,言提其耳。"孔颖达《正义》:"非但对面命语之,我又亲撕提其耳。"此篇相传是卫武公讽刺周平王的诗,也是勉励自己的诗作。"婉顺",婉转顺从。

(14)"依经立义",据《汉书·艺文志·诗赋略论》:"及楚臣屈原,离谗忧国,皆作赋以风,咸有恻隐古诗之义。"

(15)"驷虬乘鹥","驷"本为四匹马拉的车,这里作动词用,即驾驭、驾驶意,与下"乘"字同义。"虬",龙无角曰虬。"鹥",即凤凰之别称。《离骚》:"驷玉虬以乘鹥兮,溘埃风余上征。"

(16)《离骚》:"邅吾道夫昆仑兮,路修远以周流。""忽吾行此流沙兮,遵赤水而容与。"王逸注:"邅,转也。楚人名转曰邅。《河图括地象》言:昆仑在西北,其高万一千里,上有琼玉之树也。言己设去楚国远行,乃转至昆仑神明之山,其路遥远,周流天下,以求同志也。""流沙,沙流如水也。《尚书(禹贡)》曰:'余波入于流沙。'""遵,循也。赤水,出昆仑山。容与,游戏貌。言吾行忽然过此流沙,遂循赤水而游戏,虽行远方,动以洁清自洒饰也。"《昭明文选》五臣吕向注:"流沙,西极。"《尚书·禹贡》:"禹敷土,随山刊木。"孔颖达《正义》:"言禹分布治此九州之土,其治之也,随行所至之山,除木通道,决流其水,水土既平,乃定其高山大川。谓定其次秩尊卑,使知祀礼所视。言禹治其山川,使复常也。"《尚书·禹贡》中亦论及"昆仑""流沙",如"织皮昆仑,析支、渠、搜,西戎即叙"。孔颖达《正义》:"四国皆衣皮毛,故以织皮冠之。传言织皮毛布有此四国,昆仑也,析支也,渠也,搜也,四国皆是戎狄也,末以西戎总之。此戎在荒服之外,流沙之内。……郑玄云:'衣皮之民,居此昆仑、析支、渠搜三山之野者,皆西戎也。'王肃云:'昆仑在临羌西,析支在河关西,西戎,西域也。'王肃不言'渠搜',郑并'渠、搜'为一。孔传不明,或亦以'渠搜'为一,通'西戎'为四也。

郑以昆仑为山,谓别有昆仑之山,非河所出者也。所以孔意或是地名国号,不必为山也。""东渐于海,西被于流沙。"孔安国传:"渐,入也。被,及也。"孔颖达《正义》:"郑玄云:'南北不言所至,容踰之。'此言'西被于流沙',流沙当是西境最远者也。"

(17)"名儒",这里的"儒"当不限于儒生,包括著名文人学者。"仪表",风貌,法则,此指屈原为人和《楚辞》成为典范。

(18)"金相玉质",比喻形式和内容都很完美,融和配合。《诗经·大雅·棫朴》:"金玉其相。"毛传:"相,质也。""匹",比也。王逸原文见其《楚辞章句序》:

> 且人臣之义,以忠正为高,以伏节为贤,故有危言以存国,杀身以成仁。是以伍子胥不恨于浮江,比干不悔于剖心,然后德立而行成,荣显而名称。若夫怀道以迷国,佯愚而不言,颠则不能扶,危则不能安,婉娩以顺上,逡巡以避患,虽保黄耇,终寿百年,盖志士之所耻,愚夫之所贱也。今若屈原膺忠贞之质,体清洁之性,直若砥矢,言若丹青,进不隐其谋,退不顾其命,此诚绝世之行,俊彦之英也,而班固谓之露才扬己,竞于群小之中,怨恨怀王,讥刺椒兰,苟欲求进,强非其人,不见容纳,忿恚自沉,是亏其高明,而损其清洁者也。昔伯夷、叔齐,让国守志,不食周粟,遂饿而死,岂可复谓有求于世而恨怨哉?且诗人怨主刺上,曰:"呜呼小子,未知臧否,匪面命之,言提其耳。"风谏之语,于斯为切。然仲尼论之,以为大雅。引此比彼,屈原之词,优游婉顺,宁以其君不智之故,欲提携其耳乎?而论者以为露才扬己,怨刺其上,强非其人,殆失厥中矣。夫《离骚》之文,依托五经以立义焉"帝高阳之苗裔",则《诗》"厥初生民,时惟姜嫄"也;"纫秋兰以为佩",则"将翱将翔,佩玉琼琚"也;"夕揽洲之宿莽",则《易》"潜龙勿用"也;"驷玉虬而乘鹥",则《易》"时乘六龙以御天"也;"就重华而陈词",则《尚书》"咎繇之谋谟"也;"登昆仑而涉流沙",则"禹贡之敷土"也。故智弥盛者其言博,才益劭者其识远。屈原之词,诚博

远矣!自孔丘终没以来,名儒博达之士,著造词赋,莫不拟则其仪表,祖式其模范,取其要妙,窃其华藻,所谓金相玉质,百岁无匹,名垂罔极,永不刊灭者也。

(19)《汉书·王褒传》:"王褒,字子渊,蜀人也。宣帝时,修武帝故事,讲论六艺群书,博尽奇异之好,征能为《楚辞》九江被公,召见诵读。……是时上颇好神仙,故褒对及之。上令褒与张子侨等并待诏,数从褒等放猎,所幸宫馆,辄为歌颂,第其高下,以差赐帛。议者多以为淫靡不急。上曰:'不有博弈者乎?为之犹贤乎已!辞赋大者与古诗同义,小者辩丽可喜。辟如女工有绮縠,音乐有郑卫,今世俗犹皆以此虞说耳目,辞赋比之,尚有仁义风谕,鸟兽草木多闻之观,贤于倡优博弈远矣。'"

(20)扬雄的原话已无可考。扬雄对屈原虽也有过批评,但心里是很同情他的,也十分赞扬他的作品。据《汉书·扬雄传》记载,扬雄认为:"屈原文过相如,至不容。作《离骚》,自投江而死。悲其文,读之未尝不流涕也。"王逸《楚辞章句·天问后叙》中曾说:"至于刘向、扬雄援引传记以解说之。"提到扬雄曾经解说《楚辞》,但没有流传下来。

(21)"方",模仿、比较。"鉴",鉴照、鉴别。"核",核实。"弗精",唐写本作"不精"。

(22)《离骚》:"彼尧、舜之耿介兮,既遵道而得路。""汤、禹俨而祗敬兮,周论道而莫差。"王逸《楚辞章句》注(按:下文只写"王逸注"):"尧、舜,圣德之王也。耿,光也;介,大也。遵,循也。路,正也。尧、舜所以有光大圣明之称者,以循用天地之道,举贤任能,使得万事之正也。夫先三后者,据近以及远,明道德同也。""俨,畏也。祗,敬也。俨,一作严。周,周家也。差,过也。言殷汤、夏禹、周之文王,受命之君,皆畏天敬贤,论议道德,无有过差,故能获夫神人之助,子孙蒙其福佑也。""典诰",泛指儒家经书,如《尚书》中的《尧典》《汤诰》《康诰》等。"体",体要,要领。张立斋《文心雕龙注订》:"原述尧舜禹汤,得《尚书》典诰之体要,非体裁之谓。"《文心雕龙·宗经》:"《书》云:'辞尚体要,弗惟好异。'故知正言所以立辩,体要所以成辞。"

(23)《离骚》:"何桀、纣之猖披兮,夫惟捷径以窘步。"王逸注:"桀、纣,夏、殷失位之君。猖披,衣不带之貌。""捷,疾也。径,邪道也。窘,急也。言桀纣愚惑,违背天道,施行惶遽,衣不及带,欲涉邪径。急疾为治,故身触陷阱,至于灭亡,以法戒君也。"洪兴祖《楚辞补注》:"桀、纣之乱,若衣披不带者,以不由正道而所行蹙迫耳。"《昭明文选》五臣刘良注:"昌披,乱也。""伤羿、浇之颠陨",见注(10)。"颠陨",覆亡。"规讽",规劝、讽刺。

(24)"虬龙",《楚辞·九章·涉江》:"驾青虬兮骖白螭。"王逸注:"虬螭,神兽,宜于驾乘,以喻贤人清白,可信任也。"《昭明文选》五臣吕延济注:"愿骖驾虬螭而远去也。虬、螭,皆龙类。""云蜺",《离骚》:"飘风屯其相离兮,帅云蜺而来御。"王逸注:"回风曰飘。飘风,无常之风,以兴邪恶;云蜺,恶气,以喻佞人。御,迎也。言己使凤皇往求同志之士,欲与俱共事君;反见邪恶之人,相与屯聚,谋欲离己。又遇佞人相帅来迎,欲使我变节以随之也。"《楚辞》王逸《离骚序》:"虬龙鸾凤以托君子,飘风云霓以为小人。""云霓"即"云蜺"。洪兴祖《楚辞补注》:"《说文》:霓,屈虹,青赤或白色,阴气也。郭氏云:雄曰虹,谓明盛者;雌曰蜺,谓暗微者。"

(25)《离骚》:"长太息以掩涕兮,哀民生之多艰。"王逸注:"艰,难也。言己自伤所行不合于世,将效彭咸沈身于渊,乃太息长悲,哀念万民受命而生,遭遇多难,以陨其身。申生雉经,子胥沈江,是谓多难也。"洪兴祖《楚辞补注》:"掩涕,犹抆泪也。"《九辩》:"岂不郁陶而思君兮,君之门以九重。"王逸注:"愤念蓄积,盈胸臆也。阊阖扃闭,道路塞也。"洪兴祖《补注》:"《月令》云:九门磔攘,天子有九门,谓关门、远郊门、近郊门、城门、皋门、库门、雉门、应门、路门也。"

(26)《离骚》:"驾八龙之婉婉兮,载云旗之委蛇。"王逸注:"婉婉,龙貌。言己乘八龙,神智之兽,其状婉婉,又载云旗,委蛇而长也。驾八龙者,言己德如龙,可制御八方也。载云旗者,言己德如云,能润施万物也。蛇,一作移。一作逶迤。"

（27）"驾"，元、明各本无，今据唐写本。《离骚》："吾令丰隆乘云兮，求宓妃之所在。"王逸注："丰隆，云师，一曰雷师。宓妃，神女，以喻隐士。言我令云师丰隆，乘云周行，求隐士清洁若宓妃者，欲与并心力也。宓，一作虑。""宓妃"，伏牺氏女，为洛水神也。

（28）"凭"，元本、弘治本无，今据唐写本。"娀"，元本、唐写本同，弘治本作"娥"。《离骚》："望瑶台之偃蹇兮，见有娀之佚女。吾令鸩为媒兮，鸩告余以不好。"王逸注："有娀，国名。佚，美也。谓帝喾之妃，契母简狄也。配圣帝，生贤子，以喻贞贤也。《诗》曰：有娀方将，帝立子生商。《吕氏春秋》曰：有娀氏有美女，为之高台而饮食之。言己望见瑶台高峻，睹有娀氏美女，思得与共事君也。佚，《释文》作姡。鸩，运日也。羽有毒可杀人，以喻谗佞贼害人也。言我使鸩鸟为媒，以求简狄，其性谗贼，不可信用，还诈告我言不好也。"

（29）《天问》："康回冯（凭）怒，地（坠）何故以东南倾？"王逸注："康回，共工名也。《淮南子》言共工与颛顼争为帝，不得，怒而触不周之山。天维绝，地柱折，故东南倾也。"《天问》："羿焉彃日。""夷羿"，夷是人带弓之意。"彃"，射也。"彃日"，唐写本作"毙日"，元本、弘治本作"蔽日"，此据王惟俭本改。王逸注曰："《淮南》言尧时十日并出，草木焦枯，尧命羿仰射十日，中其九日，日中九乌皆死，堕其羽翼，故留其一日也。"

（30）"木夫"，元本、弘治本作"木天"，王惟俭本作"一夫"，皆误。此据唐写本，梅庆生本从谢兆申改。"木夫"，拔木之夫。《招魂》："一夫九首，拔木九千些。"王逸注："言有丈夫一身九首，强梁多力，从朝至暮，拔大木九千枚也。"《招魂》："土伯九约，其角觺觺些。"王逸注："土伯，后土之侯伯也。约，屈也。觺觺，犹狺狺，角利貌也。言地有土伯，执卫门户，其身九屈，有角觺觺，主触害人也。"《招魂》："参目虎首，其身若牛些。"王逸注："言土伯之头，其貌如虎，而有三目，身又肥大，状如牛也。""三目"，杨慎批曰："'目'，元作'足'，朱（谋㙔）改。"元本、弘治本"足"为墨钉，梅庆生本据朱谋㙔改。唐写本、王惟俭本作"目"。

(31)《离骚》:"虽不周于今之人兮,愿依彭咸之遗则。"王逸注:"彭咸,殷贤大夫,谏其君不听,自投水而死。遗,余也。则,法也。言己所行忠信,虽不合于今之世,愿依古之贤者彭咸余法,以自率厉也。"《楚辞·九章·悲回风》:"浮江淮而入海兮,从子胥而自适。"王逸注:"适,之。"洪兴祖《补注》:"《越绝书》曰:子胥死,王使捐于大江,乃发愤驰腾,气若奔马,乃归神大海。自适,谓顺适己志业。"《史记·伍子胥列传》:"吴王将北伐齐,越王句践用子贡之谋,乃率其众以助吴,而重宝以献遗太宰嚭。太宰嚭既数受越赂,其爱信越殊甚,日夜为言于吴王。吴王信用嚭之计。伍子胥谏曰:'夫越,腹心之病,今信其浮辞诈伪而贪齐。破齐,譬犹石田,无所用之。……愿王释齐而先越;若不然,后将悔之无及。'……吴太宰嚭既与子胥有隙,因谗曰:'子胥为人刚暴,少恩,猜贼,其怨望恐为深祸也。……夫为人臣,内不得意,外倚诸侯,自以为先王之谋臣,今不见用,常鞅鞅怨望。愿王早图之。'……(吴王)乃使使赐伍子胥属镂之剑,曰:'子以此死。'伍子胥仰天叹曰:'嗟乎!谗臣嚭为乱矣,王乃反诛我。……'乃告其舍人曰:'必树吾墓上以梓,令可以为器(棺);而抉(决)吾眼县吴东门之上,以观越寇之入灭吴也。'乃自刭死。吴王闻之大怒,乃取子胥尸盛以鸱夷革,浮之江中。""狷狭",狷介狭隘。

(32)《招魂》:"士女杂坐,乱而不分些。"王逸注:"言醉饱酣乐,合罇促席,男女杂坐,比肩齐膝,恣意调戏,乱而不分别也。"《招魂》:"娱酒不废,沈日夜些。"王逸注:"娱,乐。""言虽以酒相娱乐,不废政事,昼夜沈湎,以忘忧也。或曰:娱酒不发。发,旦也。《诗》(《小雅·小宛》)云:'明发不寐。'言日夜娱乐。又(《小雅·鹿鸣》)曰:'和乐且湛。'言昼夜以酒相乐也。""懽",同"欢"。

(33)张立斋《文心雕龙注订》:"摘此四事,指上四事皆怪异之文,而异乎经典。然屈、宋之旨,多托词隐讽,此朱子所谓'生于缱绻恻怛,不能自已之至意'。读者不可不辨也。"朱熹于《楚辞集注》中说:"原之为人,其志行虽或过于中庸,而不可以为法,然皆出于忠君爱国之诚心。原之为书,其辞旨虽或流于跌宕、怪神、怨怼、激发,而不可以为训,然皆生于缱绻恻怛,不能自已之至意。虽其不知学于北方,以求周公、仲尼之道,而独驰骋于变风、变雅之末流,以故醇儒庄士或羞称之,然使世之放臣屏子怨妻去妇,抆泪讴吟于下,而所天者幸而听之,则于彼此之间天性民彝之善,岂不足以交有所发,而增夫三纲五典之重,此予之所以每有味于其言,而不敢直以词人之赋视之也。"

（34）"典诰",此处以《尚书》之典诰代表经书,并非仅指《尚书》。犹前《风》《雅》之不只指《诗经》而代表经书一样。"夸诞",夸张、荒诞。元本、弘治本作"本诞",今据唐写本。

（35）"风杂",元本、弘治本作"风雅",此据唐写本改,当以唐写本为是。这两句梅庆生本、黄叔琳本改为"体慢于三代,风雅于战国"。《文心雕龙·诏策》篇"体宪风流"。"宪",仿效、效法。"体宪三代",即下文"取镕经意";"风杂战国",即下文"自铸伟辞"。本书《时序》篇:"屈平联藻于日月,宋玉交彩于风云。观其艳说,则笼罩《雅》《颂》。故知晔烨之奇意,出乎纵横之诡俗也。"

（36）"博徒",赌徒,指低贱者。范文澜《文心雕龙注》:"博徒,人之贱者。"《文心雕龙·知音》篇:"彼实博徒,轻言负诮。"《史记·魏公子列传》:"公子闻赵有处士毛公,藏于博徒。"《史记·袁盎列传》:"安陵富人有谓盎曰:吾闻剧孟博徒。"张立斋《文心雕龙注订》:"此谓比之《雅》《颂》,固逊之如博徒,于辞赋则崇之如英杰也。"

（37）"骨鲠",以人体躯干为喻,指《楚辞》核心内容。"肌肤",以人体皮肤肌肉为喻,借指《楚辞》艺术表现方法。《文心雕龙·附会》:"以情志为神明,事义为骨髓,辞采为肌肤,宫商为声气。"张立斋《文心雕龙注订》:"因其志行本于忠诚,故曰取镕经义;因其文采能变化《风》《雅》,故曰自铸伟辞。"

（38）《骚经》,王逸认为屈原作品皆"依经立义",故称《离骚》为《离骚经》,见其《楚辞章句》。王逸《离骚经序》:"《离骚经》者,屈原之所作也。""离,别也;骚,愁也;经,径也。言己放逐别离,中心愁思,犹依道径以风谏君也。"王逸《九章序》:"屈原放于江南之野,思君念国,忧思罔极,故复作《九章》。章者,着也,明也。言己所陈忠信之道甚著明也。""朗丽哀志",见王逸《离骚经序》:"其词温而雅,其义皎而朗。凡百君子,莫不慕其清高,嘉其文采,哀其不遇,而闵其志焉。"

(39)"绮靡伤情",陆机《文赋》:"诗缘情而绮靡。"《昭明文选》李善注:"绮靡,精妙之言。"王逸《九歌序》:"昔楚南郢之邑,沅湘之间,其俗信鬼而好祠。其祠必作歌乐鼓舞以乐诸神。屈原放逐,窜伏其域,怀忧苦毒,愁思沸郁;出见俗人祭祀之礼,歌舞之乐,其词鄙陋,因为作《九歌》之曲。上陈事神之敬,下见己之冤结,托之以风谏。"王逸《九辩序》:"《九辩》者,楚大夫宋玉之所作也。""宋玉者,屈原弟子也,闵惜其师忠而放逐,故作《九辩》以述其志。"

(40)"瑰诡惠巧",奇伟机巧。王逸《远游序》:"《远游》者,屈原之所作也。屈原履方直之行,不容于世。上为谗佞所谮毁,下为俗人所困极。章皇山泽,无所告诉。乃深惟元一,修执恬漠。思欲济世,则意中愤然。文采秀发,遂叙妙思,托配仙人,与俱游戏,周历天地,无所不到。然犹怀念楚国,思慕旧故,忠信之笃也,仁义之厚也。是以君子珍重其志,而玮其辞焉。"王逸《天问序》:"《天问》者,屈原之所作也。何不言《问天》?天尊不可问,故曰《天问》也。屈原放逐,忧心愁悴,仿徨山泽,经历陵陆,嗟号旻昊,仰天叹息。见楚有先王之庙,及公卿祠堂,图画天地山川神灵,琦玮僪佹,及古贤圣怪物行事,周流罢倦,休息其下,仰见图画,因书其壁,呵而问之,以渫愤懑,舒泻愁思。"

(41)"大招",元本、弘治本作"招隐",此据唐写本。王逸《招魂序》:"宋玉怜哀屈原忠而斥弃,愁懑山泽,魂魄放佚,厥命将落,故作《招魂》。欲以复其精神,延其年寿。"王逸《大招序》:"《大招》者,屈原之所作也,或曰景差,疑不能明也。屈原放逐九年,忧思烦乱,精神越散,与形离别,恐命将终,所行不遂,故愤然大招其魂。""耀艳而深华",唐写本作"采华"。张立斋《文心雕龙考异》:"耀艳,文采外发也;深华,文采内蕴也。外发故曰耀,内蕴故曰深。深者,藏也。"

(42)王逸《卜居序》:"《卜居》者,屈原之所作也,屈原体忠贞之性而见嫉妒,念谗佞之臣承君顺非而蒙富贵,己执忠直而身放弃,心迷意惑,不知所为,乃往至太卜之家,稽问神明,决之蓍龟,卜己居世,何所宜行,冀闻异策,以定嫌疑,故曰《卜居》也。""放言",不受拘束放纵之言。王逸《渔父序》:"屈原放逐在江湘之间,忧愁叹吟,仪容变易,而渔父避世隐身,钓鱼江滨,欣然自乐。时遇屈原川泽之域,怪而问之,遂相应答。"《昭明文选》任彦升《齐竟陵文宣王行状》"山宇初构,超然独往"下李善注曰:"淮南王《庄子略要》曰:'江海之士,山谷之人也,轻天下,细万物而独往者也。'司马彪注曰:'独往自然,不复顾世。'"

(43)李曰刚《文心雕龙斠诠》:"气往轹古,言其气势一往无前,足以陵践古人也。轹,《说文》:'车所践也。'""切",切合。"切今",合乎当前时代发展的实际。

(44)范文澜《文心雕龙注》:"彦和所云《九怀》(王褒作)以下,当指东方朔《七谏》、刘向《九叹》、严忌《哀时命》、贾谊《惜誓》、王逸《九思》诸篇。陈振孙《书录解题》云:'洪(兴祖)氏从吴郡林虙得《楚辞释文》一卷,乃古本,其篇第与今本不同。首《离骚》,次《九辩》,而后《九歌》《天问》《九章》《远游》《卜居》《渔父》《招隐士》《招魂》《九怀》《七谏》《九叹》《哀时命》《惜誓》《大招》《九思》。'""遽",急也。张立斋《文心雕龙注订》:"盖诸家皆上本屈氏之体以作赋,故云'蹑其迹'也。迹指屈宋,非指屈氏一人,因下文有屈宋逸步之语,屈宋联称,范注不省,谓专指屈氏者非。"李曰刚《文心雕龙斠诠》:"蹑,继踵也,犹言追踪。其,指上述《骚经》《九章》等十种屈宋之作。"

(45)"郁伊",郁结不申貌。《后汉书·崔寔传》:"智士郁伊于下。"章怀太子注:"郁伊,不申之貌。《楚词》曰'独郁伊而谁语'(按:《远游》为"独郁结其谁语")也。"

(46)"离居",《九歌·湘夫人》:"将以遗兮离居。"王逸注:"离居,谓隐者也。言己虽出阴入阳,涉历殊方,犹思离居隐士。"此指屈原被放逐而离开国都隐居江河间。"怆怏",悲伤失意。"难怀",难以为怀。

(47)"循声得貌",沿着诗歌的声律节奏而展现山水形态容貌。"节候",四时气节。

（48）"披文见时"，剖析文辞而见到季节变化。

（49）"追风以入丽""沿波而得奇"，均指汉代辞赋作家沿着屈原、宋玉的艺术风貌和创作道路向前发展，但是偏重在文辞华丽方面，故班固《汉书·艺文志·诗赋略论》说："楚臣屈原离谗忧国，皆作赋以风，咸有恻隐古诗之义。其后宋玉、唐勒，汉兴枚乘、司马相如，下及扬子云，竞为侈丽闳衍之词，没其风谕之义。"《史记·贾谊列传》："谊为长沙王太傅，意不自得，及渡湘水，为赋以吊屈原。"

（50）"衣被词人"，此"词人"当是泛指各类文学家，而并非仅仅辞赋作家。

（51）此下谓学习《楚辞》者由于各人才华不同，因此从中吸取的养分也有很大的差别。"菀"，唐写本作"宛"。王更生《文心雕龙读本》："菀，蕴积，在此引申为模仿、效法的意思。"范文澜《文心雕龙注》谓："菀训郁，训蕴，是自动词，下列三句中'猎''衔''拾'三字皆他动词，语气不顺，疑'菀'即'捥'之假字，《集韵》：捥，取也。捥其鸿裁，谓取镕屈宋制作之大义，以自制新辞，然此非浅薄所能，故曰'才高者捥其鸿裁'也。"可为参考。"中巧"，心中有巧妙之思。"猎"，猎取。"吟讽"，吟咏讽读。"童蒙"，《周易·蒙卦》："匪我求童蒙，童蒙求我。"朱熹《周易本义》："童蒙，幼稚而蒙昧。"幼稚浅薄之意。

（52）"凭轼"，依靠车前横木表示尊重。《左传》僖公二十八年："子玉使斗勃请战，曰：'请与君之士戏，君冯轼而观之，得臣与寓目焉。'""悬辔"，自由地役使马缰绳。

（53）"玩"，习玩也，《说文》："习，厌也。""真"，唐写本作"贞"，贞者，正也。《雅》《颂》的特点是"正"和"实"，《楚辞》特点是"奇"和"华"，所以必须善于掌握奇和正、华和实的关系，才是正确的创作方法。《文心雕龙·定势》篇："旧练之才，则执正以驭奇；新学之锐，则逐奇而失正；势流不反，则文体遂弊。"

（54）"顾盼"，即左顾右盼，表示很短的时间。元本、弘治本作"顾眄"，今据梅庆生本。唐写本作"顾眄"。"驱辞力"，驱遣、指挥文辞写作。"欬唾"，咳唾，《庄子·渔夫》："幸闻咳唾之音以卒相丘也。"此喻很不费力地诵读。"穷文致",穷尽文章的情致。

(55)"乞灵",请教。"假宠",借光。

(56)"壮采",原作"壮志",此据唐写本。《文心雕龙·诠赋》篇:"时逢壮采。"张立斋《文心雕龙考异》:"骚体志郁而文盛,'志'字非,从唐写本作'采'是。"

(57)"情理实劳",指情理构思辛劳伤神。《诗经·邶风·燕燕》:"瞻望弗及,实劳我心。"《诗经·邶风·雄雉》:"展矣君子,实劳我心。"毛传:"展,诚也。"郑笺:"诚矣君子,懿于君子也。君之行如是,实使我心劳矣。"

(58)"艳溢锱毫",元本、弘治本作"绝溢称毫",今据唐写本。王逸《楚辞章句序》:"所谓金相玉质,百世无匹,名垂罔极,永不刊灭者矣。"《诗经·大雅·棫朴》:"金玉其相。"毛传:"相,质也。""锱毫",言其细微。陆机《文赋》:"考殿最于锱铢,定去留于毫芒。"

《明诗》篇

大舜云:"诗言志,歌永言[1]。"圣谟所析,义已明矣。是以在心为志,发言为诗,舒文载实,其在兹乎[2]!诗者,持也,持人情性[3];三百之蔽,义归无邪[4],持之为训,有符焉尔[5]。

人禀七情,应物斯感,感物吟志,莫非自然[6]。昔葛天乐辞,《玄鸟》在曲[7];黄帝《云门》,理不空弦[8]。至尧有《大章》之歌[9],舜造《南风》之诗[10],观其二文,辞达而已[11]。及大禹成功,九序惟歌[12];太康败德,五子咸怨[13];顺美匡恶,其来久矣[14]。自商暨周,《雅》《颂》圆备,"四始"彪炳[15],"六义"环深,子夏监绚素之章[16],子贡悟琢磨之句[17],故商、赐二子,可与言诗。自王泽殄竭,风人辍采[18];春秋观志,讽诵旧章,酬酢以为宾荣,吐纳而成身文[19]。逮楚国讽怨,则《离骚》为刺[20]。秦皇灭典,亦造仙诗[21]。

汉初四言,韦孟首唱[22],匡谏之义,继轨周人。孝武爱文,《柏梁》列韵[23],严马之徒,属辞无方[24]。至成帝品录,三百余篇,朝章国采,亦云周备[25],而辞人遗翰,莫见五言[26],所以李陵、班婕妤见疑于后代也[27]。按《召南·行露》,始肇半章[28],孺子《沧浪》,亦有全曲[29];《暇豫》优歌,远见春秋[30];《邪径》童谣,近在成世[31];阅时取证,则五言久矣[32]。又《古诗》佳丽,或称枚叔,其《孤竹》一篇,则傅毅之词[33],比采而推,两汉之作乎[34]?观其结体散文,直而不野,婉转附物,怊怅切情,实五言之冠冕也[35]。至于张衡《怨篇》,清典可味⁽³⁶⁾;仙诗缓歌,雅有新声⁽³⁷⁾。

暨建安之初,五言腾踊⁽³⁸⁾,文帝、陈思,纵辔以骋节;王、徐、应、刘,望路而争驱⁽³⁹⁾。并怜风月,狎池苑,述恩荣,叙酣宴,慷慨以任气,磊落以使才,造怀指事,不求纤密之巧;驱辞逐貌,唯取昭晰之能:此其所同也⁽⁴⁰⁾。及正始明道,诗杂仙心⁽⁴¹⁾,何晏之徒,率多浮浅⁽⁴²⁾。唯嵇志清峻⁽⁴³⁾,阮旨遥深⁽⁴⁴⁾,故能标焉。若乃应璩《百一》,独立不惧,辞谲义贞,亦魏之遗直也⁽⁴⁵⁾。

晋世群才,稍入轻绮,张、潘、左、陆,比肩诗衢⁽⁴⁶⁾,采缛于正始,力柔于建安,或析文以为妙,或流靡以自妍,此其大略也。江左篇制,溺乎玄风,嗤笑徇务之志,崇盛广机之谈⁽⁴⁷⁾,袁、孙已下,虽各有雕采,而辞趣一揆,莫与争雄⁽⁴⁸⁾,所以景纯仙篇,挺拔而为俊矣⁽⁴⁹⁾。

宋初文咏,体有因革,庄老告退,而山水方滋⁽⁵⁰⁾,俪采百字之偶,争价一句之奇⁽⁵¹⁾,情必极貌以写物,辞必穷力而追新,此近世之所竞也。

故铺观列代,而情变之数可监;撮举同异,而纲领之要可明矣⁽⁵²⁾。若夫四言正体,则雅润为本⁽⁵³⁾;五言流调,则清丽居宗⁽⁵⁴⁾;华实异用,惟才所安⁽⁵⁵⁾。故平子得其雅,叔夜含其润⁽⁵⁶⁾,茂先凝其清,景阳振其丽⁽⁵⁷⁾。兼善则子建仲宣⁽⁵⁸⁾,偏美则太冲公幹⁽⁵⁹⁾。然诗有恒裁,思无定位⁽⁶⁰⁾,随性适分,鲜能圆通⁽⁶¹⁾。若妙识所难,其易也将至;忽之为易,其难也方来⁽⁶²⁾。至于三六杂言,则出自篇什⁽⁶³⁾;离合之发,则萌于图谶⁽⁶⁴⁾;回文所兴,则道原为始⁽⁶⁵⁾;联句共韵,则《柏梁》余制;巨细或殊,情理同致,总归诗囿⁽⁶⁶⁾,故不繁云。

赞曰:民生而志,咏歌所含。兴发皇世⁽⁶⁷⁾,风流《二南》⁽⁶⁸⁾,神理共契,政序相参。英华弥缛,万代永耽。

简析：

本篇是二十篇文体论的第一篇,刘勰在《序志》篇中提出对每种文体论述均有四个部分,即"原始以表末,释名以章义,选文以定篇,敷理以举统"。每一篇文体论都是按照这四个部分来写的。自《明诗》以下十篇文体论为有韵之"文"。本篇是对诗歌定义和诗歌历史发展的论述。刘勰认为诗歌的本质是人的情志体现,他既以经书"诗言志"为核心,又吸取纬书中诗歌"持人情性"的思想,把"志"和"情"融合在一起,同时也指出诗人的主观情志要藉助客观的物的感触而萌发,这样就把诗歌的性质和特点阐述得非常清楚了。在论述诗歌发展的历史过程时,专门叙说了五言诗的起源,以及从四言到五言到七言的演变过程。他对几个重点时代的诗歌特征(如《诗经》时期、建安时期、西晋时期和东晋玄言诗时期),做了特别详细的概括和阐说。从诗歌的起源和发展中总结出"顺美匡恶"的社会作用,也就是歌颂光明、批评黑暗。他对诗歌的历史发展作了清晰梳理,特别是对建安诗歌的评价,最为后人所称道,从诗歌的题材、内容到艺术形式风格,结合时代特点作了精确透彻的分析,指出其内容以"怜风月,狎池苑,述恩荣,叙酣宴"为主,其艺术风貌特点是:"慷慨以任气,磊落以使才,造怀指事,不求纤密之巧;驱辞逐貌,唯取昭晰之能;此其所同也。"对西晋、东晋、刘宋时期的诗歌总体特征的概括也十分到位,如论西晋诗歌特点:"晋世群才,稍入轻绮,张、潘、左、陆,比肩诗衢,采缛于正始,力柔于建安,或析文以为妙,或流靡以自妍,此其大略也。"而东晋则是:"江左篇制,溺乎玄风,嗤笑徇务之志,崇盛亡机之谈,袁、孙已下,虽各有雕采,而辞趣一揆,莫与争雄。"选择重点诗人诗作非常符合实际,由于诗歌创作众多,"选文以定篇"采取列出有代表性诗人的方法,不列具体作品。例如建安时代举出三曹中的曹丕、曹植(曹操作为乐府诗代表列入《乐府》篇),七子列举王(粲)、徐(幹)、应(玚)、刘(桢),正始突出嵇康、阮籍等等。对四言诗、五言诗艺术风貌的差别也论说得极为简要明白,认为四言诗是"正体",是由于《诗经》已成为"经",故以"温润"为基本风貌。五言诗是"流调",则是指出它是由《诗经》发展而来,并已成为当时流行的主要诗歌形式,绝无贬低之意。至于五言的"清丽"特色,不仅是确切概括,而且是十分赞赏的评价。至于对诗歌创作要领的阐述,尤其是"诗有恒裁,思无定位"原则的提出,都有高度理论概括意义。说明诗歌体式虽有一定的标准,但是诗人的思绪则是各不相同的,每一首诗创作也是各有其特点的,所以诗歌创作的构思是没有固定规律可循的。这可以和本书《通变》篇"设文之体有常,变文之数无方"联系起来,互相补充。"诗有恒裁,思无定位"的理论,也适用于辞赋、散文等其他文学体式。

语译:

《尚书·尧典》上记载大舜说:"诗是言说心志的,歌是吟咏语言的。"圣人经典叙说,已经阐明了诗歌含义。所以《毛诗大序》说:"蕴藏在人内心是志,用语言表达出来是诗。"抒发文采传达情实,诗歌的意义不就在此吗?"诗"就是"持"的意思,即扶持人的性情,《诗经》三百篇用一句话来概括,其意义就是"无邪",没有邪僻不正。所以用"持"来说明诗,是符合孔子意思的。

人天生禀赋有喜、怒、哀、惧、爱、恶、欲七种感情蕴藏于内,受到外界事物的感触就会激发出来,有感于外界事物而吟咏内心情志,这是自然而然的事情。远古葛天氏乐辞中,就有《玄鸟》一曲。黄帝时有乐舞《云门》,按理说也不会只是乐曲舞蹈必定有歌辞。到唐尧之时有《大章》之歌,而虞舜时则有《南风》之歌,观看这二首诗歌,文辞质朴畅达意义而已。至大禹治水成功,施行九种治理国家的方针,百姓安居乐业作歌颂扬其德。后来启的儿子太康荒淫失政败坏祖德,他的五个兄弟都怨恨而写诗讽刺(即《五子之歌》)。从诗歌起源发展看诗的本质就是歌颂美好、匡正罪恶,这是由来已久的了。从商代到周代,以《雅》《颂》为代表的《诗经》十分周全完备。《关雎》《鹿鸣》《文王》《清庙》为首的《风》《小雅》《大雅》《颂》发出了灿烂光辉,风、雅、颂、赋、比、兴六个方面的意义极为周全深厚。《论语》中记载孔子的学生子夏从《诗经》"素以为绚"领略到仁先礼后的道理,子贡从"贫而无谄,富而无骄"中体会到修身养性需要切磋琢磨,所以孔子说商(子夏名)、赐(子贡名)二人,可以和他们论说《诗经》了。自从贤明君主的政治教化逐渐败落、德泽枯竭殆尽,就没有了采诗之人,也不再采诗以观民风。春秋时代各个诸侯国家卿大夫聘问出使都要表达自己意愿和观察对方态度,这些都借讽诵《诗经》篇章来表达,应酬赠答作为荣宠宾客的习俗,赋诗谈吐形成自身礼仪文采。及楚国屈原讥讽怨恨楚怀王昏庸,则以《离骚》来进行讽刺。秦始皇统一全国后焚书坑儒,但还是让博士写《仙真人诗》。

汉代初年四言诗,为韦孟所首唱,他匡正讽谏楚元王孙子荒淫无道,继承了周代诗人的传统。汉武帝喜爱文学,在柏梁台和群臣共撰联韵七言诗,而严助、司马相如等人,写诗没有固定的格式方法。到汉成帝时曾下诏令光禄大夫刘向收集品录诗歌共有三百余篇,朝廷宗庙乐章和各地采集的风谣都十分周全完备。但在文人遗留的创作中,却完全看不到五言诗篇,所以后代就怀疑李陵、班婕妤的五言诗是否真是他们所作了。按《诗经·召南·行露》,有半首是五言诗句;《孺子之歌》不算两个"兮"字,全首均为五言诗歌;优施的《暇豫歌》四句中有三句是五言,远见于春秋之时;汉代童谣《邪径》全为五言,则近在成帝之时。检阅这些诗歌的时代并加以取证,可以知道五言诗的产生已经很久了。《古诗十九首》华丽美好,有人说是枚乘所作,而其中《冉冉孤竹生》一篇则是东汉傅毅之作,以各诗的情志文采类比推敲,那么《古诗十九首》应该是属于两汉时代的作品吧。考察《古诗十九首》的组织结构辞藻敷陈,直抒胸情而不质朴粗野,委婉曲折托物寓意,惆怅感伤深切抒情,实在是五言诗最为成熟的优秀典范。至于张衡的四言《怨诗》,清新典雅诗味无穷;五言的《仙诗》《缓歌》,富有流行新诗曲调。

到汉末建安初期,五言诗创作空前活跃奔腾澎湃形成高潮,魏文帝曹丕和陈思王曹植,纵马驰骋善控节奏。王粲、徐幹、应玚、刘桢,在大道上争先恐后尽情奔走。他们都怜爱清风明月美好夜晚,亲近狎昵游览山水庭院,叙述曹魏皇室提携恩宠,描写欢乐宴会醉酒赋诗,慷慨激昂地恣意展示个性气质,胸怀坦荡地充分发挥天赋才华,抒发怀抱阐述情事,不讲究轻纤细密的人工雕琢之巧,运用文辞描绘物貌,专门追求清晰昭明的自然生动之美,这是建安文人的共同特点。到魏废帝曹芳的正始时代道家玄学思想兴起,诗歌中掺杂了很多道家修身养性羽化成仙的心志趣味。何晏这些玄学清谈家的作品,大都浮浅鄙薄不堪卒读。只有嵇康的诗作清峻高洁,阮籍的诗作含蓄深远,所以能标举出众。若乃应璩的《百一诗》,能不惧权势卓尔不群,辞义刚正委婉讽喻,是曹魏时代能继承古代传统的正直诗人。

晋代的众多文人,诗风梢微转入轻靡绮丽,张华、潘岳、左思、陆机四位诗人,并驾齐驱雄踞诗坛,辞采的繁缛华丽大大超过正始诗人,而风骨的刚劲有力远远弱于建安诗人,或者讲究藻饰偶对追求奇妙,或者醉心音韵流荡以为靡丽,这就是他们的大概情况。东晋江左篇章,沉湎于枯燥玄学风气,嘲笑致力于人世俗务志向,崇盛于忘却机心机事谈论(去除缠绕人心的种种世俗欲念)。自玄言诗人袁宏、孙绰以下众多诗人,虽然也各有雕饰辞采,但辞藻情趣都是一样的空虚澹泊没有艺术滋味,不可能和以往诗人一争雌雄,所以郭璞的游仙诗,就成为挺拔超群的英俊之作了。

到刘宋时代诗歌创作,文体有因有革在继承基础上有所创新,阐述庄老思想的玄言诗逐渐衰落并退出诗坛,而描写山水风景的诗歌开始繁荣兴盛,在文辞上运用大量对偶甚至百余字全是骈俪之语,追逐新奇巧妙至少一篇中必有一二秀句。抒写情景务必穷极事物形貌状态,筹措文辞也全力寻求新奇别致。这就是近代作家新的创作趋势。

纵观历代诗歌创作状况,情致风貌演变规律可以清楚鉴察;列举各人诗歌创作同异,特点要领风格体式可以明白显示。四言诗为诗歌正体,以典雅温润为基本特征;五言诗是(从四言诗发展出来的)流行格调,以清新秀丽为独有风貌。或是华丽或是质实各有功用,全由诗人的才华来决定。张衡(字平子)的四言诗得到雅正之美,嵇康(字叔夜)的四言诗含有温润之美,张华(字茂先)的五言诗凝聚清新之美,张协(字景阳)的五言诗振发秀丽之美,而曹植(字子建)、王粲(字仲宣)的五言诗则兼有雅润清丽之美,左思(字太冲)、刘桢(字公幹)则偏向于骨气俊爽之美。然而各类诗歌均有特定风格体裁,而诗人思维全都没有固定方式,诗人都是按照个性爱好来创作各有所长,很少能周全地把各种形式诗歌都写得很好。如果能微妙精确地认识诗歌创作的艰难奥秘,那么写起诗来也就不困难了;如果忽略诗歌的深奥原理把创作看得很容易,那么就很难把诗写好了。至于三言诗、六言诗和杂言诗,则出自以往的诗篇;"离合"诗的出现,产生于纬书图谶;而回文诗的渊源,始于道原所创;至于联句和韵诗歌,乃是延续《柏梁诗》的产物。这些诗篇虽然长短巨细不一,但情理都是相同的,可以总体归入诗歌园地,所以就不详细论述了。

总论:人类天赋心灵情志,蕴含咏歌吟唱诗坛。三皇盛世兴意勃发,风气流传《周南》《召南》。神明启示真理默契,社会政治融会共参,英华绚丽愈加繁缛,千秋万代长存永耽。

注订:

(1)《尚书·尧典》:"帝(舜)曰:'诗言志,歌永言。声依永,律和声。'"孔安国传:"谓诗言志以导之,歌咏其义以长其言。声谓五声:宫、商、角、徵、羽。律谓六律、六吕,十二月之音气。言当依声律以和乐。"孔颖达《正义》:"作诗者自言己志,则诗是言志之书,习之可以生长志意,故教其诗言志以导胄子之志,使开悟也。作诗者直言不足以申意,故长歌之,教令歌咏其诗之义以长其言,谓声长续之。……声依永者,谓五声依附长言而为之,其声未和,乃用此律吕调和其五声,使应于节奏也。"《左传》襄公二十七年:"(文子告叔向曰)诗以言志。"《尧典》晚出,《左传》所言,当在其前。许慎《说文解字》:"诗,志也,从言,寺声。"古文作𡶴,段玉裁注:"左从古文言,右从之,省寸。"杨树达《说文十义·释诗》:"志字从心,㞢声,寺字亦从㞢声。㞢、志、寺古音盖无二。古文从言㞢,'言㞢'即'言志'也。篆文从言寺,'言寺'亦'志'也。""圣谟",元本、弘治本作"圣谋",此据唐写本,王惟俭本、梅庆生本同唐写本。谟,谋略;圣谟指圣人典籍训导。《毛诗大序》:"诗者,志之所之也。在心为志,发言为诗。"孔颖达《正义》:"诗者,人志意之所适也。虽有所适,犹未发口,蕴藏在心,谓之为志,发见于言,乃名为诗。言作诗者所以舒心志愤懑,而卒成于歌咏,故《虞书》谓之'诗言志'也。"诗言志,是指诗歌的本质是人心灵世界的展示,说明中国古代比较强调文学是人的主体意识之体现。

(2)"舒文",指用语言表达出来的诗体形式。"载实",指诗人内心的情志。

(3)唐写本"诗者"上有"故"字。《诗纬·含神雾》:"诗者,持也。"孔颖达《正义》释云:"为诗所以持人之行,使不失队。""失队",即失坠,丧失。诗歌可以扶持、节制人的性情,使它不至于随意泛滥,而符合儒家礼义,和《毛诗大序》所说"发乎情,止乎礼义"含义相同。

(4)《论语·为政》:"子曰:'诗三百,一言以蔽之,曰思无邪。'"《论语》包咸注:"蔽,犹当也。"当,有概括的意思。包咸注"思无邪"曰:"归于正。"邢昺疏:"此章言为政之道在于去邪归正,故举《诗》要当一句以言之。'诗三百'者,言诗篇之大数也。'一言以蔽之'者,蔽,犹当也。古者谓一句为一言,《诗》虽有三百篇之多,可举一句当尽其理也。'曰思无邪'者,此诗之一言,《鲁颂·駉》篇文也。诗之为体,论功颂德,止僻防邪,大抵皆归于正,故此一句可以当之也。"

(5)"有符焉尔",把诗解释为"持人情性"符合孔子意思。

(6)《礼记·礼运》:"何为人情?喜、怒、哀、惧、爱、恶、欲,七者弗学而能。"孔颖达《正义》:"情义利患必须礼以治之。又明人之欲恶在心难知,若其舍礼无由可也。'喜、怒、哀、惧、爱、恶、欲'者,案昭二十五年《左传》云:'天有六气,在人为六情,谓喜、怒、哀、乐、好、恶。'此之喜怒及哀恶与彼同也。此云'欲'则彼云'乐'也,此云'爱'则彼云'好'也,谓六情之外,增一'惧'而为七。熊氏云:'惧则怒中之小别,以见怒而怖惧耳。'六气,谓阴阳风雨晦明也。按彼传云:'喜生于风,怒生于雨,哀生于晦,乐生于明,好生于阳,恶生于阴。'其义可知也。"《礼记·乐记》:"凡音之起,由人心生也。人心之动,物使之也。

感于物而动,故形于声。"孔颖达《正义》:"'凡音之起由人心生也'者,言凡乐之音曲所起,本由人心而生也。'人心之动物使之然也'者,言音之所以起于人心者,由人心动则音起,人心所以动者,外物使之然也。'感于物而动,故形于声'者,人心既感外物而动,口以宣心,其心形见于声。心若感死丧之物而兴动,于口则形见于悲戚之声。心若感福庆而兴动,于口则形见于欢乐之声也。"《乐记》:"夫民有血气心知之性,而无哀乐喜怒之常,应感起物而动,然后心术形焉。"郑玄注:"言在所以感之也。术,所由也。形,犹见也。"孔颖达《正义》:"论人心皆不同,随乐而变。夫乐声善恶,本由民心而生,所感善事则善声应,所感恶事则恶声起,乐之善恶,初则从民心而兴,后乃合成为乐,乐又下感于人,善乐感人则人化之为善,恶乐感人则人随之为恶,是乐出于人,而还感人,犹如雨出于山而还雨山,火出于木而还燔木。故此篇之首,论人能兴乐,此章之意,论乐能感人也。故民有血气心知之性者,人由血气而有心知,故血气心知连言之,其性虽一,所感不恒,故云'而无哀乐喜怒之常'也。'应感起物而动'者,言内心应感起于外物,谓物来感,己心遂应之,念虑兴动,故云'应感起物而动'。'然后心术形焉'者,术,谓所由道路也。形,见也。以其感物所动故,然后心之所由道路而形见焉。"中国古代认为人的七情本是蕴藏于心的,由于受到外物感触才由静变动,并借助于声音节奏和语言文字表达出来,这是自然而然的结果。陆机《文赋》:"遵四时以叹逝,瞻万物而思纷。悲落叶于劲秋,喜柔条于芳春。"本书《物色》篇:"岁有其物,物有其容。情以物迁,辞以情发。"锺嵘《诗品序》:"气之动物,物之感人,故摇荡性情,形诸舞咏。"

(7)"昔葛天乐辞",元、明各本作"昔葛天氏乐辞云",唐写本作"昔葛乐辞",脱"天"字,此据唐写本,并从王利器、杨明照等说补"天"字。《吕氏春秋·仲夏纪·古乐》篇:"昔葛天氏之乐,三人操牛尾,投足以歌八阕:一曰《载民》,二曰《玄鸟》,三曰《遂草木》,四曰《奋五谷》,五曰《敬天常》,六曰《达帝功》,七曰《依地德》,八曰《总万物之极》。"说明葛天氏乐曲是有歌辞的。可见,诗歌起源非常之早,蒙昧时代人们和自然斗争,获取生活资源时,就已经用诗、乐、舞来表达自己的生活和感情。

(8)"云门",传说是黄帝时代乐舞。《周礼·春官宗伯·大司乐》:"以乐舞教国子,舞《云门》《大卷》《大咸》《大磬》《大夏》《大濩》《大武》。"郑玄注:"此周所存六代之乐。黄帝曰《云门》《大卷》。黄帝能成名,万物以明,民共财,言其德如云之所出,民得以有族类。""弦",原作"绮",今据唐写本,梅庆生本谓:"元作绮,朱(谋埠)改。"郑玄《诗谱序》孔颖达《正义》:"大庭有鼓籥之器,黄帝有《云门》之乐,至周尚有《云门》,明其音乐和集。既能和集,必不空弦,弦之所歌,即是诗也。"

(9)"章",原作"唐",此据唐写本。黄侃《文心雕龙札记》:"'唐'一作'章'。《尚书大传》云:'报事还归,二年讜然,乃作《大唐之歌》。'郑注曰:'《大唐之歌》,美尧之禅也。'据此文,是《大唐》乃舜作以美尧,则作'大章'者为是。《乐记》曰:'大章,章之也。'郑注曰:'尧乐名。'"《庄子·天下》篇:"黄帝有《咸池》,尧有《大章》。"

(10)《礼记·乐记》:"昔者舜作五弦之琴,以歌《南风》。"郑玄注:"其辞未闻也。"王肃《孔子家语·辩乐解》载其歌辞:"南风之薰兮,可以解吾民之愠兮;南风之时兮,可以阜吾民之财兮。"或以为后人拟作。本书《时序》篇:"有虞继作,政阜民暇,'熏风'诗于元后,'烂云'歌于列臣。"锺嵘《诗品序》:"昔《南风》之辞,《卿云》之颂,厥义复矣。"

(11)《论语·卫灵公》:"子曰:辞达而已矣。"何晏注:"孔曰:'凡事莫过于实,辞达则足矣,不烦文艳之辞。'"

(12)《尚书·大禹谟》:"禹曰:于,帝念哉!德惟善政,政在养民。水、火、金、木、土、谷,惟修;正德、利用、厚生,惟和。九功惟叙,九叙惟歌。"孔安国传:"言六府三事之功有次叙,皆可歌乐,乃德政之致。"本书《原道》篇:"夏后氏兴,业峻鸿绩,九序惟歌。"本书《时序》篇:"至大禹敷土,九序咏功。"

(13)《史记·夏本纪》:"帝启崩,子帝太康立。帝太康失国,昆弟五人,须于洛汭,作《五子之歌》。"《离骚》:"五子用失乎家巷。"《五子之歌》歌辞载《尚书·夏书》:"太康尸位以逸豫,灭厥德,黎民咸贰,乃盘游无度。畋于有洛之表,十旬弗反。有穷后羿,因民弗忍,距于河;厥弟五人,御其母以从,徯于洛之汭,五子咸怨;述大禹之戒以作歌。其一曰:皇祖有训,民可近,不可下。民惟邦本,本固邦宁。予视天下,愚夫愚妇,一能胜予。一人三失,怨岂在明,不见是图。予临兆民,懔乎若朽索之驭六马。为人上者,奈何不敬!其二曰:训有之内作色荒,外作禽荒。甘酒嗜音,峻宇雕墙。有一于此,未或不亡。其三曰:惟彼陶唐,有此冀方。今失厥道,乱其纪纲,乃底灭亡。其四曰:明明我祖,万邦之君,有典有则,贻厥子孙。关石和钧,王府则有,荒坠厥绪,覆宗绝祀。其五曰:呜呼!曷归!予怀之悲。万姓仇予,予将畴依。郁陶乎予心,颜厚有忸怩。弗慎厥德,虽悔可追。"

(14)《孝经·事君》:"将顺其美,匡救其恶。"郑玄《诗谱序》:"论功颂德,所以将顺其美;刺过讥失,所以匡救其恶。"

(15)"四始"有两说:《毛诗大序》:"是以一国之事,系一人之本谓之风。言天下之事,形四方之风谓之雅。雅者,正也,言王政之所由废兴也。政有小大,故有小雅焉,有大雅焉。颂者,美盛德之形容,以其成功告于神明者也。是谓四始,诗之至也。始者,王道兴衰之所由。"此以《风》《小雅》《大雅》《颂》为四始,《颂赞》篇:"四始之至,颂居其极。"可见刘勰用此说。《史记·孔子世家》:"古者诗三千余篇,及至孔子,去其重,取可施于礼义,上采契后稷,中述殷周之盛,至幽厉之缺,始于衽席,故曰:'《关雎》之乱以为风始,《鹿鸣》为小雅始,《文王》为大雅始,《清庙》为颂始。'三百五篇孔子皆弦歌之,以求合韶武雅颂之音。礼乐自此可得而述,以备王道,成六艺。"此以《关雎》为风之始,《鹿鸣》为小雅之始,《文王》为大雅之始,《清庙》为颂之始。这是汉初传《诗》时鲁诗的说法。

(16)"监",唐写本作"鉴"。《论语·八佾》:"子夏问曰:'巧笑倩兮,美目盼兮,素以为绚兮(《诗经·卫风·硕人》),何谓也?'子曰:'绘事后素。'曰:'礼后乎?'曰:'启予者商也,始可与言诗已矣!'"何晏注:"马曰:'倩,笑貌。盼,动目貌。绚,文貌。此上二句在《卫风·硕人》之二章,其下一句逸也。'郑曰:'绘。画文也。凡绘画先布众色,然后以素分布其间,以成其文,喻美女虽有倩盼美质,亦须礼以成之。'孔曰:'孔子言,绘事后素,子夏闻而解,知以素喻礼,故曰礼后乎。'包曰:'予,我也。孔子言子夏能发明我意,可与共言诗。'""素以为绚"有两说:一是说在白色底子上加采饰,一是说用白色给彩色勾边。按:今本《诗经》无"素以为绚兮"一句。

(17)《论语·学而》:"子贡曰:'贫而无谄,富而无骄,何如?'子曰:'可也,未若贫而乐,富而好礼者也。'子贡曰:《诗》云:如切如磋,如琢如磨(《诗经·卫风·淇澳》)。其斯之谓与?'子曰:'赐也,始可与言诗已矣!告诸往而知来者。'"何晏注:"孔曰:'未足多。'郑曰:'乐,谓志于道,不以贫为忧苦。'孔曰:'能贫而乐道,富而好礼者,能自切磋琢磨。'孔曰:'诸,之也。子贡知引《诗》以成孔子义,善取类,故然之。往告之以贫而乐道,来答以切磋琢磨。'"

(18)"王泽",指周朝文王、武王而至成王、康王等贤明君主的德泽。"殄竭",枯竭殆尽。"辍采",停止采诗。唐写本作"掇采"。《孟子·离娄下》:"王者之迹熄而诗亡。"班固《两都赋序》:"昔成康没而颂声寝,王泽竭而诗不作。"

(19)"酬酢",主客相互敬酒,主敬客称酬,客还敬称酢。"宾荣",宾客的荣宠。《左传》襄公二十七年:"郑伯享赵孟于垂陇,子展、伯有、子西、子产、子大叔、二子石从(杜预注"二子:石印段、公孙段")。赵孟曰:'七子从君以宠,武也请皆赋以卒君贶,武亦以观七子之志。'子展赋《草虫》(杜预注:《草虫》,《诗·召南》。曰:"未见君子,忧心忡忡,亦既见止,亦既觏止,我心则降。"以赵孟为君子),赵孟曰:'善哉,民之主也。抑武也不足以当之。'伯有赋《鹑之贲贲》(杜预注:《鹑之贲贲》,《诗·墉风》。卫人刺其君淫乱,鹑鹊之不若,义取人之无良,我以为兄,我以为君也),赵孟曰:'床笫之言不踰阈,况在野乎?非使人之所得闻也。'(杜预注:笫,簀也。此诗刺淫乱,故云床笫之言。阈,门限。使人,赵孟自谓)子西赋《黍苗》之四章(杜预注:《黍苗》,《诗·小雅》。四章曰:"肃肃谢功,召伯营之。烈烈征师,召伯成之。"比赵孟于召伯),赵孟曰:'寡君在,武何能焉。'子产赋《隰桑》(杜预注:《隰桑》,《诗·小雅》。义取"思见君子,尽心以事之"。曰:"既见君子,其乐如何?"),赵孟曰:'武请受其卒章。'(杜预注:卒章曰:"心乎爱矣,遐不谓矣。中心藏之,何日忘之。"赵武欲子产之见规诲)子大叔赋《野有蔓草》(杜预注:《野有蔓草》,《诗·郑风》。取其"邂逅相遇,适我愿兮"),赵孟曰:'吾子之惠也。'印段赋《蟋蟀》(杜预注:《蟋蟀》,《诗·唐风》。曰:"无以大康,职思其居。好乐无荒,良士瞿瞿。"言瞿瞿然顾礼仪),赵孟曰:'善哉,保家之主也,吾有望矣。'公孙段赋《桑扈》(杜预注:《桑扈》,《诗·小雅》。义取"君子有礼文,故能受天之祐"),赵孟曰:'匪交匪敖,福将焉往(杜预注:此《桑扈诗》卒章,赵孟因以取义)。若保是言也,欲辞福禄,得乎卒享。'文子告叔向曰:'伯有将为戮矣,诗以言志,志诬其上,而公怨之,以为宾荣(杜预注:言诬,则郑伯未有其实。赵孟倡赋诗以自宠,故言公怨之以为宾荣),其能久乎?幸而后亡。'(杜预注:言必先亡)叔向曰:'然已侈,所谓不及五稔者,夫子之谓矣。'(杜预注:稔,年也。为三十年郑杀良霄传)""吐纳",即谈吐,发表言论,此指讽诵《诗经》。"身文",以为自身礼仪文采。《左传》僖公二十四年:"(介之推)曰:'言,身之文也。'"

(20)《史记·屈原贾生列传》:"屈平正道直行,竭忠尽智,以事其君。谗人间之,可谓穷矣。信而见疑,忠而被谤,能无怨乎?屈平之作《离骚》,盖自怨生也。《国风》好色而不淫,《小雅》怨诽而不乱,若《离骚》者,可谓兼之矣。"范文澜《文心雕龙注》引清人郝懿行曰:"按《汉志》以《骚》为赋,此篇以《骚》为诗,盖赋者古诗之流,《离骚》者含诗人之性情,具赋家之体貌也。"

(21)"灭典",指秦始皇焚书坑儒,毁灭经典。据《史记·秦始皇本纪》记载,秦始皇三十四年同意丞相李斯建议,"史官非秦纪皆烧之,非博士官所职,天下敢有藏《诗》《书》百家语者,悉诣守尉杂烧之,有敢偶语《诗》《书》弃市"。又:"三十六年……使博士为《仙真人诗》,及行所游天下,传令乐人歌弦之。"

(22)韦孟大约是汉高祖时人。《汉书·韦贤传》:"韦贤,字长孺,鲁国邹人也。其先韦孟,家本彭城。为楚元王傅,傅子夷王及孙王戊,戊荒淫不遵道,孟作诗风谏。后遂去位,徙家于邹。又作一篇。"其诗载于此传内。

(23)《古文苑》卷八《柏梁诗》:"武帝元封三年,作柏梁台,诏群臣二千石有能为七言诗,乃得上坐。"柏梁台诗皇帝和群臣每人一句,每句押韵,一韵到底,称为《柏梁诗》。顾炎武《日知录》谓出后人拟作,但前代无有疑其为伪者。本书《时序》篇:"逮孝武崇儒,润色鸿业,礼乐争辉,辞藻竞骛:柏梁展朝宴之诗,金堤制恤民之咏。"

(24)"严",严助;"马",司马相如。两人同为汉武帝时人。或以为严指严助之父严忌,或以为刘勰混指严氏父子。当以指严助较妥。"属辞",指写作诗赋。

(25)《汉书·艺文志》:"至成帝时,以书颇散亡,使谒者陈农求遗书于天下。诏光禄大夫刘向校经传诸子诗赋,步兵校尉任宏校兵书,太史令尹咸校数术,侍医李柱国校方技。每一书已,向辄条其篇目,撮其指意,录而奏之。""右歌诗二十八家,三百一十四篇。""朝章",属于朝廷的宗庙祭祀等礼仪所奏乐章诗歌。"国采",是说丁各个地区采集的诗歌。

(26)范文澜《文心雕龙注》说:"彦和之意,似谓三百余篇中不见著名文人作五言诗,非谓三百余篇无一五言诗也。采自民间之歌谣非辞人所作,而尽多五言,彦和殆未尝疑之也。"

(27)最早说李陵之诗是伪作的是颜延之,他在《庭诰》中说:"逮李陵众作,总杂不类,元是伪托,非尽陵制。至其善篇,有足悲者。"齐梁时的刘勰和钟嵘均不认为是伪作。钟嵘《诗品序》:"逮汉李陵,始著五言之目矣。……从李都尉迄班婕妤,将百年间,有妇人焉,一人而已。"《昭明文选》载有李陵《与苏武诗》三首。《古文苑》载有《录别诗》八首(其中二首残缺)。班婕妤,汉成帝时宫女,曾受宠,后被冷落,写有五言《怨歌行》(或称《团扇诗》),载于《昭明文选》。学者一般认为李陵、班婕妤的五言诗均为后人伪作,约为东汉时作品。

(28)《行露》二章:"谁谓雀无角,何以穿我屋?谁谓女无家,何以速我狱?虽速我狱,室家不足。"六句中有四句为五言故云"半章"。本书《章句》篇:"五言见于周代,《行露》之章是也。"其实,《诗经·大雅·绵》之第九章纯为五言。

(29)《孟子·离娄上》篇中载有当时的《孺子歌》,其曰:"沧浪之水清兮,可以濯我缨。沧浪之水浊兮,可以濯我足。"歌中两"兮"均为语助词,去掉即为完整五言诗,故曰"全曲"。

(30)《国语·晋语》:"骊姬告优施曰:'君既许我杀大子(申生)而立奚齐矣,吾难里克(晋卿大夫),奈何!'优施曰:'吾来里克(韦昭注:来,谓转里克之心,使来从己用也),一日而已。子为我具特羊之飨,吾以从之饮酒。我优也,言无邮(邮,过也)。'骊姬许诺,乃具,使优施饮里克酒。中饮,优施起舞,谓里克妻曰:'主孟啖我(大夫之妻称主,从夫称也。孟,里克妻字),我教兹暇豫事君(兹,此。此,里克也。暇,闲也。豫,乐也)。'乃歌曰:'暇豫之吾吾,不如鸟乌(吾吾,不敢自亲之貌也。言里克欲为闲乐事君之道,反不敢自亲吾吾,然其智曾不如鸟乌也)。人皆集于苑,己独集于枯(集,止也。苑,茂木貌。己,里克也。喻人皆与奚齐,己独与申生)。'"《暇豫歌》四句中有三句为五言。

(31)《汉书·五行志》:"成帝时歌谣又曰:'邪径败良田,谗口乱善人。桂树华不实,黄爵巢其颠。故为人所羡,今为人所怜。'桂,赤色,汉家象。华不实,无继嗣也。王莽自谓黄,象黄爵巢其颠也。"童谣全是五言,暗示王莽要篡汉。

(32)"阅时取证",考察以往各个时代诗歌中五言诗的情况,历史发展证实了五言诗的产生和发展是很久远的了。钟嵘《诗品序》:"夏歌曰:'郁陶乎予心。'楚谣曰:'名余曰正则。'虽诗体未全,然是五言之滥觞也。逮汉李陵,始著五言之目矣。"《古诗十九首》为无名氏所作,皆为成熟的五言诗,实际当时流传不止十九首,但是《昭明文选》选入仅十九首。

(33)枚乘,字叔。黄侃《文心雕龙札记》:"徐陵《玉台新咏》有枚乘诗八首,谓《青青河畔草》一,《西北有高楼》二,《涉江采芙蓉》三,《庭中有奇树》四,《迢迢牵牛星》五,《东城高且长》六,《明月何皎皎》

七、《行行重行行》八。此皆在《十九首》中。《玉台》又有《兰若生春阳》一首,亦云枚叔作。《文选(古诗十九首)》李善注云:古诗,盖不知作者,或云枚乘,疑不能明也。诗云:驱车上东门,又云:游戏宛与洛,此则辞兼东都,非尽是乘明矣。"当代学者一般均不相信是枚乘所作,刘勰也只是存疑。古诗中《冉冉孤竹生》一篇,刘勰认为是傅毅之作,傅毅为东汉前期人,和班固时代接近。然《昭明文选》以为无名氏之作,《乐府诗集》列为古辞,未知刘勰所据。

(34)"比采而推",此"采"当不仅指辞采,也包括内在情志。刘勰这里所说涉及五言诗的起源和发展问题,而《古诗十九首》的时代问题直接关系到五言诗何时发展成熟,如果说题李陵的《与苏武诗》和《玉台新泳》题枚乘作八首都是真的话,那么在西汉前期五言诗就已经很成熟了。可是经过历代很多学者的考证,这些诗大概不可能是李陵和枚乘的作品。尤其是《古诗十九首》中有些地名、物名,以及某些描写都是属于东汉时的,因此把它看作是东汉中后期作品,可能更符合实际。

(35)"结体散文",组织结构敷陈文辞。《广雅·释诂》:"散,布也。"范文澜《文心雕龙注》:"散文犹言敷文。""直而不野",直抒胸情而不质朴粗野。《论语·雍也》:"子曰:质胜文则野,文胜质则史。文质彬彬,然后君子。"何晏注:"包曰:'野如野人,言鄙略也。……史者,文多而质少。……彬彬,文质相半之貌。"沈约《宋书·谢灵运传论》:"至于先士茂制,讽高历赏。子建'函京'之作,仲宣'霸岸'之篇,子荆'零雨'之章,正长'朔风'之句,并直举胸情,非傍诗史。"锺嵘《诗品序》:"观古今胜语,多非补假,皆由直寻。"空海《文镜秘府论·论文意》引皎然《诗议》曰:"古诗以讽兴为宗,直而不俗,丽而不朽,格高而词温,语近而意远,情浮于语,偶象则发,不以力制,故皆合于语,而生自然。"司空图《与李生论诗书》云:"诗贯六义,则讽谕、抑扬、渟蓄、温雅,皆在其间矣。然直致所得,以格自奇。前辈编集,亦不专工于此,矧其下者耶!"本书《物色》篇:"写气图貌,既随物以宛转;属采附声,亦与心而徘徊。"

(36)《太平御览》九百八十三引张衡《怨诗》曰："秋兰，嘉美人也。嘉而不获用，故作是诗也。"《怨诗》原文："猗猗秋兰，植彼中阿。有馥其芳，有黄其葩。虽曰幽深，厥美弥嘉。之子云远，我劳如何？""典"，原作"曲"，此据唐写本。

(37)"仙诗缓歌"，已无资料可考。"雅有新声"，《古诗十九首》："弹筝奋逸响，新声妙入神。"陆云《与兄平原书》中说："屡视诸故时文皆有恨，文体成尔，然新声故自难复过。""张公（按：指张华）昔亦云兄新声多之不同也。""古今之能为新声绝曲者，无又过兄。"

(38)"建安"，为汉献帝年号，自公元196年至219年。唐写本"踊"，唐写本作"跃"。

(39)"文帝"，曹丕。"陈思"，曹植。"王、徐、应、刘"，以四人代表建安七子和其他围绕曹氏父子的文人。《典论·论文》："今之文人，鲁国孔融文举，广陵陈琳孔璋，山阳王粲仲宣，北海徐幹伟长，陈留阮瑀元瑜，汝南应玚德琏，东平刘桢公幹，斯七子者，于学无所遗，于辞无所假，咸以自骋骥骤于千里，仰齐足而并驰。"曹植《与杨德祖书》："昔仲宣独步于汉南，孔璋鹰扬于河朔，伟长擅名于青土，公幹振藻于海隅，德琏发迹于北魏，足下高视于上京。当此之时，人人自谓握灵蛇之珠，家家自谓抱荆山之玉。"《诗品序》："降及建安，曹公父子，笃好斯文；平原兄弟，郁为文栋。刘桢、王粲为其羽翼。次有攀龙托凤，自致于属车者，盖将百计。彬彬之盛，大备于时矣。"曹丕《与吴质书》说："徐、陈、应、刘，一时俱逝，痛何可言耶！昔日游处，行则同舆，止则接席，何尝须臾相失！每至觞酌流行，丝竹并奏，酒酣耳热，仰而赋诗。当此之时，忽然不自知乐也。"

(40)"怜风月"以下十句是对三曹七子诗歌创作题材、内容、风貌的生动确切概括。"怜"，喜爱。"狎"，亲近。"恩荣"，建安文人受曹氏父子之恩宠并得到荣誉。"晰"，元本、弘治本作"哲"，徐燉校："当作晰。"此据梅庆生本改。

(41)"及"，原作"乃"，此据唐写本。"正始"，魏废帝曹芳的年号，自公元240年至249年。

（42）何晏，字平叔，与王弼齐名的玄学家。《三国志·魏书·诸夏侯曹传》："晏，何进孙也。母尹氏，为太祖（曹操）夫人。晏长于宫省，又尚公主，少以才秀知名，好老庄言，作《道德论》及诸文赋著述凡数十篇。"其《拟古》诗体现了道家思想。《颜氏家训·勉学》篇："何晏、王弼，祖述玄宗，递相夸尚，景附草靡。皆以农黄之化，在乎己身；周孔之业，弃之度外。"范文澜注引《名士传》曰："是时曹爽辅政，识者虑有危机。晏有重名，与魏姻戚，内虽怀忧，而无复退也，著五言诗以言志。"范并录《诗纪》载其《拟古》《失题》二首。

（43）嵇康，字叔夜。《三国志·魏书·王粲传》："时又有谯郡嵇康，文辞壮丽，好言老、庄，而尚奇任侠。至景元中，坐事诛。"裴松之注引《嵇氏谱》，其兄嵇喜所写嵇康传曰："家世儒学，少有儁才，旷迈不群，高亮任性，不修名誉，宽简有大量。学不师授，博洽多闻，长而好老、庄之业，恬静无欲。性好服食，尝采御上药。善属文论，弹琴咏诗，自足于怀抱之中。以为神仙者，禀之自然，非积学所致。至于导养得理，以尽性命，若安期、彭祖之伦，可以善求而得也，著《养生篇》。知自厚者所以丧其所生，其求益者必失其性，超然独达，遂放世事，纵意于尘埃之表。撰录上古以来圣贤、隐逸、遁心、遗名者，集为传赞，自混沌至于管宁，凡百一十有九人，盖求之于宇宙之内，而发之乎千载之外者矣。故世人莫得而名焉。"又引《魏氏春秋》曰："康寓居河内之山阳县，与之游者，未尝见其喜愠之色。与陈留阮籍、河内山涛、河南向秀、籍兄子咸、琅邪王戎、沛人刘伶相与友善，游于竹林，号为七贤。""志"，原作"旨"，此据唐写本。

（44）阮籍，字嗣宗。《三国志·魏书·王粲传》："瑀子籍，才藻艳逸，而倜傥放荡，行己寡欲，以庄周为模则。官至步兵校尉。"裴松之引《魏氏春秋》曰："籍旷达不羁，不拘礼俗。……闻步兵校尉缺，厨多美酒，营人善酿酒，求为校尉，遂纵酒昏酣，遗落世事。尝登广武，观楚、汉战处，乃叹曰：'时无英才，使竖子成名乎！'时率意独驾，不由径路，车迹所穷，辄恸哭而反。籍少时尝游苏门山，苏门山有隐者，莫知名姓，有竹实数斛、臼杵而已。籍从之，与谈太古无为之道，及论五帝三王之义,苏门生萧然曾不经听。籍乃对之长啸,清韵响亮,苏门生逌尔而笑。籍既降,苏门生亦啸,若鸾凤之音焉。至是,籍乃假苏门先生之论以寄所怀。其歌曰:'日没不周西,月出丹渊中,阳精蔽不见,阴光代为雄。亭亭在须臾,厌厌将复隆。富贵俯仰间,贫贱何必终。'又叹曰:'天地解分六合开,星辰陨兮日月颓,我腾而上将何怀?'籍口不论人过,而自然高迈,故为礼法之士何曾等深所雠疾。大将军司马文王常保持之,卒以寿终。"锺嵘《诗品》评嵇康诗:"颇似魏文,过为峻切,讦直露才,伤渊雅之致。然托喻清远,良有鉴裁,亦未失高流矣。"评阮籍诗:"《咏怀》之作,可以陶性灵,发幽思,言在耳目之内,情寄八荒之表,洋洋乎会于《风》《雅》,使人忘其鄙近,自致远大。颇多感慨之词。厥旨渊放,归趣难求。"《昭明文选》阮籍《咏怀诗》李善引颜延年、沈约等注云:"嗣宗身仕乱朝,常恐罹谤遇祸,因兹发咏,故每有忧生之嗟,虽志在刺讥,而文多隐避,百世之下,难以情测,故粗明大意,略其幽旨也。"

（45）应璩,字休琏,应玚的弟弟。《昭明文选》录其《百一诗》,诗题有百虑一失之意。李善注:"据《百一诗序》云:'时谓曹爽曰:公今闻周公巍巍之称,安知百虑有一失乎?'百一之名,盖兴于此也。"又引张方贤《楚国先贤传》:"汝南应休琏作百一篇诗,讥切时事。"有引李充《翰林论》:"应休琏五言诗百数十篇。"引孙盛《晋阳秋》:"应璩作五言诗百三十篇。"锺嵘《诗品》评应璩诗:"指事殷勤,雅意深笃,得诗人激刺之旨。"《左传》昭公十四年:"仲尼曰:叔向,古之遗直也。""一",唐写本作"壹"。

（46）沈约《宋书·谢灵运传论》:"降及元康,潘、陆特秀,律异班、贾,体变曹、王,缛旨星稠,繁文绮合。"锺嵘《诗品序》:"太康中,三张二陆两潘一左,勃尔复兴,踵武前王,风流未沫,亦文章之中兴也。""三张",指张载(字孟阳)、张协(字景阳)、张亢(字季阳)三兄弟。"二陆",指陆机(字士衡)、陆云(字士龙)兄弟。"两潘",指潘岳(字安仁)、潘尼(字正叔)兄弟。"左",指左思,字太冲。各家均以锺嵘说解释张、潘、左、陆,然刘勰本篇所说"张、潘、左、陆"可能和锺嵘有所不同,当指张华、潘岳、左思、陆机。首先这是指"晋世群才"中最杰出的四位有代表性的诗人,这样方与下文"比肩诗衢"较为一致。其次张华为西晋文坛领袖,"张"当以张华较为妥善。再次,"三张"中除张协外,张载、张亢,"二陆"中陆云,"两潘"中潘尼,均不足与潘岳、左思、陆机相抗衡。《诗品》中张华虽在中品,而社会地位远高其他诸人。而张亢未入三品。按:《晋书·张华传》:"张华字茂先,范阳方城人也。……华学业优博,辞藻温丽,朗赡多通,图纬方伎之书莫不详览。少自修谨,造次必以礼度。勇于赴义,笃于周急。器识弘旷,时人罕能测之。……华著《博物志》十篇,及文章并行于世。"钟嵘《诗品》评张华诗:"其体华艳,举托不奇,巧用文字,务为妍冶。虽名高曩代,而疏亮之士,犹恨其儿女情多,风云气少。谢康乐云:'张公虽复千篇,犹一体耳。'"《晋书·潘岳传》:"潘岳字安仁,荥阳中牟人也。……岳少以才颖见称,乡邑号为奇童,谓终、贾之俦也。……岳美姿仪,辞藻绝丽,尤善为哀诔之文。"钟嵘《诗品》评潘岳诗:"翰林叹其翩翩然如翔禽之有羽毛,衣服之有绡縠,犹浅于陆机。谢混云:'潘诗烂若舒锦,无处不佳。陆文如披沙简金,往往见宝。'嵘谓益寿轻华,故以潘为胜;翰林笃论,故叹陆为深。余常言:陆才如海,潘才如江。"《晋书·左思传》:"左思字太冲,齐国临淄人也。……貌寝,口讷,而辞藻壮丽。"钟嵘《诗品》评左思诗:"文典以怨,颇为精切,得讽喻之致。虽野于陆机,而深于潘岳。谢康乐尝言:'左太冲诗,潘安仁诗,古今难比。'"《晋书·陆机传》:"陆机字士衡,吴郡人也。……少有异才,文章冠世,伏膺儒术,非礼不动。……机天才秀逸,辞藻宏丽,张华尝谓之曰:'人之为文,常恨才少,而子更患其多。'弟云尝与书曰:'君苗见兄文,辄欲烧其笔砚。'后葛洪著书,称:'机文犹玄圃之积玉,无非夜光焉,五河之吐流,泉源如一焉。其弘丽妍赡,英锐漂逸,小一代之绝乎!'其为人所推服如此。"钟嵘《诗品》评陆机诗:"才高辞赡,举体华美。气少于公幹,文劣于仲宣。尚规矩,不贵绮错,有伤直致之奇。然其咀嚼英华,厌饫膏泽,文章之渊泉也。张公叹其大才,信矣!""衢",大道,大路。

(47)"江左",指东晋偏安于长江下游地区。"徇务",专注于世俗政治事务。"亡",即忘,唐写本作"忘"。

(48)沈约《宋书·谢灵运传论》:"有晋中兴,玄风独盛,为学穷于柱下,博物止乎七篇。驰骋文辞,义殚乎此。自建武暨于义熙,历载将百,虽缀响联辞,波属云委,莫不寄言上德,托意玄珠,遒丽之辞,无闻焉尔。"本书《时序》篇:"自中朝贵玄,江左称盛。因谈余气,流成文体。是以世极迍邅,而辞意夷泰,诗必柱下之旨归,赋乃漆园之义疏。""袁、孙",指玄言诗人袁宏(字彦伯)、孙绰(字兴公)。"揆",《说文》段玉裁注:"度也。""度,法制也。""莫与争雄",唐写本"与"作"能"。钟嵘《诗品序》:"永嘉时贵黄老,稍尚虚谈。于时篇什,理过其辞,淡乎寡味。爰及江表,微波尚传,孙绰、许询、桓、庾诸公诗,皆平典似《道德论》,建安风力尽矣。"

(49)"景纯",指诗人郭璞,字景纯,他有《游仙诗》十四首,郭璞的诗借游仙而有所寄托,虽亦有玄理,而描写仙景之幽美情境,非常生动形象,风格峻拔飘逸,和玄言诗不同。"俊",唐写本作"儁"。钟嵘《诗品序》:"郭景纯用儁上之才,变创其体;刘越石仗清刚之气,赞成厥美。然彼众我寡,未能动俗。"其评郭璞诗曰:"文体相辉,彪炳可玩,始变永嘉平淡之体,故为中兴第一,《翰林》以为诗首。但《游仙》之作,词多慷慨,乖远玄宗。"《文选》郭璞《游仙诗》李善注:"凡仙游之篇,皆所以滓秽尘网,锱铢缨绂,餐霞倒景,饵玉玄都。而璞之制,文多自叙。虽志狭中区,而辞无俗累。"

(50)"因革",因袭和革新。"庄老告退",指枯燥而缺少审美形象的玄言诗逐渐退出,而实际庄老思想并未告退,而是融入山水景色的生动描写之中,而使诗作具有强烈审美意味。王叔岷《文心雕龙缀补》:"案谢灵运诗喜用老庄,而此云'庄老告退,而山水方滋'者,盖山水诗化庄老入山水,一扫空谈玄理,淡乎寡味之风也。""山水方滋",指谢灵运、谢朓等为代表的山水诗的蓬勃发展。《宋书·谢灵运传论》:"爰逮宋氏,颜谢腾声。灵运之兴会标举,延年之体裁明密,并方轨前秀,垂范后昆。"钟嵘《诗品》中引汤惠休说谢诗如

"芙蓉出水",又如鲍照所说"如初发芙蓉,自然可爱"(见《南史·颜延之传》)。

(51)"百字",十联二十句五言诗。本书《物色》篇:"自近代以来,文贵形似。窥情风景之上,钻貌草木之中。吟咏所发,志惟深远;体物为妙,功在密附。"

(52)"监",唐写本作"鉴"。《太平御览》五八六引亦作"鉴"。"铺观列代""撮举同异",刘勰在这里对历代诗歌发展的论述,采用了历史的和比较的方法,来进行分析鉴别,所以梳理得极为清晰。

(53)"四言正体",是因为《诗经》列入儒家经典,为"六经"之一,成为文学发展的源头和诗歌创作的典范,而《诗经》又基本都是四言的,所以是"正体",以典雅温润为其基本特色。

(54)五言诗是从四言诗发展出来的流派,但却是当时盛行的诗歌格调体式,故称为"流调",以清新秀丽为主要艺术风貌。

(55)此处"华实",各家以为"实"指四言诗,"华"指五言诗。此说不妥。四言、五言皆有华实不同,故当指诗歌的质朴还是华丽各不相同,是包括四言、五言一起的。挚虞《文章流别论》曰:"夫诗虽以情志为本,而以成声为节。然则雅音之韵,四言为正。其余虽备曲折之体,而非音之正也。"钟嵘《诗品序》:"夫四言,文约意广,取效风骚,便可多得。每苦文繁而意少,故世罕习焉。五言居文词之要,是众作之有滋味者也,故云会于流俗。"其实刘勰和钟嵘的观点基本一致,都是从发展角度充分肯定五言诗的地位和作用,认为它是当时主要诗体形式,不过刘勰比钟嵘更重视经典的意义,所以仍以四言为正体。

(56)前引张衡《怨诗》,富有雅正气度。周振甫《文心雕龙注释》:"他(嵇康)的四言诗,如《兄秀才公穆入军赠诗》,写'鸳鸯于飞',称'俯仰优游',所以称为和润。"

(57)"凝",唐写本作"拟"。本书《才略》篇:"张华短章,奕奕清畅。"张协诗特别注重华丽文采。钟嵘《诗品》评张协诗:"文体华净,少病累,又巧构形似之言。""词采葱蒨,音韵铿锵。使人味之,亹亹不倦。"

（58）"兼善"，是说他们既有继承传统较为雅润之特色，又有符合当时潮流较为清丽的风貌。锺嵘《诗品》评曹植诗："骨气奇高，词采华茂，情兼雅怨，体被文质，粲溢今古，卓尔不群。"评王粲诗："发愀怆之词，文秀而质羸，在曹刘间别构一体。方陈思不足，比魏文有余。"沈约《宋书·谢灵运传论》："子建、仲宣以气质为体，并标能擅美，独映当时。"颜延之在《庭诰》中所说，与刘勰在评价王粲上稍有差异："至于五言流靡，则刘桢、张华；四言侧密，则张衡、王粲；若夫陈思王，可谓兼之矣。"

（59）"偏美"，是说刘桢、左思的诗在艺术上偏重风骨，不像曹植、王粲那样风骨、辞采兼备。锺嵘《诗品》评左思诗："文典以怨，颇为精切，得讽谕之致。"评刘桢诗："仗气爱奇，动多振绝，真骨凌霜，高风跨俗。但气过其文，雕润恨少。但自陈思已下，桢称独步。"

（60）"诗有恒裁，思无定位"，是刘勰对诗歌创作规律所作的重要概括，说明同样的诗歌体式，可以也必定会有很不同的内容、风格，这是因为每个诗人都有自己独特的思想个性和风貌气质，而处于不同时代、不同遭遇的境况下也都各不相同。所咏风月物色虽或大致相同，而其寓意感情则可大相径庭，因而优秀的诗歌才会有永久的艺术魅力。

（61）"圆通"，原作"通圆"，此据唐写本。

（62）"忽之"，唐写本作"忽以"，均可通。

（63）《文章流别论》："古之诗有三言，四言，五言，六言，七言，九言。古诗率以四言为体，而时有一句二句杂在四言之间。后世演之，遂以为篇。古诗之三言者，'振振鹭，鹭于飞'之属是也，汉郊庙歌多用之。五言者，'谁谓雀无角，何以穿我屋'之属是也，于俳谐倡乐世用之。六言者，'我姑酌彼金罍'之属是也，乐府亦用之。七言者，'交交黄鸟止于桑'之属是也，于俳谐倡乐世用之。古诗之九言者，'洞酌彼行潦挹彼注兹'之属是也，不入歌谣之章，故世希为之。"本书《章句》篇："三言兴于虞时，'元首'之诗是也。……六言七言，杂出《诗》《骚》。"张立斋《文心雕龙注订》："三言以《周南》'螽斯羽''麟之趾'

为始,前汉《天马歌》承之。六言以《周南·卷耳》'我姑酌彼金罍'及《邶风·北门》'政事一埤益我'为始。后汉梁鸿《五噫歌》承之。杂言者,古体之不拘字限者,如间三五言者皆是。"

(64)"离合",用拆字方式组成诗句。周振甫《文心雕龙注释》谓:"孔融有《离合作郡姓名字》诗:'渔父屈节,水潜匿方(渔离水成"鱼");与岂(时)进止,出行施张(岂离出成"日",鱼日合成"鲁")。吕公矶钓,阖口渭旁(吕离口成"口"),九域有圣,无土不王(域离土成"或",口或合成"国〔國〕")。''明',孙云:《御览》作'萌'。""图谶",古代方士或儒生所编造的帝王受命征验一类的书,多为隐语、预言。《后汉书·光武帝纪》:"宛人李通等以图谶说光武云:'刘氏复起,李氏为辅。'"李贤注:"图,《河图》也;谶,符命之征验也。"如纬书《孝经右契》:"宝文出,刘季握。卯金刀(即刘字),在轸北。字禾子(即季字),天下服。"

(65)"回文",诗的一种,其诗词字句,次序顺倒回环往复,读之均能成诵。如南朝齐王融《春游回文诗》:"池莲照晓月,幔锦拂朝风。"反过来读则为"风朝拂锦幔,月晓照莲池"。"道原",已无考。明代梅庆生《文心雕龙音注》:"宋贺道庆作四言回文诗一首,计十二句,四十八言,从尾至首,读亦成韵,而道原无可考,恐'庆'字之误也。"李详《文心雕龙黄注补正》:"案道庆之前,回文作者已众,不得定'原'字为'庆'之误。"或以为回文诗起源于窦滔妻苏蕙,《晋书·列女传》:"窦滔妻苏氏,始平人也,名蕙,字若兰。善属文。滔,苻坚时为秦州刺史,被徙流沙,苏氏思之,织锦为回文旋图诗以赠滔。宛转循环以读之,词甚凄惋,凡八百四十字,文多不录。"然苏蕙以前已有回文诗,如曹植《镜铭》也是回文诗,傅咸有《回文反复诗》,温峤有《回文诗》,皆在窦妻前。

(66)"诗囿",诗坛。

(67)"皇世",三皇时代。三皇的说法不一,此处当按孔安国《尚书序》:"伏羲、神农、黄帝之书,谓之《三坟》,言大道也。"或谓燧人氏(天皇)、伏羲氏(人皇)、神农氏(地皇),或伏羲、女娲、神农。

（68）"二南"：指《诗经》的《周南》《召南》。《毛诗大序》："然则《关雎》《麟趾》之化，王者之风，故系之周公。《南》，言化自北而南也。《鹊巢》《驺虞》之德，诸侯之风也。先王之所以教，故系之召公。《周南》《召南》，正始之道，王化之基。"

《乐府》篇

　　乐府者,声依永,律和声也⁽¹⁾。钧天九奏,既其上帝⁽²⁾;葛天八阕,爰乃皇时⁽³⁾。自咸英以降,亦无得而论矣⁽⁴⁾。至于涂山歌于候人,始为南音⁽⁵⁾;有娀谣乎飞燕,始为北声⁽⁶⁾;夏甲叹于东阳,东音以发⁽⁷⁾;殷整思于西河,西音以兴⁽⁸⁾。音声推移,亦不一概矣⁽⁹⁾。匹夫庶妇,讴吟土风,诗官采言,乐胥被律⁽¹⁰⁾,志感丝篁⁽¹¹⁾,气变金石。是以师旷觇风于盛衰⁽¹²⁾,季札鉴微于兴废⁽¹³⁾,精之至也。

　　夫乐本心术,故响浃肌髓⁽¹⁴⁾,先王慎焉,务塞淫滥⁽¹⁵⁾。敷训胄子,必歌九德⁽¹⁶⁾,故能情感七始,化动八风⁽¹⁷⁾。自雅声浸微,溺音腾沸⁽¹⁸⁾,秦燔《乐经》,汉初绍复⁽¹⁹⁾,制氏纪其铿锵,叔孙定其容典⁽²⁰⁾,于是武德兴乎高祖,四时广于孝文⁽²¹⁾,虽摹韶夏,而颇袭秦旧,中和之响,阒其不还⁽²²⁾。暨武帝崇礼,始立乐府⁽²³⁾,总赵代之音,撮齐楚之气⁽²⁴⁾,延年以曼声协律,朱马以骚体制歌⁽²⁵⁾,桂华杂曲,丽而不经,赤雁群篇,靡而非典⁽²⁶⁾,河间荐雅而罕御,故汲黯致讥于天马也⁽²⁷⁾。至宣帝雅诗,颇效《鹿鸣》⁽²⁸⁾。迩及元成,稍广淫乐,正音乖俗,其难也如此⁽²⁹⁾。暨后汉郊庙,惟杂雅章,辞虽典文,而律非夔旷⁽³⁰⁾。至于魏之三祖,气爽才丽,宰割辞调,音靡节平⁽³¹⁾。观其"北上"众引,"秋风"列篇⁽³²⁾,或述酣宴,或伤羁戍,志不出于滔荡,辞不离于哀思⁽³³⁾,虽三调之正声,实韶夏之郑曲也⁽³⁴⁾。逮于晋世,则傅玄晓音,创定雅歌,以咏祖宗⁽³⁵⁾；张华新篇，亦充庭万⁽³⁶⁾。然杜夔调律，音奏舒雅⁽³⁷⁾，荀勖改悬，声节哀急⁽³⁸⁾，故阮咸讥其离声，后人验其铜尺⁽³⁹⁾。和乐之精妙，固表里而相资矣⁽⁴⁰⁾。

故知诗为乐心，声为乐体，乐体在声，瞽师务调其器；乐心在诗，君子宜正其文⁽⁴¹⁾。好乐无荒，晋风所以称远；伊其相谑，郑国所以云亡。故知季札观辞，不直听声而已⁽⁴²⁾。若夫艳歌婉娈，怨志诀绝，淫辞在曲，正响焉生⁽⁴³⁾！然俗听飞驰，职竞新异，雅咏温恭，必欠伸鱼睨⁽⁴⁴⁾；奇辞切至，则拊髀雀跃⁽⁴⁵⁾。诗声俱郑，自此阶矣⁽⁴⁶⁾。

凡乐辞曰诗，诗声曰歌⁽⁴⁷⁾，声来被辞，辞繁难节；故陈思称左延年闲于增损古辞，多者则宜减之，明贵约也⁽⁴⁸⁾。观高祖之咏大风，孝武之叹来迟，歌童被声，莫敢不协⁽⁴⁹⁾；子建士衡，咸有佳篇，并无诏伶人，故事谢丝管，俗称乖调，盖未思也⁽⁵⁰⁾。至于轩岐鼓吹，汉世铙挽⁽⁵¹⁾，虽戎丧殊事，而并总入乐府⁽⁵²⁾，缪袭所致，亦有可算焉⁽⁵³⁾。昔子政品文，诗与歌别，故略具乐篇，以标区界⁽⁵⁴⁾。

赞曰：八音摛文，树辞为体⁽⁵⁵⁾。讴吟坰野，金石云陛⁽⁵⁶⁾。韶响难追，郑声易启。岂惟观乐，于焉识礼⁽⁵⁷⁾。

简析：

本篇论配乐的乐府诗歌的特点和历史发展，及其与不合乐诗歌的区别。前已有论不配乐诗歌的《明诗》篇，此篇专论配有乐曲可以演唱的诗歌。乐府诗的起源很早，中国古代有诗乐结合的传统，最早的诗歌是和音乐、舞蹈相结合的，乐府诗的特点就是"声依咏，律和声"。《诗经》就是全部入乐的，故而季札"观乐"，不言"观诗"，乐包括了乐曲、歌辞、舞蹈三个方面。由于歌谣是从各地民间收集来的，所以很多不符合"雅正"的要求，于是就有"雅音"和"溺音"的区别。汉代设立乐府机构，采集各地风谣，和声配乐演奏，形成乐府诗的高潮。民间乐府的乐曲往往有地区的差别，所以远古就有东音、南音、西音、北音的不同。各地歌谣的风貌也有差异，往往北方刚劲，南方柔和。这就是最早的文学地理学之体现。乐府诗先繁荣于民间，然后逐渐转入文人创作，在汉乐府的基础上，许多文人开始仿照乐府诗题曲调，写作文人创作的乐府诗，如曹氏父子就是重要代表，不过他们的乐府诗"宰割辞调"，虽然曲调形同，而其内容主题往往和古乐府原意有所不同。他们创作了很多优秀的脍炙人口的作品，为文人乐府诗发展提供了典范。不过自魏晋开始，很多文人的乐府诗只是歌辞而实际并不配乐演唱，这就是被称为"乖调"的原因。朝廷的祭祀乐曲歌辞一般都比较典雅庄重，但到魏晋以后也有不严格的，如左延年改制的新作。所以乐府诗有一个从诗乐舞结合，逐渐发展到不配舞蹈以诗乐为主，又逐渐发展到以乐府诗题创作而实际并不配乐曲的过程。后来发展到唐代出现了新题乐府，那就连古题也不用了。刘勰对乐府的论述是声、义并重的，所以特别指出"诗为乐心，声为乐体"，这就说明乐府诗的歌词乃是主体，而乐曲只是体式，不过从其教育作用来说，不仅是诗的歌词意义，也包括乐曲声音对情感的陶冶，也就是说乐府诗歌有两方面作用："以声为用"和"以义为用"，既有歌辞内容的思想意义，也有乐曲声调的熏陶感化。后世不配乐诗歌的以声为用，则不是通过乐曲而是通过吟诵来体现的。为此，雅正不只是对歌辞的要求也是对乐曲的要求，这就为古代诗歌声义并重传统奠定了基础。

语译：

乐府（指配有乐曲的诗）的意思，即是《尚书·舜典》所说"乐曲声音要依照吟咏歌辞来形成节奏，律吕高低要和乐曲声音互相和谐契合"。高峻天庭所演奏的众多曲子，乃是上帝的音乐曲调；葛天氏的八阕，则是三皇时代演唱的歌舞乐曲。自黄帝的"咸池"之乐到帝喾的"五英"之乐，由于时代久远已经无从论说了。（歌辞乐曲遍及四方）如涂山氏所作候人之歌，为最早的南音；有娀氏所作飞燕歌谣，是最早的北声;夏朝后期皇帝孔甲(姒姓)在东阳感叹《破斧》之歌,乃东音的起源;殷代黄帝整甲思念家乡西河的咏歌,为西音的兴起。各地歌谣声音都是随着地域不同,其差异变迁也都不一样。普通民间男女百姓,常常讴歌吟唱乡土歌谣,于是有朝廷派出采诗官员到各地采集诗歌谣谚,并由乐师乐官配以乐曲进行咏唱,情志被丝竹乐器的声音所感化,声气犹如金石钟磬一般清脆,于是晋平公乐师师旷考察风谣而知晋楚盛衰,吴国公子季札观赏《诗经》《国风》《小雅》《大雅》而鉴别不同国家政治良窳,这都是极其精妙的论述。

  音乐本为人心思维活动的一种形态、方式,音乐声响沁浸渗透于人的肌肤骨髓,故古代圣贤非常谨慎地选择合适的雅正之音,而坚决不让淫靡邪僻之音泛滥。训育教诲卿士大夫的子弟,必须学习颂扬九种功业德行(六府三事)的歌曲,所以其情感可以感动天、地、人、春、夏、秋、冬"七始",教化可以蕴育四面八方的社会风俗。自从《诗经》雅声逐渐开始衰落,纤弱柔靡之音腾涌而出,秦始皇焚毁《乐经》,汉初开始恢复继承,但汉代的乐官制氏只能记其铿锵曲调不能言其意义,叔孙通则制定了礼乐的仪式、法则。汉高祖时演奏《武德》乐舞,汉文帝时盛行四时乐舞,虽然模仿舜乐《韶》、禹乐《夏》,而实际上颇多因袭秦代旧制,中和雅正之声,一直寂静而无声响。汉武帝推崇儒家礼乐采用董仲舒建议罢黜百家,独尊儒术,并开始设立专门乐府机构从各地采集民谣,总括赵、代(山西、河北一带)乐歌,撮取齐、楚(山东、湖北一带)声气,由李延年以缓慢声调协和乐律,朱买臣、司马相如以《离骚》体式制作歌曲。汉高祖唐山夫人《安世房中歌》中之《桂华》杂曲,文辞艳丽而不够雅正,汉代祭祀歌中的《赤雁》等篇,风格纤靡而缺少典则,河间献王刘德推荐其搜集的雅乐汉武帝很少采用,故有汲黯讽刺汉武帝不该用"天马歌"来祭祀宗庙祖先。至汉宣帝略重雅正乐歌,诗体乐曲颇多效法《小雅·鹿鸣》,而到元帝、成帝时代,则稍微增多了郑、卫淫邪之声,雅颂正音乖违世俗,要想推行就很困难了。及至后汉的郊庙乐曲,则用东平王刘苍所制杂有雅正体制乐章,文辞虽然典雅,而曲调则并非舜乐官夔、晋乐官师旷的雅乐。至于曹魏时代

"三祖"(武帝曹操、文帝曹丕、明帝曹叡)的乐府诗作,骨气俊爽才华瑰丽,割裂古乐府的辞与调以新意新辞入古曲,音调柔靡节奏平和。观看曹操的《苦寒行》("北上太行山")等众引,曹丕的《燕歌行》("秋风萧索天气凉")等各篇,或者阐述酣畅淋漓的欢乐宴会,或者感伤征戍边塞的羁旅悲愁,情志抒发都发之于激烈震荡,文辞筹措离不开哀思感伤,虽然是"清商三调"的华夏正声,实际上则是假冒《韶》《夏》的郑、卫之音。到了晋代,则有傅玄通晓音律,创制了雅正乐章,以歌颂祖先功德。张华也制作新的歌辞,作为朝廷《万舞》的歌舞乐章祭祀山川宗庙。然后杜夔调谐音律,声响节奏舒缓雅正,可是荀勖改变了杜夔律吕,声音节奏哀伤急切,所以阮咸嘲笑他离开了雅乐正声,后人用周代度律铜尺检验他的新尺发现大有出入。故而要使音乐和谐精妙,必须做到表里统一、乐曲和乐器互相配合。

　　由此可知诗歌为音乐的心脏,乐曲为音乐的形体;音乐的形体在于声音,故乐师务必调谐好乐器;音乐的心灵在于歌辞,故君子宜使文辞雅正。吴公子季札观乐称《唐风·蟋蟀》"好乐无荒",所以晋国民风"忧思深远",称《郑风·溱洧》男女"伊其相谑",有亡国征兆故声调细弱。可见季札观赏乐章,并不是只听乐曲声调(更重吟咏歌辞所表现的世态民情)。至于华艳情歌所表现的缠绵悱恻恋情,怨悱诗篇所描写的伤别诀绝,歌辞曲调淫靡不正,怎么能够产生雅正音响呢!然而世俗所好艳歌怨诗广为流传不胫而走,而从事配乐作诗者都竞为新异艳曲,凡是见到温恭雅正的歌曲,都打哈欠伸懒腰发愣藐视。每逢新奇艳丽歌曲及时而来,则欢呼雀跃兴奋异常,于是歌辞乐曲皆如郑卫淫靡之音,而乐府之衰微也就自此开始了。

　　(乐府有声、辞两个方面)凡是乐辞即是诗,而乐声即为歌(即乐曲)。(在诗与歌的关系中)乐曲是配合歌辞的,然而歌辞繁杂则乐曲节奏难以配合。所以陈思王曹植说:"左延年擅长于增减古辞,文辞多的则宜削减之(以便于配乐)。"这是说明歌辞贵于简约。汉高祖回乡吟咏《大风歌》,汉武帝怀念李夫人而感叹吟咏《来迟》诗,歌童随乐伴唱,没有不协调的。曹植(字子建)、陆机(字士衡),都有优秀的乐府诗作,但是都没有召集伶人谱曲演奏,所以并未施之丝管乐器。他们的乐府诗被世俗称为乖调,其实是没有认真去思考。至于轩辕黄帝命医官岐伯所作《鼓吹歌辞·铙歌》,汉代的军乐铙歌、丧乐挽歌,虽然一是军旅乐辞一是丧事歌曲有所不同,但是都可以列入乐府。至曹魏缪袭改制的十二曲铙歌及挽歌一首,也可以算到里面。过去刘向(字子政)整理图书品评诗文体类,把诗和歌分别论述,所以我在《明诗》后另列《乐府》篇,以表明合乐与不合乐两类不同诗体。

总论:八音抒布构成乐曲,歌辞为心基本路径。歌谣产生国郊旷野,乐官配曲升格朝廷。雅正《韶》乐音响难追,郑、卫淫声甚易聆听。季札观乐不仅听声,鉴别礼仪盛衰现形。

注订:

(1)"声",指五声:宫、商、角、徵、羽。"永",即吟咏。"律",指乐律,即六律六吕:黄钟、太簇、姑洗、蕤宾、夷则、无射、林钟、南吕、应钟、大吕、夹钟、仲吕。五声十二律互相配合,构成乐曲。《汉书·艺文志》:"《书》曰:'诗言志,歌咏言。'故哀乐之心感,而歌咏之声发。诵其言谓之诗,咏其声谓之歌。"

(2)"钧天",天之中央,指天之最高处。《吕氏春秋·有始览》:"天有九野,地有九州……何为九野?中央曰钧天,其星角、亢、氐。"九野,指九个星宿所处区域。高诱注:"钧,平也,为四方主,故曰钧天。"《史记·赵世家》:"赵简子疾,五日不知人,大夫皆惧。医扁鹊视之……居二日半,简子寤。语大夫曰:'我之帝所甚乐,与百神游于钧天,广乐九奏万舞,不类三代之乐,其声动人心。'""九奏",即九成。《尚书·益稷》:"箫韶九成,凤凰来仪。"孔颖达《正义》:"《韶》是舜乐,经传多矣,但余文不言'箫'。'箫'乃乐器非乐名,箫是乐器之小者。'言箫,见细器之备',谓作乐之时,小大之器皆备也。《释鸟》云:'鹥,凤,其雌皇。'是此鸟雄曰凤,雌曰皇。《礼运》云:'麟、凤、龟、龙谓之四灵。'是凤皇为神灵之鸟也。《易·渐卦》上九:'鸿渐于陆,其羽可用为仪。'是仪为'有容仪'也。'成'谓乐曲成也。郑云:'成犹终也。'每曲一终,必变更奏。故经言'九成',传言'九奏'。《周礼》谓之'九变',其实一也。言'箫'见细器之备,备乐九奏而致凤皇,则其余鸟兽不待九而率舞也。""九奏"指演奏九个乐曲。然此"九"当为泛指,即很多之意。"上帝",指天。

（3）《吕氏春秋·古乐》篇:"葛天氏之乐,三人操牛尾,投足以歌八阕。一曰《载民》,二曰《玄鸟》,三曰《遂草木》,四曰《奋五谷》,五曰《敬天常》,六曰《达帝功》,七曰《依地德》,八曰《总万物之极》。""八阕",指八个配合舞蹈的乐曲。"爰乃",亦是。王利器谓:"《玉海》106'乃'作'及'。""皇时",即皇世,指上古三皇时代。

（4）"咸英",指黄帝乐曲《咸池》和帝喾乐曲《五英》。《汉书·礼乐志》:"昔黄帝作《咸池》,颛顼作《六茎》,帝喾作《五英》,尧作《大章》。"

（5）《吕氏春秋·音初》篇:"禹行功,见涂山之女。禹未之遇而巡省南土。涂山氏之女乃令其妾待禹于涂山之阳。女乃作歌,歌曰'候人兮猗',实始作为南音。周公及召公取风焉,以为《周南》《召南》。"

（6）《离骚》:"望瑶台之偃蹇兮,见有娀之佚女。"王逸注:"有娀,国名。佚,美也,谓帝喾之妃契母简狄也。"《吕氏春秋·音初》篇:"有娀氏有二佚女,为之九成之台,饮食必以鼓。帝令燕往视之,鸣若谥隘。二女爱而争搏之,覆以玉筐。少选,发而视之,燕遗二卵,北飞,遂不反。二女作歌,一终曰'燕燕往飞',实始作为北音。""九成",九层。"谥隘",或作"益隘",此当是指燕鸣之声,为象声词。"乎",王应麟《玉海》所引作"于",王利器《文心雕龙校证》改"于",此据元、明各本不改。

（7）《吕氏春秋·音初》篇:"夏后氏孔甲田于东阳萯山。天大风,晦盲,孔甲迷惑,入于民室。主人方乳,或曰:'后来,见良日也,之子是必大吉。'或曰:'不胜也,之子是必有殃。'后乃取其子以归,曰:'以为余子,谁敢殃之?'子长成人,幕动坼,斧斫斩其足,遂为守门者。孔甲曰:'呜呼!有疾,命矣夫!'乃作为'破斧'之歌,实始为东音。""东阳",在山东。

(8)"殷整",元本、弘治本作"殷鼙",唐写本作"鳌"。王惟俭本、梅庆生本作"整",《玉海》引同,今据王本。梅本谓:"朱(谋㙔)云《吕览》所谓殷整甲也。"《吕氏春秋·音初》篇:"殷整甲徙宅西河,犹思故处,实始作为西音。""整甲",即河亶甲,姓子,名整,殷代皇帝。《竹书纪年》:"河亶甲整即位,自嚣迁于相。征蓝夷,再征班方。"嚣、相均为地名,相当即西河。"于",疑当为"乎","于"为"乎"之形误。以上"涂山"用"歌于","有娀"用"谣乎","夏甲"用"叹于","殷整"用"思乎"。两于两乎相隔对应,合乎骈文一般写法。此处不用"乎"而用"于",明显应是"乎"字,形讹为"于"。

(9)"音声",唐写本作"心声",然此处当指声音因地区不同而有差别,非指声随心变,故以元、明各本为是。

(10)"乐胥",王利器《文心雕龙校证》:"'胥',原作'育',许(天叙)改作'盲'。谢(兆申)云:'乐胥、大胥见《礼记》。'今按谢说是。"杨明照《增订文心雕龙校注》云:"《玉海》一百六引正作'胥',不误。当据改。""胥",乐官。《尚书大传·略说下》:"胥与就膳彻。"郑玄注:"胥,乐官也。就,成也。胥成膳彻,谓以乐食之也。"

(11)"丝篁",唐写本作"丝簧",当以唐写本较妥。

(12)《左传》襄公十八年:"(楚师侵郑)晋人闻有楚师,师旷曰:'不害,吾骤歌北风,又歌南风,南风不竞,多死声,楚必无功。'"杜预注:"歌者,吹律以咏八风。南风音微,故曰不竞也。……师旷唯歌南北风者,听晋、楚之强弱。"孔颖达《正义》:"南风音微,不与律声相应,故云'不竞'。""服虔云:'南风律气不至,故声多死。'"

(13)《左传·襄公二十九年》:"吴公子札来聘……请观于周乐(杜预注,下同:鲁以周公故有天子礼乐)。使工为之歌《周南》《召南》,曰:'美哉,始基之矣(《周南》《召南》,王化之基),犹未也(犹有商纣,未尽善也),然勤而不怨矣(未能安乐,然其音不怨怒)。'为之歌《邶》《鄘》《卫》(武王伐纣,分其地为三监。三监叛,周公灭之。更封康叔,并三监之地。故三国尽被康叔之化),曰:'美哉,渊乎!忧而不困者也(渊,深也。亡国之音哀以思,其民困。卫康叔、武公德化深远,虽遭宣公淫乱,懿公灭亡,民犹秉义,不至于困)。吾闻卫康叔、武公之德如是,是其《卫风》乎?'为之歌《王》(《王风·黍离》也。幽王遇西戎之祸,平王东迁,王政不行于天下,风俗下与诸侯同,故不为雅),曰:'美哉!思而不惧,其周之东乎(宗周陨灭,故忧思。犹有先王之遗风,故不惧)?'为之歌《郑》,曰:'美哉!其细已甚,民弗堪也。是其先亡乎(美其有治政之音。讥其烦碎,知不能久)!'为之歌《齐》,曰:'美哉,泱泱乎(泱泱,弘大之声)!大风也哉!表东海者,其太公乎(太公封齐,为东海之表式)!国未可量也(言其或将复兴)。'为之歌《豳》,曰:'美哉,荡乎!乐而不淫,其周公之东乎(荡乎,荡然也。乐而不淫,言有节。周公遭管蔡之变,东征三年,为成王陈后稷、先公不敢荒淫,以成王业,故言"其周公之东乎")!'为之歌《秦》,曰:'此之谓夏声。夫能夏则大,大之至也,其周之旧乎(秦本在西戎汧、陇之西。秦仲始有车马、礼乐。去戎狄之音,而有诸夏之声,故谓之夏声。及襄公佐周,平王东迁,而受其地,故曰周之旧)!'为之歌《魏》,曰:'美哉,沨沨乎!大而婉,险而易行,以德辅此,则明主也(沨沨,中庸之声。婉,约也。险,当为俭字之误也。大而约,则俭节易行。惜其国小,无明君也)。'为之歌《唐》,曰:'思深哉!其有陶唐氏之遗民乎!不然,何忧之远也(晋本唐国,故有尧之遗风。忧深思远,情发于声)?非令德之后,谁能若是?'为之歌《陈》,曰:'国无主,其能久乎(淫声放荡,无所畏忌,故曰国无主)!'自郐以下无讥焉(《郐》,第十三。《曹》,第十四。言季子闻此二国歌,不复讥论之,以其微也)。为之歌《小雅》,曰:'美哉!思而不贰(思文武之德,无贰叛之心),怨而不言(有哀音),其周德之衰(衰,小也)乎?犹有先王之遗民焉(谓有殷王余俗,故未大衰)。'为之歌《大雅》(大雅,陈文王之德以正天下),曰:'广哉,熙熙乎(熙熙,和乐声)!曲而有直体(论其声),其文王之德乎(雅、颂,所以咏盛德形容,故但歌其美者,不皆歌变雅)!'为之歌《颂》,曰:'至矣哉(言道备)!直而不倨(倨傲),曲而不屈(屈,桡),迩而不偪(谦退),远而不携(携贰),迁而不淫(淫,过荡),复而不厌(常日新),哀而不愁(知命),乐而不荒(节之以礼),用而不匮

(德宏大),广而不宣(不自显),施而不费(因民利而利之),取而不贪(义然后取),处而不底(守之以道),行而不流(制之以义)。五声和,八风(八方之气,谓之八风)平。节有度,守有序(八音克谐,节有度也。无相夺伦,守有序也),盛德之所同也(颂有殷、鲁,故曰盛德之所同)。'……若有他乐,吾不敢请已。""季札",为春秋时吴王寿梦之子。他从《诗经》的乐曲声中去考察政治的良窳,奠定了儒家对文艺与政治关系的基本思想。

(14)"心术",人心思维活动形态、方式。《礼记·乐记》:"乐者,音之所由生也;其本在人心之感于物也。……夫民有血气心知之性,而无哀乐喜怒之常,应感起物而动,然后心术形焉。"孔颖达《正义》:"人由血气而有心知,故血气心知连言之。其性虽一,所感不恒,故云'而无哀乐喜怒之常'也。'应感起物而动'者,言内心应感,起于外物,谓物来感己,心遂应之。念虑兴动,故云'应感起物而动'。'然后心术形焉'者,术谓所由道路也。形,见也。以其感物所动故,然后心之所由道路而形见焉。""响浃肌髓",音乐可以渗透于人的肌肤骨髓。《汉书·礼乐志》:"夫乐本情性,浃肌肤而臧骨髓,虽经乎千载,其遗风余烈尚犹不绝。"

(15)《乐记》:"流辟、邪散、狄成、涤滥之音作,而民淫乱。"孔颖达《正义》:"流辟,谓君志流移不静。邪散,谓违辟不正,放邪散乱。狄成、涤滥,皆谓往来速疾。谓乐之曲折,速疾而成,疾速而止。僭滥,止谓乐声急速。如此音作,民感之淫乱也。"

(16)"敷训",训育施教。"胄子",国子。《尚书·舜典》:"帝曰:夔!命汝典乐,教胄子。""九德",指九功之德,即九种功业成就卓著之德行。《汉书·礼乐志》:"典者自卿大夫师瞽以下,皆选有道德之人,朝夕习业,以教国子。国子者,卿大夫之子弟也。皆学歌九德。"颜师古注:"水、火、金、木、土、谷,谓之六府;正德、利用、厚生,谓之三事;六府、三事,谓之九功;九功之德,皆可歌也;故言九德也。""九功",谓治理国家的九种功业。

(17)"七始",《汉书·律历志》:"《书》曰:'予欲闻六律、五声、八音、七始咏,以出内五言,女听。'(师古曰:"《虞书·益稷》篇所载舜与禹言")予者,帝舜也。言以律吕和五声,施之八音,合之成乐。七者,天地四时人之始也。"此谓天、地、人、春、夏、秋、冬三才四时,与七律相配。《尚书大传》:"七始,天统也。"郑玄注:"七始:黄钟、林钟、大簇、南吕、姑洗、应钟、蕤宾也。"王应麟《玉海》后附《小学绀珠·律历》谓:"黄钟、林钟、太簇为天、地、人之始,姑洗、蕤宾、南吕、应钟为四时之始。"《尚书·益稷》篇"七始咏"作"在治忽"(孔安国传:"在察天下理治及忽怠者")。"八风",谓八方之风。范文澜注:"《史记·律书》说八风:'不周风居西北,广莫风居北方,条风居东北,明庶风居东方,清明风居东南,景风居南方,凉风居西南,阊阖风居西方。'《易纬通卦验》,《春秋纬考异邮》,《淮南·天文训》《地形训》,《白虎通·八风篇》,刘熙《释名》言八风皆先条风。惟《左传》隐五年《正义》引服虔说,始不周风,与《史记》合。"《左传》隐公五年:"夫舞所以节八音而行八风。"杜预注:"八风,八方之风也。以八音之器,播八方之风,手之舞之,足之蹈之,节其制而叙其情。八音,金钟,石磬,丝琴瑟,竹箫管,土埙,木柷敔,匏笙,革鼓也。八方之风,谓东方谷风、东南方清明风、南方凯风、西南方凉风、西方阊阖风、西北方不周风、北方广莫风、东北方融风。"对八风的具体内容解释各家略有不同。

(18)"浸微",逐渐开始衰败。"溺音",指以郑、卫之声为代表的淫靡之音。《礼记·乐记》:"子夏对曰:'……今君之所好者,其溺音乎!'文侯曰:'敢问溺音何从出也?'子夏对曰:'郑音好滥淫志,宋音燕女溺志,卫音趋数烦志,齐音敖辟乔志(谓傲辟骄志也):此四者,皆淫于色而害于德,是以祭祀弗用也。'"孔颖达《正义》:"'郑音好滥淫志'者,滥,窃也,谓男女相偷窃。言郑国乐音好滥相偷窃,是淫邪之志也。'宋音燕女溺志'者,燕,安也。溺,没也。言宋音所安,唯女子,所以使人意志没矣,即前'溺而不止'是也。'卫音趋数烦志'者,言卫音既促且速,所以使人意志烦劳也。'齐音敖辟乔志(骄志)'者,言齐音既敖很辟越,所以使人意志骄逸也。'此四者,皆淫于色而害于德,是以祭祀弗用也'者,既淫色害德,故不用祭祀也。"《汉书·礼乐志》:

"周道始缺,怨刺之诗起。王泽既竭,而诗不能作。王官失业,《雅》《颂》相错。……桑间、濮上、郑、卫、宋、赵之声并出。内则致疾损寿,外则乱政伤民。巧伪因而饰之,以营乱富贵之耳目。庶人以求利,列国以相间。故秦穆遗戎而由余去,齐人馈鲁而孔子行。至于六国,魏文侯最为好古,而谓子夏曰:'寡人听古乐则欲寐,及闻郑、卫,余不知倦焉。'子夏辞而辨之,终不见纳,自此礼乐丧矣。"颜师古注引应劭曰:"桑间,卫地,濮上,濮水之上,皆好新声。"又曰:"郑、卫、宋、赵诸国,亦皆有淫声。"

(19)"秦燔《乐经》",其实孔子时代已经没有《乐经》,故刘勰此说不妥,可能指先秦儒家论乐著作。"汉初绍复",是指汉代乐人恢复周代的一些乐曲及论乐之说。《汉书·艺文志》:"六国之君,魏文侯最为好古。孝文时,得其乐人窦公,献其书,乃《周官·大宗伯》之《大司乐》章也。"秦焚儒家经典,并无《乐经》,但先秦的乐曲和乐论也可能有散失,汉初儒家则有所恢复。

(20)《汉书·礼乐志》:"汉兴,乐家有制氏,以雅乐声律,世世在大乐官,但能纪其铿锵鼓舞,而不能言其义。"王利器《文心雕龙校证》:"'容典',原作'容与',唐写本作'容典'。案《后汉书·曹褒传论》:'汉初,天下创定,朝制无文,叔孙通颇采经礼,参酌秦法,虽适物观时,有救崩敝;然先王之容典,盖多阙矣。'注:'容,礼容也;典,法则也。'此正彦和所本,今改从之。"秦火之后先秦之礼乐崩坏,汉初方恢复古代礼乐制度。

(21)《汉书·礼乐志》:"高祖庙奏《武德》《文始》《五行》之舞,孝文庙奏《昭德》《文始》《四时》《五行》之舞。孝武庙奏《盛德》《文始》《四时》《五行》之舞。《武德》舞者,高祖四年作,以象天下乐已行武以除乱也。《文始》舞者,曰本舜《招》舞也,高祖六年更名曰《文始》,以示不相袭也。《五行》舞者,本周舞也,秦始皇二十六年更名曰《五行》也。《四时》舞者,孝文所作,以示天下之安和也。……高祖六年又作《昭容》乐、《礼容》乐。《昭容》者,犹古之《昭夏》也,主出《武德》舞。《礼容》者,主出《文始》《五行》舞。……大氐皆因秦旧事焉。"董仲舒

《春秋繁露·楚庄王》:"舜时,民乐其昭尧之业也,故《韶》。韶者,昭也。禹之时,民乐其三圣相继,故《夏》。夏者,大也。"

(22)"中和之响",为乐之最高境界。《礼记·中庸》:"喜怒哀乐之未发谓之中,发而皆中节谓之和。中也者天下之大本也,和也者天下之达道也。"郑玄注:"中为大本者。以其含喜怒哀乐,礼之所由生,政教自此出也。"孔颖达《正义》:"'喜怒哀乐之未发谓之中'者,言喜怒哀乐缘事而生,未发之时,澹然虚静,心无所虑,而当于理,故'谓之中'。'发而皆中节谓之和'者,不能寂静而有喜怒哀乐之情,虽复动发,皆中节限,犹如盐梅相得,性行和谐,故云'谓之和'。'中也者,天下之大本也'者,言情欲未发,是人性初本,故曰'天下之人本也'。'和也者,天下之达道也'者,言情欲虽发而能和合,道理可通达流行,故曰'天下之达道也'。"《礼记·乐记》:"故乐者,天地之命,中和之纪,人情之所不能免也。"孔颖达《正义》:"'故乐者,天地之命'者,命,教也。言乐者感天地之气,是天地之教命也。'中和之纪'者,纪,谓纲纪,总要之所言。乐和律吕之声,是中和纪纲,总要之所言也。"《荀子·劝学》篇:"《礼》之敬文也,《乐》之中和也,《诗》《书》之博也,《春秋》之微也,在天地之间者,毕矣。"《孔子家语·辨乐》:"故君子之音,温柔居中,以养生育之气。忧愁之感,不加于心也;暴厉之动,不在于体也。夫然者,乃所谓治安之风也。小人之音则不然,亢丽微末,以象杀伐之气。中和之感不载于心,温和之动不存于体。夫然者,乃所以为乱之风。""阒",寂静,指中和之音没有继续延伸。《周易·丰卦》上六:"窥其户,阒其无人。"孔颖达《正义》:"虽窥视其户,而阒寂无人,弃其所处,而自深藏也。"

(23)汉武帝设立乐府,是继周王朝采诗献诗活动之后,又一次由官方大规模收集民间诗歌,并配有音乐演奏的文化活动。班固《两都赋序》:"至于武宣之世,乃崇礼官,考文章,内设金马、石渠之署,外兴乐府协律之事,以兴废继绝,润色鸿业。"李善注:"《史记》曰:金马门者,宦者署门,傍有铜马,故谓之曰金马门。《三辅故事》曰:石渠阁在大秘殿北,以阁秘书。《汉书》曰:武帝定郊祀之礼,乃立乐府,以李延年为协律都尉。"

(24)《汉书·艺文志·诗赋略论》:"自孝武立乐府而采歌谣,于是有代赵之讴,秦楚之风,皆感于哀乐,缘事而发,亦可以观风俗,知薄厚云。"后人或谓乐府起源当更早,如王先谦《汉铙歌释文笺证例略》:"刘勰《文心雕龙》谓汉武始立乐府。师古不察,袭谬以注《汉书》(按见《礼乐志》)。由此读《铙歌》者,以为皆武帝时作。是大不然。高祖爱巴俞歌舞,令乐人习学之;嗣是乐府遂有巴俞鼓员矣。孝惠二年,夏侯宽为乐府令矣。读《思悲翁》《战城南》《巫山高》三篇,知《铙歌》肇于高祖之时;读《远如期》一篇,知《铙歌》衍于宣帝之世。推原终始,皆在西都。"此前,王应麟《玉海》、吴讷《文章辨体序说》等亦有类似说法,但是,这只能说是汉武帝设立乐府,采集民歌之前奏,真正实行还是在汉武帝之时。"音""气",均指民歌。

(25)《汉书·佞幸传》:"(李)延年善歌,为新变声。是时上方兴天地诸祠,欲造乐,令司马相如等作诗颂。延年辄承意弦歌所造诗,为之新声曲。而李夫人产昌邑王,延年繇是贵为协律都尉。""曼声",即新变声,缓慢长声。朱买臣善言《楚辞》,司马相如善作辞赋,刘勰言二人以骚体制歌,当为辞赋先声。但未见"以骚体制歌"具体作品,或有所作而没有文献记载,刘勰所处时代或有所见。

(26)《桂华》一章,其辞曰:"都荔遂芳,窅窕桂华。孝奏天仪,若日月光。乘玄四龙,回驰北行。羽旄殷盛,芬哉芒芒。孝道随世,我署文章。"《赤雁》即《汉书·礼乐志》郊祀歌《象载瑜》十八,其辞曰:"象载瑜,白集西;食甘露,饮荣泉。赤雁集,六纷员;殊翁杂,五采文。神所见,施祉福;登蓬莱,结无极。"纪昀评:"《桂华》尚未至于不经,《赤雁》等篇亦不得目之曰靡,盖深恶涂饰,故矫枉过正。"刘永济《文心雕龙校释》则谓:"舍人此篇,于《房中》十七章举《桂华》,于《郊祀》十九章举《赤雁》,论《桂华》则曰'丽而不经';评《赤雁》则曰'靡而非典'。证以后世通人评骘之语,益足见舍人衡鉴之精。《宋书·乐志》曰:'汉武帝虽颇造新声,然不以光扬祖考,崇述正德为先,但多咏祭祀见事及其祥瑞而已。商周《雅》《颂》之体阙焉。'此舍人所谓'靡而非典'也。齐召南曰：'周诗所谓《房中乐》者，人伦始于夫妇，故首以《关雎》《鹊巢》。汉《安世房中歌》，直是祀神之乐。'此舍人所谓'丽而不经'也。舍人虽各举一目，实可通论余篇。纪评乃谓'《桂华》尚未至于不经，《赤雁》亦不得目之曰靡'，其言乖违如此，异哉！"杨明照《增订文心雕龙校注》曰："《隋书·音乐志上》：'武帝裁音律之响，定郊丘之祭，颇杂讴谣，非全《雅》什。'并足与此相发。"

（27）《汉书·礼乐志》："是时，河间献王有雅材，亦以为治道非礼乐不成，因献所集雅乐。天子下太乐官，常存肄（习也）之，岁时以备数，然不常御，常御及郊庙皆非雅声。"《史记·乐书》："（汉武帝）尝得神马渥洼水中，复次以为"太一"之歌，歌曲曰：'太一贡兮天马下，沾赤汗兮沫流赭。骋容与兮跇万里，今安匹兮龙为友。'后伐大宛得千里马，马名蒲梢，次作以为歌，歌诗曰：'天马来兮从西极，经万里兮归有德，承灵威兮降外国，涉流沙兮四夷服。'中尉汲黯进曰：'凡王者作乐，上以承祖宗，下以化兆民。今陛下得马，诗以为歌，协于宗庙，先帝百姓，岂能知其音耶？'"

（28）王利器《文心雕龙校证》："'宣帝雅诗，颇效《鹿鸣》'，原作'宣帝《雅》《颂》，诗效《鹿鸣》'，今据唐写本改正。盖'颇'初误作'颂'，继又误乙在'诗'前也。'颇效'与'稍广'对文。"此据王说改。《汉书·王褒传》："（宣帝时）天下殷富，数有嘉应，上颇作歌诗，欲兴协律之事。……于是益州刺史王襄欲宣风化于众庶，闻王褒有俊才，请与相见，使褒作《中和》《乐职》《宣布》诗，选好事者令依《鹿鸣》之声，习而歌之。"

（29）"迩"，近也。唐写本作"逮"，均可通。《汉书·元帝纪赞》："臣外祖兄弟为元帝侍中，语臣曰：'元帝多材艺，善史书，鼓琴瑟，吹洞箫，自度曲，被歌声，分刌节度，穷极幼眇。'"颜师古注引应劭曰："元、成帝纪皆班固父彪所作，臣则彪自说也。外祖，金敞也。"引韦昭："刌，切也，谓能分切句绝，为之节制也。"《汉书·礼乐志》："今汉郊庙诗歌，未有祖宗之事，八音调均，又不协于钟律，而内有掖庭材人，外有上林乐府，皆以郑声施于朝廷。至成帝时……是时，郑声尤甚。黄门名倡丙强、景武之属富显于世,贵戚五侯定陵、富平外戚之家淫侈过度,至与人主争女乐。哀帝自为定陶王时疾之,又性不好音,及即位,下诏曰:'惟世俗奢泰文巧,而郑卫之声兴。夫奢泰则下不孙而国贫,文巧则趋末背本者众,郑卫之声兴则淫辟之化流,而欲黎庶敦朴家给,犹浊其源而求其清流,岂不难哉!'"说明宣帝虽略有重雅乐之举,然其后元帝、成帝皆好新曲郑卫之声,而雅乐糜闻,难以恢复古代雅乐之盛也。而世俗民间乐曲则皆非雅乐之正。

(30)王利器《文心雕龙校证》:"'汉'字原脱,据唐写本补。""杂",唐写本作"新"。《后汉书·东平宪王苍传》:"苍以天下化平,宜修礼乐。乃与公卿共议定南北郊冠冕车服制度,及光武庙登歌八佾舞数,语在《礼乐》《舆服志》。"又,《宋书·乐志》:"'至明帝初'东平宪王苍总定公卿之议,曰:'宗庙宜各奏乐,不应相袭,所以明功德也。承《文始》《五行》《武德》为《大武》之舞。'又制舞哥一章,荐之光武之庙。""夔"传说是舜时乐官,"师旷"为春秋时乐官。

(31)钟嵘《诗品》:"曹公古直,甚有悲凉之句。叡不如丕,亦称三祖。""气爽",指风骨。"才丽",指辞采。钟嵘评曹丕:"其源出于李陵,颇有仲宣之体。""唯'西北有浮云'十余首,殊美赡可玩,始见其工矣。""宰割辞调",范文澜注:"《宋书·乐志三》:'《相和》,汉旧歌也。丝竹更相和,执节者歌。本一部,魏明帝分为二。'彦和所讥宰割辞调,或即指此。"张立斋《文心雕龙注订》不同意范说,谓"宰割者,以新辞入旧调,或以旧辞按新声,辞之长短,调之缓促,不因袭旧律也。范注据《宋书·乐志》,以明帝分相和调为二部为宰割者,非是。古乐一部二部以人分,不以辞调分也。况'音靡节平'云者,明指辞调而言"。按:范注不妥,张说差可。此谓"宰割辞调",系指曹氏三祖"以新辞入旧调",其乐府诗与汉乐府相比,把"辞"与"调"割裂,乐府曲调原有古意,"辞"与"调"是密切配合的,而三祖乐府虽沿旧曲,而赋予新意新辞。如《蒿里行》在相和歌曲是送葬挽歌,曲调悲哀。曹操《蒿里行》则借古曲歌颂义士讨贼,与原古辞意义不同。曹操《苦寒行》("北上太行山")等众引,曹丕的《燕歌行》("秋风萧索天气凉")均是如此。

（32）"'北上'众引"，当指曹操"北上太行山，艰哉何巍巍"一类诗歌，如《短歌行》《步出夏门行》《苦寒行》等。"'秋风'列篇"，当指曹丕"秋风萧索天气凉，草木摇落露为霜"一类诗歌，如《燕歌行》《善哉行》等。

（33）曹丕《于谯作》："清夜延贵客，明烛发高光。丰膳漫星陈，旨酒盈玉觞。弦歌奏新曲，游响拂丹梁。余音赴迅节，慷慨时激扬。献酬纷交错，雅舞何锵锵。罗缨从风飞，长剑自低昂。穆穆众君子，和合同乐康。"当为"述酣宴"之作。"滔荡"，唐写本作"慆"，元本、弘治本、王惟俭本、梅庆生本等，均作"滔"。土叔岷《文心雕龙缀补》谓："按明嘉靖本淫作滔，《古诗纪别集》一引同。'滔荡'复语，'滔'亦'荡'也（《淮南子·本经篇》："共工振滔洪水。"高诱注："滔，荡也"）。唐写本作'慆'，'慆'乃'慆'之误。滔、慆正假字。黄本作'淫'，盖妄改。《淮南子·精神》篇：'五藏摇动而不停，则血气滔荡而不休矣；血气滔荡而不休，则精神驰骋于外而不守矣。'（又见《文子·九守》篇）《刘子·防欲》篇：'志气縻于趣舍，则五藏滔荡而不安。'并以滔荡连文，与此取义亦同。""滔荡"，即激烈震荡之意。

（34）《隋书·音乐志》："清乐其始即清商三调是也，并汉来旧曲。乐器形制，并歌章古辞，与魏三祖所作者，皆被于史籍。属晋朝迁播，夷羯窃据，其音分散。苻永固平张氏，始于凉州得之。宋武平关中，因而入南，不复存于内地。及平陈后获之。高祖听之，善其节奏，曰：'此华夏正声也。昔因永嘉，流于江外，我受天明命，今复会同。虽赏逐时迁，而古致犹在。可以此为本，微更损益，去其哀怨，考而补之。以新定律吕，更造乐器。'"清商三调（平调、清调、瑟调）均为周房中乐之遗声也。《韶》《夏》为舜、禹时代的古乐。此谓魏三祖所作乐府，虽承古乐府的曲调，而其文则皆为写当时之新辞，表现征戍之苦、酣宴之喜与离别之悲，而与古乐府内容不同。

（35）《晋书·傅玄传》："傅玄字休奕，北地泥阳人也。……玄少孤贫，博学善属文，解钟律。"《晋书·乐志》："及武帝受命之初，百度草创。泰始二年,诏郊祀明堂,礼乐权用魏仪,遵周室肇称殷礼之义,但改乐章而已,使傅玄为之词云。"如《祀天地五郊夕牲歌》《天地郊明堂夕牲歌》等。

(36)张华,见《明诗》篇注(46)。《晋书·乐志》:"使郭夏、宋识等造《正德》《大豫》二舞,其乐章亦张华之所作云。"张华曾作《四厢乐歌》《晋凯歌》等。"庭万",朝廷歌舞。《诗经·邶风·简兮》:"公庭万舞。"毛传:"以干、羽为《万舞》。"朱熹《诗集传》:"《万》者,舞之总名,武用干戚,文用羽籥也。"

(37)《三国志·魏书·杜夔传》:"杜夔字公良,河南人也。以知音为雅乐郎,中平五年,疾去官。州郡司徒礼辟,以世乱奔荆州。荆州牧刘表令与孟曜为汉主合雅乐,乐备,表欲庭观之,夔谏曰:'今将军号(不)为天子合乐,而庭作之,无乃不可乎!'表纳其言而止。后表子琮降太祖,太祖以夔为军谋祭酒,参太乐事,因令创制雅乐。夔善钟律,聪思过人,丝竹八音,靡所不能,惟歌舞非所长。时散郎邓静、尹齐善咏雅乐,歌师尹胡能歌宗庙郊祀之曲,舞师冯肃、服养晓知先代诸舞,夔总统研精,远考诸经,近采故事,教习讲肄,备作乐器,绍复先代古乐,皆自夔始也。"

(38)荀勖为晋初著名音乐家。《晋书·律历志》:"武帝泰始九年,中书监荀勖校太乐,八音不和,始知后汉至魏,尺长于古四分有余。勖乃部著作郎刘恭依周礼制尺,所谓古尺也。依古尺更铸铜律吕,以调声韵。以尺量古器,与本铭尺寸无差。又,汲郡盗发六国时魏襄王冢,得古周时玉律及钟、磬,与新律声韵闇同。于时郡国或得汉时故钟,吹律命之皆应。勖铭其尺曰:'晋泰始十年,中书考古器,揆校今尺,长四分半。所校古法有七品:一曰姑洗玉律,二曰小吕玉律,三曰西京铜望臬,四曰金错望臬,五曰铜斛,六曰古钱,七曰建武铜尺。姑洗微强,西京望臬微弱,其余与此尺同。'铭八十二字。此尺者勖新尺也,今尺者杜夔尺也。"又,《晋书·律历志》:"荀勖造新钟律,与古器谐韵,时人称其精密。惟散骑侍郎陈留阮咸讥其声高,声高则悲,非兴国之音,亡国之音。亡国之音哀以思,其人困。今声不合雅,惧非德正至和之音,必古今尺有长短所致也。会咸病卒,武帝以勖律与周汉器合,故施用之。后始平掘地得古铜尺,岁久欲腐,不知所出何代,果长勖尺四分,时人服咸之妙,而莫能厝意焉。"

(39)《世说新语·术解》篇注引傅畅《晋诸公赞》曰:"律成,散骑侍郎阮咸谓勖(荀勖)所造声高,高则悲。夫亡国之音哀以思,其民困。今声不合雅,惧非德政中和之音,必是古今尺有长短所致。然今钟磬是魏时杜夔所造,不与勖律相应,音声舒雅,而久不知夔所造,时人为之,不足改易。勖性自矜,乃因事左迁咸为始平太守,而病卒。后得地中古铜尺,校度勖今尺,短四分,方明咸果解音,然无能正者。""离声",各本皆同。杨明照《文心雕龙校注》曰:"'声',唐写本作'磬'。按唐写本是也。《礼记·明堂位》:'垂之和钟,叔之离磬。'郑注:'和、离,谓次序其声县也。'《正义》:'叔之离磬者,叔之所作编离之磬。……和、离谓次序其声县也者,声解和也,县解离也,言县磬之时,其磬希疏相离。'据此,咸讥荀勖之离磬者,盖以其改悬依杜夔所造钟磬有所参池(详范注)而言,若作'声',则非其指矣。"此可备一说。徐师曾《文体明辨·序说》乐府类:"逮及晋世,则有傅玄、张华之徒,晓畅音律,故其所作,多有可观。然荀勖改杜夔之调,声节哀急,见讥阮咸,不足多也。""铜尺",铜制律尺,用以量较乐器,调谐声韵。

(40)"之"字原无,此据唐写本补。"表里",范文澜《文心雕龙注》:"表谓乐体,里谓乐心。"则表指乐声,即乐曲;里指歌诗。詹锳《文心雕龙义证》:"按'表'指乐器,'里'指乐章。'表里相资'意谓必须乐器和乐章互相配合。"此处言乐曲与乐器相配,当以詹说为是。

(41)乐府包含诗、声两个方面,以人体喻之,则诗为心,声为体。《毛诗大序》:"诗者,志之所之也,在心为志,发言为诗。"孔颖达《毛诗正义》:"诗是乐之心,乐为诗之声,故诗乐同其功也。然则诗乐相将,无诗则无乐。"又曰:"原夫乐之初也,生于人心,出于口歌,圣人作八音之器以文之,然后谓之为音,谓之为乐。乐虽逐诗为曲,仿诗为音,曲有清浊次第之序,音有宫商相应之节,其法既成,其音可久,是以昔日之诗虽绝,昔日之乐常存。乐本由诗而生,所以乐能移俗。歌其声谓之乐,诵其言谓之诗。声言不同,故异时别教。"

(42)"观辞",王利器、杨明照谓当依《左传》襄公二十九年作"观乐",可参考。季札观乐,《左传·襄公二十九年》:"为之歌《唐》,曰:'思深哉,其有陶唐氏之遗民乎?不然,何忧之远也。非令德之后,谁能孰是?'""为之歌《郑》,曰:'美哉!其细已甚,民弗堪也,是其先亡乎!'《诗经·郑风·溱洧》:"维士与女,伊其相谑,赠之以勺药。"《礼记·乐记》:"君子之听声,非听其铿鎗而已,彼亦有所合也。"郑玄注:"以声合成己之志。"孔颖达《正义》:"言君子之听音声,非徒听其音声铿鎗而已,彼谓乐声亦有合成己之志意也。"

(43)"艳歌",汉乐府中的相和歌辞有"艳歌",乐曲哀急缠绵,歌辞多婉娈之情。"婉娈",亲爱貌,形容少女之美好。《诗经·曹风·候人》:"婉兮娈兮,季女斯饥。"《诗经·齐风·甫田》:"婉兮娈兮,总角丱兮。""怨志诀绝",唐写本作"宛诗诀绝",赵万里《文心雕龙校记》:"按唐本近是。疑此文当作'怨诗诀绝',与上句相对。"指恋爱歌曲中之怨愤情辞,台湾李曰刚《文心雕龙斠诠》:"怨诗,本《相和曲》中之《楚调曲》,如《白头吟》:'皑如山上雪,皎若云间月,闻君有两意,故来相决绝。……'语意幽怨凄凉,殆彦和所谓'诀绝'者耶?"刘勰对六朝乐府中的"艳歌""怨诗",认为是"淫辞",而非雅正之"正向"。而实际这正是民间比较精彩、直率的爱情歌曲。

(44)"欠伸",《仪礼·士相见礼》:"凡侍坐君子,君子欠伸,问日之早晏,以食具告。"郑玄注:"志倦则欠,体倦则伸。""鱼睨",纪昀评曰:"'鱼睨'似是瞠视之貌,鱼目不瞬故也。"《文选·洞箫赋》:"迁延徙迤,鱼瞰鸡睨。"李善注:"鱼目不瞑,鸡好斜视,故取喻焉。睨,斜视也。"李曰刚《文心雕龙斠诠》:"'鱼睨',乃'鱼瞰鸡睨'之省词,藐视不满之貌。"

(45)"奇辞切至",新奇之辞及时而至。"拊髀雀跃",拊髀,以手拍股。雀跃,如鸟雀之不停跳跃。均形容极度欣喜之状。《庄子·在宥》篇:"云将东游,过扶摇之枝,而适遭鸿蒙,鸿蒙方将拊髀雀跃而游。"

(46)"诗声俱郑",指歌辞与乐曲皆淫荡。"自此阶矣",阶,指通向淫靡的台阶。《诗经·小雅·巧言》:"彼何人斯,居河之麋。无拳无勇,职为乱阶。"郑玄笺:"为乱作阶,言乱由之来也。"《大雅·瞻卬》:"妇有长舌,维厉之阶。"郑玄笺:"阶,所由上下也。"

(47)"诗声",杨明照《增订文心雕龙校注》:"'诗声',唐写本作'咏声'。按唐写本是。《汉书·艺文志》:'诵其言谓之诗,詠(咏之正字)其声谓之歌。'舍人语似本此。《礼记·乐记》:'歌,詠其声也。'《国语·鲁语下》:'歌,所以詠诗也。'并其旁证。今本盖涉上'诗'字而误。"杨说可参考。

(48)"左延年",原作"李延年",此据唐写本。黄侃《文心雕龙札记》:"按李延年当作左延年。左延年,魏时之擅郑声者,见《魏志·杜夔传》"。《三国志·魏书·杜夔传》:"自左延年等虽妙于音,咸善郑声,其好古存正莫及夔。"《晋书·乐志》:"黄初中柴玉、左延年之徒,复以新声被宠,改其声韵。……及太和中,左延年改夔《驺虞》《伐檀》《文王》三曲,更自作声节,其名虽存,而声实异。""闲于",擅长熟悉。"增损古辞",指将古辞增损后入乐,使声辞相配。陈思之语已不可考。

(49)《史记·高祖本纪》:"高祖还归,过沛,留。置酒沛宫,悉召故人父老子弟纵酒,发沛中儿得百二十人,教之歌。酒酣,高祖击筑,自为歌诗曰:'大风起兮云飞扬,威加海内兮归故乡,安得猛士兮守四方!'令儿皆和习之。高祖乃起舞,慷慨伤怀,泣数行下。"《汉书·礼乐志》也有类似记载:"初,高祖既定天下,过沛,与故人父老相乐,醉酒欢哀,作'风起'之诗,令沛中僮儿百二十人习而歌之。"《汉书·外戚传》:"及夫人卒,上以后礼葬焉。其后,上以夫人兄李广利为贰师将军,封海西侯,延年为协律都尉。上思念李夫人不已,方士齐人少翁言能致其神。乃夜张灯烛,设帷帐,陈酒肉,而令上居他帐,遥望见好女如李夫人之貌,还幄坐而步。又不得就视,上愈益相思悲感,为作诗曰:'是邪,非邪?立而望之,偏何姗姗其来迟!'""被声",配乐歌唱。

(50)自魏晋开始有文人创作乐府诗,只有诗歌文字而不配乐曲演奏,此后一直到唐代,或用古题,或自立新题,皆不依声应调,而刘勰则不同意"乖调"说。刘师培《论文杂记》曰:"盖歌行或不入乐,自魏晋始。"刘永济《文心雕龙校释》:"其论旨偏重辞义,故不以乖调之说为然。时人之论,虽未详所出,窥其用意,盖主于声。曹、陆之作,既不协律,而亦名乐府,以其乖于乐调,故称乖调耳。言各有当,说得两存,未可因此废彼也。""咸",唐写本作"亟"。

（51）"轩岐",原作"斩伎"。唐写本、王惟俭本作"轩岐",今据改。"铙挽",铙歌、挽歌。崔豹《古今注》:"《短箫铙歌》,军乐也。黄帝使岐伯所作也。"挽歌如汉代之《蒿里》《薤露》。黄侃《文心雕龙札记》:"《铙歌》即《鼓吹》,《挽歌》即《相和辞》之《蒿里》。戎丧殊事,谓《铙歌》用之兵戎,《挽歌》以给丧事也。"

（52）"并",唐写本无。《晋书·乐志》:"汉时有短箫铙歌之乐,其曲有《朱鹭》《思悲翁》《艾如张》《上之回》《雍离》《战城南》《巫山高》《上陵》《将进酒》《君马黄》《芳树》《有所思》《雉子班》《圣人出》《上邪》《临高台》《远如期》《石留》《务成》《玄云》《黄爵行》《钓竿》等曲,列于鼓吹,多序战阵之事。及魏受命,改其十二曲,使缪袭为词,述以功德代汉。改《朱鹭》为《楚之平》,言魏也。改《思悲翁》为《战荥阳》,言曹公也。改《艾如张》为《获吕布》,言曹公东围临淮,擒吕布也。改《上之回》为《克官渡》,言曹公与袁绍战,破之于官渡也。改《雍离》为《旧邦》,言曹公胜袁绍于官渡,还谯收藏死亡士卒也。改《战城南》为《定武功》,言曹公初破邺,武功之定始乎此也。改《巫山高》为《屠柳城》,言曹公越北塞,历白檀,破三郡乌桓于柳城也。改《上陵》为《平南荆》,言曹公平荆州也。改《将进酒》为《平关中》,言曹公征马超,定关中也。改《有所思》为《应帝期》,言文帝以圣德受命,应运期也。改《芳树》为《邕熙》,言魏氏临其国,君臣邕穆,庶绩咸熙也。改《上邪》为《太和》,言明帝继体承统,太和改元,德泽流布也。其余并同旧名。"

（53）缪袭,字熙伯。《三国志·魏书·刘邵传》附:"东海缪袭亦有才学,多所述叙,官至尚书、光禄勋。""缪袭所致",唐写本作"缪朱所改",或谓"朱"为"韦"之讹,指韦昭,无据,不可从。"箅",梅庆生本、黄叔琳本作"算"。

(54)刘向《别录》,刘歆发展而为《七略》,诗入《六艺略》,歌则在《诗赋略》。《汉书·艺文志》同。因其"诗"专指《诗经》,其他诗歌皆入《诗赋略》。黄侃《文心雕龙札记》:"此据《艺文志》为言,然《七略》既以诗赋与六艺分略,故以歌诗与《诗》异类。如令二略不分,则歌诗之附《诗》,当如《战国策》《太史公书》之附入《春秋》家矣。此乃为部类所拘,非子政果欲别歌于《诗》也。"又曰:"刘向校书,以诗赋与六艺异略,故其歌诗亦不得不与六艺之《诗》异类。然观《艺文志》所载,有乐府所采歌谣,有郊庙所用乐章,有帝者自撰歌诗,有材人名倡所作歌诗,有杂歌诗,此则凡诗皆以入录,以其可歌,故曰歌诗。刘彦和谓子政品文,诗与歌别,殆未详考也。""区界",区别界限。唐写本"界"下有"也"字。

(55)"八音",指金、石、土、革、丝、木、匏、竹八种不同物质制成钟、磬、埙、鼓、琴瑟、柷敔、笙、竹等乐器,发出的声音不同。"摛文",构成乐曲也。摛,舒展、散布;文,即《礼记·乐记》"声成文,谓之音"之"文"。孔颖达《正义》:"谓声之清浊杂比成文谓之音。"《周礼·春官·大师》:"皆文之以五声:宫,商,角,徵,羽;皆播之以八音:金,石,土,革,丝,木,匏,竹。"郑玄注:"文之者,以调五声,使之相次,如锦绣之为文章。""树辞为体",指树立雅正之辞作为诗的本体。

(56)"坰野",《诗经·鲁颂·駉》:"駉駉牡马,在坰之野。"毛传:"坰,远野也。邑外曰郊,郊外曰野,野外曰林,林外曰坰。""云陛",喻朝廷。《昭明文选》谢朓《始出尚书省五言》:"惟昔逢休明,十载朝云陛。"李善注:"左思《七牧》曰:'开甲第之广袤,建云陛之嵯峨。'"五臣李周翰注:"云,五云殿也。陛,阶也。"

(57)"观",唐写本作"觌"。《礼记·檀弓下》:"孔子曰:'延陵季子,吴之习于礼者也。'"

《诠赋》篇

诗有六义,其二曰赋(1)。赋者,铺也,铺采摛文,体物写志也(2)。昔邵公称:"公卿献诗,师箴瞍赋(3)。"传云:"登高能赋,可为大夫(4)。"《诗序》则同义,传说则异体(5),总其归塗,实相枝干。故刘向明"不歌而颂(6)",班固称"古诗之流也(7)"。至如郑庄之赋《大隧》(8),士蒍之赋《狐裘》(9),结言短韵,词自己作,虽合赋体,明而未融(10)。及灵均唱《骚》,始广声貌(11)。然赋也者,受命于诗人,拓宇于《楚辞》也(12)。于是荀况《礼》《智》,宋玉《风》《钓》(13),爰锡名号,与诗画境,六义附庸,蔚成大国(14)。述客主以首引,极声貌以穷文,斯盖别诗之原始,命赋之厥初也(15)。

秦世不文,颇有杂赋(16)。汉初词人,顺流而作(17),陆贾扣其端,贾谊振其绪(18),枚马同其风,王扬骋其势(19),皋朔已下,品物毕图(20)。繁积于宣时,校阅于成世,进御之赋千有余首(21),讨其源流,信兴楚而盛汉矣(22)。夫京殿苑猎,述行序志(23),并体国经野,义尚光大(24),既履端于唱序,亦归余于总乱(25)。序以建言,首引情本;乱以理篇,迭致文契(26)。按《那》之卒章,闵马称乱,故知殷人辑颂,楚人理赋(27),斯并鸿裁之寰域,雅文之枢辖也(28)。至于草区禽族,庶品杂类(29),则触兴致情,因变取会(30),拟诸形容,则言务纤密;象其物宜,则理贵侧附(31)。斯又小制之区畛,奇巧之机要也(32)。

观夫荀结隐语,事数自环;宋发巧谈,实始淫丽(33)。枚乘

《菀园》,举要以会新⁽³⁴⁾;相如《上林》,繁类以成艳⁽³⁵⁾;贾谊《鵩鸟》,致辨于情理⁽³⁶⁾;子渊《洞箫》,穷变于声貌⁽³⁷⁾;孟坚《两都》,明绚以雅赡⁽³⁸⁾;张衡《二京》,迅拔以宏富⁽³⁹⁾;子云《甘泉》,构深玮之风⁽⁴⁰⁾;延寿《灵光》,含飞动之势⁽⁴¹⁾:凡此十家,并辞赋之英杰也⁽⁴²⁾。及仲宣靡密,发端必遒⁽⁴³⁾;伟长博通,时逢壮采⁽⁴⁴⁾;太冲安仁,策勋于鸿规⁽⁴⁵⁾;士衡子安,底绩于流制⁽⁴⁶⁾;景纯绮巧,缛理有余⁽⁴⁷⁾;彦伯梗概,情韵不匮⁽⁴⁸⁾:亦魏晋之赋首也。

原夫登高之旨,盖睹物兴情。情以物兴,故义必明雅;物以情观,故词必巧丽⁽⁴⁹⁾。丽词雅义,符采相胜,如组织之品朱紫,画绘之著玄黄,文虽新而有质,色虽糅而有仪⁽⁵⁰⁾,此立赋之大体也。然逐末之俦,蔑弃其本,虽读千赋,愈惑体要,遂使繁华损枝,膏腴害骨,无贵风轨,莫益劝戒,此扬子所以追悔于雕虫,贻诮于雾縠者也⁽⁵¹⁾。

赞曰:赋自诗出,异流分派⁽⁵²⁾。写物图貌,蔚似雕画。抑滞必扬,言旷无隘⁽⁵³⁾。风归丽则,辞翦稊稗⁽⁵⁴⁾。

简析:

本篇论辞赋的特点和历史发展,赋就是直接铺陈描写的意思。赋是从诗发展出来的,本是诗的一个支流,但后来逐渐演变成新文体,并具有散文的特征,遂与诗歌完全分开,而具有自己独立的领域。赋的特点是"铺采摛文,体物写志",侧重铺张写物寄托情志,文辞浏亮绚丽华艳丰硕。辞赋作为独立文学体裁是从屈原、宋玉开始的,正式用"赋"的名称最早是荀子,而过分淫艳则自宋玉发端。辞赋发展的高潮是汉代,自荀况、宋玉到西汉东汉,辞赋最杰出的代表作家共有十家(荀卿、宋玉、枚乘、司马相如、贾谊、王褒、班固、张衡、扬雄、王延寿),他们各有自己的特点,形成繁荣昌盛的局面,具有"润色鸿业"的作用,充分展示了汉代强盛帝国的文化面貌。刘勰对这十家选择了其代表作,并对其辞赋的创作特色,作了精确扼要的分析,如司马相如"繁类以成艳",贾谊"致辨于情理",王褒"穷变于声貌",班固"明绚以雅赡",王延寿"含飞动之势"等。此后辞赋又有新的发展,在继续创作大赋的基础上,又出现了很多抒情小赋,这是和大赋不同的新体制,在魏晋时期达到高峰,以王粲、徐幹、陆机、郭璞、成公绥等为代表,此外,也有优秀大赋创作者(如左思等)。辞赋创作特点与诗歌有所不同,偏重在"体物",但在基本方面也和诗歌一样,要求"丽词雅义",然"符采相胜",使文辞更加华丽,而且非常清晰地体现了心物交互感应的特点。为此,刘勰从辞赋创作中总结出了一个美学原理:认为创作主体和创作客体融合为一是文学创作的基本特征——"情以物兴""物以情观",创作主体的客体化和创作客体的主体化,这是文学创作过程中两个相反相成的过程,对中国古代文艺美学基本原理,作了十分正确而简洁的理论概括。这也就是黑格尔在《美学》中所说"人的物化"和"物的人化"。这个思想他在后面的《物色》篇中又作了进一步分析。刘勰对辞赋创作的要求,就是要做到扬雄所说的"诗人之赋丽以则",而坚决反对"辞人之赋丽以淫"。所以特别指出:"然逐末之俦,蔑弃其本,虽读千赋,愈惑体要,遂使繁华损枝,膏腴害骨,无贵风轨,莫益劝戒。"

语译:

(赋的名称来源于)《诗经》有"六义","六义"之二称为"赋"。赋的本义,是铺叙,铺陈文采分布辞藻,描写物态抒发情志。从前邵公姬奭曾经说过:"天子听政公卿献诗,少师针砭阙失盲者赋诗谏政。"《诗经》毛传说:"登上高处远望能够赋诗,可以为官大夫。"《毛诗大序》认为赋与诗是相同意义的文体,而《国语·周语》和毛传则认为赋和诗是不同类型的文体。然而归根结底,诗和赋就像枝和干一样是接近的文体。(赋是从诗发展出来的新文体)刘向说:"不列入乐府歌唱而可以朗诵的叫做赋。"班固说:"赋是古诗的一个支流。"至于郑庄公赋《大隧》之歌,晋国士芮赋《狐裘》之歌,以简洁短小韵语构成,词句都是自已创作,虽然合于赋的体裁,但不够圆融成熟。及屈原(字灵均)讴歌《离骚》,开始扩大了声音容貌的铺张描述,然而赋的文体,是从承继《诗经》传统发展来的,及至《楚辞》始开拓了新的辞赋创作领域。于是荀况《赋篇》有《礼》《智》的创作,宋玉有《风赋》《钓赋》,正式赐予了赋的称号,遂与诗歌划分了不同的疆界。赋本是附属于诗为"六义"之一,至此遂繁荣茂盛发展为独立"大国"。辞赋是以客主问答方式起首写作,穷尽声音容貌的铺叙以构成绚丽文采。这是和诗区别的开始,也是以赋为文体名号之初创。

秦代虽然不重视文辞藻采,但也存有杂赋九篇。汉代初年的文人,随顺楚秦辞赋潮流而有所创作,陆贾已升启端倪,贾谊则继续发展,枚乘、司马相如发扬光大了辞赋创作风貌,王褒、扬雄更加驰骋其宏伟气势,枚皋、东方朔以后辞家,对宇宙间万千品物都作了详尽描绘。到汉宣帝时辞赋繁荣、积累丰硕,汉成帝时命刘向集中编辑校阅,进献朝廷的辞赋,有一千余首,考察辞赋的源流演变,确实是兴起于楚国而盛行于汉代。譬如描写京城帝都及皇家苑囿游猎盛况,记叙巡行过程并阐述作者情志意趣,状貌国都规模和经营原野格局,展示其宏大光辉意义。每一篇的开头都有序言为前导,而结尾则有总结称为"乱辞"。赋前面的"序"是在建立言论初始,说明文章写作情意缘起;结尾"乱辞"是总结一篇旨趣,充分补足全篇气势。《诗经·商颂·那》末章,闵马父即称为"乱"辞,可知殷人编辑《颂》诗,楚人整理辞赋,都把"序""乱"作为鸿伟巨制的重要部分,雅正文辞的枢纽关键。至于描写花草树木和禽兽虫鸟的小赋,以及其他庶品杂类的辞赋,大都是触物兴情形成创作冲动,随着情绪的变化抒发心物交会所生感受,对事物外在形状描绘,语言纤密生动鲜明;对事物内在情义阐述,道理恰当寓意贴切,这是此类小赋特有领域,以奇特巧丽为其关键。

荀况《赋篇》用隐语写作,自设问答回环反复犹如谜语。宋玉擅长巧妙夸谈,实是辞赋淫靡绮丽的开始。枚乘《菟园赋》,列举要点瑰丽新奇;司马相如《上林赋》,事类繁富辞藻华艳;贾谊《鵩鸟赋》,辨析思理抒发情怀;王褒《洞箫赋》,穷尽描绘声音容貌;班固《两都赋》(《东都赋》和《西都赋》),明艳绚丽儒雅富赡;张衡《两京赋》(《东京赋》和《西京赋》),情思迅拔文辞富丽;扬雄《甘泉赋》,构建寓意渊深气魄宏伟的文风;王延寿的《鲁灵光殿赋》,含有气势飞动栩栩如生的情状。以上十家是汉代辞赋创作中最杰出的英豪。王粲辞赋细腻绵密,起首遒劲有力;徐幹辞赋广博通达,常有壮丽辞采。左思、潘岳辞赋,成就勋业于鸿大的规模;陆机、成公绥辞赋,创造业绩于流行体制。郭璞辞赋绮艳巧丽,善叙物理丰富充实;袁宏辞赋激愤慷慨,情思韵味毫不匮乏。这都是魏晋辞赋的首要典范。

考察"登高能赋"的由来,乃是亲眼目睹生动物象而自然萌生激情。感情由接触外物而兴起,所以文义必然鲜明雅正;外界物象作为情思的载体而出现,故而文辞必然巧妙华丽。丽词和雅义互相配合,有若玉之横纹与质地十分相称,恰如编织锦绣有红色、紫色品列不同,绘制图画有黑色、黄色各种差别。文辞虽然新奇然而有坚贞质地,藻采虽然杂糅仍具备完善本色,这是辞赋创作的大致要领。可是末流辞赋作者,蔑视抛弃这些基本方面,这类作品即使读上千百篇,愈读得多对辞赋的体制要害愈加迷惑不清;于是使繁茂花叶损伤了枝干,丰腴皮肉损害了骨骼,既无益于风教规范,也起不到讽劝鉴戒作用。这就是扬雄所以追悔年幼时热衷于雕虫篆刻,嘲笑织薄雾轻纱反成伤害女工之蠹虫。

总论:六义煌煌赋自诗出,与诗分流自成异派。描绘物象夸饰形貌,雕饰刻画丰沛澎湃。去除抑滞铺张扬厉,旷放飞翔言辞无隘。风貌华丽蕴藏典则,竭力删除杂草秽稗。

注订:

(1)《毛诗大序》:"诗有六义:一曰风,二曰赋,三曰比,四曰兴,五曰雅,六曰颂。"然毛诗之"赋"不是专门文体名字,而是指一种写作方法。不过,作为文体的赋主要也是用的《诗经》的赋的写作方法,所以刘勰认为赋这种文体实际起源于《诗经》"六义"之"赋"。

（2）刘勰认为赋的写作特点是"铺采摛文,体物写志"。"铺",铺陈,明显直接的叙述描写。《周礼·春官·大师》论《诗经》六义,郑玄于"赋"下注:"赋之言铺,直铺陈今之政教善恶。"赋就是铺陈文采,并不一定和政教善恶有关,但郑玄的说法曾经产生了巨大影响。刘勰解说"赋"的含义,没有受郑玄影响,而吸取了其正确的部分。"摛",舒布。"体物",是正确生动地描写物象;"写志",真实地抒发内心思想感情。这是对"赋"的创作特点作了定义式的概括。《释名》:"赋,敷也。敷布其义谓之赋。"陆机《文赋》:"诗缘情而绮靡,赋体物而浏亮。"刘勰在此基础上作了更全面的叙说。刘师培《论文杂记》:"赋之为体,则指事类情,不涉虚象;语皆征实,辞必类物,故赋训为铺,义取铺张。循名责实,惟记事析理之文,可锡赋名。"

（3）"师箴瞍赋",元本、弘治本作"师箴赋"。此据王惟俭、梅庆生本作"师箴瞍赋"。唐写本作"师箴瞽赋"。"邵公",即召公,姬姓,名奭,西周宗室,周公同辈,周武王兄弟。《国语·周语上》:"厉王虐,国人谤王。邵公告曰:'民不堪命矣!'王怒,得卫巫,使监谤者,以告,则杀之。国人莫敢言,道路以目。王喜,告邵公曰:'吾能弭谤矣,乃不敢言。'邵公曰:'是障之也,防民之口,甚于防川。川壅而溃,伤人必多,民亦如之。是故为川者决之使导,为民者宣之使言。故天子听政,使公卿至于列士献诗,瞽献曲,史献书,师箴,瞍赋,矇诵,百工谏,庶人传语,近臣尽规,亲戚补察,瞽、史教诲,耆、艾修之,而后王斟酌焉,是以事行而不悖。……'"《吕氏春秋·恃君览第八》:"周厉王虐民,国人皆谤。召公以告曰:'民不堪命矣!'王使卫巫监谤者,得则杀之。国莫敢言,道路以目。王喜,以告召公曰:'吾能弭谤矣!'召公曰:'是障之也,非弭之也。防民之口,甚于防川。川壅而溃,败人必多。夫民犹是也。是故治川者决之使导,治民者宣之使言。是故天子听政,使公卿列士正谏,好学博闻献诗,矇箴师诵,庶人传语,近臣尽规,亲戚补察,而后王斟酌焉。……'"

（4）《汉书·艺文志》:"传曰:'不歌而诵谓之赋,登高能赋可以为大夫。'言感物造端,材知深美,可与图事,故可以为列大夫也。古者诸侯卿大夫交接邻国,以微言相感,当揖让之时,必称诗以谕其志,盖以别贤不肖而观盛衰焉。故孔子曰'不学诗,无以言'也。春秋之后,周道寖坏,聘问歌咏不行于列国,学诗之士逸在布衣,而贤人失志之赋作矣。大儒孙卿及楚臣屈原离谗忧国,皆作赋以风,咸有恻隐古诗之义。"《诗经·鄘风·定之方中》:"升彼虚矣,以望楚矣。……卜云其吉,终然允臧。"毛传:"龟曰卜。允,信。臧,善也。建国必卜之,故建邦能命龟,田能施命,作器能铭,使能造命,升高能赋,师旅能誓,山川能说,丧纪能诔,祭祀能语,君子能此九者,可谓有德音,可以为大夫。"孔颖达《正义》:"升高能赋者,谓升高有所见,能为诗赋其形状,铺陈其事势也。"

(5)范文澜注:"'《诗序》同义',谓赋与比兴并列于六义;'传说异体',谓《周语》以赋与诗箴谏,毛传以赋与誓说诔别称,有似乎自成一体也。然要其归,皆赋《诗》陈事,非有大殊异,故曰'实相枝干'。"

(6)"故刘向明",元、明各本均为"刘向云明",此据唐写本。"不歌而颂"见于班固《汉书·艺文志》,因艺文志出于刘歆《七略》,而《七略》则源于刘向《别录》,是当为刘向语。

(7)班固《两都赋序》:"赋者,古诗之流也。"皇甫谧《三都赋序》:"故知赋者古诗之流也。"刘熙载《艺概·赋概》:"赋,古诗之流。"

(8)《左传》隐公元年:"(郑庄公)遂置(其母)姜氏于城颍(郑地),而誓之曰:'不及黄泉,无相见也!'既而悔之。颍考叔为颍谷封人(典封疆者),闻之,有献于公。公赐之食。食舍肉。公问之。对曰:'小人有母,皆尝小人之食矣;未尝君之羹,请以遗之。'公曰:'尔有母遗,繄我独无!'颍考叔曰:'敢问何谓也?'公语之故,且告之悔。对曰:'君何患焉?若阙地及泉,隧而相见,其谁曰不然?'公从之。公入而赋:'大隧之中,其乐也融融。'姜出而赋:'大隧之外,其乐也泄泄。'遂为母子如初。"孔颖达《正义》:"赋诗谓自作诗也。中、融、外、泄,各自为韵,盖所赋之诗有此辞,《传》略而言之也。融融,和乐;泄泄,舒散,皆是乐之状,以意言之耳。"

(9)《左传》僖公五年:"初,晋侯使士蒍(晋大夫)为二公子筑蒲与屈(皆地名),不慎,寔薪焉。夷吾(晋献公子)诉之。公使让之。士蒍稽首而对曰:'臣闻之:无丧而戚,忧必雠焉;无戎而城,雠必保焉。寇雠之保,又何慎焉?守官废命,不敬;固雠之保,不忠。失忠与敬,何以事君?《诗》云:"怀德惟宁,宗子惟城(怀德以安,则宗子之固若城)。君其修德而固宗子,何城如之?三年将寻师焉,焉用慎?'退而赋曰:'狐裘尨茸,一国三公,吾谁适从?'"杜预注:"士蒍自作诗也。尨茸,乱貌。公与二公子为三,言城不坚则为公子所诉,为公所让;坚之则为固雠,不忠,无以事君,故不知所从。"

(10)"短",原作"挃",此据唐写本。"短韵",见陆机《文赋》"或托言于短韵",李善注:"短韵,小文也。""明而未融",未大明也。这是说赋从诗发展出来,早期还处于朦胧阶段,没有成为完整成熟的赋。《左传》昭公五年:"明而未融,其当旦乎?"杜预注:"融,朗也。"孔颖达《正义》:"融是大明,故为朗也。"

(11)《离骚》:"名余曰正则兮,字余曰灵均。""唱《骚》",创作《离骚》,此"骚"亦可理解为《楚辞》。本书《物色》篇:"及《离骚》代兴,触类而长,物貌难尽,故重沓舒状。于是'嵯峨'之类聚,'葳蕤'之群积矣。"

(12)唐写本"然"后有"则"字,"拓"前有"而"字。徐师曾《文体明辨序说》:"屈平后出,本《诗》义以为骚,盖兼六义而赋之义居多。厥后宋玉继作,并号《楚辞》。自是辞赋之家,悉祖此体。"

(13)《汉书·艺文志》:"孙卿赋十篇。"今《荀子·赋篇》,包括《礼》《知》《蚕》《箴》《云》五篇。"风钓",元本、弘治本作"风钧",此据王惟俭本、梅庆生本等。宋玉有《风赋》《钓赋》等作品。

(14)"锡",赐。皇甫谧《三都赋序》:"至于战国,王道陵迟,《风》《雅》寖顿。于是贤人失志,辞赋作焉。是以孙卿、屈原之属,遗文炳然,辞义可观。存其所感,咸有古诗之意,皆因文以寄其心,托理以全其制,赋之首也。"赋本依据于诗之"六义"而来,但发展很快已经蔚然成为一个独立的大国,发展成为新的文体。

(15)"述客主",元本、弘治本作"遂客至",唐写本作"遂客主"。

梅庆生曰"许(天叙)云(遂)当作述",谓"至"当作"主"。"极声",原无"声"字,唐写本作"形",梅本据曹学佺补"声"字。以上均据梅本。"原始",开始。"厥初",起初。

(16)"不文",缺少文章。《汉书·艺文志》:"秦时杂赋九篇。"詹锳《文心雕龙义证》谓"'秦时杂赋'属孙卿赋一类",此说非也。《汉书·艺文志》载"孙卿赋十篇",在"秦时杂赋九篇"前,两句并列。

(17)"顺流",唐写本作"循流"。

(18)《汉书·艺文志》:"陆贾赋三篇。"《文心雕龙·才略》篇:"汉室陆贾,首发奇采,赋《孟春》而选典诰,其辩之富矣。"《孟春赋》今不存。《汉书·陆贾传》:"陆贾,楚人也。以客从高祖定天下,名有口辩,……(高帝)拜贾为太中大夫。贾时时前说称《诗》《书》。高帝骂之曰:'乃公居马上得之,安事《诗》《书》!'贾曰:'马上得之,宁可以马上治乎?且汤武逆取而以顺守之,文武并用,长久之术也。昔者吴王夫差、智伯极武而亡;秦任刑法不变,卒灭赵氏。向使秦以并天下,行仁义,法先圣,陛下安得而有之?'高帝不怿,有惭色,谓贾曰:'试为我著秦所以失天下,吾所以得之者,及古成败之国。'贾凡著十二篇。每奏一篇,高帝未尝不称善,左右呼万岁,称其书曰《新语》。"此亦类似辞赋矣。《汉书·艺文志》载"贾谊赋七篇",今有《吊屈原赋》《鹏鸟赋》等。"绪",端绪。

(19)《汉书·艺文志》:"枚乘赋九篇,司马相如赋二十九篇。"枚乘有《梁王菟园赋》《柳赋》等,司马相如有《子虚赋》《上林赋》《哀秦二世赋》《大人赋》《长门赋》《美人赋》等。"同其风",唐写本作"播其风"。播,扬也,此谓发扬光大。译文据此。《汉书·艺文志》"王褒赋十六篇",有《洞箫赋》等。"扬雄赋十二篇",有《甘泉赋》《长杨赋》等。"骋其势",为驰骋其声势,扩大其影响。

(20)《汉书·艺文志》:"枚皋赋百二十篇。"《汉书·倪宽传》:"文章则司马迁、相如,滑稽则东方朔、枚皋。"《汉书·枚皋传》:"初,卫皇后立,皋奏赋以戒终(师古曰:令慎终如始也)。皋为赋善于朔也。从行至甘泉、雍、河东,东巡狩,封泰山,塞决河宣房,游观三辅离宫馆,临山泽,弋猎射驭狗马蹴鞠刻镂,上有所感,辄使赋之。为文疾,受诏辄成,故所赋者多。司马相如善为文而迟,故所作少而善于皋。皋赋辞中自言为赋不如相如,又言为赋乃俳,见视如倡,自悔类倡也。故其赋有诋娸(师古曰:娸,丑也)东方朔,又自诋娸。其文骫骳(师古曰:骫骳,犹言屈曲也),曲随其事,皆得其意,颇诙笑,不甚闲靡。凡可读者百二十篇,其尤嫚戏不可读者尚数十篇。"东方朔没有赋作流传下来,《汉书·艺文志》亦未有记载。"皋朔",元本、弘治本作"皋翔",王惟俭本作"皋朔",梅庆生云曹学佺改"翔"作"朔",东方朔也。"已下",以下。"品物",诸物,众物。"毕图",详细、透彻描绘。

(21)班固《两都赋序》:"或曰:'赋者,古诗之流也。'昔成、康没而颂声寝,王泽竭而诗不作。大汉初定,日不暇给。至于武宣之世,乃崇礼官,考文章,内设金马、石渠之署,外兴乐府、协律之事,以兴废继绝,润色鸿业。是以众庶悦豫,福应尤盛,《白麟》《赤雁》《芝房》《宝鼎》之歌,荐于郊庙。神雀、五凤、甘露、黄龙之瑞,以为年纪。故言语侍从之臣,若司马相如、虞丘寿王、东方朔、枚皋、王褒、刘向之属,朝夕论思,日月献纳;而公卿大臣,御史大夫倪宽、太常孔臧、太中大夫董仲舒、宗正刘德、太子太傅萧望之等,时时间作。或以抒下情而通讽谕,或以宣上德而尽忠孝,雍容揄扬,著于后嗣,抑亦《雅》《颂》之亚也。故孝成之世,论而录之,盖奏御者千有余篇,而后大汉之文章,炳焉与三代同风。"《汉书·艺文志》:"凡诗赋百六家,千三百一十八篇。"除去诗歌二十八家,三百一十四篇,赋则为其七十八家,一千零四篇。

(22)"信",诚。刘师培《论文杂记》:"秦汉之世,赋体渐兴,溯其渊源,亦为楚辞之别派:忧深虑远,《幽通》《思玄》,出于《骚经》者也;《甘泉》《藉田》,愉容典则,出于《东皇》《司命》者也;《洛神》《长门》,其音哀思,出于《湘君》《湘夫人》者也;《感旧》《叹逝》,悲怨凄凉,出于《山鬼》《国殇》者也;《西征》《北征》,叙事记游,出于《涉江》《远游》者也;《鹏鸟》《鹦鹉》,生叹不辰,出于《怀沙》者也;《哀江南赋》,睠怀旧都,出于《哀郢》者也;推之《枯树》出于《橘颂》,《闲居》出于

《卜居》《七发》乃《九辩》之遗,《解嘲》即《渔父》之意。渊源所自,岂可诬乎？盖骚出于《诗》,故孟坚以赋为古诗之流。"

（23）自此以下,分析汉代大赋之题材内容及形式特征。"夫",唐写本作"若夫"。"序",唐写本作"叙"。"京殿苑猎",如《昭明文选》所载之有关京都的《两都赋》《吴都赋》《蜀都赋》《东京赋》《西京赋》等,以及有关游猎的《子虚赋》《上林赋》《长杨赋》等。这类赋的特点是以铺张手法叙述游览及苑猎的具体状况并展示作者情志。

（24）"体国经野",源于《周礼·天官·冢宰》:"惟王建国,辨方正位,体国经野,设官分职,以为民极。"王安石在《周官新义》中说:"宫门城阙堂室之类,高下广狭之制,凡在国者莫不有体,此之谓体国。井牧、沟洫、田莱之类,远近多寡之数,凡在野者,莫不有经,此之谓经野。"诚如班固《两都赋序》所说具有"兴废继绝,润色鸿业"之作用。

（25）"履端",开始。"归余",结尾。《左传》文公元年:"履端于始,举正于中,归余于终。"即是指开端、中间、结尾。孔颖达《正义》:"履,步也,谓推步历之初始,以为术历之端首,举月之正半,在于中气,归其余分,置于终末,言于终末乃置闰也。"

（26）"乱",原作"辞",此据唐写本、黄叔琳本。王逸注《离骚》之"乱曰"谓:"乱,理也。所以发理词指,总撮其大要也。屈原舒肆愤懑,极意陈词,或去或留,文彩纷华,然后结括一言,以明所趣之意也。""迭致文契",继续完成文章的契机,指文章之收束结尾。唐写本作"写送文势"。范文澜注:"写送是六朝常语,意谓充足也。《附会》篇:'克终底绩,寄深写送。'亦谓一篇之终,当文势充足也。"

（27）《国语·鲁语下》:"齐闾丘来盟（韦昭注,下同:齐大夫闾丘明也）,子服景伯（鲁大夫,子服惠伯之孙、昭伯之子）戒宰人（吏人也）曰:'陷而入于恭（陷,犹过失也。如有过失,宁近于恭也）。'闵马父（鲁大夫也）笑,景伯问之,对曰:'笑吾子之大（骄满）也。昔正考父（宋大夫）校商之名颂十二篇于周太师,以《那》为首,其辑（成也）之乱（凡作篇章,篇义既成,撮其大要以为乱辞。诗者,歌也,所以节儛者也,如今三节儛矣。曲终乃更,变章乱节,故谓之乱也）曰:"自古在昔,先民有作。温恭朝夕,执事有恪(敬也)。"先圣王之传恭,犹不敢专,称曰"自古",古曰"在昔",昔曰"先民"。今吾子之戒吏人曰"陷而入于恭",其满之甚也。周恭王能庇昭、穆之阙而为"恭",楚恭王能知其过而为"恭"。今吾子之教官僚曰"陷而后恭",道将何为?'"《离骚》结尾:"乱曰:已矣哉! 国无人莫我知兮,又何怀乎故都! 既莫足与为美政兮,吾将从彭咸之所居。"从《诗经·商颂》到《楚辞》都有序有乱。

(28)"鸿裁",宏大雅正之文。"寰域""枢辖",均指其疆域范围。

(29)上面说的是大赋,以下是讲小赋的状况。"庶品",元本、弘治本作"鹿品",此据唐写本,梅庆生本谓曹学佺改"鹿"作"庶"。

(30)"触兴致情",即触物兴情,引发文学创作欲望。"因变取会",随顺作者心情变化,而获得灵感涌现。

(31)"拟诸形容""象其物宜",指描写对象的外在形貌和内在物理,源于《易传·系辞》:"圣人有以见天下之赜,而拟诸其形容,象其物宜,是故谓之象。"韩康伯注:"乾刚坤柔各有其体,故曰拟诸形容。"孔颖达疏:"'圣人有以见天下之赜'者,赜谓幽深难见,圣人有其神妙,以能见天下深赜之至理也。'而拟诸其形容'者,以此深赜之理,拟度诸物形容也。见此刚理,则拟诸乾之形容;见此柔理,则拟诸坤之形容。'象其物宜'者,圣人又法象其物之所宜。若象阳物,宜于刚也;若象阴物,宜于柔也。是各象其物之所宜。"拟诸形容,需要有精确细密的语言来描写;象其物宜,则需要对事物内在原理作正确深刻的阐述。

(32)"小制",指小赋。"区畛",区域,疆界。"奇巧",指小赋的灵巧奇特。"机要",要点、关键。

(33)由此开始论大赋中最有代表性的十家及其代表性的赋作,并说明其创作特征。首二句论十家中先秦两家。荀子的《赋篇》,其中包括对五种事物的描述:礼、知、云、蚕、箴,一共包含类似谜语的五篇。如《礼》篇:"爰有大物,非丝非帛,文理成章。非日非月,为天下明。生者以寿,死者以葬,城郭以固,三军以强。粹而王,驳而伯,无一焉而亡。臣愚不识,敢请之王。王曰:'此夫文而不采者与?简然易知而致有理者与?君子所敬而小人所不者与?性不得则若禽兽,性得之则甚雅似者与?匹夫隆之则为圣人,诸侯隆之则一四海者与?致明而约,甚顺而体,请归之礼。'礼。"周振甫《文心雕龙注释》:"《赋篇》托臣和王的问答,如《礼赋》,臣先抽象地作一番描绘,如'爰(于此)有大物……生者以寿,死者以葬;城郭以固,三军以强;……臣愚不识,敢请之王'。类似谜语。王曰:'此夫文而不采者与?简然易知而致有者与?……'又反复对礼描绘一番,所以说'事数自环'。事数,指未知处。自环,指重复描绘;到结句才点明'请归之礼'。"刘永济《文心雕龙校释》谓:"事数,《御览》作'事义',唐写本同。"明人徐师曾《文体明辨序说》:"赵人荀况,游宦于楚,考其时在屈原之前(按:此言不确,屈原早于荀况,荀况生于公元前 313 年,其废居兰陵最后离世在公元前 238 年。屈原生于公元前 340 年)。所作五赋,工巧深刻,纯用隐语,若今人之揣谜。于《诗》六义,不啻天壤,君子盖无取焉。""巧谈",唐写本,《太平御览》作"夸谈",两说均可通。皇甫谧《三都赋序》:"及宋玉之徒,淫文放发,言过于实,夸竞之兴,体失之渐,《风》《雅》之则,于是乎乖。"《汉书·艺文志·诗赋略论》:"其后宋玉、唐勒,汉兴枚乘、司马相如,下及扬子云,竞为侈丽闳衍之词,没其风谕之义。是以扬子悔之,曰:诗人之赋丽以则,辞人之赋丽以淫。"挚虞《文章流别论》:"前世为赋者,有孙卿、屈原,尚颇有古诗之义;至宋玉则多淫浮之病矣。"辞赋之淫丽,刘勰认为乃自宋玉起始。此点十分重要,说明辞赋虽源于以屈原《离骚》为代表之《楚辞》,但是《楚辞》如扬雄所说是"丽以则",并不像辞赋那样"丽以淫",而辞赋之淫丽实自宋玉始。此说对后来文学创作影响十分深远。刘永济《文心雕龙校释》论宋玉辞赋之淫丽云:"宋玉各篇,辞多夸饰,如《风赋》本止言大王之风芳凉,庶人之风秽恶,以见感于人者之不同耳。而写大王之风,则以'凌高城''入深宫''抵华叶''徘徊桂椒''翱翔激水''击芙蓉''猎蕙草、离秦蘅、概新夷、被荑杨''上玉堂''跻罗帷''经洞房',为增饰之辞。写庶人之风,则以'起穷巷''动沙堁、吹死灰、骇溷浊、扬腐余''入瓮牖',为增饰之辞,故曰'夸诞'。他如《高唐》形容山势之高峻,《神女》敷写容色之艳丽,皆闳衍巨丽之文也。故又曰'淫丽'。"

(34)枚乘,字叔,西汉著名辞赋家,汉景帝时为弘农都尉,后投奔梁王,为文学侍从。"菟园",元本、弘治本、王惟俭本同。唐写本、梅庆生本、黄叔琳本、《文选》李善注引作"兔园"。《古文苑》载此文为"菟园"。本书《比兴》篇为"菟园"。《艺文类聚》六十五有《梁王兔园赋》残文。枚乘之代表作为《七发》,是大赋的经典之作,以主客问答形式写了七件事。后世仿之而有七体,如傅毅《七激》、张衡《七辩》、王粲《七释》等。由于七体成为专门文体,故而刘勰论赋时没有提到枚乘《七发》。

(35)司马相如是西汉最著名的辞赋家,其代表作是《子虚赋》《上林赋》,两篇是有联系的,实际是一篇的两个部分。《子虚赋》写楚国子虚向齐国乌有先生夸耀楚国的盛况,两人争执不下。《上林赋》则写亡是公指出真正了不起的是天子的上林苑。故实际上是以《上林赋》为主。《上林赋》描写天子的苑林,其水势、水产、草木、走兽、台观、树木、猿类之胜,远远超越楚、齐等诸侯之国。文辞丰富艳丽,极度奢华夸张,为大赋中最精彩之作。《西京杂记》卷二:"相如为《上林》《子虚赋》,意思萧散,不复与外事相关。控引天地,错综古今,忽然如睡,焕然而兴,几百日而后成。"又卷三:"司马长卿赋,时人皆称典而丽,虽诗人之作,不能加也。"又:"枚皋文章敏疾,长卿制作淹迟,皆尽一时之誉。而长卿首尾温丽,枚皋时有累句,故知疾行无善迹矣。"

(36)贾谊,西汉初期的政论家和文学家,著有《新书》,辞赋最有名的是《鵩鸟赋》和《吊屈原赋》。贾谊的辞赋以抒情和谈理见长,不像一般大赋那样铺张描写,其《鵩鸟赋》以发挥道家齐物论思想为主,抒发自己齐生死、等荣辱的情怀,在辨析原理中抒发感情,故云"致辨于情理"。《史记·屈原贾生列传》:"贾生为长沙王太傅三年,有鸮飞入贾生舍,止于坐隅。楚人命鸮曰'服'。贾生既以谪居长沙,长沙卑湿,自以为寿不得长,伤悼之,乃为赋以自广。"此赋当为贾生被贬长沙时所作。纪昀评曰:"《鵩赋》为谈理之始。"

(37)王褒,字子渊,西汉宣帝时期辞赋家,代表作是《洞箫赋》,描写吹奏洞箫时的声音之美,如闻其声,细腻动人,极尽其巧妙声音之情状。《汉书·王褒传》:"其后太子体不安,苦忽忽善忘,不乐。诏使褒等皆之太子宫虞侍太子,朝夕诵读奇文及所自造作。疾平复,乃归。太子喜褒所为《甘泉》及《洞箫颂》,令后宫贵人左右皆诵读之。"刘永济《文心雕龙校释》谓:"(子渊《洞箫》)首叙箫材所出之地,次叙制器审声之巧,皆题前之文也。次写度曲之时,音随曲异,故以'巨音''妙声''武声''仁声'分写,复从声之感人动物处形容其微妙,已能曲尽题旨。而乱辞又总理一篇之意,悉从箫声着笔。故曰'穷变于声貌'。"

(38)班固,字孟坚,是东汉前期著名的儒学思想家、史学家和文学家,其代表作是《两都赋》。《后汉书·班固传》:"(固)自为郎后,遂见亲近。时京师修起宫室,浚缮城隍,而关中耆老犹望朝廷西顾。固感前世相如、寿王、东方之徒,造构文辞,终以讽劝,乃上《两都赋》,盛称洛邑制度之美,以折西宾淫侈之论。"刘永济《文心雕龙校释》:"孟坚《两都》,大旨序末'以极众人之所眩曜,而折以今之法度'二语,已明白揭示。上篇即'极众人之所眩曜',下篇乃'折以今之法度',故上篇首段总列西都之形势,次写前汉增饰之闳丽,因继以城池市廛之广,士女豪侠之众,与夫郊原冠盖之盛,货殖之富,皆所以充奉陵邑者也;再次写畿内之繁庶,则自山林原隰之饶沃,水利漕运之宜便皆具焉;再次写宫馆之壮丽,而正朝后宫,府寺离宫,一一分次,中简如写后宫,特重昭阳,写宫殿,特详建章,皆择其尤盛者言之,所谓'极其眩曜'也;再次写田猎之盛,宴饮之娱,游观之乐,而结出怀旧思古之意,以见西都父老怨思之由,皆舍人所谓'明绚'也;下篇以建武迁都改邑,乃中兴之盛制,明帝之增修洛京,皆合于法度,故于制度典礼,言之特详,其蒐狩则顺时讲武也,其行幸则修祀崇礼也,其饮宴则王会燕享也,而劝农兴学,崇俭抑侈,莫非王政之要,皆所以折西都宾之侈陈也,然非精熟一代典章制度者,不能为之。此舍人所谓'雅赡'也。"

(39)张衡,东汉文学家、辞赋家、科学家。《后汉书·张衡传》:

"张衡字平子,南阳西鄂人也。世为著姓。祖父堪,蜀郡太守。衡少善属文,游于三辅,因入京师,观太学,遂通五经,贯六艺。虽才高于世,而无骄尚之情。常从容淡静,不好交接俗人。永元中,举孝廉不行,连辟公府不就。时天下承平日久,自王侯以下,莫不逾侈。衡乃拟班固《两都》,作《二京赋》,因以讽谏。精思傅会,十年乃成。""迅拔",梅庆生本等作"迅发",此据唐写本、元本、弘治本等。班固《两都赋》和张衡的《两京赋》都是赞美东都的,因为他们都是东汉人。刘永济《文心雕龙校释》:"《二京》虽步趋孟坚,而《西京》盛举荒靡,讽意尤切,故曰'迅拔';《东京》铺排典制,辞意渊深,故曰'宏富'。"林纾《春觉斋论文·流别论二》:"足与《两都》抗席者,良为平子之《两京》。东汉自光武及和帝,均都洛阳,西都父老颇怀怨望。故孟坚作《两都赋》,归美东都,以建武为发端,详叙永平(明帝年号)制度之美,力与西都穷奢极侈之事相反,以坚和帝西迁之心,虽颂扬,实寓讽谏。平子之叙西京,尤侈靡无艺:首述离宫之妍华,次及太液之三山,又次及于水嬉猎兽,杂陈百戏;百戏不已,又叙其微行,及歌舞靡曼之态,纵恣极矣。一转入东京,则全以典礼胜奢侈。班、张二子,皆抑西而伸东,以二子均主居东者也。左思仍之,故《三都》之赋,力排吴、蜀,中间贯串全魏故实,语至堂皇,以魏都中原,晋武受禅,即在于邺,此亦班、张二子之旨。"

(40)此处刘勰把西汉末年扬雄放在东汉班固、张衡之后,可能是从辞赋创作的成就和影响角度出发,而不是按年代先后安排的。扬雄,字子云,东汉思想家、文学家、辞赋家。《甘泉赋》是其代表作之一。《汉书·扬雄传》:"孝成帝时,客有荐雄文似相如者,上方郊祠甘泉泰畤、汾阴后土,以求继嗣,召雄待诏承明之庭。正月,从上甘泉,还奏《甘泉赋》以风(讽也)。(下引《甘泉赋》)……甘泉本因秦离宫,既奢泰,而武帝复增通天、高光、迎风。宫外近则洪厓、旁皇、储胥、弩陛,远则石关、封峦、枝鹊、露寒、棠梨、师得,游观屈奇瑰玮,非木摩而不雕,墙涂而不画,周宣所考,般庚所迁,夏卑宫室,唐虞採椽三等之制也。且为其已久矣,非成帝所造,欲谏则非时,欲默则不能已,故遂推而隆之,乃上比于帝室紫宫,若曰此非人力之所能,党鬼神可也。"

(41)王延寿是东汉著名的《楚辞》注家王逸的儿子。《后汉书·文苑传·王逸传》:"子延寿,字文考,有俊才,少游鲁国,作《灵光殿赋》。后蔡邕亦造此赋,未成,及见延寿所为,甚奇之,遂辍翰而已。"《鲁灵光殿赋》对宫殿及其装饰作了非常生动传神的描绘。刘永济《文心雕龙校释》:"文考《灵光》,专赋宫殿,篇中凡阶堂壁柱,扉室房序,栌枅栭掌,以及栋窗之雕刻,楳楣之绘画,一一铺写,皆能得营造之精意,读之觉鸟革翚飞之状,如在目前。故曰'含飞动之势'。又此文既以摹略物象为主,故用字铸词,亦能曲尽其妙,与子云之作,可以比观。惟子云《甘泉》为赋典礼之先型,文考《灵光》则赋宫殿之极则,赋典礼故以'深玮'为宜,赋宫殿则贵有'飞动'之势。双举两家,可见其同,各谥二字,足表其异,舍人评骘之精若此。"

(42)"英杰",元本、弘治本、梅庆生本等均作"流",此据唐写本。冯舒校本据《太平御览》作"英杰",何焯校本同。

(43)以下论汉魏晋之际抒情小赋。王粲,字仲宣,东汉末年建安时期著名文学家,建安七子之一。他的诗赋都写得很好,擅长抒情小赋。比较有名的是《初征赋》《登楼赋》等。《三国志·魏书·王粲传》:"善属文,举笔便成,无所改定,时人常以为宿构;然正复精意覃思,亦不能加也。著诗、赋、论、议垂六十篇。"曹丕《典论·论文》:"王粲长于辞赋,徐幹时有齐气,然粲之匹也。如粲之《初征》《登楼》《槐赋》《征思》,幹之《玄猿》《漏卮》《圆扇》《橘赋》,虽张、蔡不过也,然于他文,未能称是。""发端",唐写本作"发篇",亦通。

(44)徐幹,字伟长,也是建安时期文学家,建安七子之一,擅长辞赋。曹丕《与吴质书》:"伟长独怀文抱质,恬淡寡欲,有箕山之志,可谓彬彬君子者矣。"

(45)太冲是左思的字,安仁是潘岳的字。均为西晋文学家。"策勋",为记功勋于策书之上。"鸿规",规模宏大的篇章。《晋书·左思传》:"左思字太冲,齐国临淄人也。其先齐之公族有左右公子,因为氏焉。家世儒学。……貌寝,口讷,而辞藻壮丽。不好交游,惟以闲居为事。造《齐都赋》，一年乃成。复欲赋三都，会妹芬入宫，移家京师，乃诣著作郎张载访岷邛之事。遂构思十年，门庭藩溷皆著笔纸，遇得一句，即便疏之。自以所见不博，求为秘书郎。及赋成，时人未之重。思自以其作不谢班张，恐以人废言，安定皇甫谧有高誉，思造而示之。谧称善，为其赋序。张载为注《魏都》，刘逵注《吴》《蜀》而序之曰：'观中古以来为赋者多矣，相如《子虚》擅名于前，班固《两都》理胜其辞，张衡《二京》文过其意。至若此赋，拟议数家，傅辞会义，抑多精致，非夫研核者不能练其旨，非夫博物者不能统其异。世咸贵远而贱近，莫肯用心于明物。斯文吾有异焉，故聊以余思为其引诂，亦犹胡广之于《官箴》，蔡邕之于《典引》也。'陈留卫权又为思赋作《略解》，序曰：'余观《三都》之赋，言不苟华，必经典要，品物殊类，禀之图籍；辞义瑰玮，良可贵也。有晋征士故太子中庶子安定皇甫谧，西州之逸士，耽籍乐道，高尚其事，览斯文而慷慨，为之都序。中书著作郎安平张载、中书郎济南刘逵，并以经学洽博，才章美茂，咸皆悦玩，为之训诂；其山川土域，草木鸟兽，奇怪珍异，金皆研精所由，纷散其义矣。余嘉其文，不能默已，聊藉二子之遗忘，又为之《略解》，只增烦重，览者阙焉。'自是之后，盛重于时，文多不载。司空张华见而叹曰：'班、张之流也。使读之者尽而有余，久而更新。'于是豪贵之家竞相传写，洛阳为之纸贵。初，陆机入洛，欲为此赋，闻思作之，抚掌而笑，与弟云书曰：'此间有伧父，欲作《三都赋》，须其成，当以覆酒瓮耳。'及思赋出，机绝叹伏，以为不能加也，遂辍笔焉。"刘师培《中国中古文学史》："东汉以来，词赋虽逞丽词，左思《三都》矫之，悉以征实为主。"《晋书·潘岳传》："潘岳字安仁，荥阳中牟人也。祖瑾，安平太守。父芘，琅邪内史。岳少以才颖见称，乡邑号为奇童，谓终贾之俦也。早辟司空太尉府，举秀才。泰始中，武帝躬耕藉田，岳作赋以美其事。……岳才名冠世，为众所疾，遂栖迟十年。出为河阳令，负其才而郁郁不得志。……岳性轻躁，趋世利，与石崇等谄事贾谧，每候其出，与崇辄望尘而拜。构愍怀之文，岳之辞也。谧二十四友，岳为其首。谧《晋书》限断，亦岳之辞也。其母数诮之曰：'尔当知足，而干没不已乎？'而曰终不能改。既仕宦不达,乃作《闲居赋》曰:……"《藉田赋》《闲居赋》当是其主要赋作。

(46)士衡是陆机的字。子安是成公绥的字。陆机赋作以《文赋》最为有名,成公绥赋作以《啸赋》较为有名。"底绩",获得成绩。"流制",流行的体制。此指陆机和成公绥以创作当时流行赋作而获得成就。

(47)《晋书·郭璞传》:"郭璞字景纯,河东闻喜人也。父瑗,尚书都令史。时尚书杜预有所增损,瑗多驳正之,以公方著称。终于建平太守。璞好经术,博学有高才,而讷于言论,词赋为中兴之冠。……璞著《江赋》,其辞甚伟,为世所称。后复作《南郊赋》,帝见而嘉之,以为著作佐郎。……璞撰前后筮验六十余事,名为《洞林》。又抄京、费诸家要最,更撰《新林》十篇、《卜韵》一篇。注释《尔雅》,别为音义、图谱。又注《三苍》《方言》《穆天子传》《山海经》及《楚辞》《子虚》《上林》赋数十万言,皆传于世。所作诗、赋、诔、颂亦数万言。"郭璞辞赋以《江赋》等为主要代表。《世说新语·文学》篇引《郭璞别传》:"璞奇博多通,文藻粲丽,其诗、赋、诔、颂,并传于世。"《文选·江赋》李善注引《晋中兴书》曰:"璞以中兴,王宅江外,乃著《江赋》,述川渎之美。"

(48)《晋书·袁宏传》:"袁宏字彦伯,侍中猷之孙也。父勖,临汝令。宏有逸才,文章绝美,曾为《咏史诗》,是其风情所寄。少孤贫,以运租自业。谢尚时镇牛渚,秋夜乘月,率尔与左右微服泛江。会宏在舫中讽咏,声既清会,辞又藻拔,遂驻听久之,遣问焉。答云:'是袁临汝郎诵诗。'即其咏史之作也。尚倾率有胜致,即迎升舟,与之谭论,申旦不寐,自此名誉日茂。尚为安西将军、豫州刺史,引宏参其军事。累迁大司马桓温府记室。温重其文笔,专综书记。后为《东征赋》,赋末列称过江诸名德,而独不载桓彝。时伏滔先在温府,又与宏善,苦谏之。宏笑而不答。温知之甚忿,而惮宏一时文宗,不欲令人显问。后游青山饮归,命宏同载,众为之惧。行数里,问宏云:'闻君作《东征赋》,多称先贤,何故不及家君?'宏答曰:'尊公称谓非下官敢专,既未遑启,不敢显之耳。'温疑不实,乃曰:'君欲为何辞?'宏即答云:'风鉴散朗,或搜或引,身虽可亡,道不可陨,宣城之节,信义为允也。'温泫然而止。宏赋又不及陶侃，侃子胡奴尝于曲室抽刃问宏曰：'家君勋迹如此，君赋云何相忽？'宏窘急，答曰：'我已盛述尊公，何乃言无？'因曰：'精金百汰，在割能断，功以济时，职思静乱，长沙之勋，为史所赞。'胡奴乃止。"《世说新语·文学》："桓宣武命袁彦伯作《北征赋》，既成，公与时贤共看，咸嗟叹之。时王珣在坐云：'恨少一字，得"写"字足韵当佳。'袁即于坐揽笔益云：'感不绝于余心，泝流风而独写。'公谓王曰：'当今不得不以此事推袁。'"刘孝标注："《晋阳秋》曰：宏尝与王珣、伏滔同侍温坐，温令滔续其赋，至'致伤于天下'，于此改韵，云：'此韵所詠，慨深千载，今于"天下"之后便移韵，于写送之致，如为未尽。'滔乃云：'得益写一句，或当小胜。'桓公语宏：'卿试思益之。'宏应声而益，王、伏称善。"

（49）这是讲辞赋创作的基本原则，是情和物交互融会的产物，也是文学创作中的心和物、创作主体和创作客体交互影响的关系。这可以和本书《物色》篇的"写气图貌，既随物以宛转；属采附声，亦与心而徘徊"相互参照。"义必明雅"，是说主体的情因客体物色之感触而兴起，一定要有鲜明雅正的含义。"词必巧丽"，是说客体物象作为主体情感的载体而出现，一定要有巧丽的文辞来描绘。

（50）"著"，唐写本作"差"。"新"，唐写本作"杂"。"仪"，梅庆生本作"本"。此据元本、弘治本、王惟俭本等。杨明照《增订文心雕龙校注》："此云杂，下云糅，文本相对为谊；若作新，则不伦矣。"按：杨说不妥。"新"当作"新奇"解，"文虽杂"不合适。"仪"作"本"亦可通，谓仍有本色也。

（51）《法言·吾子》篇："或问：'吾子少而好赋？'曰：'然。童子雕虫篆刻。'俄而曰：'壮夫不为也。'或曰：'赋可以讽乎？'曰：'讽乎，讽则已。不已，吾恐不免于劝也。'或曰：'雾縠之组丽。'曰：'女工之蠹矣。'""貤消"，见笑。"雾縠"，薄雾般的织锦。

（52）"异流分派"，元本、弘治本作"分歧异派"，此据唐写本。这里强调辞赋是对诗的写作方法中之"赋"的独特发挥，而独立成为一种专门文体。既是诗的支流异派，又在发展过程中形成很多不同派系,各有自己的创作特征。如铺张华丽的大赋,即所谓京殿苑猎之属;抒情写物的小赋,即所谓草区禽族之属。又如枚乘的《七发》,本也是辞赋,后来单独形成为"七体";宋玉的《答楚王问》,后来演变为独立的"对问"。而班固的《汉书·艺文志》又分为屈原赋、陆贾赋、孙卿赋、杂赋等不同类型。而他对辞赋创作基本特点的分析,是和陆机《文赋》中说"赋体物而浏亮"一致的。

(53)"抑",原作"枊",据唐写本改。"旷",原作"庸",据唐写本改。强调辞赋铺张扬厉旷放通达,是对陆机《文赋》中"言穷者无隘,论达者唯旷"的具体发挥。扬雄所说"诗人之赋丽以则",即是要做到辞藻华丽而内容雅正,避免"辞人之赋丽以淫"的缺点,对那些和内容无关、影响内容表达的多余文辞,应该全部加以删减。

(54)"秭",原作"美",此据唐写本。黄侃《文心雕龙札记》:"'美'当作'荑'。《孟子·告子上》:'不如荑稗。''荑'与'稊'通。""秭"与"稊"同。"秭稗",秽草,杂草。

《颂赞》篇

　　四始之至,《颂》居其极⁽¹⁾。颂者,容也,所以美盛德而述形容也⁽²⁾。昔帝喾之世,咸黑为颂,以歌《九招》⁽³⁾。自商已下,文理允备⁽⁴⁾。夫化偃一国谓之风,风正四方谓之雅,容告神明谓之颂⁽⁵⁾。《风》《雅》序人,事兼变正;《颂》主告神,义必纯美⁽⁶⁾。鲁以公旦次编,商以前王追录,斯乃宗庙之正歌,非飨燕之常咏也⁽⁷⁾。《时迈》一篇,周公所制,哲人之颂,规式存焉⁽⁸⁾。夫民各有心,勿壅惟口⁽⁹⁾。晋舆之称原田⁽¹⁰⁾,鲁民之刺裘鞸⁽¹¹⁾,直言不咏⁽¹²⁾,短辞以讽,丘明、子高,并谍为诵⁽¹³⁾,斯则野诵之变体,浸被乎人事矣⁽¹⁴⁾。及三闾《橘颂》,情采芬芳⁽¹⁵⁾,比类寓意,又覃及细物矣⁽¹⁶⁾。

　　至于秦政刻文,爰颂其德⁽¹⁷⁾。汉之惠景,亦有述容⁽¹⁸⁾,沿世并作,相继于时矣⁽¹⁹⁾。若夫子云之表《充国》,孟坚之序《戴侯》⁽²⁰⁾,武仲之美《显宗》,史岑之述《熹后》⁽²¹⁾,或拟《清庙》,或范《䮞》《那》,虽浅深不同,详略各异⁽²²⁾,其褒德显容,典章一也。至于班、傅之《北征》《西征》,变为序引,岂不褒过而谬体哉⁽²³⁾!马融之《广成》《上林》,雅而似赋,何弄文而失质乎⁽²⁴⁾!又崔瑗《文学》,蔡邕《樊渠》,并致美于序,而简约乎篇⁽²⁵⁾;挚虞品藻,颇为精核,至云"杂以风雅",而不辨旨趣⁽²⁶⁾,徒张虚论,有似黄白之伪说矣⁽²⁷⁾。及魏晋辨颂,鲜有出辙⁽²⁸⁾。陈思所缀,以《皇子》为标;陆机积篇,惟《功臣》最显⁽²⁹⁾。其褒贬杂居,固末代之讹体也。

原夫颂惟典雅(30),辞必清铄,敷写似赋,而不入华侈之区;敬慎如铭,而异乎规戒之域。揄扬以发藻,汪洋以树义(31),唯纤曲巧致,与情而变,其大体所底,如斯而已(32)。

赞者,明也,助也(33)。昔虞舜之祀,乐正重赞,盖唱发之辞也(34)。及益赞于禹(35),伊陟赞于巫咸(36),并飏言以明事(37),嗟叹以助辞也。故汉置鸿胪,以唱拜为赞(38),即古之遗语也。至相如属笔,始赞荆轲(39)。及迁《史》固《书》,托赞褒贬(40)。约文以总录,颂体而论辞(41),又纪传后评,亦同其名(42)。而仲洽《流别》,谬称为述(43),失之远矣。及景纯注《雅》,动植赞之,义兼美恶,亦犹颂之变耳(44)。然本其为义,事生奖叹(45),所以古来篇体,促而不广(46),必结言于四字之句,盘桓乎数韵之辞(47);约举以尽情,昭灼以送文(48),此其体也。发源虽远,而致用盖寡,大抵所归,其颂家之细条乎(49)!

赞曰:容德底颂,勋业垂赞(50)。镂影摘声,文理有烂(51)。年积愈远,音徽如旦(52)。降及品物,炫辞作玩。

简析:

本篇论颂、赞两种文体。颂是颂美祖先功德勋业的,文字风格恭敬雅正,最早是以诗歌形式出现的,渊源久远,《诗经》的《颂》即是早期的颂体作品,以祭祀宗庙祖先为主,"颂"的名称也是由此而来。不过,颂在发展过程中范围逐渐扩大,春秋时代一些民谣,可称为民间百姓的颂作,属于"野诵之变体",而战国屈原的《橘颂》,进一步借咏物来抒发情志,使颂的领域更加宽泛了。到秦汉时代颂以赞美帝王、大臣德行功勋及宏伟事业为主,然其文体常与辞赋互相混淆,而且有时颂文前的序、引很长,而以韵文写的颂文很短。及至魏晋颂体又有新的发展,其内容往往褒贬混杂,不再只是歌颂了。这和前面说的民间"野诵"较为一致。刘勰认为颂文应该是以赞美功德作为基本特征的,而不应该杂有讽喻或贬斥的内容,也不应该写成类似辞赋的样子,离开颂的基本体式,否则就不是颂的正体,而是"变体""讹体"。颂比较有代表性的作品,如扬雄的《赵充国颂》,班固的《安丰戴侯颂》《北征颂》,傅毅的《显宗颂》《西征颂》,崔瑗的《南阳文学颂》,蔡邕的《京兆樊惠渠颂》等,都各有特点。颂的创作特征是典雅清铄,铺陈描写有点像赋而并不华艳,恭敬谨慎有点像铭而无鉴戒之意,主要在于揄扬大义,叙述细致。

赞的意思是申明事实,辅助补充,其起源也很早,虞舜时代乐官大声宣唱,赞美君主功德,即是最早的赞文。赞文的发展也有自己的特征。汉代司马相如开始写赞扬荆轲的文章,而司马迁《史记》、班固《汉书》则用赞辞寄托褒贬,总结概括,不再是只有赞扬了。故本纪、列传后面的评论均用"赞曰"为名(《史记》用"太史公曰")。而发展到郭璞注释《尔雅》,则直接对动物植物用赞来表示美恶,更是赞的讹体了。考察赞体的本源,一般是四言句,韵数不多,其创作特点是简约列举事迹,充分传达情意,为鲜明昭著的完善短文。

语译:

《诗经》"四始"(《风》《小雅》《大雅》《颂》)的极至,"颂"是其中地位最为重要的。颂的意思,就是形容状貌,赞颂祖先盛大功德叙述具体情状。远古传说中帝喾时代,曾命臣咸黑作颂,以歌诵《九招》乐章。自从殷商以后,颂体的文辞形式和义理内容已经很完备了。教化覆盖一国称之为风,风气雅正遍布四方称为雅,以功业成就情状告知神明称为颂。《国风》、大小《雅》是叙述社会人事的,所以有正、变的不同。《颂》是把德行事迹向神明祷告,文辞必须纯洁和美。鲁国依据周公制礼作乐勋业编成《鲁颂》,商人追颂先王功德录成《商颂》十二篇,这都是宗庙祭祀的正规乐章,并非一般朝廷欢乐宴会经常演奏的歌曲。《周颂·时迈》一篇,乃是周公旦所作,古代圣哲撰写的颂文,为后代立下了基本规格。民众各有自己心思想法,不要堵塞他们的口而要让他们宣泄出来。晋国众人称诵的"原田"歌,鲁国百姓讽诵孔子"裘鞞"歌,都是直率脱口而出并不吟咏歌唱,以简短言辞进行讽刺,孔子和他的后代子孙,都称为颂,其实是民间讽诵的颂之变体,把功德情状告知神明的颂逐渐移用于社会人事。楚国三闾大夫屈原的《橘颂》,犹如奇花异草华美芬芳,以橘为喻比物类志寓意深刻,把颂的运用又扩大到普通的细微事物(借赞美橘之德性以歌颂自己高尚品行节操,是颂体发展的一大转化)。

秦始皇嬴政巡游各地刻石纪功,以歌颂其勋业德行。汉代惠帝、景帝时代,也作颂宣扬其功业德行之情状,这些都是世代沿袭,相继形成各个时期风貌。至于扬雄曾应汉成帝命作赞赏赵充国的《赵充国颂》,班固制作歌颂窦融的《安丰戴侯颂》,傅毅追美孝明帝的《显宗颂》,史岑褒扬邓皇后的《和熹邓后颂》,这些作品或是模拟《诗经·周颂·清庙》,或是仿效《鲁颂·駉》《商颂·那》,虽然深浅不同,详略各异,但褒赞德行展示情状,同为一代颂文典范是一样的。至于班固的《北征颂》、傅毅的《西征颂》(序、引很长而颂文很短),把颂的主要内容转到序、引,岂不是过分褒扬而乖违颂体了吗?而马融的《广成颂》《上林颂》,把本来雅正的颂写得颇似辞赋,为何要卖弄文采而丧失颂的体质呢?崔瑗的《南阳文学颂》,蔡邕的《京兆樊惠渠颂》,都专注于序文的美,而颂文则甚为简约。挚虞的《文章流别论》品评文章,十分精准确切;可是评傅毅《显宗颂》既说"杂以风雅",又说"与周颂相似",不改变颂体旨趣,只是任意空论,类似于(《吕氏春秋》所说鉴别宝剑的人)说黄铜、白锡混合即可铸成坚韧利剑之谬说。魏晋时期的作家善能辨别颂体,很少有越出颂体规范的作品。陈思王曹植所撰写的颂,以《皇太子生颂》可作为标识;陆机很多颂文中,则以《汉高祖功臣颂》最为著名,但是其中褒善贬恶混杂在一起,只能说是末代颂体的讹变了。

考察颂体特点当以典雅美懿为主,文辞必须清新而有光彩,铺张叙述与辞赋有相同之点,但不像辞赋那样奢华繁富;恭敬谨慎和铭体有类似之处,但又没有铭体的规范鉴戒。颂体要以弘扬功德来发挥辞藻功能,以便广阔充实地树立大义,虽然叙述的纤细曲折巧妙完备,会随着情意变化各有不同,而其大体创作原则,也就是这样了。

赞的含义,是申明,即辅助的意思。虞舜时的祭祀,主持乐官极为重视赞文,会高声宣唱赞辞。伯益赞美夏禹,伊陟赞扬巫咸,都是高声扬言以宣明事迹,歌唱咏叹以助成气势。所以汉代设置掌管礼宾事宜的鸿胪丞,以宣唱礼拜为赞,这是流传下来的古代赞语遗风。司马相如曾撰写文章,开始以赞文称扬荆轲。司马迁《史记》、班固《汉书》,借赞文来寄托褒贬,以简约的文辞来总括全篇记叙,以颂的体式来进行评论。本纪、列传最后对人物的评价,也同样用"赞"的名称。挚虞的《文章流别论》竟然将"赞"谬称为"述",实在是相去甚远了。及至郭璞注释《尔雅》,无论是动物植物都给予赞语,不过其义有美有恶褒贬兼具,则属于颂的变体。然而赞的本来意义,源于对人与事的嘉奖和感叹,所以自古以来篇幅体制,都是较为短小紧凑而不铺张冗长,一般都以四字一句构成,声韵调谐也只徘徊于数个韵脚之内,简约列举事例以曲尽情思,鲜明昭著以构成全篇,这就是赞的写作要领。赞的源流远长,而其应用并不广泛,大致说来,实是颂的一个支流和变体。

总论:盛德形容构成颂体,功勋业绩垂于赞文。描绘形状模仿声音,情理文辞灿烂纷纭。年代渺茫极为遥远,美声徽音明丽絪缊。后代颂赞降级品物,炫耀辞采戏谑无垠。

注订:

(1)颂这种文体,是从《诗经》风、小雅、大雅、颂"四始"中之颂体诗歌发展而来的。"四始"中"颂"的地位最高。《诗经》的颂是祭祀神灵祖宗的诗歌,其实也是颂体的起源。

(2)《毛诗大序》:"颂者,美盛德之形容,以其成功告于神明者也。"郑玄《周颂谱》:"颂之言容,天子之德,光被四表,格于上下,无不覆焘,无不持载,此之谓容。于是和乐兴焉,颂声乃作。"孔颖达《正义》:"此解名之为颂之意。颂之言容,歌成功之容状也。……颂者,述盛德之容,至美之名。"《周礼·太师》:"教六诗:曰风,曰赋,曰比,曰兴,曰雅,曰颂。"郑玄注:"颂之言诵也,容也,诵今之德,广以美之。"孙诒让《周礼正义》云:"颂、诵、容并声近义通。"颂有称诵帝王功德包容广阔的意思。颂作为一种独立的文体,其内容和形式都比《诗经》中的颂有所扩大。但它仍和《诗经》的颂有着深刻的内在联系。《文章流别论》:"颂,诗之美者也。古者圣帝明王,功成治定而颂声兴。于是史录其篇,工歌其章,以奏于宗庙,告于鬼神。故颂之所美者,圣王之德也,则以为律吕。"

(3)"咸黑",元、明各本均作"咸墨","九招"作"九韶",此据唐写本。"帝喾",是五帝之一,黄帝的曾孙,姬姓,名俊。《吕氏春秋·仲夏纪·古乐》篇:"帝喾命咸黑作为声,歌《九招》《六列》《六英》。……帝舜乃令质修《九招》《六列》《六英》以明帝德。"

(4)"商"下,唐写本有"颂"字,疑为衍字。刘勰认为《诗经》中的《颂》也就是后世的"颂",故云"文理允备"。

(5)以下用《毛诗大序》对风、雅、颂含义的不同解释,来说明颂不同于风、雅的特殊意义。《毛诗大序》:"是以一国之事,系一人之本,谓之风。言天下之事,形四方之风,谓之雅。雅者,正也,言王政之所由废兴也。政有小大,故有《小雅》焉,有《大雅》焉。颂者,美盛德之形容,以其成功告于神明者也。""容告神明谓之颂",唐写本作"雅容告神谓之颂"。

(6)《毛诗大序》:"至于王道衰,礼义废,政教失,国异政,家殊俗,而变风变雅作矣。国史明乎得失之迹,伤人伦之废,哀刑政之苛,吟咏情性,以风其上,达于事变而怀其旧俗者也。故变风发乎情,止乎礼义。发乎情,民之性也;止乎礼义,先王之泽也。"《国风》中《周南》《召南》为正风,其他主要是变风。雅诗中《小雅》的《六月》以后的诗,《大雅》中《民劳》以后的诗,大多为变雅。

(7)"鲁"下,梅庆生本加"国"字,谓"元脱,曹(学佺)补"。元本、弘治本无"国"字。王惟俭本作"鲁人"。"商"下,各本有"人"字,此据唐写本。"飨燕",梅庆生本作"燕飨"。"常",唐写本作"恒"。

(8)《时迈》是周公用以祭祀周代先祖的颂文。孔颖达《毛诗正义》："《时迈》诗者，巡守告祭柴望之乐歌也。谓武王既定天下，而巡行其守土诸侯，至于方岳之下，乃作告至之祭，为柴望之礼。柴祭昊天，望祭山川。巡守而安祀百神，乃是王者盛事。周公既致太平，追念武王之业，故述其事而为此歌也。"《国语·周语上》："穆王将征犬戎，祭公谋父谏曰：'不可。先王耀德不观兵。夫兵戢而时动，动则威，观则玩，玩则无震。是故周文公之《颂》曰："载戢干戈，载櫜弓矢，我求懿德，肆于时夏，允王保之。"'"韦昭注："穆王，周康王之孙、昭王之子穆王满也。征，正也，上讨下之称。犬戎，西戎之别名也，在荒服之中。祭，畿内之国，周公之后也，为王卿士。谋父，字也。传曰：'凡、蒋、邢、茅、胙、祭，周公之胤矣。'耀，明也。观，示也。明德，尚道化也。不示兵者，有大罪恶然后致诛，不以小小示威武也。戢，聚也。威，畏也。时动，谓三时务农，一时讲武，守则有财，征则有威。坑，默也。震，惧也。文公，周公旦之谥也。《颂》，《时迈》之诗也。武王既伐纣，周公为作此诗，巡守、告祭之乐歌也。载，则也。干，楯也。戈，戟也。櫜，韬也。言天下已定，聚敛其干戈，韬藏其弓矢，示不复用也。懿，美也。肆，陈也。于，於也。时，是也。夏，大也。言武王常求美德，故陈其功德，于是夏而歌之。乐章大者曰夏。允，信也。信武王能保此时夏之美。"

（9）《诗经·大雅·抑》："其维愚人，覆谓我僭，民各有心。"郑玄笺："覆，犹反也。僭，不信也。"孔颖达《正义》："若其维愚蔽之人，告之以善言，则反谓我言不信而拒之。是为民之贤愚，各自其有本心，言王无本性，不可教也。""勿壅惟口"，出于《国语·鲁语》：邵公曰："防民之口，甚于防川。川壅而溃，伤人必多，民亦如之。是故为川者决之使导，为民者宣之使言。……民之有口，犹土之有山川也，财用于是乎出；犹其原隰之有衍沃也，衣食于是乎生。口之宣言也，善败于是乎兴，行善而备败，其所以阜财用、衣食者也。夫民虑之于心而宣之于口，成而行之，胡可壅也？若壅其口，其与能几何？"

（10）"晋舆"，元本、弘治本等作"晋兴（興）"，王惟俭本作"晋舆"。梅庆生本据曹学佺改"晋舆"。《左传》僖公二十八年："夏四月戊辰,晋侯、宋公、齐国归父、崔夭、秦小子憖次于城濮。楚师背酅而舍,晋侯患之,听舆人之诵曰:'原田每每,舍其旧而新是谋。'"杜预注:"酅,丘陵险阻名。""高平曰原。喻晋军美盛,若原田之草每每然,可以谋立新功,不足念旧惠。"

(11)"韠",唐写本作"韡",当以"韠"为是。《吕氏春秋·先识览·乐成》:"孔子始用于鲁,鲁人䰚诵之曰:'麛裘而韠,投之无戾。韠而麛裘,投之无邮。'"䰚,人名,或谓同謣,謣诵,指隐蔽地讽刺。麛裘,小鹿皮的平常服饰。韠,朝觐穿的服饰。戾,罪过。邮,尤,过失。这是鲁国人讽刺孔子的民谣:朝服遮着普通服,抛弃他不罪过;普通服外穿着朝服,抛弃他不算过错。《孔丛子·陈士义》篇:"子顺曰:先君初相鲁,鲁人谤诵曰:'麛裘而芾,投之无戾;芾之麛裘,投之无邮。'及三年政成,化既行,民又作诵曰:'衮衣章甫,实获我所;章甫衮衣,惠我无私。'文咨喜曰:'乃今知先生亦不异乎圣贤矣。'"

(12)"直言不咏",唐写本同。

(13)丘明,左丘明。子高,孔子七代孙孔穿的字。此子高当是子顺之误。子顺,是孔子八代孙孔谦字。"并谍为诵",王利器《文心雕龙校证》改"并谓为颂":"'谓'原作'谍','颂'原作'诵',唐写本'诵'作'颂',今据改;并改'谍'为'谓',文意始合。"刘永济《文心雕龙校释》:"'谍'疑'谓'误。'诵'应从唐写本作'颂'。"张立斋谓"并谍为诵"不错,"谍"与"牒"通,是谱的意思。《文心雕龙考异》:"谍牒喋互通。谱第为牒,多言为喋,此言并谍为诵者,言非直言不咏,短辞以讽者也。诵与颂同。王校改谍为谓,以意为之,失考殊非。"

(14)"野诵",唐写本作"野颂",民间谣谚。"乎",唐写本作"于"。"浸被",逐渐被浸染到(人事)。刘勰把具有讽诵意义的民间歌谣作为早期的颂,这个说法是否妥善可以研究,其原因可能是认为"诵"和"颂"相通,其实两者是有区别的。

(15)王逸《离骚序》:"屈原与楚同姓,仕于怀王,为三闾大夫。三闾之职,掌王族三姓,曰昭、屈、景。"《楚辞·九章·橘颂》王逸注:"美橘之有是德,故曰颂。"屈原的《橘颂》通篇为四言,是诗,也是赋,亦是颂。"情采",唐写本作"辞彩"。

（16）"又覃及细物矣",唐写本作"乃覃及乎细物矣"。"覃",延也。

（17）《史记·秦始皇本纪》："二十八年,始皇东行郡县,上邹峄山。立石,与鲁诸儒生议,刻石颂秦德,议封禅望祭山川之事。乃遂上泰山,立石,封,祠祀。下,风雨暴至,休于树下,因封其树为五大夫。禅梁父。刻所立石,其辞曰:……于是乃并勃海以东,过黄、腄,穷成山,登之罘,立石颂秦德焉而去。南登琅邪,大乐之,留三月。乃徙黔首三万户琅邪台下,复十二岁。作琅邪台,立石刻,颂秦德,明得意。曰:……二十九年,始皇东游。至阳武博狼沙中,为盗所惊。求弗得,乃令天下大索十日。登之罘,刻石。其辞曰:……三十二年,始皇之碣石,使燕人卢生求羡门、高誓。刻碣石门。坏城郭,决通堤防。其辞曰:……"王充《论衡·须颂》篇："秦始皇东南游,升会稽山,李斯刻石,纪颂帝德。至琅琊亦然。秦,无道之国,刻石文世,观读之者,见尧、舜之美。由此言之,须颂明矣。当今非无李斯之才也,无从升会稽、历琅琊之阶也。"

（18）《汉书·艺文志》："李思《孝景皇帝颂》十五篇。"《汉书·礼乐志》："孝惠二年,使乐府令夏侯宽备其箫管,更名曰安世乐。高（祖）庙奏《武德》《文始》《五行》之舞；孝文庙奏《昭德》《文始》《四时》《五行》之舞；……孝景采《武德舞》以为《昭德》,以尊大宗庙。"这都是歌颂汉代皇帝德行功业的。"述容",指与颂相配的乐舞容貌状态。

（19）武帝以后的皇帝也都有延续,如汉武帝时有淮南王刘安献《颂德》及《长安都国颂》,汉武帝很喜欢,"每宴见,谈说得失及方技赋颂,昏莫然后罢"（见《汉书·淮南王刘安传》）。早期的颂为诗之一体,而自秦始皇刻石为颂,已和诗歌不同,乃是文而非诗也。此亦是颂体一大变化。

（20）《汉书·赵充国传》："初,充国以功德与霍光等列,画未央宫。成帝时,西羌尝有警,上思将帅之臣,追美充国,乃召黄门郎杨雄即充国图画而颂之,曰:'……昔周之宣,有方有虎,诗人歌功,乃列于雅。在汉中兴,充国作武,赳赳桓桓,亦绍厥后。'"据《文章流别论》,班固曾作《安丰戴侯颂》,已佚。戴侯,据《后汉书·窦融传》:"窦融字周公,扶风平陵人也。……帝(光武帝刘秀)高融功,下诏以安丰、阳泉、蓼、安风四县封融为安丰侯。"

(21)《后汉书·傅毅传》:"傅毅字武仲,扶风茂陵人也。少博学。……毅以显宗求贤不笃,士多隐处,故作《七激》以为讽。建初中,肃宗博召文学之士,以毅为兰台令史,拜郎中,与班固、贾逵共典校书。毅追美孝明皇帝功德最盛,而庙颂未立,乃依《清庙》作《显宗颂》十篇奏之,由是文雅显于朝廷。"《显宗颂》文已佚,仅严可均《全后汉文》辑得两条。史岑,字孝山,据《昭明文选·出师颂》李善注,此史岑非王莽时之史岑字子孝者,而是和熹之际的史岑。著有《出师颂》《和熹邓后颂》等。和熹邓后是东汉和帝皇后,和帝死,殇帝立,邓后临朝。殇帝死,安帝立,邓后仍临朝。后死,安帝始亲政。《后汉书·和熹皇后纪》:"元初五年,平望侯刘毅以太后多德政,欲令早有注记,上书安帝曰:'……宜令史官著《长乐宫注》《圣德颂》,以敷宣景耀,勒勋金石,县之日月,摅之罔极,以崇陛下烝烝之孝。'帝从之。"

(22)《清庙》是《诗经·周颂》第一篇,《駉》是《诗经·鲁颂》第一篇,《那》是《诗经·商颂》第一篇。"浅深",唐写本作"深浅",可参考。

(23)"西征",元、明各本作"西逝",梅庆生谓"'逝'疑作'巡'",黄叔琳改为"巡",此据唐写本作"西征"。班固、傅毅均有《北征颂》,傅毅有《西征颂》,班固有《东巡颂》《南巡颂》,傅毅有《西巡颂》《北巡颂》等。此作"西征""西巡"均可。班固的《车骑将军窦北征颂》和《北征颂》(即《封燕然山铭》)前面的序、引都很长,叙述其事迹很详细,而颂文本身很短。傅毅《西征颂》已佚,仅严可均《全汉文》录有一条共四句。"过",唐写本作"通",非是。

(24)马融,字季长,是东汉前期著名的经学家和文学家。《广成颂》见《后汉书·马融传》,《上林颂》无可考,文已佚。或疑《上林颂》

为《东巡颂》，又谓《广成》后脱"体拟"二字，皆非。按：日本斯波六郎谓："《玉烛宝典》三有马融《上林颂》之残句。"赋、颂本为二体，赋多铺写，而颂多颂美。然特别是东汉以来，赋与颂往往混淆不分。如马融《长笛赋》中曾云"颂曰……"。王利器《文心雕龙校证》："《汉志·诗赋略》荀赋类有李思《孝景皇帝颂》。《文选》潘安仁《藉田赋》注引臧荣绪《晋书》作《藉田颂》，此并赋、颂通称之证。何（何焯）、吴（吴翌凤）并云：'《北征》《广成》，虽标颂名，其实赋也。《汉书·王褒传》亦谓《洞箫》为颂，并沿《橘颂》之名。何以致讥？'"有不少颂写得和赋一样，刘勰认为是"弄文而失质"。刘永济《文心雕龙校释》："马融《广成》名颂而实赋者。何焯云：'古人赋颂，通为一名。马融《广成》所言者田猎，然何尝不颙曰颂？扬之《羽猎》亦有"遂作颂曰"之文。'按融作《长笛赋》，序曰：'追慕子渊、枚乘、刘伯康、傅武仲等箫、琴、笙颂，笛独无，故聊复备数，作《长笛颂》云。'子渊《洞箫赋》，《汉书》谓之颂。《汉志》赋家亦有李思《孝景皇帝颂》十五篇，盖不仅赋、颂可通为一名，实亦成于敷布，又皆为不歌而诵之体也。《上林》旧校疑作《东巡》，据《融传》，无《上林》也。然挚虞《文章流别》亦谓：'《广成》《上林》，纯为今赋之体，而谓之颂。'则似果有《上林颂》者。《艺文类聚》一百引《典论》曰：'议郎马融，以永兴中，帝猎广成，融从，是时北州遭水潦蝗虫，撰《上林颂》以讽。'今检《广成颂序》，有'虽尚颇有蝗虫'之言，又似《上林》即《广成》。旧文阙佚，疑不能明，姑记于此，以俟详考。"

（25）《后汉书·崔瑗传》："瑗字子玉，早孤，锐志好学，尽能传其父业。……瑗高于文辞，尤善为书、记、箴、铭，所著赋、碑、铭、箴、颂、《七苏》《南阳文学官志》《叹辞》《移社文》《悔祈》《草书势》七言，凡五十七篇。其《南阳文学官志》称于后世，诸能为文者皆自以弗及。"《南阳文学颂》即《南阳文学官志》之颂也。《后汉书·蔡邕传》："蔡邕字伯喈，陈留圉人也。……少博学，师事太傅胡广。好辞章、数术、天文，妙操音律。……所著诗、赋、碑、诔、铭、赞、连珠、箴、吊、论议、《独断》《劝学》《释诲》《叙乐》《女训》《篆势》、祝文、章表、书记，凡百四篇，传于世。"京兆尹樊德云开渠利民，蔡邕作《京兆樊惠渠颂》。崔、蔡两颂前均有序，详细叙述写颂的背景、事迹，而颂本身则非常简短。

（26）挚虞《文章流别论》论颂曰："颂，诗之美者也，古者圣帝明王，功成治定，而颂声兴，于是史录其篇，工歌其章，以奏于宗庙，告于鬼神；故颂之所美者，圣王之德也。则以为律吕，或以颂形，或以颂声，其细已甚，非古颂之意。昔班固为《安丰戴侯颂》，史岑为《出师颂》《和熹邓后颂》，与《鲁颂》体意相类，而文辞之异，古今之变也。扬雄《赵充国颂》，颂而似雅，傅毅《显宗颂》，文与《周颂》相似，而杂以风雅之意。若马融《广成》《上林》之属，纯为今赋之体，而谓之颂，失之远矣。"刘勰论颂颇采挚虞之言，但对挚虞亦有批评。"不辨旨趣"，原作"不变旨趣"，此据唐写本。

（27）黄白说见《吕氏春秋·似顺论·别类》篇："相剑者曰：'白所以为坚也，黄所以为韧也。黄白杂则坚且韧，良剑也。'难者曰：'白所以为不韧也，黄所以为不坚也，黄白杂则不坚且不韧也。又柔则锩，坚则折。剑折且锩，焉得为利剑？'剑之情未革，而或以为良，或以为恶，说使之也。"黄指黄铜，白指白锡，铸剑用黄铜白锡合金，黄铜成分多则较柔韧，白锡成分多则较坚利。坚与韧是互相矛盾的。刘勰很重视各个文体应有自己特点，不应该相互混淆。张立斋《文心雕龙注订》："韧则亏坚，坚则失韧，黄自黄，白自白，不可混杂。坚不可以为韧，韧不可以为坚也。犹赋即赋，颂即颂，颂之变近于赋者，则非赋非颂，体乱则名不正矣。名不正则失义为多，故彦和之述颂，盖欲正其名也矣。"

（28）"辨颂"，唐写本作"杂颂"，曹植、陆机的颂作不是"杂颂"，范文澜、杨明照均依唐写本，非是。"出辙"，离开颂体的特点。"鲜有出辙"说明善于认识颂体特点，故当以"辨颂"为是。

（29）曹植《皇太子生颂》见《艺文类聚》卷四十五。陆云《与兄平原书》："《汉功臣颂》甚美。""显"，显著。陆机颂中对汉高祖功臣有褒有贬，如对彭越、韩信均有贬词，颂本应是赞美的，而陆颂则有所不同，故谓其为"末代之讹体"。

（30）此段论颂体创作特点。"典雅"，唐写本作"典懿"，两说均可。

（31）"揄扬"，发扬光大业绩。"发藻"，由文辞散发出来。"汪洋"，展示宽宏广阔之功德。"树义"，树立起高义德行。

（32）"纤曲巧致"，唐写本作"纤巧曲致"。"与"，唐写本作"兴"。"底"，唐写本作"宏"。"其大体所底，如斯而已"，指颂的写作大要，如此而已。刘勰以比较的方法阐述了颂与赋、铭的相同和不同方面，进一步发展了陆机《文赋》"颂优游以彬蔚"的说法，指出颂在文辞上的华美清铄和文义上的严肃雅正特征。此与《昭明文选序》所说"颂者，所以游扬德业，褒赞成功"较为接近。

（33）黄侃《文心雕龙札记》："彦和兼举明、助二义，至为赅备。详赞字见经，始于《皋陶谟》。郑君注曰：'明也。'盖义有未明，赖赞以明之。故孔子赞《易》，而郑君复作《易》赞，由先有《易》而后赞有所施，《书》赞亦同此例。至班孟坚《汉书》赞，亦由纪传意有未明，作此以彰显之，善恶并施。故赞非赞美之意。而后史或全不用赞，或其人非善，则亦不赞。此缘以赞为美，故歧误至斯。史赞之外，若夏侯孝若《东方朔画赞》，则赞为画施；郭景纯《山海经》《尔雅》图赞，则赞为图起，此赞有所附者，专以助为义者也。""助也"二字，元、明各本均无，黄叔琳本谓从《太平御览》补，唐写本则有"助也"二字。刘勰言"扬言以明事，嗟叹以助辞"，可见应当有"助也"二字。

（34）《尚书大传·虞夏传》："舜为宾客，而禹为主人。乐正进赞曰：'尚考大室之义，唐为虞宾，至今衍于四海，成禹之变，垂于万世之后。'于时，卿云聚，俊乂集，百工相和而歌《卿云》。"郑玄注："舜既使禹摄天子之事，于祭祀避之，居宾客之位，献酒则为亚献也。尚考，犹言古考，谓往时也。大室，明堂之中央室也。义，当为仪。仪，礼仪也。谓祭大室之礼，尧为舜宾也。衍，犹溢也。言舜之禅天下至今，其德业溢满于四海也。变，禅也。禹乐正呼其名以告神也。……卿当为庆。《天文志》曰：'若烟非烟，若云飞云，郁郁纷纷，萧索轮囷，是为卿云。'此和气也。"《尚书大传·尧典》："乐正定乐名。"郑玄注："乐正,乐官之长。""重赞",《尚书大传》作"进赞"。"唱发之辞",歌唱前引发之辞。

(35)"益赞",元、明各本作"益讚",此据唐写本。"益",即伯益,本是虞舜时期东夷部落领袖,后协助大禹治水,禹曾要把帝位让给益,益不接受而避居箕山之北。《尚书·大禹谟》:"益赞于禹曰:惟德动天,无远弗届(孔安国传:"赞,佐;届,至也。益以此义佐禹,欲其修德致远")。满招损,谦受益。时乃天道(孔安国传:"自满者人损之,自谦者人益之,是天之常道")。"

(36)《史记·殷本纪》:"帝雍己崩,弟太戊立,是为帝太戊。帝太戊立伊陟为相。……伊陟赞言于巫咸。巫咸治王家有成,作《咸艾》,作《太戊》。帝太戊赞伊陟于庙,言弗臣,伊陟让,作《原命》。殷复兴,诸侯归之,故称中宗。"

(37)"飚言",即扬言。此亦前面说"赞"就是"明""助"的意思。

(38)"鸿胪",官署名,掌管礼仪。其中官员亦称鸿胪,主要官员为大鸿胪丞。梁、陈时代称为鸿胪卿。《汉书·百官公卿表》:"典客,秦官,……武帝太初元年更名大鸿胪。"应劭注曰:"郊庙行礼,赞九宾,鸿声胪传之也。"鸿胪官引见宾客,向皇上唱拜,并礼赞宾客。"唱拜",顾广圻改"唱言",非。

(39)《汉书·艺文志》载有《荆轲论》五篇,班固自注:"轲为燕刺秦王,不成而死,司马相如等论之。"司马相如赞荆轲,应该就是指其所作,但其名究竟是为《荆轲论》还是《荆轲赞》,则不可考,因其文已佚,然司马相如之文肯定是赞美荆轲的。

(40)"迁《史》固《书》",原作"史班固书",王惟俭本作"及班固史书",后梅庆生本改为"迁史固书",各家从之。

(41)"而论辞"之"而",原作"以",此据唐写本。

(42)"后评",元本、弘治本、王惟俭本作"佗评",梅庆生本作"后评"谓"朱(谋㙔)考《御览》改",唐写本作"后评"。今据唐写本。司马迁《史记》于本纪、列传之后有"太史公曰",实际上就是后来史书的史赞,班固《汉书》于纪传后有"赞曰",和司马迁的"太史公曰"是一样的。刘勰将史赞列入赞体之中。而史赞虽多褒美亦有贬词,故刘勰曰"托赞褒贬"。《史记》《汉书》两书均于最后有总评,如《史记》的"太史公自序",班固的《叙传》,其中都以四言韵语对各篇作赞,下云"作《五帝本纪第一》""作《夏本纪第二》"等(《史记》),或"述《高纪第一》""述《惠纪第二》"等(《汉书》)。班固改"作"为"述",是谦虚的意思。自《后汉书》起,没有书末总评,均在纪传各篇之后,称为"赞曰"。黄侃《文心雕龙札记》:"谓太史公《自序》述每篇作意,如云'作《五帝本纪》第一'之类。《汉书叙传》亦仿其体,而云'述《高祖本纪》第一'。诸纪传评皆总萃一篇之中,至范氏《后汉书》始散入各纪传后,而称为赞,其用韵则正马、班之体也。"

(43)"仲洽",元本、弘治本作"仲冶",王惟俭、梅庆生本作"仲治",挚虞,字仲洽,此据黄叔琳本。今存《文章流别论》残篇无此论述。班固《汉书·叙传》颜师古注:"自'皇矣汉祖'以下诸叙,皆班固自论撰《汉书》意,此亦依放《史记》之叙目耳。史迁则云为某事作某本纪、某列传。班固谦,不言作而改言述,盖避作者之谓圣,而取述者之谓明也。但后之学者不晓此为汉书叙目,见有述字,因谓此文追述《汉书》之事,乃呼为'汉书述',失之远矣。挚虞尚有此惑,其余曷足怪乎!"刘勰当时应该是看到挚虞《文章流别论》全文的,故颜师古注中也有论述。

(44)"注"下,唐写本有"尔"字。"赞之",原作"讚之",黄叔琳本作"必讚",今依唐写本。"义",唐写本作"事"。《隋书·经籍志》:"《尔雅》五卷,郭璞注。""《尔雅图》十卷,郭璞撰。"下注曰:"梁有《尔雅图赞》二卷,郭璞撰,亡。"黄侃《文心雕龙札记》:"案景纯《尔雅图赞》,《隋志》已亡,严氏可均辑录得四十八篇。"此赞当指《尔雅图赞》的赞,据严可均、马国翰等的辑佚本,图赞内容为韵语,以褒为主,亦有贬语。如刘勰所说"义兼美恶"。刘勰认为赞原本是赞美的,后来发展为有美有恶,则是其变体,和颂的发展一样。

(45)黄侃《文心雕龙札记》:"案奖叹即托赞褒贬,非必纯为赞美。"

（46）"广"，元本、弘治本、唐写本作"旷"，今据黄叔琳本。"促而不广"，短促不长。

（47）"乎"，唐写本作"于"；"辞"，唐写本作"词"。

（48）"昭"，唐写本作"照"。参见《宗经》篇"言昭灼"条注（20）。"送文"，别本或作"述义"。

（49）刘勰认为颂的基本点是在歌颂功德，而赞是说明事物的真相，帮助明白其美恶。但在实际创作中，有时不易分清，颂类似赞，赞类似颂。

（50）"容德"，原作"容体"，此据唐写本。"底"，即厎。《孟子·离娄上》："舜尽事亲之道，而瞽瞍厎豫。"赵岐注："厎，致也。豫，乐也。"

（51）"镂影摛声，文理有烂"，元本、弘治本等作"镂影摛文，声理有烂"，黄叔琳本作"镂彩摛文，声理有烂"。此据唐写本。

（52）"年迹"，原作"年积"，此据唐写本。"音徽"，即徽音，美音，德音也。《文选》王俭《褚渊碑文》："音徽与春云等润。"李善注："音徽即徽音也。"

《祝盟》篇⁽¹⁾

天地定位,祀徧群神⁽²⁾。六宗既禋,三望咸秩⁽³⁾,甘雨和风,是生黍稷⁽⁴⁾,兆民所仰,美报兴焉⁽⁵⁾。牺盛惟馨,本于明德⁽⁶⁾,祝史陈信,资乎文辞⁽⁷⁾。

昔伊耆始蜡,以祭八神⁽⁸⁾。其辞云:"土反其宅,水归其壑,昆虫无作,草木归其泽。"则上皇祝文,爰在兹矣⁽⁹⁾。舜之祠田云:"荷此长耜,耕彼南亩,四海俱有。"利民之志,颇形于言矣⁽¹⁰⁾。至于商履,圣敬日跻,玄牡告天,以万方罪己,即郊禋之词也⁽¹¹⁾;素车祷旱,以六事责躬,则雩禜之文也⁽¹²⁾。及周之太祝,掌六祝之辞⁽¹³⁾,是以庶物咸生,陈于天地之郊⁽¹⁴⁾;旁作穆穆,唱于迎日之拜⁽¹⁵⁾;夙兴夜寐,言于袝庙之祀⁽¹⁶⁾;多福无疆,布于少牢之馈⁽¹⁷⁾。宜、社、类、祃,莫不有文⁽¹⁸⁾。所以寅虔于神祇,严恭于宗庙也⁽¹⁹⁾。春秋已下,黩祀谄祭⁽²⁰⁾,祝币史辞,靡神不至。至于张老成室,致善于歌哭之祷⁽²¹⁾;蒯聩临战,获佑于筋骨之请⁽²²⁾,虽造次颠沛,必于祝矣⁽²³⁾。若夫《楚辞·招魂》,可谓祝辞之组丽也⁽²⁴⁾。汉之群祀,肃其百礼,既总硕儒之仪,亦参方士之术⁽²⁵⁾。所以秘祝移过,异于成汤之心⁽²⁶⁾;侲子殴疫,同乎越巫之祝:体失之渐也⁽²⁷⁾。

至如黄帝有《祝邪》之文⁽²⁸⁾,东方朔有《骂鬼》之书⁽²⁹⁾,于是后之谴呪,务于善骂⁽³⁰⁾。唯陈思《诰咎》,裁以正义矣⁽³¹⁾。若乃礼之祭祀,事止告飨;而中代祭文,兼赞言行,祭而兼赞,盖引伸而作也⁽³²⁾。又汉代山陵,哀策流文⁽³³⁾,周丧盛姬,内史执策(34)。然则策本书赠,因哀而为文也(35)。是以义同于诔,而文实告神,诔首而哀末,颂体而祝仪,太史所作之赞,因周之祝文也(36)。

凡群言发华,而降神务实,修辞立诚,在于无愧(37)。祈祷之式,必诚以敬(38);祭奠之楷,宜恭且哀:此其大较也。班固之《祀濛山》,祈祷之诚敬也(39),潘岳之《祭庾妇》,奠祭之恭哀也(40);举汇而求,昭然可鉴矣。

盟者,明也(41)。骍毛白马(42),珠盘玉敦(43),陈辞乎方明之下,祝告于神明者也(44)。在昔三王,诅盟不及,时有要誓,结言而退(45)。周衰屡盟,弊及要劫(46),始之以曹沫(47),终之以毛遂(48)。及秦昭盟夷,设黄龙之诅(49);汉祖建侯,定山河之誓(50)。然义存则克终,道废则渝始,崇替在人,呪何预焉(51)。若夫臧洪歃辞,气截云蜺(52);刘琨铁誓,精贯霏霜(53)。而无补于汉晋,反为仇雠(54)。故知信不由衷,盟无益也。

夫盟之大体,必序危机,奖忠孝,共存亡,戮心力,祈幽灵以取鉴,指九天以为正(55),感激以立诚,切至以敷辞,此其所同也。然非辞之难,处辞为难(56)。后之君子,宜存殷鉴(57),忠信可矣,无恃神焉!

赞曰:毖祀钦明,祝史惟谈(58)。立诚在肃,修辞必甘(59)。季代弥饰(60),绚言朱蓝。神之来格,所贵无惭(61)。

简析:

本篇论祝和盟两种文体。祝是一种祭祀文体,原本是祭告天地山川、日月星辰、寒暑四时,向神灵陈述虔诚敬畏心意,为万民祈求风调雨顺平安吉祥,使庄稼生长繁茂,百姓安居乐业。祝文在发展过程中,范围逐渐扩大。春秋以降,祝贺辉煌宫室落成,临战之前祈祷自身安全,也都用祝文祭告。文辞愈来愈华丽,而且杂有方士之术。汉魏时代祝文不只祭祀，也兼有赞美言行。祝文含义类同于谏文，但是又是专门告知神明的；有颂体特征，而又用祝祭的仪式。祝文的写作务求内容实在，勿尚华艳。祝文体貌，必须诚信恭敬，无愧于心，合于祈祷神明的礼仪。盟和祝比较相类，是共同向神明盟誓，祭告神明做鉴证的文体。最早的盟只是互相约言并无誓咒，周代衰落后才有盟誓，甚至发展到以权势要挟、劫持立盟。盟誓的关键是实践誓言，而不在誓词的文辞内容。盟誓的写作要叙述存亡危机，奖励忠贞孝悌，明确同心协力，祈求神明鉴证。故务须真诚感激，文辞恳切。

语译：

天尊地卑位置确定，祭祀遍及所有神祇。日、月、星、时、寒暑、水旱既已庄严祭祀，遥望泰山、河、海祭拜也有序地进行，期神灵保佑卜扇和润微风降落甘露时雨，使禾苗黍稷健康成长，实为万民之所仰望，福善厚报愈益兴旺。祭祀的牺牲、黍稷美盛馨香，然根本还是在于清明德行。祝史官吏陈述虔诚心意，需靠文辞充分表达（此即"祝"辞产生缘起）。

往昔古代天子伊耆氏进行岁末"蜡祭"时，祭祀保护农作物的八神，所用的祭词是："祝愿上苍让泥土返回原位，河水还归沟壑，昆虫不害庄稼，莠草杂木长到深山水泽里。"上古圣皇的祈祷愿望，于是全在这里了。虞舜春天祭祀田地的祝辞说："肩上扛着掘地翻土耒耜，奋力耕种南面向阳良田，祝愿四海之内皆能丰收。"其关心百姓利益的志向，清楚地形之于言。及至商汤，恭敬神明圣贤盛德日益增进，以黑色公牛作为牺牲祭祀上天，把所有罪过都归结到自己身上（祷告上天为万民祈求福祉），这就是他祭天的祝辞。（为了拯救干旱灾难）坐着没有文饰的朴素车子向上天祈福求雨，并以政事不修（"政不节"）、民多疾苦（"使民疾"）、皇室繁荣（"宫室荣"）、内宠兴旺（"妇谒盛"）、贿赂盛行（"苞苴行"）、逸人蜂起（"谗夫兴"）六事责备自己，这就是祈祷神祇求雨的祝辞。周代祭祀官太祝，掌管六个方面的祭祀祝辞祈祷，所以"万物滋生成长"，在祭祀天地时陈述；"祝愿日出肃穆普照大地",出现在迎接太阳的唱辞中;"愿晚睡早起勤奋不已",常用于祭祀宗庙祖先的祷告;"祈求多福无疆愿望",则见于以羊、豕祭祀先辈的礼仪;皇帝巡行出征等祭祀,也都有祈祷祝辞。这些都是对天地神祇的虔诚膜拜,也是对宗庙祖先的庄严崇敬。春秋以后,有亵渎讨好神祇的祭祀,祝官以玉帛贿赂、巫史以美辞谄媚,对所有神灵皆是如此。如张老在晋献文子赵武宫室落成时,进献祝辞愿赵武歌唱、哭泣皆在于此;卫国太子蒯聩面临战争时,祈求无伤筋骨的请愿,虽在仓皇造次、颠沛流离之际,必以祝辞祷告。至于《楚辞·招魂》,可谓是祝辞中最为绚丽华美的篇章了。汉代的各种祭祀,严肃恭敬地运用众多礼仪,既能汇总了硕儒的礼仪,又参考了方士的法术。祝官秘密祭祀把过失迁移给臣民,这和商汤自己承担罪责心意完全不同。在祭祀中以童男、童女来驱除瘟疫恶鬼,和百越巫师以祝辞祈祷长寿的荒谬是一样的,于是祝礼文体就逐渐失去其本来意义了。

至于黄帝有《祝邪》之文,东方朔有《骂鬼》之书,所以后代谴责性的祷告文辞,专门注重于善骂技巧。只有陈思王曹植的《诘咎文》,能够以正义为准则作正确裁断。古代《仪礼》上的祭祀祝辞,只限于以酒食宴飨上帝鬼神(祈求幸福平安),到了汉魏的祝告祭辞,则兼有对被祭祀者言行的赞美,祭祝而兼有赞美,是对祝体的引申发挥。汉代祭祀帝王陵墓,用哀策文极为流行。周穆王哀悼盛姬去世,内府主管曾用策文祭奠。策文本是赠送去世者谥号的,因为哀伤而写成哀策文。所以哀策文含义接近诔文,不过是祭告神明的,故以诔文形式开始而以哀伤祷告结束,是属于颂的体制而以祝祭仪式表现。汉代太史诵读的哀策,就是因袭周代祝文的。

普通文章均注重发出华美光彩,而祝这种祭神文辞务求内容实在,祝文修辞以内心诚实为主,必无愧于神明。祈祷的礼仪,必须虔诚敬畏;祭奠的楷式,宜于谦恭悲哀。这是祝文写作的大致要领。班固的《祀濛山》,是祈祷祝文之虔诚恭敬典范。潘岳的《为诸妇祭庾新妇文》,是祭奠祝文之谦恭悲哀表率。如果我们总括汇聚前人作品加以考察,则祝文写作原理也就昭然若揭了。

"盟"的意思,是清楚明白(禀告神明)。以赤牛、白马为牺牲,用珠盘盛牛耳,以玉敦盛歃血,于天地四方神像前歃血盟誓陈述盟辞,祈祷祝告神明知晓监督。夏、商、周三代的开国皇帝,没有歃血盟誓,只有约定誓言,然后就各自散了。到周代衰落以后诸侯屡屡结盟(又往往背叛),(流弊所及)甚至以势劫持要挟,先有曹沫以匕首劫持齐桓公,后有毛遂以宝剑逼迫楚王订立盟誓。秦昭王嘉奖夷人,订下若犯夷则输黄龙宝玉之盟约;汉高祖为功臣封侯,立下使山河稳固誓言。若正义存于心则必能自始至终,如中途废弃协议则肯定违背初心,盟誓被尊重或被废弃全在于人,和盟辞诅咒并没有关系。东汉臧洪歃血盟誓,辞气慷慨激昂上薄云天;刘琨与段匹䃅金石之盟,誓词精诚贯穿霜雪,可是对解决汉、晋末年乱局并无补益,而盟誓双方反成为仇敌,如果没有诚信言不由衷,那么盟誓也没有什么用处。

盟的基本体制,是叙述存亡危机,奖励忠诚孝敬,表明生死与共,誓必同心合力,祈祷幽冥神灵以为鉴证,指中央八方九天以为征验,真挚感激确立诚信,恳切周全撰写盟辞,这就是盟誓写作的共同要领。盟誓并不是文辞写作困难,而是真正实践盟誓困难。后来君子应该吸取历史教训,当以忠诚信守为准则,而不必依赖神明鉴证。

总论:慎密祭祀钦敬神明,祝官叙说祝盟文辞。确立诚信严肃恭敬,修辞美善神明所资。末代祝盟过于矫饰,色彩艳丽实为流弊。神明感应如临下界,忠诚无愧不可更替。

注订:

(1)"祝",为祀天地山川神灵的祭辞。

(2)"天地定位",指宇宙产生,天地各有自己位置,亦喻新的朝廷之诞生,需要偏祭群神,以求得保佑。"祀",唐写本作"礼"。"神",原作"臣",此据唐写本。

(3)"六宗""三望",即指群神。六宗的具体解释,古代略有不同。《孔丛子》:"宰我曰:'敢问禘于六宗,何谓也?'孔子曰:所宗者六,皆洁祀之也。埋少牢于太昭,所以祭时也;祖迎于坎坛,所以祭寒暑也;

主于郊宫,所以祭日也;夜明,所以祭月也;幽禜,所以祭星也;雩禜,所以祭水旱也。"则六宗是:日、月、星、时、寒暑、水旱。《尚书·舜典》:"禋于六宗。"孔安国传:"精意以享谓之禋。宗,尊也。所尊祭者其祀有六:谓四时也,寒暑也,日也,月也,星也,水旱也。祭亦以摄告。"马融谓"天地四时也"。即天、地、春、夏、秋、冬。"禋",比较庄严的祭祀。"望",指不能亲至,望而祭之,如山川星辰等。"三望",《公羊传》僖公三十一年:"三望者何?望,祭也。然则曷祭?祭泰山、河、海。""咸秩",三望都很有秩序地进行。

(4)"甘雨",适时好雨。"和风",和润好风。"是生黍稷",庄稼生长得非常好。"黍稷",唐写本作"稷黍"。

(5)"兆民",民众,百姓。"美报",百姓向上天报告粮食收成很好的消息。

(6)"牺盛",即"牺牲粢盛"。《尚书·泰誓》:"牺牲粢盛,既于凶盗。"又,《春秋公羊传》桓公十四年何休解诂:"黍稷曰粢,在器曰盛。"牺牲,指牲畜祭品。《左传》僖公五年:"《周书》曰:黍稷非馨,明德为馨。"孔安国传:"所谓芬芳,非黍稷之气,乃明德之馨。""明德",美德。

(7)"祝史",指祭祀时向神祷告的人,掌管祭祀的官吏。"陈信",陈述,诚挚祷告。《左传》桓公六年:"上思利民,忠也。祝史正辞,信也。"孔颖达疏:"祝官、史官正其言辞,不欺诳鬼神,是其信也。"《左传》襄公二十七年:"其祝史陈信于鬼神,无愧辞。"《左传》昭公二十年:"竭情无私,其祝史祭祀,陈信不愧。""资",凭借,依靠。

(8)《礼记·郊特牲》:"伊耆氏,古天子号也。""天子大蜡八。伊耆氏始为蜡。蜡也者,索也。岁十二月合聚万物而索飨之也。"郑玄注:"所祭有八神也。""岁十二月,周之正数,谓建亥之月也。飨者,祭其神也,万物有功加于民者,神使为之也,祭之以报焉,造者配之也。"陆德明《经典释文》:"或云即帝尧是也。""蜡祭有八神:先啬一,司啬二,农三,邮表畷四,猫虎五,坊六,水庸七,昆虫八。""蜡",蜡祭,年终祭祀八神。先啬一,指祭神农。司啬二,祭后稷。农三,祭农田官之神。邮表畷四,祭创建田间庐舍、开路划界的神。猫虎五,祭猫虎,因其吃危害禾苗的野鼠野兽。坊六,祭祀堤坊。水庸七,祭祀水沟。昆虫八,祭祀昆虫,以免祸害农作物。孔颖达以为伊耆氏即神农氏,非也。祭八神之一即神农。

(9)《礼记·郊特牲》中记载的上述蜡祭祝辞,"无作"作"毋作"。孔颖达《正义》释道:"此以下皆蜡祭之祝辞。土即坊也;反,归也;宅,安也。土归其宅,则得不崩。'水归其壑'者,水即水庸;壑,坑坎也。水归其壑,谓不泛溢。'昆虫毋作'者,昆虫,螟蚕之属也,得阴而死,得阳而生,故曰昆虫毋作,谓不为灾。'草木归其泽'者,草,苔稗;木,榛梗之属也。当各归生薮泽之中,不得生于良田害嘉谷也。蜡祭乃是报功,故亦因祈祷有此辞也。一云祝辞,言此神由有此功,故今得报,非祈祷也。""爰",于是。

(10)《说文》:"祠,春祭曰祠,品物少,多文辞也。"《公羊传》桓公八年:"春曰祠,夏曰礿,秋曰尝,冬曰烝。"徐彦疏:"周之三月,乃是夏之孟月,自有春祠之礼。""祠田",祭祀开始耕种田地。"荷",扛在肩上。"耜",农具,掘地翻土用。"南亩",南面向阳良田,泛指农田。"四海",指天下。"四海俱有",谓天下人均能丰衣足食。《困学纪闻》卷十引《尸子》曰:"舜兼爱百姓,务利天下。其田也,荷彼耒耜,耕彼南亩,与四海俱有其利。"文见《太平御览》卷八十一。"四"上,唐写本上有"与"字。

(11)"商履",即商汤,字天乙,又名履。"跻",升也。《诗·商颂·长发》:"汤降不迟,圣敬日跻。"郑玄笺:"汤之下士尊贤甚疾,其圣敬之德日进。"孔颖达《正义》:"其圣明恭敬之德,日升而不退也。""玄牡",黑色公牛,用以祭天。"万方",四面八方、各个地方。"万方罪己",帝王祭天时,把各方之罪都揽到自己身上。《论语·尧曰》:"尧曰:'咨!尔舜!天之历数在尔躬,允执其中。四海困穷,天禄永终。'舜亦以命禹。曰:'予小子履,敢用玄牡,敢昭告于皇皇后帝。有罪不敢赦,帝臣不蔽,简在帝心。朕躬有罪,无以万方;万方有罪,罪在朕躬。'"何晏注:"包曰:'允,信也。困,极也。永,长也。言为政信执其中,则能穷极四海,天禄所以长终。'孔曰:'舜亦以尧命己之辞命禹。'孔曰:'履,殷汤名。此伐桀告天之文。殷家尚白,未变夏礼,故用玄牡。皇,大。后,君也。大,大君。帝,谓天帝也。墨子引《汤誓》,其辞若此。'包曰:'顺天奉法,有罪者不敢擅赦。'言桀居帝臣之位,罪过不可隐蔽。以其简在天心故。孔曰:'无以万方,万方不与也。万方有罪,我身之过。'""郊禋",帝王祭天。

(12)范文澜《文心雕龙注》:"《尸子》:'汤之救旱也,乘素车白马,着布衣,婴白茅,以身为牲,祷于桑林之野。'(《艺文类聚》八十二、《初学记》九引)"《荀子·大略》:"汤旱而祷曰:'政不节(犹适也,谓不调适)与?使民疾(苦)与?何以不雨至斯极也?宫室荣与?妇谒盛与?何以不雨至斯极也(荣,盛。谒,请也。妇谒盛,谓妇言是用也)?苞苴行与?谗夫兴(起也)与?何以不雨至斯极也?'(货贿必以物苞裹,故总谓之苞苴。兴,起也。郑注《礼记》云"苞苴裹鱼肉者,或以苇,或以茅"也)"(括号内为王先谦集解。《公羊解诂》二引《韩诗传》、《说苑·君道》篇、《御览》八十三引《帝王世纪》略同)"素车",因丧事所用之车,以白土涂刷。"祷旱",因干旱祷告祈雨。"责躬",责备自己。"则",唐写本作"即"。"雩禜之文",祈求免灾之文。《说文》:"雩,夏祭乐于赤帝,以祈甘雨也。""禜,设绵蕝为营,以禳风雨、雪霜、水旱、疠疫于日月星辰山川也。"

(13)"六祝",元本、弘治本、梅庆生本作"六祀",此据唐写本、王惟俭本。范文澜、王利器谓唐写本作"六祀"盖误。《周礼·春官·太祝》:"太祝,掌六祝之辞,以事鬼神示,祈福祥,求永贞。一曰顺祝,二曰年祝,三曰吉祝,四曰化祝,五曰瑞祝,六曰筴祝。"郑玄注:"永,长也。贞,正也。求多福,历年得正命也。郑司农云:'顺祝,顺丰年也;年祝,求永贞也;吉祝,祈福祥也;化祝,弭灾兵也;瑞祝,逆时雨,宁风旱也;筴祝,远罪疾也。'"

(14)"庶物",宇宙万物。"天地之郊",指祭天。

(15)"旁作",广被普及。"穆穆",庄肃美好。《尚书·洛诰》:"惟公德明,光于上下,勤施于四方,旁作穆穆迓衡,不迷文武勤教,予冲子夙夜毖祀。"孔安国传:"言公明德光于天地,勤政施于四海,万邦四夷服仰公德而化之。四方旁来为敬敬之道，以迎太平之政，不迷惑于文武所勤之教。言化洽。言政化由公而立，我童子徒早起夜寐，慎其祭祀而已。无所能。"《大戴礼记·公符》第七十九："皇皇上天，照临下土；集地之灵，降甘风雨；庶物群生，各得其所，靡今靡古，维予一人某，敬拜皇天之祜（《祭天辞》）。……维某年某月上日，明光于上下，勤施于四方，旁作穆穆。惟予一人某，敬拜迎于东郊（《迎日辞》）。"

（16）"寐"，元、明各本均作"处"，此据唐写本。"祔"，原作"附"，此据唐写本。"祀"，元、明各本作"祝"，此据唐写本。"祔庙"，祭祀祖庙。"祀"，元、明各本作"祝"，此据唐写本。

（17）"少牢"，以羊、豕祭祖。《仪礼·少牢馈食礼》："少牢馈食之礼。"郑玄注："羊、豕曰少牢，诸侯之卿大夫祭宗庙之牲。"

（18）"宜、社、类、祃"，都是祭礼名称，《礼记·王制》："天子将出，类乎上帝，宜乎社，造乎祢。"郑玄注："帝谓五德之帝，所祭于南郊者。类、宜、造皆祭名，其礼亡。"孔颖达《正义》："此一经论天子巡守之礼也。将出，谓初出时也。……'类乎上帝'者，谓祭告天也。'宜乎社'者，此巡行方事诛杀封割，应载社主也。云'宜'者，令诛伐得宜，亦随其宜而告也。……'造乎祢'者，造，至也。谓至父祖之庙也。"《王制》："祃于所征之地。"郑玄注："祃，师祭也，为兵祷，其礼亦亡。""祃"，指军队出师时的祭祀。

（19）"虔"，元本、弘治本作"处"，此据唐写本。"寅虔"，寅谓凌晨三点到五点，谓祭祀时之恭敬虔诚。"严恭"，严肃恭敬。"宗庙"，即祖宗祠堂。《尚书·无逸》："周公曰：'呜呼，我闻曰，昔在殷王中宗，严恭寅畏，天命自度，治民祗惧，不敢荒宁。'"孔安国传："大戊也，殷家中世尊其德，故称宗。言大戊严恪恭敬，畏天命，用法度。为政敬身畏惧，不敢荒怠自安。"

（20）"春秋"前，唐写本有"自"字。"黩祀谄祭"，不恭敬、不诚实的祭祀。《尚书·说命》："黩于祭祀。"孔安国传："黩则不敬。""黩"，即亵渎，不恭敬。《论语·为政》："非其鬼而祭之，谄也。"邢昺疏:"人神曰鬼。言若非己祖考而辄祭他鬼者,是谄媚求福也。"据《左传》成公五年载:"梁山崩,晋侯以传(驿)召伯宗。……曰:'山有朽壤而崩,可若何?国主(谓所主祭)山川,故山崩川竭,君为之不举(去盛馔)、降服(损盛服)、乘缦(车无文)、彻乐(息八音)、出次(舍于郊)、祝币(陈玉帛)、史辞(自罪责)以礼(礼山川)焉。其如此而已。虽伯宗若之何?'"陈列祭品,自我责罪。

(21)《礼记·檀弓下》:"晋献文子成室,晋大夫发焉。张老曰:'美哉轮焉,美哉奂焉,歌于斯,哭于斯,聚国族于斯。'文子曰:'武也得歌于斯,哭于斯,聚国族于斯,是全要领以从先大夫于九京也。'北面再拜稽首。君子谓之善颂善祷。"杜预注:"文子,赵武也。作室成,晋君献之,谓贺也。诸大夫亦发礼以往。"又曰:"心讥其奢也。轮,轮囷,言高大。奂,言众多。"又曰:"祭祀、死丧、燕会于此足矣。言此者,欲防其后复为。"又曰:"全要领者,免于刑诛也。晋卿大夫之墓地在九原,京盖字之误,当为原。""歌于斯",指祭祀歌唱可在此地。陈列祭品,自我责罪。"哭于斯",指丧礼亦可于此地。"聚国族于斯",指亦可以宴会于此地,宴请国宾与宗族。"全要领",指能终老于此,不被罪讨。"九京",指晋大夫之墓地九原。"善颂",指张老之言;"善祷",指文子之言。"张老",当也是晋国大夫。"致善",唐写本作"致美"。

(22)"佑",唐写本作"祐"。《左传》哀公二年,晋国和郑国发生战争,卫国太子蒯聩在晋国赵鞅(赵简子)的战车上为车右副手,一看到郑国军队人数众多,吓得掉到车下。为赵鞅驾车的邮无恤(子良)把带子递给他,让他上战车。蒯聩临战前向祖宗祷告说:"曾孙蒯聩,敢昭告皇(大也)祖文王(周文王),烈(显也)祖康叔,文祖襄公(蒯聩襄公之孙),郑胜乱从(胜,郑声公名。释君助臣,为从于乱),晋午(晋定公名)在难,不能治乱,使鞅(简子名)讨之。蒯聩不敢自佚,备持矛焉(戎右持矛)。敢告:无绝筋,无折骨,无面伤,以集(成也)大事,无作三祖羞。大命不敢请,佩玉不敢爱(不敢爱,故以祈祷)。"(括号内为杜预注)《正义》:"上言'无绝筋,无折骨',谓军之士众,无令损伤,以成大事。此云'大命不敢请'者,谓己之身命,不敢私请,苟以求生。'佩玉不敢爱',《尚书·金縢》称周公植璧秉珪以告大王、王季、文王,是祷请用玉也。在军无珪璧,故以佩玉。"

(23)"造次",仓促。"颠沛",偃仆困顿。《论语·里仁》:"造次必于是,颠沛必于是。"何晏引马曰:"造次,急遽;颠沛,偃仆。"朱熹《四书集注》:"颠沛,颠覆流离之际。"

(24)"组丽",原作"组繡",此据唐写本。《法言·吾子》:"或曰:雾縠之组丽。曰:女工之蠹矣。"

(25)"汉之",唐写本作"汉氏",非。"群祀",是指各种比较大型的祭祀。《汉书·郊祀志》:"二年,(高祖)东击项籍而还入关,问:'故秦时上帝祠何帝也?'对曰:'四帝,有白、青、黄、赤帝之祠。'高祖曰:'吾闻天有五帝,而四,何也?'莫知其说。于是高祖曰:'吾知之矣,乃待我而具五也。'乃立黑帝祠,名曰北畤。有司进祠,上不亲往。悉召故秦祀官,复置太祝、太宰,如其故仪礼。因令县为公社(颜师古注引李奇曰:犹官社)。下诏曰:'吾甚重祠而敬祭。今上帝之祭及山川诸神当祠者,各以其时礼祠之如故。'""肃",严肃恭敬。"百",原作"旨",此据唐写本。"百礼",众多的祭礼。"仪",唐写本作"义",范文澜谓当作"议"。当以"仪"较妥,此指祭祀仪式。

(26)《汉书·文帝纪》:"夏,除秘祝。"颜师古注引应劭曰:"秘祝之官,移过于下,国家讳之,故曰秘也。"《史记·孝文本纪》:"十三年夏,上曰:'盖闻天道祸自怨起而福繇德兴。百官之非,宜由朕躬。今秘祝之官移过于下,以彰吾之不德,朕甚不取。其除之。'"

(27)"侲子",童子。"䭾(敺)",元本、弘治本作"歐",此据唐写本。"䭾",驱之异体字。此句谓宫中让童男童女驱除恶鬼瘟疫。《后汉书·邓皇后纪》:"大傩逐疫。……减逐疫侲子之半。"章怀太子注:"侲子,逐疫之人也,音振。薛综注《西京赋》云:'侲之言善也,善童幼子也。'《续汉书》曰:'大傩,选中黄门子弟,年十岁以上,十二以下,百二十人为侲子。皆赤帻皂制,执大鞀。'"大傩,指于禁中驱逐恶鬼瘟疫之祭礼。《史记·孝武本纪》:"是时既灭南越,越人勇之乃言:'越人俗信鬼,而其祠皆见鬼,数有效。昔东瓯王敬鬼,寿百六十岁。后世谩怠,故衰耗。'乃令越巫立越祝祠,安台无坛,亦祠天神上帝百鬼。"此"越巫之祝",即上述越人勇之言。"体",黄叔琳本改"礼",杨明照《增订文心雕龙校注》:"何焯校'体'为'礼'(四库本剜改为"礼")。按'体'谓事体,即上所云'汉氏群祀'。其字未误,无庸从何焯校改为'礼'也。《文选》皇甫谧《三都赋序》:'夸竞之兴,体失之渐。'(卷四五)即舍人所本。"

(28)传说黄帝有《祝邪》之文,见北宋张君房《云笈七签·轩辕本纪》:"帝巡狩东至海,登桓山,于海滨得白泽神兽,能言,达于万物之情。因问天下鬼神之事,自古精气为物、游魂为变者,凡万一千五百二十种。白泽言之,帝令以图写之,以示天下。帝乃作《祝邪》之文以祝之。"按张君房所辑之《云笈七签》乃道教典籍。"祝邪",唐写本作"呪耶"。

(29)东方朔骂鬼之书已不可考。《古文苑》记载:王延寿《梦赋》序云:"臣弱冠尝夜寝,见鬼物与臣战,遂得东方朔与臣作《骂鬼》之书,臣遂作赋一篇叙梦。后人梦者,读诵以却鬼,数数有验,臣不敢蔽。"黄叔琳注云:"按朔与延寿隔世久远,或朔本有书,延寿得之则可,曰'与臣作',谬矣。倘作书亦是梦中事,便无所不可。然彦和又岂以乌有为实录乎?非后人传写之误,即前代有傅会失实者。"

(30)"谴呪",谴责性的祷告之文。

(31)"诰咎",元本、弘治本作"诰",梅庆生本作"诰咎",谓:"咎,元脱,曹(学佺)补。"王惟俭本作"诰咎"。唐写本作"诘咎",王利器、王更生等从,非也。曹文明言"诰咎"。《艺文类聚》卷一百收有曹植的《诰咎文》,序云:"五行致灾,先史咸以为应政而作。天地之气,自有变动,未必政治之所兴致也。于时大风发屋拔木,意有感焉。聊假天帝之命,以诰咎祈福。"通过对风雨之神的责问,而求得风调雨顺,使百姓平安,故曰"裁以正义"。

(32)"祀",唐写本作"祝"。"中代",刘勰认为先秦为古代,汉魏为中代,晋宋则末代矣。祝这种祭文,在先秦只是告飨(以酒食告祭鬼神),发展至汉魏兼有赞扬言行。《文体明辨序说》:"按祭文者,祭奠亲友之辞也。古之祭祀,止于告飨而已。中世以还,兼赞言行,以寓哀伤之意,盖祝文之变也。""引伸",原作"引神",杨慎批曹学佺评点本作"引伸"。杨明照《增订文心雕龙校注》:"'神',徐燉校作'伸';沈岩、徐乃昌校同。凌本、秘书本作'伸';《文通》十四引同。按此言祝文体制之蕃衍,'伸'字是。《易·系辞上》:'引而伸之。'"王利器谓梅庆生本、张松孙本作"伸",王更生谓唐写本作"伸",均误,这些本皆作"神"。

(33)"山陵",指古代帝王陵墓。秦代称山,汉代曰陵。"哀策",是祭奠已逝世帝王后妃,颂赞他们功德的文章。"流文",指哀策流传后世成为文体之一类。《后汉书·礼仪志》:"司徒、太史令奉谥、哀策。"《文章缘起》:"汉乐安相李尤作《和帝哀策》。"文已佚。

(34)"盛姬",为周穆王妃,后因病去世,穆王十分哀伤。《穆天子传》:"天子西至于重璧之台,盛姬告病,穆天子哀之。是日哀次,天子乃殡盛姬于毂丘之庙。壬寅,天子命哭,启为主。""内史执策",见《穆天子传》六,郭璞注:"策,所以书赠赗之事。内史,主策命者。"

(35)"书赗",原作"书赠",此据唐写本。"赗",赠死者,所以送葬也。《仪礼·既夕》:"书赗于方。"郑玄注:"方,板也。书赗奠赙赠之人名与其物于板。"

(36)"太史所作之赞,因周之祝文也",唐写本作"太祝所读,固祝之文者也"。挚虞《文章流别论》:"今哀策,古诔之义。"(《御览》五百九十六引)《后汉书·礼仪志》:"治礼引太尉入就位,大行车西少南,东面奉(谥)策,太史令奉哀策立后。……太史令自车南、北面读哀策。"又,司马彪《续汉书·百官志》二:"太祝令一人,六百石。"刘昭注曰:"凡国祭祀,掌读祝,及迎送神。"刘永济《文心雕龙校释》:"按汉之太史,属于奉常,《礼仪志》载太史令奉谥哀策,是此二句应作'太史所读,固周之祝文也',言汉之哀策,与祝文实同一物也。"刘勰所说太史即指太祝,汉代太祝所读哀策,即周代之祝祭。

(37)此下是对祝之写作特点的总结。"发华",唐写本作"务华",恐是涉下"务实"而误。《周易·乾卦·文言》:"修辞立其诚。"

"无媿",唐写本作"无愧"。《春秋左传》昭公二十年:"祝史荐信,无愧心矣。"

(38)《礼记·曲礼上》:"祷祠祭祀,供给鬼神,非礼不诚不庄。"郑玄注:"庄,敬也。"孔颖达《正义》曰:"《周礼·都宗人》云:'国有大故,则令祷祠。'郑注云:'祠谓报塞。'又《小宗伯》注云:'求福曰祷,得求曰祠。'熊氏云:'祭祀者,国家常礼。牲币之属,以供给鬼神,唯有礼乃能诚敬。'"

(39)班固的《祀濛山》已不可考。严可均《全后汉文》辑得班固《涿邪山祝文》四句,未知是否即为《祀濛山》。"濛",唐写本作"涿"。

(40)《艺文类聚》三十八有潘岳《为诸妇祭庾新妇文》,不全。"奠基",唐写本作"祭奠"。

(41)《释名·释言语》:"盟,明也。告其事于神明也。"《周礼·秋官·序官》:"司盟。"郑玄注:"盟,以约辞告神,杀牲歃血,明著其信也。"

(42)"骍毛",唐写本作"骍旄"。《左传》襄公十年:"瑕禽曰:昔平王东迁,吾七姓从王,牲用备具,王赖之,而赐之骍旄之盟。"杜预注:"平王徙时,大臣从者有七姓。伯舆之祖,皆在其中,主为王备牺牲,共祭祀。王恃其用,故与之盟,使世守其职。骍旄,赤牛也。举骍旄者,言得重盟,不以犬鸡。"《汉书·王陵传》:"陵为人少文任气,好直言。为右丞相二岁,惠帝崩。高后欲立诸吕为王,问陵。陵曰:高皇帝刑白马而盟,曰:'非刘氏而王者,天下共击之。'今王吕氏,非约也。"以赤牛白马为牺牲而誓盟乃是重盟。

(43)《周礼·天官》:"若合诸侯,则共珠盘、玉敦。"郑玄注:"敦,盘类,珠玉以为饰。古者以盘盛血,以敦盛食,合诸侯者,必割牛耳,取其血,歃之以盟。珠盘以盛牛耳,尸盟者执之。故书珠为夷。郑司农云:'夷盘或为珠盘。玉敦,歃血玉器。'"

(44)"方明",指东南西北上下四方神明之像。《仪礼·觐礼》:"诸侯觐于天子,为宫方三百步,四门,坛十有二寻,深四尺,加方明于其上。方明者,木也。方四尺,设六色,东方青,南方赤,西方白,北方黑,上玄下黄。"郑玄注:"方明者,上下四方神明之象也。上下四方之神者,所谓神明也。会同而盟,明神监之,则谓之天之司盟,有象者,犹宗庙之有主乎?"《周礼·秋官·司盟》:"掌盟载之灋(法)。凡邦国有疑会同,则掌其盟约之载及其礼仪,北面诏明神。"郑玄注:"载,盟辞也。盟者书其辞于策,杀牲取血,坎其牲,加书于上而埋之,谓之载书。""有疑,不协也。明神,神之明察者,谓日月山川也。觐礼加方明于坛上,所以依之也。诏之者,读其载书以告之也。"

(45)"诅",誓言,指三王皆只约定誓言,而没有歃血结盟。《公羊传》桓公三年:"古者不盟,结言而退。"《穀梁传》隐公八年:"诰誓不及五帝,盟诅不及三王,交质子不及二伯(齐桓、晋文)。"范宁《集解》:"三王,谓夏、殷、周也。夏后有钧台之享(夏启于钧台会诸侯祭神),汤有景亳之命(商汤在景亳会诸侯即子位),周武有孟津之会(周武王会诸侯于孟津伐纣),众所归信,不盟诅也。"《左传》桓公三年经:"夏,齐侯、卫侯胥命于蒲。"杜预注:"申约,言以相命而不歃血也。"传:"不盟也。""要誓",互相约定的誓言。《周礼·春官·诅祝》:"诅祝掌盟、诅、类、造、攻、说、襘、禜之祝号。作盟诅之载辞,以叙国之信用。"郑玄注:"八者之辞,皆所以告神明也。盟诅主于要誓,大事曰盟,小事曰诅。"贾公彦疏:"云'大事曰盟,小事曰诅'者,盟者,盟将来。春秋诸侯会,有盟无诅。诅者,诅往过,不因会而为之。故云'大事曰盟,小事曰诅'也。……云'作盟诅之载辞'者,为要誓之辞,载之于策。人多无信,故为辞对神要之,使用信。故云以叙国之信用。"

(46)《诗·小雅·巧言》:"君子屡盟,乱是用长。"郑玄笺:"屡,数也。盟之所以数者,由世衰乱,多相背违。""弊及要劫",原作"以及要契",此据唐写本。谓流弊所及,甚至要胁、劫持强制结盟。

(47)曹沫事见《史记·刺客列传》:"曹沫者,鲁人也,以勇力事鲁庄公。庄公好力。曹沫为鲁将,与齐战,三败北。鲁庄公惧,乃献遂邑之地以和。犹复以为将。齐桓公许与鲁会于柯而盟。桓公与庄公既盟于坛上,曹沫执匕首劫齐桓公,桓公左右莫敢动,而问曰:'子将何欲?'曹沫曰:'齐强鲁弱,而大国侵鲁亦甚矣。今鲁城坏即压齐境,君其图之。'桓公乃许尽归鲁之侵地。既已言,曹沫投其匕首,下坛,北面就群臣之位,颜色不变,辞令如故。桓公怒,欲倍其约。管仲曰:'不可。夫贪小利以自快,弃信于诸侯,失天下之援,不如与之。'于是桓公乃遂割鲁侵地,曹沫三战所亡地尽复予鲁。"《索隐》:"沫音亡葛反。《左传》《穀梁》并作'曹刿',然则沫宜音刿,沫刿声相近而字异耳。此作'曹沫',事约《公羊》为说,然彼无其名,直云'曹子'而已。且《左传》鲁庄十年,战于长勺,用曹刿谋败齐,而无劫桓公之事。十三年盟于柯,《公羊》始论曹子。《穀梁》此年惟云'曹刿之盟,信齐侯也',又记不具行事之时。"

(48)毛遂事见《史记·平原君列传》:"秦之围邯郸,赵使平原君求救,合从于楚,约与食客门下有勇力文武备具者二十人偕。平原君曰:'使文能取胜,则善矣。文不能取胜,则歃血于华屋之下,必得定从而还。士不外索,取于食客门下足矣。'得十九人,余无可取者,无以满二十人。门下有毛遂者,前,自赞于平原君曰:'遂闻君将合从于楚,约与食客门下二十人偕,不外索。今少一人,愿君即以遂备员而行矣。'平原君曰:'先生处胜之门下几年于此矣?'毛遂曰:'三年于此矣。'平原君曰:'夫贤士之处世也,譬若锥之处囊中,其末立见。今先生处胜之门下三年于此矣,左右未有所称诵,胜未有所闻,是先生无所有也。先生不能,先生留。'毛遂曰:'臣乃今日请处囊中耳。使遂蚤得处囊中,乃颖脱而出,非特其末见而已。'平原君竟与毛遂偕。十九人相与目笑之而未废也。毛遂比至楚,与十九人论议,十九人皆服。平原君与楚合从,言其利害,日出而言之,日中不决。十九人谓毛遂曰:'先生上。'毛遂按剑历阶而上,谓平原君曰:'从之利害,两言而决耳。今日出而言从,日中不决,何也?'楚王谓平原君曰:'客何为者也?'平原君曰:'是胜之舍人也。'楚王叱曰:'胡不下!吾乃与而君言,汝何为者也!'毛遂按剑而前曰:'王之所以叱遂者,以楚国之众也。今十步之内,王不得恃楚国之众也,王之命县于遂手。吾君在前,叱者何也?且遂闻汤以七十里之地王天下,文王以百里之壤而臣诸侯,岂其士卒众多哉,诚能据其势而奋其威。今楚地方五千里,持戟百万,此霸王之资也。以楚之强,天下弗能当。白起,小竖子耳,率数万之众,兴师以与楚战,一战而举鄢郢,再战而烧夷陵,三战而辱王之先人。此百世之怨而赵之所羞,而王弗知恶焉。合从者为楚,非为赵也。吾君在前,叱者何也?'楚王曰:'唯唯,诚若先生之言,谨奉社稷而以从。'毛遂曰:'从定乎?'楚王曰:'定矣。'毛遂谓楚王之左右曰:'取鸡狗马之血来。'毛遂奉铜盘而跪进之楚王曰:'王当歃血而定从,次者吾君,次者遂。'遂定从于殿上。毛遂左手持盘血而右手招十九人曰:'公相与歃此血于堂下。公等录录,所谓因人成事者也。'平原君已定从而归,归至于赵,曰:'胜不敢复相士。胜相士多者千人,寡者百数,自以为不失天下之士,今乃于毛先生而失之也。毛先生一至楚,而使赵重于九鼎大吕。毛先生以三寸之舌,强于百万之师。胜不敢复相士。'遂以为上客。"祝辞是祭告神明的,盟誓是由此发展出来的,所以与祝是不同的。

(49)《后汉书·南蛮西南夷传》:"板楯蛮夷者,秦昭襄王时有一白虎,常从群虎数游秦、蜀、巴、汉之境,伤害千余人。昭王乃重募国中有能杀虎者,赏邑万家,金百镒。时有巴郡阆中夷人,能作白竹之弩,乃登楼射杀白虎。昭王嘉之,而以其夷人,不欲加封,乃刻石盟要,复夷人顷田不租,十妻不算,伤人者论,杀人者得以倓钱赎死。盟曰:'秦犯夷,输黄龙一双;夷犯秦,输清酒一钟。'夷人安之。"章怀太子注:"《华阳国志》曰'巴夷廖仲等射杀之'也。优宠之,故一户免其一顷田之税,虽有十妻,不输口算之钱。复音福。何承天《纂文》曰:'倓,蛮夷赎罪货也。'"杨明照《增订文心雕龙校注》:"惟'黄龙'为何物,向无释之者。郝懿行《文心雕龙辑注》批注云:'按黄龙非可输之物,疑"黄龙"当为"璜珑"之省文。《说文》:"璜,半璧也。珑,祷旱玉也,龙文。"(按见玉部)抑或作黄珑,为珑玉色黄者耳。'其说当否,姑录以备考。"

(50)"建侯",封侯。《史记·高祖功臣侯者年表》:"太史公曰:古者人臣功有五品,以德立宗庙定社稷曰勋,以言曰劳,用力曰功,明其等曰伐,积日曰阅。封爵之誓曰:'使河如带,泰山若厉(同"砺")。国以永宁,爰及苗裔。'始未尝不欲固其根本,而枝叶稍陵夷衰微也。"裴驷《集解》:"应劭曰:'封爵之誓,国家欲使功臣传祚无穷。带,衣带也;厉,砥石也。河当何时如衣带,山当何时如厉石,言如带厉,国乃绝耳。'"张守节《正义》:"高祖初定天下,表明有功之臣而侯之,若萧、曹等。"

(51)"克终",能够一直到终了。"渝始",违背初始。《左传》成公十二年:"有渝此盟,明神殛之。""崇替",更替、兴废。"呪何预焉",唐写本作"祝何豫焉",误。此处言"盟",非言"祝"也。"呪",同咒,即诅咒,指盟辞。此言变化更替在人,盟辞本身不能干预其事。盟誓起源于周的衰落,盛行于春秋时代。祝本是告知神明以相誓,而盟则是此后之滥觞。

(52)《后汉书·臧洪传》:"臧洪字子源,广陵射阳人也。……中平末,弃官还家,太守张超请为功曹。时董卓弑帝,图危社稷。洪说超曰:'明府历世受恩,兄弟并据大郡。今王室将危,贼臣虎视,此诚义士效命之秋也。今郡境尚全,吏人殷富,若动桴鼓,可得二万人。以此诛除国贼,为天下唱义,不亦宜乎!'超然其言,与洪西至陈留,见兄邈计事。邈……乃使诣兖州刺史刘岱、豫州刺史孔伷,遂皆相善。邈既先有谋约,会超至,定议,乃与诸牧守大会酸枣。设坛场,将盟,既而更相辞让,莫敢先登,咸共推洪。洪乃摄衣升坛,操血而盟曰:'汉室不幸,皇纲失统,贼臣董卓,乘衅纵害,祸加至尊,毒流百姓。大惧沦丧社稷,翦覆四海。兖州刺史岱、豫州刺史伷、陈留太守邈、东郡太守瑁、广陵太守超等,纠合义兵,并赴国难。凡我同盟,齐心一力,以致臣节,殒首丧元,必无二志。有渝此盟,俾坠其命,无克遗育。皇天后土,祖宗明灵,实皆鉴之。'洪辞气慷慨,闻其言者,无不激扬。自是之后,诸军各怀迟疑,莫适先进,遂使粮储单竭,兵众乖散。""歃辞",唐写本作"唾血","气"作"辞"。杨明照谓当作"歃血",然"歃辞"即歃血盟誓也。

(53)《晋书·刘琨传》:"是时西都不守,元帝称制江左,琨乃令长史温峤劝进,于是河朔征镇夷夏一百八十人连名上表,语在《元纪》。……建武元年,琨与(段)匹磾期讨石勒,匹磾推琨为大都督,喢血载书,檄诸方守,俱集襄国。"《北堂书钞》记其盟文有云:"加臣等介在遐鄙,而与主相去迥辽,是以敢干先典,刑牲歃血。自今日既盟之后,皆尽忠竭节,以翦夷二寇。有加难于琨,碑必救;加难于碑,琨亦如之。繾绻齐契,披布胸怀,书功金石,藏于王府。有渝此盟,亡其宗族,俾坠军旅,无其遗育。""精贯霏霜",即义薄云天之意。然而,不久,臧洪为袁绍所杀,刘琨被段匹䃅缢死,盟誓实未成功。

(54)"仇雠",仇敌。《左传》桓公十二年:"君子曰:苟信不继,盟无益也。"

(55)《离骚》:"指九天以为正兮,夫唯灵修之故也。"王逸注:"指,语也;九天,谓中央八方也;正,平也。"谓让九天为盟誓作证。

(56)"非辞之难",不是誓词写作之难。"处辞",指实际处理、实践盟誓。《韩非子·说难》:"则非知之难也,处之则难也。"王先慎注:"处用其知不得其宜。""处",指处用。《文赋》:"盖非知之难,能之难也。"

(57)"存",原作"在",此据唐写本。《诗·大雅·荡》:"殷鉴不远,在夏后之世。"郑玄笺:"此言殷之明镜不远也,近在夏后之世,谓汤诛桀也。后武王诛纣。今之王者,何以不用为戒。"

(58)"毖",唐写本作"秘"。"毖祀",慎密地祭祀。"钦明",钦敬神明,唐写本作"唵血"。"祝史",祝官。"谈",指祝官所谈的祝盟誓辞。杨明照《增订文心雕龙校注》:"'钦明'疑为'方明'之误(篇中有'方明'之文)。此句本统言祝与盟二者,'毖祀方明'即慎祀上下四方神明之意。于祝于盟,均能关合。作'钦明',既不惬洽;若据唐写本之'唵血'改为'唵血',则又不能施之于祝矣。"杨说无据,不确。

(59)"甘",《说文》:"甘,美也。"

(60)"季代",末代,指晋宋以后。

(61)《尚书·说命》:"格于皇天。"孔安国传:"功至大天,无能及者。"《诗经·大雅·抑》:"神之格思。"毛传:"格,至也。"

《铭箴》篇

昔帝轩刻舆几以弼违[1],大禹勒笋簴而招谏[2]。成汤盘盂,著日新之规[3];武王户席,题必戒之训[4]。周公慎言于金人[5],仲尼革容于欹器[6]。则先圣鉴戒,其来久矣[7]。

故铭者,名也,观器必也正名,审用贵乎盛德[8]。盖臧武仲之论铭也,曰:"天子令德,诸侯计功,大夫称伐[9]。"夏铸九牧之金鼎[10],周勒肃慎之楛矢[11],令德之事也;吕望铭功于昆吾[12],仲山镂绩于庸器[13],计功之义也;魏颗纪勋于景钟[14],孔悝表勤于卫鼎,称伐之类也[15]。若乃飞廉有石椁之锡[16],灵公有蒿里之谥[17]。铭发幽石,吁可怪矣[18]!赵灵勒迹于番吾[19],秦昭刻博于华山[20],夸诞示后,吁可笑也[21]!详观众例,铭义见矣[22]。

至于始皇勒岳,政暴而文泽,亦有疏通之美焉[23]。若班固燕然之勒[24],张昶华阴之碣[25],序亦盛矣。蔡邕铭思,独冠古今[26]。桥公之钺,吐纳典谟[27];朱穆之鼎,全成碑文,溺所长也[28]。至如敬通杂器,准矱武铭[29],而事非其物,繁略违中。崔骃品物,赞多戒少[30];李尤积篇,义俭辞碎[31]。蓍龟神物,而居博弈之中[32];衡斛嘉量,而在臼杵之末[33]。曾名品之未暇,何事理之能闲哉[34]!魏文《九宝》,器利辞钝[35]。唯张载《剑阁》,其才清采[36],迅足骎骎,后发前至,勒铭岷汉,得其宜矣[37]。

箴者,所以攻疾防患,喻箴石也[38]。斯文之兴,盛于三代。夏商二箴,余句颇存⁽³⁹⁾。及周之辛甲,《百官箴》阙,惟《虞箴》一篇,体义备焉⁽⁴⁰⁾。迄至春秋,微而未绝。故魏绛讽君于后羿⁽⁴¹⁾,楚子训民于在勤⁽⁴²⁾。战代以来,弃德务功,铭辞代兴,箴文委绝⁽⁴³⁾。至扬雄稽古,始范《虞箴》,作《卿尹》《州牧》二十五篇⁽⁴⁴⁾。及崔胡补缀,总称《百官》⁽⁴⁵⁾,指事配位,鞶鉴可征,信所谓追清风于前古,攀辛甲于后代者也⁽⁴⁶⁾。至于潘勖《符节》,要而失浅⁽⁴⁷⁾;温峤《侍臣》,博而患繁⁽⁴⁸⁾;王济《国子》,引广事杂⁽⁴⁹⁾;潘尼《乘舆》,义正体芜⁽⁵⁰⁾:凡斯继作,鲜有克衷。至于王朗《杂箴》,乃寘巾履,得其戒慎,而失其所施⁽⁵¹⁾。观其约文举要,宪章武铭,而水火井灶,繁辞不已,志有偏也⁽⁵²⁾。

夫箴诵于官,铭题于器,名目虽异⁽⁵³⁾,而警戒实同。箴全御过,故文资确切;铭兼褒赞,故体贵弘润⁽⁵⁴⁾。其取事也必核以辨,其摘文也必简而深⁽⁵⁵⁾,此其大要也。然矢言之道盖阙,庸器之制久沦,所以箴铭异用,罕施后代⁽⁵⁶⁾。惟秉文君子⁽⁵⁷⁾,宜酌其远大焉。

赞曰:铭实表器⁽⁵⁸⁾,箴惟德轨。有佩于言,无鉴于水⁽⁵⁹⁾。秉兹贞厉,警乎立履⁽⁶⁰⁾。义典则弘,文约为美。

简析:

本篇论铭箴两种文体。铭箴皆属于警示鉴诫性质文体,铭以盛德功业刻于器物作为借鉴,帮助纠正违道错误。箴是针砭弊端,防止过失,以示官史规戒诵读。铭箴历史十分悠久,黄帝时代就已产生,夏、商、周三代都有铭刻器物和箴戒言辞。古代铭的作用对帝王说是赞扬"令德",对诸侯说是记叙功业,对卿大夫说是称颂辛劳。箴是由大臣高官诵读以"攻疾防患"的"御过""针石"。铭的发展中秦始皇的勒石铭功、班固的刻铭燕然山都是十分著名的,而到汉末蔡邕成为铭文创作中最为杰出的典范,尤以《黄钺铭》闻名后世。而后魏晋以来的铭文或多或少有些缺陷,只有张载的《剑阁铭》比较优秀突出。箴的发展则以扬雄所作而由崔骃、胡广等补充的《百官箴》最为完善,而后的箴文也都各有不同缺失。由于古代"矢言之道"后世阙失,所以铭箴都比较少用。从铭箴的创作要领来说,箴全是防止过失的,所以叙述情事必须十分确切,铭文兼有褒赞和贬斥两个方面,所以体制应该弘深温润。叙事内容考辨核实,文辞简洁深沉,是两者在写作上都要做到的。

语译:

古代黄帝在车舆和几案上刻铭文纠正违背正道错误,大禹刻铭于乐器架子笱簴上以招请臣民进谏,(殷商)成汤在日用盘盂上刻日日新之规戒,(西周)武王门窗坐席皆刻有铭文作为必须鉴戒训示,周公在铜人背上刻有言语谨慎的铭文。孔子看到欹器上刻文脸色变得严肃谨慎,列位先圣以铭言为鉴戒,由来已久。

所以铭的含义,就是阐述(功业美德)名称的。观察器物需要给予恰当名称,审核功用贵于体现弘盛美德。鲁国大夫臧武仲论铭的作用时说:"赞扬天子美好德行,记叙诸侯功业事绩,称颂大夫攻伐辛劳。"夏代把九州牧长进贡的金(实为铜)镕铸而成九鼎,周武王在北方肃慎进贡的楛矢箭杆上刻字,都是为了铭记天子美好德行。姜太公吕望帮助武王伐纣成功铭刻功业在冶工昆吾所制金属器物上;仲山甫把他辅助宣王中兴的功绩刻在以兵器铸成的庸鼎上,都是为了记录诸侯功业事绩。晋国魏颗击退秦军纪勋于晋景公的钟鼎上,孔悝拥立卫庄公将其勤劳铭刻于卫国的彝鼎上,都是为了称扬大夫的攻伐辛苦。商纣宠臣飞廉在霍泰山筑坛而获赠刻有铭文石棺,卫灵公死后葬于他夺取的沙丘、遗体置于后人掘地而得刻有谥号的石棺内。铭文出于幽埋深土之下的石棺,啊,真是太奇怪了!赵武灵王曾令工匠刻石于番禺山悬崖上明示常游此处,秦昭王命人在华山上铭刻与天神博弈棋局,欲将夸诞不实事迹宣示于后人,啊,真是太可笑了!详细观察以上各个例子,铭的含义已经很清楚了。

至于秦始皇巡行山岳刻石为铭颂扬功德,其政虽暴虐而铭文颇有光泽,故有疏通知远之美。班固刻勒的《燕然山铭》,张昶的《西岳华山堂阙碑铭》,前面序文记叙事功都写得壮丽美盛。蔡邕的铭文构思,精彩杰出独冠古今。他歌颂桥玄的《黄钺铭》,模仿经书风貌典雅;赞扬朱穆的《宝鼎铭》,全篇散体类似碑文,这是沉溺于他擅长碑文的缘故。至于冯衍的杂器铭文,乃是以武王践阼诸铭为标准典范而作,可是铭文内容和器物名称不太符合,详略亦违背适中原则。崔骃品评名物的铭文,以赞扬为主而少箴戒内容。李尤累积了很多铭文篇章,然而义理贫瘠而文辞琐碎。把用蓍龟宝物占卜通神的《蓍龟铭》等,放在弈棋、赌博一类铭文之中;把衡量器物美好秤斛的《权衡铭》等,置于捣米杵臼铭文一类铭文之后。连器物的差别等第都不清楚,怎么能算是熟练掌握铭物事理呢?魏文帝有九把宝贵刀剑,锋利无比而所刻剑铭文辞愚钝。张载的《剑阁铭》,才华清晰富丽多彩,犹如快马飞速驰骋,出发在后而到达在前,刻铭于岷山、汉水间的剑阁,十分妥帖适宜。

箴的意思,是攻除疾病防止祸患,比喻针砭阙失的箴石。箴言的兴起,繁盛于夏、商、周三代。夏、商二代的箴文,颇有余句存在。到周代辛甲,让百官写箴言以戒国王过失,大多未传下来,仅存《虞箴》一篇,体制意义完备。一直到春秋,箴文衰微而并未绝灭。所以晋国大夫魏绛以针砭后羿的《虞箴》来讽谏晋悼公,楚庄王以箴言中"民生在勤,勤则不匮"来告诫臣民。战国以来,抛弃德行务求战伐功利,故铭辞十分兴旺,而箴文则多衰绝。扬雄稽考古籍,开始模拟《虞箴》来作箴文,有卿相、令伊、州牧(州长)官箴、州箴二十五篇,崔骃、崔瑗父子、胡广又补充撰写,总称为《百官箴》,指明事理配合官位,如衣带上镶嵌的铜镜(古人刻箴于其上)可以借鉴,诚可谓上追夏、商、周三代清新雅正古风,使后代可以攀援模仿辛甲。潘勖的《符节箴》,符合要领而失之浅薄。温峤的《侍臣箴》,内容广博而过于繁琐。王济的《国子箴》,引用广泛而事类杂乱。潘尼的《乘舆箴》,含义刚正而文辞繁芜。这些继承前人的后起箴文,很少有中肯合适之作。王朗的《杂箴》,有《巾箴》《履箴》,虽具备谨慎警戒要求,而没有书写在合适地方(不应该写在巾、履上)。看他文辞简约而要领清晰,效法周武王诸铭作法,可是杂谈水、火、井、灶等,文辞芜杂不堪,其志趣偏离箴之传统。

箴是在官府诵读的,铭是题于器物上的,两者名称虽然不同,而其作为警戒的含义是相同一致的。箴都是防御过失的,故文辞内容必须严谨确切;铭则兼有赞扬和贬斥两个方面,故体制贵于弘大温润。铭箴所书写事件必须考辨核实,文辞铺叙必须简洁深刻,这是铭箴创作的要领。然而由于古代直言劝诫之道阙失,以庸器铭功的做法久已沦丧,所以铭箴很少运用,后代以铭箴警戒十分罕见。只有执掌文翰的君子,宜斟酌其深宏远大之宗旨。

总论:铭文镌刻器物表征,箴文忠告规范德行。警戒言语铭记心田,无鉴于水唯照己情。秉持易教刚正严厉,警惕危难履道始平。含义典雅自然弘盛,文辞简约美篇始精。

注订:

(1)"帝轩",即黄帝,晋代皇甫谧《帝王世纪》:"黄帝,一号帝鸿氏,或曰归藏氏,或曰帝轩。"《昭明文选》张衡《思玄赋》:"会帝轩之未归兮。"颜延之《赭白马赋》:"昔帝轩陟位。"此句各家版本或有异同,然唐写本则与此同。"刻舆几",指黄帝有舆几之箴。范文澜注:"宋胡宏《皇王大纪》亦谓帝轩作舆几之箴,以警晏安。"《汉书·艺文志》载道家《黄帝铭》六篇。"弼违",纠正违道错误。《尚书·益稷》:"予违,汝弼。"孔安国传:"我违道,汝当以义辅正我,无得面从我违,而退后有言我不可弼。"孔颖达《正义》:"我有违道,汝当以义辅成我。汝无得知我违非而对面从我,退而后更有言,云我不可辅也。"

(2)"笋",唐写本作"簨"。"笋簴",古代乐器架子。《周礼·冬官·考工记》:"梓人为笋簴。"郑玄注:"乐器所县,横曰笋,直曰簴。"王惟俭《文心雕龙训故》:"《鬻子》:大禹为铭于笋簴曰:教寡人以道者击鼓,教以义者击钟,教以事者振铎,语以忧者击磬。"

(3)范文澜注:"《礼记·大学》篇:'汤之《盘铭》曰:苟日新,日日新,又日新。'郑注:'《盘铭》,刻戒于盘也。'"孔颖达《正义》:"汤沐浴之盘而刻铭为戒。""盂",器名也。

(4)"户席",居室门口和席子。《大戴礼记·武王践阼》篇:"(武)王闻书之言,惕若恐惧,退而为戒书。于席之四端为铭焉,于机为铭焉,于鉴为铭焉,于盥盘为铭焉,于楹为铭焉,于杖为铭焉,于带为铭焉,于履屦为铭焉,于觞豆为铭焉,于户为铭焉,于牖为铭焉,于剑为铭焉,于弓为铭焉,于矛为铭焉。"此言武王于居室内外皆有铭文以为警戒。"戒",唐写本作"诚"。

(5)周公《金人铭》无可考。"金人",即铜人,铸铜为之。蔡邕《铭论》:"周庙金人。"此铭刻于周之太庙,或即彦和语之来源。《孔子家语·观周》:"孔子观周,遂入太祖后稷之庙,庙堂右阶之前,有金人焉,三缄其口,而铭其背曰:'古之慎言人也。戒之哉!无多言,多言多败。无多事,多事多患。安乐必戒,无所行悔。勿谓何伤,其祸将长。勿谓何害,其祸将大。勿谓不闻,神将伺人。焰焰不灭,炎炎若何。涓涓不壅,终为江河。绵绵不绝,或成网罗。毫末不札,将寻斧柯。诚能慎之,福之根也;口是何伤,祸之门也。强梁者不得其死,好胜者必遇其敌。盗憎主人,民怨其上。君子知天下之不可上也,故下之;知众人之不可先也,故后之。温恭慎德,使人慕之。执雌持下,人莫逾之。人皆趋彼,我独守此。人皆或之,我独不徙。内藏我智,不示人技;我虽尊高,人弗我害。谁能于此。江海虽左,长于百川,以其卑也。天道无亲,而能下人。戒之哉!'"

(6)《淮南子·道应》篇:"孔子观桓公之庙,有器焉,谓之宥卮。孔子曰:'善哉,余得见此器。'顾曰:'弟子取水。'水至灌之,其中则正,其盈则覆。孔子造然革容曰:'善哉,持盈者乎!'"宥卮,即欹器,古代盛酒祭器。"革容",脸色之变更。

(7)"先圣",指上述黄帝、大禹、成汤、武王、周公、孔子。

(8)"名也",各本误为"铭也"。此句,唐写本作"铭者,名也,亲器必名焉。正名审用,贵乎慎德"。杨明照《增订文心雕龙校注》:"按唐写本仅'亲'字有误(唐写本"观"皆作"亲"),余并是也。今本作'观器必也正名',盖写者涉《论语·子路》'必也正名乎'之文而误。后遂于'名'字下加豆。'盛',《御览》《玉海》六十引亦并作'慎',与唐写本合(余同今本)。《法言·修身》篇:'或问铭?曰:"铭哉!铭哉!有意于慎也。"'是铭之用,固在慎德矣。《颂赞》篇:'敬慎如铭。'亦可证。""徐燉'盛'校'慎'。"杨说可作参考。"铭也",当据唐写本为"名也",其他仍据元明各本作"观器必也正名,审用贵乎盛德",更符合骈文对偶形式。《释名·释典艺》:"铭,名也,述其功美,使可称名也。""正名",器物的名称是否恰当。"盛德",弘深丰盛美德。《文章流别论》:"德勋立而铭著。"

(9)"臧武仲",臧孙氏,鲁大夫,名纥,曾官司寇。《左传》襄公十九年:"季武子以所得于齐之兵,作林钟而铭鲁功焉。臧武仲谓季孙曰:非礼也。夫铭,天子令德(杜注:天子铭德不铭功),诸侯言时计功(杜注:举得时,动有功,则可铭也),大夫称伐(杜注:铭其攻伐之劳)。""令德",美德。

(10)《左传》宣公三年:"楚子伐陆浑之戎,遂至于洛,观兵于周疆。定王使王孙满劳楚子。楚子问鼎之大小轻重焉。对曰:'在德不在鼎。昔夏之方有德也,远方图物(杜注:图画山川奇异之物而献之),贡金九牧(杜注:使九州之牧贡金),铸鼎象物(杜注:象所图物,著之于鼎),百物而为之备,使民知神奸(杜注:图鬼神百物之形,使民逆备之)。故民入川泽山林,不逢不若(杜注:若,顺也),螭魅罔两(杜注:螭,山神,兽形。魅,怪物。罔两,水神),莫能逢之(杜注:逢,遇也),用能协于上下以承天休(杜注:民无灾害,则上下和而受天佑)。"《礼记·曲礼下》:"九州之长,入天子之国曰牧。"《汉书·郊祀志》:"禹收九州之金,铸九鼎,象九州。"九鼎上是否有铭文已不可考。范文澜《文心雕龙注》:"《禹贡》不言有铭,彦和以意说之。"可参考。

(11)"慎肃",古代少数民族,居于长白山以北。"楛矢",以楛木所做的箭。《国语·鲁语下》:"仲尼在陈,有隼极于陈侯之庭而死,楛矢贯之,石砮其长尺有咫。陈惠公使人以隼如仲尼之馆问之。仲尼曰:'隼之来也远矣!此肃慎氏之矢也。昔武王克商,通道于九夷、百蛮,使各以其方贿来贡,使无忘职业。于是肃慎氏贡楛矢、石砮,其长尺有咫。先王欲昭其令德之致远也，以示后人，使永监焉，故铭其栝曰"肃慎氏之贡矢"，以分大姬，配虞胡公而封诸陈。古者，分同姓以珍玉，展亲也；分异姓以远方之职贡，使无忘服也。故分陈以肃慎氏之贡。君若使有司求诸故府，其可得也。'使求，得之金椟，如之。"韦昭注："刻曰铭。栝，箭羽之间也。"

（12）"吕望"，太公望吕尚，即姜子牙，西伯侯姬昌拜为太师，尊称太公望。蔡邕《铭论》："吕尚作周太师而封于齐，其功铭于昆吾之冶。""昆吾"，此当指善冶炼之人，昆吾为吕尚铭勒功勋。昆吾亦作山名，见《山海经·中山经》。

（13）"镂绩"，铭刻功绩。"庸器"，古代铭功德铜器，如鼎彝之类。《周礼》卷二十四《春官宗伯下》典庸器："掌藏乐器、庸器。"郑玄注："庸器，伐国所藏之器，若崇鼎、贯鼎及以其兵物所铸铭也。"《周礼》卷十七《春官·序官》典庸器，郑玄注："庸，功也。郑司农云：有功者铸器以铭其功。"《后汉书·窦宪传》："南单于于漠北遗宪古鼎，容五斗，其旁铭曰：'仲山甫鼎，其万年子子孙孙永保用。'宪乃上之。"

（14）"魏颗"，晋国大夫。《国语·晋语七》："二月乙酉，公即位。使吕宣子佐下军，曰：'邲之役，吕锜佐智庄子于上军，获楚公子榖臣与连尹襄老，以免子羽。鄢之役，亲射楚王而败楚师，以定晋国而无后，其子孙不可不崇也。'使彘恭子将新军，曰：'武子之季、文子之母弟也。武子宣法以定晋国，至于今是用。文子勤身以定诸侯，至于今是赖。夫二子之德，其可忘乎！'故以彘季屏其宗。使令狐文子佐之，曰：'昔克潞之役，秦来图败晋功，魏颗以其身却退秦师于辅氏，亲止杜回，其勋铭于景钟。至于今不育，其子不可不兴也。'""景钟"，晋景公之钟。

（15）"孔悝"，卫国正卿。"表勤"，将其勤劳表现于卫鼎。《礼记·祭统》："故卫孔悝之《鼎铭》曰：'六月丁亥，公假于大庙。公曰："叔舅！乃祖庄叔，左右成公。成公乃命庄叔随难于汉阳，即宫于宗周，奔走无射，启右献公，献公乃命成叔纂乃祖服。乃考文叔，兴旧耆欲，作率庆士，躬恤卫国，共勤公家，夙夜不解。民咸曰：休哉！"公曰：

"叔舅,予女铭,若纂乃考服。"悝拜稽首曰:"对扬以辟之,勤大命施于烝彝鼎。"'此卫孔悝之鼎铭也。"

(16)"飞廉",或作蜚廉。"锡",赐。《史记·秦本纪》:"蜚廉生恶来。恶来有力,蜚廉善走,父子俱以材力事殷纣。周武王之伐纣,并杀恶来。是时蜚廉为纣石北方(李曰刚《文心雕龙斠诠》谓"石北方"之"石"字当据《御览》及《渊鉴类函》改作"使"),还,无所报,为坛霍太山而报,得石棺,铭曰:'帝令处父不与殷乱,赐尔石棺以华氏。'死,遂葬于霍太山。"裴骃《集解》:"徐广曰:'皇甫谧云作石椁于北方。'"司马贞《索隐》:"'石'下无字,则不成文,意亦无所见,必是《史记》本脱。皇甫谧尚得其说。"张守节《正义》:"刘伯庄云:'霍太山,纣都之北也。霍太山在晋州霍邑县。'"裴骃《集解》:"《地理志》霍太山在河东彘县。"处父,飞廉之字。"石椁",即石棺,元本、弘治本作"石廓",依王惟俭本、梅庆生本作"石椁"。

(17)"灵公",卫灵公。"蒿里",即指卫灵公所葬坟地。《庄子·则阳》:"仲尼问于太史大弢、伯常骞、狶韦曰:'夫卫灵公饮酒湛乐,不听国家之政;田猎毕弋,不应诸侯之际,其所以为灵公者何邪?'大弢曰:'是因是也。'伯常骞曰:'夫灵公有妻三人,同滥而浴。史鳅奉御而进所,搏币而扶翼。——其慢若彼之甚也,见贤人若此其肃也,是其所以为灵公也。'狶韦曰:'夫灵公也,死卜葬于故墓,不吉;卜葬于沙丘,而吉。掘之数仞,得石椁焉,洗而视之,有铭焉,曰:"不冯其子,灵公夺而埋之。"夫灵公之为灵也久矣。之二人,何足以识之?'"铭文含义:郭象注:"言不冯其子,灵公将夺女处也。"郭庆藩《庄子集释》谓:"家世父曰:郭象注,子谓蒯聩,非也。石椁有铭,古之葬者谓子孙无能凭依以保其墓,灵公得而夺之。《释文》一本作'夺而埋之',是也。'夺而里',而,汝也。里,居处也。一本作'夺而埋之'。"杨明照《增订文心雕龙校注》谓:"蒿,唐写本作'旧';《御览》引作'夺'。按'夺'字是,'旧'盖'夺'之形误,'蒿'则写者臆改。'夺里'见《庄子·则阳》篇。"杨说非也,系据铭文推测。元、明、清各本皆同,为"蒿里",唐写本"旧里"亦指其墓地。

(18)"幽石",指埋藏于地下的石棺。"吁",唐写本作"噫"。"矣",唐写本作"也"。吁、噫,均为叹词。杨明照《增订文心雕龙校注》:"《鲍氏集·芜城赋》:'莫不埋魂幽石。'"

(19)"赵灵",赵武灵王,自称主父。"勒迹",铭刻功绩。王利器《文心雕龙校证》:"'番吾'原作'番禺',梅(庆生)据杨(慎)改,徐(燉)校亦作'番吾'。按唐写本、《(太平)御览》作'潘吾'。《玉海》作'番禺',原注引赵主父事作'番吾'。"《韩非子·外储说左上》:"赵主父令工施钩梯而缘播吾(王先慎《集解》:"王先谦曰'播吾'即'番吾',见《史记·赵世家》《六国表》,又作'鄱吾'。汉常山郡有浦吾县。'浦''番'双声字变,在今正定府平山县东南。《汉(书)·地理志》云'县有铁山',《一统志》以为即房山,当即主父'令工施钩梯'者也。先慎曰:'播',张榜本、赵本作'潘'。")刻疏人迹其上(王先慎引俞樾说:"古本《韩子》当作'刻人疏其上',写者依今字作'迹',而'疏'字失不删去,遂误倒在'人'字之上,又误其字作'疏'也。"),广三尺,长五尺,而勒之曰:'主父常游于此。'"

(20)"秦昭",秦昭襄王嬴则。"博",元本、弘治本作"传",此据唐写本。《韩非子·外储说左上》:"秦昭王令工施钩梯而上华山,以松柏之心为博,箭长八尺,棊长八寸,而勒之曰'昭王尝与天神博于此'矣。"陈奇猷《韩非子集释》:"博,同簙,《说文》云:'簙,局戏也,六箸,十二棊也。'"簙,古代的棋类游戏。《博雅》:"博箸谓之箭。"《博雅》,即《广雅》,为三国时魏人张揖编撰,《广雅》在隋代避隋炀帝杨广讳,改称《博雅》。

(21)"吁",唐写本作"噫","矣",唐写本作"也"。

(22)有关铭的发展和意义,刘勰可能参考了蔡邕的《铭论》。《上古秦汉三国六朝文》之《全后汉文》录有蔡邕《铭论》:

> 《春秋》之论铭也,曰天子令德,诸侯言时计功,大夫称伐。昔肃慎纳贡铭之楛矢,所谓天子令德者也。黄帝有巾几之法,孔甲有盘杆之诫,殷汤有《甘誓》之勒,嶲鼎有丕显之铭,武王践阼,咨

于太师,而作席几楹杖杂铭十有八章。周庙金人,缄口书背,铭之以慎言,亦所以劝进人主,勖于令德者也。昔召公作诰,先王赐朕鼎,出于武当曾水。吕尚作周太师而封于齐,其功铭于昆吾之冶。汉获齐侯宝樽于槐里,获宝鼎于美阳。仲山甫有补衮阙,式百辟之功,《周礼》司勋,凡有大功者,铭之大常,所谓诸侯言时计功者也。宋大夫正考父,三命兹益恭,而莫侮其国。卫孔悝之父庄叔,随难汉阳,左右献公,卫国赖之,皆铭于鼎。晋魏颗获秦杜回于辅氏,铭功于景钟,所谓大夫称伐者也。钟鼎礼乐之器,昭德纪功,以示子孙,物不朽者,莫不朽于金石,故碑在宗庙两阶之间。近世以来,咸铭之于碑,德非此族,不在铭典。

(23)《史记·秦始皇本纪》:"二十八年,始皇东行郡县,上邹峄山。立石,与鲁诸儒生议,刻石颂秦德,议封禅望祭山川之事。乃遂上泰山,立石,封,祠祀。下,风雨暴至,休于树下,因封其树为五大夫。禅梁父(裴骃《集解》引服虔曰:"禅,阐广土地也。")刻所立石,其辞曰:……"又,"二十九年,始皇东游。至阳武博狼沙中,为盗所惊。求弗得,乃令天下大索十日。登之罘,刻石。其辞曰:……"又,"即帝位三年,东巡郡县,祠驺峄山(司马贞《索隐》:"驺县之峄山。驺县本邾国,鲁穆公改作邹。《从征记》北岩有秦始皇所勒铭。"),颂秦功业。""疏通之美",《礼记·经解》:"疏通知远,书教也。"《文心雕龙·颂赞》:"秦政刻文,爰颂其德。"《文心雕龙·封禅》:"秦皇铭岱,文自李斯,法家辞气,体乏弘润,然疏而能壮,亦彼时之绝采也。"

(24)"若",唐写本无。《昭明文选》有班固《封燕然山铭并序》。《后汉书·窦宪传》:"会南单于请兵北伐,乃拜宪车骑将军,金印紫绶,官属依司空,以执金吾耿秉为副。发北军五校、黎阳、雍营、缘边十二郡骑士,及羌胡兵出塞。明年,……与北单于战于稽落山,大破之,虏众崩溃,单于遁走,……宪、秉遂登燕然山,去塞三千余里,刻石勒功,纪汉威德,令班固作铭曰……"下并载班固铭文。

(25)"张昶",唐写本作"张旭"。《古文苑》载有张昶《华阴堂阙碑铭》,系为北地太守段煨而作。《昭明文选》沈约《游沈道士馆》李善注:"张昶《华山堂阙铭》曰:'必云霄之路,可升而起。'"《艺文类聚》卷七载张昶《西岳华山堂阙碑》:"易曰:天地定位,山泽通气。然山莫尊于岳,泽莫盛于渎。岳有五而华处其一,渎有四而河在其数,其灵也至矣。人主废兴,必有其应。……""碣",圆顶的石碑。

(26)蔡邕擅长写作铭、颂,其集中有很多碑铭作品。陆云《与兄平原书》:"蔡氏所长,唯铭颂耳。铭之善者,亦复数篇,其余平平耳。"

(27)"桥公",元本、弘治本作"侨公",唐写本、梅庆生本作"桥公",梅云:"元作侨,孙(汝澄)改。"桥玄,汉末县功曹,曾赞赏曹操。死后,曹操过其墓而悲之。蔡邕曾为桥玄作《黄钺铭》。"钺",即黄钺,以黄金为饰的斧,此为古代帝王所专用,或特别赐予专主征伐的重臣。《三国志·魏书·曹休传》:"帝征孙权,以休为征东大将军,假黄钺。"《艺文类聚》卷六十八载蔡邕《黄钺铭》:"帝命将军,执兹黄钺。威灵震耀,如火之烈。公之莅止,群狄斯柔。齐声罔设,介士斯休。"李翱《答开元寺僧书》:"夫铭,古多有焉……于盘则曰盘铭,于鼎则曰鼎铭,于山则曰山铭,盘之辞可迁之于鼎,鼎之辞可移之于山,山之辞可书之于碑,惟之所纪尔。……或盘或鼎,或峄山,或黄钺,其意与言皆同。""吐"上,唐写本有"则"字。"吐纳典谟",此谓言辞出入皆模效古代经典。

(28)范文澜《文心雕龙注》:"《水经注·睢水》篇谓此文是李友字仲僚所作。"蔡邕为朱穆(字公叔)所作之《宝鼎》全为散体,而无韵语,所谓"全成碑文"也。其末云:"肆其孤用,作兹宝鼎,铭载休功,俾后裔永用享祀,以知其先之德。""溺",沉溺、溺爱。铭文为韵语,蔡邕擅长碑文,此铭文无韵语而似碑文。

(29)《后汉书·冯衍传》:"冯衍,字敬通,京兆杜陵人,祖野王,元帝时为大鸿胪。衍幼有奇才,年九岁,能诵诗,至二十而博通群书。王莽时,诸公多荐举之者,衍辞不肯仕。"后历官司隶从事,以新阳侯事贬黜。据《全后汉文》二十卷载,冯衍铭文有《刀阳铭》《刀阴铭》《杖铭》《车铭》《席前右铭》《席后右铭》《杯铭》《爵铭》等,即所谓杂器铭。"准矱",规范、标准之意。"武",原作"戒",唐写本及《太平御览》均作

"武"。"武铭",指相传为武王所作之《席四端铭》《杖铭》等。冯衍之铭往往内容和名称不符,如《刀阴铭》:"温温穆穆,配天之威。苗裔无疆,福禄来绥。"和"刀阴"(刀背)无关。

(30)《后汉书·崔骃传》:"崔骃字亭伯,涿郡安平人也。高祖父朝,昭帝时为幽州从事,谏刺史无与燕刺王通。及刺王败,擢为侍御史。"《全后汉文》卷四十四载有其《车左铭》《车右铭》《车后铭》《仲山父鼎铭》《樽铭》《冬至袜铭》《六安枕铭》《刀剑铭》《刻漏铭》《缝铭》《扇铭》等。各篇皆为颂扬赞美为主,而少警戒之意。

(31)《后汉书·文苑传·李尤传》:"李尤字伯仁,广汉洛人也。少以文章显。和帝时,侍中贾逵荐尤有相如、杨雄之风,召诣东观,受诏作赋,拜兰台令史。稍迁,安帝时为谏议大夫,受诏与谒者仆射刘珍等俱撰《汉记》。后帝废太子为济阴王,尤上书谏争。顺帝立,迁乐安相。年八十三卒。所著诗、赋、铭、诔、颂、《七叹》《哀典》凡二十八篇。"《全后汉文》五十载有李尤《河铭》《洛铭》等八十四篇。严可均注:"按《华阳国志》十中:'和帝召作《东观》《辟雍》《德阳》诸观赋铭《怀戎颂》百二十铭;著《政事论》七篇,帝善之。'今搜辑群书,得八十四铭,其余三十七铭亡。""义俭辞碎",含义贫乏,既无褒赞,亦少警戒,而文辞琐碎、空泛。

(32)"蓍龟神物",蓍草和龟甲,都是筮卜的用具,是体现神明意图的神物。李尤的《蓍龟铭》,今不存,有《围棋铭》。"居博弈之中",唐写本、《太平御览》"中"作"下"。《周易·系辞上》:"是故《易》有太极,是生两仪,两仪生四象,四象生八卦,八卦定吉凶,吉凶生大业。……探赜索隐,钩深致远,以定天下之吉凶,成天下之亹亹者,莫大乎蓍龟。是故天生神物,圣人则之;天地变化,圣人效之;天垂象,见吉凶,圣人象之。河出《图》,洛出《书》,圣人则之。"

(33)李尤有《权衡铭》今存,见《全后汉文》卷五十。"衡斛",衡量用的斗斛。斛,一斛十斗,宋朝改为五斗。"嘉量",当指《嘉量铭》。挚虞《文章流别论》:"天子铭嘉量。"《周礼·考工记》:"栗氏为量。……其铭曰:'时文思索,允臻其极。嘉量既成,以观四国。永启厥后,兹器维则。'""曰杵",唐写本作"杵曰"。《杵臼铭》今不存。

(34)"闲",与"娴"通,娴熟、熟悉。

(35)《全三国文》卷八载魏文帝《典论·剑铭》。其序云:"为宝器九。剑三:一曰飞景,二曰流采,三曰华锋。刀三:一曰灵宝,二曰含章,三曰素质。匕首二:一曰清刚,二曰扬文。露陌刀一:曰龙鳞。因姿定名,以铭其枘。工非欧冶子,金非昆吾,亦一时之良也。"此即为"九宝",其器极为锋利。

(36)"张载",原作"张采",梅庆生改"张载",并云:"元作采,谢(兆申)改。"《剑阁铭》见《晋书》卷五十五《张载传》:"张载字孟阳,安平人也。父收,蜀郡太守。载性闲雅,博学有文章。太康初,至蜀省父,道经剑阁。载以蜀人恃险好乱,因著铭以作诫曰:'岩岩梁山,积石峨峨。远属荆衡,近缀岷嶓。南通邛僰,北达褒斜。狭过彭碣,高踰嵩华。惟蜀之门,作固作镇。是曰剑阁,壁立千仞。穷地之险,极路之峻。世浊则逆,道清斯顺。闭由往汉,开自有晋。……勒铭山阿,敢告梁益。'益州刺史张敏见而奇之,乃表上其文,武帝遣使镌之于剑阁山焉。""其才清采",唐写本作"清采其才"。"清采",才华横溢清晰洁净华丽多彩。

(37)"迅足骎骎",迅足,马足快捷。骎骎,快马速行之状。《诗经·小雅·四牡》:"载骤骎骎。"毛传:"骎骎,骤貌。""后发前至",出发在后而到达在前。杨明照《增订文心雕龙校注》:"'勒铭',唐写本作'诏勒'。按唐写本是也。'诏勒',即《晋书》载本传所谓'武帝遣使镌之于剑阁山'之意。今本盖写者据铭末'勒铭山河'句而改耳。"此说可作参考。唐残本影印模糊,铃木虎雄校本为"勒铭",与元、明各本同。"勒铭岷汉",刻铭于岷山、汉水间的剑阁。

(38)"箴者"下,唐写本有"针也"二字。"箴",针砭。"攻疾防患",针砭阙失预防政治病患。《汉书·艺文志》:"而用度箴石。"颜师古注:"箴所以刺病也;石谓砭石,即石箴也。"《国语·周语》:"故天子听政,使公卿至于列士献诗,瞽献曲,史献书,师箴,瞍赋,矇诵,百工谏,庶人传语,近臣尽规,亲戚补察,瞽、史教诲,耆、艾修之,而后王斟酌焉,是以事行而不悖。"韦昭注:"箴,箴刺王阙,以正得失也。"

(39)"三代",夏、商、周。夏、商二代的箴文尚存余句,如《逸周书·文传解》引《夏箴》:"中不容利,民乃外次。"又,《夏箴》:"小人无兼年之食,遇天饥,妻子非其有也。大夫无兼年之食,遇天饥,臣妾舆马非其有也。国君无兼年之食,遇天饥,百姓非其有也。戒之哉!弗思弗行,至无日矣。"《吕氏春秋·有始览·名类》引《商箴》:"天降灾布祥,并有其职。"

(40)"及周"四句,元、明各本作"及周之辛甲,《百官箴》一篇,体义备焉",唐写本作"及周之辛甲,《百官》箴阙,惟《虞箴》一篇,体义备焉"。杨明照《文心雕龙校注》:"按今本文意不明,当据唐写本及《御览》订补。"《左传》襄公四年:"昔周辛甲之为太史也,命百官,官箴王阙。"杜预注:"辛甲,周武王太史。阙,过也。使百官各为箴辞戒王过。"

(41)"魏绛",即魏庄子,晋国大夫。《虞箴》见《左传》襄公四年:"无终子嘉父使孟乐如晋,因魏庄子纳虎豹之皮,以请和诸戎。晋侯曰:'戎狄无亲而贪,不如伐之。'魏绛曰:'诸侯新服,陈新来和,将观于我。我德则睦,否则携贰。劳师于戎,而楚伐陈,必弗能救,是弃陈也。诸华必叛。戎,禽兽也。获戎失华,无乃不可乎?夏训有之曰:有穷后羿。'公曰:'后羿何如?'对曰:'昔有夏之方衰也,后羿自鉏迁于穷石,因夏民以代夏政。恃其射也,不修民事,而淫于原兽,弃武罗、伯困、熊髡、龙圉,而用寒浞。寒浞,伯明氏之谗子弟也,伯明后寒弃之,夷羿收之,信而使之,以为己相。浞行媚于内而施赂于外,愚弄其民而虞羿于田。树之诈慝,以取其国家,外内咸服。羿犹不悛,将归自田,家众杀而亨之,以食其子,其子不忍食诸,死于穷门。靡奔有鬲氏。浞因羿室,生浇及豷,恃其谗慝诈伪而不德于民,使浇用师,灭斟灌及斟寻氏。处浇于过,处豷于戈。靡自有鬲氏,收二国之烬,以灭浞而立少康。少康灭浇于过,后杼灭豷于戈,有穷由是遂亡,失人故也。昔周辛甲之为大史也,命百官官箴王阙。于虞人之箴曰:"芒芒禹迹,画为九州,经启九道。民有寝庙,兽有茂草,各有攸处,德用不扰。在帝夷羿,冒于原兽,忘其国恤,而思其麀牡。武不可重,用不恢于夏家。兽臣司原,敢告仆夫。'虞箴如是,可不惩乎?'于是晋侯好田,故魏绛及之。"

(42)"民",唐写本及《御览》所引作"人"。《左传》宣公十二年:"晋师在敖、鄗之间。……栾武子曰:'楚自克庸以来,其君无日不讨国人而训之,于民生之不易、祸至之无日,戒惧之不可以怠;在军,无日不讨军实而申儆之,于胜之不可保、纣之百克而卒无后,训之以若敖、蚡冒筚路蓝缕以启山林。箴之曰:"民生在勤,勤则不匮。不可谓骄。"……'赵庄子曰:'栾伯善哉!实其言,必长晋国。'"

(43)"委绝",唐写本作"萎绝"。

(44)"稽古",稽考古人典籍,谓模拟古人之作。《汉书·扬雄传》:"(雄)实好古而乐道,其意欲求文章成名于后世,以为经莫大于《易》,故作《太玄》;传莫大于《论语》,作《法言》;史篇莫善于《仓颉》,作《训纂》;箴莫善于《虞箴》,作《州箴》。"《后汉书·胡广传》:"初,杨雄依《虞箴》作十二州二十五官箴,其九箴亡阙。"据此,则汉代所存扬雄州箴、官箴当为二十八篇,刘勰所云《卿尹》《州牧》二十五篇,《四库提要》谓到刘勰时代又亡佚三篇。余嘉锡《四库提要辩证》则谓刘勰"不甚留心考证",而只记得二十五官箴,忘记了还有十二州箴。李曰刚《文心雕龙斠诠》以为"作《卿尹》《州牧》二十五篇"句,应为"作《十二州牧》,《二十五卿尹》篇"。按:刘勰所说《卿尹箴》,即指《官箴》,所说《州牧箴》即指《州箴》,所说二十五篇当包括《州箴》与《官箴》在内。故余说、李说均为臆测,不可信。当以《四库提要》说较为符合实际。又据严可均《全汉文》所辑,则扬雄有州箴十二篇,官箴二十一篇。

(45)"崔胡",崔骃、崔瑗父子和胡广。《后汉书·胡广传》又曰:"后涿郡崔骃及子瑗又临邑侯刘騊駼增补十六篇,广复继作四篇,文甚典美。乃悉撰次首目,为之解释,名曰百官箴,凡四十八篇。"

(46)范文澜《文心雕龙注》云:"'可',唐写本作'有'。鞶鉴有征,犹言明而有征。""鞶鉴",古人大带子上镶嵌的铜镜,刻箴于其上。"可征",可以明白验征。《左传》庄公二十一年:"郑伯之享王也,王以后之鞶监予之。"杜预注:"后,王后也。鞶,带而以镜为饰也。今西方羌胡犹然。故之遗服。""信所谓",唐写本作"可谓"。

(47)"潘勖",见《三国志·魏书·卫觊传》:"建安末,尚书右丞河南潘勖,黄初时,散骑常侍河内王象,亦与觊并以文章显。"裴松之注:"《文章志》曰:'勖字元茂,初名芝,改名勖,后避讳。或曰勖献帝时为尚书郎,迁右丞。诏以勖前在二千石曹,才敏兼通,明习旧事,敕并领本职,数加特赐。二十年,迁东海相。未发,留拜尚书左丞。其年病卒,时年五十余。魏公《九锡》策命,勖所作也。'"潘勖之《符节箴》今不存。

(48)《晋书·温峤传》:"温峤字太真,司徒羡弟之子也。父憺,河东太守。峤性聪敏,有识量,博学能属文,少以孝悌称于邦族。风仪秀整,美于谈论,见者皆爱悦之。……及在东宫,深见宠遇,太子与为布衣之交。数陈规讽,又献《侍臣箴》,甚有弘益。""侍臣",元本、弘治本、梅庆生本等作"傅臣",此据唐写本、王惟俭本。《侍臣箴》见《艺文类聚》十六,及《全晋文》卷八十。

(49)《晋书·王济传》:"济字武子。少有逸才,风姿英爽,气盖一时。好弓马,勇力绝人,善《易》及《庄》《老》,文词俊茂,伎艺过人,有名当世,与姊夫和峤及裴楷齐名。……齐王攸当之藩,济既陈请,又累使公主与甄德妻长广公主俱入,稽颡泣请帝留攸。帝怒谓侍中王戎曰:'兄弟至亲,今出齐王,自是朕家事。而甄德、王济连遣妇来生哭人!'以忤旨,左迁国子祭酒,常侍如故。"其作《国子箴》当在为国子祭酒时,今不存。"引广事杂",元本、弘治本无"杂"字,唐写本作"引多而事寡",此据王惟俭本。

(50)《晋书·潘尼传》:"尼字正叔。祖勖,汉东海相。父满,平原内史。并以学行称。尼少有清才,与岳俱以文章见知。性静退不竞,唯以勤学著述为事。"《乘舆箴》并序,见《全晋文》卷九十五。"义正"下,唐写本有"而"字。

(51)《三国志·魏书·王朗传》:"王朗字景兴,东海郯人也。以通经,拜郎中,除菑丘长。""太祖表征之,……拜谏议大夫,参司空军事。""及文帝践阼,改为司空,进封乐平乡侯。""明帝即位,进封兰陵侯。""朗著《易》《春秋》《孝经》《周官》传,奏议论记,咸传于世。"《杂箴》已佚,仅存数句,见《全三国文》卷二十二,亦见《艺文类聚》卷八十。"寘",同"置",安置。"巾履",指《巾箴》《履箴》,当是《杂箴》中篇章。"失其所施",下文曰"箴诵于官,铭题于器",箴文本是应用于对帝王官吏的箴戒,把它书写在巾、履上不合适,故谓失其所施。

（52）"武",元本、弘治本作"戒",此据唐写本。杨明照《增订文心雕龙校注》:"'戒',唐写本作'武';《御览》引同。按'武'字是。《武铭》者,武王所题席、机等十七铭也。""宪章",效法,指王朗之箴效法武王诸铭。"水火井灶",王朗《杂箴》今存下数句:"家人有严君焉,井灶之谓也。俾冬作夏,非灶孰能? 俾夏作冬,非井孰闲?"

（53）"名目",唐写本作"明用",均可。

（54）铭箴各有自己不同特点,但都是警戒性的文体。《诗经·小雅·庭燎》序:"《庭燎》,美宣王也;因以箴之。"陆机《文赋》云:"铭博约而温润。"《文选序》:"铭则序事清润。""确",唐写本作"确"。

（55）"核",元本、弘治本作"覆",此据王惟俭本、梅庆生本等。

（56）"异用",唐写本作"寡用"。"后代",原作"代",黄叔琳本作"于代",此据唐写本。

（57）《诗经·周颂·清庙》:"济济多士,秉文之德。""远大"后,唐写本有"者"字。

（58）"表器",唐写本作"器表"。

（59）《国语·吴语》载伍子胥谏于吴王曰:"王盍亦鉴于人,无鉴于水。昔楚灵王不君,其臣箴谏以不入。"韦昭注:"鉴,镜也。以人为镜,见成败;以水为镜,见形而已。"

（60）"警乎立履",原作"敬言乎履",此据唐写本。《周易·履卦》九五:"夬履,贞厉。象曰:夬履,贞厉,位正当也。"王弼注:"得位处尊,以刚决正,故曰'夬履,贞厉'也。履道恶盈而五处尊(处九五之尊位),是以危。"孔颖达《正义》:"'夬履'者,夬者,决也。得位处尊,以刚决正,履道行正,故夬履也。'贞厉'者,厉,危也,履道恶盈,而五以阳居尊,故危厉也。"

《诔碑》篇

周世盛德,有铭诔之文⁽¹⁾。大夫之材,临丧能诔⁽²⁾。诔者,累也;累其德行,旌之不朽也⁽³⁾。夏、商已前,其详靡闻。周虽有诔,未被于士⁽⁴⁾;又"贱不诔贵,幼不诔长",在万乘则称天以诔之⁽⁵⁾。读诔定谥,其节文大矣⁽⁶⁾。自鲁庄战乘丘,始及于士⁽⁷⁾。逮尼父之卒,哀公作诔⁽⁸⁾。观其"憖遗"之切,"呜呼"之叹,虽非睿作,古式存焉⁽⁹⁾。至柳妻之诔惠子,则辞哀而韵长矣⁽¹⁰⁾。

暨乎汉世,承流而作:扬雄之诔元后,文实烦秽⁽¹¹⁾;"沙麓"撮其要,而挚疑成篇。安有累德述尊,而阔略四句乎⁽¹²⁾?杜笃之诔,有誉前代。《吴诔》虽工,而结篇颇疏。岂以见称光武而改盼千金哉⁽¹³⁾?傅毅所制,文体伦序⁽¹⁴⁾;孝山、崔瑗,辨絜相参⁽¹⁵⁾。观其序事如传,辞靡律调,固诔之才也。潘岳构意,专师孝山,巧于序悲,易入新切;所以隔代相望,能征厥声者也⁽¹⁶⁾。至如崔骃《诔赵》,刘陶《诔黄》,并得宪章,工在简要⁽¹⁷⁾。陈思叨名,而体实繁缓;《文皇》诔末,百言自陈,其乖甚矣⁽¹⁸⁾。若夫殷臣诔汤,追褒《玄鸟》之祚⁽¹⁹⁾;周史歌文,上阐后稷之烈⁽²⁰⁾:诔述祖宗,盖诗人之则也。至于序述哀情,则触类而长⁽²¹⁾。傅毅之诔北海,云"白日幽光,雾雰杳冥⁽²²⁾";始序致感,遂为后式,景而效者⁽²³⁾,弥取于工矣。

详夫诔之为制,盖选言录行,传体而颂文,荣始而哀终。论其人也,暧乎若可觌⁽²⁴⁾;道其哀也,凄焉如可伤。此其旨也。

碑者,埤也⁽²⁵⁾;上古帝皇,始号封禅,树石埤岳,故曰碑也⁽²⁶⁾。周穆纪迹于弇山之石,亦古碑之意也⁽²⁷⁾。又宗庙有碑,树之两楹,事止丽牲,未勒勋绩⁽²⁸⁾。而庸器渐阙,故后代用碑,以石代金,同乎不朽,自庙徂坟,犹封墓也⁽²⁹⁾。自后汉以来,碑碣云起,才锋所断,莫高蔡邕⁽³⁰⁾。观杨赐之碑,骨鲠训典⁽³¹⁾;陈郭二文,句无择言⁽³²⁾;周、胡众碑,莫非清允⁽³³⁾。其叙事也该而要,其缀采也雅而泽;清词转而不穷,巧义出而卓立;察其为才,自然而至⁽³⁴⁾。孔融所创,有慕伯喈;张、陈两文,辨给足采⁽³⁵⁾,亦其亚也。及孙绰为文,志在碑诔⁽³⁶⁾,温、王、郗、庾⁽³⁷⁾,辞多枝杂,桓彝一篇,最为辨裁矣⁽³⁸⁾。

夫属碑之体,资乎史才,其序则传⁽³⁹⁾,其文则铭。标序盛德,必见清风之华;昭纪鸿懿,必见峻伟之烈:此碑之制也。夫碑实铭器,铭实碑文,因器立名,事先于诔⁽⁴⁰⁾。是以勒石赞勋者⁽⁴¹⁾,入铭之域;树碑述亡者⁽⁴²⁾,同诔之区焉。

赞曰:写实追虚⁽⁴³⁾,碑诔以立。铭德纂行,文采允集⁽⁴⁴⁾。观风似面,听辞如泣。石墨镌华,颓影岂戢⁽⁴⁵⁾。

简析:

本篇论诔、碑两种哀悼死者功德的文体。诔文古代只是公卿大夫死后,由上给下赐诔,不及于士。天子去世则假上天赐予名义作诔。直至鲁庄公给他驾车战死的士赐诔,才有士以下的诔文。古代有贱不诔贵,幼不诔长的原则,后来就不那么严格了。诔文在于累积记载死者言行功德,给以大力表彰。诔文在发展过程中也逐渐变化,到傅毅之诔北海王,开始重在叙述悲哀伤感的凄泣之情。历史上写作诔文的名家之作,如扬雄之诔元后,杜笃之诔吴汉,以及傅毅、潘岳等的诔文,虽在文辞上往往有某些缺陷,然总的发展是愈来愈工巧。碑文本是古代帝王勒刻纪勋的,后来范围逐渐扩大。碑原以金属铭刻,由于铜器缺乏,遂以石代替,发展为刻于死者墓前石碑之上。东汉以后碑碣作品非常繁荣,而最为出名的是汉末蔡邕的作品。他的《太尉杨赐碑》《陈寔碑》《郭泰碑》等,都是十分精彩的作品。碑的序文实际就是类似史书传记,作家最好要有史家才华;碑文则类似于铭的韵语,需要有足够的文采。碑文要充分表现死者清俊高洁的风貌,详细阐述其积累的功德状况,"碑实铭器,铭实碑文"。记载勋业事迹刻于器物即为铭,而颂扬死者德行表达哀伤则为诔文。故而铭、碑、诔是有密切关系的。诔、碑和铭相似而又有区别,写作方法上也有所不同,对此我们需要有明晰的认识。

语译:

周代德行盛大,有铭诔这样表示哀悼的文章。有才能的大夫,遇到丧事要能够写作诔文。诔的意思,就是积累,累积死者德行逐一记叙清楚,加以表彰使之不朽。夏、商以前诔文未有所闻。周代虽有诔文,(按照礼的规定)仅限于大夫以上未及于士。低贱的人不能为尊贵的人作诔,年幼的人不能为年长之辈作诔。如果是万乘天子,则需以上天名义作诔文。宣读诔文确定谥号,是十分庄重严肃的礼节仪式。鲁庄公与宋人战于乘丘给死去的士(县贲父、卜国)作诔,才开始有(诸侯)为士作的诔。及至孔子逝世,鲁哀公为之作诔祭祀,观看诔文"上天不愿留下老人"的悼词,和"呜呼哀哉"的叹词,虽然算不上特别聪明智慧之作,但保存了古代诔文的体制。到柳下惠妻子为其夫所作诔文谥惠子,文辞哀切而情韵深长。

到了汉代,皆沿袭前代模式制作诔文。扬雄为汉元帝皇后作诔文,文辞繁琐秽杂,《汉书·元后传》仅录其"沙麓之灵"四句摘要,而挚虞却怀疑即是全篇,叙说尊贵元后之种种高尚德行,怎么会只有疏阔简略的四句呢?杜笃的《大司马吴汉诔》,曾获美誉于前代,然而他的吴汉诔文虽然工巧精致,但是诔文结尾颇为疏略,岂能因为光武帝喜爱赞扬,而改变看法说它价值千金呢?傅毅所作诔文,体制层次分明、叙述极有条理;苏顺、崔瑗的诔文,明辨简洁互相契合。看他们诔文叙事犹如史书传记,文辞靡丽音律协调,确实是写诔文的英才。潘诔文的构思创意,专门师法苏顺,擅长巧妙叙述缠绵悲哀,易于进入新颖切至行列,和苏顺隔代相望相互媲美,前后辉映都能获得美好名声。崔骃的《诔赵》,刘陶的《诔黄》,都能合乎诔文法则,工于简洁扼要。陈思王曹植诔文浪得虚名,文体冗繁而舒缓,《文帝诔》篇末百余言,皆抒写寄托自己哀愁与文帝无关,背离了诔文体制。又如殷商朝臣为成汤作诔,在《玄鸟》诗中褒赞上天降福予商人祖先;周代史臣歌颂文王,在《生民》诗中追溯后稷功业。诔文叙述祖宗功德,乃是《诗经》的传统法则。至于叙述哀伤之情,往往缠绵悱恻触类而长。傅毅《北海王诔》说:"白日无光幽暗阴沉,雾雾笼罩大地杳冥。"诔文一开始就叙述极度悲哀感情,成为后来诔文范式。后世羡慕而仿效者,写得更加工巧了。

详细考察诔文体制特点,是选择有代表性言论及记录主要德行,以纪传形式颂体文辞来书写,从阐述生前荣耀开始以寄托死者悲哀结尾。论其为人,则仿佛亲眼目睹窥见其人;而诉说悲哀,则使人凄惨悲切黯然神伤。这就是诔文写作的要领。

碑的含义,是增益、补益(功德)的意思。古代的帝王,纪叙年号功德祭祀天地行封禅大典,镌刻石碑树立山岳,所以称为碑。周穆王刻石纪功于崦嵫山,(虽然没有碑之名称)实际就是古代的碑了。宗庙也有碑,树立在中庭东西两柱之间,当时只是用来系系祭牲,并未刻勒功勋事迹。由于铭刻纪功的铜器渐缺,所以后代之碑,以石代铜,同样可以不朽。由宗庙里立碑到坟墓前立碑,犹如增土封墓以显功绩。自东汉以来,碑碣之作风起云涌,而才华气魄达到杰出水平的,没有人能超过蔡邕。观看他的《太尉杨赐碑》,骨鲠刚劲仿效经典;《陈寔碑》和《郭泰碑》,文句用词无可选择更改;《汝南周勰碑》《太傅胡广碑》等众多碑文,清朗工巧适宜允当。其碑文叙事完备而扼要,其文辞藻采典雅而润泽;清新词语层出不穷,巧妙文义丰富卓立;考察他的才华文思,完全达到自然极致。孔融所作碑文,是模仿蔡邕的。他写的陈、张两篇碑文,辨析充分而富有文采,仅次于蔡邕。及至孙绰撰写文章,志趣专在碑文,他为温峤、王导、郗鉴、庾亮所写碑文,文辞枝碎杂乱,只有给桓彝写的碑文,最能明白辨析善于裁断。

撰写碑类文体,需依靠擅长史传写作人才,碑文的序实乃史书传记,而碑文即是韵语铭文。标举盛大德行,必须显示清雅风貌之光华;彰现宏美言行,必须展现其高峻伟大的功业。这就是碑的体制。碑实是刻有铭文的器物,铭则是碑的文辞,根据器物确立碑的名称,其产生是早于诔的。刻勒器物以赞扬功德勋业的,当入于铭的领域;树立石碑记叙死者事迹的,同属于诔的范围。

总论:抒写真迹追美功德,诔碑确立各有体例。铭记功德阐述言行,文华光彩汇聚共济。死者风貌如见其面,聆听文辞如闻泣涕。石墨镌书光华鲜艳,遗风余影永留后世。

注订:

(1)"盛德",德行茂盛。"诔",《周礼·春官宗伯·大祝》:"大祝:掌六祝之辞,以事鬼神示,祈福祥,求永贞。……掌六祈以同鬼神示。……作六辞以通上下、亲疏、远近,一曰辞,二曰命,三曰诰,四曰会,五曰祷,六曰诔。"郑玄注:(郑司农曰)"诔,谓积累生时德行,以锡(赐)之命,主为其辞也。《春秋传》曰:孔子卒,哀公诔之曰:'闵天不淑,不憗遗一老。俾屏余一人以在位,嬛嬛予在疚。呜呼哀哉尼父!无自律。'此皆有文辞雅令,难为者也,故大祝官主作六辞。或曰诔,《论语》所谓'诔曰:祷尔于上下神祇'。"

(2)"材",唐写本作"才"。《毛诗·鄘风·定之方中》:"降观于桑,卜云其吉,终然允臧。"毛传:"故建邦能命龟,田能施命,作器能铭,使能造命,升高能赋,师旅能誓,山川能说,丧纪能诔,祭祀能语,君子能此九者,可谓有德音,可以为大夫。"

(3)范文澜《文心雕龙注》:"《释名·释典艺》:'诔,累也,累列其事而称之也。'《说文》言部:'讄,祷也,累功德以求福。'又:'诔,谥也。谥,行之迹也。'盖诔与谥相因者也。"

(4)"详",唐写本作"词",亦可通谓夏、商以前未闻有诔词。古代没有爵位,亦无谥号,故无诔文。《礼记·郊特牲》:"死而谥,今也;古者生无爵,死无谥。"郑玄注:"古,谓殷以前也。大夫以上乃谓之爵,死有谥也。"

(5)《礼记·曾子问》:"贱不诔贵,幼不诔长,礼也。唯天子称天以诔之。诸侯相诔,非礼也。"郑玄注:"诔,累也。累列生时行迹,读之以作谥。谥当由尊者成。""(天子死)以其无尊焉。《春秋公羊》说,以为读诔制谥于南郊,若云受之于天然。""礼当言诔于天子也。天子乃使大史赐之诔。""其"字原无,此据唐写本、《御览》补。《白虎通·谥·论天子谥南郊》:"天子崩,大臣至南郊谥之者何?以为人臣之义,莫不欲褒称其君,掩恶扬善者也;故之南郊,明不得欺天也。故《曾子问》孔子曰:'天子崩,臣卜全南郊告谥之。'"陈立《白虎通疏证》:"《通典》引《五经通义》云:'大臣吉服之南郊告天,还,素服称天命以谥之。'《释名·释典艺》云:'王者无上,故于南郊称天以诔之。'"

(6)"节文",亦见本书《书记》篇:"若夫尊贵差序,则肃以节文。"本书《章表》篇:"肃恭节文,条理首尾。"

(7)《礼记·檀弓上》:"鲁庄公及宋人战于乘丘(鲁国地名)。县贲父御,卜国为右(县贲父、卜国,皆人名)。马惊,败绩,公队(坠也)。佐车授绥(郑玄注:"戎车之贰曰佐。授绥乘公。")公曰:'末之,卜也。(郑玄注:"末之犹微也,言卜国无勇。")'县贲父曰:'他日不败绩,而今败绩,是无勇也。'遂死之。圉人浴马,有流矢在白肉(郑玄注:"圉人,掌养马者。白肉,股里肉也。"孔颖达《正义》:"以股里白,故谓之白肉,非谓肉色白也。")。公曰:'非其罪也。'遂诔之。士之有诔,自此始也(郑玄注:"记礼失所由来也。周虽以士为爵,犹无谥也。殷大夫以上为爵。")。"

(8)"逮",及。"尼父",孔子。"之卒",元、明各本无"之"字,此据唐写本。《左传》哀公十六年:"夏四月己丑,孔丘卒。公诔之曰:'旻天不吊,不慭遗一老,俾屏余一人以在位(杜预注:"仁覆闵下,故称旻天。吊,至也。慭,且也。俾,使也。屏,蔽也"),茕茕余在疚。呜呼哀哉!尼父,无自律(杜预注:"疚,病也。律,法也。言丧尼父无以自为法。")。'子赣曰:'君其不没于鲁乎!夫子之言曰:"礼失则昏,名失则惛。"失志为昏,失所为惛。生不能用,死而诔之,非礼也。称一人,非名也。君两失之。'"此是对哀公诔孔子之文的评价。不憖,何不。遗,留。

（9）"憖遗",且留。《诗·小雅·十月之交》："不憖遗一老,俾守我王。"郑玄笺："憖者,心不欲自强之辞也。言尽将旧在位之人与之皆去,无留卫王。""切",唐写本作"辞"。

（10）《列女传·贤明传·柳下惠妻》："鲁大夫柳下惠之妻也。……柳下既死,门人将诔之。妻曰:'将诔夫子之德耶,则二三子不如妾知之也。'乃诔曰:'夫子之不伐兮,夫子之不竭兮,夫子之信诚而与人无害兮。屈柔从俗,不强察兮。蒙耻救民,德弥大兮。虽遇三黜,终不蔽兮。恺悌君子,永能厉兮。嗟乎惜哉,乃下世兮。庶几遐年,今遂逝兮。呜呼哀哉,魂神泄兮。夫子之谥,宜为惠兮。'门人从之以为诔,莫能窜一字。君子谓柳下惠妻能光其夫矣。诗曰:'人知其一,莫知其他。'此之谓也。"

（11）"元后",孝元皇太后王政君（公元前71年—13年）,魏郡元城（今河北正定）人,汉元帝刘奭皇后,汉成帝刘骜生母。《汉书·元后传》："自莽篡位后,知太后怨恨,求所以媚太后无不为,然愈不说。莽更汉家黑貂,着黄貂,又改汉正朔伏腊日。太后令其官属黑貂,至汉家正腊日,独与其左右相对饮酒食。太后年八十四,建国五年二月癸丑崩。三月乙酉,合葬渭陵。（王）莽诏大夫扬雄作诔曰:'太阴之精,沙麓之灵,作合于汉,配元生成。'著其协于元城沙麓。太阴精者,谓梦月也。太后崩后十年,汉兵诛莽。""文实烦秽",指扬雄诔文繁琐冗长,且中间大段称颂王莽篡位,所谓"皇天眷命,黄虞之孙。历世运移,属在圣新。代于汉刘,受祚于天"。实与元后无关,故云烦秽。诔文见《艺文类聚》卷十五及《全汉文》卷五十四。

（12）"沙麓",即沙麓山,今河北大名县附近,指诔文中"沙麓之灵"四句。唐写本作"沙鹿","撮"后无"其"字。《元后传》所引四句,实为全文要害,所谓"撮其要"。挚虞《文章流别》怀疑全篇谨此四句,可能是因为他没有看到全文。范文澜注引姚范《援鹑堂笔记》

四十:"按此盖谓挚虞读雄此诔,而疑《汉书》所载为全篇耳。"又引孙诒让《札迻》十二:"案此谓扬雄作《元后诔》,《汉书·元后传》仅撮举四句,非其全篇也。'挚疑成篇',挚当即挚虞。盖扬文全篇,虞偶未见,撰《文章流别》遂疑全篇止此四句,故彦和难以累德述尊,必不如此阔略也。文无脱误。"《汉书·王莽传》:"愿陛下爱精休神,阔略思虑。"颜师古注:"阔,宽也。略,简也。"

(13)《后汉书·文苑传·杜笃传》:"杜笃字季雅,京兆杜陵人也。高祖延年,宣帝时为御史大夫。笃少博学,不修小节,不为乡人所礼。居美阳,与美阳令游,数从请托,不谐,颇相恨。令怒,收笃送京师。会大司马吴汉薨,光武诏诸儒诔之,笃于狱中为诔,辞最高,帝美之,赐帛免刑。……所著赋、诔、吊、书、赞、《七言》《女诫》及杂文,凡十八篇。又著《明世论》十五篇。"《吴诔》即其《大司马吴汉诔》,见《艺文类聚》卷四十七,亦见《全后汉文》二十八。其序曰:"笃以为尧隆稷契,舜嘉皋陶,伊尹佐殷,吕尚翼周,若此五臣,功无与畴。今汉吴公,追而六之,乃作诔曰:'朝失鲠臣,国丧牙爪。……'""结篇",原作"他篇",此据《天平御览》引。《杜笃传》所载诔文谨此一篇,刘勰是否曾见其他诔文则不可知。刘永济《文心雕龙校释》云:"'他',《御览》作'结'。详审文气,盖指《吴诔》结尾未工,'他'字非。"按上下文意推断,均为论《吴汉诔》,故刘永济说比较有道理。王更生同刘说。各家皆以"他篇"译释,似可斟酌。"改盻",或认为当作"顾眄"或"顾盼"。王利器《文心雕龙校证》:"《御览》'改盻'作'顾眄',顾(广圻)校'盻'作'盼'。"

(14)《后汉书·文苑传·傅毅传》:"傅毅字武仲,扶风茂陵人也。少博学。……建初中,肃宗博召文学之士,以毅为兰台令史,拜郎中,与班固、贾逵共典校书。毅追美孝明皇帝功德最盛,而庙颂未立,乃依《清庙》作《显宗颂》十篇奏之,由是文雅显于朝廷。……毅早卒,著诗、赋、诔、颂、祝文、《七激》、连珠凡二十八篇。"《全后汉文》卷四十三收有他的《明帝诔》和《北海王诔》。"文体伦序",指其诔文体制层次分明,叙事条理清晰。

(15)"孝山",唐写本作"苏顺"。《后汉书·文苑传·苏顺传》:"苏顺,字孝山,京兆霸陵人也。和安间以才学见称。好养生术,隐处求道。晚乃仕,拜郎中,卒于官。所著赋、论、诔、哀辞、杂文凡十六篇。"《全后汉文》卷四十九收有其《和帝诔》《陈公诔》《贾逵诔》三篇。"崔瑗",崔骃之子。《后汉书·崔骃传》:"瑗字子玉,早孤,锐志好学,尽能传其父业。……瑗高于文辞,尤善为书、记、箴、铭,所著赋、碑、铭、箴、颂、《七苏》《南阳文学官志》《叹辞》《移社文》《悔祈》《草书势》、七言,凡五十七篇。其《南阳文学官志》称于后世,诸能为文者皆自以弗及。"《全后汉文》卷四十五收其诔文三篇:《和帝诔》《窦贵人诔》《司农卿鲍德诔》。前两篇亦见《艺文类聚》卷十二及十五。王利器《文心雕龙校证》:"唐写本、《御览》'絜'作'洁'。""辨絜相参",谓明辨简洁互相结合。兹举崔瑗《窦贵人诔》为例:"若夫贵人,天地之所留神,造化之所殷勤。华光耀乎日月,才智出乎浮云。然犹退让,未尝专宠。乐庆云之普覆,悼时雨之不广。忧国念主,不敢怠遑。呜呼哀哉,惟以永伤。"

(16)《晋书·潘岳传》:"潘岳字安仁,荥阳中牟人也。祖瑾,安平太守。父芘,琅邪内史。岳少以才颖见称,乡邑号为奇童,谓终、贾之俦也。……岳美姿仪,辞藻绝丽,尤善为哀诔之文。"《全晋文》卷九十二收有他的诔文《世祖武皇帝诔》《杨荆州诔》《杨仲武诔》等十多篇。刘师培《中国中古文学史》引王隐《晋书》:"潘岳善属文,哀诔之妙,古今莫比,一时所推。""专师孝山",苏顺所存诔文不多,也许刘勰看到的苏顺诔文比较多,故有此论。"意",唐写本作"思";"序",唐写本作"叙";"切",唐写本作"丽";"征",繁体为"徵",唐写本作"徽"。"征",成也,《说文》:"召也。"

(17)崔骃、刘陶二人皆无诔文留下,史传亦无记载,《诔赵》《诔黄》未知详情,或刘勰当时曾见其文。《后汉书·崔骃传》:"崔骃字亭伯,涿郡安平人也。高祖父朝,昭帝时为幽州从事,谏刺史无与燕刺王通。及刺王败,擢为侍御史。……所著诗、赋、铭、颂、书、记、表、《七依》《婚礼结言》《达旨》《酒警》合二十一篇。"《后汉书·刘陶传》:"刘陶字子奇,一名伟,颍川颍阴人,济北贞王勃之后。陶为人居简,不修小节。所与交友,必也同志。好尚或殊,富贵不求合;情趣苟同,贫贱不易意。……陶著书数十万言,又作《七曜论》《匡老子》《反韩非》《复孟轲》,及上书言当世便事、条教、赋、奏、书、记、辩疑,凡百余篇。""宪章",法则、法度。

（18）"陈思",陈思王,即曹植。"叨名",谓虚有其名。据《全三国文》所收曹植之诔文有七篇,都比较长。《文皇诔》当即是曹植《文帝诔》。"百言",原作"旨言",此据唐写本。

（19）"诔",唐写本作"咏"。"诔汤",当指《诗经·商颂·玄鸟》:"天命玄鸟,降而生商,宅殷土芒芒。古帝命武汤,正域彼四方。方命厥后,奄有九有。"毛传曰:"玄鸟,鳦(燕子)也。春分玄鸟降。汤之先祖有娀氏女简狄配高辛氏帝,帝率与之祈于郊禖(吉)而生契,故本其为天所命,以玄鸟至而生焉。"此亦以天命诔天子。《史记·殷本纪》:"殷契,母曰简狄,有娀氏之女,为帝喾次妃。三人行浴,见玄鸟堕其卵,简狄取吞之,因孕生契。契长而佐禹治水有功。帝舜乃命契曰:'百姓不亲,五品不训,汝为司徒而敬敷五教,五教在宽。'封于商,赐姓子氏。契兴于唐、虞、大禹之际,功业著于百姓,百姓以平。""祚",保佑、赐福。

（20）"文",周文王。"上阐",推阐,上溯。《诗经·大雅·生民》序:"《生民》,尊祖也。后稷生于姜嫄,文、武之功起于后稷,故推以配天焉。"《生民》:"厥初生民,时惟姜嫄。"郑玄笺曰:"姜姓者,炎帝之后。有女名嫄,当尧之时,为高辛氏之世妃,本后稷之初生,故谓之生民。"《诗经·周颂·思文》序:"《思文》,后稷配天也。"孔颖达《正义》:"《思文》诗者后稷配天之乐歌也。""思文后稷,克配彼天。立我烝民,莫匪尔极。"郑玄笺:"周公思先祖有文德者,后稷之功能配天。昔尧遭洪水,黎民阻饥,后稷播殖百谷,烝民乃粒,万邦作乂,天下之人无不于女时得其中者。"

（21）《周易·系辞上》:"引而申之,触类而长之,天下之能事毕矣。"

(22)《全后汉文》卷四十三载有傅毅《北海王诔》,当为残文,无刘勰所引"白日"两句。其《北海王诔》序云:"永平六年,北海静王薨。于是境内,市不交易,途无征旅,农不修亩,室无女工,感相惨怛,若丧厥亲。"范文澜注引卢文弨说,据《文心雕龙·练字》篇"傅毅制诔,已用淮雨"改"氛雾"为"淮雨",非。周振甫又据《毛诗正义》改为"淫雨"亦非。

(23)"感",元本、弘治本、王惟俭本作"惑",此据唐写本,《太平御览》引同。"景",唐写本作"影"。"工",元本、弘治本、唐写本作"功"。此据谢兆申校改。

(24)"暧",元本、弘治本等作"暖",此据佘诲本、汪一元本。王利器《文心雕龙校证》:"《时序》篇赞:'暧焉如面。'辞意与此同。'暧'借'僾'字,《说文》:'僾,仿佛也。《诗》曰:"僾而不见。"'"

(25)《说文》石部:"碑,竖石也。从石,卑声。""埤也",唐写本作"裨也"。埤,增益,记叙功德业绩以增补宣扬之意。

(26)"帝皇",唐写本作"帝王"。"始号",指开始祭祀天地的封禅大典;唐写本作"纪号",指纪录年号功德的封禅大典:二说均可。《汉书·武帝纪》:"夏四月癸卯,上还,登封泰山,降坐明堂。"颜师古注:"孟康曰:'王者功成治定,告成功于天。封,崇也,助天之高也。刻石纪号,有金策石函金泥玉检之封焉。'应劭曰:'刻石,纪绩也。'"

(27)周穆王事见《穆天子传》:"乙丑,天子觞西王母于瑶池之上。西王母为天子谣曰:'白云在天,丘陵自出。道里悠远,山川间之。将子无死,尚能复来。'天子答之曰:'予归东土,和治诸夏。万民平均,吾顾见汝。比及三年,将复而野。'西王母又为天子吟曰:……天子遂驱升于弇山(即崦嵫山),乃纪其迹于弇山之石,而树之槐,眉曰'西王母之山'。""古",各本作"石"。冯舒、何焯校改为"古",当以"古"为是。"碑"前,唐写本无"石"字。

(28)刘宝楠《汉石例》卷一《墓碑例·称碑例》:"宫庙之碑,皆在中庭。"范文澜《文心雕龙注》:"树之两楹,谓碑树于中庭,其位置当东楹西楹两楹之间。"《礼记·祭义》:"祭之日,君牵牲,穆答君,卿大夫序从;既入庙门,丽于碑。"郑玄注:"祭,谓祭宗庙也。穆,子姓也。答,对也。序,以次第从也。""丽犹系也。"孔颖达《正义》:"君牵牲入庙门,系着中庭碑也。""事止",原作"事正",此据唐写本。

(29)"庸器",铭刻功绩的钟鼎铜器。唐代陆龟蒙《野庙碑》:"碑者,悲也。古者悬而窆,用木,后人书之,以表其功德,因留之不忍去。碑之名由是而得。自秦汉以降,生而有功德政事者,亦碑之,而又易之以石,失其称矣。"(见《唐文粹》)"金",谓铜器也。《全后汉文》卷七十四载蔡邕《铭论》:"物不朽者,莫不朽于金石,故碑在宗庙两阶之间。"碑由金而石,由宗庙而至坟墓,都是立以不朽的。

(30)"以",唐写本作"已"。"碑碣",方者为碑,圆者为碣。"云起",碑作涌现极多。"才锋",才华、才气,谓才华杰出的作家,当以蔡邕为最高。"所断",所及。《后汉书·蔡邕传》:"蔡邕字伯喈,陈留圉人也。……少博学,师事太傅胡广。好辞章、数术、天文,妙操音律。……邕以经籍去圣久远,文字多谬,俗儒穿凿,疑误后学,熹平四年,乃与五官中郎将堂溪典、光禄大夫杨赐、谏议大夫马日䃅、议郎张驯、韩说、太史令单扬等,奏求正定六经文字。灵帝许之,邕乃自书丹于碑,使工镌刻立于太学门外。于是后儒晚学,咸取正焉。及碑始立,其观视及摹写者,车乘日千余两,填塞街陌。……所著诗、赋、碑、诔、铭、赞、连珠、箴、吊、论议《独断》《劝学》《释诲》《叙乐》《女训》《篆势》、祝文、章表、书记,凡百四篇,传于世。"《全后汉文》收其碑文甚多。《全后汉文》七十八载蔡邕《太尉杨赐碑》共有四篇。

(31)《后汉书·杨震传》:"(杨)赐字伯献。少传家学,笃志博闻。……二年九月,复代张温为司空。其月薨。天子素服,三日不临朝,赠东园梓器襚服,赐钱三百万,布五百匹。……及葬,又使侍御史持节送丧,兰台令史十人发羽林骑轻车介士,前后部鼓吹,又敕骠骑将军官属司空法驾,送至旧茔。公卿已下会葬。谥文烈侯。""训典",《左传》文公六年:"告之训典,教之防利。"杜预注:"训典,先王之书。防恶兴利。"《文心雕龙·封禅》篇:"树骨于训典之区。"挚虞《文章流别论》:"蔡邕为杨公作碑,其文典正,末世之美者也。"

(32)蔡邕撰有《陈寔碑》和《郭泰碑》,载《全后汉文》卷七十八与卷七十六。《后汉书·陈寔传》:"陈寔字仲弓,颍川许人也。出于单微。……寔在乡间,平心率物。其有争讼,辄求判正,晓譬曲直,退无怨者。"《后汉书·郭泰传》:"郭太字林宗,太原界休人也。家世贫贱。……司徒黄琼辟,太常赵典举有道(故后称林宗为有道)。或劝林宗仕进者,对曰:'吾夜观乾象,昼察人事,天之所废,不可支也。'遂并不应。……(建宁二年)卒于家,时年四十二。四方之士千余人,皆来会葬。同志者乃共刻石立碑,蔡邕为其文,既而谓涿郡卢植曰:'吾为碑铭多矣,皆有惭德,唯郭有道无愧色耳。'"梁元帝《内典碑铭集林序》:"唯伯喈作铭,林宗无愧。""句无择言",文辞无可指摘。"句",黄叔琳本作"词"。

(33)"周胡",元、明各本均作"周乎",此据唐写本。指蔡邕《汝南周勰碑》《太傅胡广碑》。《后汉书·周勰传》:"勰字巨胜,少尚玄虚,以父任为郎,自免归家。……常隐处窜身,慕老聃清静,杜绝人事,巷生荆棘,十有余岁。……蔡邕以为知命。"《后汉书·胡广传》:"胡广字伯始,南郡华容人也。……性温柔谨素,常逊言恭色。达练事体,明解朝章。虽无謇直之风,屡有补阙之益。故京师谚曰:'万事不理问伯始,天下中庸有胡公。'……凡一履司空,再作司徒,三登太尉,又为太傅。其所辟命,皆天下名士。"蔡邕还有《陈留太守胡硕碑》序云:"君讳硕,字季叡。……建宁元年七月拜陈留太守。病加,不任应召。诏使谒者刘悝即授印绶。二十一日卒。""清允",清朗适宜之意。王利器《文心雕龙校证》:"'莫非清允',宋本《御览》作'莫不精允',明钞本《御览》、明活字本《御览》'清'作'精'。徐(燉)曰:'清一作精。'"

(34)"至"字后,唐写本有"矣"字。

(35)《后汉书·孔融传》:"孔融字文举,鲁国人,孔子二十世孙也。……与蔡邕素善,邕卒后,有虎贲士貌类于邕,融每酒酣,引与同坐,曰:'虽无老成人,且有典刑。'……魏文帝深好融文辞,每叹曰:'杨、班俦也。'募天下有上融文章者,辄赏以金帛。所著诗、颂、碑文、论议、六言、策文、表、檄、教令、书记凡二十五篇。"《全后汉文》卷八十三载有其《卫尉张俭碑铭》,陈碑佚,无考。《后汉书·张俭传》:"张俭字元节,山阳高平人,赵王张耳之后也。……献帝初,百姓饥荒,而俭资计差温,乃倾竭财产,与邑里共之,赖其存者以百数。建安初,征为卫尉,不得已而起。俭见曹氏世德已萌,乃阖门悬车,不豫政事。岁余卒于许下。年八十四。""慕",唐写本作"摹"。"辨给",辨析充足丰富。

(36)《晋书·孙绰传》:"绰字兴公。博学善属文,少与高阳许询俱有高尚之志。居于会稽,游放山水,十有余年,乃作《遂初赋》以致其意。……绰少以文才垂称,于时文士,绰为其冠。温、王、郗、庾诸公之薨,必须绰为碑文,然后刊石焉。年五十八,卒。""志在碑诔",唐写本作"志在于碑"。

(37)"郗",原作"邰",此据唐写本。《全晋文》卷六十二载其《丞相王导碑》《太宰郗鉴碑》《太尉庾亮碑》《司空庾冰碑》等。而《温峤碑》《桓彝碑》均已佚。

(38)《晋书·桓彝传》:"桓彝字茂伦,谯国龙亢人,汉五更荣之九世孙也。……苏峻之乱也,彝纠合义众,欲赴朝廷。……寻王师败绩,彝闻而慷慨流涕,进屯泾县。……将士多劝彝伪降,更思后举。彝不从,辞气壮烈,志节不挠。城陷,为晃所害,年五十三。""辨裁",辨析裁断。杨明照《增订文心雕龙校注》:"范宁《穀梁传集解序》:'《公羊》辩而裁,其失也俗。'杨疏:'辩,谓说事分明;裁,谓善能裁断。'"

(39)"序",唐写本作"叙"。

(40)"先",原作"光",此据唐写本,梅庆生谓"当作先"。

(41)"石",唐写本作"器"。

(42)"亡",原作"己",此据唐写本。

(43)"实",唐写本作"远"。"虚",功德传闻。

(44)"纂"字,原作"慕",此据唐写本。"文采",唐写本作"光采"。

(45)李曰刚《文心雕龙斠诠》:"颓影,谓死者颓坠之遗影。戢,《说文》训藏兵,又敛息之义。……戢影有伏藏、敛息其影之义。此处所谓'颓影岂戢'者,极言诔碑之用,能增光泉壤,流誉后世,俾死者遗影不致淹灭无闻也。""戢",原作"忒",此据唐写本。杨明照《增订文心雕龙校注》:"'忒',唐写本作'戢'。按本赞纯用缉韵,此当以作'戢'为是,若作'忒',则失其韵矣。"王利器《文心雕龙校证》:"《类聚》九七引傅咸《萤火赋》'当朝阳而戢影',此彦和所本。"

《哀吊》篇

赋宪之谥,短折曰哀⁽¹⁾。哀者,依也。悲实依心,故曰哀也⁽²⁾。以辞遣哀,盖下流之悼⁽³⁾,故不在黄发,必施夭昏⁽⁴⁾。昔三良殉秦,百夫莫赎,事均夭枉,《黄鸟》赋哀,抑亦诗人之哀辞乎⁽⁵⁾?暨汉武封禅,而霍嬗暴亡,帝伤而作诗,亦哀辞之类矣⁽⁶⁾。降及后汉,汝阳王亡,崔瑗哀辞,始变前式⁽⁷⁾。然"履突鬼门",怪而不辞;"驾龙乘云",仙而不哀⁽⁸⁾;又卒章五言,颇似歌谣,亦仿佛乎汉武也⁽⁹⁾。至于苏顺、张升,并述哀文,虽发其情华,而未极心实⁽¹⁰⁾。建安哀辞,惟伟长差善,《行女》一篇,时有恻怛⁽¹¹⁾。及潘岳继作,实踵其美⁽¹²⁾。观其虑善辞变,情洞悲苦,叙事如传,结言摹诗,促节四言,鲜有缓句;故能义直而文婉,体旧而趣新,《金鹿》《泽兰》,莫之或继也⁽¹³⁾。

原夫哀辞大体,情主于痛伤,而辞穷乎爱惜。幼未成德,故誉止于察惠⁽¹⁴⁾;弱不胜务,故悼加乎肤色⁽¹⁵⁾。隐心而结文则事惬,观文而属心则体夸⁽¹⁶⁾。夸体为辞,则虽丽不哀;必使情往会悲,文来引泣,乃其贵耳。

吊者,至也。诗云:"神之吊矣。"言神至也⁽¹⁷⁾。君子令终定谥⁽¹⁸⁾,事极理哀,故宾之慰主,以至到为言也;压溺乖道,所以不吊矣⁽¹⁹⁾。又宋水郑火,行人奉辞⁽²⁰⁾,国灾民亡,故同吊也。及晋筑虒台,齐袭燕城⁽²¹⁾,史赵苏秦,翻贺为吊⁽²²⁾,虐民构敌,亦亡之道。凡斯之例,吊之所设也。或骄贵以殒身,或狷忿以乖道,或有志而无时,或美才而兼累[23],追而慰之,并名为吊。自贾谊浮湘,发愤吊屈[24],体同而事核,辞清而理哀,盖首出之作也。及相如之吊二世,全为赋体[25],桓谭以为其言恻怆,读者叹息[26];及卒章要切,断而能悲也[27]。扬雄吊屈,思积功寡,意深反《骚》,故辞韵沈膇[28]。班彪蔡邕,并敏于致诘[29],然影附贾氏,难为并驱耳。胡阮之吊夷齐,褒而无间[30],仲宣所制,讥呵实工[31]。然则胡阮嘉其清,王子伤其隘,各其志也[32]。祢衡之吊平子,缛丽而轻清[33];陆机之吊魏武,序巧而文繁[34]。降斯以下,未有可称者矣。

夫吊虽古义,而华辞未造[35];华过韵缓,则化而为赋,固宜正义以绳理,昭德而塞违[36],割析褒贬[37],哀而有正,则无夺伦矣。

赞曰:辞之所哀,在彼弱弄[38]。苗而不秀,自古斯恸[39]。虽有通才,迷方失控。千载可伤,寓言以送[40]。

简析:

本篇论哀、吊两种悼念文体。哀辞是祭奠年幼夭折者而写的,表达伤痛悲哀之情,故不用在黄发老人的去世。吊文则是为悼念逝世者而写的文辞,但对被压死、淹死等不正常死亡的则不吊。哀辞最早可以追溯到《诗经》中哀悼为秦穆公殉葬"三良"的诗篇《黄鸟》,以及汉武帝为封禅泰山时暴亡的霍嬗写的悼诗,东汉崔瑗亦有为汝阳王去世所写哀辞,开始改变只为年幼者写哀文的传统。魏晋时代徐幹的《行女哀辞》和潘岳的《金鹿哀辞》《为任子咸妻作孤女兰泽哀辞》较为突出,情思哀切,义直文婉。哀辞的创作必须"情主于伤痛,而辞穷乎爱惜",要有真情实感,使"情往会悲,文来引泣",方为佳作。吊文本是到逝世者之处表示慰问的文辞,君子善终更需要依据吊文确定谥号,同时也有为国家灾难、百姓伤亡的不幸,派使者去悼念慰问而写的吊文。后来也对那些由骄贵而殒身、因狷介而自沉、虽有志而失时、有美行而失德的人追悼纪念而作吊文,如贾谊、扬雄之吊屈原,司马相如之吊秦二世,胡广、阮瑀之吊伯夷叔齐,陆机之吊魏武帝曹操等,但有的吊文亦有类似辞赋的弊病。正确的吊文写作,应当端正义理,昭明德行,堵塞违背吊文法则的不当写法,详细剖析褒赞与贬斥,使其哀伤而符合正道。

语译:

法制中颁布之谥法,早死、夭折称为哀。所谓的哀,就是依恋的意思。悲哀实是由心中真情产生,所以叫做哀文。用文辞来表达悲哀,是对年幼晚辈的悼念,故而不用在黄发老人的去世,而必定是用在年幼夭折者身上。以前奄息、仲行、针虎三个良臣为秦穆公殉葬,即使用一百个男子也赎不回,这事和不正常的夭折相同。《诗经》中的《黄鸟》专门哀悼他们殉葬,也可以算作是《诗经》作者的哀辞吧。汉武帝曾同奉车都尉霍嬗一起在泰山封禅祭天,而霍嬗突然暴死,汉武帝十分哀伤而作诗悼念,也是属于哀辞一类。到了东汉,汝阳王死亡,崔瑗作哀辞,开始改变以前哀辞体式。然而说"脚步踏入鬼门关",文辞怪诞不妥;说"驾乘飞龙腾云翻滚",好像神仙翱翔而没有悲哀;末章又均为五言句,类似歌谣,和汉武帝的哀辞很相像。至于苏顺、张升,都著有哀辞,虽然发挥了他们的才情华彩,而未能充分表达内心真实情意。建安时代的哀辞,只有徐幹写得较好,其《行女》哀辞一篇,时时呈现悲痛哀伤之意。到潘岳继之而作哀辞,确实承续了前人美好长处,考察他的哀辞立意构思妥善文辞富于变化,感情深切悲苦,叙事有似史传,结尾言辞颇类《诗经》,节奏紧促均为四言,很少舒缓长句,所以含义率直而文辞婉转,体制虽然继续旧有样式而趣味则新颖独到。《金鹿》《兰泽》两篇尤为突出,后人难以为继。

考察哀辞基本要领是:感情抒发哀伤痛切,措辞穷尽怜悯爱惜。年幼而殇尚未成就德行,故赞誉谨止于明察其聪慧;孩童懦弱尚不能胜任世务,对他们的悼念只在于容色肤发。隐藏沉痛的心情来写故叙事抒情皆能恰当畅快,若为了写哀辞而虚拟心痛文体必然变得浮夸。

以浮夸文体写作,则虽然华丽而不够哀切,必须以强烈感情融会悲伤,使文辞能引来凄惨哭泣,才是最可贵的。

吊的含义,就是到的意思(吊念者来到丧家)。《诗经·小雅·天保》"神之吊矣",说的就是神灵到来了。君子寿终而确定谥号,此乃人事之终极而情理之至哀,故来慰问死者的宾客,都说是专程前来吊唁。压死、淹死是违反正常情况的死亡,所以就不去吊唁了。宋国发生水灾,郑国出现火灾,各国使者去慰问致辞,因为国家遭逢灾难、人民遇到伤亡,所以慰问和哀吊是相同的。至于晋国修筑虒祁之宫,齐国袭击燕国城邑,史赵和苏秦,改变祝贺为哀吊,是因为筑宫虐待人民,侵袭构成仇敌,亦使国家走上灭亡道路。凡是这一类例子,均为哀吊所以设立的缘由。或因骄奢贵宠而丧失宝贵生命,或因狷介忿激而违背中庸之道,或有远大志向而未逢时机,或才华美懿而有累失德,后人追念而慰问他们,亦称为吊。自从贾谊被贬长沙而渡过湘水,满怀忿激写了《吊屈原文》,体同哀吊而叙事核实,文辞清新而述理哀切,是吊文的最早杰作。司马相如的《哀秦二世赋》虽是吊唁之作,却是以赋体来写的。桓谭以为其言悲恻凄怆,读者为之叹息;至其末章则切中要害,论断恳切而见深沉悲哀之情。扬雄吊屈原文,思虑丰富而功效甚少,立意深思反诘《离骚》,然辞韵累赘臃肿不畅。班彪《悼离骚》蔡邕《吊屈原文》,敏锐推究擅长反诘,然而都是模仿贾谊《吊屈原文》,又实难和贾谊并驾齐驱。胡广《吊夷齐文》、阮瑀的《吊伯夷文》,只有褒赞而无诘难,王粲所作《吊夷齐文》,对夷齐讥呵确切工巧。然则胡广、阮瑀是赞赏夷齐的清高,而王粲则是哀伤他们的狭隘,各有自己的不同志趣。祢衡的《吊张衡文》,繁缛绮丽而轻爽清新;陆机的《吊魏武帝文》,序文巧妙(借伤怀而对魏武有所讥呵)而文辞繁琐。自此以后,则无可称颂的作品。

吊作为古代文体(只是慰问吊丧),而后代则写得过于华丽,文辞华丽而韵调缓慢,结果把吊文写成了辞赋。故而应当端正吊文原义作为衡量准绳,昭明德行而堵塞违背古义写法,详细剖析以褒赞贬责,悲哀感伤而合乎正道,就不会悖离吊文正规法则了。

总论:哀辞悲伤文意惨切,幼弱夭亡确实可怜。禾苗秀姿未展即殇,自古悲恸情意绵延。虽有通才亦非无瑕,方向迷失控制难全。千载之后令人感伤,言辞吊送寄意拳拳。

注订:

(1)"赋宪",梅庆生本谓:"孙(汝澄)云当作'议德'。"纪昀评:"'赋宪'二字出《汲冢周书》,王伯厚《困学纪闻》已有考证,不得妄改为'议德'。"王应麟《困学纪闻》卷二《书》:"《周书·谥法》:'惟三月既生魄,周公旦、太师望相嗣王发,既赋宪,受胪于牧之野。终葬,乃制作谥。'今所传《周书》云:'惟周公旦、太师望开嗣王业,建功于牧之野。终葬,乃制谥。'与《六家谥法》所载不同。盖今本缺误,《文心雕龙》云'赋先之谥'出于此。"范文澜《文心雕龙注》:"朱亮甫《周书集训》云:'赋,布;宪,法;胪,旅也。布法于天下,受诸侯旅见之礼。'""赋宪",布法。此谓颁布法制中之谥法。"短折",早死、夭折。《尚书·洪范》:"六极:一曰凶短折,二曰疾,三曰忧,四曰贫,五曰恶,六曰弱。"孔安国传:"动不遇吉。短,未六十;折,未三十,言辛苦。""凶,马云:终也。"

(2)范文澜《文心雕龙注》:"《说文》:'哀,闵也,从口,衣声。'哀、依同声为训。"徐师曾《文体明辨序说·哀辞》:"按哀辞者,哀死之文也,故或称文。夫哀之为言依也,悲依于心,故曰哀;以辞遣哀,故谓之哀辞也。"

(3)"下流",元本、弘治本作"下泪(淚)",今据王利器校证改。王利器《文心雕龙校证》:"'下流'旧本作'下泪(淚)',黄(叔琳)注本'下'改'不'。《御览》作'下泪(淚)'。唐写本作'下流'。铃木(虎雄)曰:'作"下流",叵从。"下流"指早者而言。《指瑕》篇曰:"施之下流。"《雕龙》"下流"之义可知。'案铃木说是,今据改。""下流之悼",指对幼小之辈的悼念。

(4)《尔雅·释诂上》:"黄发,老寿也。"为老人发白复黄也。《左传》昭公十九年:"子产不待而对客曰:'郑国不天,寡君之二三臣,札瘥夭昏。'"杜预注:"大死曰札,小疫曰瘥,短折曰夭,未名曰昏。""札,……夭死也。"孔颖达《正义》谓昏:"未三月而死也。"此言哀辞是为幼小之辈而作,不用于老死之人,而施之于夭折之人。

(5)《史记·秦本纪》:"三十九年,缪(穆)公卒,葬雍。从死者百七十七人,秦之良臣子舆氏三人,名曰奄息、仲行、鍼虎,亦在从死之中。秦人哀之,为作歌《黄鸟》之诗。""三良",即奄息、仲行、鍼虎。"枉",原作"横",此据唐写本。《文选》谢灵运《庐陵王墓下诗》:"脆促良可哀,夭枉特兼常。""夭枉",不正常夭亡。《诗经·秦风·黄鸟》序:"《黄鸟》,哀三良也。国人刺穆公以人从死,而作是诗也。"诗云:"交交黄鸟,止于棘。谁从穆公?子车奄息。维此奄息,百夫之特。临其穴,惴惴其栗。彼苍者天,歼我良人。如可赎兮,人百其身。交交黄鸟,止于桑。谁从穆公?子车仲行。维此仲行,百夫之防。临其穴,惴惴其栗。彼苍者天,歼我良人。如可赎兮,人百其身。交交黄鸟,止于楚。谁从穆公?子车鍼虎。维此鍼虎,百夫之御。临其穴,惴惴其栗。彼苍者天,歼我良人。如可赎兮,人百其身。"

(6)《汉书·武帝纪》元封元年,颜师古注释引"应劭曰:始封泰山,故改年"。"封禅",帝王祭祀天地。《汉书·食货志》:"元封元年,……于是天子北至朔方,东封泰山,巡海上,旁北边以归。"《史记·封禅书》张守节《正义》:"此泰山上筑土为坛以祭天,报天之功,故曰封。此泰山下小山上除地,报地之功,故曰禅。"《诗经·周颂·时迈》序:"《时迈》,巡守告祭柴望也。"郑玄笺:"巡守告祭者,天子巡行邦国,至于方岳之下而封禅也。""霍嬗",元本"霍"下空白,弘治本"霍"下为墨钉。此据唐写本,王惟俭本亦作"霍嬗"。《汉书·卫青霍去病传》:"去病自四年军后三岁,元狩六年薨。……子嬗嗣。嬗字子侯,上爱之,幸其壮而将之。为奉车都尉,从封泰山而薨。"《艺文类聚》卷五十六:"《汉武帝集》曰:奉车子侯暴病,一日死。上甚悼之,乃自为歌诗。"诗今不存。《史记·封禅书》:"奉车子侯暴病,一日死。"司马贞《索隐》:"《新论》云:'武帝出玺印石,财有朕兆,子侯则没印,帝畏恶,故杀之。'《风俗通》亦云然。顾胤按:《武帝集》帝与子侯家语云

'道士皆言子侯得仙,不足悲'。此说是也。"

(7)"降及",进入、到达。范文澜《文心雕龙注》末附录章锡琛据宋本《太平御览》校记"王"作"主",并云:"此本'王'作'主',则是崔瑗作哀辞者,乃公主,非帝子。"按:汝阳王无考。《汉书·皇后纪下》:"皇女广,永和六年封汝阳长公主。"则和帝有女汝阳长公主刘广,或此为"汝阳主亡"。又,崔瑗之哀辞今不存,不能确认章说。"始变前式",疑指改变哀辞悼夭折者法式。"式",元本、弘治本作"戒",此据唐写本。

(8)"履突鬼门""驾龙乘云",当是崔瑗哀辞中之文句。"履突鬼门",踏入、穿越鬼门关。"怪而不辞",文辞怪诞。"驾龙乘云",指死者羽化成仙飞翔而去。"仙而不哀",写化仙腾云而无哀意。

(9)谓崔瑗哀辞末章为五言,类似歌谣,当是与汉武为霍嬗所作之歌诗相仿佛。

(10)"苏顺",原作"苏慎",此据唐写本。苏顺,见《诔碑》篇注(15)。《后汉书·文苑传·张升传》:"张升字彦真,陈留尉氏人,富平侯放之孙也。升少好学,多关览,而任情不羁。……著赋、诔、颂、碑、书,凡六十篇。"按:史书所载苏顺所著有哀辞,而载张升所著则未见哀辞,故苏、张哀辞当已佚失。"情华",元、明、清各本皆然,惟王利器《文心雕龙校证》据乾隆六年姚刻黄叔琳注养素堂本作"精",谓:"唐写本、《御览》无'精'字;王惟俭本'精'作'情'。'其'字原无,据唐写本补。《御览》'心'作'其'。"

(11)徐幹,字伟长,北海人。建安七子之一,官五官中郎将。有《中论》六卷,集五卷。曹丕《典论·论文》:"今之文人:鲁国孔融文举、广陵陈琳孔璋、山阳王粲仲宣、北海徐幹伟长、陈留阮瑀元瑜、汝南应玚德琏、东平刘桢公幹,斯七子者,于学无所遗,于辞无所假,咸自以骋骥𫘧于千里,仰齐足而并驰。以此相服,亦良难矣!盖君子审己以度人,故能免于斯累,而作论文。王粲长于辞赋,徐幹时有齐气,然粲之匹也。如粲之《初征》《登楼》《槐赋》《征思》,幹之《玄猿》《漏卮》《圆扇》《橘赋》,虽张、蔡不过也,然于他文未能称是。"未闻徐幹有哀辞。《全三国文》卷十九载有曹植《行女哀辞》,其序云:"行女生于季秋,而终于首夏。三年之中,二子频丧。"据《文章流别论》:"哀辞者,诔之流也。崔瑗、苏顺、马融等为之,率以施于童殇夭折,不以寿终者。建安中,文帝与临淄侯各失稚子,命徐幹、刘桢等为之哀辞。"是徐幹亦有《行女》哀辞,今佚。"差善",比较好。"恻怛",悲哀伤痛。

(12)潘岳,见《诔碑》篇注(16)。"踵",接踵,承续。唐写本、《太平御览》作"钟"。王利器《文心雕龙校证》:"'钟'原作'踵',唐写本、《御览》作'钟'。《左昭二十八年传》:'天钟美于是。'杜预注云:'钟,聚也。'此彦和所本。"杨明照《增订文心雕龙校注》:"按'钟'字是。《才略》篇:'潘岳敏给,辞自和畅,钟美于《西征》,贾余于哀诔。'是其证。"按:"踵""钟"均可。

(13)"善",唐写本作"赡"。《全晋文》卷九十三载潘岳哀辞多篇,除刘勰所说《金鹿哀辞》《为任子咸妻作孤女泽兰哀辞》外,尚有《阳城刘氏妹哀辞》《金陵女公子王氏哀辞》等。金鹿为潘岳幼子。下录其《金鹿哀辞》为例:"嗟我金鹿,天资特挺。鬒发凝肤,蛾眉蛴领。柔情和泰,朗心聪警。呜呼上天,胡忍我门!良嫔短世,令子夭昏。既披我干,又剪我根。槐如瘣木,枯荄独存。捐子中野,遵我归路。将反如疑,回首长顾。""也",唐写本无。

(14)"止于",唐写本作"止乎"。"誉止乎察惠",《太平御览》引作"兴言止乎察惠"。

(15)"悼加乎肤色",《太平御览》引作"悼惜加乎容色"。

(16)范文澜《文心雕龙注》:"'隐'本字作'殷',《说文》:'殷,痛也。'《情采》:'昔诗人什篇,为情而造文;辞人赋颂,为文而造情。'与此互相发明。"李详《补注》:"《北堂书钞》卷一百零二引《文章流别论》:'哀辞之体,以哀痛为主,缘以叹息之辞。'""夸",原作"奢",此据唐写本,下同。

(17)《尔雅·释诂上》:"吊,至也。"《诗经·小雅·天保》:"神之吊矣,诒尔多福。"毛传:"吊,至。诒,遗也。"郑玄笺:"神至者,宗庙致敬,鬼神著矣,此之谓也。"

(18)"令终",即善终。

(19)《礼记·檀弓上》:"死而不吊者三:畏,压,溺。"郑玄注"畏":"人或时以非罪攻己,不能有以说之死之者。孔子畏于匡。"孔颖达疏"压":"谓行止危险之下,为崩坠所压杀也。"孔颖达疏"溺":"谓不乘桥舡而入水死者。何胤云:冯河、潜泳,不为吊也。"孔颖达曰:"除此三事之外,其有死不得礼,亦不吊。"

(20)《左传》庄公十八年:"秋,宋大水。公使吊焉,曰:'天作淫雨,害于粢盛,若之何不吊?'对曰:'孤实不敬,天降之灾,又以为君忧,拜命之辱。'"《左传》昭公十八年:"夏五月,火始昏见。丙子,风。梓慎曰:'是谓融风,火之始也。七日,其火作乎?'戊寅,风甚。壬午,大甚。宋、卫、陈、郑皆火。……火作,子产辞晋公子、公孙于东门,使司寇出新客,禁旧客勿出于宫。使子宽、子上巡群屏摄,至于大宫。使公孙登徙大龟,使祝史徙主祏于周庙,告于先君。使府人、库人各儆其事。商成公儆司宫,出旧宫人,寘诸火所不及。司马、司寇列居火道,行火所焮。城下之人伍列登城。明日,使野司寇各保其征,郊人助祝史除于国北,禳火于玄冥、回禄,祈于四鄘。书焚室而宽其征,与之材。三日哭,国不市。使行人告于诸侯。宋、卫皆如是。陈不救火,许不吊灾,君子是以知陈、许之先亡也。""行人",外交事务使者。《周礼·秋官·司寇》:"大行人,中大夫二人。小行人,下大夫四人。""小行人:掌邦国宾客之礼籍,以待四方之使者。……若国有福事,则令庆贺之。若国有祸灾,则令哀吊之。""奉辞",谓以文辞慰问吊念。

(21)"虒",原作"虎",此据唐写本,梅庆生本注云:"元作虎,孙(汝澄)改。"《左传》昭公八年:"八年春,石言于晋魏榆。……于是晋侯方筑虒祁之宫。……(鲁)叔弓如晋,贺虒祁也。游吉相郑伯以如晋,亦贺虒祁也。(晋史)史赵见子太叔(游吉)曰:'甚哉,其相蒙也,可吊也,而又贺之?'子太叔曰:'若何吊也?其非唯我贺,将天下实贺。'"《战国策·燕策》:"(燕)文公卒,易王立。齐宣王因燕丧攻之,取十城。武安君苏秦为燕说齐王,再拜而贺,因仰而吊。齐王按戈而却曰:'此一何庆吊相随之速也?'对曰:'人之饥所以不食乌喙者,以为虽偷充腹,而与死同患也。今燕虽弱小,强秦之少婿也。王利其十城,而深与强秦为仇。今使弱燕为雁行,而强秦制其后,以招天下之精兵,此食乌喙之类也。'"

(22)史赵之先吊后贺,苏秦之先贺后吊,因晋侯筑宫虐民,齐侯袭燕构敌,均为取亡之道,故翻贺为吊也。

(23)"骄贵以",原作"骄贵而",此据唐写本。"狷忿"上,元本、弘治本脱"或"字,此据唐写本。"或骄贵"以下四句当各有所指,前两句用"以",后两句用"而",更符合骈文写法。范文澜《文心雕龙注》:"骄贵殒身,谓如二世;狷忿乖道,谓如屈原;有志无时,谓如张衡;美才兼累,谓如魏武。"可作参考。司马相如的《哀秦二世赋》,其云:"持身不谨兮,亡国失势。信谗不寤兮,宗庙灭绝。呜呼哀哉,操行之不得兮;坟墓芜秽而不修兮,魂无归而不食。"扬雄之《反离骚》,其云:"夫圣哲之不遭兮,固时命之所有。虽增欷以于邑兮,吾恐灵修之不累改。昔仲尼之去鲁兮,斐斐迟迟而周迈,终回复于旧都兮,何必湘渊与涛濑!溷渔父之餔歠兮,洁沐浴之振衣,弃由、聃之所珍兮,跖彭咸之所遗!"祢衡《吊张衡文》:"南岳有精,君诞其姿。清和有理,君达其机。故能下笔绣辞,扬手文飞。昔伊尹值汤,吕望遇旦,嗟矣君生,而独值汉。"陆机《吊魏武帝文》前序文:"岂不以资高明之质,而不免卑浊之累。"

(24)贾谊《吊屈原文》序:"谊为长沙王太傅,既以谪去,意不自得,及渡湘水,为赋以吊屈原。屈原,楚贤臣也。被谗放逐,作《离骚赋》,其终篇曰:'已矣哉,国无人兮,莫我知也。'遂自投汨罗而死。谊追伤之,因自喻。"略摘《吊屈原文》如下:"国其莫吾知兮,子独壹郁其谁语?凤缥缥其高逝兮,夫固自引而远去。袭九渊之神龙兮,沕渊潜以自珍;偭蠙獭以隐处兮,夫岂从虾与蛭螾?所贵圣之神德兮,远浊世而自臧。使麒麟可系而羁兮,岂云异夫犬羊?般纷纷其离此邮兮,亦夫子之故也!历九州而相其君兮,何必怀此都也?"

(25)《汉书·司马相如传》:"相如口吃而善著书。常有消渴病。与卓氏婚,饶于财。故其仕宦,未尝肯与公卿国家之事,常称疾闲居,不慕官爵。尝从上至长杨猎。是时天子方好自击熊豕,驰逐野兽,相如因上疏谏。其辞曰:'……'上善之。还过宜春宫,相如奏赋以哀二世行失。其辞曰：'……持身不谨兮，亡国失势。信谗不寤兮，宗庙灭绝。呜呼，操行之不得，墓芜秽而不修兮，魂无归而不食。'"

(26)桓谭所言今佚。

(27)"卒章"，原作"平章"，此据唐写本。

(28)《汉书·扬雄传》："先是时，蜀有司马相如，作赋甚弘丽温雅，雄心壮之，每作赋，常拟之以为式。又怪屈原文过相如，至不容，作《离骚》，自投江而死，悲其文，读之未尝不流涕也。以为君子得时则大行，不得时则龙蛇，遇不遇命也，何必湛身哉！乃作书，往往摭《离骚》文而反之，自岷山投诸江流以吊屈原，名曰《反离骚》；又旁《离骚》作重一篇，名曰《广骚》；又旁《惜诵》以下至《怀沙》一卷，名曰《畔牢愁》。""吊屈"，即指《反离骚》。"功寡"，元本、弘治本作"切寡"，此据唐写本及王惟俭本。"反《骚》"，原作"文略"，此据唐写本。"沈膇"，沈溺重膇，臃肿累赘。《左传》成公六年引韩献子曰："易觏则民愁，民愁则垫隘，于是乎有沈溺重膇之疾。"杜预注："垫隘，羸困也。""沈溺，湿疾；重膇，足肿。"

(29)班彪《悼离骚》，见《全后汉文》卷二十三，仅存几句："夫华植之有零茂，故阴阳之度也。圣哲之有穷达，亦命之故也。惟达人进止得时，行以遂伸。否则诎而坏蠖，体龙蛇以幽潜。"蔡邕《吊屈原文》见《全后汉文》卷七十九，仅存几句："迥□世而遥吊，托白水而腾文。""鹯鸩轩鷟，鸾凤挫翮。啄碎琬琰，宝其瓴甋。皇车奔而失辖，执辔忽而不顾。卒坏覆而不振，顾抱石其何补。"（后段亦见《艺文类聚》卷四十）"诘"，原作"语"，此据唐写本。

(30)《后汉书·胡广传》："胡广字伯始，南郡华容人也。……自在公台三十余年，历事六帝，礼任甚优，每逊位辞病，及免退田甲，未尝满岁，辄复升进。凡一履司空，再作司徒，三登太尉，又为太傅。……初，杨雄依《虞箴》作《十二州二十五官箴》，其九箴亡阙，后涿郡崔骃及子瑗又临邑侯刘骐䮅增补十六篇，广复继作四篇，文甚典美。乃悉撰次首目，为之解释，名曰《百官箴》，凡四十八篇。其余所著诗、赋、铭、颂、箴、吊及诸解诂，凡二十二篇。"《全后汉文》卷五十六载其《吊夷齐文》残文:"遭亡辛之昏虐,时缤纷以芜秽。耻降志于污君,涸雷同于荣势。抗浮云之妙志,遂蝉蜕以偕逝。徽六军于河渚,叩王马而虑计。虽忠情而指尤,匪天命之所谓。赖尚父之戒慎,镇左右而不害。"《三国志·魏书·王粲传》:"陈留阮瑀字元瑜。……瑀少受学于蔡邕。建安中都护曹洪欲使掌书记,瑀终不为屈。太祖并以琳、瑀为司空军谋祭酒,管记室,军国书檄,多琳、瑀所作也。"曹丕《典论·论文》:"琳、瑀之章表书记,今之儁也。"《艺文类聚》卷三十七载其《吊伯夷文》残文:"余以王事,适彼洛师。瞻望首阳,敬吊伯夷。东海让国,西山食薇。重德轻身,隐景潜晖。求仁得仁,报之仲尼。没而不朽,身灭名飞。""间",原作"闻",此据唐写本。梅庆生天启六次本改为"文"。"褒而无间",谓只有褒扬而无非难。

(31)《三国志·魏书·王粲传》:"王粲字仲宣,山阳高平人也。……善属文,举笔便成,无所改定,时人常以为宿构;然正复精意覃思,亦不能加也。著诗、赋、论、议垂六十篇。"曹丕《典论·论文》:"王粲长于辞赋,徐幹时有齐气,然粲之匹也。如粲之《初征》《登楼》《槐赋》《征思》,幹之《玄猿》《漏卮》《圆扇》《橘赋》,虽张、蔡不过也,然于他文未能称是。"《艺文类聚》卷三十七载有王粲《吊夷齐文》,其中写道:"知养老之可归,忘除暴之为世。洁己躬以骋志,衍圣哲之大伦,忘旧恶而希古,退采薇以穷居。"对夷齐有所讥呵。

(32)"各其",原作"各",据唐写本及《太平御览》补。

(33)《后汉书·祢衡传》:"祢衡字正平,平原般人也。少有才辩,而尚气刚傲,好矫时慢物。……刘表及荆州士大夫先服其才名,甚宾礼之,文章言议,非衡不定。表尝与诸文人共草章奏,并极其才思。时衡出,还见之,开省未周,因毁以抵地。表忿然为骇。衡乃从求笔札,须臾立成,辞义可观。"祢衡后为黄祖所杀。《吊张衡文》见本篇注(23)。祢文辞采靡丽而词调清新轻狂。

(34)陆机《吊魏武帝文》见《全晋文》卷九十九。其序云:"元康八年,机始以台郎出补著作,游乎秘阁,而见魏武帝遗令,忾然叹息,伤怀者久之。……机答之(客)曰:夫日食由乎交分,山崩起于朽壤,亦云数而已矣。然百姓怪焉者,岂不以资高明之质,而不免卑浊之累;居常安之势,而终婴倾离之患之故乎?夫以迴天倒日之力,而不能振形骸之内;济世夷难之智,而受困魏阙之下。已而格乎上下者,藏于区区之木,光于四表者,翳乎蕞尔之土。雄心摧于弱情,壮图终于哀志。长算屈于短日,远迹顿于促路。……于是遂愤懑而献吊云尔。"陆机吊文序言借伤怀而对魏武有所讥呵,十分巧妙,然其正文则过于繁冗。

（35）"末造",原作"未造",范文澜《文心雕龙注》引郝懿行曰:"未造,疑末造之讹。"王利器《文心雕龙校证》引铃木虎雄云:"案'未','末'字之讹。"今据改。末造,末世。译文据此。

（36）《左传》桓公二年:"夏,四月,取郜大鼎于宋。戊申,纳于太庙,非礼也。臧哀伯谏曰:'君人者,将昭德塞违,以临照百官,犹惧或失之,故昭令德以示子孙。……'"正义曰:"君人,谓与人为君也。昭德,谓昭明善德,使德益彰闻也。塞违,谓闭塞违邪,使违命止息也。德者,得也。谓内得于心,外得于物。在心为德,施之为行。"

（37）"割",唐写本作"剖"。"析",元本、弘治本作"桥",此据唐写本。

（38）"辞之所哀",原作"辞定所表",此据唐写本。"弱弄",《左传》僖公九年:"晋郤芮使夷吾重赂秦以求入,……秦伯谓郤芮曰:'公子（晋惠公夷吾）谁恃（倚恃）?'对曰:'臣闻:亡人无党,有党必有雠。夷吾弱不好弄（年幼不喜欢游戏）,能斗不过,长亦不改,不识其他。'"

（39）"苗而不秀",《论语·子罕》:"子曰:苗而不秀者有矣夫,秀而不实者有矣夫。"邢昺疏:"此章亦以颜回早卒,孔子痛惜之,为之作譬也。言万物有生而不育成者,喻人亦然也。"《论语·先进》:"子曰:有颜回者好学,不幸短命死矣。""颜渊死。子曰:'噫!天丧予!天丧予!'颜渊死,子哭之恸。"

（40）曹丕《典论·论文》:"惟通才能备其体。""通才",谓擅长各种文体创作、有各种才能的人。"失",原作"告",此据唐写本。即使是通才也常有迷失方向,不能正确控制自己状况的,如把吊文写成赋体之类。

《杂文》篇

　　智术之子,博雅之人,藻溢于辞,辨盈乎气。苑囿文情,故日新殊致[1]。宋玉含才,颇亦负俗,始造《对问》,以申其志,放怀寥廓,气实使之[2]。及枚乘摘艳,首制《七发》[3],腴辞云构,夸丽风骇。盖七窍所发,发乎嗜欲,始邪末正,所以戒膏粱之子也[4]。扬雄覃思文阁,业深综述;碎文琐语,肇为《连珠》[5],其辞虽小,而明润矣。凡此三者[6],文章之枝派,暇豫之末造也。

　　自《对问》以后,东方朔效而广之,名为《客难》,托古慰志,疏而有辨[7]。扬雄《解嘲》,杂以谐谑,回环自释,颇亦为工[8]。班固《宾戏》,含懿采之华[9];崔骃《达旨》,吐典言之裁[10];张衡《应间》,密而兼雅[11];崔寔《客讥》,整而微质[12];蔡邕《释诲》,体奥而文炳[13];景纯《客傲》,情见而采蔚[14]:虽迭相祖述,然属篇之高者也。至于陈思《客问》,辞高而理疏[15];庾敳《客咨》,意荣而文悴[16]。斯类甚众,无所取才矣[17]。原夫兹文之设[18],乃发愤以表志。身挫凭乎道胜,时屯寄于情泰;莫不渊岳其心,麟凤其采,此立本之大要也[19]。

　　自《七发》以下,作者继踵。观枚氏首唱,信独拔而伟丽矣。及傅毅《七激》,会清要之工[20];崔骃《七依》,入博雅之巧[21];张衡《七辨》,结采绵靡[22];崔瑗《七厉》,植义纯正[23];陈思《七启》,取美于宏壮[24];仲宣《七释》,致辨于事理[25]。自桓麟《七说》以下,左思《七讽》以上[26],枝附影从,十有余家。或文丽而义暌,或理粹而辞驳。观其大抵所归,莫不高谈宫馆,壮语畋猎(27)。穷瑰奇之服馔,极蛊媚之声色。甘意摇骨髓,艳词洞魂识(28),虽始之以淫侈,而终之以居正。然讽一劝百,势不自反(29);子云所谓"先骋郑卫之声,曲终而奏雅"者也(30)。唯《七厉》叙贤,归以儒道(31),虽文非拔群,而意实卓尔矣。

自《连珠》以下,拟者间出。杜笃、贾逵之曹(32),刘珍、潘勖之辈(33),欲穿明珠,多贯鱼目(34)。可谓寿陵匍匐,非复邯郸之步(35);里丑捧心,不关西施之颦矣(36)。唯士衡运思,理新文敏(37),而裁章置句,广于旧篇,岂慕朱仲四寸之珰乎(38)!夫文小易周,思闲可赡。足使义明而词净,事圆而音泽,磊磊自转,可称珠耳(39)。

详夫汉来杂文,名号多品。或典诰誓问(40),或览略篇章(41),或曲操弄引(42),或吟讽谣咏(43)。总括其名,并归杂文之区;甄别其义,各入讨论之域(44);类聚有贯,故不曲述也。

赞曰:伟矣前修,学坚才饱(45)。负文余力,飞靡弄巧。枝辞攒映,嘒若参昴(46)。慕颦之徒,心焉袛搅(47)。

简析:

本篇论杂类文体,实际重点探讨了对问、七体、连珠三种杂文中运用较多的文体。全书自《明诗》篇至《哀吊》篇均为韵文,而《杂文》篇《谐谶》篇则介乎韵文、散文之间,间杂有韵文、散文。"对问"是一种主客问答式的文章,本源于宋玉的答楚王问,藉此以申述自己志向,本是君臣之间问答。到汉代发展为主人和宾客的问答,如东方朔《客难》、扬雄《解嘲》、班固《宾戏》之类,有的带有戏谑成分。以后东汉、魏、晋有许多对问类文章,大都是假托宾客为自己发愤申志或受挫明道而作。"七体"源于枚乘《七发》,本以嗜欲七事说辞讽谏君王,后来仿作皆以"七"名，如傅毅《七激》、崔骃《七依》、曹植《七启》等，比较有名的有十几家。大都是描写宫殿畋猎、服饰美食，极尽声色淫靡奢侈之乐，而在末尾加以讽谏，然而往往"劝百讽一"，起不到提倡正道的效果，只不过是"曲终奏雅"而已。唯有马融《七厉》算是符合儒家正道之作。"连珠"起源虽然各家说法不同，或以为最早起于韩非，然刘勰认为是扬雄首创，这个说法是有道理的，因为最早用"连珠"名称的是扬雄。"连珠"说理和比喻相结合，列举很多小的事例，各自可以独立，连缀而成一篇，则有总的主题思想，从创作上说，义明词净事圆音泽，文小易周，累累如贯珠，故称其为"连珠"。杂文本是指一般正规文章以外的杂著，所以本篇在论述对问、七体、连珠三种主要杂文体式外，还涉及十六种杂类文体，如典、诰、誓、问、览、略、篇、章、曲、操、弄、引、吟、讽、谣、咏，不过只提出其名称，未作详细分析。

语译：

智术聪慧之人，高雅博学之士，藻采横溢于文辞，文辞充满了才气。文苑笔圃之情采辞藻，风貌日新而姿态迥异。宋玉富有才华，亦受世俗讥呵，他首创对问文体，申述远大志向，展示宽广辽阔胸怀，实是充沛气度使然。枚乘运用华丽辞藻，首创七体《七发》，丰腴辞采如云层重叠，夸张华丽如飙风突起。所写内容发自人的七窍，源于自然嗜欲本性，从迷恋声色、食欲、游乐、田猎等邪僻欲望开始最终归于正道，目的是劝戒贵族膏粱子弟。扬雄潜心静思于天禄阁，学业渊深善于综述，联缀零星琐碎文辞，撰成新颖《连珠》文体，辞章虽然短小而含义明晰温润。以上对问、七体、连珠三种文体，都是文章的不同流派，乃闲暇怡情娱性之文章末流。

自宋玉《对问》之后，东方朔仿效并加以扩展，所作名为《答客难》，托古喻今以慰志向不遂，文辞疏阔然而辨说清晰。扬雄《解嘲》，间或夹杂戏谑诙谐，回环往复自释诘难，颇为精细工巧。班固《答宾戏》，蕴含美懿艳丽文采；崔骃《达旨》，体现经籍典则言论；张衡《应间》，文辞绵密兼具雅正；崔寔《客讥》，叙述工整稍过质朴；蔡邕《释海》,文体深奥辞采绚耀;郭璞《客傲》,真情坦露辞采华美。这些作品虽然师法前贤,也都是写作对问的高手。至于陈思王曹植的《客问》,文辞高妙而说理疏略;庾敳的《客咨》,含义丰盛而文辞憔悴;这一类文章甚多,而没有多少可取的有才华作品。"对问"这种文体原来的创建,乃是为了抒发愤激表明志向,虽然自身遭受挫折仍然凭借坚持正道而能够战胜困苦;虽然遇到时世艰难仍然寄情豁达胸怀而获得心情安泰。其心绪情怀比山岳更高比海洋更深,其文辞藻采比龙凤鲜艳比麒麟奇伟。这就是"对问"文体写作的大致要领。

自枚乘《七发》之后,有很多人接踵跟进以"七体"写作。但是观看枚乘首创之作,确实独特挺拔而奇伟绚丽。傅毅《七激》,会聚清新扼要之精粹;崔骃《七依》,具备广博雅致的巧妙;张衡《七辩》,辞采细密靡丽;崔瑗《七苏》,立意严肃纯止;曹植《七启》,取美于宏伟壮丽;王粲《七释》,擅长于明辨事理。自桓麟《七说》以下,到左思《七讽》以上,如枝茎附干影子随形,约十有余家。或者文辞华丽而文义乖违,或者文理精粹而文辞杂驳。观其大致所写内容,大都是高谈公馆之宏伟博大,侈谈畋猎之场面壮阔,穷奢绚丽诡奇的服饰饮食,极尽冶媚艳丽之声色狗马。甜美情意足以摇荡骨髓,华艳文辞将会震撼魂魄。虽然以淫靡奢侈开始,最终仍能归于讽谏正道,然而毕竟是"劝百而讽一",势必难以返回正确道路。正如扬雄所说"先驰骋郑卫淫靡之音,待乐曲终了时以雅正之声点缀"的意思。只有马融《七厉》阐述贤明,归属于儒家之道,虽然文章不属于出类拔萃之作,然其立意纯正故卓尔不群。

自扬雄《连珠》以下,模拟仿作者时有出现。杜笃、贾逵之类,刘珍、潘勖之辈,本意把明珠串联组篇,却大都把鱼目连缀成文。就像庄子所说寿陵少年去邯郸学步只能爬着回来,(非但没学会连原来步法也忘记了)那里还有邯郸的步法呢。又像西施乡里的丑人捧心作态,和西施心痛皱眉之美毫无关系。唯有陆机"连珠"构想,思理新颖文辞敏捷,设置章句剪裁布局,广博丰盛远超前人,岂不是羡慕像朱仲那样献四寸明珠不要报酬以显示自己才能呢!"连珠"文体短小易于结构周全,构思成熟故而内容丰赡。足以使其意义明晰而文辞洁净,叙事圆润而音节悦泽,字字珠玑圆转自如,可以称为明珠连缀矣。

详细研讨汉代以来的杂文,名号甚众品种极多。或称典、诰、誓、问,或名览、略、篇、章,或谓曲、操、弄、引,或叫吟、讽、谣、咏。概括这些名号,都可归于杂文范畴;甄别它们含义,各自均有探讨领域。分类聚集各有条贯,所以不再详细叙述。

总论:伟大杰出前代文人,学识坚毅才华丰博。剩余精力撰写杂文,飞靡弄巧辞藻雕斫。文章枝派聚集辉映,参星昴星光芒微弱。效颦之辈怎及西施,搅乱本心无补写作。

注订:

(1)"于辞",唐写本作"于词"。"辨盈",原作"辞盈",此据唐写本。"日新"下,唐写本有"而"字。

(2)宋玉为战国时代楚国的著名文人。《史记·屈原贾生列传》:"屈原既死之后,楚有宋玉、唐勒、景差之徒者,皆好辞而以赋见称;然皆祖屈原之从容辞令,终莫敢直谏。""负俗",《汉书·武帝纪》:"(武帝)诏曰:'盖有非常之功,必待非常之人,故马或奔踶而致千里,士或有负俗之累而立功名。'"颜师古注引晋灼曰:"负俗,谓被世讥论也。"宋玉恃才傲物,曾以凤凰、鲲鱼自比,被世人讥呵。《昭明文选》中"对问"类首列宋玉《对楚王问》,其云:"楚襄王问于宋玉曰:'先生其有遗行与(李善注:遗行,可遗弃之行也)?何士民众庶不誉之甚也?'宋玉对曰:'唯,然,有之。愿大王宽其罪,使得毕其辞。客有歌于郢中者,其始曰《下里巴人》,国中属而和者数千人;其为《阳阿》《薤露》,国中属而和者数百人;其为《阳春白雪》,国中属而和者不过数十人;引商刻羽,杂以流徵,国中属而和者不过数人而已。是其曲弥高其和弥寡。故鸟有凤而鱼有鲲。凤皇上击九千里,绝云霓,负苍天,翱翔乎杳冥之上。夫蕃篱之鷃,岂能与之料天地之高哉?鲲鱼朝发昆仑之墟,暴鬐于碣石,暮宿于孟诸。夫尺泽之鲵,岂能与之量江海之大哉!故非独鸟有凤而鱼有鲲也,士亦有之。夫圣人瑰意琦行,超然独处;夫世俗之民又安知臣之所为哉!'""使之",唐写本作"使文"。

(3)《汉书·枚乘传》:"枚乘字叔,淮阴人也,为吴王濞郎中。……景帝召拜乘为弘农都尉。乘久为大国上宾,与英俊并游,得其所好,不乐郡吏,以病去官。复游梁,梁客皆善属辞赋,乘尤高。孝王薨,乘归淮阴。武帝自为太子闻乘名,及即位,乘年老,乃以安车蒲轮征乘,道死。"《汉书·邹阳传》:"是时,景帝少弟梁孝王贵盛,亦待士。于是邹阳、枚乘、严忌知吴不可说,皆去之梁,从孝王游。"《昭明文选》载枚乘《七发》,乃枚乘谏梁孝王而作。李善注:"《七发》者,说七事以起发太子也。犹《楚辞·七谏》之流。"七体虽为枚乘首创,然实受《楚辞·七谏》之启发。

(4)"七窍",谓两眼、两耳、两鼻孔、口七个孔窍。《庄子·应帝王》:"人皆有七窍,以视、听、食、息。"此指《七发》所言发自人之自然本性,从眼所见色、耳所听声、鼻所闻味、口所食甘说起,起初奢侈嗜欲而最终归于正途,以此劝戒讽谏贵族膏粱子弟。《七发》,《昭明文选》谓八首,实为一篇,共八部分:第一首是全篇的序,假设楚太子和吴客的对问,由吴客为楚公子分析其致病之由及解脱之法。然后设七事来启发楚太子,以音乐之悲、饮食之美、车马之骏、游观之乐、田猎之壮、观涛之奇六事,说明它们并不能使太子康复,而后说到要为太子引见方术之士,请太子聆听"天下要言妙道","于是太子据几而起,曰:'涣乎若一听圣人辩士之言。'涊然汗出,霍然病已"。实是一篇讽喻贵族子弟奢侈淫靡腐化而劝之归正之作。刘永济《文心雕龙校释》:"七体之兴,舍人谓始于枚乘,章实斋谓肇自孟子之问齐王,近世章太炎独以为解散《大招》《招魂》之体而成。今核其实,文体孳乳,必于其类近,孟子问齐王之文,意虽近似,而文制相远,《大招》《招魂》,历陈宫室、食饮、女乐、杂伎、游猎之事,与《七发》体类最近,特枚氏演为七事,散著短章耳。辨章之功,吾许太炎矣。"《七发》之后,"七"成为一种专门的文体,《昭明文选》所列文体中有"七"一类,收入《七发》和曹植《七启》、张协《七命》三篇,而实际汉代和魏晋还有很多。《全晋文》卷四十六傅玄《七谟序》云:"昔枚乘作《七发》,而属文之士,若傅毅、刘广世、崔骃、李尤、桓麟、崔琦、刘梁、桓彬之徒,承其流而作之者纷焉。《七激》《七兴》《七依》《七款》《七说》《七蠲》《七举》《七设》之篇,于是通儒大才,马季长、张平子,亦引其源而广之。马作《七厉》,张造《七辩》,……非张氏至思,比之《七激》,未为劣也。《七释》佥曰妙哉,吾无间矣。若《七依》之卓轹一致,《七辩》之缠绵精巧,《七启》之奔逸壮丽,《七释》之情密闲理,亦近代之所希也。"曹植在《七启序》中说:"昔枚乘作《七发》,傅毅作《七激》、张衡作《七辩》、崔骃作《七依》,辞各美丽。余有慕之焉,遂作《七启》,并命王粲作焉。"(见《全三国文》卷十六)

(5)扬雄为西汉后期著名的学者、思想家、文学家,并擅长辞赋创作。《汉书·扬雄传》:"扬雄字子云,蜀郡成都人也。……雄少而好学,不为章句,训诂通而已,博览无所不见。为人简易佚荡,口吃不能剧谈,默而好深湛之思,清静亡为,少耆欲,不汲汲于富贵,不戚戚于贫贱,不修廉隅以徼名当世。家产不过十金,乏无儋石之储,晏如也。自有大度,非圣哲之书不好也;非其意,虽富贵不事也。顾尝好辞赋。"《汉书·叙传》:"渊哉若人!实好斯文。初拟相如,献赋黄门,辍而覃思,草《法》纂《玄》(按,指《法言》《太玄》),斟酌六经,放《易》象《论》,潜于篇籍,以章厥身。""覃思",静思、深思。"阁",元本、弘治本、梅庆生本等作"阔",此从《太平御览》《玉海》、王惟俭本。"文阁",谓其校书天禄阁也。《连珠》之起源,各家说法不同。《北史·李先传》:"明元即位,问左右:'旧臣中谁为先帝所亲信?'新息公王洛儿曰:'有李先者,为先帝所知。'俄而召先,读韩子《连珠论》二十二篇,《太公兵法》十一事。诏有司曰:'先所知者,皆军国大事,自今常宿于内。'"杨慎《丹铅总录》:"《韩子》,《韩非子》。韩非书中有连语,先列其目,而后著其解,谓之《连珠》。……任昉《文章缘起》谓《连珠》始于扬雄,非也。"章学诚《文史通义·诗教上》:"韩非《储说》,比事征偶,《连珠》之所肇也(前人已有言及之者)。而或以为始于傅毅之徒,非其质矣。"叶瑛校注:"今《韩非子》无《连珠》,殆即《内外储说》耳。"《昭明文选》载陆机《演连珠》五十首李善注,此据《艺文类聚》卷五十七引,与李善注有少许差异:"傅玄《叙连珠》曰:'所谓连珠者,兴于汉章之世,班固、贾逵、傅毅三子受诏作之,而蔡邕、张华之徒又广焉。其文体辞丽而言约,不指说事情,必假喻以达其旨,而览者微悟,合于古诗劝兴之义。欲使历历如贯珠,易觏而可悦,故谓之连珠。'"《艺文类聚》卷五十七载沈约《注制旨连珠表》曰:"窃寻《连珠》之作,始自子云,放《易》象《论》,动模经诰,班固谓之命世,桓谭以为绝伦。'连珠'者,盖谓辞句连续,互相发明,若珠之结排也。虽复金镳互骋,玉轪并驰,妍蚩优劣,参差相间。翔禽伏兽,易以心威;守株胶瑟,难与适变。水镜芝兰,随其所遇,明珠燕石,贵贱相悬。"各家或谓起于韩非,或谓始自扬雄,或班固肇始,然正式以《连珠》为名,现存应是扬雄最早。

(6)"凡此三者",唐写本作"凡三此文"。

(7)"以",或作"已"。《汉书·东方朔传》:"东方朔字曼倩,平原厌次人也。……武帝既招英俊,程其器能,用之如不及。时方外事胡越,内兴制度,国家多事,自公孙弘以下至司马迁皆奉使方外,或为郡国守相至公卿,而朔尝至太中大夫,后常为郎,与枚皋、郭舍人俱在左右,诙啁而已。久之,朔上书陈农战强国之计,因自讼独不得大官,欲求试用。其言专商鞅、韩非之语也,指意放荡,颇复诙谐,辞数万言,终不见用。朔因著论,设客难己,用位卑以自慰谕。其辞曰:……"东方朔之《答客难》假设客对东方朔之诘难,而由东方朔反驳回答,以阐明其志求得重用。这和宋玉《对问》极为相似,实为《对问》体之发展。今选录如下:

> 客难东方朔曰:"苏秦、张仪一当万乘之主,而都卿相之位,泽及后世。今子大夫修先王之术,慕圣人之义,讽诵《诗》《书》百家之言,不可胜数,著于竹帛,唇腐齿落,服膺而不释,好学乐道之效,明白甚矣;自以智能海内无双,则可谓博闻辩智矣。然悉力尽忠以事圣帝,旷日持久,官不过侍郎,位不过执戟,意者尚有遗行邪?同胞之徒无所容居,其故何也?"东方先生喟然长息,仰而应

之曰:"是固非子之所能备也。彼一时也,此一时也,岂可同哉?夫苏秦、张仪之时,周室大坏,诸侯不朝,力政争权,相禽以兵,并为十二国,未有雌雄,得士者强,失士者亡,故谈说行焉。身处尊位,珍宝充内,外有廪仓,泽及后世,子孙长享。今则不然。圣帝流德,天下震慑,诸侯宾服,连四海之外以为带,安于覆盂,动犹运之掌,贤不肖何以异哉?遵天之道,顺地之理,物无不得其所;故绥之则安,动之则苦;尊之则为将,卑之则为虏;抗之则在青云之上,抑之则在深泉之下;用之则为虎,不用则为鼠;虽欲尽节效情,安知前后?夫天地之大,士民之众,竭精谈说,并进辐凑者不可胜数,悉力慕之,困于衣食,或失门户。使苏秦、张仪与仆并生于今之世,曾不得掌故,安敢望常侍郎乎!故曰时异事异。"

"托古",指《答客难》中借助对古代苏秦、张仪之行为之评价,从"时异事异"以说明自己之志。"慰志",即本传"用位卑以自慰"。"疏而有辨",指其文虽疏阔而辨说清晰。

(8)《汉书·扬雄传》:"哀帝时丁、傅、董贤用事,诸附离之者或起家至二千石。时雄方草《太玄》,有以自守,泊如也。或嘲雄以玄尚白,而雄解之,号曰解嘲。其辞曰:……"《昭明文选》选其文,名为《解嘲》,其文亦以答客难形式写成,当与宋玉《对问》为同一类文体。今选录如下:

客嘲扬子曰:"吾闻上世之士,人纲人纪,不生则已,生则上尊人君,下荣父母,析人之圭,儋人之爵,怀人之符,分人之禄,纡青拖紫,朱丹其毂。今子幸得遭明盛之世,处不讳之朝,与群贤同行,历金门上玉堂有日矣,曾不能画一奇,出一策,上说人主,下谈公卿。目如耀星,舌如电光,壹从壹衡,论者莫当,顾而作《太玄》五千文,支叶扶疏,独说十余万言,深者入黄泉,高者出苍天,大者含元气,纤者入无伦,然而位不过侍郎,擢才给事黄门。意者玄得毋尚白乎?何为官之拓落也?"扬子笑而应之曰:"客徒欲朱丹吾觳,不知一跌将赤吾之族也!往者周罔解结,群鹿争逸,离为十二,合为六七,四分五剖,并为战国。士无常君,国亡定臣,得士者富,失士者贫,矫翼厉翮,恣意所存,故士或自盛以橐,或凿坏之遁。是故驺衍以颉亢而取世资,孟轲虽连蹇,犹为万乘师。今大汉左东海,右渠搜,前番禺,后陶涂。东南一尉,西北一候。徽以纠墨,制以质铁,散以礼乐,风以《诗》《书》,旷以岁月,结以倚庐。天下之士,雷动云合,鱼鳞杂袭,咸营于八区,家家自以为稷契,人人自以为咎繇,戴继垂缨而谈者皆拟于阿衡,五尺童子羞比晏婴与夷吾;当涂者入青云,失路者委沟渠,旦握权则为卿相,夕失势则为匹夫;譬若江湖之雀,勃解之鸟,乘雁集不为之多,双凫飞不为之少。昔三仁去而殷虚,二老归而周炽,子胥死而吴亡,种、蠡存而粤伯,五羖入而秦喜,乐毅出而燕惧,范雎以折摺而危穰侯,蔡泽虽噤吟而笑唐举。故当其有事也,非萧、曹、子房、平、勃、樊、霍则不能安;当其亡事也,章句之徒相与坐而守之,亦亡所患。故世乱,则圣哲驰骛而不足;世治,则庸夫高枕而有余。……是故知玄知默,守道之极;爰清爰静,游神之廷;惟寂惟寞,守德之宅。世异事变,人道不殊,彼我易时,未知何如。今子乃以鸱枭而笑凤皇,执蝘蜓而嘲龟龙,不亦病乎!子徒笑我玄之尚白,吾亦笑子之病甚,不遭臾跗、扁鹊,悲夫!"

"谑",唐写本作"调"。"杂以谐谑",指扬雄《解嘲》参杂诙谐戏谑成分。"回环自释",循环反复解释客所提出的诘难,说明自己是恪守太玄正理的。

(9)《后汉书·班固传》:"固自以二世才术,位不过郎,感东方朔、杨雄自论,以不遭苏、张、范、蔡之时,作《宾戏》以自通焉。"班固《汉书·叙传》:"(班固)永平中为郎,典校秘书,专笃志于博学,以著述为业。或讥以无功,又感东方朔、扬雄自谕以不遭苏、张、范、蔡之时,曾不折之以正道,明君子之所守,故聊复应焉。其辞曰:……"班固的《答宾戏》也是对问体作品,今选录如下:

宾戏主人曰："盖闻圣人有壹定之论,列士有不易之分,亦云名而已矣。故太上有立德,其次有立功。夫德不得后身而特盛,功不得背时而独章,是以圣哲之治,栖栖皇皇,孔席不暖,墨突不黔。由此言之,取舍者昔人之上务,著作者前列之余事耳。今吾子幸游帝王之世,躬带冕之服,浮英华,湛道德,鬻龙虎之文,旧矣。卒不能摅首尾,奋翼鳞,振拔洿涂,跨腾风云,使见之者景骇,闻之者响震。徒乐枕经籍书,纡体衡门,上无所蒂,下无所根。独摅意乎宇宙之外,锐思于豪芒之内,潜神默记,恒以年岁。然而器不贾于当己,用不效于一世,虽驰辩如涛波,摛藻如春华,犹无益于殿最。意者,且运朝夕之策,定合会之计,使存有显号,亡有美谥,不亦优乎?"主人逌尔而咲曰:"若宾之言,斯所谓见势利之华,闇道德之实,守窔奥之荧烛,未卬天庭而觌白日也。曩者王途芜秽,周失其御,侯伯方轨,战国横骛,于是七雄虓阚,分裂诸夏,龙战而虎争。游说之徒,风扬电激,并起而救之,其余猋飞景附,熛烻其间者,盖不可胜载。当此之时,搦朽摩钝,铅刀皆能壹断,是故鲁连飞一矢而蹶千金,虞卿以顾眄而捐相印也。夫啾发投曲,感耳之声,合之律度,淫挥而不可听者,非韶、夏之乐也;因势合变,偶时之会,风移俗易,乖忤而不可通者,非君子之法也。及至从人合之,衡人散之,亡命漂说,羁旅骋辞,商鞅挟三术以钻孝公,李斯奋时务而要始皇,彼皆蹑风云之会,履颠沛之势,据徼乘邪以求一日之富贵,朝为荣华,夕而焦瘁,福不盈眦,既溢于世,凶人且以自悔,况吉士而是赖乎!且功不可以虚成,名不可以伪立,韩设辩以徼君,吕行诈以贾国。《说难》既酋,其身乃囚;秦货既贵,厥宗亦隳。是故仲尼抗浮云之志,孟轲养浩然之气,彼岂乐为迂阔哉?道不可以贰也。方今大汉洒扫群秽,夷险艾荒,廓帝纮,恢皇纲,基隆于羲、农,规广于黄、唐;其君天下也,炎之如日,威之如神,函之如海,养之如春。是以六合之内,莫不同原共流,沐浴玄德,禀印太和,枝附叶着,譬犹中木之殖山林,鸟鱼之毓川泽,得气者蕃滋,失时者苓落,参天坠而施化,岂云人事之厚薄哉?今子处皇世而论战国,耀所闻而疑所觌,欲从旄敦而度高乎泰山,怀汎滥而测深乎重渊,亦未至也。"

(10)《后汉书·崔骃传》:"崔骃字亭伯,涿郡安平人也。……年十三能通《诗》《易》《春秋》,博学有伟才,尽通古今训诂百家之言,善属文。少游太学,与班固、傅毅同时齐名。常以典籍为业,未遑仕进之事。时人或讥其太玄静,将以后名失实。骃拟杨雄《解嘲》,作《达旨》以答焉。其辞曰:……"今选录如下:

> 或说己曰:"《易》称'备物致用','可观而有所合',故能扶阳以出,顺阴而入。春发其华,秋收其实,有始有极,爰登其质。今子韫椟六经,服膺道术,历世而游,高谈有日,俯钩深于重渊,仰探远乎九乾,穷至赜于幽微,测潜隐之无源。然下不步卿相之廷,上不登王公之门,进不党以赞己,退不黩于庸人。独师友道德,合符曩真,抱景特立,与士不群。盖高树靡阴,独木不林,随时之宜,道贵从凡。于时太上运天德以君世,宪干僚而布官;临雍泮以恢儒,疏轩冕以崇贤;率惇德以厉忠孝,扬茂化以砥仁义;选利器于良材,求镆铘于明智。不以此时攀台阶,窥紫闼,据高轩,望朱阙,夫欲千里而咫尺未发,蒙窃惑焉。故英人乘斯时也,犹逸禽之赴深林,蛊蚋之趣大沛。胡为嘿嘿而久沉滞也?"答曰:"有是言乎?子苟欲勉我以世路,不知其跌而失吾之度也。古者阴阳始分,天地初制,皇纲云绪,帝纪乃设,传序历数,三代兴灭。昔大庭尚矣,赫胥罔识。淳朴散离,人物错乖。高辛攸降,厥趣各违。道无常稽,与时张弛。失仁为非,得义为是。君子通变,各审所履。故士或掩目而渊潜,或盥耳而山栖;或草耕而仅饱,或木茹而长饥;或重聘而不来,或屡黜而不去;或冒韧以干进,或望色而斯举;或以役夫发梦于王公,或以渔父见兆于元龟。若夫纷纆塞路,凶虐播流,人有昏垫之戹,主有畴咨之忧,条垂藟蔓,上下相求。于是乎贤人授手,援世之灾,跋涉赴俗,急斯时也。昔尧含戚而皋陶

谟,高祖叹而子房虑;祸不散而曹、绛奋,结不解而陈平权。及其策合道从,克乱弭冲,乃将镂玄珪,册显功,铭昆吾之冶,勒景、襄之钟。与其有事,则褰裳濡足,冠挂不顾。人溺不拯,则非仁也。当其无事,则躔缨整襟,规矩其步。德让不修,则非忠也。是以险则救俗,平则守礼,举以公心,不私其体。……"

(11)"间",元本、弘治本作"问",冯舒校,改"间",此据黄叔琳本。《后汉书·张衡传》:"张衡字平子,南阳西鄂人也。……顺帝初,再转,复为太史令。衡不慕当世,所居之官,辄积年不徙。自去史职,五载复还,乃设客问,作《应间》以见其志云:……"今选录如下:

有间余者曰:"盖闻前哲首务,务于下学上达,佐国理民,有云为也。朝有所闻,则夕行之。立功立事,式昭德音。是故伊尹思使君为尧舜,而民处唐虞,彼岂虚言而已哉,必旌厥素尔。咎单、巫咸,寔守王家,申伯、樊仲,实干周邦,服衮而朝,介圭作瑞。厥迹不朽,垂烈后昆,不亦丕软!且学非以要利,而富贵萃之。贵以行令,富以施惠,惠施令行,故《易》称以'大业'。质以文美,实由华兴,器赖雕饰为好,人以舆服为荣。吾子性德体道,笃信安仁,约己博艺,无坚不钻,以思世路,斯何远矣!曩滞日官,今又原之。虽老氏曲全,进道若退,然行亦以需。必也学非所用,术有所仰,故临川将济,而舟楫不存焉。徒经思天衢,内昭独智,固合理民之式也?故尝见谤于鄙儒。深厉浅揭,随时为义,曾何贪于支离,而习其孤技邪?参轮可使自转,木雕犹能独飞,已垂翅而还故栖,盍亦调其机而铦诸?昔有文王,自求多福。人生在勤,不索何获。曷若卑体屈己,美言以相克?鸣于乔木,乃金声而玉振之。用后勋,雪前吝,婞佷不柔,以意谁靳也。"应之曰:"是何观同而见异也?君子不患位之不尊,而患德之不崇;不耻禄之不夥,而耻智之不博。是故艺可学,而行可力也。天爵高悬,得之在命,或不速而自怀,或羡旃而不臻,求之无益,故智者面而不思。陟身以徼幸,固贪夫之所为,未得而豫丧也。枉尺直寻,议者讥之,盈欲亏志,孰云非羞?于心有猜,则簟飧豆饣甫犹不屑餐,旌瞀以之。意之无疑,则兼金盈百而不嫌辞,孟轲以之。士或解袯褐而袭黼黻,或委舍筑而据文轩者,度德拜爵,量绩受禄也。输力致庸,受必有阶。……"

(12)《后汉书·崔寔传》:"寔字子真,一名台,字元始。少沉静,好典籍。……建宁中病卒。家徒四壁立,无以殡敛,光禄勋杨赐、太仆袁逢、少府段颎为备棺椁葬具,大鸿胪袁隗树碑颂德。所著碑、论、箴、铭、答、七言、祠、文、表、记、书凡十五篇。""客讥",黄叔琳、范文澜谓当作"答讥"。王更生《文心雕龙范注驳正》:"《客讥》不应遽改为《答讥》,盖称《答客讥》也。"《艺文类聚》卷二十五载崔寔《答讥》,今选录如下:

客有讥夫人之享天爵而应睿哲也,必将振民毓德,弥难济时。……今子游精太清,潜思九玄。……慕荣名而失厚,思虑劳乎形神。答曰:子徒休彼绣衣,不知嘉遁之独肥也。且麟隐于遐荒,不纤机阱之路;凤凰翔于寥廓,故节高而可慕。

"整而微质",谓崔寔情操高洁而自甘贫困寂寞,故其文叙述工整而嫌于质。

(13)《后汉书·蔡邕传》:"蔡邕字伯喈,陈留圉人也。……少博学,师事太傅胡广。好辞章、数术、天文,妙操音律。桓帝时,中常侍徐璜、左悺等五侯擅恣,闻邕善鼓琴,遂白天子,敕陈留太守督促发遣。邕不得已,行到偃师,称疾而归。闲居玩古,不交当世。感东方朔《客难》及杨雄、班固、崔骃之徒设疑以自通,及斟酌群言,韪其是而矫其非,作《释诲》以戒厉云尔。……"今选录如下:

有务世公子诲于华颠胡老曰:"盖闻圣人之大宝曰位,故以仁守位,以财聚人。然则有位斯贵,有财斯富,行义达道,士之司也。

故伊挚有负鼎之衔,仲尼设执鞭之言,宁子有清商之歌,百里有豢牛之事。夫如是,则圣哲之通趣,古人之明志也。夫子生清穆之世,禀醇和之灵,覃思典籍,韬椟六经,安贫乐贱,与世无营,沉精重渊,抗志高冥,包括无外,综析无形,其已久矣。曾不能拔萃出群,扬芳飞文,登天庭,序彝伦,扫六合之秽愿,清宇宙之埃尘,连光芒于白日,属炎气于景云。时逝岁暮,默而无闻。小子惑焉,是以有云。方今圣上宽明,辅弼贤知,崇英逸伟,不坠于地,德弘者建宰相而裂土,才羡者荷荣禄而蒙赐。盍亦回途要至,俛仰取容,辑当世之利,定不拔之功,荣家宗于此时,遗不灭之令踪?夫独未之思邪,何为守彼而不通此?"胡老憖然而笑曰:"若公子,所谓觊暧昧之利,而忘昭晢之害;专必成之功,而忽蹉跌之败者已。"公子谡尔敛袵而兴曰:"胡为其然也?"胡老曰:"居,吾将释汝。昔自太极,君臣始基,有羲皇之洪宁,唐虞之至时。三代之隆,亦有缉熙,五伯扶微,勤而抚之。于斯已降,天网纵,人纮弛,王途坏,太极陁,君臣土崩,上下瓦解。于是智者骋诈,辩者驰说,武夫奋略,战士讲锐。电骇风驰,雾散云披,变诈乖诡,以合时宜。或画一策而绾万金,或谈崇朝而锡瑞珪。连衡者六印磊落,合从者骈组流离。隆贵龛习,积富无崖,据巧蹈机,以忘其危。夫华离蒂而萎,条去干而枯,女冶容而淫,士背道而辜。人毁其满,神疾其邪,利端始萌,害渐亦牙。速速方毂,夭夭是加,欲丰其屋,乃蔀其家。是故天地否闭,圣哲潜形,石门守晨,沮、溺耦耕,颜歜抱璞,蘧瑗保生,齐人归乐,孔子斯征,雍渠骖乘,逝而遗轻。夫岂憖主而背国乎?道不可以倾也。……"于是公子仰首降阶,忸怩而避。胡老乃扬衡含笑,援琴而歌。歌曰:"练余心兮浸太清,涤秽浊兮存正灵。和液畅兮神气宁,情志泊兮心亭亭,嗜欲息兮无由生。踔宇宙而遗俗兮,眇翩翩而独征。"

(14)"景纯",唐写本作"郭璞"。《晋书·郭璞传》:"郭璞字景纯,河东闻喜人也。……璞好经术,博学有高才,而讷于言论,词赋为中兴之冠。好古文奇字,妙于阴阳算历。……璞既好卜筮,缙绅多笑之。又自以才高位卑,乃著《客傲》,其辞曰:……"今选录如下:

客傲郭生曰:"玉以兼城为宝,士以知名为贤。明月不妄映,兰葩岂虚鲜。今足下既以拔文秀于丛荟,荫弱根于庆云,陵扶摇而竦翮,挥清澜以濯鳞,而响不彻于一皋,价不登乎千金。傲岸荣悴之际,颉颃龙鱼之间,进不为谐隐,退不为放言,无沉冥之韵,而希风乎严先,徒费思于钻味,摹《洞林》乎《连山》,尚何名乎!夫攀骊龙之髯,抚翠禽之毛,而不得绝霞肆,跨天津者,未之前闻也。"郭生粲然而笑曰:"鹪鹩不可与论云翼,井蛙难与量海鳌。虽然,将祛子之惑,讯以未悟,其可乎?乃者地维中绝,乾光坠采,皇运暂回,廓祚淮海。龙德时乘,群才云骇,蔼若邓林之会逸翰,烂若溟海之纳奔涛,不烦咨嗟之访,不假蒲帛之招,羁九有之奇骏,咸总之于一朝,岂惟丰沛之英,南阳之豪!昆吾挺锋,骐骥轩髦,杞梓竞敷,兰茝争翘,嘤声冠于伐木,援类繁乎拔茅。是以水无浪士,岩无幽人,刈兰不暇,爨桂不给,安事错薪乎!"

(15)《三国志·魏书·曹植传》:"陈思王植字子建。年十岁余,诵读诗、论及辞赋数十万言,善属文。"曹植之作《客问》今不存,仅有《辩问》几句残文。见《昭明文选》张景阳《杂诗》、陶渊明《辛丑岁七月赴假还江陵夜行涂口五言》李善注:"曹子建《辩问》曰:君子隐居以养真也。"《昭明文选》刘孝标《广绝交论》李善注:"曹植《辩问》曰:游说之士,星流电耀。"未知是否即为《客问》。

(16)"敳",原作"凯(凯)",此据唐写本。《晋书·庾敳传》:"敳字子嵩。长不满七尺,而腰带十围,雅有远韵。为陈留相,未尝以事婴心,从容酣畅,寄通而已。处众人中,居然独立。尝读《老》《庄》,曰:'正与人意闇同。'太尉王衍雅重之。……是时天下多故,机变屡起,敳常静默无为。……石勒之乱,与衍俱被害,时年五十。"《客咨》今佚。"咨",唐写本作"谘"。"悴",原作"粹",此据唐写本。

(17)"才",原作"裁",此据唐写本。

(18)"夫",原无,此据唐写本。

(19)"本",唐写本作"体"。

(20)《后汉书·文苑传·傅毅传》:"傅毅字武仲,扶风茂陵人也。少博学。……毅以显宗求贤不笃,士多隐处,故作《七激》以为讽。建初中,肃宗博召文学之士,以毅为兰台令史,拜郎中,与班固、贾逵共典校书。……毅早卒,著诗、赋、诔、颂、祝文、《七激》、连珠凡二十八篇。"《七激》见《全后汉文》卷四十三,今选录如下:

> 徒华公子,托病幽处,游心于玄妙,清思乎黄老。于是玄通子闻而往属曰:"仆闻君子当世而光迹,因时以舒志,必将铭勒功勋,悬著隆高。今公子削迹藏体,当年陆沈,变度易趣,违拂雅心。抉六经之旨,守偏塞之术,意亦有所蔽与?何图身之谬也。仆将为公子论天下之至妙,列耳目之通好,原情心之性理,综道德之弥奥,岂欲闻之乎?"公子曰:"仆虽不敏,固愿闻之。"玄通子曰:"洪梧幽生,生于遐荒。阳春后荣,涉秋先雕。晨飙飞砾,孙禽相求。积雪洟洟,中夏不流。于是乃使夫游官失势,穷摈之士,泳溺水,越炎火,穷林薄,历隐深,三秋乃获,断之高岑,梓匠摹度,拟以斧斤。然后背洞壑,临绝溪,听迅波,望层崖。太师奏操,荣期清歌。歌曰:陟景山兮采芳苓,哀不惨伤,乐不流声。弹羽跃水,叩角奋荣。沉微玄穆,感物悟灵。此亦天下之妙音也,子能强起而听之乎?"

(21)《后汉书·崔骃传》:"年十三能通《诗》《易》《春秋》,博学有伟才,尽通古今训诂百家之言,善属文。……永元四年,卒于家。所著诗、赋、铭、颂、书、记、表、《七依》《婚礼结言》《达旨》《酒警合》二十一篇。""博雅",唐写本作"雅博"。《七依》全文不存,《全后汉文》据《昭明文选》注及《艺文类聚》仅录其数句,如"回顾百万,一笑千金。振飞縠以舞长袖,袅细腰以务抑扬"。

(22)《后汉书·张衡传》:"所著诗、赋、铭、七言、《灵宪》《应间》《七辩》《巡诰》《悬图》凡三十二篇。"其《七辩》不全,《全后汉书》卷五十五辑得部分,今选录如下:

无为先生,祖述列仙,背世绝俗,唯诵道篇。形虚年衰,志犹不迁。于是七辩谋焉,曰:"无为先生,淹在幽隅,藏声隐景,划迹穷居。抑其不慭,盍往辩诸,乃阶而就之。"虚然子曰:"乐国之都,设为闲馆。工输制匠,谲诡焕烂。重屋百层,连阁周漫。应门锵锵,华阙双建。雕虫彫绿,螭虹蜿蜒。于是弹比翼,落鹓黄,加双鶒,经鸳鸯。然后棹云舫,观中流,搴芙蓉,集芳洲,纵文身,搏潜鳞,探水玉,拔琼根。收明月之照曜,玩赤瑕之璘䃨,因飙拂其寮,兰泉注其庭。此宫室之丽也,子盍归而处之乎?"雕华子曰:"玄清白醴,蒲陶酦醥。嘉肴杂醢,三臡七菹。荔支黄甘,寒梨干榛。沙饧石蜜,远国储珍。于是乃有荔蓁脂牲,麋麖豹胎。飞凫栖鹭,养之以时。巩洛之鳟,割以为鲜。审其齐和,适其辛酸。芳以姜椒,拂以桂兰。华苓重秬,滍皋香秔。会稽之菰,冀野之粱。滍淩辗麦,糇以青秔。珍羞杂遝,灼烁芳香。此滋味之丽也,子盍归而食之?"安存子曰:"淮南清歌,燕余材舞,列乎前堂,递奏代叙。结郑、卫之遗风,扬《流哇》而咏《激楚》。鼙鼓口吹,竽籁应律。金石合奏,妖冶邀会。观者交目,衣解忘带。于是乐中日晚,移即昏庭。美人妖服,变曲为清,改赋新词,转歌流声。此音乐之丽也,子盍归而听诸?"

(23)《后汉书·崔瑗传》载其有《七苏》之作,而无《七厉》。傅玄《七谟序》谓马融作《七厉》,下文有"《七厉》叙贤,归以儒道"之说,与"植义纯正"说相似,可知此《七厉》当为马融作,马融与崔瑗同时。刘勰误为崔瑗作。此《七厉》当非为《七苏》之误。张立斋《文心雕龙注订》谓"此作《七厉》,或别有一篇也"。按《七苏》已佚,《全后汉文》卷四十四自《北堂书钞》辑得两句:"加以脂粉,润以滋泽。"看不出有"植义纯正"(谓立意严肃纯正)之意。"植",唐写本作"指",非。《文心雕龙·檄移》"植义扬辞",可参证。

(24)陈思《七启》,参见本篇注(4)。今选录曹植《七启》如下:

　　玄微子隐居大荒之庭,飞遁离俗,澄神定灵;轻禄傲贵,与物无营;耽虚好静,羡此永生。独驰思乎天云之际,无物象而能倾,于是镜机子闻而将往说焉。驾超野之驷,乘追风之舆,经迥漠,出幽墟,入乎泱漭之野,遂届玄微子之所居。其居也,左激水,右高岑,背洞溪,对芳林。冠皮弁,被文裘,出山岫之潜穴,倚峻崖而嬉游。志飘飘焉,峣峣焉,似若狭六合而隘九州,若将飞而未逝,若举翼而中留。于是镜机子攀葛藟而登,距岩而立,顺风而称曰:"予闻君子不遁俗而遗名,智士不背世而灭勋。今吾子弃道艺之华,遗仁义之英,耗精神乎虚廓,废人事之纪经。譬若画形于无象,造响于无声,未之思乎?何所规之不通也。"玄微子俯而应之曰:"嘻!有是言乎?夫太极之初,混沌未分,万物纷错,与道俱隆。盖有形必朽,有迹必穷,芒芒元气,谁知其终。名秽我身,位累我躬,窃慕古人之所志。仰老庄之遗风。假灵龟以托喻,宁掉尾于途中。"镜机子曰:"夫辩言之艳,能使穷泽生流,枯木发荣,庶感灵而激神,况近在乎人情。仆将为吾子说游观之至娱,演声色之妖靡,论变化之至妙,敷道德之弘丽。愿闻之乎?"玄微子曰:"吾子整身倦世,探隐拯沉,不远遐路,幸见光临。将敬涤耳,以听玉音。"镜机子曰:"芳菰精稗,霜蓄露葵,玄熊素肤,肥豢脓肌。蝉翼之割,剖纤析微;累如叠縠,离若散雪,轻随风飞,刃不转切。山鸡斥鷃,珠翠之珍。寒芳莲之巢龟,脍西海之飞鳞,臛江东之潜鼍,腾汉南之鸣鹑。糅以芳酸,甘和既醇。玄冥适咸,蓐收调辛。紫兰丹椒,施和必节,滋味既殊,遗芳射越。乃有春清缥酒,康狄所营,应化则变,感气而成,弹徵则苦发,叩宫则甘生。于是盛以翠樽,酌以雕觞,浮蚁鼎沸,酷烈馨香,可以和神,可以娱肠。此肴馔之妙也,子能从我而食之乎?"玄微子曰:"予甘藜藿,未暇此食也。"

（25）王粲此文乃应曹植之命而作，见本篇注（4）。王粲之文国内无全文，《全后汉文》辑得十三条。浙江大学林家骊教授从日本《文馆词林》得到全文，今选录如下：

潜虚丈人，违世遁俗，恬淡清玄，浑沌淳朴。薄礼愚学，无为无欲。均同死生，混齐荣辱。不拔毛以利物，不拯溺以濡足。濯身乎沧浪，振衣乎嵩岳。于是文藉大夫闻而叹曰："於呼！圣人居上，国无室士，人之不训，在列之耻。我其释诸，弗革乃已。"遂造丈人而谒之，曰："盖闻君子不以仕易道，不以身后时，进德修业，与世同期。一物有蔽，大人耻之。今子深藏其身，高栖其志，外无所营，内无所事。有目而不视，有心而不思，颓若穷川之鱼，梢若槁木之枝。鄙夫惑焉，请为子言大伦，叙时务，宣导情性，启授达趣。虽谬雅旨，殆其有助，抑可陈乎？"丈人曰："可哉！"大夫曰："道在养志，志在实气，将定其气，莫先五味。冻缥玄酎，醴白齐清。肴以多品，羞以珍名。脯鲔鲐鲐，桂蠹石鳝，鳖寒鲍热，异和殊馨。紫梨黄甘，夏柰冬橘。枇杷都柘，龙眼荼实。河隈之鯈，泗滨卢鳜。名工砥锷，因皮却切。纤而不茹，纷若红綷。乃有西旅游梁，御宿青粲，瓜州红麴，参糅相半。软滑膏润，入口流散。亀羹蠦腥，晨凫宿鹦。五黄捣珍，肠腒肺烂，旄象叶解，胎豹胹断。霜熊之掌，文鹿之蹯。齐以甘酸，随时代献。芬芳滋液，方丈兼案。此五味之极也，子其飨诸？"

（26）《后汉书·桓彬传》："父麟，字元凤，早有才惠。桓帝初，为议郎，入侍讲禁中，以直道忤左右，出为许令，病免。会母终，麟不胜丧，未祥而卒，年四十一。所著碑、诔、赞、说、书凡二十一篇。"李贤注云："挚虞《文章志》：麟文见在者十八篇，有碑九首，诔七首，《七说》一首，《沛相郭府君书》一首。"《七说》已残，《全后汉书》卷二十七辑得数条，今选录如下：

香其为饭,杂以粳菰,散如细蚳,抟似凝肤。河鼋之羹,齐以兰梅。芳芬甘旨,未咽先滋。"

《晋书·左思传》:"左思字太冲,齐国临淄人也。……秘书监贾谧请讲《汉书》,谧诛,退居宜春里,专意典籍。齐王冏命为记室督,辞疾,不就。及张方纵暴都邑,举家适冀州。数岁,以疾终。"左思《七讽》已佚。《昭明文选·齐安陆王碑文》注引左思《七略》:"阊甲第之广袤,建云陛之嵯峨。"未知是否为《七讽》之误。《指瑕》篇:"左思《七讽》'说孝而不从',反道若斯,余不足观矣。"可参考。

(27)"畎",唐写本作"田",二字古通。

(28)"髓",原作"体",此据唐写本。"洞",唐写本同,黄叔琳本为"动",此据元本、弘治本等。洞,深也。

(29)"一",原作"以",此据唐写本。"讽一劝百",指辞赋欲讽而反劝。"势不自反",劝导之势已不能自己返回讽谏正道。

(30)《汉书·扬雄传》:"扬雄字子云,蜀郡成都人也。……雄以为赋者,将以风也,必推类而言,极丽靡之辞,闳侈巨衍,竞于使人不能加也,既乃归之于正,然览者已过矣。往时武帝好神仙,相如上《大人赋》,欲以风,帝反缥缥有陵云之志。繇是言之,赋劝而不止,明矣。又颇似俳优淳于髡、优孟之徒,非法度所存,贤人君子诗赋之正也,于是辍不复为。"《汉书·司马相如传》赞:"相如虽多虚辞滥说,然要其归引之于节俭,此亦《诗》之风谏何异?扬雄以为靡丽之赋,劝百而风一,犹骋郑卫之声,曲终而奏雅,不亦戏乎!""先骋郑卫之声",唐写本、《太平御览》无"先"及"卫之"三字。

(31)《七厉》当为马融所作,参见本篇注(4)。"归以儒道",即植义纯正。此评符合马融作为大儒的特点。

(32)《后汉书·杜笃传》:"杜笃字季雅,京兆杜陵人也。……所著赋、诔、吊、书、赞、《七言》《女诫》及杂文,凡十八篇。又著《明世论》十五篇。"《全后汉文》卷二十八有其《连珠》残文两句:"能离光明之显,长吟永啸。"《后汉书·贾逵传》:"贾逵字景伯,扶风平陵人也。……逵所著经传义诂及论难百余万言,又作诗、颂、诔、书、连珠、酒令凡九篇,学者宗之,后世称为通儒。"《全后汉文》卷三十一载其《连珠》残文两句:"夫君人者不饰不美,不足以一民。"(见《昭明文选·景福殿赋》注)

(33)《后汉书·刘珍传》:"刘珍字秋孙,一名宝,南阳蔡阳人也。少好学。……延光四年,拜宗正。明年,转卫尉,卒官。著诔、颂、连珠凡七篇。又撰《释名》三十篇,以辩万物之称号云。"其连珠已佚。《三国志·魏书·卫觊传》:"卫觊字伯儒,河东安邑人也。……建安末,尚书右丞河南潘勖,黄初时,散骑常侍河内王象,亦与觊并以文章显。"裴松之注:"《文章志》曰:勖字元茂,初名芝,改名勖,后避讳。或曰勖献帝时为尚书郎,迁右丞。……魏公《九锡》策命,勖所作也。"《全后汉文》卷八十七载其《拟连珠》残文:"臣闻媚上以布利者,臣之常情,主之所患;忘身以忧国者,臣之所难,主之所愿;是以忠臣背利而修所难,明主排患而获所愿。"

(34)"欲穿"两句,谓以鱼目充明珠也。东汉魏翱,字伯阳,其《周易参同契》:"鱼目岂为珠,蓬蒿不成槚。"《连珠》一条条贯穿连接成文,本应为明珠妙文,而他们却贯穿鱼目以代明珠。

(35)《庄子·秋水》:"且子独不闻夫寿陵余子之学行于邯郸与?未得国能,又失其故行矣,直匍匐而归耳。"成玄英疏:"寿陵,燕之邑。邯郸,赵之都。弱龄未壮,谓之余子。赵都之地,其俗能行,故燕国少年,远来学步。既乖本性,未得赵国之能;舍己效人,更失寿陵之故。是以用手踞地,匍匐而还也。"刘勰以"寿陵学步"之例说明后来写"七"体的作者,学前人而不得法,失去原来"七体"的优点。

(36)"丑",原作"配",此据唐写本。《庄子·天运》:"故西施病心而矉其里,其里之丑人见之而美之,归亦捧心而矉其里。其里之富人见之,坚闭门而不出,贫人见之,挈妻子而去走。彼知矉美而不知矉之所以美。"成玄英疏:"西施,越之美女也,貌极妍丽,既病心痛,嚬眉苦之。而端正之人,体多宜便,因其嚬蹙,更益其美,是以闾里见之,弥加爱重。邻里丑人,见而学之,不病强嚬,倍增其陋,故富者恶之而不出,贫人弃之而远走。舍己效物,其义例然。削迹伐树,皆学颦之过也。""所以,犹所由也。颦之所以美者,出乎西施之好也。彼之丑人,但美颦之丽雅,而不知由西施之姝好也。"矉,亦作"颦",皱眉也。刘勰以丑人效颦之例说明后来的"七体"文章不但学不到前人之美,而越来越丑了,他们不懂得"七体"的美究竟在哪里。

(37)唐写本无"运""理"二字,作"唯士衡思新文敏"。《昭明文选》载陆机《演连珠》五十首,有刘孝标注。今选录如下:

> 臣闻日薄星回,穹天所以纪物;山盈川冲,后土所以播气。五行错而致用,四时违而成岁。是以百官恪居,以赴八音之离;明君执契,以要克谐之会。 臣闻任重于力,才尽则困;用广其器,应博则凶。是以物胜权而衡殆,形过镜则照穷。故明主程才以效业,贞臣底力而辞丰。 臣闻髦俊之才,世所希乏;丘园之秀,因时则扬。是以大人基命,不擢才于后土;明主聿兴,不降佐于昊苍。 臣闻世之所遗,未为非宝;主之所珍,不必适治。是以俊乂之薮,希蒙翘车之招;金碧之岩,必辱凤举之使。 臣闻禄放于宠,非隆家之举;官私于亲,非兴邦之选。是以三卿世及,东国多衰弊之政;五侯并轨,西京有陵夷之运。

(38)刘向"仲",唐写本作"中"。《列仙传·朱仲传》:"朱仲者,会稽人也,常于会稽市上贩珠。汉高后时,下书募三寸珠。仲读购书笑曰:'直值汝矣。'赍三寸珠诣阙上书。珠好过度,即赐五百金。鲁元公主私以七百金,从仲购珠。仲献四寸珠,送置于阙即去。下书会稽征聘,不知所在。景帝时,复来献三寸珠数十枚,辄去,不知所之云。"又赞曰:"朱仲无欲,聊寄贾商。俯窥骊龙,扪此夜光。发迹会稽,曜奇咸阳。施而不德,历世弥彰。"刘勰认为陆机所作《演连珠》有似朱仲之献四寸明珠。"珰",《广韵》:"耳珠。"《古诗为焦仲卿妻作》:"腰若流纨素,耳着明月珰。"

(39)"夫文小"几句是对连珠创作特征的论述。王利器《文心雕龙校证》:"唐写本'磊磊'作'落落'。《练字》篇有'磊落如珠矣'句,《才略》篇有'磊落如琅玕之圃'句,'磊''落'声近通用。"傅玄《连珠序》:"欲使历历如贯珠,易觌而可悦,故谓之连珠也。班固喻美辞壮,文章弘丽,最得其体。"(《全晋文》卷四十六)

(40)"典",记述圣贤法则之文。《尚书》有《尧典》,班固有《典引》之作,《后汉书·班固传》:"固又作《典引》篇,述叙汉德。以为相如《封禅》,靡而不典,杨雄《美新》,典而不实,盖自谓得其致焉。"《昭明文选》班固《典引》李善注:"蔡邕曰:典引者,篇名也。典者,常也,法也。引者,伸也,长也。尚书疏尧之常法,谓之《尧典》。汉绍其绪,伸而长之也。"《后汉书·文苑传·李尤传》:"所著诗、赋、铭、诔、颂、《七叹》《哀典》凡二十八篇。""诰",上命下之训诫谓之诰。刘熙《释名》:"上敕下曰诰也。"《尚书》有《汤诰》,后汉张衡有《东巡诰》。"誓",指挥约束军队之文。《尚书》有《甘誓》《汤誓》,蔡邕有《艰誓》。"问",指策问,咨询策事之文。《后汉书·和帝纪》:"帝乃亲临策问,选补郎吏。"

(41)"览",阅览概要之文。如《吕氏春秋》有"八览",《隋书·艺文志》载有儒家《要览》《正览》,杂家有《宜览》《皇览》。"略",陈述要点之文,如刘歆有《七略》。"篇",专题论述之文,如李斯《仓颉篇》司马相如《凡将篇》等。"章",叙述情由之文,如史游《急就章》。

(42)"曲",委婉抒情之作,汉乐府有《鼓吹曲》。"操",抒写情操、闭塞忧愁之琴曲。如古传许由之《箕山操》、周代伯奇的《履霜操》。"弄",一种小曲,如《昭明文选》王褒《洞箫赋》:"时奏狡弄。"李善注:"小曲也。"马融《长笛赋》:"听簉弄者。"李善注:"簉弄,盖小曲也。""引",导引而长之歌曲,如楚国樊姬《烈女引》、曹植《箜篌引》。

(43)"吟",吟咏之诗篇,《释名·释乐器》:"吟,严也。其声本出于忧愁,故其声严肃,使人听之凄叹也。"有如卓文君《白头吟》。"讽",有讽谏意味的诗篇,有如韦孟《讽谏诗》。"谣",富于感慨而不配乐的诗歌,《尔雅》曰:"徒歌谓之谣。"如汉代《邪径谣》《康衢童谣》。"咏",心情郁陶转畅快的歌咏。如夏侯湛之《离亲咏》、谢安之《洛生咏》。以上十六种均为文体名。

(44)"人"字,唐写本无,"讨"作"诗"。

(45)王利器《文心雕龙校证》云:"'才'原作'多',据唐写本改。《体性》篇:'才有天资,学慎始习。'《事类》篇:'才自内发,学以外成,有学饱而才馁,有财富而学贫。'又云:'才为盟主,学为辅佐。'《才略》篇:'然自卿渊以前,多役才而不课学。'皆以才学对文。"

(46)"枝辞",指各种杂文体制,即文章之枝派。"攒映",聚集在一起交相辉映。《诗经·召南·小星》篇:"嘒彼小星,维参与昴。"毛传:"嘒,微貌。参,伐也。昴,留也。"参星又名"伐",昴星又名"留"。郑玄笺:"此言众无名之星,亦随伐、留在天。"

(47)"慕嚬之徒,心焉衹搅",原作"慕嚬之心,于焉衹搅",此据唐写本。《诗·小雅·何人斯》:"衹搅我心。"郑玄笺:"衹,适也。……适乱我之心。"

《谐讔》篇

芮良夫之诗云："自有肺肠，俾民卒狂[1]。"夫心险如山，口壅若川[2]，怨怒之情不一，欢谑之言无方。昔华元弃甲，城者发睅目之讴[3]；臧纥丧师，国人造侏儒之歌[4]。并嗤戏形貌，内怨为俳也[5]。又蚕蟹鄙谚[6]，狸首淫哇[7]，苟可箴戒，载于礼典。故知谐辞讔言，亦无弃矣。

谐之言皆也，辞浅会俗，皆悦笑也。昔齐威酣乐，而淳于说甘酒[8]；楚襄宴集，而宋玉赋《好色》[9]：意在微讽，有足观者。及优旃之讽漆城[10]，优孟之谏葬马[11]，并谲辞饰说，抑止昏暴。是以子长编史，列传滑稽[12]，以其辞虽倾回，意归义正也。但本体不雅，其流易弊。于是东方、枚皋，餔糟啜醨[13]，无所匡正，而诋嫚媟弄[14]，故其自称为赋，乃亦俳也，见视如倡，亦有悔矣。至魏文因俳说以著《笑书》[15]，薛综凭宴会而发嘲调[16]，虽抃推席[17]，而无益时用矣。然而懿文之士，未免枉辔[18]；潘岳《丑妇》之属[19]，束晳《卖饼》之类[20]，尤相效之，盖以百数。魏晋滑稽，盛相驱扇[21]，遂乃应玚之鼻，方于盗削卵[22]；张华之形，比乎握春杵[23]。曾是莠言，有亏德音[24]，岂非溺者之安笑，胥靡之狂歌欤[25]！

讔者，隐也；遁辞以隐意，谲譬以指事也[26]。昔还社求拯于楚师，喻智井而称麦曲[27]；叔仪乞粮于鲁人，歌佩玉而呼庚癸[28]；伍举刺荆王以大鸟[29]，齐客讥薛公以海鱼[30]；庄姬托辞于龙尾[31]，臧文谬书于羊裘[32]。隐语之用，被于纪传(33),大者兴治济身,其次弼违晓惑。盖意生于权谲,而事出于机急,与夫谐辞,可相表里者也。汉世《隐书》,十有八篇;歆、固编文,录之赋末(34)。

昔楚庄齐威,性好隐语(35)。至东方曼倩,尤巧辞述(36)。但谬辞诋戏(37),无益规补。自魏代以来,颇非俳优(38),而君子嘲隐,化为谜语(39)。谜也者,回互其辞,使昏迷也。或体目文字(40),或图像品物,纤巧以弄思,浅察以衒辞,义欲婉而正,辞欲隐而显。荀卿《蚕赋》,已兆其体(41)。至魏文陈思,约而密之,高贵乡公(42),博举品物,虽有小巧,用乖远大。

夫观古之为隐(43),理周要务,岂为童稚之戏谑,搏髀而抃笑哉!然文辞之有谐讔,譬九流之有小说(44),盖稗官所采,以广视听。若效而不已,则髡祖而入室(45),旃孟之石交乎(46)!

赞曰:古之嘲隐,振危释惫(47)。虽有丝麻,无弃菅蒯(48)。会义适时,颇益讽诫。空戏滑稽,德音大坏。

简析:

本篇论谐和讔两种诙谐戏谑和隐秘谜语的文体。谐辞的特点是"辞浅会俗""意在微讽",讔语的特点是"遁辞以隐意,谲譬以指事",两者都是以戏谑诙谐和曲折隐晦的方式,以达到讽喻的目的。它们虽然不是正规的文章,但"辞虽倾回,意归义正",亦是文苑不可或缺的一部分。谐辞早在史传经书中即有记载,而像淳于髡、优旃、优孟的谐辞,还被司马迁载于《史记·滑稽列传》。但到汉代的东方朔、枚皋则有"诋嫚媟弄"之辞,一直发展到魏晋变得滑稽逗笑,甚至恶语秽言,不但有伤大雅,而且有亏德行,违背了原先谐辞的劝诫讽喻本意。讔语在春秋战国时代也被记载于史传,如还无社求拯于楚师申叔展,申叔仪乞粮于鲁大夫公孙有山,伍举以大鸟讽刺楚庄王,齐客以海鱼讥讽靖郭君田婴在封地薛修筑城墙等,从大的方面说可以振兴国家治理,同时也可以避免错误解除迷惑。不过到汉代东方朔则"谬辞诋戏,无益规补",曹魏以后对俳优颇多非议,隐语遂转化为谜语。谜语的特点是:"纤巧以弄思,浅察以衒辞,义欲婉而正,辞欲隐而显。"谐谶之文从古代的起始来看,乃是"理周要务",并非仅仅是儿童玩笑之作,如"小说家"虽处九流十家中之末尾一般,谐谶虽置于十类"文"之末尾,也仍然是有意义的部分。刘勰对谐谶这类文体的基本方面还是肯定的,认为它在古代是起过积极作用的,虽然其方式比较诡谲,但目的是为了讽喻。然而在它的发展过程中,特别是从西汉东方朔、枚皋开始,品级渐趋底下,谐辞出现类似俳优的诋毁、轻嫚、嘲弄、亵狎倾向,谜语变成玩笑,到魏晋之际更变成了滑稽嬉笑的"笑书"。因此,刘勰把谐谶之文看作文章末流,也就很自然了。

语译:

芮良夫的诗说:"君王自有不良心肠,使得百姓终于愤怒发狂。"(周厉王)内心险恶有如山谷,(百姓)口如川流难以堵塞,人们怨愤恼怒之情各异,戏谑嘲讽之言无常。以前华元弃甲逃归,筑城百姓唱"睅目"民谣嘲笑他;臧纥打了败仗,鲁国百姓以"侏儒"之歌讽刺他。都是嗤笑他们的形貌,把内心怨恨不满化为戏谑。又如"蚕绩蟹匡"的鄙俗谣谚,野猫头上花纹的淫邪俚曲,凡是可以起到箴戒作用的,都记载在《礼记》里面了。由此可知古人对谐辞谶语,也是并不抛弃的。

"谐"的含义是"皆",即和谐洽合,以浅显文辞迎合世俗,使大家皆可悦心微笑。以往齐威王酣饮嗜乐,而淳于髡借一斗亦醉一石亦醉说饮酒无度会生淫乱乐极生悲;楚襄王大会群臣宴饮,宋玉写了《登徒子好色赋》,其意在对帝王佚乐进行隐微讽谏,有很值得观看的地方。至于优旃讽刺秦二世劳民伤财的油漆城墙,优孟以巧妙说辞制止楚庄王优厚葬马的昏庸,他们都能用诡谲文辞修饰辨说,来抑止君王的昏庸暴政。所以司马迁编撰《史记》,专门设立《滑稽列传》,这些谐辞虽然诡谲歪邪,而其意义则归于正道。然而毕竟言辞本体不够雅正,容易产生流弊。于是东方朔、枚皋,食其糟粕饮用薄酒,谐辞毫无讽谏匡正,轻嫚诋毁猥亵玩弄,枚皋自称为赋,而实类俳优,被视为娼妓之作,自己也后悔了。到魏文帝以俳优的戏谑说辞写成《笑书》,薛综常在宴会上发出怪异的嘲弄语句,虽然鼓掌谈笑于宴席之上,而对济世匡时则无所用矣。善于撰文的才士,也不免误入此途而失其正道,潘岳《丑妇》之流,束晳《卖饼》之类,知其不好而仿效者,大约有百余人之多。魏晋滑稽戏谑之文尤为盛行,并且煽动风气互相追逐。如言应场鼻大,有如偷来的半个鸡蛋;张华的头形,有如捣臼的杵棒上小下大。实在是恶言丑语,于德行声誉有所亏损。岂非溺水之人不知其危而大笑,役囚之徒不知其罪重而狂歌吗?

谵的意思,就是指隐语,以隐遁的言词掩饰所要表达的含义,以诡谲的比喻曲折委婉地指陈事理。萧国大夫还无社求救于楚国大夫申叔展,以枯井和麦曲为隐语得到营救;吴国的申叔仪向路过的鲁大夫借粮,以"佩玉"之歌和呼叫"庚癸"作为隐语。楚大夫伍举以不飞不鸣的大鸟作为隐语暗讽楚庄王,齐客以海鱼为隐语讥讽靖郭君田婴修筑薛城城墙,楚处庄侄以"有龙无尾"作隐语讽喻楚顷襄王外内崩坏的治政弊端,臧文仲尊母嘱以"食猎犬,组羊裘"的荒谬书信借隐语以示齐公而得以避祸。隐语的运用,被记载于史书纪传之中,从大的方面说可以兴盛国家治理,匡济品德修养,其次也可以纠正违误,晓解迷惑。隐语之意生于权变诡谲,而事出于机智应急,和上面说的谐辞,可以互为表里,相得益彰。汉代的《隐书》,共有十八篇。刘歆《七略》、班固《汉书·艺文志》校录图书,均录于赋的末端。

以前楚庄王和齐威王,本性都喜欢隐语。到了东方朔,更善于以隐辞巧妙阐述,然以谬辞戏弄诋毁,无补正规未有进益。自魏代以来,颇多非难排斥俳优,君子所喜好的嘲讽隐语,逐渐转化为谜语。谜的含义是,文辞委婉回转,使人昏暗迷茫不明真意。或分解文字以成谜语(如《曹娥碑》辞),或品鉴图象以猜测字谜(如门上题"活"字),以纤细巧妙玩弄文思,以浅显察知来炫耀文辞,含义欲求委婉而合乎正道,文辞期盼隐约又明显指陈。荀子《蚕赋》,已开创了谜语体例。到魏文帝曹丕、陈思王曹植,更加简约而精密;高贵乡公曹髦则能广泛列举众类品物,虽然小巧精致,而违背远大之旨的功用。

考察古代的隐语,所寓含的道理广泛地涉及各种主要事务,岂能和幼童之嘲谐戏谑,击股拊髀欢乐嬉笑相比!谐谳在文章中之地位,犹如学术界九大流派之外还有小说家一派,无非是地位卑微官吏所采街谈巷说,以增广见闻而已!如果延续这种谐谳之风,则犹如把袒胸露背的淳于髡当作登堂入室的一流作家,而把优旃、优孟看作是金石之交的贴心朋友了。

总论:古代传统嘲谑谐谳,拯救危难解除困恼。虽有高级丝麻织料,也不抛弃菅、蒯茅草。融会义理适应时需,实施讽喻劝归正道。空存戏谑滑稽取乐,德音有碍声誉不好。

注订:

(1)"芮良夫",姬姓,字良夫,西周卿士,芮国国君,史称芮伯。《诗经·大雅·桑柔序》:"《桑柔》,芮伯刺厉王也。"郑玄笺:"芮伯,畿内诸侯,王卿士也,字良夫。"孔颖达《正义》云:"文元年《左传》引此曰,周芮良夫之诗曰:'大风有隧。'且《周书》有《芮良夫》之篇,知字良夫也。"《桑柔》:"维彼不顺,自独俾臧。自有肺肠,俾民卒狂。"郑玄笺:"臧,善也。彼不施顺道之君,自多足独谓贤,言其所任之臣皆善人也。不复考慎,自有肺肠行其心中之所欲,乃使民尽迷惑如狂,是又不宜犹。"孔颖达《正义》:"维彼不施顺道于民之君,自独用己心,谓己所任使之臣皆为善人,不复详考善恶,更求贤人,自以己有肺肠,行心所欲,不谋于众人,任用恶人,乃使下民化之,尽皆迷惑如狂人,是不谋于众,无可瞻仰也。"

(2)《庄子·列御寇》:"孔子曰:'凡人心,险于山川,难于知天。'"成玄英疏:"人心难知,甚于山川,过于苍昊。"《国语·周语》:"厉王虐,国人谤王。邵公告曰:'民不堪命矣!'王怒,得卫巫,使监谤者,以告,则杀之。国人莫敢言,道路以目。王喜,告邵公曰:'吾能弭谤矣,乃不敢言。'邵公曰:'是障之也,防民之口,甚于防川。川壅而溃,伤人必多,民亦如之。……'"

(3)《左传》宣公二年:"春,郑公子归生受命于楚伐宋,宋华元、乐吕御之。二月壬子,战于大棘。宋师败绩。囚华元,获乐吕,及甲车四百六十乘,俘二百五十人,馘百人。……宋人以兵车百乘、文马百驷以赎华元于郑。半入,华元逃归。立于门外,告而入。见叔䱥,曰:'子之马然也?'对曰:'非马也,其人也。'既合而来奔。宋城,华元为植,巡功。城者讴曰:'睅其目,皤其腹,弃甲而复。于思于思,弃甲复来。'使其骖乘谓之曰:'牛则有皮,犀兕尚多,弃甲则那?'役人曰:'从其有皮,丹漆若何?'华元曰:'去之!夫其口众我寡。'""城者",筑城的百姓。"睅目",眼睛睁得很大。皤腹,大腹,挺着大肚子。

(4)"臧纥",臧武仲,亦称臧孙、臧纥,鲁国大夫。《左传》襄公四年:"冬,十月,邾人、莒人伐鄫,臧纥救鄫(杜预注:鄫属鲁,故救之),侵邾,败于狐骀(杜预注:邾地)。国人逆丧者皆髽,鲁于是乎始髽(杜预注:髽,麻发合结也。遭丧者多,故不能备凶服,髽而已)国人诵之曰:'臧之狐裘(杜预注:臧纥时服狐裘),败我于狐骀。我君小子,朱儒是使(杜预注:襄公幼弱,故曰小子。臧纥短小,故曰侏儒。败不书,鲁人讳之)。朱儒朱儒,使我败于邾。'"

(5)"俳",范文澜认为当作"诽"。

(6)"蚕蟹",即指"蚕绩蟹匡"俗谚。蚕需匡以贮丝,而蟹背上的匡不是为蚕贮丝而设。比喻成地有兄死而弟不为之制衰服,因惧怕成宰子皋而制衰服。《礼记·檀弓下》:"成人有其兄死而不为衰者,闻子皋将为成宰,遂为衰。成人歌曰:'蚕则绩而蟹有匡,范则冠而蝉有緌,兄则死而子皋为之衰。'"郑玄注:"蚩(嗤)兄死者。言其衰之不为兄死,如蟹有匡,蝉有緌,不为蚕之绩,范之冠。范,蜂也。蝉,蜩也。緌谓蝉喙,长在腹下。"孔颖达《正义》:"成,孟氏所食采地也,即前犯禾之邑也。此邑中民有兄死而弟不为兄制服者也。……此不服兄者,闻孔子弟子子皋,其性至孝,来为成之宰,必当治前不孝之人,恐罪及己,故惧之,遂制衰服也。""'兄则死而子皋为之衰'者,以是合譬也。蚕则须匡以贮丝,而今无匡,蟹背有匡,匡自著蟹,非为蚕设。蜂冠无緌,而蝉口有緌,緌自著蝉,非为蜂设。亦如成人兄死初不作衰,后畏于子皋,方为制服。服是子皋为之,非为兄施,亦如蟹匡蝉绥,各不关于蚕、蜂也。”“蚕蟹”之喻是民间俗语。

(7)《礼记·檀弓下》:“孔子之故人曰原壤,其母死,夫子助之沐椁(郑玄注:沐,治也)。原壤登木(郑注:木,椁材也)曰:‘久矣,予之不托于音也。’歌曰:‘狸首之斑然,执女手之卷然。’(郑玄注:“说人辞也。卷音权,本又作拳。”孔颖达《正义》:“‘狸首之斑然’者,言斫椁材文采似狸之首。‘执女手之卷然’者,孔子手执斤斧,如女子之手卷卷然而柔弱。以此欢说仲尼,故注云‘说人辞也’。然在丧而歌非礼之甚,夫子为若不闻也者而过去之。”)夫子为弗闻也者而过之(郑注:佯不知),从者曰:‘子未可以已乎(郑注:已,犹止也)?’夫子曰:‘丘闻之:亲者毋失其为亲也,故者毋失其为故也。’”“淫哇”,淫邪之声。刘勰以为原壤在丧作歌,甚为非礼,故以淫哇言之。

(8)《史记·滑稽列传》:“威王八年,楚大发兵加齐。齐王使淳于髡之赵请救兵,赍金百斤,车马十驷。淳于髡仰天大笑,冠缨索绝。王曰:‘先生少之乎?’髡曰:‘何敢!’王曰:‘笑岂有说乎?’髡曰:‘今者臣从东方来,见道傍有禳田者,操一豚蹄,酒一盂,祝曰:“瓯窭满篝,污邪满车,五谷蕃熟,穰穰满家。”臣见其所持者狭而所欲者奢,故笑之。’于是齐威王乃益赍黄金千溢,白璧十双,车马百驷。髡辞而行,至赵。赵王与之精兵十万,革车千乘。楚闻之,夜引兵而去。威王大说,置酒后宫,召髡赐之酒。问曰:‘先生能饮几何而醉?’对曰:‘臣饮一斗亦醉,一石亦醉。’威王曰:‘先生饮一斗而醉,恶能饮一石哉!其说可得闻乎?’髡曰:‘赐酒大王之前,执法在傍,御史在后,髡恐惧俯伏而饮,不过一斗径醉矣。若亲有严客,髡帣鞲鞠𦜕(同跽,长跪),待酒于前,时赐余沥,奉觞上寿,数起,饮不过二斗径醉矣。若朋友交游,久不相见,卒然相覩,欢然道故,私情相语,饮可五六斗径醉矣。若乃州闾之会,男女杂坐,行酒稽留,六博投壶,相引为曹,握手无罚,目眙不禁,前有堕珥,后有遗簪,髡窃乐此,饮可八斗而醉二参。日暮酒阑,合尊促坐,男女同席,履舄交错,杯盘狼藉,堂上烛灭,主人留髡而送客,罗襦襟解,微闻芗泽,当此之时,髡心最欢,能饮一石。故曰酒极则乱,乐极则悲;万事尽然,言不可极,极之而衰。’以讽谏焉。齐王曰:

'善。'乃罢长夜之饮,以髡为诸侯主客。宗室置酒,髡尝在侧。"

(9)《昭明文选》卷十九载宋玉《登徒子好色赋》:"大夫登徒子侍于楚王,短宋玉曰:'玉为人,体貌闲丽,口多微辞,又性好色。愿王勿与出入后宫。'王以登徒子之言问宋玉,玉曰:'体貌闲丽,所受于天也;口多微辞,所学于师也;至于好色,臣无有也。'王曰:'子不好色,亦有说乎?有说则止,无说则退。'玉曰:'天下之佳人莫若楚国,楚国之丽者莫若臣里,臣里之美者莫若臣东家之子。东家之子,增之一分则太长,减之一分则太短,着粉则太白,施朱则太赤。眉如翠羽,肌如白雪,腰如束素,齿如含贝。嫣然一笑,惑阳城,迷下蔡。然此女登墙窥臣三年,至今未许也。登徒子则不然。其妻蓬头挛耳,齞唇历齿。旁行踽偻,又疥且痔。登徒子悦之,使有五子。王孰察之,谁为好色者矣。'是时,秦章华大夫在侧,因进而称曰:'今夫宋玉盛称邻之女,以为美色,愚乱之邪!臣自以为守德,谓不如彼矣。且夫南楚穷巷之妾,焉足为大王言乎?若臣之陋,目所曾观者,未敢云也。'王曰:'试为寡人说之。'大夫曰:'唯唯。'……"《昭明文选》李善注曰:"此赋假以为辞,讽于淫也。"

(10)《史记·滑稽列传》:"优旃者,秦倡侏儒也。善为笑言,然合于大道。秦始皇时,置酒而天雨,陛楯者皆沾寒。优旃见而哀之,谓之曰:'汝欲休乎?'陛楯者皆曰:'幸甚。'优旃曰:'我即呼汝,汝疾应曰诺。'居有顷,殿上上寿呼万岁。优旃临槛大呼曰:'陛楯郎!'郎曰:'诺。'优旃曰:'汝虽长,何益,幸雨立。我虽短也,幸休居。'于是始皇使陛楯者得半相代。始皇尝议欲大苑囿,东至函谷关,西至雍、陈仓。优旃曰:'善。多纵禽兽于其中,寇从东方来,令麋鹿触之足矣。'始皇以故辍止。二世立,又欲漆其城。优旃曰:'善。主上虽无言,臣固将请。漆城虽于百姓愁费,然佳哉!漆城荡荡,寇来不能上。即欲就之,易为漆耳,顾难为荫室。'于是二世笑之,以其故止。居无何,二世杀死,优旃归汉,数年而卒。"优旃以微言巧语制止了秦二世虐待伤害百姓的漆城。

(11)《史记·滑稽列传》:"优孟,故楚之乐人也。长八尺,多辩,常以谈笑讽谏。楚庄王之时,有所爱马,衣以文绣,置之华屋之下,席以露床,啖以枣脯。马病肥死,使群臣丧之,欲以棺椁大夫礼葬之。左右争之,以为不可。王下令曰:'有敢以马谏者,罪至死。'优孟闻之,入殿门,仰天大哭。王惊而问其故。优孟曰:'马者王之所爱也,以楚国堂堂之大,何求不得,而以大夫礼葬之,薄,请以人君礼葬之。'王曰:'何如?'对曰:'臣请以雕玉为棺,文梓为椁,楩枫豫章为题凑,发甲卒为穿圹,老弱负土,齐赵陪位于前,韩魏翼卫其后,庙食太牢,奉以万户之邑。诸侯闻之,皆知大王贱人而贵马也。'王曰:'寡人之过一至此乎!为之奈何?'优孟曰:'请为大王六畜葬之。以垄灶为椁,铜历为棺,赍以姜枣,荐以木兰,祭以粮稻,衣以火光,葬之于人腹肠。'于是王乃使以马属太官,无令天下久闻也。"

(12)"子长",司马迁字。《史记》司马贞《索隐》:"滑,乱也;稽,同也。言辩捷之人言非若是,说是若非,言能乱异同也。"

(13)《汉书·东方朔传》:"武帝既招英俊,程其器能,用之如不及。……而朔尝至太中大夫,后常为郎,与枚皋、郭舍人俱在左右,诙啁而已。久之,朔上书陈农战强国之计,因自讼独不得大官,欲求试用。其言专商鞅、韩非之语也,指意放荡,颇复诙谐,辞数万言,终不见用。"《汉书·枚皋传》:"皋字少孺。……上书北阙,自陈枚乘之子。上得之大喜,召入见待诏,皋因赋殿中。诏使赋平乐馆,善之。拜为郎,使匈奴。皋不通经术,诙笑类俳倡,为赋颂,好嫚戏,以故得媟黩贵幸,比东方朔、郭舍人等,而不得比严助等得尊官。……皋赋辞中自言为赋不如相如,又言为赋乃俳。见视如倡,自悔类倡也。故其赋有诋娸东方朔,又自诋娸。其文骪骳,曲随其事,皆得其意,颇诙笑,不甚闲靡。凡可读者百二十篇,其尤嫚戏不可读者尚数十篇。""餔糟啜醨",《孟子·离娄》:"子之从于子敖来,徒餔啜也。"朱熹《集注》:"餔,食也;啜,饮也。言其不择所从,但求食耳。"《楚辞·渔父》:"众人皆醉,何不餔其糟而歠其醨?"《昭明文选·渔父》"醨"作"䣾"。五臣吕向注:"歠,饮也。糟、䣾,皆酒滓。"洪兴祖《补注》:"醨,薄酒也。"

(14)王利器《文心雕龙校证》:"'媟',元本、汪本、佘本、张之象本、两京本误作'媒'。"弘治本亦作"媒",王惟俭本作"媟"。此据梅庆生本,黄叔琳本同,谓:"元作媒,谢(兆申)改。"

(15)魏文著《笑书》未见史有记载,"文",原作"大",冯舒、何焯校本谓当作"文",黄叔琳本据改。王利器《文心雕龙校证》:"案魏文《笑书》,未详,黄注亦未言及。疑'大'为'人'之误,指魏人邯郸淳之《笑林》也。"则此言魏人以俳优之说而作笑书。王说比较可信,然译文仍以"魏文"为据。

(16)《三国志·吴书·薛综传》:"薛综字敬文,沛郡竹邑人也。……西使张奉于权前列尚书阚泽姓名以嘲泽,泽不能答。综下行酒,因劝酒曰:'蜀者何也?有犬为独(獨),无犬为蜀,横目苟身,虫入其腹。'奉曰:'不当复列君吴邪?'综应声曰:'无口为天,有口为吴,君临万邦,天子之都。'于是众坐喜笑,而奉无以对。其枢机敏捷,皆此类也。(黄龙)六年春,卒。凡所著诗赋难论数万言,名曰《私载》,又定《五宗图述》《二京解》,皆传于世。"

(17)"虽抃推席",杨明照《增订文心雕龙校注》:"按'抃'下疑脱'笑'字,篇末'搏髀而忭笑哉'句可证。《文选》曹丕《与钟大理书》:'笑与抃会。'亦以'笑''抃'对举。'推'范(文澜)谓为'帷'之误,是也。"王利器谓"推"为"妣"之形近而误,当作"虽抃笑衽席",然均无据。"推席"亦通。

(18)"懿文之士",善撰美文才士。《周易·小畜·象辞》:"风行天上,小畜;君子以懿文德。"孔颖达《正义》:"懿,美也。""枉辔",即枉道。

(19)潘岳《丑妇》已佚,无考。杨明照《增订文心雕龙校注》:"按岳文已佚。《初学记》十九引有刘思真《丑妇赋》(《御览》三八二所引较略),安仁所作,或亦类是。"

(20)《晋书·束晳传》:"束晳字广微,阳平元城人,汉太子太傅疏广之后也。……尝为《劝农》及《饼》(同饼)诸赋,文颇鄙俗,时人薄之。……晳才学博通,所著《三魏人士传》《七代通记》《晋书纪》

《志》，遇乱亡失。其《五经通论》《发蒙记》《补亡诗》文集数十篇，行于世云。"《全晋文》卷八十七载其《饼赋》，其中有戏谑成分，此据《艺文类聚》卷七十二选引："玄冬猛寒，清晨之会，涕冻鼻中，霜凝口外。充虚解战，汤饼为最。弱似春绵，白若秋练。气勃郁以扬布，香飞散而远遍。行人失涎于下风，童仆空嚼而斜盱；擎器者舐唇，立侍者干咽。"

（21）"盛相驱属"之"相"，冯允中校本改为"而"，黄叔琳据改，乃臆测，无据。刘师培《中国中古文学史》第四课引刘勰此论下案："晋人之文，如张敏《头责子羽文》、陆云《嘲褚常侍》、鲁褒《钱神论》亦均谐文之属。"范文澜《文心雕龙注》："汉末以后，政偷俗窳，威仪丧亡。《典论》曰：'孔融体气高妙，有过人者，然不能持论，理不胜辞，至于杂以嘲戏。'又如曹植得邯郸淳甚喜，诵俳优小说数千言，其不持威仪，可以想见。《吴志·诸葛恪传》：恪父瑾，面长似驴，孙权大会群臣，使人牵一驴入，题其面曰'诸葛子瑜'。恪跪曰：'乞请笔，益两字。'因续其下曰'之驴'，举坐欢喜。君臣之间，竟相戏弄若此。晋尚清谈，此风尤盛；故彦和讥为'溺者之妄笑，胥靡之狂歌'也。"

（22）应玚之事未详。

（23）《世说新语·俳调》："头责秦子羽云：子曾不如太原温颙、颍川荀寓、范阳张华、士卿刘许、义阳邹湛、河南郑诩。此数子者，或謇吃无宫商，或尫陋希言语，或淹伊多姿态，或欢哗少智谞，或口如含胶饴，或头如巾齑杵，而犹以文采可观，意思详序，攀龙附凤，并登天府。""握舂杵"就是"头如巾齑杵"，余嘉锡《世说新语笺疏》："言其头小而锐，如捣齑之杵，而冠之以巾也。《初学记》十九引刘思真《丑妇赋》云'头似研米槌'。"不过这里的"头如巾齑杵"似乎应该是说的"河南郑诩"，而"淹伊多姿态"才是"范阳张华"，刘孝标注引《文士传》谓："（张）华为人少威仪，多姿态。"日本斯波六郎也是这样认为的："案《世说新语》注引头责子羽文'头如巾齑杵'恐指'河南郑诩'，非'范阳张华'。'范阳张华'是'或淹伊多姿态'。或彦和别有所本耶？"

（24）"莠言"，丑言、恶言。《诗经·小雅·正月》："好言自口，莠言自口。"毛传："莠，丑也。"郑玄笺："善言从女（汝）口出，恶言亦从女

(汝)口出。""德音",道德之音,美好的赞誉。《诗经·邶风·谷风》:"德音莫违,及尔同死。"孔颖达《正义》:"夫妇之法,要道德之音无相违,即可与尔君子俱至于死。"《诗经·小戎》:"厌厌良人,秩秩德音。"孔颖达《正义》:"我此君子,体性厌厌然安静之善人,秩秩然有哲知,其德音远闻。"

(25)"溺人",《左传》哀公二十年:"王曰:溺人必笑,吾将有问也。"杜预注:"以自喻所问不急,犹溺人不知所为而反笑也。""胥靡",《庄子·庚桑楚》:"胥靡登高而不惧。"《释文》引司马云:"刑徒人也。"

(26)"谲",即隐也。"遯",即遁也。《孟子·公孙丑上》:"遁辞知其所穷。"赵岐注:"有隐遁之辞,若秦客之廋辞(隐辞)于朝,能知其欲以穷晋诸大夫也。""遯辞以隐意""谲譬以指事",借诡谲隐遁的方式来讽喻不能明说的暴政恶行,曲折转述心中的怨愤不满。

(27)"昔还社求拯于楚师",元本、弘治本作"昔还杨求极于楚师",王惟俭本作"昔还杨求拯于楚师",此据梅庆生本,黄叔琳本同梅本。杨明照《增订文心雕龙校注》:"《汉书艺文志考证》八、《谐语》二、《文通》引,并作'昔还社求拯于楚师'。"按:《左传》宣公十二年:"冬,楚子伐萧,宋华椒以蔡人救萧。萧人囚熊相宜僚及公子丙。王曰:'勿杀,吾退。'萧人杀之。王怒,遂围萧。萧溃。申公巫臣曰:'师人多寒。'王巡三军,拊而勉之,三军之士皆如挟纩。遂傅于萧。还无社与司马卯言,号申叔展。叔展曰:'有麦曲乎?'曰:'无。''有山鞠穷乎?'曰:'无。''河鱼腹疾奈何?'曰:'目于眢井而拯之。''若为茅绖,哭井则己。'明日,萧溃。申叔视其井,则茅绖存焉,号而出之。"杜预注:"还无社,萧大夫。司马卯、申叔展,皆楚大夫也。无社素识叔展,故因卯呼之。""麦曲、(山)鞠穷所以御湿,欲使无社逃泥水中,无社不解,故曰无。军中不敢正言,故谬语也。""叔展言无御湿药,将病。""无社意解,欲入井,故使叔展视虚废井,而求拯己。出溺为拯。""叔展又教结茅以表井,须哭乃应以为信。""号,哭也。《传》言萧人无守心。""眢井",枯井。"茅绖",草绳子。"河鱼腹疾",指风湿病。萧国大夫还无社于危急中求救于他的朋友楚国大夫申叔展,二人用隐语对话,以无防御风湿草药比喻枯井,还无社最后躲在枯井里获救。

(28)《左传》哀公十三年:"吴申叔仪乞粮于公孙有山氏,曰:'佩玉縏兮,余无所系之;旨酒一盛兮,余与褐之父睨之。'对曰:'粱则无矣,粗则有之。若登首山以呼曰"庚癸乎",则诺。'王欲伐宋,杀其丈夫而囚其妇人。大宰嚭曰:'可胜也,而弗能居也。'乃归。"杜预注:"申叔仪,吴大夫;公孙有山,鲁大夫。旧相识。""縏然服饰备也,己独无以系佩。言吴王不恤下。""一盛,一器也。睨,视也。褐,寒贱之人。言但得视,不得饮。""军中不得出粮,故为私隐。庚,西方,主谷;癸,北方,主水。《传》言吴子不与士兵共饥渴,所以亡。""以宋不会黄池故。言吴子悖惑。"孔颖达《正义》:"食以稻粱为贵,故以粱表精。若求粱米之饭,则无矣;粗者则有之。若我登首山以叫呼'庚癸乎',女则诺。军中不得出粮与人,故作隐语,为私期也。庚在西方,谷以秋熟,故以庚主谷;癸在北方,居水之位,故以癸主水。言欲致饼并致饮也。土地名首山,阙,不知其处,当在吴所营车之旁。""嚭",即太宰嚭,本名伯嚭,系春秋时楚伯州犁之孙。楚诛伯州犁,伯嚭奔吴,吴以为大夫,后任太宰,故称太宰嚭。公孙友山说如果申叔仪登山喊"下等货呀",就给他点粗粮。"庚癸乎",指粮食和水,和传文中歌"佩玉"、喝"旨酒"相比是下等货。

(29)《史记·楚世家》:"庄王即位三年,不出号令,日夜为乐,令国中曰:'有敢谏者死无赦!'伍举入谏。庄王左抱郑姬,右抱越女,坐钟鼓之间。伍举曰:'愿有进隐。'曰:'有鸟在于阜,三年不蜚不鸣,是何鸟也?'庄王曰:'三年不蜚,蜚将冲天;三年不鸣,鸣将惊人。举退矣,吾知之矣。'居数月,淫益甚。大夫苏从乃入谏。王曰:'若不闻令乎?'对曰:'杀身以明君,臣之愿也。'于是乃罢淫乐,听政,所诛者数百人,所进者数百人,任伍举、苏从以政,国人大说。"《韩非子·喻老》:"楚庄王莅政三年,无令发,无政为也。右司马御座而与王隐曰:'有鸟止南方之阜,三年不翅不飞不鸣,嘿然无声,此为何名?'王曰:'三年不翅,将以长羽翼。不飞不鸣,将以观民则。虽无飞,飞必冲天;

虽无鸣,鸣必惊人。子释之,不谷知之矣。'处半年,乃自听政,所废者十,所起者九,诛大臣五,举处士六,而邦大治。举兵诛齐,败之徐州,胜晋于河雍,合诸侯于宋,遂霸天下。"伍举,楚大夫。

(30)《战国策·齐策》:"靖郭君将城薛,客多以谏。靖郭君谓谒者无为客通。齐人有请者曰:'臣请三言而已矣,益一言,臣请烹。'靖郭君因见之。客趋而进曰:'海大鱼。'因反走。君曰:'客有于此。'客曰:'鄙臣不敢以死为戏。'君曰:'亡。更言之。'对曰:'君不闻大鱼乎?网不能止,钩不能牵,荡而失水,则蝼蚁得意焉。今夫齐,亦君之水也,君长有齐阴,奚以薛为?失齐,虽隆薛之城到于天,犹之无益也。'君曰:'善。'乃辍城薛。"

(31)刘向《列女传》:"楚处庄侄者,楚顷襄王之夫人,县邑之女也。……侄至,王曰:'女何为者也?'侄对曰:'妾县邑之女也,欲言隐事于王,恐壅阏蔽塞,而不得见闻。大王出游五百里,因以帜见。'王曰:'子何以戒寡人?'侄对曰:'大鱼失水,有龙无尾。墙欲内崩,而王不视。'王曰:'不知也。'侄对曰:'大鱼失水者,王离国五百里也,乐之于前,不思祸之起于后也。有龙无尾者,年既四十,无太子也。国无强辅,必且殆也。墙欲内崩而王不视者,祸乱且成而王不改也。'王曰:'何谓也?'侄曰:'王好台榭,不恤众庶,出入不时,耳目不聪明。春秋四十不立太子,国无强辅,外内崩坏。强秦使人内间王左右,使王不改,日以滋甚,今祸且构。王游于五百里之外,王必遂往,国非王之国也。'"《列女传》所引之"侄",或作"姬"。

(32)刘向《列女传·鲁臧孙母》:"臧孙母者,鲁大夫臧文仲之母也。文仲将为鲁使至齐,其母送之曰:'汝刻而无恩,好尽人力,穷人以威,鲁国不容子矣,而使子之齐。凡奸将作,必于变动。害子者,其于斯发事乎!汝其戒之。鲁与齐通壁,壁邻之国也。鲁之宠臣多怨汝者,又皆通于齐高子、国子。是必使齐图鲁而拘汝留之,难乎其免也。汝必施恩布惠,而后出以求助焉。'于是文仲托于三家,厚士大夫而后之齐。齐果拘之,而兴兵欲袭鲁。文仲微使人遗公书,恐得其书,乃谬其辞曰:'敛小器,投诸台。食猎犬,组羊裘。琴之合,甚思之。臧我羊,羊有母。食我以同鱼。冠缨不足,带有余。'公及大夫相与议之,莫能知之。人有言:'臧孙母者,世家子也,君何不试召而问焉?'于是召而语之曰:'吾使臧子之齐,今持书来云尔,何也?'臧孙母泣下襟曰:'吾子拘有木治矣。'公曰:'何以知之?'对曰:'"敛小器,投诸台"者,言取郭外萌,内之于城中也。"食猎犬,组羊裘"者,言趣飨战斗之士而缮甲兵也。"琴之合,甚思之"者,言思妻也。"臧我羊,羊有母"者,告妻善养母也。"食我以同鱼",同者,其文错。错者,所以治锯。锯者,所以治木也。是有木治系于狱矣。"冠缨不足,带有余"者,头乱不得梳,饥不得食也。故知吾子拘而有木治矣。'于是以臧孙母之言军于境上,齐方发兵,将以袭鲁,闻兵在境上,乃还文仲而不伐鲁。君子谓臧孙母识微见远。"

(33)隐语之载史传如上述《左传》《史记》《战国策》《国语》以及《列女传》等。詹锳《文心雕龙义证》:"淳于髡的故事以饮酒可多可少,引出'酒极则乱,乐极则悲'的道理,与伍举以不蜚不鸣的鸟比不出号令的王,性质相同,但刘勰把前者归于谐,后者归于隐。因为前者诙谐,后者严肃。谐辞和隐语,有同有异,同的是二者语意都委曲,含蓄,有讽刺作用,异的是谐辞语意浅近滑稽,隐语则深奥矜肃,贵在见机。故二者仿佛物之表里,相反而又相成。"

(34)《汉书·艺文志》载:"隐书十八篇。"班固《汉书·艺文志》系以刘歆《七略》为基础而编定,而刘歆《七略》则源于刘向《别录》。然《别录》《七略》现均佚。颜师古注:"刘向《别录》云:《隐书》者,疑其言以相问,对者以虑思之,可以无不喻。"如《新序》:"齐有妇人,极丑无双,号曰'无盐女'。……(齐)宣王乃召见之,谓曰:'昔先王为寡人取妃匹,皆已备有列位矣。寡人今日听郑卫之声,呕吟感伤,扬激楚之遗风。今夫人不容于乡里布衣,而欲干万乘之王,亦有奇能乎?'无盐女对曰:'无有,直窃慕大王之美义耳。'王曰:'虽然,何喜?'良久曰:'窃尝喜隐。'王曰:'隐固寡人之所愿也,试一行之。'言未卒,忽然不见矣。宣王大惊,发《隐书》而读之,退而惟之,又不能明。明日,复更召而问之,不以隐对,但扬目衔齿,举手拊肘曰:'殆哉!殆哉!'如此者四。宣王曰:'愿遂闻命。'""赋末",原作"歌末",据王利器《文心雕龙校证》改。王利器《文心雕龙校证》:"'赋末',原作'歌末',李详曰:'案"歌末"当作"赋末",《汉书·艺文志》"杂赋"十二家,《隐书》居其末。孟坚云:"右杂赋十二家,二百二十三篇。"核其都数,有《隐书》十八篇在内,则作"赋末"宜矣。'按李说是,今据改。"

(35)楚庄王、齐威王,参见本篇注(29)(8)。《吕氏春秋·审应览·重言》:"荆庄王立三年,不听,而好谲。成公贾入谏。王曰:'不谷禁谏者,今子谏,何故?'对曰:'臣非敢谏也。愿与君王谲也。'"刘向《新序》:"楚庄王莅政,三年不治,而好隐戏,社稷危,国将亡。士庆问左右群臣曰:'王莅政事,三年不治,而好隐戏,社稷危,国将亡,胡不入谏?'左右曰:'子其入矣。'"《史记·滑稽列传》:"齐威王之时喜隐,好为淫乐长夜之饮,沈湎不治,委政卿大夫。百官荒乱,诸侯并侵,国且危亡,在于旦暮,左右莫敢谏。淳于髡说之以隐曰:'国中有大鸟,止王之庭,三年不蜚又不鸣,不知此鸟何也?'王曰:'此鸟不飞则已,一飞冲天;不鸣则已,一鸣惊人。'于是乃朝诸县令长七十二人,赏一人,诛一人,奋兵而出。诸侯振惊,皆还齐侵地。威行三十六年。"司马贞《索隐》:"喜,好也。喜隐谓好隐语。"楚庄王和齐威王本性都喜欢隐语。

(36)东方曼倩,东方朔,字曼倩。《汉书·东方朔传》:"时有幸倡郭舍人,滑稽不穷,常侍左右,曰:'朔狂,幸中耳,非至数也。臣愿令朔复射,朔中之,臣榜百,不能中,臣赐帛。'乃覆树上寄生,令朔射之。朔曰:'是寠薮(师古注:苏林曰:"寠数,钩灌,四股钩也。")也。'舍人曰:'果知朔不能中也。'朔曰:'生肉为脍,干肉为脯;着树为寄生,盆下为寠数。'上令倡监榜舍人,舍人不胜痛,呼謈(师古注:"謈,自冤痛之声也。")。朔笑之曰:'咄!口无毛,声謷謷,尻益高。'舍人恚曰:'朔擅诋欺天子从官,当弃市。'上问朔:'何故诋之?'对曰:'臣非敢诋之,乃与为隐耳。'上曰:'隐云何?'朔曰:'夫口无毛者,狗窦也;声謷謷者,鸟哺鷇也;尻益高者,鹤俛啄也。'舍人不服,因曰:'臣愿复问朔隐语,不知,亦当榜。'即妄为谐语曰:'令壶龃,老柏途,伊优亚,狋吽牙。

何谓也?'朔曰:'令者,命也。壶者,所以盛也。龃者,齿不正也。老者,人所敬也。柏者,鬼之廷也。途者,渐洳径也。伊优亚者,辞未定也。狋吽牙者,两犬争也。'舍人所问,朔应声辄对,变诈锋出,莫能穷者,左右大惊。上以朔为常侍郎,遂得爱幸。……武帝既招英俊,程其器能,用之如不及。……朔上书陈农战强国之计,因自讼独不得大官,欲求试用。其言专商鞅、韩非之语也,指意放荡,颇复诙谐,辞数万言,终不见用。""辞述",以诙谐隐语阐述也。

(37)"谬辞",隐语也。

(38)自魏代以后始非议俳优,古代人并不非难贬斥俳优,《韩非子·难三》:"而俳优侏儒,固人主之所与燕也。则近优而远士,而以为治,非其难者也。"

(39)"嘲"字,原无,王惟俭本于"隐"下留空格,梅庆生天启六次校订本补"嘲"字,黄叔琳本同。杨明照《增订文心雕龙校注》:"黄校云:'一本无嘲字。'按元本、弘治本、活字本、汪本、佘本、张本、两京本,……并无'嘲'字,是也。此处'隐'字作显隐之隐解,非嘲隐意也。上云'自魏代已来,颇非俳优',此言其变为谜语之故耳。"张立斋《文心雕龙考异》:"宜作'君子嘲隐,化为谜语',语意始全。"按:王惟俭本空格可能为"语"字,此谓自魏代以来,颇非俳优,故君子隐语化为谜语。此前多次言及楚庄、齐威、刘向、班固喜好、肯定"隐语",此言其转化为谜语之缘由。末赞言"古之嘲隐",作为"嘲隐"亦可,盖隐语本有嘲讽意味。"谜"字在先秦两汉时代还没有。宋刻版《说文解字》新附:"谜,隐语也。从言迷,迷亦声。"为后人所加。谜语是要用猜测的思路来弄明白的一种文字游戏,六朝颇为流行。如《世说新语·捷悟》:"杨德祖为魏武主簿,时作相国门,始构榱桷,魏武自出看,使人题门作'活'字,便去。杨见,即令坏之。既竟,曰:'门中活,阔字。王正嫌门大也。'人饷魏武一杯酪,魏武啖少许,盖头上题'合'字以示众。众莫能解。次至杨修,修便啖,曰:'公教人啖一口也,复何疑?'魏武尝过曹娥碑下,杨修从,碑背上见题作'黄绢,幼妇,外孙,齑臼'八字。魏武谓修曰:'解不?'答曰:'解。'魏武曰:'卿未可言,待我思之。'行三十里,魏武乃曰:'吾已得。'令修别记所知。修曰:'黄绢,色丝也,于字为"绝"。幼妇,少女也,于字为"妙"。外孙,女子也,于字为"好"。齑臼,受辛也,于字为"辞"。所谓"绝妙好辞"也。'魏武亦记之,与修同,乃叹曰:'我才不及卿,乃觉三十里。'"于此可窥见一斑。

（40）"体""目",为人体主要部分,"体目文字",离合分解文字的谜语游戏。

（41）荀子有《蚕赋》:"有物于此,㒸㒸儱儱(儱,与㒸、裸通)兮其状,屡化如神,功被天下,为万世文。礼乐以成,贵贱以分;养老长幼,待之而后存;名号不美,与暴为邻。功立而身废,事成而家败;弃其耆老,收其后世;人属所利,飞鸟所害。臣愚而不识,请占之五泰。五泰占之曰:此夫身女好而头马首者与?屡化而不寿者与?善壮而拙老者与?有父母而无牝牡者与?冬伏而夏游,食桑而吐丝,前乱而后治,夏生而恶暑,喜湿而恶雨。蛹以为母,蛾以为父,三俯三起,事乃大已。夫是之谓蚕理。"描写蚕的形态、生活、功能,是皆为暗示之隐语,而末尾才指明是蚕理。王先谦《集解》:"蚕之功至大,时人鲜知其本,《诗》曰:'妇无公事,休其蚕织。'战国时此俗尤盛,故荀卿感而赋之。"荀卿的《蚕赋》有点谜语意思,还不是真正谜语。

（42）曹丕、曹植谜语,今皆不传,无法查考。高贵乡公曹髦,为曹丕之孙,钟会说他"才同陈思,武类太祖"(见《晋阳秋》)。其谜语亦无考。

（43）杨明照《增订文心雕龙校注》:"夫观二字当乙。"并据本书多处皆为"观夫"为证,可备一说。

（44）班固《汉书·艺文志》列举诸子十家:有儒家者流,道家者流,阴阳家者流,法家者流,名家者流,墨家者流,纵横家者流,杂家者流,农家者流,小说家者流。而后说:"诸子十家,其可观者,九家而已。皆起于王道既微,诸侯力政,时君世主,好恶殊方,是以九家之术蜂出并作,各引一端,崇其所善,以此驰说,取合诸侯。其言虽殊,辟犹水火,相灭亦相生也。仁之与义,敬之与和,相反而皆相成也。"认为小说家流乃是杂家而不入流。他对小说家流的评价是:"小说家者流,盖出于稗官。街谈巷语,道听途说者之所造也。孔子曰:'虽小道,必有可观者焉,致远恐泥,是以君子弗为也。'然亦弗灭也。闾里小知者之所及,亦使缀而不忘。如或一言可采,此亦刍荛狂夫之议也。"刘勰认为谐隐之文是不能和其他文章等同合流的。

(45)"髡祖",参见本篇注(8)。纪昀评谓:"'祖而',疑作'朔之'。"范文澜同此说,詹锳则不认同。

(46)"旃孟",参见本篇注(10)、(11)。

(47)"振危",拯救紧急危难。"释惫",解除疲惫困惑。

(48)"菅蒯",菅、蒯均为茅草一类植物。

《史传》篇

开辟草昧,岁纪绵邈⁽¹⁾,居今识古,其载籍乎!轩辕之世,史有苍颉⁽²⁾,主文之职,其来久矣。《曲礼》曰:"史载笔⁽³⁾。"史者,使也,执笔左右,使之记也⁽⁴⁾。古者左史记事者,右史记言者⁽⁵⁾。言经则《尚书》,事经则《春秋》⁽⁶⁾。

唐虞流于典谟,夏商被于诰誓⁽⁷⁾。洎周命维新,姬公定法⁽⁸⁾;紬三正以班历,贯四时以联事⁽⁹⁾。诸侯建邦,各有国史⁽¹⁰⁾,"彰善瘅恶,树之风声⁽¹¹⁾"。自平王微弱,政不及雅,宪章散紊,彝伦攸斁⁽¹²⁾。夫子闵王道之缺,伤斯文之坠⁽¹³⁾,静居以叹凤,临衢而泣麟⁽¹⁴⁾,于是就太师以正《雅》《颂》,因鲁史以修《春秋》⁽¹⁵⁾,举得失以表黜陟,征存亡以标劝戒⁽¹⁶⁾。褒见一字,贵踰轩冕;贬在片言,诛深斧钺⁽¹⁷⁾。然睿旨幽隐⁽¹⁸⁾,经文婉约;丘明同时,实得微言⁽¹⁹⁾,乃原始要终,创为传体。传者,转也⁽²⁰⁾。转受经旨,以授其后,实圣人之羽翮,记籍之冠冕也⁽²¹⁾。及至从横之世,史职犹存。秦并七王,而战国有策。盖录而弗叙,故即简而为名也⁽²²⁾。

汉灭嬴、项,武功积年⁽²³⁾;陆贾稽古,作《楚汉春秋》⁽²⁴⁾。爰及太史谈,世惟执简⁽²⁵⁾;子长继志,甄序帝勋⁽²⁶⁾。比尧称"典",则位杂中贤;法孔题"经",则文非玄圣⁽²⁷⁾。故取式《吕览》,通号曰"纪"。纪纲之号,亦宏称也⁽²⁸⁾。故"本纪"以述皇王,"列传"以总侯伯,"八书"以铺政体,"十表"以谱年爵,虽殊古式,而得事序焉⁽²⁹⁾。尔其实录无隐之旨,博雅弘辩之才,爱奇反经之尤,条例踳落之失,叔皮论之详矣⁽³⁰⁾。及班固述《汉》,因循前业,观司马迁之辞,思实过半⁽³¹⁾。其"十志"该富,"赞""序"弘丽,儒雅彬彬,信有遗味⁽³²⁾。至于宗经矩圣之典,端绪丰赡之功,遗亲攘美之罪,征贿鬻笔之愆,公理辨之究矣⁽³³⁾。观夫左氏缀事,附经间出,于文为约,而氏族难明。及史迁各传,人始区分,详而易览,述者宗焉⁽³⁴⁾。及孝惠委机,吕后摄政,史、班立纪,违经失实⁽³⁵⁾,何则?庖牺以来,未闻女帝者也⁽³⁶⁾。汉运所值,难为后法。"牝鸡无晨",武王首誓⁽³⁷⁾;"妇无与国",齐桓著盟⁽³⁸⁾。宣后乱秦,吕氏危汉,岂唯政事难假,亦名号宜慎矣⁽³⁹⁾。张衡司史,而惑同迁、固,元平二后,欲为立纪,谬亦甚矣⁽⁴⁰⁾。寻子弘虽伪,要当孝惠之嗣;孺子诚微,实继平帝之体。二子可纪,何有于二后哉⁽⁴¹⁾!

至于后汉纪传,发源东观⁽⁴²⁾。袁、张所制,偏驳不伦⁽⁴³⁾;薛、谢之作,疏谬少信⁽⁴⁴⁾。若司马彪之详实⁽⁴⁵⁾,华峤之准当⁽⁴⁶⁾,则其冠也。及魏代三雄,记传互出⁽⁴⁷⁾。《阳秋》《魏略》之属⁽⁴⁸⁾,《江表》《吴录》之类⁽⁴⁹⁾,或激抗难征,或疏阔寡要⁽⁵⁰⁾。唯陈寿《三志》,文质辨洽,荀、张比之于迁、固,非妄誉也⁽⁵¹⁾。

至于晋代之书,系乎著作⁽⁵²⁾。陆机肇始而未备⁽⁵³⁾;王韶续末而不终⁽⁵⁴⁾;干宝述《纪》,以审正得序⁽⁵⁵⁾;孙盛《阳秋》,以约举为能⁽⁵⁶⁾。按《春秋》经传,举例发凡。自《史》《汉》以下,莫有准的⁽⁵⁷⁾。至邓粲《晋纪》,始立条例⁽⁵⁸⁾。又摆落汉、魏,宪章殷、周,虽湘川曲学,亦有心典谟⁽⁵⁹⁾。及安国立例,乃邓氏之规焉⁽⁶⁰⁾。

原夫载籍之作也,必贯乎百氏⁽⁶¹⁾,被之千载,表征盛衰,殷鉴兴废⁽⁶²⁾;使一代之制,共日月而长存,王霸之迹,并天地而久大。是以在汉之初,史职为盛,郡国文计,先集太史之府,欲其详悉于体国(63),必阅石室,启金匮,抽裂帛,检残竹,欲其博练于稽古也(64)。是立义选言(65),宜依经以树则;劝戒与夺,必附圣以居宗;然后诠评昭整(66),苛滥不作矣。然纪传为式,编年缀事,文非泛论,按实而书(67)。岁远则同异难密,事积则起讫易疏(68),斯固总会之为难也。或有同归一事,而数人分功,两记则失于复重,偏举则病于不周,此又铨配之未易也。故张衡摘史、班之舛滥(69),傅玄讥《后汉》之尤烦(70),皆此类也。

若夫追述远代,代远多伪。公羊高云:"传闻异辞(71)。"荀况称:"录远略近。"盖文疑则阙,贵信史也(72)。然俗皆爱奇,莫顾实理。传闻而欲伟其事,录远而欲详其迹;于是弃同即异,穿凿傍说,旧史所无,我书则传(73)。此讹滥之本源,而述远之巨蠹也。至于记编同时,时同多诡;虽定、哀微辞,而世情利害(74)。勋荣之家,虽庸夫而尽饰;迍败之士,虽令德而常嗤。吹霜煦露,寒暑笔端,此又同时之枉,可为叹息者也(75)!故述远则诬矫如彼,记近则回邪如此,析理居正,唯素心乎(76)!

若乃尊贤隐讳,固尼父之圣旨(77),盖纤瑕不能玷瑾瑜也(78);奸慝惩戒,实良史之直笔,农夫见莠,其必锄也(79)。若斯之科,亦万代一准焉。至于寻繁领杂之术,务信弃奇之要,明白头讫之序,品酌事例之条,晓其大纲,则众理可贯(80)。然史之为任,乃弥纶一代,负海内之责,而赢是非之尤(81),秉笔荷担,莫此之劳。迁、固通矣,而历诋后世;若任情失正,文其殆哉(82)!

赞曰:史肇轩黄,体备周孔。世历斯编(83),善恶偕总。腾褒裁贬,万古魂动。辞宗丘明,直归南董(84)。

简析：

　　本篇论史传文体及史书著作。自《史传》以下十篇文体属于无韵之"笔"，史传是无韵之笔中最重要的文体。有人把刘勰的《史传》篇看作是讲"历史散文"的，甚至批评他"未能从文学的角度来总结古代历史散文和传记文学的特点"，这其实是一种误解，原因是把包含了文、史、哲等不同部分的十分广义的"文"，等同于现代意义的"文学"。《史传》篇是论述中国古代史学著作发展历史及其写作方法的。刘勰一开篇就指出史学著作的重要性是帮助人们认识历史："开辟草昧，岁纪绵邈，居今识古，其载籍乎！"而中国古代很早就有史官，"轩辕之世，史有仓颉"。以后一直延续下来，左史记事，右史记言，故"言经则《尚书》，事经则《春秋》"，按照年月来记载有严格的规定，其目的是"彰善瘅恶，树之风声"，因此，孔子"因鲁史以修《春秋》，举得失以表黜陟，征存亡以标劝戒"。刘勰充分肯定了《春秋》《左传》的历史价值，赞赏其"一字褒贬""微言大义"，但是他也指出编年体史书不可避免有"于文为约，而氏族难明"等缺点，到司马迁《史记》以纪传体形式写作，人物才有完整的传记，"详而易览"，班固继之，此后主要史书均以纪传体来撰写。《史记》是一部伟大的历史著作，刘勰给予了很高评价，认为司马迁有"博雅弘辨之才"。他指出《史记》用"本纪""世家""列传"来记载不同历史人物的事迹，以"八书"叙述"政体"，以"十表"谱写"年爵"，非常清楚有序地展现了历史的真实面貌。特别值得注意的是，他所说《史记》叙述上的"实录无隐之旨"，正是讲的《史记》的写作原则和方法，也是我国史学著作传统的写作原则和方法，对此刘勰是十分推崇的，因为真实是史学著作的生命。他十分赞扬司马迁"实录无隐之旨，博雅弘辩之才"，虽然也引用了班彪对司马迁的批评，但只是客观地叙说。其实"爱奇反经"正是司马迁能贯彻"实录"精神的原因之一。至于其"条例踳落之失"，则是和古代历史记载不全有关的。他对班固《汉书》的评价也很高，至于说他"宗经矩圣"，也是对班固符合实际的叙述。他在《史传》篇中曾指出史传写作的目的是："原夫载籍之作也。必贯乎百氏，被之千载，表征盛衰，殷鉴兴废；使一代之制，共日月而长存，王霸之迹，并天地而久大。"所以在写作方法上必须："立义选言，宜依经以树则；劝戒与夺，必附圣以居宗；然后诠评昭整，苛滥不作矣。然纪传为式，编年缀事，文非泛论，按实而书。"征圣、宗经是刘勰的基本思想，不过主要是圣人著作真实雅正的内容和严肃谨慎的态度，以及写作的体式方法，本篇中更为重要的是他突出强调"按实而书"为史学家应有的基本原则，并尖锐地批评了那些不能"按实而书"的世俗史学家和史学著作，他说："然俗皆爱奇，莫顾实理。传闻而欲伟其事，录远而欲详其迹；于是弃同即异，穿凿傍说，旧史所无，我书则传。此讹滥之本源，而述远之巨蠹也。"他正是在这种思想的指导下详细地论述了历代史学著作的发展状况。他对《史记》《汉书》以后的历史著作的分析评价，极为精准而深刻，所以《史传》篇是我国古代第一篇史学史论著，具有重大的史学价值。而后唐代刘知几的《史通》，则是和《文心雕龙》并为中国古代文学和史学论著的典范，刘知几在《史通·自叙》中曾明确地说，他的《史通》是参照刘勰《文心雕龙》所写的史学理论著作。

　　这里我们还应该看到史学的"实录"写作方法，曾对文学创作产生了巨大的影响，唐代白居易写作《新乐府》就突出强调"直笔"，"直笔"实际上就是"实录"，白居易在《策林》六十八《议文章》中说："书事者罕闻于直笔，褒美者多睹其虚辞。""直笔"者必要求"书事""核实"。"实录"是就方法而言的，"直笔"则更侧重作者的写作态度。白氏在写给樊宗师的《赠樊著作》一诗中说："君为著作郎，职废志空存。虽有良史才，直笔无所申。何不自著书，实录彼善人？编为一家言，以备史阙文。"所以，"直笔""实录"成为白居易早期诗歌创作的基本原则，同时也是中国古代现实主义诗歌的主要特征。后来，曹雪芹在《红楼梦》第一回中就明确地宣布他所遵循的创作原则就是"实录"："其间离合悲欢，兴衰际遇，俱是按迹循踪，不敢稍加穿凿，至失其真。"他说他的作品"大旨不过谈情，亦只实录其事"。当然，文学上的"实录"和史学的"实录"是有所不同的，它再现的是现实本质的真实，具体情节是可以虚构的,但是基本精神就是从史学"实录"来的。

语译:

自从开天辟地的蒙昧混沌时代至今,年代已经十分久远,居于当今而要认识古代历史,不是全靠记载历史的史书典籍吗?传说中的黄帝时代,史官有创造文字的苍颉,主管文书记事工作,设置史官源远流长。《礼记·曲礼》篇说:"史官执笔记载。"所谓"史",就是"使"的意思(使之记言记事),在君王左右执笔,记载各种言论事件。古代左边史官记录王者的行事,而右边史官则记录王者的言论。记言的经典是《尚书》,记事的经典是《春秋》。

唐虞的事迹流传于《尚书》的典、谟之中,夏、商两代事迹记载于《尚书》的誓、诰之中。自周代更替建立新的国家,周公制定法规,缀集考察前代正朔而颁布周代新的历法,贯穿春夏秋冬四时联系各种发生事件。诸侯建立国家,皆有各自国史,表彰善良惩罚邪恶,树立了良好的风气。到周平王国势黯弱,治道衰颓政令不及于诸侯(进入了《诗经》的变风、变雅时期),法制散佚紊乱,伦理纲常败坏。孔子怜悯仁政王道之衰微缺失,哀伤礼乐文化之败坏坠落,平时闲居为"凤鸟不至"而深深感叹,出门路上看到死去的麒麟(以其出现不是时候)而悲泣心忧,遂与国乐官太师修正《雅》《颂》乐曲,在鲁国《史记》基础上撰写《春秋》,列举政治得失来表示褒赞或贬斥,验征各国兴亡来标明效法或劝戒,得到一字的褒赞,其贵宠超过高官厚禄,如有片言的贬斥,其受诛深于斧铖斩杀。然而圣人聪睿意旨幽隐,《春秋》经文婉雅简约,左丘明与孔夫子同时,故能得其微言大义,于是推本求源原始要终,创制了编年体《左传》。所谓"传",就是"转"的意思,从孔子那里接受《春秋》旨意,转而发挥传授给后人,确实是圣人经书的辅助著作,成为记载史实典籍的楷模。到战国纵横家盛行的时代,史官的职务仍然存在。秦国吞并其他六国,战国史书有记载各国大事的《战国策》。但它叙录各国史实而未按年代编排评述,故即以简策为名。

汉代刘邦灭亡秦国和项羽,武力征战了很多年。陆贾稽考古代事迹,撰写了《楚汉春秋》。及至太史司马谈,世代执掌简策而为史官,其子司马迁继承他的志向,甄别史料叙述历代帝王功绩。和《尧典》记载圣君唐尧相比,因他们地位杂居中等贤君不配称"典";效法孔子《春秋》题名为经,则他们又不是玄圣不配称"经"。所以就仿效《吕氏春秋》的方式,通称为"纪","纪"具有纲纪的意思,也算是很宏伟的称呼了。所以"本纪"叙述帝王事迹,"列传"总说诸侯伯爵,"八书"铺叙政治体制,"十表"标明年代爵位,虽然和古代史书体式不同,然而能顺利叙述事情条理次序。至于他实录真事无所隐讳的宗旨,广博雅正宏伟雄辨的才华,爱好奇诡违背经典的错误,体例条理错舛杂驳的过失,班彪已经论述得很详细了。班固叙述前汉历史,沿袭前人事业吸取已有成果,参看司马迁的《史记》,可知已撷取了一大半。《汉书》的"十志"周全丰富,序赞宏深富丽,彬彬儒雅风度,确有余韵遗味。至于宗法经籍仿效圣人典则,起首结尾丰满富足的功绩,掠取亲人丰美成果的罪过,求取贿赂出卖文笔的错误,仲长统在《昌言》中已经分析辨别得很细致了。考察《左传》的叙事,依据《春秋经》编年交错叙述,从文字来说是比较简约的,但是人物姓氏宗族难以完整阐说明白。至司马迁《史记》以纪传体撰写,开始以人物为中心分别论述,详尽而且易于观看,后来的史书作者遂以此为模式。汉孝惠帝不理朝廷事务,而由吕后代为摄政,司马迁《史记》和班固《汉书》却为吕后立本纪,违背了经书典则也失去真实。为什么呢?自从伏羲以来,从未听说过有女皇帝的。吕后摄政是汉代国运险恶,不能成为后代效法的榜样。"母鸡不在早上啼叫",这是周武王首先在《尚书·牧誓》中提出的;妇女不得干预国事,这是齐桓公与诸侯会盟时写入盟约的。秦昭王时宣太后执政使秦国混乱,孝惠帝死后吕太后摄政引发政治危机,岂只是政权难以假借女子,而且名位称号亦宜谨慎。张衡任职史官,也和司马迁、班固一样迷惑糊涂,欲为元帝、平帝王后立本纪,实在荒谬至极。考察刘弘虽然不是惠帝所生,但仍然是惠帝的后嗣,孺子婴确是幼小孩子,实为平帝的继承人,他们两人完全可以立本纪,哪里有两位太后的地位呢?

东汉的纪传史书,起源于刘珍等的《东观汉记》。袁山松的《后汉书》和章莹的《后汉南记》,内容偏颇杂驳不合规矩。薛莹的《后汉纪》、谢承(谢沈?)的《后汉书》,疏漏错谬缺少真实。至若司马彪的《续汉书》详尽充实,华峤的《后汉书》确切精当,是众多后汉史书中之冠冕。到了曹魏时代魏、蜀、吴三雄鼎立,志记传录层出不穷,如孙盛《魏阳秋》、鱼豢《魏略》之流,虞溥《江表传》、张勃《吴录》之类,或偏激抗直难以征信,或粗略疏阔不得要领。只有陈寿的《三国志》文质并茂辨说融洽,荀勖、张华将陈寿与司马迁、班固相比,并不是夸张的赞誉。

至于晋代史书撰述,由史官著作郎负责,如陆机的《晋纪》只叙述了晋初三祖(晋武帝司马懿、景帝司马师、文帝司马昭)并不完备,王韶续写《晋纪》只到义熙九年,亦未至晋终,干宝撰《晋纪》,精审持正叙事有序,孙盛著《晋阳秋》,简约举要成为名作。孔子《春秋经》和左丘明《左传》,都有明确编写凡例(见杜预《春秋左氏传序》),自《史记》《汉书》以下史书,都没有章法条例说明。直到邓粲《晋纪》,才重新建立条例,摆脱汉魏以来史书影响,效法殷周经传体式,他虽是湘川乡曲偏狭之学,却能心仪典谟撰述史书。到孙盛《晋阳秋》确立编写条例,即是依据邓粲《晋纪》规则的结果。

推原史籍之写作,必须融会贯通百家著作,使之可以流传千年,成为国家盛衰的表征,兴废存亡的借鉴;使一代的政治制度,和日月一起永存,王霸之功勋业绩,与天地同样长久。所以在汉代初年,史官职务特别受到重视,郡县封国文书,先要集中到史官府第,以便使史官详细熟悉政务体察国事。必须阅览国家石室藏书,打开收藏典籍的金匮,缀集察看断裂的帛书,检阅残缺不全的竹简,使史官能广博熟练地稽考古籍。因此史籍确定义理选择言辞,当以经书典籍为标准法则;而劝善戒恶褒贬与夺,必须依据圣人确立宗旨,然后诠述评赞明晰完整,那么苛刻浮泛的弊病就不会出现了。故而以纪传为基本体式,依据年代先后缀集史实,文章不是泛泛空论,必须按照历史真实书写。年代久远史料记叙有同有异难以十分严密,史实事件累积太多故开头结尾都容易有疏略遗漏,所以整体上融会贯通是很难的。史书写作中往往同一件事情，由很多人物共同完成，如果在各人传中都写，则往往失之重复；如果只在一人传中书写，则有不够周全的弊病，故史书写作之合理诠配非常不容易。所以张衡指摘《史记》《汉书》中的舛讹错滥，傅玄讥讽《后汉书》的繁琐弊病，都是属于这类情况。

史籍需要追述远古时代，而年代久远传说事迹往往伪讹甚多。公羊高说："传说记载很多差异。"荀况说："记录远古事迹要比近代简略（远略近详）。"史实有疑惑的便从阙，这是尊重历史的真实性。可是世俗都爱好奇诡，而不顾是否真实。于是对传闻事迹都要夸张增益，对远古史实皆欲详尽描述，遂造成抛弃真实而信奉奇异，穿凿附会傍依杂说，只要以前史籍没有的，我就书写记叙，这就是产生讹滥之本源，也是史籍正确叙述远古的最大蠹虫。至于当代史实的记叙编录，由于所处同时记载往往有诡诈不实，如孔子作《春秋》对和他同时的鲁定公、鲁哀公事迹，措辞常常隐讳微妙，这是考虑到世俗常情权衡利害的缘故。功勋荣耀之家，则虽平庸凡夫而尽量美言润饰之；而困顿失意之士，则虽有高操德行也只能嘲笑埋没之。吹寒气如凝酷霜、呵暖气如降甘露，寒暑褒贬皆由作者一念之间而行诸笔端，这又是"同时之枉"之歪曲论述，实在是令人叹息呀！故而叙述远古历史则矫情诬妄不实如彼，记叙同时代历史则回环邪僻不正如此，要正确分析道理站稳历史真实的立场，只能依靠作者之"素心"了。

为尊重圣贤之人隐讳其缺失，本是孔夫子的圣明旨意，因为微小瑕疵不能玷污美玉之本质；惩罚奸佞警戒邪恶，此实乃良史之直笔，如农夫看见莠草，必定要将其除去。直笔实录这个写作史书的科条法则，实是千万年来的基本准绳。至于寻绎繁多史料、统领杂驳事迹的方法，务必遵循相信真实摒弃奇谬的要领，明白行文叙事起首结尾的顺序，品评斟酌情事得失的条例，若能通晓史籍写作的大纲关键，即可做到众理辐凑贯通一致了。然而既已任职史官，必须全面综合论述一代历史，肩负海内九州的嘱托责任，必须承受是非怨尤责难，史家执笔为文扛起重担，没有比这更加辛劳的了。以司马迁、班固这样博通的良史，尚且不免后世之诋毁，后来史臣若任情褒贬失去公正，这样的史书岂不更加岌岌可危了吗？

总论：历史起源轩辕黄帝，周、孔体制完备无懈。世事变迁包涵殆尽，善善恶恶总括其中。褒赞飞腾贬斥裁革，魂飞魄动万古相同。丘明《左传》史书之宗，南史、董狐直笔为公。

注订：

（1）"草昧"，蒙昧。

（2）"轩辕"，即黄帝，传说中的远古时代部落首领，姬姓，五帝之首。"苍颉"，王惟俭、梅庆生、黄叔琳本作"仓颉"，此据元本、弘治本、汪一元本。仓、苍古代通用。苍颉即仓颉，人称仓颉先师，传说是黄帝的左史官，文字的创造者，也是最古老的史官。《说文解字叙》："黄帝之史仓颉，见鸟兽蹏迒之迹，知分理之可相别异也，初造书契，百工以乂，万品以察。"

（3）《礼记·曲礼上》："史载笔，士载言。"郑玄注："谓从于会同，各持其职以待事也。笔谓书具之属，言谓会同盟要之辞。"孔颖达《正义》："史谓国史，书录王事者。王若举动，史必书之。王若行往，则史载书具而从之也。不言简牍而云笔者，笔是书之主，则余载可知。""士载言者，士谓司盟之士，言谓盟会之辞，旧事也。"

（4）"史载笔"下，元本、弘治本、王惟俭本作"左右使之记已者"，王利器《文心雕龙校证》："'史载笔'下，梅本有'左右'二字。何允中本、日本活字本、凌本、清谨轩钞本、日本刊本、王谟本俱无。案梅本'左右'二字，此涉下文'执笔左右'而误衍；何允中本无之，是也，今据删。"又曰："'史者使也，执笔左右'二句八字原脱，梅（庆生）按胡孝辕本补。按《御览》六三正有此八字。"今从王利器说。"使之记也"，元本、弘治本"也"作"已"。

（5）"古者"之"古"字，元本、弘治本无，梅庆生据孙汝澄校补。《礼记·玉藻》："动则左史书之，言则右史书之。"《汉书·艺文志》："古之王者世有史官，君举必书，所以慎言行，昭法式也。左史记言，右史记事，事为《春秋》，言为《尚书》，帝王靡不同之。"《汉志》与《礼记》

所言相反,汉代对是"左史记事、右史记言",还是"左史记言、右史记事",说法也不同。荀悦《申鉴》同班固说,徐幹《中论》同《礼记》说。元明以来各种《文心雕龙》版本均同,唯《太平御览》引作"左史记言,右史书事",无两"者"字。王利器改用《太平御览》引文。今依元、明各本,不改。《太平御览》所引可能据班固说改。

(6)"言经",谓记言的经典;"事经",谓记事的经典。孔颖达《礼记正义》:"《春秋》是动作之事,故以《春秋》当左史所书。左,阳,阳主动,故记动。""《尚书》记言语之事,故以《尚书》当右史所书。右是阴,阴主静故也。"

(7)《尚书》中有《尧典》《舜典》《大禹谟》三篇典籍,都是记叙尧、舜言论事迹的,故云"流于典谟"。《尚书》中的《甘誓》《汤誓》《汤诰》等记叙夏、商二代帝王言论事迹,故云"被于诰誓"。《榖梁传》隐公八年:"诰誓不及五帝。"范宁注:"五帝之世,治化淳备,不须诰誓,而信自著。""被于",及于,覆盖。"夏商",元本、弘治本等各本作"商夏",此据王利器说乙正。

(8)"洎",到。元本、弘治本、王惟俭本同。梅庆生本作"自"。《诗经·大雅·文王》:"周虽旧邦,其命维新。"孔颖达《正义》:"周自大王已来居此地,周虽是旧国,其得天命,维为新国矣。以明德而受天命,变诸侯而作天子,是其改新也。""维",持也,系也。"维",元本、弘治本作"惟",此据王惟俭本、梅庆生本等。"姬公",即周公。"定法",指周公制礼作乐。

(9)"紬",缀集,理出头绪。"班",颁也。"三正",子、丑、寅之正也。夏、商、周之岁首不同。《史记·历书》:"夏正以正月,殷正以十二月,周正以十一月。盖三王之正若循环,穷则反本。天下有道,则不失纪序;无道,则正朔不行于诸侯。"梅庆生《音注》:"夏以斗建寅之月为正,平旦为朔,法物见,色尚黑。殷以斗建丑之月为正,鸡鸣为朔,法物牙,色尚白。周以斗建子之月为正,夜半为朔,法物萌,色尚赤。紬者,系王于正二三月之上也。书'王正月'者,周王之正月也。二月三月皆有王者,二月殷之正月也,三月夏之正月也。王者存二王之后,使统其正朔,服其服色,行其礼乐,所以尊先圣,通三统,师法之义,恭让之礼,于是可得而观之。"金毓黻《文心雕龙史传篇疏证》:"所谓'三正'者,谓夏以建寅之月为正,商以建丑之月为正,周以建子之月为正也。……马融注《尚书》,亦云:'建子、建丑、建寅,三正也。'汉儒如贾谊、董仲舒皆谓一代帝王之兴,必改正朔,易服色。夏以寅月为正,商以丑月为正,故周以子月为正。凡姬周一代制度,说者皆以为周公所创。周改正朔,定为建子,以树三正之法,当亦为周公所创。紬三正以颁历,属周公创法之一也。""贯四时",杜预《春秋左氏传序》:"记事者,以事系日,以日系月,以月系时,以时系年,所以纪远近、别同异也。"正朔,正月初一。

(10)杜预《春秋左氏传序》:"诸侯亦各有国史,大事书之于策,小事简牍而已。"如《春秋》是鲁国的史书。杜预:"《春秋》者,鲁史记之名也。"

(11)《尚书·毕命》:"彰善瘅恶,树之风声。"孔安国传:"言当识别顽民之善恶,表异其居里,明其为善,病其为恶,立其善风,扬其善声。"公元前770年周平王将都城自镐京迁至洛阳,开始了东周时代,由此国势黯弱颓败,不能控制各个诸侯国家,《雅》《颂》之风衰竭,进入变风、变雅的动荡时代。

(12)"宪章",法制。"散紊",散乱。《尚书·洪范》"彝伦攸斁",孔安国传:"斁,败也。"蔡沈《书集传》:"彝,常;伦,理也。""彝伦",即指常道伦理。"攸",《尔雅·释言》:"攸,所也。"范宁《春秋榖梁传序》:"昔周道衰陵,乾纲绝纽,礼坏乐崩,彝伦攸斁。"

(13)王利器《文心雕龙校证》谓"夫子"前有"昔者"二字:"'昔者'二字原无,冯校云:'"夫子"上《御览》有"昔者"二字。'何校同。"《毛诗序》:"至于王道衰,礼义废,政教失,国异政,家殊俗,而变风变雅作矣。"《孟子·离娄下》:"王者之迹熄而诗亡,诗亡然后《春秋》作。"《论语·子罕》:"子畏于匡,曰:'天之将丧斯文也,后至者不得与于斯文也。天之未丧斯文也,匡人其如予何?'""斯文",礼乐文化制度。"坠",败落。

(14)《论语·子罕》:"凤鸟不至,河不出《图》,吾已矣夫。"《史记·孔子世家》:"鲁哀公十四年春,狩大野。叔孙氏车子鉏商获兽,以为不祥。仲尼视之,曰:'麟也。'取之。曰:'河不出《图》,洛不出《书》,吾已矣夫!'颜渊死,孔子曰:'天丧予!'及西狩见麟,曰:'吾道穷矣!'"《孔丛子·记问》:"《孔丛子》曰:叔孙氏之车子曰鉏商,樵于野而获麟焉。众莫之识,以为不祥,弃之五父之衢。冉有告夫子曰:'麕身而肉角,岂天之妖乎?'夫子曰:'今何在?吾将观焉。'遂往……遂泣曰:'予之于人,犹麟之于兽也。麟出而死,吾道穷矣。乃歌云:唐虞世兮麟凤游,今非其时来何求?麟兮麟兮我心忧。'"

(15)"太师",乐官。《论语·子罕》:"吾自卫反鲁,然后乐正,雅颂各得其所。"《史记·孔子世家》:"乃因史记作《春秋》。"《汉书·司马迁传赞》:"孔子因鲁史记而作《春秋》。"范宁《春秋穀梁传序》:"于是就大师而正雅颂,因鲁史而修《春秋》。"

(16)范宁《春秋穀梁传序》:"赞人道之幽变,举得失以彰黜陟,明成败以著劝诫。"杨士勋疏:"云'举得失以彰黜陟'者,谓若仪父能结信于鲁,书字以明其陟。杞虽二王之后,而后代微弱,书子以明其黜。云'明成败以著劝诫'者,成败黜陟,事亦相类。谓若葵丘书日,以表齐桓之功。戎伐凡伯,言戎以明卫侯之恶。又定、哀之时,为无贤伯,不屈夷狄,不申中国,皆是书其成败,以著劝善惩恶。"

(17)范宁《春秋穀梁传序》:"一字之褒,宠踰华衮之赠;片言之贬,辱过市朝之挞。"杨士勋疏:"言仲尼之修《春秋》,文致褒贬。若蒙仲尼一字之褒,得名传竹帛,则宠踰华衮之赠。若定十四年,石尚欲著名于《春秋》是也。若被片言之贬,则辱过市朝之挞。若宣八年,仲遂为弑君不称公子是也。言华衮则上比王公,称市朝则下方士庶。""踰",超越。"轩冕",古时大夫以上官员的车子和服饰,借指显赫的爵位和高贵的官员。"斧钺",均为兵器,指杀戮。

(18)王利器《文心雕龙校证》:"'睿旨'下原有'存亡'二字,徐(炯)云:'《御览》作"睿旨幽秘,经文婉约",无"存亡"二字,为是。'梅云:'二字衍。'黄丕烈云:'案冯本(冯舒校本)"存亡"校云:"各本衍此二字,功甫本无。"此亦误衍,《御览》亦无。'案《史略》亦无此二字,今据删。"今据王利器校证删"存亡"二字。

(19)《汉书·艺文志》:"(孔子)以鲁周公之国,礼文备物,史官有法,故与左丘明观其史记,据行事,仍人道,因兴以立功,就败以成罚,假日月以定历数,藉朝聘以正礼乐。有所褒讳贬损,不可书见,口授弟子,弟子退而异言。丘明恐弟子各安其意,以失其真,故论本事而作传,明夫子不以空言说经也。"杜预《春秋左氏传序》:"左丘明受经于仲尼,以为经者不刊之书也,故传或先经以始事,或后经以终义,或依经以辩理,或错经以合异,随义而发。其例之所重,旧史遗文,略不尽举,非圣人所修之要故也。身为国史,躬览载籍,必广记而备言之。其文缓,其旨远,将令学者原始要终,寻其枝叶,究其所穷。"孔颖达《正义》:"将令学者本原其事之始,要截其事之终。寻其枝叶,尽其根本,则圣人之趣虽远,其赜可得而见。是故经无其事,而传亦言之,为此也。"此即"原始要终,创为传体"也。《周易·系辞下》:"《易》之为书也,原始要终,以为质也。"正义:"言《易》之为书,原穷其事之初始,乾'初九,潜龙勿用',是原始也;又要会其事之终末,若'上九,亢龙有悔',是要终也。言《易》以原始要终,以为体质也。"

(20)《释名·释书契》:"传,转也,转移所在,执以为信也。"

(21)"圣人羽翮",羽翮,鸟类之翅膀,谓圣人之辅佐也。"冠冕",高官之冠帽,此喻记籍之典范。后唐人刘知几《史通·六家》篇曾发挥此意:"《左传》家者,其先出于左丘明。孔子既著《春秋》,而丘明受经作传。盖传者,转也,转受经旨,以授后人。或曰:传者,传也,所以传示来世。案孔安国注《尚书》,亦谓之传,斯则传者亦训释之义乎?观《左传》之释经也,言见经文而事详传内,或传无而经有,或经阙而传存。其言简而要,其事详而博,信圣人之羽翮,而述者之冠冕也。"

(22)战国有史籍《竹书纪年》。秦国吞并六国,统一天下称帝。六国连秦一起为七国,即七王。《汉书·司马迁传赞》:"春秋之后,七国并争。秦兼诸侯,有《战国策》。""策",简也。蔡邕《独断》:"策者,简也。"据杜预《春秋左氏传序》言"大事书之于策",乃指记载战国大事也。刘知几《史通·六家》篇云:"暨纵横互起,力战争雄,秦兼天下,而著《战国策》。其篇有东西二周、秦、齐、燕、楚、三晋、宋、卫、中山,合十二国,分为三十三卷。夫谓之策者,盖录而不序,故即简以为名。或云汉代刘向以战国游士为之策谋,因谓之《战国策》。"刘向说见其《战国策序》。

(23)"嬴、项",即嬴秦、项楚。秦为嬴姓,嬴即指秦国。项指项羽,项羽自立为西楚霸王。

(24)班固《汉书·艺文志》:"《楚汉春秋》九篇。"自注:"陆贾说记。"《后汉书·班彪传》:"汉兴,定天下,大中大夫陆贾记录时功,作《楚汉春秋》九篇。"

(25)司马谈,为司马迁之父,时为太史公。《史记·太史公自序》:"喜生谈,谈为太史公。太史公学天官于唐都,受《易》于杨何,习道论于黄子。太史公仕于建元、元封之间,愍学者之不达其意而师悖,乃论六家之要指曰:……太史公既掌天官,不治民。有子曰迁。……太史公执迁手而泣曰:'余先,周室之太史也,自上世尝显功名于虞夏,典天官事,后世中衰,绝于予乎?汝复为太史,则续吾祖矣。今天子接千岁之统,封泰山,而余不得从行,是命也夫,命也夫!余死,汝必为太史;为太史,无忘吾所欲论著矣。……'卒三岁而迁为太史令。""执简",谓为史官也。

(26)"子长",司马迁字也。"勋",或作"绩",古今字。

(27)《尚书》记载唐尧的事迹称为《尧典》,司马迁撰史对帝王记叙不称"典",因这些帝王不能和尧舜相比,并非都是圣贤,有些仅杂居于中等贤能明君;如果效法孔子《春秋经》而题为"经",则又非圣贤所作之文。"玄圣",原作"元圣","玄圣",即指孔子。

(28)"吕览",即《吕氏春秋》。《史记·五帝本纪》司马贞《索隐》:"纪者,记也。本其事而记之,故曰本纪。又,纪,立业,丝缕有纪。而帝王书称纪者,言为后代纲纪也。"言帝王本纪足为后代法纪政纲也。"号",即指名号。《周礼·春官·大祝》:"辨六号。"郑玄注:"号谓尊其名更为美称焉。"

（29）刘勰之论当本班彪之《略论》，《后汉书·班彪传》："因斟酌前史而讥正得失。其略论曰：'太史令司马迁采《左氏》《国语》，删《世本》《战国策》，据楚、汉列国时事，上自黄帝，下讫获麟，作本纪、世家、列传、书、表凡百三十篇，而十篇缺焉。……司马迁序帝王则曰本纪，公侯传国则曰世家，卿士特起则曰列传。'"范文澜《文心雕龙注》："本篇不言世家，恐有脱误。疑当据班彪《史记论》作本纪以述帝王，世家以总公侯，列传以录卿士，文始完具。"刘勰所谓"列传以总侯伯"，此"列传"实际可能包括了世家和列传而言。或谓其文有脱误，亦未可知也。"八书"，指《礼书》《乐书》《律书》《历书》《天官书》《封禅书》《河渠书》《平准书》，皆为政体之要。"政体"，则指政制与典礼，皆为治国之辅助。"十表"，指《三代世表》《十二诸侯年表》《六国年表》《秦楚之际月表》《汉兴以来诸侯年表》《高祖功臣侯者年表》《惠景间侯者年表》《建元以来侯者年表》《建元以来王子、侯者年表》《汉兴以来将相名臣年表》，用以记载诸侯的世系和封爵。分本纪、世家、列传、书、表，来阐述历史，和古代史籍之体裁不同，但是可以更清楚地序述历史事实。"谱"，叙录。

（30）"叔皮"，班彪字。《后汉书·班彪传》班彪在《略论》中说："迁之所记，从汉元至武以绝，则其功也。至于采经摭传，分散百家之事，甚多疏略，不如其本，务欲以多闻广载为功，论议浅而不笃。其论术学，则崇黄老而薄五经；序货殖，则轻仁义而羞贫穷；道游侠，则贱守节而贵俗功：此其大敝伤道，所以遇极刑之咎也。然善述序事理，辩而不华，质而不野，文质相称，盖良史之才也。诚令迁依五经之法言，同圣人之是非，意亦庶几矣。""又进项羽、陈涉而黜淮南、衡山，细意委曲，条例不经。若迁之著作，采获古今，贯穿经传，至广博也。一人之精，文重思烦，故其书刊落不尽，尚有盈辞，多不齐一。若序司马相如，举郡县，著其字，至萧、曹、陈平之属，及董仲舒并时之人，不记其字，或县而不郡者，盖不暇也。"班固《汉书·司马迁传赞》："至于采经摭传，分散数家之事，甚多疏略，或有抵梧，……又其是非颇谬于圣人,……然自刘向、扬雄,博极群书,皆称迁有良史之才,……不虚美,不隐恶,故谓之实录。"班固之评当亦受其父班彪所论影响。刘勰所论虽然出自班彪,但实与班彪有很大不同。班彪是批评为主,又有所肯定,而刘勰则以肯定司马迁成就为主,特别赞扬其"实录无隐之旨,博雅弘辩之才",但亦批评其"爱奇反经之尤,条例踳落之失"。"尤",缺失。"踳落",错谬杂乱,此即班彪所谓"细意委曲,条例不经","其书刊落不尽,尚有盈辞,多不齐一"。

(31) 班固《汉书·叙传》:"固以为唐虞三代,诗书所及,世有典籍,故虽尧舜之盛,必有典谟之篇,然后扬名于后世,冠德于百王,故曰:'巍巍乎其有成功,焕乎其有文章也!'汉绍尧运,以建帝业,至于六世,史臣乃追述功德,私作本纪,编于百王之末,厕于秦、项之列。太初以后,阙而不录,故探纂前记,缀辑所闻,以述《汉书》,起元高祖,终于孝平王莽之诛,十有二世,二百三十年,综其行事,旁贯五经,上下洽通,为春秋考纪、表、志、传,凡百篇。"太初,为汉武帝年号,公元前104年至公元前101年。"前业",当指司马迁的《史记》和班彪所著《史记后传》。班固的《汉书》对太初以前的历史基本上采取《史记》,略有个别文字改动。而述太初以后历史,则取其父班彪的《后传》内容,加上他自己的写作而成。其中属于司马迁的著作占据了一半多,故云"观司马迁之辞,思实过半"。"司马迁",《太平御览》作"史迁"。

(32) "该富",包括全面,内容丰富。班固《汉书》把司马迁的八书改为十志:《律历志》《礼乐志》《刑法志》《食货志》《郊祀志》《天文志》《五行志》《地理志》《沟洫志》《艺文志》,内容比《史记》更为齐全充实。《汉书》与《史记》的不同是,其《本纪》《志》《列传》末均有赞,《八表》前面有序,全书后有《叙传》,增加了很多作者的评价,故刘勰称其"宏丽"。班固《汉书》与《史记》的一个很大不同是,在观点上一反《史记》的"爱奇反经",而突出强调儒家正统,刘勰对此是肯定班固的,故云"儒雅彬彬"。刘知几《史通·论赞》篇亦云:"孟坚辞唯温雅,理多惬当,其尤美者有典诰之风,翩翩奕奕,良可咏也。"

(33) 班固《汉书·叙传》:"凡《汉书》,叙帝皇,列官司,建侯王。

准天地,统阴阳,阐元极,步三光。分州域,物土疆,穷人理,该万方。纬六经,缀道纲,总百氏,赞篇章。函雅故,通古今,正文字,惟学林。述《叙传》第七十。"然其书太初之后,大半取自其父班彪为《史记》所作《后传》六十五篇,而未加以说明,见其《叙传》,此当即"遗亲攮美"所指,《颜氏家训·文章》篇:"班固盗窃父史。""征贿鬻笔",指索取贿赂执笔写作以卖钱。刘知几在《史通·曲笔》篇中说:"班固受金而始书,陈寿借米而方传,此又记言之奸贼,载笔之凶人。"又《北史·柳虬传》:"虬以史官密书善恶,未足惩劝,乃上疏曰:'古者人君立史官,非但记事而已,盖所为鉴诫也。动则左史书之,言则右史书之,彰善瘅恶,以树风声。故南史抗节,表崔杼之罪;董狐书法,明赵盾之愆。是知执笔于朝,其来久矣。而汉、魏已还,密为记注,徒闻后世,无益当时。非所谓将顺其美,匡救其恶者。且著述之人,密书纵能直笔,人莫知之。何止物生横议,亦自异端互起。故班固致受金之名,陈寿有求米之论。'"然班固"受金而始书"亦已无可详考。仲长统(字公理,著有《昌言》,已佚)之评论内容,然已无可考。仲长统《昌言》自唐代始佚失,刘勰当时尚可看到,谓其"辨之究矣",当有所据。"辨究",分辨研究深刻。

(34)以上言史书编年体和纪传体的区别。《左传》按照《春秋经》编年体方式叙述史实,本与《春秋》是两本不同的书,至晋代杜预始将其与《春秋》合编,于是才"附经间出","间出",即叠出也。因为是编年体所以其人物事迹散见于不同年代记载,甚至各处人名也不尽相同,故其氏族情况不甚清楚。清代赵翼《陔余丛考》卷二之"《左传》叙事人名错杂"条:"《左传》叙事,每一篇中或用名,或用字,或用谥号。盖当时文法如此。然错见叠出,几使人茫然不能识别。如子越椒之乱(见《左传》宣公四年),一斗般也,忽曰斗般,忽曰子扬;一芳贾也,忽曰芳贾,忽曰伯嬴。……此究是古人拙处,史迁以后则无此矣。刘勰亦谓'左氏缀事,氏族难明;及史迁各传,人始区详而易览'也。""人始区分",各本无"分"字,刘永济《文心雕龙校释》:"按'区'下有脱字,天启本补'别'字,疑当是'分'字。"杨明照《增订文心雕龙校注》:"梅庆生天启二年重修本'始'下有'区别'二字。按今本语意欠明,确有脱文。以《论说》篇'八名区分',《序志》篇'则囿别区分'例之,'区'下当补一'分'字,并于'分'下加豆。"今从二说。司马迁的《史记》以本纪、世家、列传叙述人物事迹,始以人物为中心叙述历史,故详尽而容易观览。本纪纪帝王事迹虽亦采取编年纪事,但仍然是以一个人物为主体的,避免了编年体史书记叙人物事迹的缺陷,后世史家均以司马迁《史记》为宗,以其体式作为范例。《史记》的世家,其实体例也和列传一致,故后代史书即以纪、传为体,不设世家。

(35)"委机",不理万机,抛弃国政。《史记·吕后本纪》:"太后遂断戚夫人手足,去眼,煇耳,饮瘖药,使居厕中,命曰'人彘'。居数日,乃召孝惠帝观人彘。孝惠见,问,乃知其戚夫人,乃大哭,因病,岁余不能起。使人请太后曰:'此非人所为。臣为太后子,终不能治天下。'孝惠以此日饮为淫乐,不听政,故有病也。"惠帝崩,立后宫子为帝,吕后摄政。司马迁《史记》、班固《汉书》皆为吕后立本纪,刘勰以为不妥。"史班"两句,王利器《文心雕龙校证》:"此二句原作'班史立纪,违经实',梅(庆生)据朱(谋㙔)于'经'下补'失'字,徐(燉)校同。张之象本第二句作'并违经失',王惟俭本作'史、班立纪,并违经实',义较长,今从之。"今据梅本补"失"字,又取王本之"史班"。范文澜《文心雕龙注》:"彦和怵于后世母后临朝外戚阉宦肆虐,故云违经失实。"

(36)范文澜《文心雕龙注》:"《说文》女部:'娲,古之神圣女化万物者也。'郑玄依《春秋纬》注《礼记·明堂位》云:'女娲,三皇承伏羲者。'郑不言其为女身,彦和当即用郑义也。"女娲,当为女身,刘勰此处或意女娲非为皇帝。

(37)《尚书·牧誓》:"王曰:'古人有言曰:"牝鸡无晨。牝鸡之晨,惟家之索。"'"母鸡晨鸣,将至家业萧索,比喻后妃干政。《牧誓》记载武王伐纣时首先在讨伐誓词中强调"牝鸡无晨",就是指的纣王让妲己干预朝政的错误。齐桓公与诸侯会盟于葵丘,特别把"妇无与国"载入盟约。

(38)《春秋穀梁传》僖公九年："桓盟不日,此何以日?美之也。为见天子之禁,故备之也。葵丘之会,陈牲而不杀,读书加于牲上,壹明天子之禁,曰:毋雍泉,毋讫籴,毋易树子,毋以妾为妻,毋使妇人与国事。"

(39)宣后为秦昭王之母,昭王年幼,宣太后执政,此即"宣后乱秦"。《史记·秦本纪》:"武王取魏女为后,无子。立异母弟,是为昭襄王。昭襄母楚人,姓芈氏,号宣太后。"《史记·穰侯列传》:"昭王母故号为芈八子,及昭王即位,芈八子号为宣太后。宣太后非武王母。武王母号曰惠文后,先武王死。宣太后二弟:其异父长弟曰穰侯,姓魏氏,名冄;同父弟曰芈戎,为华阳君。而昭王同母弟曰高陵君、泾阳君。而魏冄最贤,自惠王、武王时任职用事。武王卒,诸弟争立,唯魏冄力为能立昭王。昭王即位,以冄为将军,卫咸阳。诛季君之乱,而逐武王后出之魏,昭王诸兄弟不善者皆灭之,威振秦国。昭王少,宣太后自治,任魏冄为政。"《汉书·高后纪》:"高皇后吕氏,生惠帝。佐高祖定天下,父兄及高祖而侯者三人。惠帝即位,尊吕后为太后。太后立帝姊鲁元公主女为皇后,无子,取后宫美人子名之以为太子。惠帝崩,太子立为皇帝,年幼,太后临朝称制,大赦天下。乃立兄子吕台、产、禄、台子通四人为王,封诸吕六人为列侯。"宣后与吕后皆作为母后临朝,而至外戚专权,引发政治危机,故云政事不可假借于妇人,而名位称号亦宜谨慎。

(40)张衡曾为太史令。《后汉书·张衡传》:"张衡字平子,南阳西鄂人也。……安帝雅闻衡善术学,公车特征拜郎中,再迁为太史令。……顺帝初,再转,复为太史令。……及为侍中,上疏请得专事东观,收拾遗文,毕力补缀。又条上司马迁、班固所叙与典籍不合者十余事。又以为王莽本传但应载篡事而已,至于编年月,纪灾祥,宜为元后本纪。""司史",指担任史官。"元平二后",原作"元年二后",或作"元帝王后",此据梅庆生本从孙汝澄改,与《张衡传》说一致。

(41)《史记·吕太后本纪》:"太后欲王吕氏,先立孝惠后宫子强为淮阳王,子不疑为常山王,……二年,常山王薨,以其弟襄城侯山为常山王,更名义。……宣平侯女为孝惠皇后时,无子,详为有身,取美人子名之,杀其母,立所名子为太子。孝惠崩,太子立为帝。帝壮,或闻其母死,非真皇后子,乃出言曰:'后安能杀吾母而名我?我未壮,壮即为变。'太后闻而患之,恐其为乱,乃幽之永巷中,言帝病甚,左右莫得见。……帝废位,太后幽杀之。五月丙辰,立常山王义为帝,更名曰弘。……诸大臣相与阴谋曰:'少帝及梁、淮阳、常山王,皆非真孝惠子也。吕后以计诈名他人子,杀其母,养后宫,令孝惠子之,立以为后,及诸王,以强吕氏。今皆已夷灭诸吕,而置所立,即长用事,吾属无类矣。不如视诸王最贤者立之。'"此言刘弘虽非惠帝之子,但毕竟也是惠帝之后嗣。西汉末年,王莽篡权,《汉书·外戚传》:"平帝崩。莽立孝宣帝玄孙婴为孺子,莽摄帝位,尊皇后为皇太后。"时婴方二岁,虽是王莽伪立,然毕竟是宣帝玄孙,确实可以继承平帝之位。由此,为弘、婴立本纪是正常的,怎么可以给吕后和元后立本纪呢?

(42)刘珍等的《东观汉记》记载自光武帝至灵帝的东汉历史。此书为当代人编当代史书,故有较高的史料价值。《史通·正史》篇:"明帝始诏班固与睢阳令陈宗、长陵令尹敏、司隶从事孟异作《世祖本纪》,并撰功臣及新市、平林、公孙述事作列传、载记二十八篇。自是以来,春秋考纪亦以焕炳,而忠臣义士莫之撰勒。于是又诏史官谒者仆射刘珍及谏议大夫李尤杂作纪、表、《名臣》《节士》《儒林》《外戚》诸传,起自建武,讫乎永初。事业垂竟,而珍、尤继卒。复命伏无忌与谏议大夫黄景作诸王、王子、功臣、恩泽侯表,南单于、西羌传,《地理志》。至元嘉元年,复令太中大夫边韶、大军营司马崔寔、议郎朱穆、曹寿杂作《孝穆》《崇》及《顺烈皇后传》,又增《外戚传》入思安等后,《儒林列传》入崔篆诸人。寔、寿又与议郎延笃杂作《百官表》、顺帝功臣孙程、郭愿及郑众、蔡伦等传。凡百十有四篇,号曰《汉记》。熹平中,光禄大夫马日䃅、议郎蔡邕、扬彪、卢植著作东观,接续纪传之可成者,而邕别作《朝会》《车服》二志。后坐事徙朔方,上书求还,续成十志。"

(43)《隋书·经籍志》:"《后汉书》九十五卷本一百卷,晋秘书监袁山松撰。"袁山松为袁瓌之孙,袁乔之子。《晋书》卷八十三《袁山松传》:"山松少有才名,博学有文章,著《后汉书》百篇。衿情秀远,善音乐。……山松历显位,为吴郡太守。孙恩作乱,山松守沪渎,城陷被害。"《隋书·经籍志》:"《后汉南记》四十五卷。本五十五卷,今残缺。晋江州从事张莹撰。"张莹,无可考。

(44)《隋书·经籍志》:"《后汉记》六十五卷。本一百卷,梁有,今残缺。晋散骑常侍薛莹撰。"薛莹为薛综子。《三国志·吴书·薛综传》:"(薛)莹,字道言,初为秘府中书郎,孙休即位,为散骑中常侍。数年,以病去官。孙晧初,为左执法,迁选曹尚书,及立太子,又领少傅。……(孙)晧遂召莹还,为左国史。"《隋书·经籍志》:"《后汉书》一百三十卷。无帝纪,吴武陵太守谢承撰。"谢承,吴主孙权夫人谢氏之弟。《吴书·妃嫔传》:"吴主权谢夫人,会稽山阴人也。……弟承拜五官郎中,稍迁长沙东部都尉、武陵太守,撰《后汉书》百余卷。"裴松之注:"会稽《典录》曰:承字伟平,博学洽闻,尝所知见,终身不忘。"《隋书·经籍志》:"《后汉书》八十五卷。本一百二十二卷,晋祠部郎谢沈撰。"《晋书》卷八十二《谢沈传》:"谢沈字行思,会稽山阴人也。曾祖斐,吴豫章太守。父秀,吴翼正都尉。沈少孤,事母至孝,博学多识,明练经史。……何充、庾冰并称沈有史才,迁著作郎,撰《晋书》三十余卷。会卒,时年五十二。沈先著《后汉书》百卷及《毛诗》《汉书外传》,所著述及诗赋文论皆行于世。"刘勰所说未知是谢承还是谢沈。

(45)《隋书·经籍志》:"《续汉书》八十三卷。晋秘书监司马彪撰。"《晋书》卷八十二《司马彪传》:"司马彪字绍统,高阳王睦之长子也。出后宣帝弟敏。少笃学不倦,然好色薄行,为睦所责,故不得为嗣,虽名出继,实废之也。彪由此不交人事,而专精学习,故得博览群籍,终其缀集之务。初拜骑都尉。泰始中,为秘书郎,转丞。注《庄子》,作《九州春秋》。以为'先王立史官以书时事,载善恶以为沮劝,撮教世之要也。是以《春秋》不修,则仲尼理之;《关雎》既乱,则师挚修之。前哲岂好烦哉?盖不得已故也。汉氏中兴,讫于建安,忠臣义士亦以昭著,而时无良史,记述烦杂,谯周虽已删除,然犹未尽,安顺以下,亡缺者多'。彪乃讨论众书,缀其所闻,起于世祖,终于孝献,编年二百,录世十二,通综上下,旁贯庶事,为纪、志、传凡八十篇,号曰《续汉书》。"

(46)《隋书·经籍志》:"《后汉书》十七卷。本九十七卷,今残缺。晋少府卿华峤撰。"《晋书》卷四十四《华峤传》:"峤字叔骏,才学深博,少有令闻。……元康初,封宣昌亭侯。诛杨骏,改封乐乡侯,迁尚书。后以峤博闻多识,属书典实,有良史之志,转秘书监,加散骑常侍,班同中书。寺为内台,中书、散骑、著作及治礼音律,天文数术,南省文章,门下撰集,皆典统之。初,峤以《汉纪》烦秽,慨然有改作之意。会为台郎,典官制事,由是得遍观秘籍,遂就其绪。起于光武,终于孝献,一百九十五年,为《帝纪》十二卷、《皇后纪》二卷、《十典》十卷、《传》七十卷及《三谱》《序传》《目录》,凡九十七卷。峤以皇后配天作合,前史作《外戚传》以继末编,非其义也,故易为《皇后纪》,以次帝纪。又改志为典,以有《尧典》故也。而改名《汉后书》奏之,诏朝臣会议。时中书监荀勖、令和峤、太常张华、侍中王济咸以峤文质事核,有迁固之规,实录之风,藏之秘府。"刘勰对司马彪和华峤的著作给予充分肯定,与《晋书》所述观点一致,认为是众多《后汉书》著作中之典范。

(47)"三雄",指魏、蜀、吴三国。潘岳《为贾谧作赠陆机诗》:"灵献微弱,在涅则渝。三雄鼎足,孙启南吴。"李善注:"三雄,即三国之主。班固《汉书》述曰:三雄是败。《汉书》,蒯通说韩信曰:方今足下三分天下,鼎足而居。"《隋书·经籍志》记载:"《魏书》四十八卷,晋司空王沈撰。《吴书》二十五卷,韦昭撰。本五十五卷,梁有,今残缺。《吴纪》九卷,晋太学博士环济撰。晋有张勃《吴录》三十卷,亡。《三国志》六十五卷,叙录一卷,晋太子中庶子陈寿撰,宋太中大夫裴松之注。《魏志音义》一卷,卢宗道撰。《论三国志》九卷,何常侍撰。《三国志评》三卷,徐众撰。梁有《三国志序评》三卷,晋著作佐郎王涛撰,亡。"

(48)"阳秋",指孙盛《魏氏春秋》,《隋书·经籍志》:"《魏氏春秋》二十卷,孙盛撰。"《史通·模拟》篇:"孙盛魏、晋二《阳秋》。每书年首,必云某年春帝正月。夫年既编帝纪,而月又编帝名,以此拟《春秋》,所谓貌同心异也。"按:《魏氏春秋》即《魏阳秋》,晋人因简文帝生母名阿春,故讳"春",改《魏氏春秋》为《魏阳秋》。《三国志·魏书·武帝纪》:"五年春正月。"裴松之注:"凡孙盛制书,多用左氏以易旧文,如此者非一。嗟乎,后之学者将何取信哉?"《三国志·魏书·桓二陈徐卫卢传》裴松之注:"孙盛改易泰言,虽为小胜。然检盛言诸所改易,皆非别有异闻,率更自以意制,多不如旧。凡记言之体,当使若出其口。辞胜而违实,固君子所不取,况复不胜而徒长虚妄哉?"又,《隋书·经籍志》:"《汉晋阳秋》四十七卷,讫愍帝。晋荥阳太守习凿齿撰。"刘师培《中国中古文学史》第四课曰:"《阳秋》,谓习凿齿《汉晋阳秋》,非谓孔衍《汉魏春秋》及孙盛《魏氏阳秋》也。"刘说待考。此疑指孙盛《魏阳秋》,因这里是说三国时史书。《隋书·经籍志》:"《典略》八十九卷,魏郎中鱼豢撰。"无《魏略》记载。《旧唐书·艺文志》著录《典略》五十卷,《魏略》三十八卷,皆鱼豢撰。《新唐书·艺文志》则仅著录《魏略》五十卷。据清人姚振宗《隋书经籍志考证》,谓《隋志》合《典略》《魏略》为一书,且多序录一卷,故为八十九卷(参见金毓黻《文心雕龙史传篇疏证》说)。

(49)虞溥《江表传》二卷,见《三国志·魏书·少帝纪》裴松之注:"案张璠、虞溥、郭颁皆晋之令史,璠、颁出为官长,溥,鄱阳内史。璠撰《后汉纪》,虽似未成,辞藻可观。溥著《江表传》,亦粗有条贯。惟颁撰魏晋世语,蹇乏全无宫商,最为鄙劣,以时有异事,故颇行于世。"《新唐书·艺文志》著录"虞溥《江表传》五卷"。《隋书·经籍志》:"晋有张勃《吴录》三十卷,亡。"《史记·伍子胥列传》唐人司马贞《索隐》:"张勃,晋人,吴鸿胪严之子也,作《吴录》,裴氏注引之是也。"《三国志》裴松之注曾有很多引用。《史通·古今正史》篇:"魏时京兆鱼豢私撰《魏略》,事止明帝。其后孙盛撰《魏氏春秋》,王隐撰《蜀记》,张勃撰《吴录》,异闻错出,其流最多。"《史通·题目》篇曰:"鱼豢、姚察著魏、梁二史,巨细毕载,芜累甚多,而俱榜之以略,考名责实,奚其爽欤!"

(50)"激抗难征",从裴松之注及《史通》对孙盛《阳秋》及《魏略》

之批评,可以说明之。"疏阔寡要",可于裴松之注及《史通》对《江表传》及《吴录》之评中见之。

(51)《晋书·陈寿传》:"陈寿字承祚,巴西安汉人也。少好学,师事同郡谯周,仕蜀为观阁令史。……撰魏吴蜀三国志,凡六十五篇。时人称其善叙事,有良史之才。夏侯湛时著《魏书》,见寿所作,便坏己书而罢。张华深善之,谓寿曰:'当以《晋书》相付耳。'其为时所重如此。"《华阳国志·后贤志》:"吴平后,(陈)寿乃鸠合三国史,著魏、吴、蜀三书六十五篇,号《三国志》。又著《古国志》五十篇,品藻典雅。中书监荀勖、令张华深爱之,以班固、史迁不足方也。"

(52)"系",黄叔琳本改"繁",铃木虎雄曰:"'繁'当作'系',字误也。诸本作'系'。""著作",指著作郎,为史官。《晋书·职官志》:"元康二年,诏曰:'著作旧属中书。而秘书既典文籍,今改中书著作为秘书著作。'于是改隶秘书省。后别自置省而犹隶秘书。著作郎一人,谓之大著作郎,专掌史任,又置佐著作郎八人。著作郎始到职,必撰名臣传一人。"晋代史书据《隋书·经籍志》记载则有:"《晋书》八十六卷,本九十三卷,今残缺,晋著作郎王隐撰。《晋书》二十六卷,本四十四卷,讫明帝,今残缺,晋散骑常侍虞预撰。《晋书》十卷,未成,本十四卷,今残缺,晋中书郎朱凤撰,讫元帝。《晋中兴书》七十八卷,起东晋,宋湘东太守何法盛撰。《晋书》三十六卷,宋临川内史谢灵运撰。《晋书》一百一十卷,齐徐州主簿臧荣绪撰。《晋书》十一卷,本一百二卷,梁有,今残缺,萧子云撰。《晋史草》三十卷,梁萧子显撰。梁有郑忠《晋书》七卷,沈约《晋书》一百一十一卷,庾铣《东晋新书》七卷,亡。"又有"《晋纪》四卷,陆机撰。《晋纪》二十三卷,干宝撰,讫愍帝。《晋纪》十卷,晋前军咨议曹嘉之撰。《汉晋阳秋》四十七卷,讫愍帝,晋荥阳太守习凿齿撰。《晋纪》十一卷,讫明帝,晋荆州别驾邓粲撰。《晋阳秋》三十二卷,讫哀帝,孙盛撰。《晋纪》二十三卷,宋中散大夫刘谦之撰。《晋纪》十卷,宋吴兴太守王韶之撰。《晋纪》四十五卷,宋中散大夫徐广撰"等等,因晋代史书繁多,作"繁"亦通。

(53)陆机是西晋时人,其所著《晋纪》是比较早的晋代史书。据南宋郑樵《通志》："陆机《晋三祖纪》四卷。"《史通·本纪》篇："而陆机《晋书》，列纪三祖，直序其事，竟不编年。年既不编，何纪之有？"

（54）《南史·王韶之传》："王韶之字休泰，……好史籍，博涉多闻。初为卫将军谢琰行参军，得父旧书，因私撰《晋安帝阳秋》。及成，时人谓宜居史职，即除著作佐郎，使续后事，讫义熙九年。善叙事，辞论可观。"义熙九年（413）下距元熙二年（420）晋亡尚有七年，故曰"不终"。

（55）《晋书·干宝传》："干宝字令升，新蔡人也。祖统，吴奋武将军、都亭侯。父莹，丹杨丞。宝少勤学，博览书记，以才器召为著作郎。……著《晋纪》，自宣帝迄于愍帝五十三年，凡二十卷，奏之。其书简略，直而能婉，咸称良史。"因其"直而能婉"，故云"审正得序"。

（56）《晋书·孙盛传》："孙盛字安国，太原中都人。……盛笃学不倦，自少至老，手不释卷。著《魏氏春秋》《晋阳秋》，并造诗、赋、论难复数十篇。《晋阳秋》词直而理正，咸称良史焉。"

（57）"《春秋》经传"，指孔子《春秋经》和左丘明《左传》。杜预《春秋经传集解序》："其发凡以言例，皆经国之常制，周公之垂法，史书之旧章，仲尼从而修之，以成一经之通体。其微显阐幽，裁成义类者，皆据旧例而发义，指行事以正褒贬。诸称'书''不书''先书''故书''不言''不称''书曰'之类，皆所以起新旧，发大义，谓之变例。然亦有史所不书，即以为义者。此盖《春秋》新意，故传不言凡，曲而畅之也。其经无义例，因行事而言，则传直言其归趣而已，非例也。故发传之体有三，而为例之情有五。一曰微而显。文见于此而起义在彼，'称族，尊君命；舍族，尊夫人''梁亡''城缘陵'之类是也。二曰志而晦。约言示制、推以知例、参会不地、与谋曰及之类是也。三曰婉而成章。曲从义训、以示大顺、诸所讳辟、璧假许田之类是也。四曰尽而不污。直书其事、具文见意、丹楹刻桷、天王求车、齐侯献捷之类是也。五曰惩恶而劝善。求名而亡、欲盖而章、书齐豹盗、三叛人名之类是也。推此五体，以寻经传。触类而长之，附于二百四十二年行事，王道之正，人伦之纪备矣。"发传之体有三，即正例、变例、非例。为例之情有五,即微而显、志而晦、婉而成章、尽而不污、惩恶而劝善。可是自《春秋》以后,《史记》《汉书》以下都没有《春秋》《左传》的凡例,失去了章法标准。范文澜《文心雕龙注》:"班彪论《史记》,谓其细意委曲,条理不经。范晔谓班氏最有高名,既任情无例,不可甲乙辨(《狱中与诸甥侄书》)。彦和说本此。然《史》《汉》一为通史,一为断代,皆正史不祧之祖。后之撰史者,无能蹈其规范,所谓莫有准的,特以比《春秋经传》为不足耳。"

(58)"粲",原作"璨",梅庆生据朱谋㙔校改作"璨",当从王惟俭本,《御览》《玉海》等作"粲",与《晋书》《隋志》一致。《隋书·经籍志》载邓粲《晋纪》十一卷,至明帝止。《晋书·邓粲传》:"邓粲,长沙人。少以高洁著名,与南阳刘骥之、南郡刘尚公同志友善,并不应州郡辟命。……粲以父骞有忠信言而世无知者,乃著《元明纪》十篇,注《老子》,并行于世。"《元明纪》即纪东晋元帝、明帝之事。其立凡例,当是继承干宝《晋纪》。《史通·序例》篇:"令升先觉,远述丘明,重立凡例,勒成《晋纪》。邓(粲)、孙(孙盛)以下,遹蹑其踪,史例中兴,于斯为盛。"

(59)"摆落汉魏",指摆脱"《史》《汉》以下,莫有准的"状况,重新效法殷周经传"举例发凡"传统。王利器《文心雕龙校证》:"旧本'川'皆作'州',王惟俭本、何校本、黄本、张松孙本作'川'。"邓粲为长沙人,故称其为湘川之学,曲学,乡曲偏狭之学,指邓粲并非博学多识之士。然而他却能心仪典谟,学习圣贤经传。

(60)"安国",孙盛的字。本书《才略》篇:"孙盛、干宝,文胜为史,准的所拟,志乎典训。"

(61)"百氏",诸子百家之著作。班固《汉书·叙传》:"纬六经,缀道纲;总百氏,赞篇章。"本书《诸子》篇:"斯则得百氏之华采,而辞气之大略也。"

(62)"殷鉴",借鉴。《诗·大雅·荡》:"殷鉴不远,在夏后之世。"郑玄笺:"殷之明镜不远也,近在夏后之世,谓汤诛桀也。后武王诛纣,今之王者,何以不用为戒。"谓殷人当以夏之灭亡为鉴。

(63)《史记·太史公自序》"(司马)谈为太史公",裴骃《集解》:"如淳曰:'《汉仪注》太史公,武帝置,位在丞相上。天下计书先上太史公,副上丞相,序事如古《春秋》。迁死后,宣帝以其官为令,行太史公文书而已。'(薛)瓒曰:'《百官表》无太史公。《茂陵中书》司马谈以太史丞为太史令。'"司马贞《索隐》:"案《茂陵书》,谈以太史丞为太史令,则'公'者,迁所著书尊其父云'公'也。然称'太史公'皆迁称述其父所作,其实亦迁之词,而如淳引卫宏《仪注》称'位在丞相上',谬矣。案《百官表》又无其官。且修史之官,国家别有著撰,则令郡县所上图书皆先上之,而后人不晓,误以为在丞相上耳。"

(64)《史记·太史公自序》:"迁为太史令,䌷史记石室金匮之书。"䌷,缀集。司马贞《索隐》:"案:石室、金匮皆国家藏书之处。""抽裂帛,检残竹","抽",通䌷。杨明照谓当作"䌷"。古书著于竹简、缣帛,由于时代久远,必有缣帛断裂、竹简残缺状况。

(65)范文澜《文心雕龙注》:"'是'下当有'以'字。"此处发挥征圣、宗经之意。

(66)《史通·论赞》篇:"谢承曰诠,陈寿曰评。"谓史书作者的论赞,如司马迁《史记》之"太史公曰",班固《汉书》之"赞",谢承史书称"诠",陈寿史书则称"评"。

(67)中国古代史籍有编年体,如《春秋》《左传》;有纪传体,如《史记》《汉书》。以后史籍基本上都遵循纪传体。纪传体中本纪编年,列传缀事。自司马迁以实录着笔,成为优良传统,但是"按实而书"也往往因时代久远,而难以做到完全符合真实;历史事迹繁多复杂,要从始至终完备叙述难免出现疏漏,因此全面完整、融会贯通地阐述历史十分不易。

(68)李曰刚《文心雕龙斠诠》:"年代久远,史有缺文,事类繁多,传说纷纭;二者于史家皆不易处理,故彦和特发此难。"

(69)《后汉书·张衡传》:"永初中,谒者仆射刘珍、校书郎刘騊駼等著作《东观》,撰集《汉记》,因定汉家礼仪,上言请衡参论其事,会并卒,而衡常叹息,欲终成之。及为侍中,上疏请得专事东观,收捡遗文,毕力补缀。又条上司马迁、班固所叙与典籍不合者十余事。又以为王莽本传但应载篡事而已,至于编年月,纪灾祥,宜为元后本纪。又更始居位,人无异望,光武初为其将,然后即真,宜以更始之号建于光武之初。书数上,竟不听。及后之著述,多不详典,时人追恨之。"唐章怀太子李贤注:"《衡集》其略曰:'《易》称宓戏氏王天下,宓戏氏没,神农氏作,神农氏没,黄帝、尧、舜氏作。史迁独载五帝,不记三皇,今宜并录。'又一事曰:'《帝系》,黄帝产青阳、昌意。《周书》曰:"乃命少皞清。"清即青阳也,今宜实定之。'"张衡摘史、班之舛滥当即指此类。

(70)《晋书·傅玄传》:"玄少时避难于河内,专心诵学,后虽显贵,而著述不废。撰论经国九流及三史故事,评断得失,各为区例,名为《傅子》,为内、外、中篇,凡有四部、六录,合百四十首,数十万言,并文集百余卷行于世。玄初作内篇成,子咸以示司空王沈。沈与玄书曰:'省足下所著书,言富理济,经纶政体,存重儒教,足以塞杨墨之流遁,齐孙孟于往代。每开卷,未尝不叹息也。"不见贾生,自以过之,乃今不及",信矣!'"其论三史得失,三史当为《史记》《汉书》《后汉书》,然具体论《后汉书》之烦尤,则无考。

(71)公羊子,齐人,名高。其《公羊传》隐公元年:"所见异辞,所闻异辞,所传闻异辞。"

(72)《荀子·非相》:"传者久则论略,近则论详;略则举大,详则举小。"或谓刘勰说与荀子说含义相反,乃改为"详近略远",按此说误。"录远略近",是谓记录远古事迹略于近代也。陈书良《文心雕龙校注辨正》:"'录远略近'不误,是记录远古之事简略于近世之事意。重点在录远。"故下曰"文疑则阙,贵信史也"。《论语》:"子曰:吾犹及史之阙文也。"《集解》引包曰:"古之良史,于书字有疑则阙之。"真实的史书于疑惑之处乃阙之。

(73)《左传》襄公二十九年:"子太叔曰:……吉也闻之,弃同即异,是谓离德。"范文澜《文心雕龙注》:"彦和此论,见解高绝,《史通·疑古》《惑经》诸篇所由本也。孔子修《春秋》,托始乎隐,以高祖以来事,尚可问闻之也。《尚书》托始于尧舜,以尧舜为孔子所虚悬之理想人物。故《尧》《舜》二典,谓之《尚书》;《尚书》者,上古之书,与《夏书》《商书》之有代可实指,本自有别。《竹书纪年》起于夏禹,不必可信。司马迁撰《史记》,乃又远推五帝,作《五帝本纪》。张衡欲记三皇,司马贞本其意补《三皇本纪》。宋胡宏撰《皇王大纪》,又复上起盘古。愈后出之史家,其所知乃愈多于前人,牵引附会,务欲以古复有古相高,信述远之巨蠹矣。"

(74)《公羊传》定公元年:"定、哀多微辞,主人习其读而问其传,则未知己之有罪焉尔。"何休《解诂》:"此假设而言之,主人谓定、哀也。设使定、哀习其经而读之,问其传解诂,则不知己之有罪于是。孔子畏时君,上以讳尊隆恩,下以辟害容身,慎之至也。"

(75)"虽令德而常嗤。吹霜煦露",元本、弘治本作"虽令德而常嗤。理欲吹霜喷露",梅庆生本作"虽令德而常嗤。吹霜煦露",谓"理欲"二字衍。黄叔琳本同元本、弘治本,又谓"煦"一作"喷",从《太平御览》改。杨明照《增订文心雕龙校注》:"'常嗤'当依《御览》《史略》改作'嗤理'。'理'即'埋'之误。上句之'常'字与此句之'欲'字,皆系妄增。"此可备一说。

(76)"素心",梅庆生本、黄叔琳本改为"素臣",非是。纪昀评:"陶诗有'闻多素心人'句,所谓有心人也,似不必改作'素臣'。"杨明照《增订文心雕龙校注》:"《文选》颜延之《陶征士诔》:'长实素心。'李注:'《礼记》曰:"有哀素之心。"郑玄曰:"凡物无饰曰素。"'《江文通文集·陶征君田居诗》:'素心正如此。'并以'素心'连文。《养气》篇:'圣贤之素心。'尤为切证。不必泥于本篇所论,而改'心'为'臣'也。""素心",即指公正之心也。

(77)《公羊传》闵公元年:"《春秋》为尊者讳,为亲者讳,为贤者讳。"孔子作《春秋》是以"尊贤隐讳"为宗旨的。

(78)《左传》宣公十五年:"川泽纳污,山薮藏疾,瑾瑜匿瑕,国君含垢,天之道也。君其待之!"杜预注:"山之有林薮,毒害者居之。""匿,亦藏也。虽美玉之质,亦或居藏瑕秽。""瑾瑜",美玉,喻尊者贤者。

(79)《左传》宣公二年:"赵穿攻灵公于桃园。宣子未出山而复。太史书曰:'赵盾弑其君。'以示于朝。宣子曰:'不然。'对曰:'子为正卿,亡不越境,反不讨贼,非子而谁?'宣子曰:'呜呼!我之怀矣,自贻伊戚。其我之谓矣。'孔子曰:'董狐,古之良史也,书法不隐。赵宣子,古之良大夫也,为法受恶。惜也,越竟乃免。'"《左传》隐公六年:"周任(杜注:周大夫)有言曰:'为国家者,见恶如农夫之务去草焉;芟夷蕴崇之,绝其本根,勿使能殖,则善者信矣。'"范文澜《文心雕龙注》:"讳尊贤,惩奸慝,为作史之准绳。"

(80)金毓黻《文心雕龙史传篇疏证》:"此文所举之四事,乃刘勰所建立之修史总纲也。……'寻繁领杂之术',即搜集史料之谓也。'务信弃奇之要',即整理史料之谓也。'明白头讫之序',即辑成史著之谓也。初步征集之史料,是为原料;继而整理之史料,是为长编;最后茸成之史著,是为定本:此为修史必经之序,刘勰已备言之矣。"

(81)王利器《文心雕龙校证》:"'赢',旧本皆如此,梅(庆生)本、黄(叔琳)本作'嬴',不可从。"范文澜《文心雕龙注》:"'赢',当作'嬴'。嬴,贾有余利也。韩愈不敢作史,恐嬴得是非之祸尤耳。"《左传》襄公三十一年:"赵文子曰:信。我实不德,而以隶人之垣以赢诸侯。"杜预注:"赢,受也。"杨明照《增订文心雕龙校注》:"按'赢'字是。……赢,受也,担负也。"

(82)"殆",危殆。

(83)范文澜《文心雕龙注》:"《南齐书·鱼腹侯子响传》:'刘绘为豫章王嶷乞葬蛸子响,表云:积代用之为美,历史不以云非。'称史为历史,即'世历斯编'之义。"

(84)南史事见《左传》襄公二十五年:"大史书曰:'崔杼弑其君。'崔子杀之。其弟嗣书,而死者二人。其弟又书,乃舍之。南史氏闻大史尽死,执简以往。闻既书矣,乃还。"董狐事见《左传》宣公二年:"大史书曰:'赵盾弑其君。'以示于朝。宣子曰:'不然。'对曰:'子为正卿,亡不越竟,反不讨贼,非子而谁?'宣子曰:'乌呼!'我之怀矣,自诒伊戚。'其我之谓矣。'孔子曰:'董狐,古之良史也,书法不隐。'"

《诸子》篇

诸子者,入道见志之书⁽¹⁾。太上立德,其次立言⁽²⁾。百姓之群居,苦纷杂而莫显;君子之处世,疾名德之不章⁽³⁾。唯英才特达,则炳曜垂文⁽⁴⁾,腾其姓氏,悬诸日月焉。昔风后、力牧、伊尹⁽⁵⁾,咸其流也。篇述者,盖上古遗语,而战代所记者也⁽⁶⁾。至鬻熊知道,而文王咨询,余文遗事,录为《鬻子》⁽⁷⁾。子自肇始,莫先于兹⁽⁸⁾。及伯阳识礼,而仲尼访问⁽⁹⁾,爰序《道》《德》,以冠百氏⁽¹⁰⁾。然则鬻惟文友,李实孔师,圣贤并世,而经子异流矣。

逮及七国力政,俊乂蠭起⁽¹¹⁾。孟轲膺儒以磬折⁽¹²⁾,庄周述道以翱翔⁽¹³⁾,墨翟执俭确之教⁽¹⁴⁾,尹文课名实之符⁽¹⁵⁾,野老治国于地利⁽¹⁶⁾,驺子养政于天文⁽¹⁷⁾,申商刀锯以制理⁽¹⁸⁾,鬼谷唇吻以策勋⁽¹⁹⁾,尸佼兼总于杂术⁽²⁰⁾,青史曲缀以街谈⁽²¹⁾。承流而枝附者,不可胜算,并飞辩以驰术,餍禄而余荣矣。暨于暴秦烈火,势炎昆冈,而烟燎之毒,不及诸子⁽²²⁾。逮汉成留思,子政雠校,于是《七略》芬菲,九流鳞萃,杀青所编,百有八十余家矣⁽²³⁾。迄至魏晋,作者间出,谰言兼存,琐语必录,类聚而求,亦充箱照轸矣⁽²⁴⁾。

然繁辞虽积,而本体易总,述道言治,枝条五经⁽²⁵⁾。其纯粹者入矩,踳驳者出规⁽²⁶⁾。《礼记·月令》,取乎吕氏之《纪》⁽²⁷⁾;《三年问》丧,写乎《荀子》之书⁽²⁸⁾:此纯粹之类也。若乃汤之问棘,云蚊睫有雷霆之声⁽²⁹⁾;惠施对梁王,云蜗角有伏尸之战⁽³⁰⁾；列子有移山跨海之谈⁽³¹⁾，淮南有倾天折地之说⁽³²⁾：此踳驳之类也。是以世疾诸子，混洞虚诞⁽³³⁾。按《归藏》之经，大明迂怪，乃称羿毙十日，姮娥奔月⁽³⁴⁾。殷易如兹⁽³⁵⁾，况诸子乎？至如商、韩，《六虱》《五蠹》，弃孝废仁，辕药之祸，非虚至也⁽³⁶⁾。公孙之白马孤犊，辞巧理拙，魏牟比之鸮鸟，非妄贬也⁽³⁷⁾。昔东平求诸子《史记》，而汉朝不与⁽³⁸⁾；盖以《史记》多兵谋，而诸子杂诡术也。然洽闻之士，宜撮纲要，览华而食实，弃邪而采正，极睇参差，亦学家之壮观也。

研夫孟、荀所述，理懿而辞雅⁽³⁹⁾；管、晏属篇，事核而言练⁽⁴⁰⁾。列御寇之书，气伟而采奇⁽⁴¹⁾；邹子之说，心奢而辞壮⁽⁴²⁾。墨翟、随巢，意显而语质⁽⁴³⁾；尸佼、尉缭，术通而文钝⁽⁴⁴⁾。鹖冠绵绵，亟发深言⁽⁴⁵⁾；鬼谷渺渺，每环奥义⁽⁴⁶⁾。情辨以泽，文子擅其能⁽⁴⁷⁾；辞约而精，尹文得其要⁽⁴⁸⁾。慎到析密理之巧⁽⁴⁹⁾，韩非著博喻之富⁽⁵⁰⁾，吕氏鉴远而体周⁽⁵¹⁾，淮南泛采而文丽⁽⁵²⁾。斯则得百氏之华采，而辞气之大略也⁽⁵³⁾。若夫陆贾《新语》⁽⁵⁴⁾，贾谊《新书》⁽⁵⁵⁾，扬雄《法言》⁽⁵⁶⁾，刘向《说苑》⁽⁵⁷⁾，王符《潜夫》⁽⁵⁸⁾，崔寔《政论》⁽⁵⁹⁾，仲长《昌言》⁽⁶⁰⁾，杜夷《幽求》⁽⁶¹⁾，或叙经典⁽⁶²⁾，或明政术，虽标论名，归乎诸子。何者？博明万事为子，适辨一理为论，彼皆蔓延杂说，故入诸子之流。夫自六国以前，去圣未远，故能越世高谈，自开户牖。两汉以后，体势浸弱，虽明乎坦途，而类多依采⁽⁶³⁾。此远近之渐变也。嗟夫，身与时舛，志共道申，标心于万古之上，而送怀于千载之下，金石靡矣，声其销乎。

赞曰：丈夫处世，怀宝挺秀⁽⁶⁴⁾。辩雕万物，智周宇宙⁽⁶⁵⁾。立德何隐，含道必授。条流殊述，若有区囿。

简析：

本篇论诸子著作，也涉及对我国历史上重要思想家及其著作的评价。刘勰虽主张征圣宗经，但偏重在文章写作方面，在学术思想上并不排斥诸子，虽然尊崇儒家，而对诸子学说亦给予了充分的肯定。本篇一开始就指出，诸子乃"入道见志"之作，虽不能立德、立功，仍属于"立言"范围。它特别提到周文王以鬻熊为师，孔子向老子请教问礼，说明"鬻惟文友，李实孔师"，最早的诸子本是杰出的圣贤，经、子只是流派的不同。他对战国时代百家争鸣的盛况给以很高的评价，精确地分析了有代表性的儒、道、墨、法、名、阴阳五行等各家学说的特点，尤其指出秦代"焚书坑儒"，但并不包括诸子，而至汉代则已有一百八十余家，十分繁荣。总括起来说，诸子实为辅助五经的羽翼枝条，其中有一类是纯粹阐述经典旨意的，而对另一类内容杂驳之作，虽从儒家正统观念出发，批评了他们的诡谲怪异之谈，但也认为可以"览华而食实，弃邪而采正"，选择其中有价值的部分。在论述有关子书的发展时，他认为战国的各家由于距离圣人时代不远，所以都能"越世高谈，自开户牖"，形成独立的学派，他对孟子、荀子、管子、晏子、墨子、邹子、韩非等的学说之内容和形式，都给予了正确的概括和高度的评价，说明对有成就、自成一家的学说，不分派别都给以充分的肯定。同时对秦汉之际《吕氏春秋》和《淮南子》这样包容各家集大成的著作，尤为赞赏，认为自战国至汉初的十八家体现了"得百氏之华采，而辞气之大略"的壮丽景观。而自汉武帝接受董仲舒建议罢黜百家，独尊儒术之后，子书的发展受到限制，而"体势浸弱，虽明乎坦途，而类多依采"，但是从陆贾《新书》一直到杜夷《幽求》，也还能"或叙经典，或明政术"，虽是"蔓延杂说"，仍可"入诸子之流"。他感叹诸子"身与时舛，志共道申，标心于万古之上，而送怀于千载之下，金石靡矣，声其销乎！"清楚表现了他对诸子学识理论的真心钦佩，和对他们怀才不遇、壮志不遂的深深同情。由此可以看出刘勰的《文心雕龙》虽然标榜征圣、宗经，但它的评价标准显然和以孔子的是非为是非的传统观念不一样，也不符合孔子排斥"异端"的思想，而是十分尊重学术探讨的科学性、客观性，从探求自然真理角度出发，非常实事求是的评价了诸子学说。

语译：

诸子的著作，都是阐述各自理论学说以展示壮志理想的书。古人说最重要的是树立崇高德行，其次是撰写著作创立学说。百姓群居生活，苦于纷杂世事不能显耀才华。君子处于当世，最怕名声功德不能为人所知。只有英俊卓越的才士，才能写出光彩辉耀的文章，使其姓名氏族飞黄腾达，名望似日月悬挂天空。过去黄帝的臣子风后、力牧、汤的丞相伊尹，都是这一类人物。他们的篇章叙述，是上古时代遗留的话语，而由战国时人记录下来的。及至鬻熊通晓治国之道，周文王向他咨询，流传下来的事迹文辞，后人记录编成《鬻子》。诸子之书即是由此开始的，没有比这更早的了。至老子善识礼制，而孔子去向老子请教，于是老子序次《道》《德》二经，为诸子百家之冠。然鬻熊只是周文王的朋友，而老子实为孔子的老师。圣人和贤才同处一个时代，经书和子书形成不同的流派。

到战国七雄注重武力征伐政策，贤才俊士风起云涌。孟子服膺儒学谦虚恭敬颇有礼仪，庄子阐述"道"术逍遥翱翔不受拘束，墨子施行节俭非乐之教，尹文考研名实相符之学，野老农家以地利耕种为治理国家关键，驺子以天道阴阳为养政富国要领，申子、商鞅以严刑峻法治理国家，鬼谷纵横以口舌辩说树立功勋，尸佼糅合融会各家杂说，青史子详细缀述街谈巷语，顺流附枝的类似子书，则不可胜数矣，都以高谈阔论来驰骋其学说方术，满足其爵禄需求而得到无数光荣声誉。及至残暴的秦始皇燃起焚书烈焰，势如昆仑大火玉石俱焚，但这场燎原烟火，并未涉及诸子。到汉成帝留意搜求古籍，令刘向整理校勘图书，其子刘歆继承父业编成芬芳茂盛的《七略》，九流百家之书得以荟萃聚集，直到全部编辑完成，共有一百八十余家。直至魏晋时期，子书作者层见叠出，逸闻轶事兼收并存，街谈巷语必定记录，对这些子书分类聚集整理，亦可塞满箱笼而车不胜载矣。

文辞虽然累积繁多，而其基本学说容易概括，阐述治国为政道理，可以作为五经辅助。其内容纯粹的可以纳入正规领域，而驳杂错乱的则越出了雅正范围。《礼记》的《月令》篇,采自《吕氏春秋·十二月纪》;《礼记》的《三年问》,取自《荀子·礼论》后半部分:这都是属于内容真实纯粹的一类。至于商汤问贤人棘(《列子》云"夏革"),棘回答说蚊子睫毛上的小虫焦螟飞动(黄帝和容成子)听若雷霆之声;惠施所推荐戴晋人对梁王说,蜗牛两个触角上的两个国家发生战争遗尸数万;《列子·汤问》记载有愚公移山和龙伯国大人一步跨海的故事,《淮南子·天文训》说共工怒触不周山使擎天柱子和系地绳子折断以至天倾斜地陷落:这就是子书中怪奇不实的杂驳一类。为此世人疾恶讨厌诸子,认为颇多混乱杂驳虚妄荒诞之说。不过殷代的易经《归藏》,也记载了日月诡异之事,曾说后羿射下十个太阳,嫦娥服下西王母不死之药后奔向月球成为月神,殷代易经都如此说,何况诸子之书?至于商鞅、韩非所说危害君国的《六虱》《五蠹》,屏弃孝悌废除仁义,以至遭遇车裂(商鞅)、药死(韩非)之祸,并不是没有原因的。公孙龙子说白马非马,孤犊未尝有母,文辞巧妙而道理拙劣。魏牟把他比喻为猫头鹰的丑恶鸣叫,并非随意妄贬。以前东平王刘宇上书求取诸子和《史记》之书,而汉成帝不肯给予,是因为《史记》多战争谋略,而诸子掺杂诡辩不正之术。然而闻见广博之士,宜抓住诸子学说的纲要关键,从华美的形式中掌握其实质内容,抛弃邪曲部分而汲取其正确部分。极力注视诸子学说各自的不同差别,这才是学界之壮观呀。

　　研阅孟子、荀子阐述的著作,义理美懿而文辞雅正;管子、晏子撰写的篇章,纪事真实而语言精练。列御寇的书籍,气势雄伟而辞采奇诡;邹子的学说,心意夸张而文辞宏壮。墨翟、随巢,含意显露而语辞质朴;尸佼、尉缭,权术精通而文辞钝拙。鹖冠细密,屡屡发出深刻言论;鬼谷深远,每每展现回环深意。情理辨析富有光泽,是文子最为擅长;文辞简约精准确切,是尹文子得其要领。慎到分析法理绵密巧妙,韩非运用比喻广博丰硕,《吕氏春秋》识鉴深远而体制周全,《淮南鸿烈》采掇广泛而文辞绚丽。以上十八家皆深得诸子百家学术之精华藻采,而具备文辞气力之大概。至于陆贾的《新语》,贾谊的《新书》,扬雄的《法言》,刘向的《说苑》,王符的《潜夫论》,崔寔的《政论》,仲长统的《昌言》,杜夷的《幽求》,或者叙释经典至理,或者阐明治政方术,虽然标题以"论"为名,仍然归入诸子。为什么呢?因为知识广博阐明事理的称为"子",专门辨明一个道理的称为"论",而上述各家都是蔓延众说内容复杂的著作,故归入诸子一类。在战国以前的时代,因离圣人之世还不很远,故能超越当世高谈阔论,各自建立门户提出独立学说;自两汉以后,内容体势渐趋懦弱,虽然明白大道广阔,但是大都依附采掇主流学说,这就是古今学术之变迁。可叹!诸子各家自身虽往往与时代潮流相乖违,然而其志向抱负却随着其学说道理而得以伸展。标举心志于万古之上,寄托情怀于千载之下,金石之坚亦因岁月久远而销蚀,诸子的名声岂会因时代遥远而消亡呢?

总论:君子丈夫身处当世,怀抱美德才干俊秀。弘辩如流雕饰万物,智谋深远遍及宇宙。高尚德行何须隐藏?精湛道术自当传后。建立学说形成流派,自成一家各有苑囿。

注订:

(1)王利器《文心雕龙校证》:"《玉海》五三'入'作'述'。""入道见志",是说明诸子之书都是有价值的,皆为通过阐述其学说,以呈现自己的政治道德志向。

(2)《左传》襄公二十四年:"太上有立德,其次有立功,其次有立言。虽久不废,此之谓不朽。"孔颖达《正义》:"太上,谓人之最上者,上圣之人也。其次,次圣者,谓大贤之人也。其次,又次大贤者也。立德,谓创制垂法,博施济众,……立功,谓拯厄除难,功济于时,……立言,谓言得其要,理足可传。"孔颖达认为伏羲、神农、黄帝、尧、舜、禹、汤、文、武、周公、孔子等,可谓立德。大禹、后稷等可谓立功。而史佚、周任、臧文仲等则为立言者。后来的老、庄、荀、孟、管、晏、杨、墨、孙、吴之徒,制作子书,以及屈原、宋玉、贾谊、扬雄、司马迁、班固等,则皆是立言者也。故立言在"三不朽"中为最次。

(3)《论语·卫灵公》:"子曰:君子疾没世而名不称焉。"

（4）"特达"，谓超出众人之上。杨明照《增订文心雕龙校注》："按'曜'当作'耀'。"参见《原道》篇注(31)。

（5）《汉书·艺文志》："《风后》十三篇。图二卷。黄帝臣，依托也。《力牧》十五篇。黄帝臣，依托也。"属阴阳家。"《风后孤虚》二十卷"，属五行家。又，"《力牧》二十二篇。六国时所作，托之力牧。力牧，黄帝相"，属道家。"《伊尹》五十一篇。汤相"，属道家。"《伊尹说》二十七篇。其语浅薄，似依托也"，属小说家。刘勰认为这些也都是属于立言之流。

（6）"战代"，黄叔琳本作"战伐"，误。元、明各本均作"战代"。杨明照《增订文心雕龙校注》："郝懿行云：'按"伐"疑"代"之讹。盖《风后》《力牧》皆六国人依托也。'"

（7）"鬻熊"，芈姓，名熊，又称鬻熊子、鬻子。是楚国的祖先，商末投奔周文王，为周文王火师。《汉书·艺文志》："《鬻子》二十二篇。名熊，为周师，自文王以下问焉，周封为楚祖。"属道家。"《鬻子说》十九篇。后世所加"，属小说家。黄叔琳《文心雕龙辑注》引宋高似孙《子略》："鬻子年九十见文王，王曰：老矣。鬻子曰：使臣捕兽逐麋已老矣，使臣坐策国事尚少也。文王师焉。著书二十二篇，名曰《鬻子》。"

（8）"自"，纪昀评《文心雕龙》："'自'当作'之'。"范注谓"子自"，当作"子目"。杨明照《增订文心雕龙校注》："《玉海》《汉书艺文志考证》六引并作'诸子肇始，莫先于斯'。"张立斋《文心雕龙注订》："'子自'二字不误，纪说及诸本皆以意为之改订；言自者，明其所从来也。其肇始之由，莫先于《鬻子》也。"此谓子书之起始，实由《鬻子》导源，后代子书出现都受其影响。

（9）"伯阳"，老子字，唐代张守节《史记正义》："《朱韬玉札》及《神仙传》云：'老子，楚国苦县濑乡曲仁里人。姓李，名耳，字伯阳，一名重耳，外字聃。'"《史记·老子韩非列传》："老子者，……周守藏室之史也。孔子适周，将问礼于老子。老子曰：'子所言者，其人与骨皆已朽矣，独其言在耳。且君子得其时则驾，不得其时则蓬累而行。吾闻之，良贾深藏若虚，君子盛德，容貌若愚。去子之骄气与多欲，态色与淫志,是皆无益于子之身。吾所以告子,若是而已。'孔子去,谓弟子曰:'鸟,吾知其能飞;鱼,吾知其能游;兽,吾知其能走。走者可以为罔,游者可以为纶,飞者可以为矰。至于龙,吾不能知,其乘风云而上天。吾今日见老子,其犹龙邪!'老子修道德,其学以自隐无名为务。居周久之,见周之衰,乃遂去。至关,关令尹喜曰:'子将隐矣,强为我著书。'于是老子乃著书上下篇,言道德之意五千余言而去,莫知其所终。"杨明照《增订文心雕龙校注》:"按《吕氏春秋·当染》篇:'孔子学于老聃。'《韩诗外传》五:'仲尼学乎老聃。'《白虎通·辟雍》篇:'孔子师老聃。'《潜夫论·赞学》篇:'孔子师老聃。'《后汉书·孔融传》:'先君孔子与君先人李老君,同德比义,而相师友。'章怀注:'《家语》(按见《观周》篇)曰:"孔子谓南宫敬叔曰:'吾闻老聃博古而达今,通礼乐之源,明道德之归,即吾之师也,今将往矣。'遂至周,问礼于老聃焉。"'据此,舍人之说,实有所本也。"

(10)刘勰谓虽然《鬻子》是子书起源,但老子《道德经》实为春秋战国诸子百家中最早的子书,故列为百家之首。

(11)"七国",指战国七雄。"力政",迷信武力的政策。《汉书·艺文志》:"诸子十家,其可观者九家而已。皆起于王道既微,诸侯力政,时君世主,好恶殊方,是以九家之术蠭出并作,各引一端,崇其所善,以此驰说,取合诸侯。"《汉书·游侠传》:"周室既微,礼乐征伐自诸侯出。桓文之后,大夫世权,陪臣执命。陵夷至于战国,合从连衡,力政争强。"颜师古注:"力政者,弃背礼义,专任威力也。""蠭",同蜂。

(12)《史记·孟子荀卿列传》:"孟轲,驺人也。受业子思之门人。道既通,游事齐宣王,宣王不能用。适梁,梁惠王不果所言,则见以为迂远而阔于事情。当是之时,秦用商君,富国强兵;楚、魏用吴起,战胜弱敌;齐威王、宣王用孙子、田忌之徒,而诸侯东面朝齐。天下方务于合从连衡,以攻伐为贤,而孟轲乃述唐、虞、三代之德,是以所如者不合。退而与万章之徒序《诗》《书》,述仲尼之意,作《孟子》七篇。""膺儒"服膺儒术谦恭谨慎。"磬折",如磬之折角,比喻鞠躬有礼。《礼记·曲礼下》:"立则磬折垂佩。"孔颖达《正义》曰:"臣则身宜偻折如磬之背,故云磬折也。"

(13)《史记·老子韩非列传》:"庄子者,蒙人也,名周。周尝为蒙漆园吏,与梁惠王、齐宣王同时。其学无所不窥,然其要本归于老子之言。故其著书十余万言,大抵率寓言也。作《渔父》《盗跖》《胠箧》,以诋訿孔子之徒,以明老子之术。畏累虚(老子弟子畏累)、亢桑子(庚桑)之属,皆空语无事实。然善属书离辞(分析辞句),指事类情,用剽剥儒、墨,虽当世宿学不能自解免也。其言洸洋自恣以适己,故自王公大人不能器之。"

(14)《史记·孟子荀卿列传》:"盖墨翟,宋之大夫,善守御,为节用。或曰并孔子时,或曰在其后。"《汉书·艺文志》:"《墨子》七十一篇。名翟,为宋大夫,在孔子后。""墨家者流,盖出于清庙之守。茅屋采椽,是以贵俭;养三老五更,是以兼爱;选士大射,是以上贤;宗祀严父,是以右鬼;顺四时而行,是以非命;以孝视天下,是以上同:此其所长也。及蔽者为之,见俭之利,因以非礼,推兼爱之意,而不知别亲疏。""俭确",节俭硗薄。《玉篇》:"确,硗确。"谓墨子节用非乐之教。

(15)《汉书·艺文志》:"《尹文子》一篇,说齐宣王,先公孙龙。"颜师古注:"刘向云与宋钘俱游稷下。"《尹文子·大道》:"有形者必有名,有名者未必有形。形而不名,未必失其方圆白黑之实,名而不可不寻名,以检其差。故亦有名以检形,形以定名。名以定事,事以检名。察其所以然,则形名之与事务,无所隐其理矣。"

(16)《汉书·艺文志》:"《野老》十七篇。六国时,在齐、楚间。"颜师古注:"应劭曰:'年老居田野,相民耕种,故号野老。'""治国于地利",言农家相民耕种,以地利裕民为治国之道。

(17)"驺子",即邹子,齐有三邹子:邹忌、邹衍、邹奭。《汉书·艺文志》:"《邹子》四十九篇。名衍,齐人,为燕昭王师,居稷下,号谈天衍。""《邹子终始》五十六篇。"颜师古注:"亦邹衍所说。""《邹奭子》十二篇。齐人,号曰雕龙奭。"邹子属阴阳五行家,以天道阴阳、五德终始论国政。

(18)《汉书·艺文志》:"《申子》六篇。名不害,京人,相韩昭侯,终其身诸侯不敢侵韩。""《商君》二十九篇。名鞅,姬姓,卫后也,相秦孝公,有列传。"《史记·老子韩非列传》:"申不害者,京人也,故郑之贱臣。学术以干韩昭侯,昭侯用为相。内修政教,外应诸侯,十五年。终申子之身,国治兵强,无侵韩者。申子之学本于黄老而主刑名。著书二篇,号曰《申子》。"裴骃《集解》:"刘向《别录》曰:'今民间所有上下二篇,中书六篇,皆合二篇,已备,过太史公所记。'"《史记·商君列传》:"商君者,卫之诸庶孽公子也,名鞅,姓公孙氏,其祖本姬姓也。鞅少好刑名之学,事魏相公叔座为中庶子。……(秦孝公)以卫鞅为左庶长,卒定变法之令。令民为什伍,而相牧司连坐。不告奸者腰斩,告奸者与斩敌首同赏,匿奸者与降敌同罚。民有二男以上不分异者,倍其赋。有军功者,各以率受上爵;为私斗者,各以轻重被刑大小。僇力本业,耕织致粟帛多者复其身。事末利及怠而贫者,举以为收孥。宗室非有军功论,不得为属籍。明尊卑爵秩等级,各以差次名田宅,臣妾衣服以家次。有功者显荣,无功者虽富无所芬华。"《申子》《商君》属法家,"刀锯以制理",刀锯,兵器,喻以严刑峻法治国。

(19)《隋书·经籍志》:"《鬼谷子》三卷,皇甫谧注。鬼谷子,周世隐于鬼谷。"又,"《鬼谷子》三卷,乐壹注",属纵横家。《玉海》引《中兴书目》曰:"周时高士,无乡里族姓名字,以其所隐,自号鬼谷先生。苏秦、张仪事之,授以《捭阖》下至《符言》等十有二篇,及《转丸》《本经》《持枢》《中经》等篇。"

(20)《汉书·艺文志》:"《尸子》二十篇。名佼,鲁人,秦相商君师之。鞅死,佼逃入蜀。"《后汉书·宦者传》章怀太子注:"尸子,晋人也,名佼,秦相卫鞅客也。鞅谋计,未尝不与佼规也。商君被刑,恐并诛,乃亡逃入蜀,作书二十篇,十九篇陈道德仁义之纪,一篇言九州险阻,水泉所起也。""兼总于杂述",谓尸佼之书间杂儒、墨、名、法诸家而综合言之。其书宋时已亡佚。

(21)《汉书·艺文志》:"《青史子》五十七篇。古史官记事也。"属小说家。又,"小说家者流,盖出于稗官。街谈巷语,道听途说者之所造也。孔子曰:'虽小道,必有可观者焉,致远恐泥,是以君子弗为也。'

然亦弗灭也。闾里小知者之所及,亦使缀而不忘。如或一言可采,此亦刍荛狂夫之议也"。"飞辩以驰术",孔融《荐祢衡表》:"飞辩骋辞。"

(22)《史记·秦始皇本纪》:"三十四年……丞相李斯曰:'……臣请史官非秦记皆烧之。非博士官所职,天下敢有藏《诗》《书》、百家语者,悉诣守、尉杂烧之。有敢偶语《诗》《书》者弃市。以古非今者族。吏见知不举者与同罪。令下三十日不烧,黥为城旦。'""昆冈",昆仑山,为神仙之山多玉石。《尚书·胤征》:"火炎昆冈,玉石俱焚。"火势波及昆仑仙山良窳皆毁。王充《论衡·书解》篇:"秦虽无道,不燔诸子,诸子尺书,文篇具在。"

(23)《汉书·艺文志》:"昔仲尼没而微言绝,七十子丧而大义乖。故《春秋》分为五,《诗》分为四,《易》有数家之传。战国从衡,真伪分争,诸子之言纷然殽乱。至秦患之,乃燔灭文章,以愚黔首。汉兴,改秦之败,大收篇籍,广开献书之路。迄孝武世,书缺简脱,礼坏乐崩,圣上喟然而称曰:'朕甚闵焉!'于是建藏书之策,置写书之官,下及诸子传说,皆充秘府。至成帝时,以书颇散亡,使谒者陈农求遗书于天下。诏光禄大夫刘向校经传诸子诗赋,步兵校尉任宏校兵书,太史令尹咸校数术,侍医李柱国校方技。每一书已,向辄条其篇目,撮其指意,录而奏之。会向卒,哀帝复使向子侍中奉车都尉歆卒父业。歆于是总群书而奏其《七略》,故有《辑略》,有《六艺略》,有《诸子略》,有《诗赋略》,有《兵书略》,有《术数略》,有《方技略》。今删其要,以备篇籍。""九流鳞萃"原作"流鳞萃止",此据梅庆生本改,黄叔琳本同梅本。"鳞萃",谓聚集也。"杀青",完成。《后汉书·吴裕传》:"恢(佑父)欲杀青简以写经书。"李贤注:"以火炙简令汗,取其青易书,复不蠹,谓之杀青。亦谓汗简。"此言九流百家之书得以荟萃聚集,至编辑完成,共有一百八十余家。《汉书·艺文志》:"凡诸子百八十九家,四千三百二十四篇。"

(24)"照轸",照耀车子,此谓子书之充盈。"轸",车后横木,喻车。释僧祐《出三藏记集·杂录序》:"书序之繁,充车而被轸矣。"

(25)元本无"辞"字,明本均有。"枝条",羽翼。

(26)其内容纯粹、符合经典的,可以纳入经学范围;而驳杂错乱的,则越出经典规范。"踳驳",驳杂。

(27)《礼记·月令》孔颖达《正义》:"按郑《目录》云:'名曰《月令》者,以其记十二月政之所行也。本《吕氏春秋·十二月纪》之首章也,以礼家好事抄合之,后人因题之曰《礼记》,言周公所作,其中官名时事多不合周法。此于《别录》属《明堂阴阳记》。'"

(28)黄叔琳《文心雕龙注》:"《荀子·礼论》前半,褚先生补《史记·礼书》采入;其后半皆言丧礼,三年之丧一段,与《礼记·三年问》同文。"《吕氏春秋》《荀子》皆为子书,而《礼记·月令》及《礼记·三年问》均为儒家经典,故为子书中纯粹之类。

(29)《庄子·逍遥游》:"汤之问棘也是已。"《庄子集释》:"棘者,汤时贤人,亦云汤之博士。《列子》谓之夏革,革棘声类,盖字之误也。而棘既是贤人,汤师事之,故汤问于棘,询其至道,云物性不同,各有素分,循而直往,因而任之。殷汤请益,深有玄趣,庄子许其所问,故云是已。"《列子·汤问》载:"殷汤问于夏革曰:'古初有物乎?'夏革曰:'古初无物,今恶得物?后之人将谓今之无物,可乎?'殷汤曰:'然则物无先后乎?'夏革曰:'物之终始,初无极已。始或为终,终或为始,恶知其纪?然自物之外,自事之先,朕所不知也。'……汤又问:'物有巨细乎?有修短乎?有同异乎?'革曰:'……江浦之间生幺虫,其名曰焦螟,群飞而集于蚊睫,弗相触也。栖宿去来,蚊弗觉也。离朱、子羽方昼拭眦,扬眉而望之,弗见其形;虙俞、师旷方夜擿耳,俯首而听之,弗闻其声。唯黄帝与容成子居空峒之上,同斋三月,心死形废;徐以神视,块然见之,若嵩山之阿;徐以气听,砰然闻之,若雷霆之声。'"

(30)《庄子·则阳》记载:"君曰:'然则若何?'曰:'君求其道而已矣!'惠子闻之而见戴晋人,戴晋人曰:'有所谓蜗者,君知之乎?'曰:'然。''有国于蜗之左角者曰触氏,有国于蜗之右角者曰蛮氏,时相与争地而战,伏尸数万,逐北旬有五日而后返。'"成玄英疏:"戴晋人,梁之贤者也。姓戴,字晋人。惠施闻华子之清言,犹恐魏王之未悟,故引戴晋,庶解所疑。""惠施",即惠子。见,推荐。按:此乃戴晋人对梁惠王言,非惠施言。但系惠子推荐,故言"惠施对梁王"。

(31)《列子·汤问》:"太形、王屋二山,方七百里,同万仞。本在冀州之南,河阳之北。北山愚公者,年且九十,面山而居。惩山北之塞,出入之迂也。聚室而谋曰:'吾与汝毕力平险,指通豫南,达于汉阴,可乎?'杂然相许。其妻献疑曰:'以君之力,曾不能损魁父之丘,如太形、王屋何?且焉置土石?'杂曰:'投诸渤海之尾,隐土之北。'遂率子孙荷担者三夫,叩石垦壤,箕畚运于渤海之尾。""八纮九野之水,天汉之流,莫不注之,而无增无减焉。其中有五山焉:一曰岱舆,二曰员峤,三曰方壶,四曰瀛洲,五曰蓬莱。其山高下周旋三万里,其顶平处九千里。山之中间相去七万里,以为邻居焉。……而龙伯之国,有大人,举足不盈数步而暨五山之所,一钓而连六鳌,合负而趣,归其国,灼其骨以数焉。"

(32)《淮南子·天文训》:"日月之淫为精者为星辰。天受日月星辰,地受水潦尘埃。昔者共工与颛顼争为帝,怒而触不周之山,天柱折,地维绝。天倾西北,故日月星辰移焉;地不满东南,故水潦尘埃归焉。"王充《论衡·对作》篇:"《淮南》书言共工与颛顼争为天下,不胜,怒而触不周之山,使天柱折,地维绝。"

(33)"子",元、明各本无,何焯校谓:"'诸'下疑脱'子'字。"王惟俭本"诸"下有空格。范文澜《文心雕龙注》:"'诸'下脱一'子'字。"杨明照《增订文心雕龙校注》:"'混洞虚诞'四字平列,而各明一义。'混'谓其杂,'洞'谓其空,'虚'谓其不实,'诞'谓其不经,皆就踳驳方面言。"黄叔琳改"洞"为"同",非。"混洞",即混沌之意。

(34)《连山》《归藏》均为《周易》之前身。《周礼·春官宗伯·太卜》:"掌三易之法,一曰《连山》,二曰《归藏》,三曰《周易》。"郑玄注云:"易者,揲蓍变易之数,可占者也。名曰连山,似山出内云气也。归藏者,万物莫不归而藏于其中。杜子春云:'《连山》,宓戏。《归藏》,黄帝。'"孔颖达《周易正义》卷首《论三代〈易〉名》:"郑玄《易赞》及《易论》云:'夏曰《连山》,殷曰《归藏》,周曰《周易》。'""大明",谓日月也。《管子·内业》:"鉴于大清,视于大明。"房玄龄注:大清:"道也。"大明:"日月也。"严可均《全上古三代文》卷十五辑《归藏》文:"昔者羿善射,彈十日,果毕之。"彈,射也。毕,毙也。按:本书《辨骚》篇"夷羿彈日",唐写本"彈"作"毙"。《全上古三代文·归藏》:"昔常娥以西王母不死之药,服之,遂奔月,为月精。""羿请不死之药于西王母,姮娥窃之以奔月。""毙",黄叔琳本作"弊",误。

(35)王利器《文心雕龙校证》:"'易'原作'汤',黄叔琳云:疑作'易'。"范文澜《文心雕龙注》:"《归藏》为殷代之《易》,'殷汤'当作'殷易'。"

(36)《史记·商君列传》:"商君者,卫之诸庶孽公子也,名鞅,姓公孙氏,其祖本姬姓也。鞅少好刑名之学,事魏相公叔座为中庶子。……商君相秦十年,宗室贵戚多怨望者。……后五月而秦孝公卒,太子立。公子虔之徒告商君欲反,发吏捕商君。商君亡至关下,欲舍客舍。客人不知其是商君也,曰:'商君之法,舍人无验者坐之。'商君喟然叹曰:'嗟乎,为法之敝一至此哉!'去之魏。魏人怨其欺公子卬而破魏师,弗受。商君欲之他国。魏人曰:'商君,秦之贼。秦强而贼入魏,弗归,不可。'遂内秦。商君既复入秦,走商邑,与其徒属发邑兵北出击郑。秦发兵攻商君,杀之于郑黾池。秦惠王车裂商君以徇,曰:'莫如商鞅反者!'遂灭商君之家。"《商君书·去疆》:"农商官三者,国之常官也。三官者生,虱官者六:曰岁,曰食,曰玩,曰好,曰志,曰行。"蒋礼鸿注引俞越说:"盖岁也,食也,农之虱也;玩也,好也,商之虱也;志也,行也,官之虱也。"《商君书·靳令》:"六虱:曰礼乐,曰诗书,曰修善,曰孝悌,曰诚信,曰贞廉,曰仁义,曰非兵,曰羞战。国有十二者,上无使农战,必贫至削。十二者成群,此谓君之治不胜其臣,官之治不胜其民,此谓六虱,胜其政也。"高亨《商君书译注》:认为《靳令》原文应为:"六虱:曰礼乐;曰诗书;曰修善孝弟;曰诚信贞廉;曰仁义;曰非兵羞战。"谓:"今本衍三个'曰'字,共有六项,所以称为六虱,每项又包括两小项,所以下文称'十二者'。"《史记·老子韩非列传》:"韩非者,韩之诸公子也。喜刑名法术之学,而其归本于黄老。非为人口吃,不能道说,而善著书。与李斯俱事荀卿,斯自以为不如非。非见韩之削弱,数以书谏韩王,韩王不能用。于是韩非疾治国不务修明其法制,执势以御其臣下,富国强兵而以求人任贤,反举浮淫之蠹而加之于功实之上。以为儒者用文乱法,而侠者以武犯禁。宽则宠名誉之人,急则用介胄之士。今者所养非所用,所用非所养。悲廉直不容于邪枉之臣,观往者得失之变,故作《孤愤》《五蠹》《内外储》《说林》《说难》十余万言。……人或传其书至秦。秦王见《孤愤》《五蠹》之书,曰:'嗟乎,寡人得见此人与之游,死不恨矣!'李斯曰:'此韩非之所著书也。'秦因急攻韩。韩王始不用非,及急,乃遣非使秦。秦王悦之,未信用。李斯、姚贾害之,毁之曰:'韩非,韩之诸公子也。今王欲并诸侯,非终为韩不为秦,此人之情也。今王不用,久留而归之,此自遗患也,不如以过法诛之。'秦王以为然,下吏治非。李斯使人遗非药,使自杀。韩非欲自陈,不得见。秦王后悔之,使人赦之,非已死矣。"《韩非子·五蠹》:"是故乱国之俗,其学者则称先王之道,以籍仁义,盛容服而饰辩说,以疑当世之法而贰人主之心。其言古者,为设诈称,借于外力,以成其私而遗社稷之利。其带剑者,聚徒属,立节操,以显其名而犯五官之禁。其患御者,积于私门,尽货赂而用重人之谒,退汗马之劳。其商工之民,修治苦窳之器,聚弗靡之财,蓄积待时而侔农夫之利。此五者,邦之蠹也。人主不除此五蠹之民,不养耿介之士,则海内虽有破亡之国,削灭之朝,亦勿怪矣。"商鞅之"六虱"、韩非之"五蠹",都是针对儒家仁义礼乐而发,故刘勰说他们"弃孝废仁"。"辕",《左传》桓公十八年:"齐人杀子亹,而辕高渠弥。"杜预注:"车裂曰辕。"

(37)《史记·仲尼弟子列传》:"公孙龙字子石。少孔子五十三岁。""子张、子石请行,孔子弗许。"司马贞《索隐》谓子石,公孙龙也。《汉书·艺文志》:"《公孙龙子》十四篇。赵人。"属名家。《史记·孟子荀卿列传》:"而赵亦有公孙龙为坚白同异之辩。"《列子·仲尼》:"中山公子牟者,魏国之贤公子也。好与贤人游,不恤国事,而悦赵人公孙龙。……龙诳魏王曰:'有意不心,有指不至,有物不尽,有影不移,发引千钧。白马非马,孤犊未尝有母。'""孤犊",无母的小牛。

"鹠鸟",黄叔琳《文心雕龙辑注》:"按《列子》所述,魏公子牟正深悦公孙龙之辨,所谓'承其余窍者也'。《庄子·秋水》篇则异是。龙问牟:'吾自以为至达已,今闻庄子之言,无所开吾喙,何也?'公子牟有埳井之蛙谓东海之鳖之喻。是'鹠鸟'当作'井蛙'矣。"杨明照《增订文心雕龙校注》:"按'井蛙'与'鹠鸟'之形音不近,恐难致误。以其字形推之,疑'鸟'当作'鸣',写者偶脱其口旁耳。……彼仲连之讥田巴,儗以枭鸣,则魏牟之比公孙,或亦乃尔。盖皆厌其詹詹多言,不切实用,而方以鸮鸣之可恶也。"按:《史记·鲁仲连邹阳列传》张守节《正义》引《鲁仲连子》云:"齐辩士田巴,服狙丘,议稷下,毁五帝,罪三王,服五伯,离坚白,合同异,一日服千人。有徐劫者,其弟子曰鲁仲连,年十二,号'千里驹',往请田巴曰:'臣闻堂上不奋,郊草不芸,白刃交前,不救流矢,急不暇缓也。今楚军南阳,赵伐高唐,燕人十万,聊城不去,国亡在旦夕,先生奈之何?若不能者,先生之言有似枭鸣,出城而人恶之,愿先生勿复言。'田巴曰:'谨闻命矣。'巴谓徐劫曰:'先生乃飞兔也,岂直千里驹!'巴终身不谈。"枭鸣,即鸮鸣,乃鲁仲连讥田巴之喻。

(38)《汉书·宣元六王传》:"东平思王宇,甘露二年立。元帝即位,就国。……后年来朝,上疏求诸子及《太史公书》,上以问大将军王凤,对曰:'臣闻诸侯朝聘,考文章,正法度,非礼不言。今东平王幸得来朝,不思制节谨度,以防危失,而求诸书,非朝聘之义也。诸子书或反经术,非圣人,或明鬼神,信物怪;《太史公书》有战国从横权谲之谋,汉兴之初谋臣奇策,天官灾异,地形厄塞:皆不宜在诸侯王。不可予。'"

(39)《史记·孟子荀卿列传》:"孟轲,驺人也。受业子思之门人。道既通,游事齐宣王,宣王不能用。适梁,梁惠王不果所言,则见以为迂远而阔于事情。当是之时,秦用商君,富国强兵;楚、魏用吴起,战胜弱敌;齐威王、宣王用孙子、田忌之徒,而诸侯东面朝齐。天下方务于合从连衡,以攻伐为贤,而孟轲乃述唐、虞、三代之德,是以所如者不合。退而与万章之徒序《诗》《书》,述仲尼之意,作《孟子》七篇。""荀卿,赵人。年五十始来游学于齐。……田骈之属皆已死。齐襄王时,而荀卿最为老师。齐尚修列大夫之缺,而荀卿三为祭酒焉。齐人或谗荀卿,荀卿乃适楚,而春申君以为兰陵令。春申君死而荀卿废,因家兰陵。李斯尝为弟子,已而相秦。荀卿嫉浊世之政,亡国乱君相属,不遂大道而营于巫祝,信禨祥,鄙儒小拘,如庄周等又猾稽乱俗,于是推儒、墨、道德之行事兴坏,序列著数万言而卒。因葬兰陵。""理懿而辞雅",谓其著作阐述仁义礼乐,义理丰硕美懿,文辞庄重雅正。

(40)《史记·管晏列传》:"管仲夷吾者,颍上人也。少时常与鲍叔牙游,鲍叔知其贤。管仲贫困,常欺鲍叔,鲍叔终善遇之,不以为言。已而鲍叔事齐公子小白,管仲事公子纠。及小白立,为桓公,公子纠死,管仲囚焉。鲍叔遂进管仲。管仲既用,任政于齐,齐桓公以霸,九合诸侯,一匡天下,管仲之谋也。……管仲既任政齐相。……其为政也,善因祸而为福,转败而为功。贵轻重,慎权衡。桓公实怒少姬,南袭蔡,管仲因而伐楚,责包茅不入贡于周室。桓公实北征山戎,而管仲因而令燕修召公之政。于柯之会,桓公欲背曹沫之约,管仲因而信之,诸侯由是归齐。故曰:'知与之为取,政之宝也。'管仲富拟于公室,有三归、反坫,齐人不以为侈。管仲卒,齐国遵其政,常强于诸侯。"《汉书·艺文志》:"《筦子》八十六篇。名夷吾,相齐桓公,九合诸侯,不以兵车也,有列传。"颜师古注:"筦读与管同。"今本《管子》存七十六篇,为刘向所集。《史记·管晏列传》:"晏平仲婴者,莱之夷维人也。事齐灵公、庄公、景公,以节俭力行重于齐。既相齐,食不重肉,妾不衣帛。其在朝,君语及之,即危言;语不及之,即危行。国有道,即顺命;无道,即衡命。以此三世显名于诸侯。"《汉书·艺文志》:"《晏子》八篇。名婴,谥平仲,相齐景公,孔子称善与人交,有列传。""事核而言练",纪事正确核实,文辞熟练精确。

(41)《汉书·艺文志》:"《列子》八篇。名圄寇,先庄子,庄子称之。"范文澜《文心雕龙注》:"《汉志》道家:《列子》八篇。今本出晋张湛,疑即湛所伪造也。张湛《列子序》云:'往往与佛经相参。'盖湛时佛学已入中国,故得窃取其意。又云:'特与《庄子》相似。'盖《庄子》

书中多称列御寇,故取材《庄子》特多。又《周穆王》篇非汲冢书发见后不能造,尤为湛伪造之证(《穆天子传》晋初出于汲冢)。《列子》放诞恢诡,故彦和云:'气伟而采奇。'"

(42)见本篇注(17)。《史记·孟子荀卿列传》:"驺衍之术迂大而闳辩;奭也文具难施;淳于髡久与处,时有得善言。故齐人颂曰:'谈天衍,雕龙奭,炙毂过髡。'""心奢而辞壮",心思奢侈夸张,文辞汪洋恣肆。

(43)《史记·孟子荀卿列传》:"盖墨翟,宋之大夫,善守御,为节用。或曰并孔子时,或曰在其后。"《汉书·艺文志》:"《墨子》七十一篇。"《史记·太史公自序》:"墨者俭而难遵,是以其事不可遍循;然其强本节用,不可废也。"《汉书·艺文志》:"《随巢子》六篇。墨翟弟子。"《隋志》《唐志》皆为一篇。《韩非子·外储说左上》:"楚王谓田鸠曰:《墨子》者,显学也。其体身则可,其言多不辩,何也？曰:今世之谈也,皆道辩说文辞之言,人主览其文而忘其用。《墨子》之说,传先王之道,论圣人之言,以宣告人。若辩其辞,则恐人怀其文,忘其用,直以文害用也,故其言多不辩。""意显而语质",意思浅显直露而文辞质朴无文。

(44)《汉书·艺文志》:"《尸子》二十篇。名佼,鲁人,秦相商君师之。鞅死,佼逃入蜀。""《尉缭》二十九篇。六国时。"均属杂家。"杂家者流,盖出于议官。兼儒、墨,合名、法,知国体之有此,见王治之无不贯,此其所长也。及荡者为之,则漫羡而无所归心。""《尉缭》三十一篇。"属兵形势家。范文澜《文心雕龙注》:"《汉志》兵形势家有《尉缭》三十一篇。今所传《尉缭子》五卷,二十四篇。胡应麟谓兵家之《尉缭》,即今所传,而杂家之《尉缭》,并非此书;今杂家亡而兵家独传。案胡氏之说是也。"

(45)《汉书·艺文志》:"《鹖冠子》一篇。楚人,居深山,以鹖为冠。"颜师古注:"以鹖鸟羽为冠。"应劭《风俗通义》佚文:"鹖冠氏,楚贤人,以鹖为冠,因氏焉。鹖冠子著书。"韩愈《读鹖冠子》:"《鹖冠子》十又九篇,其词杂黄老刑名。其《博选》篇,'四稽'(马通伯《韩昌黎文集校注》:《博选》篇云:"道有四稽:一曰天,二曰地,三曰人,四曰命"),'五至'(同上注:人有五至:一曰百己,二曰什己,三曰若己,四曰斯役,五曰徒隶)之说当矣。使其人遇时,援其道而施于国家,功德岂少哉!""渺渺",梅庆生本、黄叔琳本作"眇眇",此据元本、弘治本、王惟俭本。"亟发深言",当即韩愈所言。

(46)《隋书·经籍志》:"《鬼谷子》三卷皇甫谧注。鬼谷子,周世隐于鬼谷。"又,"《鬼谷子》三卷,乐壹注"。"每环奥义",言其书每每有深奥之意回环而出。柳宗元《辩鬼谷子》:"《鬼谷子》要为无取,汉时刘向、班固录书,无《鬼谷子》。《鬼谷子》后出,而险戆峭薄,恐其妄言乱世,难信,学者宜其不道。而世之言纵横者,时葆其书。尤者,晚乃益出七术,怪谬异甚,不可考校,其言益奇,而道益狭,使人狙狂失守,而易于陷坠。"

(47)《汉书·艺文志》:"《文子》九篇。老子弟子,与孔子并时,而称周平王问,似依托者也。"属道家。"情辨以泽",清理辨析富有光泽,是《文子》所擅长。

(48)《汉书·艺文志》:"《尹文子》一篇。说齐宣王。先公孙龙。"属名家。

(49)《汉书·艺文志》:"《慎子》四十二篇。名到,先申韩,申韩称之。"属法家。《四库提要》:"今考其书,大旨欲因物理之当然,各定一法而守之,不求于法之外,亦不宽于法之中。则上下相安,可以清净而治。然法所不行,势必刑以齐之;道德之为刑名,此其转关,所以申韩多称之也。"

(50)《汉书·艺文志》:"《韩子》五十五篇。名非,韩诸公子,使秦,李斯害而杀之。""著博喻之富",言韩非著作知识广博比喻丰富。

(51)《汉书·艺文志》:"《吕氏春秋》二十六篇。秦相吕不韦辑智略士作。"《史记·吕不韦列传》:"吕不韦者,阳翟大贾人也。……庄襄王元年,以吕不韦为丞相,封为文信侯,食河南洛阳十万户。……当是时,魏有信陵君,楚有春申君,赵有平原君,齐有孟尝君,皆下士喜宾客以相倾。吕不韦以秦之强,羞不如,亦招致士,厚遇之,至食客三千人。是时诸侯多辩士,如荀卿之徒,著书布天下。吕不韦乃使其客人人著所闻,集论以为八览、六论、十二纪,二十余万言。以为备天地万物古今之事,号曰《吕氏春秋》。布咸阳市门,悬千金其上,延诸侯游士宾客有能增损一字者予千金。"属杂家。

(52)《汉书·艺文志》:"《淮南》内二十一篇。王安。""《淮南》外三十三篇。"属杂家。《汉书·淮南衡山济北王传》:"淮南王安为人好书,鼓琴,不喜弋猎狗马驰骋,亦欲以行阴德拊循百姓,流名誉。招致宾客方术之士数千人,作为《内书》二十一篇,《外书》甚众,又有《中篇》八卷,言神仙黄白之术,亦二十余万言。时武帝方好艺文,以安属为诸父,辩博善为文辞,甚尊重之。"高诱《淮南子叙目》云:"其义也著,其文也富,物事之类,无所不载。""泛采",杨明照《增订文心雕龙校注》谓当作"采泛"。

(53)"辞气"下,原有"文"字,杨明照谓:"按无'文'字是。'文'盖'之'之误(《章表》篇"原夫章表之为用也",元本等误"之"为"文",是其例),而原有'之'字亦复书出,遂致辞语晦涩。《诏策》篇'此诏策之大略也',《体性》篇'才气之大略哉',句法与此相同,可证。""辞气之大略",元本、弘治本、王惟俭本作"辞气文之大略",梅庆生本无"文"字,于"气"下空二格。王利器《文心雕龙校证》:"'气'下原有'文'字,范云:'"文"疑是衍字。《论语·泰伯》:"曾子曰:出辞气,斯远鄙倍矣。"'案范说是。'文'盖'之'之误衍。"

(54)《史记·郦生陆贾列传》:"陆贾者,楚人也。以客从高祖定天下,名为有口辩士,居左右,常使诸侯。……陆生时时前说称《诗》《书》。高帝骂之曰:'乃公居马上而得之,安事《诗》《书》!'陆生曰:'居马上得之,宁可以马上治之乎?且汤武逆取而以顺守之,文武并用,长久之术也。昔者吴王夫差、智伯极武而亡;秦任刑法不变,卒灭赵氏。乡使秦已并天下,行仁义,法先圣,陛下安得而有之?'高帝不怿而有惭色,乃谓陆生曰:'试为我著秦所以失天下,吾所以得之者何,及古成败之国。'陆生乃粗述存亡之征,凡著十二篇。每奏一篇,高帝未尝不称善,左右呼万岁,号其书曰《新语》。"王利器《文心雕龙校证》:

"'新'原作'典',今据王惟俭本改。"

(55)《汉书·艺文志》:"《贾谊》五十八篇。"属儒家。范文澜《文心雕龙注》:"《崇文总目》云:'本七十二篇,刘向删定为五十八篇。隋唐《志》皆九卷,别本或为十卷。'考今隋唐《志》皆作十卷,无九卷之说,盖校刊《隋书》《唐书》者,未见《崇文总目》,反据今本追改之。……《抱经堂文集》十《书校本贾谊新书后》云:'《新书》,非贾生所自为也,乃习于贾生者,萃其言以成此书耳。……《过秦论》史迁全录其文,《治安策》见班固书者乃一篇,此离而为四五,后人以此为是贾生平日所草创(《朱子语录》)。岂其然欤!书中为《汉书》所不载者,虽往往类《说苑》《新序》《韩诗外传》,然如青史氏之《记》,具载胎教之古礼,《修政语》上下两篇,多帝王之遗训,《保傅》篇、《容经》篇,并敷陈古典,具有源本;其解《诗》之《骍虞》,《易》之"潜龙""亢龙",亦深得经义。魏晋人决不能为,故曰:是习于贾生者萃而为之,其去贾生之世不大相辽绝可知也。'"

(56)《汉书·艺文志》:"扬雄所序三十八篇。《太玄》十九,《法言》十三,《乐》四,《箴》二。"属儒家。《汉书·赵尹韩张两王传》颜师古注引张晏曰:"雄作《法言》,亦论其美也。"《汉书·扬雄传》:"扬雄字子云,蜀郡成都人也。……雄见诸子各以其知舛驰,大氐诋訾圣人,即为怪迂,析辩诡辞,以挠世事,虽小辩,终破大道而或众,使溺于所闻而不自知其非也。及太史公记六国,历楚汉,讫麟止,不与圣人同,是非颇谬于经。故人时有问雄者,常用法应之,譔以为十三卷,象《论语》,号曰《法言》。《法言》文多不著,独著其目:……"颜师古注:"雄有序,著篇之意。"范文澜《文心雕龙注》:"雄本传具列其目。凡所列汉人著述,未有若是之详者,盖当时甚重雄书也。自程子始谓其'曼衍而无断,优柔而不决';苏轼始谓其'以艰深之词,文浅易之说'。至朱子作《通鉴纲目》,始书'莽大夫扬雄死'。雄之人品著作,遂皆为儒者所轻。若北宋之前,则大抵以为孟、荀之亚也。"

(57)《汉书·艺文志》:"刘向所序六十七篇。《新序》《说苑》《世说》《列女传颂图》也。"《汉书·楚元王传》:"向字子政,本名更生。……向睹俗弥奢淫,而赵、卫之属起微贱,踰礼制。向以为王教由内及外,自近者始。故采取《诗》《书》所载贤妃贞妇,兴国显家可法则,及孽嬖乱亡者,序次为《列女传》,凡八篇,以戒天子。及采传记行事,著《新序》《说苑》凡五十篇奏之。数上疏言得失,陈法戒。书数十上,以助观览,补遗阙。上虽不能尽用,然内嘉其言,常嗟叹之。"范文澜《文心雕龙注》:"《说苑》二十篇,其书皆录遗文佚事,足为法戒之资者,其例略如《韩诗外传》。古籍散佚,多赖此以存。"

(58)《隋书·经籍志》:"《潜夫论》十卷,后汉处士王符撰。"《后汉书·王符传》:"王符字节信,安定临泾人也。少好学,有志操,与马融、窦章、张衡、崔瑗等友善。安定俗鄙庶孽,而符无外家,为乡人所贱。自和、安之后,世务游宦,当途者更相荐引,而符独耿介不同于俗,以此遂不得升进。志意蕴愤,乃隐居著书三十余篇,以讥当时失得,不欲章显其名,故号曰《潜夫论》。其指讦时短,讨谪物情,足以观见当时风政,著其五篇云尔。"

(59)崔寔,崔骃之孙。《后汉书·崔骃传》:"寔字子真,一名台,字元始。少沈静,好典籍。……桓帝初,诏公卿郡国举至孝独行之士。寔以郡举,征诣公车,病不对策,除为郎。明于政体,吏才有余,论当世便事数十条,名曰《政论》。指切时要,言辩而确,当世称之。"《政论》,各本或作《正论》。

(60)《后汉书·仲长统传》:"仲长统字公理,山阳高平人也。少好学,博涉书记,赡于文辞。……统性俶傥,敢直言,不矜小节,默语无常,时人或谓之狂生。……尚书令荀彧闻统名,奇之,举为尚书郎。后参丞相曹操军事。每论说古今及时俗行事,恒发愤叹息。因著论名曰《昌言》,凡三十四篇,十余万言。"严可均《铁桥漫稿》卷五《昌言叙》:"然其闿陈善道,指呵时敝,剀切之忱,踔厉震荡之气,有不容摩灭者。缪熙伯方之董、贾、刘、扬,非过誉也。"

(61)《隋书·经籍志》:"杜氏《幽求新书》二十卷杜夷撰。"《晋书·杜夷传》:"杜夷字行齐,庐江灊人也。世以儒学称,为郡著姓。夷少而恬泊,操尚贞素,居甚贫窭,不营产业,博览经籍百家之书,算历图纬靡不毕究。……太宁元年卒,年六十六。赠大鸿胪,谥曰贞子。夷临终,遗命子晏曰:'吾少不出身,顷虽见羁录,冠冕之饰,未尝加体,其角巾素衣,敛以时服,殡葬之事,务从简俭,亦不须苟取矫异也。'夷所著《幽求子》二十篇行于世。"

(62)"或",元本、弘治本作"咸",此据王惟俭本、梅庆生本。

(63)两汉以后思想钳制比较厉害,特别是汉武帝采纳董仲舒建议罢黜百家、独尊儒术,于是各家都需依傍儒家正统,其独立内容体势逐渐黯弱,虽然明白学术思想道路宽广,而仍不能不依附儒家采摘其说,这是古今学术发展变迁之趋势。"体势浸弱,虽明乎坦途",元本、弘治本作"体势浸弱,难明于坦涂",弘治本"涂"作"途"。王惟俭本作"体势浸弱,虽明于坦涂",梅庆生本作"体势漫弱,难明乎坦涂"。王利器《文心雕龙校证》:"'漫',冯本、汪本、佘本、张之象本、两京本、王惟俭本《天中记》三七作'浸',黄丕烈引活字本作'浸',谭校作'浸'。""'虽''乎'二字,原作'难''于',梅据朱(谋㙔)改。徐(燉)校同。王惟俭本、《诸子合雅》作'虽''于'。案《庄子·秋水》篇'明乎坦途',此彦和所本。"

(64)王利器《文心雕龙校证》:"'丈'原作'大',王惟俭本、梅六次本作'丈'。钟本、梁本、日本刊本、张松孙本、崇文本俱从之。今据改。《程器》篇有'丈夫学文'语。"《论语·阳货》:"怀其宝而迷其邦,可谓仁乎?"朱熹注:"谓怀藏道德,不救国之迷乱。"

(65)杨明照《增订文心雕龙校注》:"'辨'凌本作'辩',按辩字是。"《庄子·天道》篇:"故古之王天下者,知虽落天地,不自虑也;辩虽雕万物,不自说也。"成玄英疏:"弘辩如流,雕饰万物。而付之司牧,终不自言也。"《周易·系辞》:"知周乎万物,而道济天下,故不过。"韩康伯注:"知周万物,则能以道济天下也。"孔颖达《正义》:"'知周乎万物而道济天下'者,圣人无物不知,是知周于万物。天下皆养,是道济天下也。'故不过'者,所为皆得其宜,不有愆过,使物失分也。"杨明照《增订文心雕龙校注》:"《释文》:'知,音智。'因与上句之'万物'相避,故作'智周宇宙'。"

《论说》篇

圣哲彝训曰经,述经叙理曰论[1]。论者,伦也;伦理无爽,则圣意不坠[2]。昔仲尼微言,门人追记,故抑其经目,称为《论语》;盖群论立名,始于兹矣[3]。自《论语》已前,经无论字。《六韬》二论,后人追题乎[4]?详观论体,条流多品:陈政,则与议说合契[5];释经,则与传注参体[6];辨史,则与赞评齐行[7];铨文,则与叙引共纪[8]。故议者宜言[9],说者说语[10],传者转师[11],注者主解[12],赞者明意[13],评者平理[14],序者次事[15],引者胤辞[16]。八名区分,一揆宗论[17]。

论也者,弥纶群言,而研精一理者也[18]。是以庄周《齐物》,以论为名[19];不韦《春秋》,六论昭列[20]。至石渠论艺[21],白虎讲聚,述圣通经[22],论家之正体也。及班彪《王命》[23],严尤《三将》[24],敷述昭情,善入史体。魏之初霸,术兼名法[25],傅嘏、王粲,校练名理[26]。迄至正始,务欲守文[27],何晏之徒,始盛玄论[28]。于是聃周当路,与尼父争途矣[29]。详观兰石之才性,仲宣之《去伐》[30],叔夜之《辨声》[31],太初之《本玄》[32],辅嗣之《两例》[33],平叔之《二论》[34],并师心独见[35],锋颖精密,盖论之英也[36]。至如李康《运命》[37],同《论衡》而过之;陆机《辨亡》[38],效《过秦》而不及:然亦其美矣。次及宋岱郭象,锐思于机神之区[39];夷甫裴頠,交辨于有无之域[40]:并独步当时,流声后代。然滞有者全系于形用,贵无者专守于寂寥,徒锐偏解,莫诣正理,动极神源,其般若之绝境乎⁽⁴¹⁾? 迄江左群谈,惟玄是务⁽⁴²⁾,虽有日新,而多抽前绪矣。至如张衡《讥世》,颇似俳说⁽⁴³⁾;孔融《孝廉》,但谈嘲戏⁽⁴⁴⁾;曹植《辨道》,体同书抄:才不持论,宁如其已⁽⁴⁵⁾。

原夫论之为体,所以辨正然否,穷于有数,追于无形⁽⁴⁶⁾,钻坚求通,钩深取极⁽⁴⁷⁾;乃百虑之筌蹄⁽⁴⁸⁾,万事之权衡也。故其义贵圆通⁽⁴⁹⁾,辞忌枝碎;必使心与理合,弥缝莫见其隙;辞共心密,敌人不知所乘:斯其要也。是以论如析薪⁽⁵⁰⁾,贵能破理。斤利者,越理而横断;辞辨者,反义而取通:览文虽巧,而检迹知妄⁽⁵¹⁾。唯君子能通天下之志,安可以曲论哉?

若夫注释为词,解散论体,杂义虽异⁽⁵²⁾,总会是同。若秦延君之注《尧典》⁽⁵³⁾,十余万字;朱普之解《尚书》⁽⁵⁴⁾,三十万言。所以通人恶烦⁽⁵⁵⁾,羞学章句。若毛公之训《诗》⁽⁵⁶⁾,安国之传《书》⁽⁵⁷⁾,郑君之释《礼》⁽⁵⁸⁾,王弼之解《易》⁽⁵⁹⁾,要约明畅,可为式矣。

说者,悦也;兑为口舌,故言咨悦怿⁽⁶⁰⁾。过悦必伪,故舜惊谗说⁽⁶¹⁾。说之善者,伊尹以论味隆殷⁽⁶²⁾,太公以辨钓兴周⁽⁶³⁾,及烛武行而纾郑⁽⁶⁴⁾,端木出而存鲁⁽⁶⁵⁾,亦其美也。暨战国争雄,辨士云踊⁽⁶⁶⁾,从横参谋,长短角势⁽⁶⁷⁾。《转丸》骋其巧辞,《飞钳》伏其精术⁽⁶⁸⁾。一人之辨,重于九鼎之宝;三寸之舌,强于百万之师⁽⁶⁹⁾。六印磊落以佩,五都隐赈而封⁽⁷⁰⁾。至汉定秦楚,辨士弭节⁽⁷¹⁾。郦君既毙于齐镬⁽⁷²⁾,蒯子几入乎汉鼎⁽⁷³⁾。虽复陆贾籍甚⁽⁷⁴⁾,张释傅会⁽⁷⁵⁾,杜钦文辨⁽⁷⁶⁾,楼护唇舌⁽⁷⁷⁾,颉颃万乘之阶,抵噓公卿之席⁽⁷⁸⁾,并顺风以托势,莫能逆波而泝洄矣⁽⁷⁹⁾。

夫说贵抚会,弛张相随,不专缓颊,亦在刀笔⁽⁸⁰⁾。范雎之言事⁽⁸¹⁾,李斯之止逐客⁽⁸²⁾,并烦情入机,动言中务,虽批逆鳞,而功成计合[83],此上书之善说也。至于邹阳之说吴梁[84],喻巧而理至,故虽危而无咎矣。敬通之说鲍邓[85],事缓而文繁,所以历骋而罕遇也。凡说之枢要,必使时利而义贞,进有契于成务[86],退无阻于荣身。自非谲敌,则唯忠与信。披肝胆以献主,飞文敏以济辞[87]。此说之本也。而陆氏直称"说炜晔以谲诳[88]",何哉?

赞曰:理形于言,叙理成论[89]。词深人天,致远方寸[90]。阴阳莫贰,鬼神靡遁[91]。说尔飞钳,呼吸沮劝[92]。

简析:

本篇论述论和说两种辩论说理文体。"论"是指阐述理论的著作,"说"是指善于辩驳的说辞。圣哲经常的训导称为"经",叙说经典的义理称为"论"。"论"必须阐述得有条有理,层次分明。"论"最早的源头是《论语》,以论为名就是由此开始的。刘勰对"论"的范围规定是比较广泛的,它包括了"陈政""释经""辨史""铨文"四个方面,每个方面两种子文体,共有"议""说""传""注""赞""评""叙""引"八种文体类型,并对其含义特点作了简要概括。他指出"论"的特点是"弥纶群言,而精研一理",总括分析各种观点,深入阐明一个重要原理。而在"论"的历史发展中,对儒、道、名、法,以及玄学的崇有、贵无两派争论,才性同异、声无哀乐的辨识,分析和评论都比较客观,虽然对其中的偏激之处有所批评,大都给予了肯定和赞扬。这也充分说明,他的批评方法是以客观事实、自然真理为标准,并不是按照儒家以孔子的是非为是非,而且把庄周《齐物论》、吕不韦《吕氏春秋》和"石渠论艺""白虎讲聚",同列为"论家正体"是极为明显的例子。尤其是对玄学的才性论、本无论、声无哀乐论,及何晏、王弼的论著,给予了"师心独见,锋颖精密"和"独步当时,流声后代"的高度评价,更没有把它们当作"异端"。当然他也指出了玄学对宇宙现象的认识,仍不及佛学的全面深刻,往往"徒锐偏解,莫诣正理",而佛学则"动极神源,其般若之绝境乎"。这并不是他颂扬佛学的偏见,而是佛学的哲学思想体系确实要比玄学更为宽广深刻。他认为"论"的写作要权衡万事、筌蹄百虑,"钩深取极","辨正然否",所以必须"义贵圆通,辞忌枝碎","心与理合","辞共心密",没有破绽缝隙,以使"敌人不知所乘"。"论"的文辞不可繁琐细碎,必须"要约明畅",如毛公训《诗》、孔安国为《尚书》作《传》、郑玄注释三《礼》、王弼解析《周易》,乃是典范楷模。

关于"说"辞,他指出"说"即是"悦",乃悦怿之意。说辞是一种以带有夸张色彩的惊艳言辞和丰富比喻,进行反复强烈的雄辩巧说,从而宣扬政治谋略,达到隆盛军力兴旺国家的目的。故伊尹论味、姜尚辨钓实为最早说辞,而最有代表性的说辞,则是苏秦、张仪之合从连横说。但是汉代开始说辞并不都受君王青睐,郦食其被烹,蒯通差点入鼎镬,所以如陆贾《新语》之类,皆"顺风以托势,莫能逆波而泝洄",都是随顺君王圣意,绝不敢批逆鳞,和战国说辞有所不同。说辞不止是口说,而且需要配合文书。说辞的写作要领是:必需随顺时机义理纯正,人主接受可以达成要务,不接受自己亦可顺势身退,名声荣誉不受影响。而作者一定要对君王披肝沥胆,无比忠诚,并且要竭尽才思充实惊艳文辞,这才是"说"的要义所在。

语译:

圣哲经常的训导称为经,阐述经意叙说义理称为论。论的意思,就是伦次,有条理地论说而没有差错,圣哲的原意就不会坠落失去。以往孔子的精微言论,由他弟子追记成书,因尊崇孔子谦虚品德不称为经,而称之为《论语》。后来众多以论为名的著作,都是由此开始的。在《论语》产生以前,各种经典名称包括篇名中都没有"论"字,《六韬》中的"二论"(第一《霸典》,文论;第二《文师》,武论),则是后人追题的。仔细审察论的体裁,枝条流变有很多不同品目类别。陈述政事,则和"议""说"二体比较契合。解释经典,则和"传""注"二体相互参杂。辨别史实,则和"赞""评"并驾齐驱。铨衡文章,则和"叙""引"共为法式。"议",是适宜恰当;"说",是使人悦服;"传",是转相传授;"注",是解释原著;"赞",是说明旨意;"评",是公平说理;"序",是序次事义;"引",是引申发挥。八种名目,总括起来都是论的不同分支。

论的特点,是综合分析阐述各家之言,并精深钻研一个重要理论。所以庄子《齐物论》,以论作为篇名;吕不韦的《吕氏春秋》,明确列出六篇以论为名的篇章。至于汉宣帝与群儒在石渠阁论说研讨"六艺",汉章帝聚集诸生在白虎馆讲论五经,阐述圣意疏通经书,此乃论家的正规体制。班彪《王命论》,严尤《三将军论》,铺叙事义昭明情理,善于运用史论体制。曹魏称霸初期,兼用名家、法家的政治谋略,傅嘏、王粲,考校名实精研事理。及至魏少帝曹芳正始时期,务欲遵守魏文帝重视文德之治的传统。何晏、王弼之流,开始使玄学兴盛起来。于是李聃、庄周学说当道,和孔子儒家争夺学术统治地位。详细考察傅嘏的《才性论》,王粲的《去伐论》,嵇康的《声无哀乐论》,夏侯玄的《本无论》,王弼的《周易略例》上下篇,何晏的《道》《德》二论,都有经过内心深入思考而提出的独到见解,有锋芒毕露的精密分析,确实是"论"体中的精英之作。李康的《运命论》,和王充《论衡》中谈运命一致而又超过王充;陆机的《辩亡论》,仿效贾谊《过秦论》而不及贾谊之作,然而也都是美善论著。其次有宋岱、郭象,思维敏锐进入微妙精微境界;王衍、裴𬱟,交互争辩于有、无领域:他们都能成为当时独到的杰出人才,并使声名流传后代。然而崇有论者滞于事物之"有",全系之于形迹和实用,而贵无论者强调事物本"无",专门囿于一切寂寥无声无形,他们都只是敏锐于一个角度的偏激阐释,而都不能全面把握确切正理,运用心灵思考以探究宇宙事物终极原理,还是佛学的般若境界方能达到最高水平。至东晋时期江左文人群聚,以盛谈玄学道家之言为主,然虽有日新之见,基本还是阐发前人所论并无多少创新。至于张衡的《讥世论》,类似俳优之言;孔融的《孝廉论》,只说些嘲笑戏弄之语;曹植的《辨道论》,体制类同抄书:如果言论不合于正道,则不如随顺自然不作议论。

原本论的体制,是要明确辨别是非对错,穷尽于有形有状事物的分析，追踪于无形无象原理的探索，艰深钻研以求通达晓畅，钩取深奥以达真理极致，此乃运行无数思虑的关键，权衡万众情事的天平。故而论的文义要圆满通达没有障碍，文辞则更要忌讳支离破碎，必须使内心所想和阐述道理合而为一，严丝合缝没有任何破绽空隙；文辞表达和内心思想紧密融洽，使论敌找不到可以攻击的弱点，这就是"论"体的要领。论体写作好像斧斤劈砍木材，要善于知晓纹理方易破开。斧斤锋利的，可以不顾纹理而横断砍开；文辞善辩的，可以违反常规而讲得通达。不过这类文章看起来虽然巧妙，若考察其斧凿痕迹即可知其虚妄。只有真正的君子才能通晓天下情志，岂可以歪曲议论进行狡辩呢？

注释作为论体文辞由于散见各条，所以实际是把完整论体解散了，不过杂见于各处的条文虽然各不相同，然而汇总起来仍与论体文章相同。秦恭注释《尧典》，有十余万言；朱普解释《尚书》，有三十万言。所以通达的文人厌恶繁琐冗长，羞于学习章句之学。若鲁人毛公为《诗经》作诠释，汉儒孔安国为《尚书》作传注，郑玄为三礼作疏解，王弼为《周易》作注释，扼要简约又明白晓畅，可以作为注释的楷模。

说的意思，就是"悦"亦即愉悦。"说"字右边的兑就是口舌的意思，所以语言要说得使人悦怿。然而过分愉悦的说辞必然会显得虚假伪诈，所以帝舜对谗言邪说感到惊讶。优秀的说辞，如伊尹以调味比喻治国使商汤国力隆盛，姜太公以辨说钓鱼比喻为政使周代兴旺，郑大夫烛之武说退秦师而解除郑国被晋秦围困危局，齐国攻打鲁国，端木赐（即子贡）劝说田常而保存了鲁国，也都属于美好的说辞。及战国时代七国争霸，所以辨说之士风起云涌，合从与连横两派各出谋略，较长论短角逐权势。《鬼谷子》的《转丸》篇驰骋其巧妙言辞若弹丸之走盘，《飞钳》篇则有飞钳劫人之精巧辩术。一个辨士的辨说，重于九鼎宝器；仅三寸长的舌头，强于百万雄师。或佩戴六国众多相印，或受封五个殷实采邑。汉高祖刘邦平定秦、楚，辨说之士停息了游说活动。郦食其死于齐王的镬烹，蒯通几乎被汉高祖投入鼎中。虽然陆贾名气声望极大,张释之善于凑合附会,杜钦文辞辨说敏捷,楼护口才犀利敏捷。他们于君王朝廷上下议论,于公卿座席尽情吐纳,随顺帝王意愿以博取欢心张扬声势,都不敢冒犯龙颜逆流而上进献说辞。

说辞贵在顺应形势适合时机,或张或弛时时相随恰到好处,不只是口舌引喻言说,亦可以笔墨文书写出。范雎之上书说事,李斯之谏止逐客,都能顺应情事把握时机,言论动辄皆能切中要务,虽然冒犯君主触动逆鳞,而能大功告成实现计谋,所以范雎、李斯上书是说辞中之杰出楷模。至于邹阳之说吴王濞、梁孝王武,比喻巧妙而说理充分,故虽临险境而能无虞。冯衍之说鲍永、邓禹,言事舒缓而文辞繁冗,故虽在宦途上历经奔波而很少得到人主的遇合宠信。大凡说辞的枢纽要领,需抓住有利时机而含义纯正,进言契合君王需要能成就功业事务,不被接纳也不会妨碍自身荣誉。除了诈骗敌人之外,只有对君王的忠诚和信任。披肝沥胆向人主贡献诚挚之心,竭力驰骋巧妙文思以补充言辞之不足,这就是说辞的根本所在。而陆机直谓"说辞光彩绚烂而诡诈谲诳",这是为什么呢?

总论:义理呈现语言文辞,述理构成论说体式。词义精深贯穿天人,撼动心灵远播全域。阴阳和合没有差误,鬼神莫测遁形不得,飞钳劫人辩术精妙,瞬间劝沮互不相克。

注订:

(1)"哲",元本、弘治本、王惟俭本作"世",梅庆生本为"哲",谓:"元作'世'。朱(谋㙔)按《玉海》改。"《尚书·酒诰》:"聪明祖考之彝训,越小大德,小子惟一。"孔安国传:"言子孙皆聪听父祖之常教,于小大之人皆念德,则子孙惟专一。"孔颖达疏:"既父祖秉文王之教以化其子孙,而子孙能聪审听用祖考之常训。"

(2)范文澜《文心雕龙注》:"《释名·释典艺》:'论,伦也,有伦理也。'""伦理",伦次、条理。"无爽",元本、弘治本、王惟俭本作"有无",此据梅庆生本。《论语·子张》:"文武之道,未坠于地,在人。"范文澜云:"凡说解谈议训诂之文,皆得谓之为论;然古惟称经传,不曰经论;经论并称,似受释藏之影响。《魏晋释老志》曰:'释迦后数百年,有罗汉菩萨,相继著论,赞明经义,以破外道。皆傍诸藏部大义,假立外问,而以内法释之。'《隋书·经籍志》以佛所说经为三部,又有菩萨及诸深解奥义,赞明佛理者,名之为论。彦和此篇,分论为二类:一为述经、传注之属;二为叙理、议说之属。八名虽区,总要则二。二者之中,又侧重叙理一边,所谓'论也者,弥纶群言,而研精一理者也'。"

(3)刘勰谓论之起源是孔子弟子编的《论语》。《汉书·艺文志》:"昔仲尼没而微言绝。"颜师古注:"李奇曰:'隐微不显之言也。'师古曰:'精微要妙之言耳。'"《汉书·艺文志》:"《论语》者,孔子应答弟子时人及弟子相与言而接闻于夫子之语也。当时弟子各有所记。夫子既卒,门人相与辑而论纂,故谓之《论语》。汉兴,有齐、鲁之说。传齐《论》者,昌邑中尉王吉、少府宋畸、御史大夫贡禹、尚书令五鹿充宗、胶东庸生,唯王阳名家。传鲁《论语》者,常山都尉龚奋、长信少府夏侯胜、丞相韦贤、鲁扶卿、前将军萧望之、安昌侯张禹,皆名家。张氏最后而行于世。"王利器《文心雕龙校证》:"'抑'原作'仰',今据《御览》改。""经目",以经名其书。

(4)刘勰此谓在《论语》以前各种经典名称(包括篇名)中没有"论"字,后人(如晁公武、杨慎、何焯等)或以为刘勰是指《论语》以前的经书文献中没有"论"字,而以《尚书·周官》中"论道经邦"非之,其实是误会了刘勰原文意思。范文澜《文心雕龙注》:"案诸家皆误会彦和语意,遂率断为疏漏;其实'《论语》以前,经无论字',非谓经书中不见'论'字,乃谓经书中无以论为名者也。上文云'群论立名',下文云'《六韬》二论',皆指书名篇名言之。"《汉书·艺文志》:"《周史六弢》六篇。惠、襄之间,或曰显王时,或曰孔子问焉。"颜师古注:"即今之《六韬》也,盖言取天下及军旅之事。弢字与韬同也。"《周史六弢》或非后之《六韬》,颜注或误。《后汉书·窦何传》章怀太子注:"《太公六韬篇》:第一《霸典》,文论;第二《文师》,武论;第三《龙韬》,主将;第四《虎韬》,偏裨;第五《豹韬》,校尉;第六《犬韬》,司马。"范文澜《文心雕龙注》:"今本《文师》在《六韬》为第一篇,与章怀所举不合,亦无《文论》《武论》之目,盖又非唐时之旧矣。"

（5）"议""说",本书《议对》篇:"'周爰咨谋',是谓为议。议之言宜,审事宜也。"本篇下文:"说者,悦也;兑为口舌,故言咨悦怿。过悦必伪,故舜惊谗说。"

（6）"传""注",李曰刚《文心雕龙斠诠》:"《博物志》:'上古去先师近,解释经文皆曰传,传师说也;后世去师远,或失其传,故谓之注,注下己意也。前者如左氏、公羊、穀梁之传《春秋》,后者如赵岐之注《孟子》、杜预之注《左传》、何休之注《公羊》。'"

（7）"赞""评",《史通·论赞》篇:"《春秋左氏传》每有发论,假'君子'以称之。二《传》云公羊子、穀梁子,《史记》云'太史公',既而班固(《汉书》)曰'赞',荀悦(《汉书》)曰'论',《东观(汉纪)》曰'序',谢承(《后汉书》)曰'诠',陈寿(《三国志》)曰'评',王隐(《晋史》)曰'议'。……史官所撰,通称史臣。其名万殊,其义一揆。必取便于时者,则总归论赞也焉。"

（8）"叙",亦同序,或后或前,都是对著作的说明。《汉书》末有《叙传》,是对全书写作意图之交代,亦如《史记·太史公自序》。班固《两都赋序》,皇甫谧《三都赋序》。"引",《诗经·大雅·行苇》:"黄耇台背,以引以翼。"郑笺:"引,长。"孔颖达《正义》:"引者,牵引之义,故云'在前曰引',谓在前相导之。"《尔雅·释诂》:"引,陈也。"《文选》有《典引》,李善注:"蔡邕曰:'《典引》者,篇名也。典者,常也,法也。引者,伸也,长也。'"

（9）"议",《说文》:"议,语也。从言义声。"段注曰:"议者,谊也;谊者,人所宜也,言得其宜之谓议。至于《诗》言出入风议,《孟子》言处士横议,而天下乱矣。"

（10）"说",同"悦",悦怿。《说文》:"说,释也。从言兑。一曰谈说。"段玉裁注:"说释即悦怿。说悦、释怿皆古今字。许书无悦怿二字也。说释者,开解之意。故为喜悦。"

（11）"传",《释名·释书契》:"传,转也,转移所在,执以为信也。""转师",转述师说传给他人。如《尚书》有孔安国传。《尚书》"孔氏传",孔颖达《正义》:"传即注也,以传述为义,旧说汉已前称传。"

(12)"注",《仪礼》"郑氏注",贾公彦疏:"言'注'者,注义于经下,若水之注物,亦名为著。故郑叙云:'凡著《三礼》七十二篇。'云著者,取著明经义者也。"《礼记·曲礼》上第一孔颖达《正义》:"注者,即解书之名。但释义之人,多称为传。传谓传述为义,或亲承圣意,或师儒相传,故云传。今谓之注者,谦也,不敢传授,直注己意而已。若然,则传之与注,各出己情。皇氏以为自汉以前为传,自汉以后为注。然王肃在郑之后,何以亦谓之传?其义非也。"

(13)"赞",《说文》:"赞,见也。"段玉裁注:"赞,见也。此以叠韵为训。疑当作所以见也。谓彼此相见必资赞者。士冠礼赞冠者,士昏礼赞者,注皆曰:'赞,佐也。'《周礼·大宰》注曰:'赞,助也。'"

(14)"评",《广雅·释诂三》:"评,平也。"《说文》:"平,语平舒也。"段注:"语平舒也,引伸为凡安舒之称。"

(15)"序",同叙,指有次序的叙述有关事义。如《汉书·叙传》中分别叙述书中各篇之写作意图。《说文》序字段注:"又攵部曰:次弟谓之叙。经传多假序为叙。《周礼》《仪礼》序字注多释为次弟是也。"

(16)"引",胤辞,《尔雅·释诂》:"胤,继也。"即继续、牵引之意。以上为对八种不同论体的理论阐述,无论是政论(议、说),经论(传、注),史论(赞、评),文论(序、引),都属于不同特点的"论"。

(17)"一揆",总括。"宗论",论之一宗,由论分化出来的文体。

(18)"弥纶",《周易·系辞上》:"《易》与天地准,故能弥纶天地之道。"孔颖达《正义》:"圣人用《易》,能弥纶天地之道,弥谓弥缝补合;纶谓经纶牵引。能补合牵引天地之道,用此易道也。"本书《序志》篇:"夫铨序一文为易,弥纶群言为难。"又本书《总术》篇:"况文体多术,共相弥纶。""研精",萧统《文选序》:"论则析理精微。"《论衡·超奇》篇:"论说之出,犹弓矢之发也。论之应理,犹矢之中的。夫射以矢中效巧,论以文墨验奇,奇巧俱发于心,其实一也。"

(19)《庄子》内篇第二为《齐物论》,是对"齐物"的论述,《庄子集释》引郭象注:"夫自是而非彼,美己而恶人,物莫不皆然。然,故是非虽异而彼我均也。"所以纪昀评本认为："物论二字相连,此以为论,似误。"此说是错误的。据李详《补注》引钱大昕《十驾斋养新录》卷十九,钱辛楣同年引王应麟谓："《庄子·齐物论》非欲齐物也,盖谓物论之难齐也。"这可能是纪说所据。刘勰显然是据郭象的理解来说的。

（20）吕不韦的《吕氏春秋》包括十二纪、八览、六论,其六论为《开春论》《慎行论》《贵直论》《不苟论》《似顺论》《士容论》。这是《论语》以后比较重要的以"论"为名的篇章。

（21）"石渠",石渠阁,西汉朝廷藏书之所,在长安未央殿北。《汉书·宣帝纪》："（甘露三年）诏诸儒讲五经同异,太子太傅萧望之等平奏其议,上亲称制临决焉。乃立梁丘《易》、大小夏侯《尚书》《穀梁春秋》博士。"《后汉书·翟酺传》："而孝宣论六经于石渠,学者滋盛,弟子万数。"章怀太子注："宣帝诏诸儒讲五经于殿中,兼评《公羊》《穀梁》同异,上亲临决焉。时更崇《穀梁》,故此言六经也。石渠,阁名。昭帝时博士弟子员百人,宣帝末增倍之,元帝时诏无置弟子员,以广学者,故言以万数也。"《汉书·艺文志》：《尚书》部分："议奏四十二篇。宣帝时石渠论。"韦昭注："阁名也,于此论书。"《春秋》部分："议奏三十九篇。石渠论。"《礼》经部分："议奏三十八篇。石渠。"《孝经》部分："议奏三十九篇。石渠论。"《论语》部分："议奏十八篇。石渠论。"《隋书·经籍志》："《石渠礼论》四卷,戴圣撰。"《汉书·刘向传》："会初立《穀梁春秋》,征更生受《穀梁》,讲论五经于石渠。"颜师古注："《三辅旧事》云:石渠阁在未央大殿北,以藏秘书。""论艺",即论经。六艺,即六经。

（22）王利器《文心雕龙校证》："'白虎讲聚,述圣通经'二句八字,原作'《白虎通》讲聚述圣言通经'十字,王惟俭本作'白虎讲聚,述圣□□通经',今据《御览》《玉海》改。"按：王惟俭本作"《白虎通》讲聚述圣言□□通经",王引误。梅庆生本正作"白虎讲聚,述圣通经",今据此。《后汉书·肃宗孝章帝纪》："（建初四年）十一月壬戌,诏曰:'盖三代导人,教学为本。汉承暴秦,褒显儒术,建立五经,为置博士。其后学者精进,虽曰承师,亦别名家。……'于是下太常,将、大夫、博士、议郎、郎官及诸生、诸儒会白虎观,讲议五经同异,使五官中郎将魏应承制问,侍中淳于恭奏,帝亲称制临决,如孝宣甘露石渠故事,作《白虎议奏》。"《后汉书·班彪传》附子班固传:"天子会诸儒讲论五经,作《白虎通德论》,令固撰集其事。"

(23)《后汉书·班彪传》:"彪性沈重好古。年二十余,更始败,三辅大乱。时隗嚣拥众天水,彪乃避难从之。嚣问彪曰:'往者周亡,战国并争,天下分裂,数世然后定。意者从横之事复起于今乎?将承运迭兴,在于一人也?愿生试论之。'对曰:'周之废兴,与汉殊异。昔周爵五等,诸侯从政,本根既微,枝叶强大,故其末流有从横之事,势数然也。汉承秦制,改立郡县,主有专己之威,臣无百年之柄。至于成帝,假借外家,哀、平短祚,国嗣三绝,故王氏擅朝,因窃号位。危自上起,伤不及下,是以即真之后,天下莫不引领而叹。十余年间,中外搔扰,远近俱发,假号云合,咸称刘氏,不谋同辞。方今雄杰带州域者,皆无七国世业之资,而百姓讴吟,思仰汉德,已可知矣。'嚣曰:'生言周、汉之势可也;至于但见愚人习识刘氏姓号之故,而谓汉家复兴,疏矣。昔秦失其鹿,刘季逐而羁之,时人复知汉乎?'彪既疾嚣言,又伤时方艰,乃著《王命论》,以为汉德承尧,有灵命之符,王者兴祚,非诈力所致,欲以感之,而嚣终不寤,遂避河西。"《汉书·叙传》及《昭明文选》均载有《王命论》。

(24)严尤,字伯石,王莽手下将军,曾任大司马。《新唐书·艺文志》:"严尤《三将军论》一卷。"属于杂家。《汉书·王莽传》载:"(严)尤素有智略,非莽攻伐西夷,数谏不从,著古名将乐毅、白起不用之意及言边事凡三篇,奏以风谏莽。"《后汉书·光武帝纪》:"伯升(光武帝刘秀之兄)又破王莽纳言将军严尤。"章怀太子注:"桓谭《新论》云:庄尤字伯石,此言'严',避明帝讳也。"

(25)《三国志·魏书·武帝纪》:"评曰:汉末,天下大乱,雄豪并起,而袁绍虎视四州,强盛莫敌。太祖运筹演谋,鞭挞宇内,揽申、商之法术,该韩、白之奇策,官方授材,各因其器,矫情任算,不念旧恶,终能总御皇机,克成洪业者,惟其明略最优也。抑可谓非常之人,超世之杰矣。"《晋书·傅玄传》:"近者魏武好法术,而天下贵刑名;魏文慕通达,而天下贱守节。"

(26)《三国志·魏书·傅嘏传》:"傅嘏字兰石,北地泥阳人,……嘏常论才性同异,钟会集而论之。"裴松之注:"傅子曰:嘏既达治好正,而有清理识要,好论才性,原本精微,尠能及之。司隶校尉钟会年甚少,嘏以明智交会。"《世说新语·文学》:"钟会撰《四本论》始毕。"刘孝标注:"《魏志》曰:'会论才性同异,传于世。'四本者,言才性同,才性异,才性合,才性离也。尚书傅嘏论同,中书令李丰论异,侍郎钟会论合,屯骑校尉王广论离。文多不载。"《世说新语·文学》篇:"傅嘏善言虚胜,荀粲谈尚玄远。"刘孝标注:"(荀)粲太和初到京邑,与傅嘏谈,善名理,而粲尚玄远。"《三国志·魏书·王粲传》:"著诗、赋、论、议垂六十篇。"裴松之注:"《典略》曰;粲才既高,辩论应机。钟繇、王朗等虽各为魏卿相,至于朝廷奏议,皆阁笔不能措手。"《通志》载王粲《去伐论》三卷。刘师培《中古文学史》:"《雕龙》以嘏与王粲并言。《艺文类聚》所引粲文,有《难钟荀太平论》,其词曰……又《安身论》曰……观此二文,知粲工持论,雅似魏晋诸贤。其它所著,别有《儒吏论》《务本论》《爵论》,亦见《类聚》诸书所引,均于名法之言为近。《魏志·粲传》引《典略》曰:'粲才既高,辩论应机。'岂不信哉?"

(27)"正始",魏少帝齐王曹芳年号,公元240年至249年。"守文",《后汉书·明帝纪》中元二年四月诏曰:"朕承大运,继体守文,不知稼穑之艰难,惧有废失。"章怀太子注:"创基之主,则尚武功以定祸乱;其次继体而立者,则守文德。《穀梁传》曰:'承明继体。则守文之君也。'"此指曹芳、曹髦延续魏文帝文治。范文澜《文心雕龙注》:"魏氏三祖,皆有文采。正始中,玄风始盛。高贵乡公(曹髦)才慧夙成,好问尚辞,有文帝之风。盖皆守文之主。"

(28)"何晏之徒",指何晏、王弼等玄学家。何晏为何进之孙。曹操纳何晏之母为妾,收养何晏。《三国志·魏书·诸夏侯曹传》:"(何)晏,何进孙也。母尹氏,为太祖夫人。晏长于宫省,又尚公主,少以才秀知名,好老庄言,作《道德论》及诸文赋著述凡数十篇。"

《三国志·魏书·钟会传》裴松之注引何劭《王弼传》:"(裴徽)问弼曰:'夫无者诚万物之所资也,然圣人莫肯致言,而老子申之无已者何?'弼曰:'圣人体无,无又不可以训,故不说也。老子是有者也,故恒言无所不足。'寻亦为傅嘏所知。于时何晏为吏部尚书,甚奇弼,叹之曰:'仲尼称后生可畏,若斯人者,可与言天人之际乎!'……。何晏以为圣人无喜怒哀乐,其论甚精,钟会等述之。弼与不同,以为圣人茂于人者神明也,同于人者五情也,神明茂故能体冲和以通无,五情同故不能无哀乐以应物,然则圣人之情,应物而无累于物者也。今以其无累,便谓不复应物,失之多矣。"《世说新语·文学》:"何晏为吏部尚书,有位望,时谈客盈坐。"刘孝标注:"《文章叙录》曰:'晏能清言,而当时权势,天下谈士多宗尚之。'《魏氏春秋》曰:'晏少有异才,善谈《易》《老》。'"《世说新语·文学》:"何平叔(何晏字)注《老子》始成,诣王辅嗣(王弼字),见王注精奇,乃神伏,曰:'若斯人,可与论天人之际矣!'因以所注为《道》《德》二论。"

(29)"聃周",老子李聃、庄子庄周。"尼父",即是孔子。此言当时老庄玄学盛行,而替代孔子儒家,玄学与儒学争途。《晋书·范宁传》:"宁字武子。少笃学,多所通览。……时以浮虚相扇,儒雅日替,宁以为其源始于王弼、何晏,二人之罪深于桀纣,乃著论曰:'……王、何蔑弃典文,不遵礼度,游辞浮说,波荡后生,饰华言以翳实,骋繁文以惑世。搢绅之徒,翻然改辙,洙泗之风,缅焉将坠。遂令仁义幽沦,儒雅蒙尘,礼坏乐崩,中原倾覆。'"

(30)"去伐",元本、弘治本、梅庆生本作"去代",此据王惟俭本,《玉海》引同。傅嘏论才性、王粲《去伐》均见上注。

(31)嵇康,字叔夜,著《声无哀乐论》,为玄学三大命题之一,嵇康提出"声无哀乐"是针对《礼记·乐记》的基本思想而发的,要辨别声音是否和人情哀乐有必然联系。文中"秦客"质问时所依据的即是《乐记》,而嵇康以"东野主人"身分所作反驳,即是对《乐记》的一种批评。"秦客"和"东野主人"的这场辩论,正是儒道两家在音乐美学和文艺思想方面的一场大辩论。《声无哀乐论》的中心思想是"心之与声,明为二物","声之与心,殊涂异轨,不相经纬"。认为音乐与人的感情不能混为一谈,两者之间并无必然的联系。音乐由一定的声音排比组合成为乐曲,表现声音的自然和谐之美,它本身并不存在有哀乐之情。他说:"音声之作,其犹臭味在于天地之间。其善与不善,虽遭浊乱,其体自若而无变化也。岂以爱憎易操、哀乐改度哉!"

(32)《三国志·魏书·诸夏侯曹传》:"(夏侯)玄字太初。少知名,……顷之,为征西将军,假节都督雍、凉州诸军事。"裴松之注:"《魏氏春秋》曰:'……玄尝著《乐毅》《张良》及《本无》《肉刑论》,辞旨通远,咸传于世。'""本玄",元、明各本皆同。黄叔琳本作"本元",杨明照《增订文心雕龙校注》:"太初之《本元》。按'元'当依《御览》《文通》及各本作'玄'。"张立斋《文心雕龙注订》:"太初之作,应为《本无》,元字笔误。"范文澜《文心雕龙注》引(孙怡让)《札迻》十二:"案《本玄论》张溥辑《太初集》已佚。考《列子·仲尼》篇张(湛)注引夏侯玄曰:'天地以自然运,圣人以自然用,自然者道也。道本无名,故老氏曰强为之名,仲尼称尧荡荡无能名焉,云云。'"这可能就是他《本无论》内容。

(33)王弼字辅嗣,其"两例"当指《周易略例》与《老子略例》。

(34)何晏字平叔,其"二论"即《道》《德》二论。

(35)"师心",《庄子·人间世》篇:"仲尼曰:'恶!恶可!大多政法而不谍,虽固亦无罪。虽然,止是耳矣,夫胡可以及化!犹师心者也。'"成玄英疏:"夫圣人虚己,应时无心,譬彼明镜,方兹虚谷。今颜回预作言教,方思虑可不,既非忘淡薄,故知师其有心也。"《吕氏春秋·制乐》篇:"圣人所独见,众人焉知其极。"

(36)"论",原作"人伦",范文澜谓:"铃木(虎雄)云:《御览》《玉海》'人伦'作'论'一字。"王利器《文心雕龙校证》:"'论'原作'人伦'二字,今从《御览》《玉海》改。《章表》篇'并表之英也',《事类》篇'陈思群才之英也',句法同。"译文据此。

(37)《昭明文选》载有李萧远《运命论》。李善注:"《集林》曰:李康,字萧远,中山人也。性介立,不能和俗。著《游山九吟》,魏明帝异其文,遂起家为寻阳长。政有美绩。病卒。""运谓五德更运,帝王所禀以生也。《春秋元命苞》曰:'五德之运,各象其类;兴亡之名,应箓以次相代。'宋均曰:'运,箓运也。'《春秋元命苞》曰:'命者,天下之命也。'"《运命论》:"夫治乱,运也;穷达,命也;贵贱,时也。故运之将隆,必生圣明之君。圣明之君,必有忠贤之臣。其所以相遇也,不求而自合;其所以相亲也,不介而自亲。唱之而必和,谋之而必从,道德玄同,曲折合符,得失不能疑其志,谗构不能离其交,然后得成功也。其所以得然者,岂徒人事哉?授之者天也,告之者神也,成之者运也。"《后汉书·王充传》:"王充,字仲任,会稽上虞人也。……受业太学,师事扶风班彪。好博览而不守章句。家贫无书,常游洛阳市肆,阅所卖书,一见辄能诵忆,遂博通众流百家之言。后归乡里,屏居教授。仕郡为功曹,以数谏争不合去。充好论说,始若诡异,终有理实。以为俗儒守文,多失其真,乃闭门潜思,绝庆吊之礼,户牖墙壁各置刀笔。著《论衡》八十五篇,二十余万言,释物类同异,正时俗嫌疑。"《论衡》有《逢遇》《命录》《命义》《辛偶》《累害》等篇,论及运命。然李康《运命论》所论相同而超越王充。

(38)《晋书·陆机传》:"陆机字士衡,吴郡人也。祖逊,吴丞相。父抗,吴大司马。机身长七尺,其声如钟。少有异才,文章冠世,伏膺儒术,非礼不动。抗卒,领父兵为牙门将。年二十而吴灭,退居旧里,闭门勤学,积有十年。以孙氏在吴,而祖父世为将相,有大勋于江表,深慨孙晧举而弃之,乃论权所以得,晧所以亡,又欲述其祖父功业,遂作《辩亡论》二篇。"《史记·秦始皇本纪》司马贞《索隐》:"贾谊《过秦论》以'孝公'已下为上篇,'秦兼并诸侯山东三十余郡'为下篇。"《昭明文选》李善注:"《汉书》:应劭曰:贾谊书第一篇名也,言秦之过。"《太平御览》五九五:"曹丕云:'余观贾谊《过秦论》,发周秦之得失,通古今之制义,洽以三代之风,润以圣人之化,斯可谓作者矣。'"

(39)《隋书·经籍志》:"《周易论》一卷,晋荆州刺史宋岱撰。"《晋书·惠帝纪》太安二年:"三月,李特攻陷益州。荆州刺史宋岱击特,斩之,传首京师。"注:"'宋岱',罗尚传、郭舒传、孙旗传、《通鉴》

八五并作'宗岱'。"《晋书·罗尚传》:"时李特亦起于蜀,攻蜀,杀赵廞。又攻尚于成都,尚退保江阳。初,尚乞师方岳,荆州刺史宗岱率建平太守孙阜救之,次于江州。岱、阜兵盛,诸为寇所逼者,人有奋志。尚乃使兵曹从事任锐伪降,因出密宣告于外,克日俱击,遂大破之,斩李特,传首洛阳。"参之《惠帝纪》,宗岱即宋岱。《晋书·郭象传》:"郭象字子玄,少有才理,好老庄,能清言。……先是注《庄子》者数十家,莫能究其旨统。向秀于旧注外而为解义,妙演奇致,大畅玄风,惟《秋水》《至乐》二篇未竟而秀卒。秀子幼,其义零落,然颇有别本迁流。象为人行薄,以秀义不传于世,遂窃以为己注,乃自注《秋水》《至乐》二篇,又易《马蹄》一篇,其余众篇或点定文句而已。其后秀义别本出,故今有向、郭二庄,其义一也。""机神",唯黄叔琳本作"几神",当以"机神"为是。

(40)《晋书·山涛传》附王衍传:"衍字夷甫,神情明秀,风姿详雅。……魏正始中,何晏、王弼等祖述老庄,立论以为:'天地万物皆以无为本。无也者,开物成务,无往不存者也。阴阳恃以化生,万物恃以成形,贤者恃以成德,不肖恃以免身。故无之为用,无爵而贵矣。'衍甚重之。惟裴颉以为非,著论以讥之,而衍处之自若。衍既有盛才美貌,明悟若神,常自比子贡。兼声名藉甚,倾动当世。妙善玄言,唯谈老庄为事。每捉玉柄麈尾,与手同色。义理有所不安,随即改更,世号'口中雌黄'。朝野翕然,谓之'一世龙门'矣。累居显职,后进之士,莫不景慕放效。选举登朝,皆以为称首。矜高浮诞,遂成风俗焉。"《晋书·裴秀传》附裴颉传:"颉字逸民。弘雅有远识,博学稽古,自少知名。……颉深患时俗放荡,不尊儒术,何晏、阮籍素有高名于世,口谈浮虚,不遵礼法,尸禄耽宠,仕不事事;至王衍之徒,声誉太盛,位高势重,不以物务自婴,遂相放效,风教陵迟,乃著《崇有》之论以释其蔽,曰:'……夫至无者无以能生,故始生者自生也。自生而必体有,则有遗而生亏矣。生以有为已分,则虚无是有之所谓遗者也。故养既化之有,非无用之所能全也;理既有之众,非无为之所能循也。心非事也,而制事必由于心,然不可以制事以非事,谓心为无也。匠非器也,而制器必须于匠,然不可以制器以非器,谓匠非有也。是以欲收重泉之鳞,非偃息之所能获也;陨高墉之禽,非静拱之所能捷也;审投弦饵之用,非无知之所能览也。由此而观,济有者皆有也,虚无奚益于已有之群生哉!'王衍之徒攻难交至,并莫能屈。"裴颜另有《贵无论》,已佚。《世说新语·文学》篇:"裴成公作《崇有论》,时人攻难之,莫能折。"刘孝标注引《晋诸公赞》曰:"颜疾世俗尚虚无之理,故著《崇有》《贵无》二论以折之。"

(41) 刘勰认为玄学中的无、有两派都有所偏,钻牛角尖,以至各自陷入极端,而不能达到最终的正确真理境界。崇有者滞碍拘泥于事物之形迹和功用,而贵无者又囿于《老子》所说的"寂兮寥兮"、无声无形。"般若之绝境",般若为佛教术语,梵语Prajna的音译,意思是智慧,此言智慧的最高境界。《佛学大辞典》"般若"条引《智度论》四十三:"般若者,秦言智慧。一切诸智慧中,最为第一,无上无比无等,更无胜者。"(《智度论》即《大智度论》,龙树所著,后秦弘始年间鸠摩罗什翻译成汉语部分为一百卷)"绝境",与人世隔绝的境界。陶渊明《桃花源记》:"来此绝境,不复出焉,遂与外人间隔。"按照龙树《中论》的思想,没有绝对的有,也没有绝对的无,"非有非无"。鸠摩罗什的助手、著名佛学家僧肇有《肇论》一书,收入其《不真空论》《物不迁论》《般若无知论》等名篇。我在《刘勰的佛学思想》一文中曾说:"他的《不真空论》的意思是'不真'即空,他用龙树《中论》的观点,从'非有非无'的本体论出发,论述了世界的'不真'即'空'的本质。'非有'是说现实世界从根本上说是不存在的,'非无'是说世界从现象上看又不能说是完全不存在的,只是它所存在的是一个假像。'虽无而非无,无者不绝虚;虽有而非有,有者非真有。''譬如幻化人,非无幻化人,幻化人非真人也。'《物不迁论》是说一切事物都是绝对地静止不动的,但不是只有静没有动,而是'必求静于诸动',从变化中去认识不变。汤用彤先生说:'称为《物不迁》者,似乎是专言静的。但所谓不迁者,乃言动静一如之本体。绝对之本体,亦可谓超乎言象之动静之上。即所谓法身不坏。'此'即动即静'之义亦即'即体即用','非谓由一不动之本体,而生各色变动之现象。盖本体与万象不可截分'。《般若无知论》则说因为般若无知,所以无所不知。他说:'夫有所知,则有所不知。以圣心无知,故无所不知,不知之知,乃曰一切知。'因为世界是不真而空的,所以认识世界也不要那些具体的知识,只要有无知之心就可以知道一切。僧肇的本体论是认为无非真无,有非真有,这正好解决了玄学中贵无和崇有两派的'徒锐偏解,莫诣正理'的缺点,也就是刘勰所说的'动极神源,其般若之绝境乎'的境界。"

(42)沈约《宋书·谢灵运传论》:"有晋中兴,玄风独振,为学穷于柱下(老子为柱下史),博物止乎七篇(《庄子·内篇》七篇),驰骋文辞,义单乎此。自建武暨乎义熙,历载将百,虽缀响联辞,波属云委,莫不寄言上德,托意玄珠,遒丽之辞,无闻焉尔。"萧子显《南齐书·文学传论》:"江左风味,盛道家之言,郭璞举其灵变,许询极其名理,(殷)仲文玄气,犹不尽除,谢混情新,得名未盛。颜(延之)、谢(灵运)并起,乃各擅奇,(汤惠)休、鲍(照)后出,咸亦标世。朱蓝共妍,不相祖述。"《世说新语·文学》:"旧云,王丞相(敦)过江左,止道《声无哀乐》(嵇康《声无哀乐论》)、《养生》(嵇康《养生论》)、《言尽意》(欧阳建《言尽意论》)三理而已,然宛转关生,无所不入。"

(43)张衡《讥世论》今不存。"颇似",原作"韵似",杨明照《增订文心雕龙校注》:"按'韵'字于义不属,且与下'但谈嘲戏'句不伦,疑为'颇'之形误。《哀吊》篇'卒章五言,颇似歌谣',《声律》篇'翻回取韵,颇似调瑟',句法与此相类,可证。"译文据此。"俳",元本、弘治本作"排",梅庆生本作"徘",非也。此据王惟俭本。

(44)孔融的《孝廉论》,亦不存。曹丕《典论·论文》:"孔融体气高妙,有过人者,然不能持论,理不胜辞,以至乎杂以嘲戏。"

(45)曹植的《辨道论》指斥神仙方士长生不死为荒谬之说,其文清代孙星衍《续古文苑》卷九有收入。"才不持论,宁如其已",元本、弘治本作"才不持论如其已",梅庆生本作"言不持正,论如其已",黄叔琳本同。此据王惟俭本,汪一元本同。杨明照《增订文心雕龙校注》:"黄校有误。张本、胡本作'才不持论,宁如其已',是也,当从之。"《昭明文选·典论·论文》李善注:"《汉书》(严助传),东方朔、枚皋'不根持论'。《孔丛子》,平原君谓公孙龙曰:公无复与孔子高辩事也,其理胜于辞,公辞胜于理。"此言若才能不擅长论辩,如果勉强而为,则不如搁笔不作。

(46)"辨正然否",辨析事物是否真切恰当。杨明照《增订文心雕龙校注》:"《论衡·超奇》篇:'桓君山作《新论》,论世间事,辨照然否。'又《自纪》篇:'论说辩然否。'""穷于有数,追于无形",元本、弘治本作"穷有数,追无形",梅庆生本作"穷于有数,追于无形",《太平御览》引作"穷于有数,究于无形",今从梅本。"有数",指具体有形事物。"无形",指抽象玄妙景象。

(47)"钻坚",元本、弘治本作"迹坚",此据梅庆生本。杨明照《增订文心雕龙校注》:"按'钻'字义长,《御览》《文章辨体汇选》三九二、《文章缘起》注引,并作'钻'。《论语·子罕》:'钻之弥坚。'当为'钻坚'二字所本。"《论语·子罕》邢昺疏:"钻研求之则益坚。""钩深取极",《周易·系辞上》:"探赜索隐,钩深致远。"孔颖达《正义》:"物在深处,能钩取之。"

(48)"筌蹄",指达到目的所需的手段。《庄子·外物》:"筌者,所以在鱼,得鱼而忘筌;蹄者,所以在兔,得兔而忘蹄;言者,所以在意,得意而忘言。吾安得夫忘言之人而与之言哉?""筌",即荃,捕鱼的鱼钩。"蹄",逮兔子的器具。鱼兔是目的,而筌蹄为工具手段。《庄子·胠箧》:"为之权衡以称之,则并与权衡而窃之。"成玄英疏:"权,称锤也;衡,称梁也,所以平物之轻重也。"

(49)"圆通",是佛教术语,佛学上称性体周遍为圆,妙用无碍为通。刘勰《灭惑论》:"明知圣人之教,触感圆通。"僧祐《出三藏记集》卷一收录《胡汉译经音义同异记》:"虽有偏解,终隔圆通。"《文心雕龙·明诗》:"然诗有恒裁,思无定位,随性适分,鲜能圆通。"本书《封禅》:"然骨掣靡密,辞贯圆通,自称极思,无遗力矣。"晋释慧远《大智论钞序》:"论之为体,位始无方而不可诘,触类多变而不可穷,或开远理以发兴,或导近习以入深,或阐殊途于一法而弗杂,或辟百虑于同相而不分,此以绝夫累瓦之谈,而无敌于天下者也。"释僧叡《大智度论序》:"其为论也,初辞拟之,必标众异以尽美;卒成之终,则举无执以尽善。释所不尽,则立论以明之;论其未辩,则寄折中以定之。"

(50)"析薪",砍木,破木。《诗经·齐风·南山》:"析薪如之何?匪斧不克。"郑笺:"此言析薪必待斧乃能也。"析薪必循纹理,方可顺利砍斫,喻论体写作必须一层一层剖析事理,一步一步深入。虽然斤斧锋利可以不顾纹理,文辞善辩可以违反常规,但并非最好的论体文章。桓范《世要论·序作》:"夫著作书论者,乃欲阐弘大道,述明圣教,推演事义,尽极情类,记是贬非,以为法式,当时可行,后世可修。且古者富贵而名贱废灭不可胜记。唯篇论俶傥之人为不朽耳。夫奋名于百代之前,而流誉于千载之后,以其览之者益,闻之者有觉故也。岂徒转相仿效名作书论,浮辞谈说而无损益哉。而世俗之人,不解作体,而务泛滥之言,不存有益之义,非也。故作者不尚其辞丽,而贵其存道也;不好其巧慧,而恶其伤义也。故夫小辩破道,狂简之徒,斐然成文,皆圣人之所疾矣。"

(51)"知妄",元本、弘治本、王惟俭本等作"如妄",此据梅庆生本。

(52)"杂文",杨明照《增订文心雕龙校注》:"按'杂'当作'离',字之误也。《礼记·学记》:'一年,视离经辨志。'郑注:'离经,断句绝也。'《正义》:'离经,谓离析经理,使章句断绝也。'此'离'字义当与彼同。'离文',谓离析原书章句,分别作注。即下文所举'毛公之训《诗》,安国之传《书》,郑君之释《礼》,王弼之解《易》'之类是。"此可备一说,然"杂文虽异"亦可通。

(53)秦恭,字延君。《汉书·儒林传》:"张山拊字长宾,平陵人也。事小夏侯建,为博士,论石渠,至少府。授同县李寻、郑宽中少君、山阳张无故子儒、信都秦恭延君、陈留假仓子骄。无故善修章句,为广陵太傅,守小夏侯说文。恭增师法至百万言,为城阳内史。"《汉书·艺文志》:"后世经传既已乖离,博学者又不思多闻阙疑之义,而务碎义逃难,便辞巧说,破坏形体;说五字之文,至于二三万言。"颜师古注:"言其烦妄也。桓谭《新论》云:秦近君(近字误,当作延)能说《尧典》篇目,两字之说,至十余万言;但说'曰若稽古'三万言。"

(54)朱普,字公文,其《尚书》学来自欧阳高弟子。《汉书·儒林传》:"林尊字长宾,济南人也。事欧阳高(传授欧阳《尚书》),为博士,论石渠。后至少府、太子太傅,授平陵平当、梁陈翁生。当至丞相,自有传。……而平当授九江朱普公文、上党鲍宣。普为博士,宣司隶校尉,自有传。徒众尤盛,知名者也。"《后汉书·桓荣传》:"初,荣受朱普学章句四十万言,浮辞繁长,多过其实。及荣入授显宗,减为二十三万言。"范文澜谓下文"三十万言"当为"四十万言",然《后汉书》所言"四十万言"系指桓荣非指朱普。

(55)"通人",当指扬雄、班固、桓谭、王充等。《扬雄传》:"雄少而好学,不为章句,训诂通而已。"《后汉书·班固传》:"不为章句,举大义而已。"杨明照《增订文心雕龙校注》:"羞学章句者,除范注引扬雄、班固外,尚不乏人:《后汉书·桓谭传》:'学多通,遍习五经,皆诂训大义,不为章句。'《王充传》:'好博览而不守章句。'《荀淑传》:'博学而不好章句。'《卢植传》:'能通古今学,好研精而不守章句。'《梁鸿传》:'博览无不通,而不为章句。'盖章句之学,辞过枝离,义鲜圆通,博览者多所不为,故舍人云然。"

(56)"毛公之训《诗》",指大毛公毛亨为《诗经》作《训诂传》,小毛公毛苌善说《诗》,而后称为"毛诗"。《毛诗·周南》孔颖达《正义》:"《六艺论》云:'河间献王好学,其博士毛公善说《诗》,献王号之曰《毛诗》。'是献王始加'毛'也。《汉书·儒林传》:'毛公,赵人也,为河间献王博士。'不言其名。范晔《后汉书》云:'赵人毛长(即毛苌)传《诗》,是为《毛诗》。'"

(57)《尚书》有孔安国传。《史记·儒林传》:"自此之后,鲁周霸、孔安国,洛阳贾嘉,颇能言《尚书》事。孔氏有《古文尚书》,而安国以今文读之,因以起其家。逸书得十余篇,盖《尚书》滋多于是矣。"司马贞《索隐》:"孔臧与安国书云:'旧书潜于壁室,歘尔复出,古训复申。唯闻《尚书》二十八篇取象二十八宿,何图乃有百篇。即知以今雠古,隶篆推科斗,以定五十余篇,并为之传也。'"范文澜《文心雕龙注》:"彦和所见《尚书》孔安国传,即梅赜《伪古文尚书》。梅传实据王肃之注,而附益以旧训。王肃好贾、马之学,渊源有自,不得概以伪目之(郑康成注《古文尚书》又《书赞》"我先师棘下生子安国"云云,是《孔氏传》至东汉末尚存也。王肃注更可信为古文)。"

(58)《后汉书·郑玄传》:"郑玄,字康成,北海高密人也。八世祖崇,哀帝时尚书仆射。玄少为乡啬夫,得休归,常诣学官,不乐为吏,父数怒之,不能禁。遂造太学受业,师事京兆第五元先,始通《京氏易》《公羊春秋》《三统历》《九章算术》。又从东郡张恭祖受《周官》《礼记》《左氏春秋》《韩诗》《古文尚书》。……凡玄所注《周易》《尚书》《毛诗》《仪礼》《礼记》《论语》《孝经》《尚书大传》《中候》《乾象历》,又著《天文七政论》《鲁礼禘祫义》《六艺论》《毛诗谱》《驳许慎五经异义》《答临孝存周礼难》,凡百余万言。玄质于辞训,通人颇讥其繁。至于经传洽孰,称为纯儒,齐鲁间宗之。……论曰:……郑玄括囊大典,网罗众家,删裁繁诬,刊改漏失,自是学者略知所归。"《隋书·经籍志》:"《周官礼》十二卷,郑玄注。""《仪礼》十七卷,郑玄注。""《礼记》二十卷,汉九江太守戴圣撰,郑玄注。"

(59)《三国志·魏书·钟会传》:"(王)弼好论儒道,辞才逸辩,注《易》及《老子》,为尚书郎,年二十余卒。"裴松之注引何劭《王弼传》:"弼注《老子》,为之指略,致有理统。著《道略论》,注《易》,往往有高丽言。太原王济好谈,病老、庄,常云:'见弼《易注》,所悟者多。'"

(60)"说",指说辞,是和论相近文体,说辞必须具有煽动性,让听者感到高兴喜悦。"咨",资也,凭借。王利器据铃木虎雄怀疑改为"资",无据。《说文》:"说,释也,从言兑。"段玉裁注:"说释即悦怿。""悦怿",快乐、愉悦。《周易·说卦》:"兑为泽、为少女、为巫、为口舌……"孔颖达《正义》:"为巫,取其口舌之官也。为口舌,取西方于五事为言,取口舌为言语之具也。"借口舌之语言而使之悦怿。

(61)《尚书·舜典》:"帝曰:'龙(舜的臣子),朕堲谗说殄行,震惊朕师。命汝作纳言,夙夜出纳朕命,惟允。'"孔安国传:"聖,疾。

殄,绝。震,动也。言我疾谗说,绝君子之行,而动惊我众,欲遏绝之。"

(62)"伊尹以论味隆殷",《史记·殷本纪》:"伊尹,名阿衡。阿衡欲干汤而无由,乃为有莘氏媵臣,负鼎俎,以滋味说汤,致于王道。或曰,伊尹处士,汤使人聘迎之,五反然后肯往从汤,言素王及九主之事。汤举任以国政。"《汉书·艺文志》:"《伊尹》五十一篇,汤相。"属道家。又曰:"《伊尹说》二十七篇,其语浅薄,似依托也。"属小说家。《吕氏春秋·孝行览·本味》:"汤得伊尹,祓之于庙,爝以爟,衅以牺猳。明日设朝而见之,说汤以至味。汤曰:'可对而为乎?'对曰:'君之国小,不足以具之,为天子然后可具。夫三群之虫,水居者腥,肉玃者臊,草食者膻。臭恶犹美,皆有所以。凡味之本,水最为始。五味三材,九沸九变,火为之纪。时疾时徐,灭腥去臊除膻,必以其胜,无失其理。调合之事,必以甘酸苦辛咸。先后多少,其齐甚微,皆有自起。鼎中之变,精妙微纤。口弗能言,志不能喻。……天子不可强为,必先知道。道者止彼在己,己成而天子成。天子成则至味具。故审近所以知远也,成己所以成人也,圣王之道要矣。'"

(63)"太公以辨钓兴周",《史记·齐太公世家》:"吕尚盖尝穷困,年老矣,以渔钓奸周西伯。西伯将出猎,卜之,曰:'所获非龙非彲,非虎非罴;所获霸王之辅。'于是周西伯猎,果遇太公于渭之阳,与语大说,曰:'自吾先君太公曰当有圣人适周,周以兴。子真是邪?吾太公望子久矣。'故号之曰'太公望',载与俱归,立为师。"《六韬·文韬·文师》:"文王乃斋三日,乘田车,驾田马,田于渭阳。卒见太公,坐茅以渔。文王劳而问之曰:'子乐渔邪?'太公曰:'臣闻君子乐得其志,小人乐得其事。今吾渔,甚有似也,殆非乐之也。'文王曰:'何谓其有似也?'太公曰:'钓有三权:禄等以权,死等以权,官等以权。夫钓以求得也,其情深,可以观大矣。'文王曰:'愿闻其情。'太公曰:'源深而水流,水流而鱼生之,情也;根深而木长,木长而实生之,情也;君子情同而亲合,亲合而事生之,情也。言语应对者,情之饰也;言至情者,事之极也。今臣言至情不讳,君其恶之乎?'文王曰:'惟仁人能受至谏,不恶至情,何为其然?'太公曰:'缗微饵明,小鱼食之;缗调饵香,中鱼食之;缗隆饵丰,大鱼食之。夫鱼食其饵,乃牵于缗;人食其禄,乃服于君。故以饵取鱼,鱼可杀;以禄取人,人可竭;以家取国,国可拔;以国取天下,天下可毕。'"

(64)"烛武行而纾郑",《左传》僖公三十年:"九月甲午,晋侯、秦伯围郑,以其无礼于晋,且贰于楚也。晋军函陵,秦军汜南。佚之狐言于郑伯曰:'国危矣,若使烛之武(杜预注:佚之狐、烛之武皆郑大夫)见秦君,师必退。'公从之。辞曰:'臣之壮也,犹不如人;今老矣,无能为也已。'公曰:'吾不能早用子,今急而求子,是寡人之过也。然郑亡,子亦有不利焉。'许之。夜,缒(杜预注:悬城而下)而出。见秦伯曰:'秦、晋围郑,郑既知亡矣。若亡郑而有益于君,敢以烦执事。越国以鄙远,君知其难也,焉用亡郑以陪邻?邻之厚,君之薄也。若舍郑以为东道主,行李之往来,共其乏困,君亦无所害,且君尝为晋君赐矣,许君焦、瑕,朝济而夕设版焉,君之所知也。夫晋,何厌之有?既东封郑,又欲肆其西封。若不阙秦,将焉取之?阙秦以利晋,唯君图之。'秦伯说,与郑人盟,使杞子、逢孙、扬孙(杜预注:三人,秦大夫,反为郑守)戍之,乃还。"

(65)"端木出而存鲁",《史记·仲尼弟子列传》:"田常欲作乱于齐,惮高、国、鲍、晏,故移其兵欲以伐鲁。孔子闻之,谓门弟子曰:'夫鲁,坟墓所处,父母之国,国危如此,二三子何为莫出?'子路请出,孔子止之。子张、子石请行,孔子弗许。子贡(端木赐)请行,孔子许之。遂行,至齐,说田常曰:'君之伐鲁过矣。夫鲁,难伐之国,其城薄以卑,其地狭以泄,其君愚而不仁,大臣伪而无用,其士民又恶甲兵之事,此不可与战。君不如伐吴。夫吴,城高以厚,地广以深,甲坚以新,士选以饱,重器精兵尽在其中,又使明大夫守之,此易伐也。'田常忿然作色曰:'子之所难,人之所易;子之所易,人之所难。而以教常,何也?'子贡曰:'臣闻之,忧在内者攻强,忧在外者攻弱。今君忧在内。吾闻君三封而三不成者,大臣有不听者也。今君破鲁以广齐,战胜以骄主,破国以尊臣,而君之功不与焉,则交日疏于主。是君上骄主心,下恣群臣,求以成大事,难矣。夫上骄则恣,臣骄则争,是君上与主有郤,下与大臣交争也。如此,则君之立于齐危矣。故曰不如伐吴。伐吴不胜,民人外死,大臣内空,是君上无强臣之敌,下无民人之过,孤主制齐者唯君也。'田常曰:'善。虽然,吾兵业已加鲁矣,去而之吴,大臣疑我,奈何?'子贡曰:'君按兵无伐,臣请往使吴王,令之救鲁而伐齐,君因以兵迎之。'田常许之,使子贡南见吴王。"

(66)苏秦主张合纵,联合六国一起抗秦;张仪主张连横,说服六国与秦亲善。均为当时著名纵横家,积极出谋划策。杨明照《增订文心雕龙校注》:"纪昀云:'踊当作涌。'按《文选》赵景真《与嵇茂齐书》:'愤气云踊。'是'踊'字自通,无烦改作。"

(67)"从横",即合纵连横。"长短",即指善说长短的纵横之术。杨明照《增订文心雕龙校注》:"按长短即从横也。《史记·六国表序》:'而从横短长之说起。'《田儋传赞》:'蒯通者,善为长短说。'《主父偃传》:'学长短从横之术。'《张汤传》:'边通学长短。'《汉书·何并传》:'持吏长短从横郡中。'《淮南子·要略》:'故纵横修短之说生焉。'刘向《战国策序》:'中书本号,……或曰短长,……或曰长书,或曰修书。……从横短长之说,左右倾侧。'并其证。"《汉书·张汤传》注:"应劭曰:'短长术兴于六国时,长短其语,隐谬用相激怒也。'张晏曰:'苏秦、张仪之谋,趣彼为短,归此为长,《战国策》名长短术也。'"

(68)《鬼谷子》有《转丸》篇、《飞钳》篇。《隋书·经籍志》载:"《鬼谷子》三卷,皇甫谧注。鬼谷子,周世隐于鬼谷。"又曰:"《鬼谷子》三卷,乐一注。"属纵横家。《鬼谷子·飞箝》篇:"引钩箝之辞,飞而箝之,钩箝之语,其说辞也。"陶宏景注:"飞,谓作声誉以飞扬之;钳,谓牵持缄束令不得脱也。"据《鬼谷子》尹志章序,则苏秦、张仪均为鬼谷子之弟子。刘勰此处借《鬼谷子》篇名形容苏秦、张仪等纵横家之辨说才能技巧。

(69)《史记·平原君虞卿列传》:"平原君已定从而归,归至于赵,曰:'不敢复相士。胜相士多者千人,寡者百数,自以为不失天下之士,今乃于毛先生(毛遂)而失之也。毛先生一至楚,而使赵重于九鼎大吕。毛先生以三寸之舌,强于百万之师。胜不敢复相士。'遂以为上客。"司马贞《索隐》:"九鼎大吕,国之宝器。言毛遂至楚,使赵重于九鼎大吕,言为天下所重也。"

(70)当时,苏秦佩六国相印,而张仪则受秦王封殷实的采邑。《史记·苏秦传》:"苏秦之昆弟妻嫂侧目不敢仰视,俯伏侍取食。苏秦笑谓其嫂曰:'何前倨而后恭也?'嫂委虵蒲服,以面掩地而谢曰:'见季子位高金多也。'苏秦喟然叹曰:'此一人之身,富贵则亲戚畏惧之,贫贱则轻易之,况众人乎!且使我有洛阳负郭田二顷,吾岂能佩六国相印乎!'"《史记·张仪传》:"张仪归报,秦惠王封仪五邑,号曰武信君。""磊落",错杂而多。《后汉书·蔡邕传》载其《释诲》:"连衡者六印磊落,合从者骈组流离。""五都",即五邑。"隐赈",即殷赈,殷实富有。《昭明文选·西京赋》:"郊甸之内,乡邑殷赈。"李善注:"殷赈,谓富饶也。"

(71)《昭明文选·子虚赋》:"于是楚王乃弭节裴徊,翱翔容与。"李善注:"郭璞曰:弭,犹低也。节,所仗信节也。"

(72)"齐镬",齐国鼎镬(古代烹饪器具)。《史记·郦食其传》:"郦生食其者,陈留高阳人也。……郦生常为说客,驰使诸侯。……淮阴侯闻郦生伏轼下齐七十余城,乃夜度兵平原袭齐。齐王田广闻汉兵至,以为郦生卖己,乃曰:'汝能止汉军,我活汝;不然,我将亨汝!'郦生曰:'举大事不细谨,盛德不辞让。而公不为若更言!'齐王遂亨郦生,引兵东走。"亨,即烹。

(73)"蒯子几入乎汉鼎",《史记·淮阴侯列传》:"高祖已从豨军来,至,见(韩)信死,且喜且怜之,问:'信死亦何言?'吕后曰:'信言恨不用蒯通计。'高祖曰:'是齐辩士也。'乃诏齐捕蒯通。蒯通至,上曰:'若教淮阴侯反乎?'对曰:'然,臣固教之。竖子不用臣之策,故令自夷于此。如彼竖子用臣之计,陛下安得而夷之乎!'上怒曰:'亨之。'通曰:'嗟乎,冤哉亨也!'上曰:'教韩信反,何冤?'对曰:'秦之纲绝而维弛,山东大扰,异姓并起,英俊乌集。秦失其鹿,天下共逐之,于是高材疾足者先得焉。跖之狗吠尧,尧非不仁,狗因吠非其主。当是时,臣唯独知韩信,非知陛下也。且天下锐精持锋欲为陛下所为者甚众,顾力不能耳。又可尽亨之邪?'高帝曰:'置之。'乃释通之罪。"

(74)《汉书·陆贾传》:"吕太后时,王诸吕,诸吕擅权,欲劫少主,危刘氏。右丞相陈平患之,力不能争,恐祸及己。平常燕居深念。贾往,不请,直入坐,陈平方念,不见贾。贾曰:'何念深也?'平曰:'生揣我何念?'贾曰:'足下位为上相,食三万户侯,可谓极富贵无欲矣。然有忧念,不过患诸吕、少主耳。'陈平曰:'然。为之奈何?'贾曰:'天下安,注意相;天下危,注意将。将相和,则士豫附;士豫附,天下虽有变,则权不分。权不分,为社稷计,在两君掌握耳。臣常欲谓太尉绛侯,绛侯与我戏,易吾言。君何不交驩太尉,深相结?'为陈平画吕氏数事。平用其计,乃以五百金为绛侯寿,厚具乐饮太尉,太尉亦报如之。两人深相结,吕氏谋益坏。陈平乃以奴婢百人,车马五十乘,钱五百万,遗贾为食饮费。贾以此游汉廷公卿间,名声籍甚。""籍甚",名声日益隆盛。

(75)"张释",即张释之。《史记·张释之传》:"张廷尉释之者,堵阳人也,字季。有兄仲同居。以訾为骑郎,事孝文帝,十岁不得调,无所知名。释之曰:'久宦减仲之产,不遂。'欲自免归。中郎将袁盎知其贤,惜其去,乃请徙释之补谒者。释之既朝毕,因前言便宜事。文帝曰:'卑之,毋甚高论,令今可施行也。'于是释之言秦汉之间事,秦所以失而汉所以兴者久之。文帝称善,乃拜释之为谒者仆射。"

(76)《汉书·杜钦传》:"时帝舅大将军王凤以外戚辅政,求贤知自助。凤父顷侯禁与钦兄缓相善,故凤深知钦能,奏请钦为大将军军武库令。职闲无事,钦所好也。钦为人深博有谋。……京兆尹王章上封事求见,果言凤专权蔽主之过,宜废勿用,以应天变。于是天子感悟,召见章,与议,欲退凤。凤甚忧惧,钦令凤上疏谢罪,乞骸骨,文指甚哀。太后涕泣为不食。上少而亲倚凤,亦不忍废,复起凤就位。凤心惭,称病笃,欲遂退。钦复说之曰……钦之补过将美,皆此类也。"

(77)《汉书·游侠传》:"楼护字君卿,齐人。……为人短小精辩,论议常依名节,听之者皆竦。与谷永俱为五侯上客,长安号曰'谷子云笔札,楼君卿唇舌',言其见信用也。"

(78)"颉颃",上下浮沉。《诗经·邶风·燕燕》:"燕燕于飞,颉之颃之。"毛传:"飞而上曰颉,飞而下曰颃。"范文澜《文心雕龙注》:"按《谐讔》篇'谬辞诋戏',谓嘲戏取说也,此'抵嘘'即'抵戏'之字误。"

(79)"泝洄",逆流而上。

(80)"抚会",顺势适时。"弛张",松弛紧张。"缓颊",《汉书·高帝纪》:"汉王如荥阳,谓郦食其曰:'缓颊往说魏王豹,能下之,以魏地万户封生。'"注:"张晏曰:'缓颊,徐言引譬喻也。'""刀笔",指文字。《后汉书·刘盆子传》:"酒未行,其中一人出刀笔书谒欲贺。"李贤注:"古者记事,书于简策,谬误者以刀削而除之,故曰刀笔。"

(81)《史记·范雎传》:"范雎者,魏人也,字叔。……及穰侯(魏冉)为秦将,且欲越韩、魏而伐齐纲寿,欲以广其陶封。范雎乃上书曰:'臣闻明主立政,有功者不得不赏,有能者不得不官,劳大者其禄厚,功多者其爵尊,能治众者其官大。故无能者不敢当职焉,有能者亦不得蔽隐。……'范雎日益亲,复说用数年矣,因请闲说曰:'……'于是废太后,逐穰侯、高陵、华阳、泾阳君于关外。秦王乃拜范雎为相。'""言事",指其上书说秦昭王废太后、逐穰侯魏冉等事。杨明照、郭晋稀均谓"事"前脱一"疑"字,"言疑事"与下"止逐客"方可俪对,可备一说。

(82)《史记·李斯列传》:"李斯者,楚上蔡人也。……会韩人郑国来间秦,以作注溉渠,已而觉。秦宗室大臣皆言秦王曰:'诸侯人来事秦者,大抵为其主游间于秦耳,请一切逐客。'李斯议亦在逐中。斯乃上书曰:'臣闻吏议逐客,窃以为过矣。昔缪公求士,西取由余于戎,东得百里奚于宛,迎蹇叔于宋,来丕豹、公孙支于晋。此五子者,不产于秦,而缪公用之,并国二十,遂霸西戎。孝公用商鞅之法,移风易俗,民以殷盛,国以富强,百姓乐用,诸侯亲服,获楚、魏之师,举地千里,至今治强。……'秦王乃除逐客之令,复李斯官,卒用其计谋。"

(83)"烦情",范文澜《文心雕龙注》谓"烦"字可疑,当作"顺"。然"烦"字亦可通,不必随意改之,此言烦杂情事也。"逆鳞",谓龙脖子倒生之鳞片,喻人君之威严不可触犯。《韩非·说难》:"夫龙之为虫也,可扰狎而骑也,然其喉下有逆鳞径尺,人有婴之,则必杀人。人主亦有逆鳞,说之者能无婴人主之逆鳞,则几矣。"

(84)"吴梁",汉代吴王濞与梁孝王武。《汉书·邹阳传》:"邹阳,齐人也。汉兴,诸侯王皆自治民聘贤。吴王濞招致四方游士,阳与吴严忌、枚乘等俱仕吴,皆以文辩著名。久之,吴王以太子事怨望,称疾不朝,阴有邪谋,阳奏书谏。为其事尚隐,恶指斥言,故先引秦为谕,因道胡、越、齐、赵、淮南之难,然后乃致其意。其辞曰:'……'吴王不内其言。是时,景帝少弟梁孝王贵盛,亦待士。于是邹阳、枚乘、严忌知吴不可说,皆去之梁,从孝王游。阳为人有智略,忼慨不苟合,介于羊胜、公孙诡之间。胜等疾阳,恶之孝王。孝王怒,下阳吏,将杀之。阳客游以谗见禽,恐死而负累,乃从狱中上书曰:'……'书奏孝王,孝王立出之,卒为上客。"

(85)"敬通",即冯衍。"鲍邓",鲍永、邓禹。《后汉书·冯衍传》:"冯衍字敬通,京兆杜陵人也。……更始二年,遣尚书仆射鲍永行大将军事,安集北方。衍因以计说永曰:'衍闻明君不恶切悫之言,以测幽冥之论;忠臣不顾争引之患,以达万机之变。是故君臣两兴,功名兼立,铭勒金石,令问不忘。今衍幸逢宽明之日,将值危言之时,岂敢拱默避罪,而不竭其诚哉!……'永既素重衍,为且受使得自置偏裨,乃以衍为立汉将军。"李贤注:"《东观记》:'衍更始时为偏将军,与鲍永相善。更始既败,固守不以时下。建武初,为扬化大将军掾,辟邓禹府,数奏记于禹,陈政言事。'自'明君'以下,皆是谏邓禹之词,非劝鲍永之说,不知何据,有此乖违。"严可均《全后汉文》卷二十《计说鲍永》后注:"案章怀注,据《东观记》谓是谏邓禹之词,非说鲍永。今考建武初,衍未辟邓禹府,禹亦未至并州。至罢兵来降,见黜之后,始诣邓禹耳。此当从《范书》作说鲍永为是。"《全后汉文》辑得《说邓禹书》三条。《后汉书·冯衍传》:"(冯衍)居常慷慨叹曰:'衍少事名贤,经历显位,怀金垂紫,揭节奉使,不求苟得,常有陵云之志。三公之贵,千金之富,不得其愿,不概于怀。贫而不衰,贱而不恨,年虽疲曳,犹庶几名贤之风。修道德于幽冥之路,以终身名,为后世法。'居贫年老,卒于家。"

(86)"成务",成就天下事务。《周易·系辞上》:"子曰:'夫易,何为者也?夫易,开物成务,冒天下之道,如斯而已者也。'"韩康伯注:"冒,覆也。言易通万物之志,成天下之务,其道可以覆冒天下也。"孔颖达《正义》:"'子曰:夫易何为'者,言易之功用,其体何为,是问其功用之意。'夫易,开物成务,冒天下之道,如斯而已'者,此夫子还自释易之体用之状,言易能开通万物之志,成就天下之务,有覆冒天下之道。斯,此也。易之体用如此而已。"

(87)杨明照《增订文心雕龙校注》:"按《汉书·蒯通传》:'臣愿披心腹,堕肝胆。'《后汉书·宝融传》:'(上书)故遣刘钧口陈肝胆。'《郎𫖮传》:'披露肝胆,书不择言。'并足证成舍人此说。"

(88)陆机之说见其《文赋》,刘勰认为陆机对"说"的解释是不妥当的。范文澜《文心雕龙注》:"陆机《文赋》曰:'论精微而朗畅,说炜晔而谲诳。'李善注曰:'说以感动为先,故炜晔谲诳。'士衡盖指战国策士而言。彦和谓言资悦怿,正即炜晔之义。惟当以忠信为本,不可流于谲诳。纪氏称为树义甚伟是也。"

(89)"叙理成论",元本、弘治本缺"叙"字,为一空格。王惟俭本、梅庆生本皆有,今从王、梅本。

(90)《周易·系辞下》:"服牛乘马,引重致远,以利天下,盖取诸随。"孔颖达《正义》:"随者,谓随时之所宜也,今服用其牛,乘驾其马,服牛以引重,乘马以致远,是以人之所用,各得其宜,故取诸随也。"

(91)"阴阳莫贰",即阴阳不忒。王利器《文心雕龙校证》:"'贰'当作'忒'。《礼记·缁衣》:'其仪不忒。'《释文》:'忒本或作贰。'是其证。"《汉书·礼乐志·郊祀歌》:"寒暑不忒况皇章。"颜师古注:"臣瓒曰:'忒,差也。寒暑不差,言阴阳和也。'"

(92)《左传》襄公二十七年:"子鲜曰:'逐我者出,纳我者死,赏罚无章,何以沮劝?'"孔颖达《正义》:"逐我者应死而得生出,纳我者有功而更身死。章,明也。沮,止也。罚有罪所以止人为恶,赏有功所以劝人为善。"

《诏策》篇

皇帝御寓,其言也神⁽¹⁾。渊嘿黼扆,而响盈四表⁽²⁾,其唯诏策乎!昔轩辕唐虞,同称为命⁽³⁾。命之为义,制性之本也⁽⁴⁾。其在三代,事兼诰誓⁽⁵⁾。誓以训戎,诰以敷政,命喻自天,故授官锡胤⁽⁶⁾。《易》之《姤·象》:"后以施命诰四方。"诰命动民,若天下之有风矣⁽⁷⁾!降及七国,并称曰令。命者,使也⁽⁸⁾。秦并天下,改命曰制⁽⁹⁾。汉初定仪则,则曰有四品:一曰策书,二曰制书,三曰诏书,四曰戒敕⁽¹⁰⁾。敕戒州郡,诏诰百官,制施赦命,策封王侯⁽¹¹⁾。策者,简也⁽¹²⁾。制者,裁也⁽¹³⁾。诏者,告也⁽¹⁴⁾。敕者,正也⁽¹⁵⁾。《诗》云:"畏此简书⁽¹⁶⁾。"《易》称:"君子以制数度⁽¹⁷⁾。"《礼》称:"明神之诏⁽¹⁸⁾。"《书》称:"敕天之命⁽¹⁹⁾。"并本经典以立名目。远诏近命,习秦制也⁽²⁰⁾。

《记》称丝纶,所以应接群后⁽²¹⁾。虞重纳言,周贵喉舌⁽²²⁾。故两汉诏诰,职在尚书。王言之大,动入史策,其出如綍,不反若汗⁽²³⁾。是以淮南有英才,武帝使相如视草⁽²⁴⁾;陇右多文士,光武加意于书辞⁽²⁵⁾。岂直取美当时,亦敬慎来叶矣。观文景以前,诏体浮杂;武帝崇儒,选言弘奥⁽²⁶⁾。策封三王,文同训典⁽²⁷⁾;劝戒渊雅,垂范后代。及制诏严助,即云"伏承明庐⁽²⁸⁾",盖宠才之恩也。孝宣玺书,责博于陈遂,亦故旧之厚也⁽²⁹⁾。逮光武拨乱,留意斯文,而造次喜怒,时或偏滥。诏赐邓禹,称"司徒为尧⁽³⁰⁾";敕责侯霸,称"黄钺一下⁽³¹⁾"。若斯之类,实乖宪章。暨明、章崇学,雅诏间出⁽³²⁾。和、安政弛,礼阁鲜才,每为诏敕,假手外请⁽³³⁾。建安之末,文理代兴,潘勖《九锡》,典雅逸群⁽³⁴⁾;卫觊《禅诰》,符采炳耀,弗可加已⁽³⁵⁾。自魏晋诰策,职在中书,刘放、张华,互管斯任,施令发号,洋洋盈耳⁽³⁶⁾。魏文帝下诏,辞义多伟,至于作威作福,其万虑之一弊乎⁽³⁷⁾!晋氏中兴,唯明帝崇才⁽³⁸⁾,以温峤文清,故引入中书⁽³⁹⁾。自斯以后,体宪风流矣⁽⁴⁰⁾。

夫王言崇秘,大观在上⁽⁴¹⁾,所以百辟其刑,万邦作孚⁽⁴²⁾。故授官选贤,则义炳重离之辉⁽⁴³⁾;优文封策,则气含风雨之润⁽⁴⁴⁾;敕戒恒诰,则笔吐星汉之华⁽⁴⁵⁾;治戎燮伐,则声存浡雷之威⁽⁴⁶⁾;眚灾肆赦,则文有春露之滋⁽⁴⁷⁾;明罚敕法,则辞有秋霜之烈⁽⁴⁸⁾:此诏策之大略也。

戒敕为文,实诏之切者⁽⁴⁹⁾,周穆命郊父受敕宪⁽⁵⁰⁾,此其事也。魏武称"作敕戒,当指事而语,勿得依违⁽⁵¹⁾",晓治要矣。及晋武敕戒,备告百官,敕都督以兵要,戒州牧以董司,警郡守以恤隐,勒牙门以御卫,有训典焉⁽⁵²⁾。戒者,慎也,禹称"戒之用休⁽⁵³⁾"。君父至尊,在三同极⁽⁵⁴⁾。汉高祖之《敕太子》⁽⁵⁵⁾,东方朔之《戒子》⁽⁵⁶⁾,亦顾命之作也⁽⁵⁷⁾。及马援已下,各贻家戒⁽⁵⁸⁾。班姬《女戒》,足称母师也⁽⁵⁹⁾。

教者,效也,言出而民效也⁽⁶⁰⁾。契敷五教,故王侯称教⁽⁶¹⁾。昔郑弘之守南阳,条教为后所述⁽⁶²⁾,乃事绪明也。孔融之守北海,文教丽而罕于理⁽⁶³⁾,乃治体乖也。若诸葛孔明之详约⁽⁶⁴⁾,庾稚恭之明断⁽⁶⁵⁾,并理得而辞中,教之善也。自教以下,则又有命。《诗》云:"有命自天。"明命为重也⁽⁶⁶⁾。《周礼》曰:"师氏诏王。"明诏为轻也⁽⁶⁷⁾。今诏重而命轻者,古今之变也。

赞曰:皇王施令,寅严宗诰⁽⁶⁸⁾。我有丝言,兆民伊好⁽⁶⁹⁾。辉音峻举,鸿风远蹈。腾义飞辞,涣其大号⁽⁷⁰⁾。

简析：

本篇论君王告示臣下的诏书和策书两种文体。诏策是古代皇帝对臣下颁布的诏诰训诫，或是封爵赏赐的命令，黄帝、唐尧、虞舜时称为"命"，表示天子行施天神之命。夏、商、周三代兼用诰誓之名，发布政令称为"诰"，军旅誓师称为"誓"。战国时称"命"为"令"，秦国统一天下后称为"制"。到了汉初制订法则，分为四种：一曰策书、二曰制书、三曰诏书、四曰戒敕。用来训戒州牧刺史、诏告文武百官、颁发公布赦令、册封王侯大臣。这些名称都来自经书典籍，诏告远方命令近臣，是沿袭秦国的制度。诏策是帝王的言论，影响深远，所以特别要注意内容确切和文辞修饰，为此也十分重视起草诏策的官吏，汉代诏策均由中书省掌管。自汉武帝尊重儒学，诏策均学习经典。东汉时期由于中书省人才缺乏，往往寻找另外的职官来起草。魏晋时期均由中书监、中书令职掌。由于诏策是皇帝的旨意，诸侯百官严格依循，万民百姓敬仰顺从，所以诏策写作必须义理光彩辉耀，含"风雨之润"，吐"星汉之华"，体现君王雨露之恩，威严之尊。而其中"戒敕"是诏策中最为切实指事的，例如晋武帝的敕戒，"敕都督以兵要，戒州牧以董司，警郡守以恤隐，勒牙门以御卫，有训典焉"。"戒敕"在发展中又有变化，不全限于帝王。君王戒书大都称为"敕"，如汉高祖《敕太子》，而臣下警戒子女或他人一般称为"戒"，如东方朔有《戒子书》、班姬有《女诫》。"戒"后又有"教"的名称，是指王侯出言教人仿效，郑弘、孔融、诸葛亮等皆有美善教戒之作。自教以下又有"命"，古代的"诏"是臣下告知君王，所以体现天命的"命"比"诏"重要，而后来"诏"是君王诏告天下的，所以比"命"重要，这是古今的不同变化。诏策的写作需根据其具体运用，而有不同的特色和风格。作为帝王的言论，应当崇高尊严，具有神秘威慑意味。用于选贤授官则需辞义炳焕，用于封赏策命当具皇恩润泽，用于训诫诏诰应显星河光华，用于整治军戎宜有震雷威严，用于宽恕赦免犹如春风雨露，用于整饬法纪必似霜冻凛冽。然而，历代帝王的诏策,往往与帝王本人喜怒哀乐相联系,所以有些往往出现偏激泛滥、作威作福的违背诏策典则的情况。

语译：

皇帝掌控宇宙驾驭神州,他的言论犹如神灵训示。皇帝静坐在绣有花纹屏风前面临群臣,其政令声音响彻四方,靠的就是他颁布的诏策。早先轩辕黄帝、唐尧、虞舜的话语,都称为"命"。"命"的意思,是秉承天命制定人性的本源。到了夏、商、周三代,皇帝命令才兼有诰、誓的作用。誓是率师出征讨伐叛逆时训诫将士的誓词,诰是皇帝实施政教劝谕臣民的文告。皇命源于上天,授予臣下官职赐福后代。《周易·姤卦·象辞》说："天子颁布命令以告知四方。"皇帝诰命可以鼓动百姓顺从臣服,有如天下之风使百草偃倒。到了战国七雄时代,均称为"令"。"命"的意思,就是"使令"(使人服从)。秦国吞并六国统一天下,改"命"为"制"。汉代初年制定的礼仪法则,则有四种品目：一曰策书、二曰制书、三曰诏书、四曰戒敕。戒敕是告诫州牧刺史的,诏书是昭告文武百官的,制书是向臣民颁布赦令的,策书是册封王侯大臣的。策的意思,就是简册。制的意思,就是裁断。诏的意思,就是昭告。敕的意思,就是纠正。《诗经》说："敬畏这封简策书信。"《周易》说："君子制订礼仪等级法度。"《周礼》说："宣读敬告神明诏令。"《尚书》说："敕奉上天的命令。"策、制、诏、敕都是原本于经典而确立的名目。君王以简策昭告远方,当面以敕命告谕近臣,这是沿袭秦的制度。

《礼记》说：帝王的言辞如丝缕般细微,发为诏诰巨大如纶绶,用来应对接待各个诸侯。虞舜十分重视发布、转达王命的纳言官,周朝极其珍贵宣上纳下的帝王喉舌之吏,(沿袭这种传统)所以两汉的诏书诰誓,由尚书省来掌管。帝王话语十分宏大,动辄载入史册,所出诏策犹如巨大绳索不可变动,好像出了汗不能返回一样。淮南王刘安才华英俊,汉武帝赐予他的诏书常请司马相如参阅草稿。陇右隗嚣部下人才众多,光武帝给他的诏策特别留意书辞修订。这并不只是取美当时,也是为了后世能恭敬谨慎对待。考察汉文帝、汉景帝以前,诏书文体比较杂乱浮泛,至汉武帝接受董仲舒建议罢黜百家、独尊儒术,诏书文辞弘伟深奥。册封三王之策书,文辞古雅类同经典,劝诫训勉渊深雅正,可以成为后代典范;制作诏书给严助,说他厌倦在承明卢(朝廷)为官(放他外出作会稽太守),乃是对有才臣子的恩宠。汉宣帝盖了玉玺(印章)的诏书,戏问陈遂是否该归还赌债了,亦是故旧朋友之间的深厚情谊。及至光武帝刘秀拨乱反正建立东汉王朝,特别留意诏策文书,但在仓促鲁莽、喜怒不定之中所下诏书,往往出现偏执浮滥现象。例如给邓禹的诏书中称司徒为尧,斥责侯霸敕书中称"用黄金斧头砍他一下"。像这一类不当之处,实在是违背了朝廷法制的。东汉明帝、章帝皆重视儒学,经常有雅正诏书发出。和帝、安帝政事松弛,尚书省(礼阁)缺少文才,每次颁发诏书、敕书,常常要请尚书省外的人来代笔。建安末年由于曹魏提倡重视,文章义理文辞蓬勃兴盛,潘勖《册魏公九锡文》,文辞典雅超越群臣;卫觊为汉献帝写禅位曹丕诏书,内容辞采炳焕耀眼,其美无可复加。自魏晋起诰策书写,由中书监、中书令职掌。曹魏时刘放及晋武帝时张华,均担任过此职务,草拟诏书发号施令,洋洋盈耳誉满朝野。魏文帝曹丕所下诏书,辞采义理均颇宏伟,至于以"作威作福"夸耀其武将威武,或是其万虑中一时疏忽而成弊病。西晋中兴,只有晋明帝推崇贤才,因温峤文辞清新,故封为中书令,自此以后,诰策体制追求文采华美的风气就一直流传下去了。

　　帝王的言论(诏策是也)崇高神秘,为在下臣民百姓所观望敬仰。所以百国诸侯皆加以效法,万邦臣民皆信而顺之。故选贤授官之诏策,辞义炳焕若《周易》离卦日月重叠光辉普照;显示优渥宠遇的封赏策命,则其气势具有风雨之润泽;训诫的敕书和常规的诏诰,则笔下吐露星河般光华;整治军戎协调征伐,则君命有如连续震雷般威严;对过失造成灾害加以宽恕赦免,则其文有如春风雨露般滋润;昭明惩罚整饬法纪,其文辞如秋天霜冻之寒烈;这就是诏策的大致要领。

　　训诫用的敕书实为诏诰中最严峻切实的一种。周穆王命正公郊父接受教令,就是戒敕最好事例。魏武帝曹操说:"制作敕戒,应当直指事情本身,切忌反复无常依违不定。"这是通晓治理国家要领的话。晋武帝在位时颁布过很多戒敕,以广泛告示百官。敕戒都督要重视军事机要,敕戒州牧太守要勤勉督查所属县司,警戒郡守要体恤民情疾苦,警敕军营牙门(立牙旗的军队衙门)要加强保卫抵御盗贼。这些诏书敕戒都是仿效经典的模范。戒的意思,就是要十分谨慎。夏禹说:"戒要用美德来劝导。"君父的地位最尊贵,君、父、师三者赐予恩惠无穷无尽。汉高祖刘邦的《敕太子》,东方朔的《戒子》,都是临终遗命之作。自伏波将军马援以后,很多人皆有戒子孙书遗留后代。班姬的《女诫》,足可称为贤母良师了。

教的意思,就是仿效,君王诸侯郡守出言而下民百姓效法实施之。帝舜封商祖契为司徒施行人伦五教,故而后代王侯之言称为教。过去郑弘为南阳太守,其条例教令都为后世称道,乃因叙事条理十分清楚明白。孔融为北海太守时,其教令文辞雅丽而义理欠缺难以实施,违背了治政文体的要领。诸葛亮的教令叙述周密文辞简约,庾翼的教令文意明晰措辞果断,皆能道理得当而文辞中肯,诚为教令之佳作。在"教"令以下,又有"命"体。《诗经》说:"有命从上天来。"说明"命"是多么重要啊。《周礼》说:"师氏诏告于君上。"说明"诏"和"命"比是不重要的。而现在则"诏"重而"命"轻,这是古今不同的变化。

总论:帝王君主发施号令,严肃恭敬宗法诰命。君王有言细如丝纶,亿兆百姓忠信奉行。光辉声音峻伟高举,鸿伟雄风流播弥盛。义理腾跃言辞飞翔,涣然散发浩大命令。

注订:

(1)"御寓",即御宇,驾驭宇宙,掌控神州,统治天下。《说文》:"宇,屋边也。从宀于声。《易》曰:'上栋下宇。'寓,籀文宇从禹。"范文澜《文心雕龙注》:"《文选》沈约《奏弹王源》:'自宸历御寓。'《汉书·成帝纪》赞曰:'临朝渊嘿,尊严若神。'《尚书·顾命》:'设黼扆。'伪《孔传》曰:'扆,屏风,画为斧文,置户牖间。'《礼记·曲礼》:'天子当扆而立。'""其言也神",皇帝的言论如神灵一般有最高威严。

（2）《太平御览》"黼"作"负"。刘永济《文心雕龙校释》："审文义当从《御览》作'负'。负属动词也。"杨明照《增订文心雕龙校注》："按刘说是。《仪礼·觐礼》：'天子衮冕负斧依。'（依与扆通）郑注：'负，谓背之南面也。'《礼记·明堂位》：'天子负斧依，南乡而立。'郑注：'负之言背也。'《淮南子·泛论》篇：'负扆而朝诸侯。'高注：'负，背也。扆，户牖之间，言南面也。'《宋书·顺帝纪》：'（升明元年诏）负扆巡政。'又《臧质传》：'（上表）遂令负扆席图。'《南齐书·高帝纪》：'（宋帝禅位下诏）负扆握枢。'《梁书·武帝纪》：'（大同十一年诏）朕负扆君临。'并其证。《汉书·成帝纪》：'临朝渊嘿，尊严若神，可谓穆穆天子之客矣。'""嘿"，默。"渊默"，深沉静默。《淮南子·泰族训》："齐（斋）明盛服，渊默而不言。""四表"，四方。《尚书·尧典》："光被四表，格于上下。"孔颖达《正义》："圣德美名，充满被溢于四方之外。"

（3）"诏策"，即帝王的命令。《史记·五帝本纪》："轩辕之时，神农氏世衰。……蚩尤作乱，不用帝命。于是黄帝乃征师诸侯，与蚩尤战于涿鹿之野，遂禽杀蚩尤。而诸侯咸尊轩辕为天子，代神农氏，是为黄帝。"《尚书·尧典》："帝尧……乃命羲、和：钦若昊天，历象日月星辰，敬授人时。"《尚书·舜典》："帝（舜）曰：'夔，命汝典乐，教胄子。'"此言黄帝、尧、舜所称之"命"实际就是最早的诏策。

（4）"性"，范文澜《文心雕龙注》："性，疑当作姓。……彦和之意，以为命之本义，由于制姓，至三代始事兼诰誓耳。"此言命的意义本是从古代皇帝对有功臣子赐与姓氏开始的。然改为"姓"无版本依据，或谓不必改为"姓"，张立斋《文心雕龙注订》："性即性命之性。制性之本，犹制命之本也。天子至尊，百姓性命之所依托。"《礼记·中庸》："天命之谓性。"《论衡·命义》："命则性也。"此处据张说。

（5）"三代"，夏、商、周。《穀梁传》隐公八年："诰誓不及五帝。""誓"，如《尚书》有《甘誓》《汤誓》《泰誓》《牧誓》《费誓》《秦誓》。"诰"，如《尚书》有《大诰》《康诰》《酒诰》《召诰》《洛诰》《康王之诰》。

(6) 天子之命来自上天,以授官赐福并可传至后代。"锡胤",锡,赐也。胤,继也,《说文》:"胤,子孙相承续也。"《诗经·大雅·既醉》:"君子万年,永锡祚胤。"毛传:"胤,嗣也。"郑玄笺:"永,长也。成王女有万年之寿,天又长予女福祚至于子孙。"

(7)《周易·姤卦》:"象曰:天下有风,姤;后以施命诰四方。"孔颖达《正义》:"风行天下,则无物不遇,故为遇象。'后以施命诰四方'者,风行草偃,天之威令,故人君法此,以施教命,诰于四方也。"程颐《易传》:"风行地上与天下有风,皆为周遍庶物之象。……称后者,后王之所为也。"

(8)"并称曰令。命者,使也",此据元本、弘治本。王惟俭本、黄叔琳本作"并称曰令。令者,使也"。梅庆生本作"并称曰命。命者,使也"。《战国策》多称为"令",若(卷二)"秦与天下俱罢,则令不横行于周矣"。(卷三)"战胜攻取,诏令天下"。"命",使令之意。《说文》:"命,使也。从口从令。"段玉裁注:"命,使也,从口令。令者,发号也。君事也。非君而口使之,是亦令也。故曰命者,天之令也。"蔡邕《独断》:"天子命令之别名,命,出君下臣名曰命;令,奉而行之名曰令;政,著之竹帛名曰政。"

(9)《史记·秦始皇本纪》二十六年:"丞相绾、御史大夫劫、廷尉斯等皆曰:'……臣等昧死上尊号,王为"泰皇"。命为"制",令为"诏",天子自称曰"朕"。'王曰:'去"泰",著"皇",采上古"帝"位号,号曰"皇帝"。他如议。'"

(10)"汉初定仪则,则曰有四品",按《太平御览》作"汉初定仪,则有四品",黄叔琳则谓:"疑衍一则字,以定仪为读。"范文澜谓前"则"当作"法"。按:此为五字句,不误。"仪则",法式。此两句其意同本书《章表》篇四字句"汉定礼仪,则有四品"。蔡邕《独断》:"汉天子正号曰皇帝,自称曰朕,臣民称之曰陛下,其言曰制诏,……其命令一曰策书,二曰制书,三曰诏书,四曰戒书。"

(11)"戒敕",即是戒书。"州郡",梅庆生本、黄叔琳本作"州部",杨明照《增订文心雕龙校注》:"'部',宋本、钞本、活字本、喜多本、鲍本《御览》作'郡'。王批本同。倪刻《御览》作'邦';元本、弘治本、活字本、汪本、佘本、张本、两京本、胡本、训诂本、万历梅本、谢钞本、汇编本、文津本同。按'郡'字是。'部''邦'皆非也。秦立郡县后,通称地方为州郡,见于《史记》《汉书》《后汉书》及《隶释》中者,多至不可胜举。本书《檄移》篇亦有'州郡征吏'语。""诏诰",杨明照曰:"'诰',《御览》引作'告'。按以下文'诏者,告也'证之,'告'字是。胡广《汉制度》:'诏书者,诏,告也。'(《后汉书·光武帝纪》章怀注引)"按:"诰"即告也。杨说可供参考。"敕命",各本皆同。杨明照《增订文心雕龙校注》:"'命'御览引作'令'。按《独断》……则此当以作'令'为是。"可参考。

（12）蔡邕《独断》:"策书:策者简也。……起年月日,称皇帝曰,以命诸侯王三公。其诸侯王三公之薨于位者,亦以策书诔谥其行而赐之。……制书:帝者制度之命也,其文曰制诏,三公赦令赎令之属是也。……诏书者:诏诰也,有三品,其文曰告某官。官如故事,是为诏书。群臣有所奏请,尚书令奏之,下有制曰天子答之曰可。若下某官云云。亦曰诏书,群臣有所奏请,无尚书令奏制之字,则答曰已奏。如书本官下所当至,亦曰诏。戒书戒敕,刺史太守及三边营官被敕文曰有诏敕某官,是为戒敕也。世皆名此为策书,失之远矣。"《说文》:"策,马棰也。"赶马的竹鞭。段玉裁注:"马筴曰策,以策击马曰敇。经传多假策为册。"《尚书·金縢》:"史乃册祝。"郑注:"册,谓简书也。"《仪礼·聘礼》贾公彦疏:"简者,未编之称,策是众简相连之名。"

（13）《说文》:"制,裁也。从刀从未。未,物成有滋味,可裁断。"

（14）《说文》:"诏,告也,从言从召。"

（15）《说文》:"敕,戒也。"段玉裁注"敕":"诫也。言部曰:诫,敕也。二字互训。……后人用勅为敕。力部勅,劳也。"敕、勅同。《小尔雅·广言》:"敕,正也。"《尚书·益稷》:"帝庸作歌,曰:'敕天之命,惟时惟几。'"传:"用庶尹允谐之政,故作歌以戒,安不忘危。敕,正也。"孔颖达《正义》:"人君奉正天命,以临下民,惟当在于顺时,惟当在于慎微。……'敕'是正齐之意,故谓正也。"

(16)《诗经·小雅·出车》:"岂不怀归,畏此简书。"毛传:"简书,戒命也。邻国有急,以简书相告,则奔命救之。"孔颖达《正义》:"古者无纸,有事书于简,谓之简书。以相戒,命之救急,故云戒命。"

(17)"数度",梅庆生本、黄叔琳本作"度数",此依元本、弘治本、王惟俭本。杨明照《增订文心雕龙校注》:"'度数',元本、弘治本、汪本、佘本、张本、两京本、胡本、四库本并作'数度'。按作'数度'与《易·节》象辞合,当据乙。"《周易·节卦》:"象曰:泽上有水,节;君子以制数度,议德行。"孔颖达《正义》:"节,止之义,制事有节,其道乃亨,故曰:'节,亨。'"又曰:"数度,谓尊卑礼命之多少。德行,谓人才堪任之优劣。君子象节以制其礼数等差,皆使有度,议人之德行任用,皆使得宜。"

(18)"神",原作"君"。范注引陈(汉章)先生曰:"明君之诏,明君当是明神之误。《周礼》司盟'北面诏明神'是也。"明神之诏,谓宣读诏令以告神明也。《周礼·秋官司寇》:"(司盟)北面诏明神。"郑玄注:"明神,神之明察者,谓日月山川也。"贾公彦疏:"言北面诏明神,则明神有象也。象者,其方明乎?"

(19)"敷天之命",敷奉天的命令,见《尚书·益稷》。

(20)范文澜《文心雕龙注》:"远诏,谓书于简策者;近命,则面谕也。"

(21)《礼记·缁衣》:"子曰:'王言如丝,其出如纶;王言如纶,其出如綍。'"郑注:"言,言出弥大也。纶,今有秩啬夫所佩也。綍,引棺索也。"《经典释文》:"纶音伦,又古顽切,绶也。"孔颖达《正义》:"'王言如丝,其出如纶'者,王言初出,微细如丝,及其出行于外,言更渐大,如似纶也。言纶粗于丝。'王言如纶,其出如綍'者,其言渐大出如綍也。綍,又大于纶。"

(22)《尚书·舜典》:"帝曰:'龙,朕堲谗说殄行,震惊朕师。命汝作纳言,夙夜出纳朕命,惟允。'"孔安国传:"纳言,喉舌之官。听下言纳于上,受上言宣于下,必以信。"孔颖达《正义》:"《诗》美仲山甫为王之喉舌。喉舌者,宣出王命,如王咽喉口舌,故纳言为'喉舌之官'也。

此官主听下言纳于上,故以纳言为名。亦主受上言宣于下,故言出朕命。"《诗经·大雅·烝民》:"王命仲山甫:式是百辟,缵戎祖考,王躬是保,出纳王命。王之喉舌,赋政于外,四方爰发。"

(23)"綍",粗大绳索。《汉书·刘向传》:"《易》曰:'涣汗其大号。'言号令如汗,汗出而不反者也。"颜师古注:"此《易》涣卦九五爻辞也。言王者涣然大发号令,如汗之出也。"

(24)《汉书·淮南王传》:"淮南王安为人好书,鼓琴,不喜弋猎狗马驰骋,亦欲以行阴德拊循百姓,流名誉。招致宾客方术之士数千人,作为《内书》二十一篇,《外书》甚众,又有《中篇》八卷,言神仙黄白之术,亦二十余万言。时武帝方好艺文,以安属为诸父,辩博善为文辞,甚尊重之。每为报书及赐,常召司马相如等视草乃遣。"颜师古注:"草谓为文之藁草。"

(25)《后汉书·隗嚣传》:"隗嚣,字季孟,天水成纪人也。……三年,嚣乃上书诣阙。光武素闻其风声,报以殊礼,言称字,用敌国之仪,所以慰藉之良厚。时陈仓人吕鲔拥众数万,与公孙述通,寇三辅。嚣复遣兵佐征西大将军冯异击之,走鲔,遣使上状。帝报以手书曰:'慕乐德义,思相结纳。……自今以后,手书相闻,勿用傍人解构之言。'自是恩礼愈笃。……嚣宾客、掾史多文学生,每所上事,当世士大夫皆讽诵之,故帝有所辞答,尤加意焉。"

(26)"杂",原作"新",杨明照《增订文心雕龙校注》:"'新',御览引作'杂'。徐𤊹校'杂'。按'杂'字是。'浮杂',盖谓文景以前诏书直言事状,不似武帝以后之以经典缘饰也。""浮杂",空泛驳杂。《史记·儒林列传序》:"孝惠、吕后时,公卿皆武力有功之臣。孝文时颇征用,然孝文帝本好刑名之言。及至孝景,不任儒者,而窦太后又好黄老之术,故诸博士具官待问,未有进者。及今上(武帝)即位,赵绾、王臧之属明儒学,而上亦乡之,于是招方正贤良文学之士。……及窦太后崩,武安侯田蚡为丞相,绌黄老、刑名百家之言,延文学儒者数百人,而公孙弘以《春秋》白衣为天子三公,封以平津侯。天下之学士靡然乡风矣。"

(27)"策封三王",《汉书·武五子传》:"齐怀王闳与燕王旦、广陵王胥同日立,皆赐策,各以国土风俗申戒焉。"《史记·三王世家》载有立齐王、燕王、广陵王的三篇策文。太史公曰:"封立三王,天子恭让,群臣守义,文辞烂然,甚可观也,是以附之世家。"

(28)"制诏",原作"制诰",各本皆同。王利器《文心雕龙校证》:"冯舒、黄丕烈俱云:'诰当作诏。'"杨明照《增订文心雕龙校注》:"按'诏'字是。《汉制度》:'制书者,帝者制度之命,其文曰制诏。'(《御览》五九三引)……《汉书·严助传》武帝赐书本作'制诏会稽太守'云云。"《汉书·严助传》:"严助,会稽吴人,严夫子(严忌)子也。……上问所欲,对愿为会稽太守。于是拜为会稽太守。数年,不闻问。赐书曰:'制诏会稽太守:君厌承明之庐,劳侍从之事,怀故土,出为郡吏。会稽东接于海,南近诸越,北枕大江。间者,阔焉久不闻问,具以《春秋》对,毋以苏秦从横。"承明庐为汉代朝中官吏值宿之地,厌承明庐指严助不愿在朝为官,汉武帝赐书让他做会稽太守,但希望他不要不闻不问。

(29)"玺书",盖了玉玺的诏书。《汉书·游侠传·陈遵传》:"陈遵字孟公,杜陵人也。祖父遂,字长子,宣帝微时与有故,相随博弈,数负进。及宣帝即位,用遂,稍迁至太原太守,乃赐遂玺书曰:'制诏太原太守:官尊禄厚,可以偿博进矣。妻君宁时在旁知状。'"颜师古注:"博,六博。弈,围棋也。"又曰:"进者,会礼之财也,谓博所赌也,解在《高纪》。一说进,胜也,帝博而胜,故遂有所负。""责博于",元本作"贵博士",弘治本作"责博士",梅庆生本作"赐太守",皆误。王利器《文心雕龙校证》:"孙诒让曰:'案疑当作"责博于陈遂"。此陈遂负博进,玺书责其偿,《汉书》所载甚明。元本惟"于"字讹作"士","责博"二字则不误。梅、黄固妄改,纪校亦误读《汉书》,皆不足为冯也。'案孙说是。此陈遂昔负帝博赌,帝诏戏责其偿,故曰'妻君宁在旁知状',遂亦知帝戏己,意图逃债,故谢曰'事在元平元年赦命前'也。今据改。"

(30)邓禹时为司徒(丞相)。《后汉书·邓禹传》:"帝以关中未定,而禹久不进兵,下敕曰:'司徒,尧也;亡贼,桀也。长安吏人,遑遑无所依归。宜以时进讨,镇慰西京,系百姓之心。'"

(31)《后汉书·冯勤传》:"司徒侯霸荐前梁令阎杨。杨素有讥议,帝常嫌之,既见霸奏,疑其有奸,大怒,赐霸玺书曰:'崇山、幽都何可偶,黄钺一下无处所。欲以身试法邪?将杀身以成仁邪?'"章怀太子注:"崇山,南裔也。幽都,北裔也。偶,对也。言将杀之,不可得流徙也。《尚书》舜流共工于幽州,放驩兜于崇山。"又曰:"钺,斧也,以黄金饰之,所以戮人。""黄钺"为帝王所专用,或赐予朝廷重臣。此言称司徒不可谓尧,对侯霸不可用"黄钺"。

(32)王利器《文心雕龙校证》:"'章'原作'帝',今从《御览》改。此统明、章两朝言之。《时序》篇'明章'亦误作'明帝',与此正同。"杨明照《增订文心雕龙校注》亦谓:"《隋书·经籍志一》:'光武中兴,笃好文雅;明章继轨,尤重经术。'可资旁证。"东汉明帝、章帝皆重视儒学,经常有雅正诏书发出。《后汉书·明帝纪》永平十五年三月:"幸孔子宅,祠仲尼及七十二弟子。亲御讲堂,命皇太子、诸王说经。"又:"(中和二年)夏四月丙辰,诏曰:'予末小子,奉承圣业,凤仪震畏,不敢荒宁。先帝受命中兴,德侔帝王,协和方邦,假于上下,怀柔百神,惠于鳏寡。朕承大运,继体守文,不知稼穑之艰难,惧有废失。圣恩遗戒,顾重天下,以元元为首。公卿百僚,将何以辅朕不逮?……'"永平二年春正月:"使尚书令持节诏骠骑将军、三公曰:'今令月吉日,宗祀光武皇帝于明堂,以配五帝。礼备法物,乐和八音,咏祉福,舞功德,班时令,敕群后。……'"《后汉书·章帝纪》:"(建初四年)十一月壬戌,诏曰:'盖三代导人,教学为本。汉承暴秦,褒显儒术,建立五经,为置博士。其后学者精进,虽曰承师,亦别名家。……至永平元年,长水校尉儵奏言,先帝大业,当以时施行。欲使诸儒共正经义,颇令学者得以自助。……'于是下太常,将、大夫、博士、议郎、郎官及诸生、诸儒会白虎观,讲议五经同异,使五官中郎将魏应承制问,侍中淳于恭奏,帝亲称制临决,如孝宣甘露石渠故事,作《白虎议奏》。""雅诏",元本、弘治本作"惟诏",从梅庆生本据朱谋㙔改。"间出",屡出。

（33）王利器《文心雕龙校证》："'和安'原作'安和'，今从《御览》乙正。"盖和帝先于安帝也。《后汉书·周荣传》其子周兴，"兴少有名誉，永宁中，尚书陈忠上疏荐兴曰：'……臣等既愚闇，而诸郎多文俗吏，鲜有雅才，每为诏文，宣示内外，转相求请，或以不能而专已自由，辞多鄙固。兴抱奇怀能，随辈栖迟，诚可叹惜。'诏乃拜兴为尚书郎"。《后汉书·窦宪传》："宪字伯度。……和帝即位，太后临朝，宪以侍中，内干机密，出宣诰命。"

（34）本书《风骨》篇："昔潘勖《锡魏》，思摹经典，群才韬笔，乃其骨髓峻也。"《才略》篇："潘勖凭经以骋才，故绝群于《锡命》。"《三国志·魏书·武帝纪》建安十八年："五月丙申，天子使御史大夫郗虑持节策命公为魏公曰：'……加君九锡，其敬听朕命。……'"《韩诗外传》："传曰：诸侯之有德，天子锡之。一锡车马，再锡衣服，三锡虎贲，四锡乐器，五锡纳陛，六锡朱户，七锡弓矢，八锡鈇钺，九锡秬鬯，谓之九锡也。"

（35）《三国志·魏书·卫觊传》："卫觊字伯儒，河东安邑人也。少夙成，以才学称。……魏国既建，拜侍中，与王粲并典制度。文帝即位，徙为尚书。顷之，还汉朝为侍郎，劝赞禅代之义，为文诰之诏。文帝践阼，复为尚书，封阳吉亭侯。"卫觊在曹丕继任魏王后为尚书，后又回汉庭任侍郎，向汉献帝劝说禅位之义并为其写禅位曹丕诏书。严可均《全三国文》载卫觊所写《为汉帝禅位魏王诏》《乙卯册诏魏王》《壬戌册诏魏王》《丁卯册诏魏王》《庚午册诏魏王》《禅位册》《受禅表》等。《三国志·魏书·文帝纪》裴松之注："庚午，册诏魏王曰：'……今遣守尚书令侍中觊喻，王其速陟帝位，以顺天人之心，副朕之大愿。'"王利器《文心雕龙校证》："'符采'原作'符命'，徐（燉）云：'《御览》作"符采"，前《诠赋》篇有"符采相胜"之句，《原道》篇有"符采复隐"之句。'按徐说是。""符采"，玉之纹理为符，玉之表外为采，比喻禅诰之内容和文辞。"炳耀"，光辉耀眼。

（36）《晋书·职官志》："中书监及令，……魏武帝为魏王，置秘书令，典尚书奏事。文帝黄初初改为中书，置监、令，以秘书左丞刘放为中书监,右丞孙资为中书令:监、令盖自此始也。及晋因之,并置员一人。"《三国志·魏书·刘放传》:"刘放,字子弃,涿郡人,……黄初初,改秘书为中书,以放为监,……放善为书檄,三祖诏命有所招喻,多放所为。"《晋书·张华传》:"张华字茂先,范阳方城人也。……数岁,拜中书令,后加散骑常侍。……华名重一世,众所推服,晋史及仪礼宪章,并属于华,多所损益,当时诏诰,皆所草定,声誉益盛,有台辅之望焉。""互管",元本、弘治本、王惟俭本作"牙管",误。此据梅庆生本。"施令",原作"施命",王利器《文心雕龙校证》:"'令'原作'命',《御览》作'令'。案'发号施令'语本伪(《尚书》)《冏命》,本赞亦作'施令,今据改'。"《论语·泰伯》:"《关雎》之乱,洋洋乎盈耳哉。"何晏注:"郑曰:……洋洋盈耳,听而美之。"

(37)"魏义帝",元本、弘治本作"魏文魏",王惟俭本作"魏文"。此据梅庆生本。《三国志·魏书·蒋济传》:"文帝即王位,转为相国长史。及践阼,出为东中郎将。济请留,诏曰:'高祖歌曰"安得猛士守四方!"天下未宁,要须良臣以镇边境。如其无事,乃还鸣玉,未为后也。'济上《万机论》,帝善之。入为散骑常侍。时有诏,诏征南将军夏侯尚曰:'卿腹心重将,特当任使。恩施足死,惠爱可怀。作威作福,杀人活人。'尚以示济。""弊",梅庆生本作"獘",古同"弊"。周振甫谓:"弊当作蔽。"

(38)《晋书·明帝纪》:"明皇帝讳绍,字道畿,元皇帝长子也,幼而聪哲,为元帝所宠异。……建兴初,拜东中郎将,镇广陵。元帝为晋王,立为晋王太子。及帝即尊号,立为皇太子。性至孝,有文武才略,钦贤爱客,雅好文辞。当时名臣,自王导、庾亮、温峤、桓彝、阮放等,咸见亲待。尝论圣人真假之意,导等不能屈。"

(39)《晋书·温峤传》:"温峤字太真,……明帝即位,拜侍中,机密大谋皆所参综,诏命文翰亦悉豫焉。俄转中书令。"明帝手诏见《艺文类聚》四十八:"中书之职,酬对多方,斟酌礼宜,非唯文疏而已。非望士良才,何可妄居。卿既以令望,忠允之怀,著于周旋;且文清而旨远,宜居机密。今欲以卿为中书令,朝论亦咸以为宜。"

(40)"体宪",王利器《文心雕龙校证》谓:"'宪'原作'虑',梅(庆生)据朱(谋㙔)改,徐(燉)校同。按《御览》正作'宪'。《辨骚》篇:'体宪于三代。'自温峤为中书令后,晋朝的诰策体制效法古代文雅风貌一直流传下去。

(41)《周易·观卦》彖辞:"大观在上。"王弼注:"下贱而上贵也。"孔颖达《正义》:"观者,王者道德之美而可观也,故谓之观。"又曰:"(大观在上)谓大为在下所观,唯在于上。由在上既贵,故在下大观。今大观在于上。"

(42)"百辟其刑",天下君王诸侯皆效法文王。《礼记·中庸》:"是故君子不赏而民劝,不怒而民威于斧钺。《诗》曰:'不显惟德,百辟其刑之。'"郑玄注:"不显,言显也。辟,君也。此颂也。言不显乎文王之德,百君尽刑之,谓诸侯法之也。"刑,通型,效法。孔颖达《正义》:"《诗》曰:'不显惟德,百辟其刑之。'此《周颂·烈文》之篇,美文王之德,不显乎文王之德,言其显矣。以道德显著,故天下百辟诸侯皆刑法之。"《诗经·大雅·文王》:"仪刑文王,万邦作孚。"毛传:"刑,法。孚,信也。"郑笺曰:"仪法文王之事,则天下咸信而顺之。"孔颖达《正义》:"言王永文王之道,则皆信而顺之矣。"

(43)《周易·离卦》卦象是两个离卦重叠,为䷝,是谓"重离"。《周易·离卦》:"《彖》曰:离,丽也;日月丽乎天,百谷草木丽乎土,重明以丽乎正,乃化成天下。"注:"丽,犹著也。各得其所著之宜。"又,"象曰:明两作离,大人以继明照于四方"。《正义》:"离为日,日为明。……今明之为体,前后各照,故云'明两作离',是积聚两明,乃作于离。"

(44)《周易·系辞上》:"是故刚柔相摩,八卦相荡。鼓之以雷霆,润之以风雨;日月运行,一寒一暑。"

(45)曹操《观沧海》:"日月之行,若出其中;星汉灿烂,若出其里。"

(46)"治戎燮伐",《左传》成公三年:"二国治戎,臣不才。"《大雅·大明》:"笃生武王,保右命尔,燮伐大商。"毛传曰:"笃,厚。右,助。燮,和也。"郑玄笺曰:(燮伐)"协和伐殷之事。""声存"之"存",原作"有",此据《御览》引,改作"存"。"洊雷",《周易·震卦》:

"象曰：洊雷，震；君子以恐惧修省。"《正义》："洊者，重也，因仍也。雷相因仍，乃为威震也。"

（47）"眚灾肆赦"，《尚书·舜典》："眚灾肆赦，怙终贼刑。"孔传："眚，过；灾，害；肆，缓。贼，杀也。过而有害，当缓赦之。怙奸自终，当刑杀之。"孔颖达《正义》："《春秋》言肆眚者，皆谓缓纵过失之人，是肆为缓也，眚为过也。……过而有害，虽据状合罪，而原心非故，如此者当缓赦之。"

（48）"明罚敕法"，《周易·噬嗑卦》："象曰：雷电，噬嗑；先王以明罚敕法。"孔颖达《正义》："噬，啮也。嗑，合也。"又曰："'雷电噬嗑'者，但噬嗑之象，其象在口。雷电非噬嗑之体，但'噬嗑'象外物，既有雷电之体，则雷电欲取明罚敕法可畏之义，故连云'雷电'也。"

（49）"切"，严切，切要。

（50）《穆天子传》："丙寅，子属官效器。乃命正公郊父受敕宪。"郭璞注："会官司阅所得宝物。正公谓三上公。天子所取正者，郊父（穆天子王臣）为之。宪，教令也。《管子》曰：'皆受宪。'"

（51）魏武帝曹操语无可考。

（52）《晋书·食货志》："五年正月癸巳，敕戒郡国计吏、诸郡国守相令长，务尽地利，禁游食商贩。"亦见《晋书·武帝纪》。泰始四年《责成二千石诏》："群国守相，三载一巡行属县，必以春。此古者所以述职宣风展义也。……详察政刑得失，知百姓所患苦。无有远近，便若朕亲临之。"《纠举群吏诏》："二千石长吏不能勤恤人隐，而轻挟私故。兴长刑狱，又多贪浊，烦扰百姓。"

（53）《尚书·大禹谟》："戒之用休，董之用威。"孔传："休，美。董，督也。言善政之道，美以戒之，威以督之，歌以劝之。"孔颖达《正义》："但人虽为善，或寡令终，故当戒敕之念用美道，使民慕美道行善。又督察之用威罚。"

（54）"同极"，梅庆生本据许天叙改"罔极"，非是。"三"，指君、师、父。"同极"，同为极至，都是最尊贵的。《国语·晋语》："成（晋大夫共叔成）闻之，民生于三，事之如一。父生之，师教之，君食之。非父不生,非食不长,非教不知生之族也,故壹事之。唯其所在,则致死焉。报生以死,报赐以力,人之道也。"

(55) 严可均《全汉文》卷一收高帝刘邦《手敕太子》五段,皆见《古文苑》。其三曰:"吾生不学书,但读书问字而遂知耳。以此故不大工。然亦足自辞解。今视汝书犹不如吾。汝可勤学习,每上疏宜自书,勿使人也。"

(56) 东方朔之《戒子》(《全汉文》作《诫子》),见《艺文类聚》卷二十三,其云:"明者处世,莫尚于中。优哉游哉,与道相从。首阳为拙,柳惠为工,饱食安步,以仕代农。依隐玩世,诡时不逢。……"

(57) "顾命",《尚书·顾命》孔传:"临终之命曰顾命。"孔颖达《正义》:"言临将死去,回顾而为语。"

(58) 伏波将军马援为西汉末年、东汉初年著名将领。《后汉书·马援传》:"马援字文渊,扶风茂陵人也。……初,兄子严、敦并喜讥议,而通轻侠客。援前在交阯,还书诫之曰:'吾欲汝曹闻人过失,如闻父母之名,耳可得闻,口不可得言也。好论议人长短,妄是非正法,此吾所大恶也,宁死不愿闻子孙有此行也。汝曹知吾恶之甚矣,所以复言者,施衿结褵,申父母之戒,欲使汝曹不忘之耳。龙伯高敦厚周慎,口无择言,谦约节俭,廉公有威,吾爱之重之,愿汝曹效之。杜季良豪侠好义,忧人之忧,乐人之乐,清浊无所失,父丧致客,数郡毕至,吾爱之重之,不愿汝曹效也。……'"自马援以后,有戒子孙书遗留者甚众。杨明照《增订文心雕龙校注》:"继援而为家戒者,代有其人:《后汉书·陈宠传》有陈咸《戒子孙文》,《三国志·魏书·王昶传》有昶《戒子书》,《晋书·王祥传》有祥《遗令训子孙文》,《类聚》二三引有王修《诫子书》,《御览》四五九引有魏文帝《戒子书》,杜恕《家事戒》,颜延之《庭诰》等,是也。"又谓:"按刘向集有《诫子书》(《御览》四五九引),时在伏波前,舍人说小误。"张立斋《文心雕龙考异》:"杨校举刘向《诫子书》小误者非,以马书传世称著而言。"

(59) 《后汉书·列女传·曹世叔妻传》:"扶风曹世叔妻者,同郡班彪之女也,名昭,字惠班,一名姬。博学高才。世叔早卒,有节行法度。兄固著《汉书》,其八《表》及《天文志》未及竟而卒,和帝诏昭就东观藏书阁踵而成之。帝数召入宫,令皇后诸贵人师事焉,号曰大家。……作《女诫》七篇,有助内训。其辞曰:'鄙人愚暗,受性不敏,蒙先君之余宠,赖母师之典训。年十有四,执箕箒于曹氏,于今四十余载矣。……吾今疾在沈滞,性命无常,念汝曹如此,每用惆怅。间作《女诫》七章,愿诸女各写一通,庶有补益,裨助汝身。……'"《女诫》七章:《卑弱》第一,《夫妇》第二,《敬慎》第三,《妇行》第四,《专心》第五,《曲从》第六,《和叔妹》第七。

(60)《说文》段玉裁注:"教,上所施,下所效也。教效叠韵。从攴孝。孝见子部。效也。上施故从攴。下效故从孝。"《隋书·百官志》:"诸王言曰令,境内称之曰殿下。公侯封郡县者,言曰教,境内称之曰第下。"

(61)契,商祖,尧封为司徒,施行人伦五教,故后代王侯之言称为教。《尚书·舜典》:"帝曰:'契,百姓不亲,五品不逊,汝作司徒,敬敷五教,在宽。'"孔传:"布五常之教,务在宽。"孔颖达《正义》:"文(公)十八年《左传》云:'布五教于四方:父义、母慈、兄友、弟恭、子孝。'是'布五常之教'也。"

(62)《汉书·郑弘传》:"郑弘字穉卿,泰山刚人也。兄昌字次卿,亦好学,皆明经,通法律政事。次卿为太原、涿郡太守,弘为南阳太守,皆著治迹,条教法度,为后所述。次卿用刑罚深,不如弘平。"

(63)"罕于理",元本、弘治本及明清各本皆同,王利器《文心雕龙校证》:"'罕施'原作'罕于理',据《御览》引改,此乃'施'误为'于',辞不可通,乃加'理'以足之也。"杨明照同。按:王、杨说不妥。孔融为文,辞富少理,见曹丕《典论·论文》:"孔融体气高妙,有过人者,然不能持论,理不胜辞,以至乎杂以嘲戏。"《三国志·魏书·崔琰传》裴松之注:"融字文举。《续汉书》曰:融,孔子二十世孙也。高祖父尚,巨鹿太守。父宙,太山都尉。融幼有异才。……融持论经理不及(边)让等,而逸才宏博过之。司徒大将军辟举高第,累迁北军中候、虎贲中郎将、北海相,时年三十八。……司马彪《九州春秋》曰:'融在北海,自以智能优赡,溢才命世,当时豪俊皆不能及。……及高谈教令,盈溢官曹,辞气温雅,可玩而诵。论事考实,难可悉行。但能张磔网罗,其自理甚疏。租赋少稽,一朝杀五部督邮。奸民污吏,猾乱朝市,亦不能治。……'"孔融之教令,《全后汉文》卷八十三收有《告高密县立郑公乡教》《缮治郑公宅教》《告昌安县教》等。

(64)《三国志·蜀书·诸葛亮传》陈寿《上诸葛氏集表》:"备称尊号,拜亮为丞相,录尚书事。及备殂没,嗣子幼弱,事无巨细,亮皆专之。于是外连东吴,内平南越,立法施度,整理戎旅,工械技巧,物究其极,科教严明,赏罚必信,无恶不惩,无善不显,至于吏不容奸,人怀自厉,道不拾遗,强不侵弱,风化肃然也。……亮所与言,尽众人凡士,故其文指不得及远也。然其声教遗言,皆经事综物,公诚之心,形于文墨,足以知其人之意理,而有补于当世。"其教令有《答蒋琬教》《教与军师长史参军掾属》《与李丰教》《罢来敏教》等,见严可均《全三国文》卷五十八。

(65)《晋书·庾翼传》:"翼字稚恭。风仪秀伟,少有经纶大略。……及亮(其兄庾亮)卒,授都督江荆司雍梁益六州诸军事、安西将军、荆州刺史、假节,代亮镇武昌。翼以帝舅,年少超居大任,遐迩属目,虑其不称。翼每竭志能,劳谦匪懈,戎政严明,经略深远,数年之中,公私充实,人情翕然,称其才干。"《太平御览》卷七百五十四载有其《与僚属教》:"顷间诸君樗蒱(博戏,赌博)有过差者,初为是政事闲暇,以娱以甘,故未有言也。今知大相聚集,渐以成俗,闻之能不怃然。"可略见其明断。

(66)"自",原作"在",此据梅庆生本。《诗经·大雅·大明》:"有命自天,命此文王,于周于京。"孔颖达《正义》:"言教命乃从天而来归,将命此文王,于彼周国,于其京师也。"此谓教命乃来自于上天。"明命为重也",原作"明为重也",此依王利器说,据谢兆申及梅庆生六次本、张松孙本等改。

(67)《周礼·地官·司徒》:"师氏:掌以媺(美)诏王。"师氏掌管贵族弟子教育。"明诏为轻也",原作"为轻命",此依王利器说,据谢兆申说及梅庆生六次本、张松孙本等改。范文澜《文心雕龙注》曰："案此句与上'《诗》云有命自天,明命为重也'对文,当依梅本作:'《周礼》曰:师氏诏王,明诏为轻也。'"张立斋《文心雕龙注订》:"《周礼》'诏王'之文,是下告上之辞,自秦以后,诏制皆用之于天子,而重与命同,此乃古今之变,故云。"

(68)《尚书·无逸》:"周公曰:'呜呼!我闻曰:昔在殷王中宗,严恭寅畏,天命自度,治民祗惧,不敢荒宁。'"孔传:"言太戊严恪恭敬,畏天命,用法度。"又曰:"为政敬身畏惧,不敢荒怠自安。"

(69)"我",此指君。"丝言",王言细如丝纶,指诏策之言。"兆民伊好",原作"兆民尹好",杨明照《增订文心雕龙校注》:"按'尹'字于此,实不可解;……疑系'伊'之残字。《汉书·礼乐志》颜注:'伊,是也。'此亦当作'伊',而训为是。《图书集成》一三七引止作'伊'。"万民皆拥戴顺从。

(70)《周易·涣卦》九五:"涣汗其大号。"孔颖达《正义》:"人遇险阨,惊怖而劳,则汗从体出,故以汗喻险阨也。九五处尊履正,在号令之中,能行号令,以散险阨者也。"

《檄移》篇

震雷始于曜电,出师先乎威声⁽¹⁾。故观电而惧雷壮,听声而惧兵威,兵先乎声,其来已久。昔有虞始戒于国,夏后初誓于军,殷誓军门之外,周将交刃而誓之⁽²⁾。故知帝世戒兵,三王誓师,宣训我众,未及敌人也。至周穆西征,祭公谋父称"古有威让之令,有文告之辞⁽³⁾",即檄之本源也。及春秋征伐,自诸侯出,惧敌弗服,故兵出须名,振此威风,曝彼昏乱⁽⁴⁾。刘献公之所谓"告之以文辞,董之以师武"者也⁽⁵⁾。齐桓征楚,诘苞茅之阙⁽⁶⁾;晋厉伐秦,责箕郜之焚⁽⁷⁾;管仲、吕相,奉辞先路⁽⁸⁾。详其意义,即今之檄文。暨乎战国,始称为檄。

檄者,皦也。宣露于外,皦然明白也⁽⁹⁾。张仪檄楚,书以尺二,明白之文,或称露布,播诸视听也⁽¹⁰⁾。夫兵以定乱,莫敢自专,天子亲戎,则称"恭行天罚";诸侯御师,则云"肃将王诛⁽¹¹⁾"。故分阃推毂,奉辞伐罪,非唯致果为毅,亦且厉辞为武⁽¹²⁾;使声如冲风所击,气似欃枪所扫⁽¹³⁾,奋其武怒,总其罪人⁽¹⁴⁾,惩其恶稔之时,显其贯盈之数⁽¹⁵⁾,摇奸宄之胆,订信慎之心⁽¹⁶⁾,使百尺之冲,摧折于咫书⁽¹⁷⁾;万雉之城,颠坠于一檄者也⁽¹⁸⁾。

观隗嚣之檄亡新,布其三逆,文不雕饰,而辞切事明⁽¹⁹⁾;陇右文士,得檄之体矣!陈琳之檄豫州,壮有骨鲠;虽奸阉携养,章实太甚,发丘摸金,诬过其虐,然抗辞书衅,皦燃露骨矣⁽²⁰⁾;敢指曹公之锋,幸哉免袁党之戮也⁽²¹⁾。钟会檄蜀,征验甚明⁽²²⁾;桓公檄胡,观衅尤切⁽²³⁾:并壮笔也。

凡檄之大体,或述此休明⁽²⁴⁾,或叙彼苛虐,指天时,审人事,算强弱,角权势,标蓍龟于前验,悬鞶鉴于已然⁽²⁵⁾;虽本国信,实参兵诈,谲诡以驰旨,炜晔以腾说。凡此众条,莫或违之者也⁽²⁶⁾。故其植义扬辞,务在刚健,插羽以示迅,不可使辞缓⁽²⁷⁾;露板以宣众,不可使义隐。必事昭而理辨,气盛而辞断,此其要也。若曲趣密巧,无所取才矣⁽²⁸⁾!又州郡征吏,亦称为檄,固明举之义也⁽²⁹⁾。

移者,易也⁽³⁰⁾。移风易俗,令往而民随者也。相如之《难蜀老》⁽³¹⁾,文晓而喻博,有移檄之骨焉。及刘歆之《移太常》⁽³²⁾,辞刚而义辨,文移之首也;陆机之《移百官》⁽³³⁾,言约而事显,武移之要者也。故檄移为用,事兼文武。其在金革,则逆党用檄,顺命资移⁽³⁴⁾;所以洗濯民心,坚同符契⁽³⁵⁾。意用小异,而体义大同,与檄参伍,故不重论也。

赞曰:三驱弛网,九伐先话⁽³⁶⁾。鞶鉴吉凶,蓍龟成败。摧压鲸鲵,抵落蜂虿⁽³⁷⁾。移风易俗,草偃风迈⁽³⁸⁾。

简析:

本篇论檄、移两种征伐誓师和宣告劝谕的文体。檄移和诏策一样都属于上告下的文章,但是诏策均为君王对臣下的命令与告诫;檄文主要是誓师征伐前的文告,可以是帝王,也可以是领军者,移文则常常是主管官吏发布对下属和百姓的申明和告示。檄文起源甚早,唐虞时代的誓词即是最早檄文,夏、商、周三代均有誓词,如《甘誓》《汤誓》《牧誓》等均为早期檄文,但是没有用"檄"的名称,而且都是对众军将士的训诫,而不是对敌方的。自周穆王西征犬戎,檄文始针对敌人,"有威让之令,有文告之辞"。这是后代威慑敌方檄文的开始。但真正用"檄文"的名称则是战国才有的,如张仪《檄告楚相文》。檄的意思就是公开明白宣示军令,所以又称为"露布",书写在木简上显露给大众,以广视听。天子亲征称"恭行天罚",诸侯领军则云"肃将王诛",在进行征战前,训斥敌方罪恶暴行,展示己方忠贞决心,以摧毁敌人意志,使其未战先怯。最有代表性的檄文,如隗嚣之檄亡新,陈琳之檄豫州。刘勰对陈琳为袁绍讨伐曹操的檄文特别赞赏,给以极高的评价,虽然认为他揭发曹操罪恶有过分之处,但十分赞赏其檄文"壮有骨鲠",是体现具有"风骨"的代表作,所以在《风骨》篇也特别指出它是具备刚劲文骨的典型例子。故而檄文的写作或阐述我方政治清明,或叙述对方残暴苛虐,明天时,察人事,论强弱,角权势。既以国家的威望信誉为本,又参与军事用兵诡诈,故而"植义扬辞,务在刚健","露板以宣众,不可使义隐",述事昭晰辨理有力,气势旺盛用辞果断。移文的目的是要移风易俗,使百姓顺应服从。最有代表性的是司马相如的《难蜀中父老》和陆机的《移百官》,或言文事,或言武备,以洗涤民心,坚定顺服,实现政治稳定的局面。檄和移在意义和运用上是有差别的,但是大体上还是一致的。

语译:

天空先现闪电而后闻雷声震响,军旅出征之前先要发出威武的声音。故观见电光闪烁而畏惧雷声雄壮,听闻誓师雄音而害怕军旅威严。士兵出征之前先有宏伟的誓师声音,这是由来已久的。以往有虞国开始告戒国民(使百姓顺服从命),夏后氏起初训誓军士(使听从命令约束),殷商誓师于军门之外(使百姓先有心理准备),周王誓师于两军交兵开战之前(以激励将士杀敌决心),故知五帝之世训诫军旅,夏、商、周三代誓师出征,都只是宣誓训诫众军将士,并不是对敌人发布的。周穆王西征犬戎,其大臣祭公谋父曾说:"古代君王出征必先有威吓敌人之命令,有谴责敌人之文告。"这就是檄文产生之本源。及至春秋时代征伐,都出自诸侯,怕敌人不服,所以须师出有名,以振兴自己威风,揭露敌人昏庸暴乱,如刘献公所说的"出师前先以文告宣示,再督领武装师旅进攻"。齐桓公征伐楚国,管仲责问楚子没有向周王室进贡祭祀滤酒用的箐茅;晋厉公讨伐秦国,吕相责问秦国为何焚烧晋国箕郜(山西蒲县、祁县一带)之地,齐国管仲和晋国吕相,都是先以文辞谴责对方作为前导,详细考察其意义,实际就是现在的檄文。但是一直到战国,才正式称为檄文。

檄的意思,就是明白敞亮(宣示其军令)。(檄文特点)显露在外面,清楚明白也。秦国丞相张仪作檄文告知楚国丞相,写在一尺二寸的木简上,文字直接明白,称为"露布"("露布"即显露于木简而不封缄),使大众耳听目视。发兵征讨平定叛乱,(都是奉王命行事)不敢自己专断,天子亲自领军征伐,则称"谨慎恭敬地代天行罚";诸侯指挥军旅,则云"严肃将军奉行帝王命令诛伐冒犯王法者"。区别京城内外地区君主(阃内)和将军(阃外)各自推进王事,将军奉行天子命令讨伐有罪之国,不仅仅是坚定杀敌立功的决心,也是以严厉措辞壮大武师军威。使檄文声威如暴风吹击大地,其气势如彗星横扫星空,振奋将士威武盛怒,使总聚于有罪敌人,惩罚其造成累累罪行,彰显其恶贯满盈定数,摇撼奸佞小人之肝胆,确立忠信谨慎之诚心,使阵容壮大的百辆战车,摧折于尺余长的檄文之前,极其雄壮坚固的城池,亦可被一纸檄文颠覆坠毁。

察看隗嚣讨伐灭亡新朝的檄文,发布王莽逆天、逆地、逆人三大罪状,檄文不加雕饰,而文辞确切叙事明晰。隗嚣作为陇右著名文士,善能得檄文之体制要领。陈琳为袁绍所写讨伐曹操檄文,壮伟而有骨鲠,虽然说他是奸阉太监曹嵩所携养,揭发其隐私有点出格,谴责曹操发掘梁孝王陵寝盗窃金银财宝,还设立发丘中郎将摸金校尉,揭发其暴虐有诬陷过分之处;然而他能以高亢耿直言辞书写曹操罪恶,明白清晰揭露其本质,既敢于冒犯曹操的锐利锋芒,却又能免去作为袁党而被杀戮的命运也算是很幸运的了。钟会的《檄蜀将吏士民文》,所举因果征验甚为明晰。桓温的《檄胡人石勒文》,观察胡人内部衅隙尤为贴切。钟会和桓温的檄文都是檄文中之壮笔。

檄文的基本体制是:或阐述我方政治清明美善,或是叙说对方统治残暴苛虐,指明天时机遇,审察人事态势,算明强弱情状,衡量角逐权势。标明蓍龟预卜的吉凶验证,用已发生事实作为鉴戒。檄文虽以国家的威望信誉为本，也参杂了军事用兵诡诈，用谲诳诡异的宣言驰骋我方旨意，以华美动听的言辞发表夸张告示。以上这些方面，都是檄文所不能违背的。檄文植树义理传扬文辞，必须要刚正俊健。插上羽毛表示要快速迅捷，不可以使檄文迂阔迟缓；要明晰直接地宣示于公众，绝不可以使含义隐晦不明。必须使情事昭晰而辨理清楚，气势威盛而文辞果断，这就是檄文之要领。如果趣味曲折纤巧细密，这种檄文就无可取了。至于各个州府郡县征召官吏的公文也称为"檄"，乃是含有公开举荐的意思了。

"移"的意思，就是改易、转移，改变风气更易习俗，令出而使百姓跟随实行。司马相如的《难蜀父老》，明白晓畅而比喻广博，有檄移文之风骨。到刘歆的《移书让太常博士》，文辞刚正而辨义清晰，实文教移文之冠首也。陆机的《移百官》，言辞简约而叙事显露，得武事移文之要领。檄移的功用，同时兼有文事、武备两个方面。用于军旅战争，针对敌人叛逆运用檄文，劝导民众顺应依靠移文；目的是洗涤净化民众心灵，使之如符契般坚定服从。移文含义用途和檄文有微小差别，而体制要义是相同一致的，故其创作要领可与檄文相参照，这里就不重复论述了。

总论：三路围猎网开一面，九伐征讨先标罪孽。借鉴古训预测吉凶，蓍龟占卜成败有别。摧毁制服不义叛逆，恶虿毒蜂消除扑灭。改变风气更易旧俗，风吹草偃百姓愉悦。

注订：

（1）"震雷"，雷声震响。"曜电"，电光闪耀。《汉书·礼乐志》："靁震震，电耀耀。"颜师古注："言王者之威，取象雷电。"

（2）春秋末齐国司马穰苴《司马法·天子之义第二》："有虞氏戒于国中，欲民体其命也。夏后氏誓于军中，欲民先成其虑也。殷誓于军门之外，欲民先意以待事也。周将交刃而誓之，以致民志也。"《史记·司马穰苴传》："司马穰苴者，田完之苗裔也。……齐威王使大夫追论古者司马兵法而附穰苴于其中，因号曰司马穰苴兵法。"又曰："太史公曰:余读《司马兵法》,闳廓深远,虽三代征伐,未能竟其义,如其文也,亦少褒矣。若夫穰苴,区区为小国行师,何暇及《司马兵法》之揖让乎?世既多《司马兵法》,以故不论,著穰苴之列传焉。"《汉书·主父偃传》颜师古注:"司马穰苴善用兵,著书言兵法,谓之《司马法》。一说司马,古主兵之官,有军陈用兵之法。"《汉书·艺文志》:"军礼《司马法》百五十五篇。"在礼部。刘勰此处当是直接引用《司马法》。有虞氏(舜)以戒命告示全国,《尚书·大禹谟》:"帝曰:'咨!禹,惟时有苗弗率,汝徂征。'禹乃会群后,誓于师曰:'济济有众,咸听朕命。……肆予以尔众士,奉辞罚罪。尔尚一乃心力,其克有勋。'"孔安国传:"三苗之民数干王法,率,循。徂,往也。不循常道,言乱逆。命禹讨之。"又曰:"会诸侯共伐有苗。军旅曰誓。济济,众盛之貌。"又曰:"肆,故也。辞谓'不恭',罪谓'侮慢'以下事。尚,庶几。一汝心力,以从我命。"夏后(禹)警戒将士,《尚书·甘誓》:"启与有扈战于甘之野作《甘誓》。"又曰:"大战于甘,乃召六卿。王曰:'嗟六事之人,予誓告汝:有扈氏威侮五行,怠弃三正,天用剿绝其命,今予惟恭行天之罚。……'"孔安国传:"五行之德,王者相承所取法。有扈与夏同姓,恃亲而不恭,是则威虐侮慢五行,怠惰弃废天地人之正道。言乱常。"又曰:"用其失道故。剿,截也。截绝,谓灭之。"又曰:"恭,奉也。言欲截绝之。"殷商誓师于军门之外,《尚书·汤誓》:"伊尹相汤,伐桀。升自陑,遂与桀战于鸣条之野,作《汤誓》。"孔安国传:"桀都安邑,汤升道从陑,出其不意。陑在河曲之南。"《汤誓》:"王曰:'格尔众庶,悉听朕言。……尔无不信,朕不食言,尔不从誓言,予则孥戮汝,罔有攸赦。'"孔安国传:"古之用刑,父子兄弟罪不相及,今云孥戮汝,无有所赦,权以胁之,使勿犯。"周王誓师于两军交兵开战之前,《尚书·牧誓》:"武王戎车三百两,虎贲三百人,与受战于牧野,作《牧誓》。"《牧誓》:"时甲子昧爽,王朝至于商郊牧野,乃誓。……王曰:'……称尔戈,比尔干,立尔矛,予其誓。……'"孔安国传:"称,举也。戈,戟。干,楯也。"

(3)《国语·周语》:"穆王将征犬戎,祭公谋父谏曰:'……夫先王之制:邦内甸服,邦外侯服……有刑不祭,伐不祀,征不享,让不贡,告不王。于是乎有刑罚之辟,有攻伐之兵,有征讨之备,有威让之令,有文告之辞。'""古有威让之令,有文告之辞",元本、弘治本、梅庆生本等均为"古有威让之令,令有文告之辞",王利器《文心雕龙校证》:"'有'上原有'令'字,王惟俭本、《御览》无。按《国语·周语上》正作'有威让之令,有文告之辞'。今据改。"

(4)《论语·季氏》:"天下无道,则礼乐征伐自诸侯出。"《礼记·檀弓下》:"师必有名。"孔颖达《正义》:"我修先君之怨而兴此师,必有善名在外,众人称此师也,则谓之何?""曝",元本、弘治本及《太平御览》同。王惟俭本作"暴",黄叔琳本同。

(5)《左传》昭公十三年:"晋人将寻盟,齐人不可。晋侯使叔向告刘献公曰:'齐人不盟,若之何?'对曰:'盟以厎信,君苟有信,诸侯不贰,何患焉?告之以文辞,董之以武师,虽齐不许,君庸多矣。天子之老,请帅王赋,元戎十乘,以先启行,迟速唯君。'"杜预注:"献公,王卿士刘子。"又云:"董,督也。庸,功也。讨之以辞,故功多也。"又曰:"天子大夫称老。元戎,戎车在前者。启,开也。行,道也。""师武",元、明各本皆同,黄叔琳改"武师"。

(6)"诘苞茅之阙",原作"告菁茅之阙",此据梅庆生本。古代束菅茅以滤酒之渣谓之"缩酒"。"苞茅",包裹菁茅。《左传》僖公四年:"春,齐侯以诸侯之师侵蔡。蔡溃,遂伐楚。楚子使与师言曰:'君处北海,寡人处南海,唯是风马牛不相及也,不虞君之涉吾地也,何故?'管仲对曰:'昔召康公命我先君大公曰:"五侯九伯,女实征之,以夹辅周室!"赐我先君履,东至于海,西至于河,南至于穆陵,北至于无棣。尔贡苞茅不入,王祭不共,无以缩酒,寡人是征。昭王南征而不复,寡人是问。'对曰:'贡之不入,寡君之罪也,敢不共给?昭王之不复,君其问诸水滨!'师进,次于陉。"杜预注:"包,裹束也。茅,菁茅也。束茅而灌之以酒为缩酒。"又曰:"包,或作苞。"管仲以楚子不向周王室进贡菅茅作为进行讨伐的理由。

(7)《左传》成公十三年记载:"夏,四月戊午,晋侯使吕相绝秦(杜预注："吕相，魏锜子，盖口宣己命。")，曰：'……及君（杜预注：秦桓公）之嗣也，我君景公引领西望曰："庶抚（抚恤）我乎！"（杜预注：望秦抚恤晋）君亦不惠称盟（杜预注：不肯称晋望而共盟），利吾有狄难（杜预注：谓晋灭潞氏时），入我河县，焚我箕、郜，芟夷（杜预注：伤也）我农功，虔刘（杜预注：虔、刘，皆杀也）我边陲，我是以有辅氏之聚。'"晋国吕相以秦国焚烧晋的箕郜作为讨伐理由。

（8）"奉辞先路"，《尚书·大禹谟》："肆予以尔众士，奉辞伐罪。"孔传："故我以尔众士奉此谴责之辞，伐彼有罪之国。"

（9）"皦"，或作"皎"，《玉篇》："（皎）与皦同。"《说文》："玉石之白也。"《诗经·王风·大车》："有如皦日。"毛传："皦，白也。"《经典释文》："皦，本又作皎。"《论语·八佾》："皦如也。"何晏注："言其音节明也。""宣露"，杨明照《增订文心雕龙校注》："'露'，《御览》引作'布'；《玉海》二百三引同。按'布'字是，'露'盖涉下而误。"此可备一说，然"露"亦通，元明清各本均为"露"。《文选序》："书誓符檄之品。"五臣张铣注："檄者，皦也，喻彼令皦然明白。"

（10）《史记·张仪列传》："张仪既相秦，为文檄告楚相曰：'始吾从若（汝）饮，我不盗而璧，若笞我。若善守汝国，我顾且盗而城！'"此是最早名为檄文者。《史记》裴骃《集解》谓："徐广曰：一作'尺一之檄'。"司马贞《索隐》谓："按：徐广云一作'丈二檄'。王劭按《春秋后语》云'丈二尺檄'。许慎云'檄，二尺书'。"按："丈"为"长"之误，"二尺"为"尺二"之误。范文澜《文心雕龙注》："按'丈'是'长'之误，二尺误倒。许慎云'檄，二尺书也'，当作尺二书也。'为檄'即传檄耳。《说文》：'檄，二尺书。'段玉裁注曰：'各本作二尺书，徐《系传》已佚，见《韵会》者，作尺二书，盖古本也。'"王利器《文心雕龙校证》："'露布者，盖露板不封'句，原无，《御览》《容斋四笔》十、《玉海》《事文类聚别集》七、《文章辨体目录》《文体明辨》三十、《文通》五引此文俱作'露布者，盖露板不封，布诸视听也'。今据补。"然元、明、清各本皆无，对意义并无影响。此补文或为《御览》引者所作说明，王说可供参考。《汉书·高帝纪》："（上曰）吾以羽檄征天下兵，未有至者，今计唯独邯郸中兵耳。"颜师古注:"檄者,以木简为书,长尺二寸,用征召也。其有急事,则加以鸟羽插之,示速疾也。"《封氏闻见记》:"露布,捷书之别名也。诸军破贼,则以帛书建诸竿上,兵部谓之露布。盖自汉以来有其名。所以名露布者,谓不封检而宣布,欲四方速知,亦谓之露版。"

(11)《史记·周本纪》:"九年,武王上祭于毕。东观兵,至于盟津。为文王木主,载以车,中军。武王自称太子发,言奉文王以伐,不敢自专。"《尚书·甘誓》:"启与有扈战于甘之野,作《甘誓》。……(王曰)有扈氏威侮五行,怠弃三正,天用剿绝其命,今予惟恭行天之罚。"孔颖达《正义》:"天子用兵,称恭行天罚;诸侯讨有罪,称肃将王诛:皆示有所禀承,不敢专也。"

(12)"分阃推毂",阃,阃阈,门户,此指城门。阃内,指京城朝廷之内。阃外,指京城以外地区。《汉书·冯唐传》:"唐对曰:'臣闻上古王者遣将也,跪而推毂,曰:"阃以内寡人制之,阃以外将军制之;军功爵赏,皆决于外,归而奏之。"此非空言也。'""毂",车轴。"推毂",推车子前进,比喻王事分别内外各自行进,京城之外由将军自行决策。"奉辞伐罪",见《尚书·大禹谟》:"肆予以尔众士,奉辞罚罪。"孔颖达《正义》:"禹得帝命乃会群臣诸侯,告誓于众曰:'……故我已尔众士,奉此谴责之辞,伐彼有罪之国。'"《国语·郑语》周史伯对郑桓公说:"周乱而弊,是骄而贪,必将背君,君若以成周之众,奉辞伐罪,无不克矣。"韦昭注:"桓公甚得周众,奉直辞,伐有罪,故必胜也。""致果为毅",《左传》宣公二年:"戎昭果毅以听之之谓礼。杀敌为果,致果为毅。"孔颖达《正义》:"兵戎之事,明此果毅以听之之谓礼。能杀敌人,是名为果,言能果敢以除贼;致此果敢,乃名为毅,言能强毅以立功。""厉辞为武",李曰刚《文心雕龙斠诠》:"厉辞为武,谓严肃号令,师旅兵众恪实顺从,莫敢违逆,是为威武。"

(13)"冲风所击",元本、弘治本、王惟俭本作"衡风所系",此从梅庆生本。《汉书·韩安国传》:"且臣闻之,冲风之衰,不能起毛羽。"颜师古注:"冲风,疾风之冲突者也。"《楚辞·九歌·河伯》:

"冲风起兮横波。"《楚辞补注》:"五臣云:冲风,暴风也。""欃枪",扫帚星。《昭明文选·东京赋》:"欃枪旬始,群凶靡余。"李善注:"《尔雅》曰:彗星,为欃枪也。"

(14)"武怒",勇武愤怒。《左传》昭公五年:楚国太宰曰:"……奋其武怒,以报其大耻。""总其罪人",领着有罪的人。《左传》僖公七年:"(管仲)对(齐侯桓公)曰:'君若绥之以德,加之以训辞,而帅诸侯以讨郑,郑将覆亡之不暇,岂敢不惧?若总其罪人以临之,郑有辞矣,何惧!'"杜预注:"总,将领也。子华(郑伯的儿子)奸父之命,即罪人。"

(15)"惩",王惟俭本作"征",王利器说同,此据元本、弘治本、梅庆生本等。"稔",成熟,形成。"贯盈",恶贯满盈。《尚书·泰誓》:"商罪贯盈,天命诛之。予弗顺天,厥罪惟钧。"孔传:"纣之为恶,一以贯之,恶贯已满,天毕其命。今不诛纣,则为逆天,与纣同罪。"

(16)"姦",同奸。王惟俭本、梅庆生本、黄叔琳本作"奸"。《尚书·舜典》:"帝曰:皋陶!蛮夷猾夏,寇贼奸宄。"孔传:"群行攻劫曰寇,杀人曰贼。在外曰奸,在内曰宄。言无教之致。""慎",梅庆生本作"顺",杨明照说同,此从元本、弘治本。

(17)"百尺之冲","冲",冲车,战车。《战国策·齐策》苏秦说齐闵王:"臣之所闻,攻战之道非师者,虽有百万之军,比之堂上;虽有阖闾、吴起之将,禽之户内;千丈之城,拔之尊俎之间;百尺之冲,折之衽席之上。"

(18)"万雉之城",喻城墙高大壮伟。《公羊传》定公十二年:"雉者何?五板而堵,五堵而雉,百雉而城。"何休注:"八尺曰板,堵凡四十尺。"又曰:"二万尺,凡周十一里三十三步二尺,公侯之制也。礼,天子千雉,盖受百雉之城十,伯七十雉,子男五十雉,天子周城,诸侯轩城。"班固《西都赋》:"建金城之万雉,呀周池而成渊。"李善注:"郑玄《周礼》注曰:雉,长三丈,高一丈。"

(19)《后汉书·隗嚣传》:"隗嚣,字季孟,天水成纪人也。少仕州郡。王莽国师刘歆引嚣为士。歆死,嚣归乡里。季父崔,素豪侠,能得众。闻更始立而莽兵连败,于是乃与兄义及上邽人杨广、冀人周宗谋起兵应汉。嚣止之曰:'夫兵,凶事也。宗族何辜!'崔不听,遂聚众数千人,攻平襄,杀莽镇戎大尹。崔、广等以为举事宜立主以一众心,咸谓嚣素有名,好经书,遂共推为上将军。……移檄告郡国曰:'汉复元年七月己酉朔。……故新都侯王莽,慢侮天地,悖道逆理。鸩杀孝平皇帝,篡夺其位。矫托天命,伪作符书,欺惑众庶,震怒上帝。反戾饰文,以为祥瑞。戏弄神祇,歌颂祸殃。楚、越之竹,不足以书其恶。天下昭然,所共闻见。今略举大端,以喻吏民。盖天为父,地为母,祸福之应,各以事降。莽明知之。而冥昧触冒,不顾大忌,诡乱天术,援引史传。……是其逆天之大罪也。分裂郡国,断截地络。田为王田,卖买不得。规锢山泽,夺民本业。造起九庙,穷极土作。发冢河东,攻劫丘垄。此其逆地之大罪也。尊任残贼,信用奸佞,诛戮忠正,覆按口语,赤车奔驰,法冠晨夜,冤系无辜,妄族众庶。行炮格之刑,除顺时之法,灌以醇酰,裂以五毒。……此其逆人之大罪也。'"隗嚣为天水成纪人,故称陇右文士。"辞切",各本皆同。刘永济《文心雕龙校释》:"宋本《御览》作'意切',是。"可参考。

(20)"陈琳之檄豫州",元本、弘治本均无"豫州"二字,梅庆生本据徐燉校补。《三国志·魏书·王粲传》:"(陈)琳避难冀州,袁绍使典文章(即讨伐曹操之檄文《为袁绍檄豫州》)。袁氏败,琳归太祖。太祖谓曰:'卿昔为本初移书,但可罪状孤而已,恶恶止其身,何乃上及父祖邪?'琳谢罪,太祖爱其才而不咎。"檄文云:"司空曹操祖父中常侍腾,与左悺徐璜并作妖孽,饕餮放横,伤化虐民。父嵩,乞匄携养,因赃假位,舆金辇璧,输货权门,窃盗鼎司,倾覆重器。操赘阉遗丑,本无懿德,犥(僄之异体字)狡锋协(仗势欺人,僄狡,勇捷),好乱乐祸。……故太尉杨彪,典历二司,享国极位。操因缘眦睚,被以非罪,榜楚参并,五毒备至,触情任忒,不顾宪网。又议郎赵彦,忠谏直言,义有可纳,是以圣朝含听,改容加饰。操欲迷夺时明,杜绝言路,擅收立杀,不俟报闻。又梁孝王,先帝母昆,坟陵尊显,桑梓松柏,犹宜肃恭。而操帅将吏士,亲临发掘,破棺裸尸,掠取金宝,至令圣朝流涕,士民伤怀。操又特置发丘中郎将、摸金校尉,所过隳突,无骸不露。身处三公之位,而行桀虏之态,污国虐民,毒施人鬼。""章实",原作"章密",此据梅庆生本、徐(燉)校本、《太平御览》引改。"露骨",元本、弘治本、王惟俭本作"露固",梅庆生本作"露骨",谓:"元作'固',孙(汝澄)改。"天启六次本改作"露布",黄叔琳本作"露骨",谓:"元作'固',孙改,一本作'暴露'。"杨明照谓当作"暴露",今依黄本。

(21)"敢指曹公之锋",原作"矣敢指曹公之锋","矣"字属上句,铃木虎雄谓上句末"矣"字当在"敢"字下,作"敢矣指曹公之锋",可备一说。纪昀谓:"'指'当作'撄'。"

(22)《三国志·魏书·钟会传》:"钟会字士季,颍川长社人,太傅繇小子也。……景元三年冬,以会为镇西将军、假节都督关中诸军事。……四年秋,乃下诏使邓艾、诸葛绪各统诸军三万余人,艾趣甘松、沓中连缀维,绪趣武街、桥头绝维归路。会统十余万众,分从斜谷、骆谷入。……会移檄蜀将吏士民曰:'……今主上圣德钦明,绍隆前绪,宰辅忠肃明允,劼劳王室,布政垂惠而万邦协和,施德百蛮而肃慎致贡。悼彼巴蜀,独为匪民,愍此百姓,劳役未已。是以命授六师,龚行天罚,征西、雍州、镇西诸军,五道并进。……'"

(23)"桓公",指桓温。王利器《文心雕龙校证》:"'温'原作'公',据《御览》、徐(燉)校本改。"按此处无需改。《晋书·桓温传》:"桓温字元子,宣城太守彝之子也。……振旅还江陵,进位征西大将军、开府,封临贺郡公。及石季龙死,温欲率众北征,先上疏求朝廷议水陆之宜,久不报。"其《檄胡人石勒文》见《艺文类聚》五十八卷:"桓温北伐,檄石勒曰:'胡贼石勒,暴肆华夏,齐民涂炭,煎困雠孽。至使六合殊风,九鼎乖越。每惟国难,不遑启处,抚剑北顾,慨叹盈怀。寡人不德,悉荷戎重。……先顺者获赏,后伏者蒙诛。德刑既明,随才攸叙。此之风范,想所闻也。'"《艺文类聚》所载非全文,未见有"观衅"之语。

(24)《左传》宣公三年:王孙满曰:"在德不在鼎。……德之休明,虽小,重也。"《史记·秦始皇本纪》二十八年于泰山刻石封禅,其辞曰:"大义休明,垂于后世,顺承勿革。"

(25)"蓍龟",占卜用的蓍草和龟甲。《周易·系辞》:"探赜索隐,钩深致远,以定天下之吉凶,成天下之亹亹者,莫大乎蓍龟。""鞶鉴",腰带上装饰的镜子。《左传》庄公二十一年:"郑伯之享王也,王以后之鞶鉴与之。"杜预注:"鞶带而以鉴为饰也。"

(26)"莫或违之者也",王利器《文心雕龙校证》依据《御览》、徐(燉)校本,谓当作"莫之或违者也"。杨明照《增订文心雕龙校注》:"按《御览》所引是。《哀吊》篇'莫之或继也',句法与此相同,可证。"可参考。

(27)范文澜《文心雕龙注》:"《汉书·高帝纪》:'吾以羽檄征天下兵。'注:'有急事,则加以鸟羽插之,示速疾也。'《封氏闻见记》四引《魏武奏事》:'有警急,辄露版插羽。'"

(28)"无所取才",王利器《文心雕龙校证》:"何(焯)校'才'作'材'。铃木云:'才当作材。'案《文章缘起》注'才'误'裁'。"然《论语·公冶长》:"由也好勇过我,无所取才。"不必改。

(29)《后汉书·刘赵淳于江刘周赵传序》:"中兴,庐江毛义少节(义字少节)家贫,以孝行称。南阳人张奉慕其名,往候之。坐定,而府檄适至,以义守令。义奉檄而入,喜动颜色。"李贤注:"檄,召书也。"

(30)移与檄相近,是用于官府之间,或用于官告示于民。张立斋《文心雕龙注订》:"(《汉书》)《安帝纪》注:'移,书也。'《韩延寿传》注:'移,犹传也。'此文移之所由来,盖引申而用之也。"

(31)司马相如《难蜀父老》见《汉书·司马相如传》:"相如使时,蜀长老多言通西南夷之不为用,大臣亦以为然。相如欲谏,业已建之,不敢,乃著书,藉蜀父老为辞,而己诘难之,以风天子,且因宣其使指,令百姓皆知天子意。其辞曰:'……创道德之途,垂仁义之统,将博恩广施,远抚长驾,使疏逖(远也)不闭,吻爽(未明也)闇昧得耀乎光明,以偃甲兵于此,而息讨伐于彼。遐迩一体,中外禔(安也)福,不亦康乎?夫拯民于沈溺,奉至尊之休德,反衰世之陵夷,继周氏之绝业,天子之急务也。百姓虽劳,又恶可以已哉?'"相如之文《昭明文选》收入檄类。刘勰以之作为檄移之代表作。

（32）刘歆《移书让太常博士》见《汉书·刘歆传》："歆字子骏，少以通诗书能属文召见成帝，待诏宦者署，为黄门郎。……歆以为左丘明好恶与圣人同，亲见夫子，而公羊、榖梁在七十子后，传闻之与亲见之，其详略不同。歆数以难向，向不能非间也，然犹自持其榖梁义。及歆亲近，欲建立《左氏春秋》及《毛诗》《逸礼》《古文尚书》皆列于学官。哀帝令歆与五经博士讲论其义，诸博士或不肯置对，歆因移书太常博士，责让之曰：'……信口说而背传记，是末师而非往古，至于国家将有大事，若立辟雍、封禅、巡狩之仪，则幽冥而莫知其原。犹欲保残守缺，挟恐见破之私意，而无从善服义之公心，或怀妒嫉，不考情实，雷同相从，随声是非，抑此三学，以《尚书》为备，谓左氏为不传《春秋》，岂不哀哉！……夫礼失求之于野，古文不犹愈（师古曰：愈，胜也）于野乎？往者博士《书》有欧阳，《春秋》公羊，《易》则施、孟，然孝宣皇帝犹复广立榖梁《春秋》、梁丘《易》、大小夏侯《尚书》，义虽相反，犹并置之。何则？与其过（师古曰：过犹误）而废之也，宁过而立之。传曰："文武之道未坠于地，在人；贤者志其大者，不贤者志其小者。"今此数家之言，所以兼包大小之义，岂可偏绝哉！若必专己守残（师古曰：专执己所偏见，苟守残缺之文也），党同门，妒道真（师古曰：党同师之学，妒道艺之真也），违明诏，失圣意，以陷于文吏之议，甚为二三君子不取也。'"

（33）陆机之《移百官》已失传，下文称"武移"，当是论军事的移文。

（34）"金"，兵器与铠甲，比喻战争。"顺命"，元本、弘治本、王惟俭本作"烦命"，梅庆生本作"顺命"，谓"元作'烦'，曹（学佺）改"。王利器《文心雕龙校证》："《御览》'命'作'众'，徐校同。"詹锳说同。按：当以元、明各本为"命"。

（35）《意林》卷三引崔寔《政论》："洗濯民心，澜浣浮俗。""坚同"，元本、弘治本、王惟俭本作"坚用"，梅庆生本作"坚同"，并谓"元作'用'，曹（学佺）改"。

（36）"弛网"，原作"弛刚"，王惟俭本作"弛纲"。王利器《文心雕龙校证》："吴校'刚'作'网'。孙怡让云：'案当作"弛网"。"网"为"纲"，三写成"刚"，遂不可通。《吕氏春秋·异用》篇说汤解网，令去三面，舍一面；与《易》比九五"三驱失前禽"之文偶合，故彦和兼用之。'案吴、孙校是，今据改。""三驱弛网"，四面张网狩猎时从三面行进，松弛一面让野兽走，以示宽厚仁德，喻王者先行德教而后征伐。《周易·比卦》九五："王用三驱，失前禽。"王弼注："夫三驱之礼，禽逆来趣己则舍之，背己而走则射之，爱其来而恶于去也；故其所施，常失前禽也。"《周礼·夏官·大司马》："以九伐之法正邦国（郑玄注：诸侯有违王命，则出兵以征伐之，所以正直也）：冯（郑注：犹乘陵也）弱犯寡则眚（郑注：眚，犹人眚瘦也。《王霸记》曰：四面削其地）之，贼贤害民则伐之，暴内陵外（郑注：内为其国，外为诸侯）则坛（郑注：坛读如同墠之墠。……玄谓置之空墠以出其君，更立其次贤者）之，野荒民散则削之，负固（郑注：负犹恃也。固，险，可依以固者也。）不服则侵之，贼杀其亲则正之，放弑其君则残之，犯令陵正则杜之，外内乱、鸟兽行则灭之。""先话"，九伐之前先以檄文晓谕之。

（37）"摧"，梅庆生本作"推"，黄叔琳本作"惟"。此据元本、弘治本、王惟俭本。《左传》宣公十二年："楚子曰：'……古者明王伐不敬，取其鲸鲵（喻罪魁祸首）而封（杀死埋掉）之，以为大戮，于是乎有京观（聚集敌尸，封土而成高冢），以惩淫慝。'"杜预注："鲸鲵，大鱼名，以喻不义之人，吞食小国。""抵落"，扑灭。"蜂虿"，毒蜂与恶虫。《左传》僖公二十二年："臧文仲曰：'……君其无谓邾小，蜂虿有毒，而况国乎！'"

（38）王利器《文心雕龙校证》："'风'原作'宝'。……徐（燉）云：'当是"风"字，本文有"移风"之语，"移宝"于义不可通。'按徐说是，今据改。"《论语·颜渊》："君子之德风，小人之德草，草上之风必偃。"政令如风，百姓为草，风吹草偃。

《封禅》篇

　　夫正位北辰,向明南面⁽¹⁾,所以运天枢,毓黎献者,何尝不经道纬德,以勒皇迹者哉⁽²⁾?《绿图》曰"潬潬噅噅,棼棼雉雉,万物尽化⁽³⁾",言至德所被也。《丹书》曰"义胜欲则从,欲胜义则凶⁽⁴⁾",戒慎之至也。则戒慎以崇其德,至德以凝其化,七十有二君,所以封禅矣⁽⁵⁾。

　　昔黄帝神灵,克膺鸿瑞,勒功乔岳,铸鼎荆山⁽⁶⁾。大舜巡岳,显乎《虞典》⁽⁷⁾,成康封禅,闻之《乐纬》⁽⁸⁾。及齐桓之霸,爰窥王迹,夷吾谲谏,距以怪物⁽⁹⁾。固知玉牒金镂,专在帝皇也⁽¹⁰⁾。然则西鹣东鲽,南茅北黍⁽¹¹⁾,空谈非征,勋德而已。是以史迁八书,明述封禅者⁽¹²⁾,固禋祀之殊礼,铭号之秘祝,祀天之壮观矣⁽¹³⁾。

　　秦皇铭岱,文自李斯⁽¹⁴⁾,法家辞气,体乏弘润。然疏而能壮,亦彼时之绝采也。铺观两汉隆盛,孝武禅号于肃然,光武巡封于梁父⁽¹⁵⁾,诵德铭勋,乃鸿笔耳。观相如《封禅》,蔚为唱首⁽¹⁶⁾。尔其表权舆,序皇王,炳玄符⁽¹⁷⁾,镜鸿业;驱前古于当今之下,腾休明于列圣之上,歌之以祯瑞,赞之以介丘⁽¹⁸⁾,绝笔兹文,固维新之作也。及光武勒碑,则文自张纯,首胤典谟,末同祝辞⁽¹⁹⁾;引钩谶,叙离乱,计武功,述文德;事核理举,华不足而实有余矣!凡此二家,并岱宗实迹也。及扬雄《剧秦》,班固《典引》,事非镌石,而体因纪禅⁽²⁰⁾。观《剧秦》为文,影写长卿,诡言遯辞,故兼包神怪;然骨制靡密⁽²¹⁾,辞贯圆通,自称极思,无遗力矣。《典引》所叙,雅有懿乎(22),历鉴前作,能执厥中(23),其制义会文,斐然余巧。故称"《封禅》丽而不典,《剧秦》典而不实",岂非追观易为明,循势易为力欤?至于邯郸《受命》,攀响前声(24),风末力寡,辑韵成颂(25);虽文理顺序,而不能奋飞(26)。陈思《魏德》,假论客主(27),问答迂缓,且已千言,劳深绩寡,飙焰缺焉(28)。

兹文为用(29),盖一代之典章也。构位之始,宜明大体(30),树骨于训典之区,选言于宏富之路;使意古而不晦于深,文今而不坠于浅,义吐光芒,辞成廉锷,则为伟矣。虽复道极数殚(31),终然相袭;而日新其采者(32),必超前辙焉。

赞曰:封勒帝绩,对越天休(33)。逖听高岳,声英克彪(34)。树石九旻,泥金八幽(35),鸿律蟠采,如龙如虬(36)。

简析:

本篇论帝王刻石封禅文体。封禅是古代帝王功业告成、统治稳定后,祭祀天地的隆重典礼。祭天曰封,祭地曰禅。封禅文是帝王巡视山岳刻石铭纪、上告天庭地府所用文字,表示遵循天命治国安民,展示宏伟功勋、深厚德行。相传黄帝勒功泰山、铸鼎荆山,虞舜巡行东岳泰山、南岳衡山、西岳华山、北岳恒山,以及周成王、康王的封禅,但都没有封禅文字。最早的封禅文是李斯为秦始皇所写的巡行泰山刻石铭功之文。以后就是汉武帝巡行泰山封禅肃然,东汉光武帝巡行泰山封禅梁父。司马相如为汉武帝所写《封禅文》,从天地开创写起,阐述历代帝王功德,炫耀上天祥瑞,宏扬帝王勋业,实为颇具创新特色的杰作。东汉张纯为光武帝所写封禅文也能仿效儒家经典,虽然吟咏了不少纬书内容,末尾有同祝祷,但叙述功业、阐明文教,"事核理举",丰富充实,不失为有代表性的封禅文。至于后来模仿封禅文的著作,如扬雄《剧秦美新》、班固《典引》,则"事非镌石,而体因纪禅",虽"辞贯圆通"或"雅有懿乎",而并非真正的封禅文。而到邯郸淳的《受命禅》、曹植的《魏德论》，虽为涉及封禅之事，而已经属于气力衰退的末流了。封禅文的写作实为"一代之典章"，故需体制宏大，结构完整；义理确立于经典之苑囿，吐露圣训光芒；语辞盘桓于宏富之领域，尽显锋利棱角；文意训古而不晦涩深奥，文辞新颖而不浮泛浅薄。此乃为封禅文之撰述要领。

语译：

帝王登基如北极星高悬天空，黎明时刻朝南而坐面见群臣，运转天命枢机治理国事，安抚众多百姓养育贤者，何尝不是以王道仁德经纬天下，并刻石铭记宏伟功绩啊！《绿图》说："舒适安乐，纷纭杂陈，万物化育。"此实崇高德行所覆盖之表现。《丹书》说："道义胜过私欲则万民顺从，私欲胜过道义则凶象丛生。"这是谨慎警戒的极至。警戒谨慎颂扬崇高德行，最高德行凝聚化生万物，古代有七十二国君，行封禅大典。

以往黄帝神灵，可以承受上天的鸿盛祥瑞，于高峻泰山刻石记功，于荆山之下青铜铸鼎。伟大的虞舜巡行泰山，彰显于经籍《舜典》。成王、康王封禅典礼，见之于《乐纬》记载。及齐桓公称霸，窥视帝位欲行封禅，管仲委婉陈述讽谏，以出现（蓬蒿、藜莠、鸱枭之类）怪物（未出现麒麟、凤凰之类神兽）加以阻止。故知刻文玉石金线封缄，为皇帝封禅之所专用（诸侯不可以行封禅礼）。而管仲所说西海比翼之鸟、东海比目之鱼，南方之箐茅、北方之禾黍，均为空谈而无法征验，封禅只是铭刻勋业伟绩之功德而已。所以司马迁《史记》"八书"，其中《封禅》一篇专门记叙封禅礼仪，因为这是祭祀（禋祀）中非常重要的特殊典礼。铭刻玉石上告天廷的神秘祝礼，是天下最为壮观的祭祀大典。

秦始皇泰山勒石记功，其封禅文是李斯所作，属于法家文辞气貌，文体缺乏宏大雅润风格，然疏阔而雄壮，也是当时杰出的优秀之作。纵观隆盛的两汉，西汉武帝刻石铭功于萧然山，东汉光武帝巡行封禅于梁父山，歌颂功德铭刻勋业，确是鸿大手笔。考察司马相如的《封禅文》，实为文采茂盛的封禅文之首唱。至于其文表明天地开创情况,叙述历代帝王功德,炫耀上天符命祥瑞,展示帝王宏大勋业,把古代圣王业绩压制在当代明君之下,赞扬当今皇上英明宏大飞腾在列代圣明之上,歌颂吉祥珍瑞,赞扬封禅大山(泰山),他死前这篇绝笔之文,实为其创新之杰作。到东汉光武帝勒刻碑文,乃是出于张纯的手笔,起首继承经典样式,而末尾类似祝祷之文,引用很多谶纬中的文辞话语,叙述王莽篡位后的离合混乱,记载光武中兴武功,阐说儒家文教德业,叙事核实论理充分,虽文采不足而实事丰硕。司马相如、张纯二家封禅文,均为泰山封禅的真实遗迹。到扬雄的《剧秦美新》、班固的《典引》,均非刻石之文,然其体制则仿效纪功封禅。考察《剧秦美新》的写作,实是模仿司马相如之《封禅文》,文辞诡谲隐遁,兼有神怪故事,然而其文骨骼体制细密,辞句圆润通达,自称极尽思虑,不遗余力。班固《典引》叙述,典雅而有美懿辞采,历览前人作品细致鉴别,折中选择取其精华,达致情义融会文采,斐然成章构思巧妙,所以班固《典引序》中说:"《封禅文》华靡而不够典雅,《剧秦美新》典雅而不够确实"。岂非追踪观赏前人著作容易通晓明白,而遵循前人著作体势写作容易顺畅有力吗?至于邯郸淳《(大魏)受命述》(歌颂曹操、曹丕之德),攀附模仿前人之作,风貌气骨坠于末流,谨以编辑韵语凑成颂文,虽然文理还算通顺,但不可能有奋飞气势。曹植的《魏德论》,假借客主体式,而问答迂阔迟缓,文辞冗长千有余言,辛劳费力功效甚寡,缺乏壮阔飞扬的雄伟气势。

封禅文的作用,乃一代之宏大典章。此种文体的结构布局之初,需要明白其大纲要领:树立刚劲文骨于经典训导区域,选择多彩文辞于宏博富赡大道;使文意古朴雅正而不晦涩深奥,语言新颖现代而不陷于浮浅;深意吐露灿烂光芒,文辞显出锋利棱角,这样才是气魄宏伟之作。虽然理达极致而术数穷尽,最终还是沿袭以往体制,若使文采灿然日新,必能超越前人之作。

总论:封禅刻石铭纪勋绩,德行配天宣扬名节。封禅高山遥闻天命,英华辉耀声誉传阅。铭刻勒石高耸九天,玉牒金镂深埋幽穴。律法鸿伟文辞蟠采,蛟龙潜虬翻腾激烈。

注订：

（1）"正位北辰"，帝王登基如北极星之高悬正位，而众星拱奉之也。《论语·为政》："子曰：为政以德，譬如北辰，居其所而众星拱之。""向明南面"，每当天将黎明则面向南方而听取众臣禀报，治理天下国家。《周易·说卦》："离也者，明也，万物皆相见，南方之卦也；圣人南面而听天下，向明而治，盖取诸此也。"孔颖达《正义》："以离为象日之卦，故为明也。日出而万物皆相见也。又位在南方，故圣人法南面而听天下，向明而治也。"

（2）"大枢"，北极七星之首，喻国家政权。《后汉书·崔骃传》："重侯累将，建天枢，执斗柄。"李曰刚《文心雕龙斠诠》："谓运转天命之枢机也。天枢，本北极星名……此处喻国之权柄。""毓"，同育。"黎献"，《尚书·益稷》："万邦黎献。"孔安国传："献，贤也。万国众贤，共谓帝臣。"《尔雅·释诂》上："黎，众也。""勒皇迹"，刻石以显皇帝功绩。

（3）"绿"，元本、弘治本、梅庆生本、黄叔琳本作"录"，此据王惟俭本。杨明照《增订文心雕龙校注》："'录'，《绎史》五《黄帝纪》引作'绿'。何焯改作'绿'。纪昀云：'录当作绿。'《正纬》篇：'尧造《绿图》，昌制《丹书》。'以'绿图'与'丹书'对。此亦应尔。汪本、张本、训故本并作'绿'。当据改。""绿图"，《河图》。刘勰所引《绿图》几句均为佚文，或刘勰所见《绿图》有此文。"潭潭"，婉转舒适貌。刘永济《文心雕龙校释》："'潭潭'，当作'啴啴'，喜乐盛也。《诗》（《大雅·崧高》）：'徒御啴啴。''潭'，'啴'之假字也。"《说文》："啴，喘息也。一曰喜也。从口单声。《诗》（《小雅·四牡》）曰：'啴啴骆马。'"段玉裁注："喘息也。《小雅》传曰：'啴啴，喘息也。马劳则喘息。'一曰喜也。《乐记》：'其乐心感者，其声啴以缓。'""嚃嚃"，安乐舒适也。嚃，《玉篇》："口不正也。"李曰刚《文心雕龙斠诠》："案楚人谓作乐、高兴为'嚃'。是'潭潭嚃嚃'有安适喜乐之意。""棼棼"，犹纷纷，扰乱也。"棼棼雉雉"，纷乱杂陈也。《左传》隐公四年："以乱，犹治丝而棼之也。"杜预注:"棼,扶云反,乱也。""雉雉",杂陈也。《尔雅·释诂》:"雉,陈也。""万物尽化",《周易·咸卦·彖辞》:"天地感而万物化生。"孔颖达《正义》:"天地二气,若不感应相与,则万物无由得应化而生。"安适喜乐、纷扰杂陈乃为宇宙间"万物尽化"之情状。

（4）"丹书",即《洛书》。《史记·周本纪》:"(古公)生(姬)昌,有圣瑞。"张守节《正义》:引《尚书帝命验》:"季秋之月甲子,赤爵衔丹书入于鄷,止于昌户。其书云:'敬胜怠者吉,怠胜敬者灭,义胜欲者从(顺也),欲胜义者凶。凡事不强则枉,不敬则不正。枉者废灭,敬者万世。以仁得之,以仁守之,其量百世。以不仁得之,以仁守之,其量十世。以不仁得之,不仁守之,不及其世。'"圣瑞指此。

（5）《史记·封禅书》:"管仲曰:'古者封泰山禅梁父者七十二家,而夷吾所记者十有二焉。'"张守节《史记正义》:"《韩诗外传》云:'孔子升泰山,观易姓而王可得而数者七十余人,不得而数者万数也。'案:管仲所记自无怀氏以下十二家,其六十家无纪录也。"

（6）"黄帝神灵",黄帝神奇灵异。《大戴礼记·五帝德》篇:"孔子曰:黄帝,少典之子也,曰轩辕,生而神灵。""克膺鸿瑞",谓其德行可以承受上天隆重宏盛的祥瑞。"勒功",刻石铭记功德。"乔岳",指高峻的泰山。《诗经·周颂·时迈》:"怀柔百神,及河乔岳。"毛传:"乔,高也。高岳,岱宗(泰山)也。""铸鼎荆山",《史记·孝武本纪》:"黄帝采首山铜,铸鼎荆山下。鼎既成,有龙垂胡髯下迎黄帝。黄帝上骑,群臣后宫从上龙者七十余人,龙乃上去。"裴骃《史记集解》:"晋灼曰:'《地理志》首山属河东蒲阪,荆山在冯翊怀德县。'"司马贞《史记索隐》引颜师古:"胡谓项下垂肉也;髯,其毛也。故童谣曰'何当为君鼓龙胡'是也。"

（7）"大舜巡岳",《尚书·舜典》:"岁二月,东巡守,至于岱宗,柴。"孔安国传:"岱宗,泰山,为四岳所宗。燔柴祭天告至(帝王封禅或出巡在外所行祭祀之宴礼,亦称饮至)。……五月,南巡守,至于南岳(衡山),如岱礼。……八月,西巡守,至于西岳(华山),如初。……十有一月,朔,巡守,至于北岳(恒山)如西礼。"这些都彰显于《虞典》

(虞舜的典籍,即《舜典》)。

(8)《隋书·经籍志》:"《乐纬》三卷,宋均注。"其书已佚。《后汉书·张纯传》建武三十年,张纯奏上宜封禅曰:"自古受命而帝,治世之隆,必有封禅,以告成功焉。《乐动声仪》曰:'以雅治人,风成于颂。'有周之盛,成康之间,郊配封禅,皆可见也。"章怀太子注:"《动声仪》,《乐纬》篇名也。"此亦见《史记·封禅书》及《管子·封禅》篇。

(9)《史记·封禅书》:"秦缪公即位九年,齐桓公既霸,会诸侯于葵丘(张守节《正义》:《括地志》云:"葵丘在曹州考城县东南一里五十步郭内"),而欲封禅。管仲曰:'古者封泰山禅梁父(《正义》:《括地志》云:"梁父山在兖州泗水县北八十里。")者七十二家,而夷吾所记者十有二焉。昔无怀氏封泰山,禅云云(《正义》:《括地志》云:"云云山在兖州博城县西南三十里也");虙羲封泰山,禅云云;神农封泰山,禅云云;炎帝(司马贞《索隐》:"邓展云:神农后子孙亦称炎帝而登封者")封泰山,禅云云;黄帝封泰山,禅亭亭(《正义》:《括地志》云:"亭亭山在兖州博城县西南三十里也");颛顼封泰山,禅云云;帝喾(佶)封泰山,禅云云;尧封泰山,禅云云;舜封泰山,禅云云;禹封泰山,禅会稽(《正义》:《括地志》云:"会稽山一名衡山,在越州会稽县东南一十二里也");汤封泰山,禅云云;周成王封泰山,禅社首(裴骃《集解》:应劭曰:"山名,在博县"):皆受命然后得封禅。'桓公曰:'寡人北伐山戎(《索隐》:服虔云:"盖今鲜卑是"),过孤竹(《正义》:《括地志》云:"孤竹故城在平州卢龙县南一十里,殷时孤竹国也");西伐大夏,涉流沙,束马悬车,上卑耳之山(《索隐》:"山名,在河东大阳");南伐至召陵(《正义》:"召音邵。"《括地志》云:"召陵故城在豫州郊城县东四十五里也"),登熊耳山(《索隐》:"荆州记耒阳、益阳二县东北有熊耳,东西各一峰,状如熊耳,因以为名")以望江汉。兵车之会三(《索隐》:"案《左传》,三,谓鲁庄十三年会北杏,平宋乱;僖四年侵蔡,遂伐楚;六年伐郑,围新城是也"),而乘车之会六(《索隐》:"据《左氏传》云,谓庄十四年会于鄄,十五年又会鄄,十六年盟于幽,僖五年会于首止,八年盟于洮,九年会葵丘也"),九合诸侯,一匡天下,诸侯莫违我。昔三代受命,亦何以异乎?'于是管仲睹桓公不可穷以辞,因设之以事,曰:'古之封禅,鄗上之黍,北里之禾(《集解》:"应劭曰:鄗上,山也。鄗音臛。苏林曰:鄗上、北里皆地名"),所以为盛;江淮之闲,一茅三脊(《集解》:"孟康曰:所谓灵茅也"),所以为藉也。东海致比目之鱼(《集解》:"韦昭曰:各有一目,不比不行,其名曰鲽"),西海致比翼之鸟(《集解》:"韦昭曰:各有一翼,不比不飞,其名曰鹣鹣"),然后物有不召而自至者十有五焉。今凤皇麒麟不来,嘉谷不生,而蓬蒿藜莠茂,鸱枭数至,而欲封禅,毋乃不可乎?'于是桓公乃止。""距",有的本子作"拒"。

(10)"玉牒金镂",封禅时刻文于玉石,而以金线封缄。应劭《汉官仪》:"建武三十二年,封泰山,玉牒石检,金绳石泥。"

(11)"西鹣东鲽",元本、弘治本作"西鹣东鲸",此据王惟俭本、梅庆生本。即前注比翼鸟、比目鱼。"南茅北黍",参见前注裴骃《史记集解》。"南茅",南方之菁茅,一根茅草有三根脊骨。"北黍",即北方的禾黍,黄米。

(12)"是以史迁八书",元本、弘治本、梅庆生本等无"以"字,王利器《文心雕龙校证》:"王惟俭本'是'下有'以'字。"《史记》有八书:《礼书》第一,《乐书》第二,《律书》第三,《历书》第四,《天官书》第五,《封禅书》第六,《河渠书》第七,《平准书》第八。

(13)"铭号之秘祝,祀天之壮观矣",元本、弘治本、王惟俭本无"祝"字,此依梅庆生本据朱谋㙔说补,并据朱谋㙔说改"铭"为"名"。《史记·封禅书》:"(汉武帝)封泰山下东方,如郊祠太一之礼。封广丈二尺,高九尺,其下则有玉牒书,书秘。礼毕,天子独与侍中奉车子侯上泰山,亦有封。其事皆禁。"

(14)"秦皇铭岱",《史记·秦始皇本纪》:"二十八年,郡县,上邹峄山(《集解》:韦昭曰:'邹,鲁县,山在其北')。立石,与鲁诸儒生议,刻石颂秦德,议封禅望祭山川之事(《正义》:"晋《太康地记》云:为坛于太山以祭天,示增高也。为埠于梁父以祭地,示增广也")。乃遂上泰山(《正义》:"泰山一曰岱宗,东岳也,在兖州博城县西北三十里"),立石,封,祠祀(《集解》:瓒曰:"积土为封。谓负土于泰山上,为坛而祭之")。下,风雨暴至,休于树下,因封其树为五大夫。禅梁父(《集解》:"服虔曰:禅,阐广土地也")。刻所立石,其辞曰:'皇帝临位,作制明法,臣下修饬。二十有六年,初并天下,罔不宾服。亲巡远方黎民,登兹泰山,周览东极。从臣思迹,本原事业,祗诵功德。治道运行,诸产得宜,皆有法式。大义休明,垂于后世,顺承勿革。皇帝躬圣,既平天下,不懈于治。夙兴夜寐,建设长利,专隆教诲。训经宣达,远近毕理,咸承圣志。贵贱分明,男女礼顺,慎遵职事。昭隔内外,靡不清净,施于后嗣。化及无穷,遵奉遗诏,永承重戒。'"秦之封禅刻石文,共六篇,均为李斯所作。《史记·秦始皇本纪》载五篇。

(15)孝武、光武封禅,《史记·孝武本纪》:"丙辰,禅泰山下址东北肃然山(《集解》:服虔曰:"肃然,山名,在梁父"),如祭后土礼。"《后汉书·光武帝纪》:"中元元年春正月,……丁卯,东巡狩。二月己卯,幸鲁,进幸太山。北海王兴、齐王石朝于东岳。辛卯,柴望岱宗,登封太山;甲午,禅于梁父。"章怀太子注:"岱宗,太山也。梁父,太山下小山也。封谓聚土为坛,墠谓除地而祭。改'墠'为'禅',神之也。"

(16)《史记·司马相如传》:"相如既病免,家居茂陵。天子曰:'司马相如病甚,可往从悉取其书,若后之矣。'使所忠往,而相如已死,家无遗书。问其妻,对曰:'长卿未尝有书也。时时著书,人又取去。长卿未死时,为一卷书,曰有使来求书,奏之。'其遗札书言封禅事,所忠奏焉,天子异之。其辞曰:'伊上古之初肇,自颢穹(师古曰:肇,始也。颢、穹,皆谓天也)生民。历选列辟(师古曰:选,数也。辟,君也),以迄乎秦。率迩者踵武,听逖(师古曰:远也)者风声。纷轮威蕤,堙灭而不称者,不可胜数也。继昭夏,崇号谥,略可道者七十有二君。罔若淑而不昌,畴逆失而能存?轩辕之前,遐哉邈乎,其详不可得闻已。五(帝)三(王)六经载籍之传,维见可观也。……钦哉,符瑞臻兹,犹以为薄,不敢道封禅。盖周跃鱼陨杭,休之以燎(应劭曰:"杭,舟也。休,美也。"师古曰:"燎,祭天也")。微夫斯之为符也,以登介丘,不亦恧乎(服虔曰:"介,大也。丘,山也")!进攘之道,何其爽与?'""蔚为唱首",成为繁茂昌盛的封禅文之冠首。

(17)"炳玄符",黄叔琳本"玄"作"元",盖清人避讳而改。

(18)"介丘",黄本作"介邱",乃避孔子讳改。

(19)《后汉书·张纯传》:"张纯字伯仁,京兆杜陵人也。……(建武)三十年,纯奏上宜封禅,曰:'自古受命而帝,治世之隆,必有封禅,以告成功焉。……今摄提之岁,仓龙甲寅,德在东宫。宜及嘉时,遵唐帝之典,继孝武之业,以二月东巡狩,封于岱宗,明中兴,勒功勋,复祖统,报天神,禅梁父,祀地祇,传祚子孙,万世之基也。'中元元年,帝乃东巡岱宗,以纯视御史大夫从,并上元封旧仪及刻石文。"《后汉书·祭祀志》载张纯《泰山刻石文》:"维建武三十有二年二月,皇帝东巡狩,至于岱宗,柴,望秩于山川,班于群神,遂觐东后。……乾乾日昃,不敢荒宁,涉危历险,亲巡黎元,恭肃神祇,惠恤耆老,理庶遵古,聪允明恕。皇帝唯慎《河图》《洛书》正文,是月辛卯,柴,登封泰山。甲午,禅于梁阴。以承灵瑞,以为兆民,永兹一宇,垂于后昆。百寮从臣,郡守师尹,咸蒙祉福,永永无极……""首胤典谟",起首继承经典。"末同祝辞",文末类似祝祷。文中引用《河图赤伏符》《河图会昌符》《河图合古篇》《孝经钩命决》等纬书。

(20)扬雄的《剧秦美新》仿照司马相如《封禅文》而写,"剧秦",责秦之过分暴虐;"美新",赞美王莽新朝。《昭明文选》五臣李周翰注:"剧,甚也。王莽篡汉位,自立为皇帝,国号新室。是时雄仕莽朝,见莽数害正直之臣,恐己见害,故著此文,以秦酷暴之甚,以新室为美,将悦莽意,求免于祸。非本情也。"扬雄于《剧秦美新序》中言:"往时司马相如作《封禅》一篇,以彰汉氏之休。臣常有颠眴病,恐一旦先犬马填沟壑,所怀不章,长恨黄泉。敢竭肝胆,写腹心,作《剧秦美新》一篇,虽未究万分之一,亦臣之极思也。"班固《典引序》:"伏惟相如《封禅》靡而不典,扬雄《美新》典而亡实,然皆游扬后世,垂为旧式。臣固才朽,不及前人,盖咏《云门》者难为音,观随和者难为珍。臣不胜区区,窃作《典引》一篇,虽不足雍容明盛万分之一,犹启发愤懑,觉悟童蒙,光扬大汉,轶声前代,然后退入沟錾,死而不朽。"《昭明文选》李善注:"蔡邕曰:'《典引》者,篇名也。典者,常也,法也。引者,伸也,长也。'《尚书》疏:尧之常法,谓之《尧典》。汉绍其绪伸而长之也。"《剧秦美新》《典引》均非刻石之文,然其体制则仿效纪功封禅之文。

(21)"骨制",原为"骨掣"。"掣",当为"制(製)"之误,范文澜《文心雕龙注》:"《章表》篇'应物掣巧',《御览》作'制'是也。此'骨掣'之'掣',亦当作'制'。"王利器、杨明照、刘永济或谓当作"体制",或谓作"体制"。"骨製"即"骨制",骨骼体制之意。

(22)"雅有懿乎",纪昀评:"乎当作采。"刘永济《文心雕龙校释》:"按'乎'乃'采'之形误字。"此谓典雅懿美,不必改为"采",于版本亦无据。

(23)"能执厥中",于优劣两者之间善执其中。《尚书·大禹谟》:"人心惟危,道心惟微。惟精惟一,允执厥中。"孔安国传:"危则难安,微则难明,故戒以精一,信执其中。"下引《典引》文"丽而不典",现存《典引》作"靡而不典"。

(24)汉献帝延康元年禅位曹丕。《三国志·魏书·文帝纪》:"汉帝以众望在魏,乃召群公卿士,告祠高庙。使兼御史大夫张音持节奉玺绶禅位。"邯郸淳著《(大魏)受命述》,歌颂曹操、曹丕之德。其曰:"伊上天阐载,自民主肇运,历听风声,陶唐谓盛。虞夏受终,殷周革命,有禅而帝,有代而王。禅代虽殊,大小繇同。于是以汉历在魏,赤运归黄也。是故大魏之业,皇耀震霆。肃清宇内,万邦有载。师义翼汉,奉礼不越。(以上颂魏武)……圣嗣承统,爰宣重光。陈锡裕下,民悦无疆。(以上颂曹丕)……"(见《艺文类聚》卷十及《古文苑》)"攀响前声",攀附前人名作。

(25)"风末力寡",风气坠于末流,骨力柔弱寡少。"辑韵成颂",编辑韵语凑成颂扬之作。

(26)"顺序",王利器《文心雕龙校证》:"'顺'原作'烦',梅(庆生)据曹(学佺)改,徐(燉)校同。"按:元本、弘治本作"烦",王惟俭本、梅庆生本作"颇",谓"曹(学佺)改。"张松孙本同,杨明照谓当作

"颇",非是。此据黄叔琳本。

（27）曹植的《魏德论》文已不全,见《艺文类聚》卷十引。其原文当为客主问答体式,今已不可详考。

（28）"飚焰",壮阔气势。"飚",同飙。

（29）"兹文",指封禅之文。

（30）"构位",结构布局。"大体",大纲要领。

（31）"道极数殚",义理达到极致,方法技巧用尽。《昭明文选》扬雄《剧秦美新》："道极数殚,阇忽不还。"李善注："言天道既极,历数又殚,故阇忽而灭,不能自还也。"

（32）王利器《文心雕龙校证》："'采'原作'来',谢（兆申）、徐（燉）校作'采',梅（庆生）六次本改。"

（33）"封勒帝绩",封禅刻石以铭纪帝王勋绩。"对越天休",配合颂扬上天美德。《诗经·周颂·清庙》："济济多士,秉文之德,对越在天。"郑玄笺："对,配；越,于也。济济之众士,皆执行文王之德。文王精神已在天矣,犹配顺其素如生存。"《尚书·说命》："敢对扬天子之休命。"孔传："对,答也。答受美命而称扬之。"《尔雅·释言》："越,扬也。"

（34）"逖听高岳",远远地听闻封禅颂赞于高山。"声英克彪",风雅之声飞扬于远古,传播于当今。《史记·司马相如传》："（《封禅文》）……率迩者踵武,逖听者风声。……俾万世得激清流,扬微波,蜚英声,腾茂实。"裴骃《集解》："徐广曰：率,循也。迩,近也。武,迹也。循省近世之遗迹。"又曰："徐广曰：逖,远也。听察远古之风声。"司马贞《索隐》："风声,风雅之声。以言听远古之事,则著在风雅之声也。"《索隐》："胡广曰：飞扬英华之声,腾驰茂盛之实也。""克彪",能够辉耀光彩。

（35）"树石九旻",勒铭刻石于高耸九天的山顶之上。《尚书·大禹谟》："帝初于历山,往于田,日号泣于旻天于父母。"孔传："仁覆愍下谓之旻天。""泥金八幽",将封禅玉牒文书以金线（水银调金屑）封签,而藏于幽深的山石深穴之中。

（36）"鸿律蟠采"，指封禅文宏伟的条律、丰硕的文采。"律"，杨明照、周振甫谓疑谓"笔"之误，无据。此"律"当作"条律"解，指封禅文之条律、律法。"蟠采"，蟠龙般文采。"如龙如虬"，有角曰龙，无角曰虬。封禅文犹如蛟龙潜虬，飞腾空中潜藏地下。

《章表》篇

夫设官分职,高卑联事⁽¹⁾。天子垂珠以听,诸侯鸣玉以朝⁽²⁾。"敷奏以言,明试以功⁽³⁾。"故尧咨四岳,舜命八元⁽⁴⁾,固辞再让之请,"俞往钦哉"之授⁽⁵⁾,并陈辞帝庭,匪假书翰⁽⁶⁾。然则"敷奏以言",则章表之义也;"明试以功",即授爵之典也。至太甲既立,伊尹书诫,思庸归亳,又作书以赞⁽⁷⁾。文翰献替,事斯见矣⁽⁸⁾。

周监二代,文理弥盛,再拜稽首,对扬休命⁽⁹⁾,承文受册,敢当丕显,虽言笔未分,而陈谢可见。降及七国,未变古式,言事于王,皆称上书。秦初定制,改书曰奏。汉定礼仪,则有四品,一曰章,二曰奏,三曰表,四曰议。章以谢恩,奏以按劾,表以陈请,议以执异⁽¹⁰⁾。章者,明也。《诗》云"为章于天",谓文明也。其在文物,赤白曰章⁽¹¹⁾。表者,标也。《礼》有《表记》,谓德见于仪⁽¹²⁾,其在器式,揆景曰表。章表之目,盖取诸此也。按《七略》《艺文》,谣咏必录;章表奏议,经国之枢机,然阙而不纂者,乃各有故事,而布在职司也⁽¹³⁾。

前汉表谢,遗篇寡存。及后汉察举,必试章奏⁽¹⁴⁾。左雄表议,台阁为式⁽¹⁵⁾;胡广章奏,天下第一⁽¹⁶⁾:并当时之杰笔也。观伯始谒陵之章⁽¹⁷⁾,足见其典文之美焉。昔晋文受册,三辞从命⁽¹⁸⁾。是以汉末让表,以三为断。曹公称"为表不止三让⁽¹⁹⁾",又"勿得浮华⁽²⁰⁾"。所以魏初章表,指事造实,求其靡丽,则未足美矣。至如文举之《荐祢衡》,气扬采飞⁽²¹⁾;孔明之辞后主,志尽文畅[22]:虽华实异旨,并表之英也。琳瑀章表,有誉当时;孔璋称健,则其标也[23]。陈思之表,独冠群才[24]。观其体赡而律调,辞清而志显,应物制巧,随变生趣,执辔有余,故能缓急应节矣[25]。逮晋初笔札,则张华为俊[26]。其《三让公封》,理周辞要,引义比事,必得其偶,世珍《鹪鹩》,莫顾章表。及羊公之《辞开府》,有誉于前谈[27];庾公之《让中书》,信美于往载:序志显类,有文雅焉[28]。刘琨《劝进》[29],张骏《自序》,文致耿介[30],并陈事之美表也。

原夫章表之为用也,所以对扬王庭,昭明心曲。既其身文,且亦国华[31]。章以造阙,风矩应明;表以致禁,骨采宜耀。循名课实,以为本者也[32]。是以章式炳贲,志在典谟[33];使要而非略,明而不浅[34]。表体多包,情伪屡迁[35],必雅义以扇其风,清文以驰其丽。然恳恻者辞为心使[36],浮侈者情为文屈[37],必使繁约得正,华实相胜,唇吻不滞,则中律矣。子贡云"心以制之,言以结之",盖一辞意也[38]。荀卿以为"观人美辞,丽于黼黻文章[39]",亦可以喻于斯乎?

赞曰:敷表绛阙,献替黼扆[40]。言必贞明,义则弘伟[41]。肃恭节文,条理首尾[42]。君子秉文,辞令有斐[43]。

简析:

本篇论臣下给君主上书中的章和表两种文体。章是谢恩用的,表示对帝王封赐的感谢。表是陈请用的,向帝王陈述情事提出请求。唐虞三代没有书面章表,都是口头"陈辞帝庭,匪假书翰",到商汤的伊尹训导太甲才有书面文书。周代的章表称为上书,秦朝改书为奏,汉代制定礼仪分为章、奏、表、议四类。章的意思就是彰明心志,表的意思就是标举情事。汉代的章表以左雄和胡广的作品最为著名。章是在帝王封赐时,表示谦虚辞让的,一般根据春秋公子重耳的做法,要呈三次辞谢而后接受王命，不过曹操不按此例曾上辞呈四五次。曹魏时期陈琳、阮瑀以章表闻名，而最为突出的是曹植的作品。晋代以张华、庾亮、刘琨、张骏等人的章表较为出色。章表的作用是"对扬王庭，昭明心曲"，既是自身的礼节修养，也是国家的德行荣誉。所以章的写作要明朗辉耀而以典谟为楷式，掌握要领而不能过于简略，清晰明白而不能浮浅鄙俗。表的陈请内容往往是多方面的，如荐举、陈情、劝进等，所以在写作上应具有雅正风范，文辞清新华丽，做到繁约适中，华实并茂。章表之作若能"言必贞明，义则弘伟"，才是中规中矩的优秀典范。

语译：

设置官吏分别任职，职位高卑有别，互相联合共担国事。天子冠冕垂挂珍珠聆听朝政，诸侯朝服佩玉铿锵朝觐皇帝。《尚书·舜典》说："诸侯臣下奏陈之言，天子明察验证确认其功效（则加赏赐）。"尧咨询四方诸侯有关国家的治理，舜推荐八位有才华的贤臣，臣下有固辞再辞的请求，君王有应允授职望其敬慎的决定（《尚书·舜典》舜不许禹辞让），这些都是直接在朝廷上当面陈述，并不假借书面文字。所以臣下的"敷奏以言"，具有章表的意义；帝王试察臣下敷奏验证其功效，即是后来封官晋爵之典礼。到太甲立为殷商君主，伊尹作《伊训》《肆命》《徂后》三篇教诫并（因太甲失德）将其流放到桐，后太甲善能思过怀念正道使复归亳京，伊尹又作《太甲》三篇赞美他。文书的更替，显示了事情的变化过程。

周朝以夏、商二代为鉴，仪礼文章更为隆盛。臣子再拜叩首，对答赞扬君主美命，承受君主文书册命，敢于担当显耀之委任。虽然当时还没有口头叙说和书面文字的区分，然而陈述答谢可以清楚看见。及至战国七雄时代，并未变更古代方式，对皇帝进言陈事，都称为上书。秦国初年确定制度，向君王上书改称为奏。汉朝制定礼仪，群臣上书天子则有四种文书：一曰章，二曰奏，三曰表，四曰议。章是答谢君王恩典的，奏是监察弹劾官吏的，表是陈述情事表达请求的，议是表述异议提出疑问的。章的意思,就是彰明。《诗经》说:"银河灿烂彰明天空。"说的就是文采鲜明。而在有文采的事物来说,红白相间色彩鲜明称为"章"。表的意思,就是标明。《礼记》有《表记》,说的是德行见于仪表,而在器物上,测量日影计时(日晷)称为表。章表的名称,就是从这里来的。刘歆的《七略》和班固《汉书·艺文志》,凡歌诗谣咏必有著录,而对章表奏议,这些治理国家的关键文书,却阙而不收不在编纂范围内,是因为章表奏议各有已定成规(故事),分归相关职司部门保管(或藏于尚书省内,或藏于御史衙门等)。

　　西汉时代谢恩的表章,遗留下来的篇章非常之少。到东汉则考察举荐孝廉,必须测试章奏的写作。左雄的章表奏议,被尚书台作为写作楷模;胡广的章表奏议,被称为"天下第一":他们都是当时杰出的笔才。观看胡广的谒陵奏章,充分显示其辞采典雅之美。以往晋文公重耳受册封为侯伯,辞让三次而后方接受任命,所以汉代末年凡受册封上表谦逊辞让的,都以三次为断然后接纳。曹操曾说:"上辞让表不一定只限三次。"又说:"文辞不要过于浮华。"所以魏初的表章,都根据事实陈述,而要说绮靡华丽之美,就不能完全满足了。孔融的《荐祢衡表》,气势高扬文采纷飞;诸葛亮辞别后主出师征伐的前《出师表》,尽情阐述壮志文辞明白晓畅:他们虽有华美和质实之不同,然皆为表中之英杰也。陈琳、阮瑀的章表,曾经享誉当时;陈琳章表被称雄健,成为当时标式楷模。陈思王曹植的表文,独为群才中之冠首,看他的作品体制丰赡而声律谐调,文辞清新而意志鲜明,善能根据事物特点制作巧妙辞章,随顺变化需要而有无尽趣味,由于他善于驾驭挥洒有余,所以能适应缓急不同节奏而应付自如。及西晋初年笔札,则以张华最为俊逸。他的《三计公封表》,义理周全文辞扼要,引述文义比喻事类,互相配合极为恰当,然而世人珍贵他的《鹪鹩赋》,而往往没有人顾及他的章表。羊祜的《让开府表》,曾获得前人广泛赞誉;庾亮的《让中书监表》,确实比前人之作美好:叙述志向显示所受宠爱远超同类才臣,颇有文雅之风貌。刘琨的《劝进表》,张骏的《自序表》,文章情致耿介忠贞,均为陈述情事之优美章表。

考察章表的作用,在于应对朝廷称扬王命美好,阐述臣下内在委曲心意。既是自身文明修养,亦显国家德业光辉。章是进谒朝廷答谢恩宠的,风范法式应当明白畅达;表是要送达宫廷进呈皇帝的,其风骨辞采均宜光耀飞腾。依据名称验证实际,当以章表自身为本。所以章的体制光明彪炳,志在仿效古代圣王典谟,善能抓住要领而不过于简略,明白晓畅而不流于浮浅。表的体制包含多种不同内容(如荐举、陈情、劝进等),所以陈述内容真伪屡有变迁,必以义理雅正显现其典谟风貌,以清新文辞驰骋其华美绮丽。然而诚恳悃心者文辞能充分达意辞为心使,浮浅奢侈者文情受文辞束缚情为辞使,故而章表写作必须繁约得体,华实并茂,朗读起来流畅而不滞塞,那就符合乎章表的准则了。子贡说:"必须以心志来制约它,以语言来完成它。"就是要使辞和意相统一。荀子说:"观看人家的美好言辞,比他礼服上刺绣的绚丽文采更美。"也可以藉此作为比喻吧。

总论:赤色宫阙呈递章表,陈善谏过直面君王。文辞言论忠贞光明,阐述义理弘伟昭彰。严肃恭敬遵守礼仪,条理明畅首尾有方,君子秉持文明道德,文辞辉耀斐然成章。

注订:

(1)《周礼·天官冢宰》:"惟王建国,辨方正位,体国经野,设官分职,以为民极。乃立天官冢宰,使帅其属而掌邦治,以佐王均邦国。"郑玄注:"郑司农曰:置冢宰、司徒、宗伯、司马、司寇、司空,各有所职而百事举。"《周礼·天官冢宰·大宰》:"大宰之职:……以八法治官府:一曰官属,以举邦治。二曰官职,以辨邦治。三曰官联,以会官治。四曰官常,以听官治。五曰官成,以经邦治。六曰官法,以正邦治。七曰官刑,以纠邦治。八曰官计,以弊邦治。"郑玄注:"郑司农曰:'……官联,谓国有大事,一官不能独共,则六官共举之。联,读为连,古书连作联。联,谓连事通职,相佐助也。'""联事",《周礼·天官冢宰·小宰》所列六种联事:"小宰之职:……以官府之六联合邦治:一曰祭祀之联事,二曰宾客之联事,三曰丧荒之联事,四曰军旅之联事,五曰田役之联事,六曰敛弛之联事。凡小事皆有联。"郑玄注:"郑司农云:'大祭祀,大宰赞玉币,司徒奉牛牲,宗伯视涤濯、莅玉鬯、省牲镬、奉玉齍,司马羞鱼牲、奉马牲,司寇奉明水火;大丧,大宰赞赠玉、含玉,司徒帅六乡之众庶属其六绋,宗伯为上相,司马平士大夫,司寇前王,此所谓官联。'"贾公彦疏:"云'以官府之六联合邦治'者,谓官府之中有六事,皆联事通职,然后国治得会合,故云合邦治也。一曰祭祀之联事,三曰丧荒之联事,此二者,郑注具,以其二者显著,故特言之。二曰宾客之联事者,郑虽不言,案'《大宰》大朝觐、会同,赞玉币玉献',《大司徒》令'野修道委积',《大宗伯》'朝觐、会同,则为上相',《大司寇》云'凡朝觐、会同,前王',唯《大司马》不见有事,司空又亡。四曰'军旅之联事'者,以六军军将皆命卿,田役亦然,且《大司徒》云'大军旅、大田役,以旗致万民',《大司马》云'大师,建大常,比军众','中春教振旅之事'。六曰'敛弛之联事'者,并大宰任九职、九贡、九赋,司徒制贡,小司徒令贡赋,若通数小官,则多矣。云'凡小事皆有联'者,谓《司关》云'掌国货之节,以联门市'之类是也。"

(2)"垂珠以听""鸣玉以朝",天子聆听朝政时冠冕前后共挂珍珠十二旒,公侯大夫皆悬挂佩玉铿锵有声。《礼记·玉藻》:"天子玉藻,十有二旒,前后邃延,龙卷以祭。玄端而朝日于东门之外,听朔于南门之外,闰月则阖门左扉,立于其中。……天子佩白玉而玄组绶,公侯佩山玄玉而朱组绶,大夫佩水苍玉而纯组绶,世子佩瑜玉而綦组绶,士佩瓀玟而缊组绶。"

(3)《尚书·舜典》:"敷奏以言,明试以功,车服以庸。"孔安国传:"敷,陈;奏,进也。诸侯四朝,各使陈进治理之言;明试其言以要其功,功成则赐车服以表显其能用。"孔颖达《正义》:"诸侯群后四方各朝天子于方岳之下,其朝之时,各使自陈进其所以治化之言。天子明试其言,以考其功,功成有验,则赐以车服,以表显其功,能用事。"

(4)"尧咨四岳,舜命八元",四岳,指四方诸侯。八元,指八位贤臣。《尚书·尧典》:"帝曰:'咨!四岳,汤汤(流貌)洪(大)水方割(害),荡荡(言水奔突有所涤除)怀(包)山襄(上)陵,浩浩滔天。下民其咨,有能俾乂?"孔安国传:"四岳,即上羲和之四子,分掌四岳之诸侯,故称焉。"又曰:"俾,使也。乂,治也。言民咨嗟忧愁,病水困苦,故问四岳,有能治者将使之。"《左传》文公十八年:"季文子使大使克对曰:'……昔高阳氏(帝颛顼之号)有才子八人:苍舒、隤敳、梼戭、大临、尨降、庭坚、仲容、叔达,齐圣广渊,明允笃诚,天下之民谓之"八恺"。高辛氏(帝喾之号)有才子八人:伯奋、仲堪、叔献、季仲、伯虎、仲熊、叔豹、季狸,忠肃恭懿,宣慈惠和,天下之民谓之"八元"。此十六族也,世济其美,不陨其名,以至于尧,尧不能举。舜臣尧,举八恺,使主后土(地官),以揆百事,莫不时序,地平天成。举八元,使布五教于四方:父义、母慈、兄友、弟恭、子孝,内平外成。"

(5)"固辞"两句,指帝舜不许禹辞让,授命前往治水。《尚书·舜典》:"帝曰:'俞(然)。咨!汝平水土,惟时懋(勉也)哉!'禹拜稽首,让于稷、契暨皋陶。帝曰:'俞,汝往哉!'"孔安国传:"然其所推之贤,不许其让,故使往宅百揆。"又:"帝曰:'咨,四岳!有能典朕三礼?'佥曰:'伯夷。'帝曰:'俞咨!伯,汝作秩宗。夙夜惟寅,直哉惟清。'伯拜稽首,让于夔、龙。帝曰:'俞,往,钦哉!'""俞",应允语气词。"钦",谨慎。

(6)"陈辞帝庭",在朝廷上直接陈述。"匪假书翰",不是用章表书面上呈。《后汉书·章帝纪》:"敷奏以言,则文章可采;明试以功,则政有异迹。"章怀太子注:"敷,陈;奏,进也。令各陈进其言,则知其能否也。《尚书》曰'敷奏以言,明试以功',则政之类。"

(7)"太甲",商汤的孙子,太丁的儿子,是商朝继商汤、外丙、仲壬以后的第四位君主。《尚书·伊训》序:"成汤既没,太甲元年,伊尹作《伊训》《肆命》《徂后》。"孔安国传:"太甲,太丁子,汤孙也。太丁未立而卒,即汤没而太甲立,称元年。凡三篇,其二亡。"孔颖达《正义》:"成汤既没,其岁即太甲元年。伊尹以太甲承汤之后,恐其不能纂修祖业,作书以戒之。史叙其事,作《伊训》《肆命》《徂后》三篇。"《尚书·太甲上》:"太甲既立,不明,伊尹放诸桐。三年复归于亳,思庸。伊尹作《太甲》三篇。"孔安国传:"(太甲)不用伊尹之训,不明居丧之礼。"

又曰:"(桐)汤葬地也。不知朝政,故曰放。"又曰:"(思庸)念常道。"孔颖达《正义》:"太甲既立为君,不明居丧之礼,伊尹放诸桐宫,使之思过,三年复归于亳都,以其能改前过,思念常道故也。自初立至放而复归,伊尹每进言以戒之,史叙其事作《太甲》三篇。"

(8)"文翰献替",文书之更替。"事斯见矣",体现了太甲被放诸桐又复归亳京的事情经过。

(9)"周监二代",《论语·八佾》:"周监于二代,郁郁乎文哉,吾从周。"何晏注:"孔曰:监,视也。言周文章备于二代,当从之。"邢昺疏:"监,视也。二代,谓夏、商。郁郁,文章貌。言以今周代之礼法文章,回视夏、商二代,则周代郁郁乎有文章哉。'吾从周'者,言周之文章备于二代,故从而行之也。""文理弥盛",言周代礼法文章,文辞和义理极为隆盛。《礼记·三年问》:"故先王焉为之立中制节,壹使足以成文理,则释之矣。"孔颖达《正义》:"焉是语辞。立中制节者,言先王为之立中人之制,以为年月限制。"又曰:"壹,谓齐同。言君子小人皆齐同,使足以成文章义理。"又曰:"释,犹除去。""再拜稽首",《左传》僖公二十八年:"王策命晋侯为侯伯。晋侯三辞从命,曰:'重耳敢再拜稽首,奉扬天子之丕显(大明)休(美)命。'受册以出"《尚书·说命下》:"(傅)说拜稽首,曰:'敢对扬天子之休命。'"孔安国传:"对,答也;答受美命而称扬之。"

(10)《汉书·艺文志》:"奏事二十篇。秦时大臣奏事,及刻石名山文也。"属春秋家。《事始》:"《汉杂事》曰:秦初定制,改书为奏。汉定礼仪,则有四品:一曰章,二曰奏,三曰表,四曰驳议。"按:《新唐书·艺文志》:"《事始》三卷,刘孝孙、房德懋。"《汉杂事》,汉无名氏撰,《后汉书》章怀太子注曾有引用。秦初改定制度,把上书改为奏,实际就是章表之前奏。汉代则有章、奏、表、议四类。蔡邕《独断》:"凡群臣上书于天子者有四名:一曰章,二曰奏,三曰表,四曰驳议。章者需头,称'稽首上书',谢恩、陈事、诣阙通者也。奏者亦需头,其京师官但言'稽首',下言'稽首以闻',其中有所请,若罪法劾案,公府送御史台,公卿校尉送谒者台也。表者不需头,上言臣某言,下言臣某诚惶诚恐,顿首顿首,死罪死罪。左方下附曰某官臣某甲上,文多用编两行,文少以五行,诣尚书通者也。公卿校尉诸将不言姓,大夫以下有同姓官别者言姓,章曰报闻,公卿使谒者将大夫以下,至吏民,尚书左丞奏闻报可,表文报已奏如书。凡章表皆启封,其言密事得皂囊盛。其有疑事,公卿百官会议,若台阁有所正处,而独执异意者曰驳议。驳议曰:某官某甲议以为如是,下言臣愚戆议异。其非驳议,不言议异。其合于上意者,文报曰某甲某官议可。"《后汉书·胡广传》章怀太子注引(魏)周成《杂字》:"笺,表也。"引《汉杂事》曰:"凡群臣之书,通于天子者四品:一曰章,二曰奏,三曰表,四曰驳议。章者需头,称'稽首上以闻'。谢恩陈事,诣阙通者也。奏者亦需头,其京师官但言'稽首言',下'稽首以闻',其中有所请,若罪法劾案,公府送御史台,卿校送谒者台也。表者不需头,上言'臣某言',下言'诚惶诚恐,顿首顿首,死罪死罪',左方下附曰'某官臣甲乙上'。""言事于王",黄叔琳本作"言事于主"。

(11)"章",是向皇上表明自己的意见和看法。《诗经·大雅·棫朴》:"倬彼云汉,为章于天。"毛传:"倬,大也。云汉,天河也。"郑玄笺:"云汉之在天,其为文章,譬犹天子为法度于天下。"《周礼·考工记·画缋之事》:"赤与白谓之章。""章",即彰。《广雅·释诂》:"彰,明也。"

(12)《昭明文选》"表上"李善注:"表者,明也,标也,如物之标表。言标著事序,使之明白,以晓主上,得尽其忠,曰表。三王已前,谓之敷奏。故《尚书》云'敷奏以言',是也。至秦并天下,改为表。总有四品:一曰章,谢恩曰章;二曰表,陈事曰表;三曰奏,劾验政事曰奏;四曰驳,推覆平论,有异事进之曰驳。六国及秦、汉兼谓之上书,行此五事。至汉、魏已来,都曰表。进之天子称表,进诸侯称上疏。魏已前天子亦得上疏。"《礼记·表记》的意思是德行见于仪表。孔颖达《正义》:"按郑(玄)《目录》云:名曰《表记》者,以其记君子之德,见于仪表。此于《别录》属《通论》。"

(13)王利器《文心雕龙校证》:"'布'字原脱。《御览》'而'作'布',谢、徐校'而'下补'布'字,今据改正。"刘永济《文心雕龙校释》:"《御览》'而'作'布'是。"

(14)《后汉书·胡广传》:"时尚书令左雄议改察举之制,限年四十以上,儒者试经学,文吏试章奏。广复与(史)敞、(郭)虔上书驳之,曰:'臣闻君以兼览博照为德,臣以献可替否为忠。《书》载稽疑,谋及卿士;《诗》美先人,询(谋)于刍荛(采薪者)。国有大政,必议之于前训,咨之于故老,是以虑无失策,举无过事。窃见尚书令左雄议郡举孝廉,皆限年四十以上,诸生试章句,文吏试笺(表也)奏。明诏既许,复令臣等得与相参。'"

(15)"左雄表议",原作"奏议",王利器《文心雕龙校证》:"'奏'《御览》作'表'。"此据与下"胡广章奏",为骈文之互文见义,"表议""章奏",均指章表奏议。《后汉书·左雄传》:"左雄字伯豪,南阳涅阳人也。安帝时,举孝廉,稍迁冀州刺史。……是时大司农刘据以职事被谴,召诣尚书,传呼促步,又加以捶扑(杖击、鞭打)。雄上言:'九卿位亚三事,班在大臣,行有佩玉之节,动有庠序之仪。孝明皇帝始有扑罚,皆非古典。'帝从而改之,其后九卿无复捶扑者。自雄掌纳言,多所匡肃,每有章表奏议,台阁(尚书)以为故事(成规)。"

(16)《后汉书·胡广传》:"胡广字伯始,南郡华容人也。……广少孤贫,亲执家苦。长大,随辈入郡为散吏。太守法雄之子真,从家来省其父。真颇知人。会岁终应举,雄敕真助其求才。雄因大会诸吏,真自于牖间密占察之,乃指广以白雄,遂察孝廉。既到京师,试以章奏,安帝以广为天下第一。旬月拜尚书郎,五迁尚书仆射。"章怀太子注:"谢承《书》曰:'广有雅才,学究五经,古今术艺皆毕览之。年二十七,举孝廉。'"《胡广传》:"初,杨雄依《虞箴》作十二州二十五官箴,其九箴亡阙,后涿郡崔骃及子瑗又临邑侯刘騊駼增补十六篇,广复继作四篇,文甚典美。乃悉撰次首目,为之解释,名曰《百官箴》,凡四十八篇。其余所著诗、赋、铭、颂、箴、吊及诸解诂,凡二十二篇。"

(17)"伯始",胡广字,其谒陵文章今不存。

(18)见《左传》僖公二十八年晋文公重耳事。"受册",《太平御览》作"策"。"三辞",元本、弘治本脱"辞"字。杨明照《增订文心雕龙校注》:"《蔡中郎集·东鼎铭》:'乃诏曰:"其以大鸿胪乔玄为司空。"拜稽首以让。帝曰:"俞。往!"三让,然后受命。'又《西鼎铭》:'乃制诏曰:"其以光禄大夫玄为太尉。"公拜稽首曰:"臣闻之,三让莫克或从,臣不敢辟。"'并'三让为断'之证。"

(19)"不止"之"止",梅庆生天启六次本据何焯校改作"必"。王利器《文心雕龙校证》:"冯本、汪本、佘本、梅本、王惟俭本《御览》'必'作'止'。"元本、弘治本亦作"止",当以"止"为是。"表不止三让",《艺文类聚》五十一载魏武帝上书让增封曰:"无非常之功,而受非常之福,是用忧结比章。归闻天慈无已,未即听许。臣虽不敏,犹知让不过三。所以仍布腹心,至于四五,上欲陛下爵不失实,下为臣身免于苟取。"曹操明言虽"知让不过三",而"至于四五",故当以"止"为是。

(20)《三国志·魏书·武帝纪》注引《魏书》:"(曹操)雅性节俭,不好华丽,后宫衣不锦绣,侍御履不二采,帷帐屏风,坏则补纳,茵蓐取温,无有缘饰。攻城拔邑,得美丽之物,则悉以赐有功,勋劳宜赏,不吝千金,无功望施,分毫不与,四方献御,与群下共之。"可参照。

(21)《后汉书·孔融传》:"字文举,鲁国人,孔子二十世孙也。……后辟司空掾,拜中军候。在职三日,迁虎贲中郎将。会董卓废立,融每因对答,辄有匡正之言。以忤卓旨,转为议郎。时黄巾寇数州,而北海最为贼冲,卓乃讽三府同举融为北海相。……曹操既积嫌忌……下狱弃市。时年五十六。妻子皆被诛。"孔融《荐祢衡表》载《昭明文选》卷三十七。《后汉书·文苑传》:"祢衡字正平,平原般人也。少有才辩,而尚气刚傲,好矫时慢物。……唯善鲁国孔融及弘农杨修。常称曰:'大儿孔文举,小儿杨德祖。余子碌碌,莫足数也。'融亦深爱其才。衡始弱冠,而融年四十,遂与为交友。上疏荐之曰:'……窃见处士平原祢衡,年二十四,字正平,淑质贞亮,英才卓砾。初涉艺文,升堂覩奥,目所一见,辄诵于口,耳所瞥闻,不忘于心。性与道合,思若有神。(桑)弘羊潜计,(张)安世默识,以衡准之,诚不足怪。忠果正直,志怀霜雪,见善若惊,疾恶若雠。任座抗行,史鱼(春秋卫国大夫)厉节,殆无以过也。鸷鸟累伯,不如一鹗(邹阳上书之言也。

鹗,大鵰也)。使衡立朝,必有可观。……'"曹丕《典论·论文》:"孔融体气高妙,有过人者,然不能持论,理不胜词,以至乎杂以嘲戏,及其所善,扬、班俦也。"

(22)诸葛亮有前后两《出师表》,前表写于西蜀建兴五年,载《昭明文选》卷三十七。后表写于建兴六年,此当指其前表。其云:"臣亮言:先帝创业未半,而中道崩殂。今天下三分,益州罢弊,此诚危急存亡之秋也。然侍卫之臣不懈于内,忠志之士亡身于外者,盖追先帝之遇,欲报之于陛下也。诚宜开张圣听,以光先帝遗德,恢志士之气,不宜妄自菲薄,引喻失义,以塞忠谏之路也。宫中府中,俱为一体,陟罚臧否,不宜异同。若有作奸犯科及为忠善者,宜付有司,论其刑赏,以昭陛下平明之理,不宜偏私,使内外异法也。……""文畅",李曰刚《文心雕龙斠诠》据《太平御览》引作"文壮"。

(23)《三国志·魏书·王粲传》:"始文帝为五官将,及平原侯植皆好文学。粲与北海徐幹字伟长、广陵陈琳字孔璋、陈留阮瑀字元瑜、汝南应玚字德琏、东平刘桢字公幹并见友善。……瑀少受学于蔡邕。建安中都护曹洪欲使掌书记,瑀终不为屈。太祖并以琳、瑀为司空军谋祭酒,管记室,军国书檄,多琳、瑀所作也。"裴松之注:"《典略》载太祖初征荆州,使瑀作书与刘备,及征马超,又使瑀作书与韩遂,此二书今具存。"曹丕《典论·论文》:"琳、瑀之章表书记,今之隽也。"《与吴质书》:"孔璋章表殊健。"

(24)陈思王曹植,《三国志·魏书·陈思王曹植传》:"陈思王植字子建。年十岁余,诵读诗、论及辞赋数十万言,善属文。……"传中载有曹植于黄初四年《朝京都上疏表》、太和二年上疏《求自试表》、太和五年上疏《求存问亲戚表》、上疏《陈审举之义表》,共四篇。《昭明文选》卷三十七收其《求自试表》《求通亲亲表》(即《求存问亲戚表》)二篇。其《求自试表》:"臣闻士之生世,入则事父,出则事君;事父尚于荣亲,事君贵于兴国。故慈父不能爱无益之子,仁君不能畜无用之臣。夫论德而授官者,成功之君也;量能而受爵者,毕命之臣也。故君无虚授,臣无虚受;虚授谓之谬举,虚受谓之尸禄,诗之'素餐'所由作也。……伏见先武皇帝武臣宿将,年耆即世者有闻矣。虽贤不乏世,宿将旧卒,犹习战陈,窃不自量,志在効命,庶立毛发之功,以报所受之恩。若使陛下出不世之诏,効臣锥刀之用,使得西属大将军,当一校之队,若东属大司马,统偏舟之任,必乘危蹈险,骋舟奋骊,突刃触锋,为士卒先。虽未能禽权馘亮,庶将虏其雄率,歼其丑类,必效须臾之捷,以灭终身之愧,使名挂史笔,事列朝策。虽身分蜀境,首县吴阙,犹生之年也。如微才弗试,没世无闻,徒荣其躯而丰其体,生无益于事,死无损于数,虚荷上位而忝重禄,禽息鸟视,终于白首,此徒圈牢之养物,非臣之所志也。流闻东军失备,师徒小衂,辍食弃餐,奋袂攘袵,抚剑东顾,而心已驰于吴会矣。""独冠群才",在所有才士中最为杰出。

(25)"体赡而律调",体式丰赡充实而格律和谐。"辞清而志显",文辞清晰新颖而志趣意旨鲜明。"应物制巧",适应事物情况而巧妙安排。"随变生趣",随其变化而趣味无穷。"执辔有余",擅长驾驭,挥洒有余。"缓急应节",根据缓急不同情况加以调节。王利器《校证》:"'製'原作'掣',徐(燉)校改。何(焯)校作'制'。黄(叔琳)注云:'一作制。'纪(昀)云:'制字是。'"

(26)"笔札",指章表一类文章。张华的《三让公封表》已佚。《晋书·张华传》:"张华字茂先,范阳方城人也。……华学业优博,辞藻温丽,朗赡多通,图纬方伎之书莫不详览。少自修谨,造次必以礼度。勇于赴义,笃于周急。器识弘旷,时人罕能测之。初未知名,著《鹪鹩赋》以自寄。其词曰:……陈留阮籍见之,叹曰:'王佐之才也!'由是声名始著。郡守鲜于嗣荐华为太常博士。卢钦言之于文帝,转河南尹丞,未拜,除佐著作郎。顷之,迁长史,兼中书郎。朝议表奏,多见施用,遂即真。晋受禅,拜黄门侍郎,封关内侯。……华著《博物志》十篇,及文章并行于世。"陆云《与兄平原书》:"张公(张华)文无他异,正自清省,无烦长,作文正尔,自复佳。"

(27)《晋书·羊祜传》:"羊祜字叔子,泰山南城人也。……帝将有灭吴之志,以祜为都督荆州诸军事、假节,散骑常侍、卫将军如故。……后加车骑将军,开府如三司之仪。祜上表固让曰:'臣伏闻恩诏,拔臣使同台司。臣自出身以来,适十数年,受任外内,每极显重之任。常以智力不可顿进,恩宠不可久谬,夙夜战悚,以荣为忧。臣闻古人之言,德未为人所服而受高爵,则使才臣不进;功未为人所归而荷厚禄,则使劳臣不劝。今臣身托外戚,事连运会,诚在过宠,不患见遗。而猥降发中之诏,加非次之荣。臣有何功可以堪之,何心可以安之。……臣忝窃虽久,未若今日兼文武之极宠,等宰辅之高位也。且臣虽所见者狭,据今光禄大夫李憙执节高亮,在公正色;光禄大夫鲁芝洁身寡欲,和而不同;光禄大夫李胤清亮简素,立身在朝,皆服事华发,以礼终始。虽历位外内之宠,不异寒贱之家,而犹未蒙此选,臣更越之,何以塞天下之望,少益日月!是以誓心守节,无苟进之志。……'"羊祜《让开府表》,载《昭明文选》卷三十七,其表固辞开府仪同三司,又推荐李憙、鲁芝、李胤可任,故得前人赞誉。

(28)《晋书·庾亮传》:"庾亮字元规,明穆皇后之兄也。……亮美姿容,善谈论,性好庄老,风格峻整,动由礼节,闺门之内不肃而成,时人或以为夏侯太初、陈长文之伦也。……明帝即位,以为中书监,亮上书让曰:'臣凡庸固陋,少无殊操,昔以中州多故,旧邦丧乱,随侍先臣远庇有道,爰容逃难,求食而已。不悟徼时之福,遭遇嘉运。先帝龙兴,垂异常之顾,既眷同国士,又申以婚姻,遂阶亲宠,累忝非服。弱冠濯缨,沐浴芳风,频烦省闼,出总六军,十余年间,位超先达。无劳受遇,无与臣比。小人禄薄,福过灾生,止足之分,臣所宜守。而偷荣昧进,日尔一日,谤讟既集,上尘圣朝。始欲自闻,而先帝登遐,区区微诚,竟未上达。陛下践阼,圣政惟新,宰辅贤明,庶僚咸允,康哉之歌实存于至公。而国恩不已,复以臣领中书。臣领中书,则示天下以私矣。何者?臣于陛下,后之兄也。姻娅之嫌,与骨肉中表不同。虽太上至公,圣德无私,然世之丧道,有自来矣。悠悠六合,皆私其姻,人皆有私,则天下无公矣。……'"《让中书监表》载《昭明文选》卷三十八。"序志显类",当指羊祜及庾亮并言之,他们不仅叙述自己志向,还特别显示自己受到恩宠,远出其他同类才臣之上。"显类",刘永济《文心雕龙校释》：《御览》'显类'作'联类'，是也。羊表历称李熹、鲁芝、李胤未蒙选拔，自陈不敢苟进之志。庚表历数西京七族，东京六姓，皆以姻党荣显致败，自陈止足之志，畏祸之情。故曰：'序志联类。''联'字义长。"按：两表均炫耀自己恩宠超出他人，故当以"显"字为妥。

（29）《晋书·刘琨传》："刘琨字越石，中山魏昌人，汉中山靖王胜之后也。……是时西都不守，元帝称制江左，琨乃令长史温峤劝进，于是河朔征镇夷夏一百八十人连名上表，语在《元纪》。"《晋书·元帝纪》："（建武元年）六月丙寅，司空、并州刺史、广武侯刘琨……等一百八十人上书劝进，曰：'臣闻天生蒸民，树之以君，所以对越天地，司牧黎元。圣帝明王监其若此，知天地不可以乏飨，故屈其身以奉之；知蒸黎不可以无主，故不得已而临之。社稷时难，则戚藩定其倾；郊庙或替，则宗哲纂其祀。是以弘振遐风，式固万世，三五以降，靡不由之。伏惟高祖宣皇帝肇基景命，世祖武皇帝遂造区夏，三叶重光，四圣继轨，惠泽侔于有虞，卜世过于周氏。自元康以来，艰难繁兴，永嘉之际，氛厉弥昏，宸极失御，登遐丑裔，国家之危，有若缀旒。赖先后之德、宗庙之灵，皇帝嗣建，旧物克甄。诞授钦明，服膺聪哲，玉质幼彰，金声凤振。冢宰摄其纲，百辟辅其政，四海想中兴之美，群生怀来苏之望。……臣闻尊位不可久虚，万机不可久旷。虚之一日，则尊位以殆；旷之浃辰，则万机以乱。方今蹉百王之季，当阳九之会，狡寇窥窬，伺国瑕隙，黎元波荡，无所系心，安可废而不恤哉？陛下虽欲逡巡，其若宗庙何？其若百姓何？……'"

（30）《晋书·张骏传》："骏字公庭，幼而奇伟。……后骏遣参军麴护上疏曰：'东西隔塞，踰历年载，凤承圣德，心系本朝。而江吴寂蔑，余波莫及，虽肆力修途，同盟靡恤。奉诏之日，悲喜交并。天恩光被，褒崇辉渥，即以臣为大将军、都督陕西雍秦凉州诸军事。休宠振赫，万里怀戴，嘉命显至，衔感屏营。伏惟陛下天挺岐嶷，堂构晋室，遭家不造，播幸吴楚，宗庙有《黍离》之哀，园陵有珍废之痛，普天咨嗟，含气悲伤。臣专命一方，职在斧钺，遐域僻陋，势极秦陇。勒雄既死，人怀反正，谓季龙、李期之命曾不崇朝，而皆篡继凶逆，鸱目有年。东西辽旷,声援不接,遂使桃虫鼓翼,四夷諠哗,向义之徒更思背诞,铅刀有干将之志,萤烛希日月之光。是以臣前章恳切,欲齐力时讨。……'"此《请讨石虎李期表》前一段为自序内容,不知是否即刘勰所谓《自序》?

(31)"对扬王庭",参见《封禅》篇注(33)及本篇注(19)。《诗经·秦风·小戎》:"乱我心曲。"《正义》:"乱我心中委曲之事也。""身文",语言文章是自身的文明修养。《左传》僖公二十四年:"(介之推)对曰:言,身之文也。""国华",国家的光荣德业。《国语·鲁语》上:"且吾闻以德荣为国华,不闻以妾与马。"韦昭注:"为国光华也。"

(32)"致禁",《太平御览》引作"致策",非。此"致禁"与前"造阙"对应。"禁",指宫禁,皇帝住所。"以为本者也",梅庆生天启六次本"以"后补"文"字,谓元本脱,黄叔琳本补"章"字,亦谓元脱,又曰"一作文"。王利器《文心雕龙校证》:"'文'字原脱,徐(燉)校据《御览》补'文'字。梅(庆生)六次本、日本刊本、张松孙本同。"按:近人均同梅六次本,并以"文采"解释"文",然补"文"或"章"均非也,且章表并非以文采为本,此处当依元本、弘治本、王惟俭本作"以为本者也",并无脱落,意谓"循名课实"当以章表自身为本也。下文即是进一步作说明。

(33)"炳贲",光明而有文采。《说文》:"炳,明也。"段玉裁注:"《(周)易》曰:大人虎变,其文炳也。"《周易·贲卦·象辞》:"山下有火,贲。"孔颖达《正义》:"欲见火上照山,有光明文饰也。""志在典谟",章需以古代圣王典谟作为楷式。

(34)"要而非略",善于把握关键又不能过于简略。"明而不浅",明畅晓达而不流于浮泛浅薄。

(35)"表体多包",表包含内容较多,如荐举、陈情、劝进、谢恩等。王利器《文心雕龙校证》:"《御览》'伪'作'位'。"按:"情伪"亦通,指实际陈述的具体情况屡有变迁。《左传》僖公二十八年:"晋侯在外十九年矣……民之情伪,尽知之矣。"

(36)"悾",元本、弘治本、王惟俭本、梅庆生本同。杨明照《增订文心雕龙校注》:"'恻',黄校云:'元作悢。'冯舒校'恻'。按'恻'字是,《御览》引正作'恻'。《后汉书·乐恢传》'圣人恳恻,不虚言也',……《文选》任昉《齐竟陵文宣王行状》'至诚恳恻',并以'恳恻'为言。"张立斋《文心雕龙考异》:"《诗·国风·氓》郑笺云:'言其恳恻款诚。'舍人本此。"王利器《文心雕龙校证》:"《奏启》篇有'温峤恳恻于费役'语,亦作恳恻。""恳恻",诚恳痛切。各家均改为"恻",然当以元明主要版本为是,陆机《文赋》"悢心者贵当"。"恳悢",谓诚恳舒心。

(37)"情为文屈",元本、弘治本作"情为出使",王惟俭本作"情为言使",此据梅庆生本。王利器《文心雕龙校证》:"'文'原作'出',梅(庆生)改。案《御览》正作'文'。"又曰:"'屈'原作'使'……梅六次本、张松孙本作'情为文屈'。"

(38)"子贡",即端木赐,孔子弟子。《左传》哀公十二年:"(哀)公会吴于橐皋(杜预注:橐皋,在淮南县东南)。吴子使太宰嚭请寻盟(杜预注:寻鄫盟)。公不欲,使子贡对曰:'盟,所以用信也。故心以制之(杜预注:制其义),玉帛以奉之(杜预注:奉贽神明),言以结之(杜预注:结其信),明神以要之(杜预注:要以祸福)。'"

(39)《荀子·非相》篇:"观人以言,美于黼黻文章。"杨倞注:"观人以言,谓使人观其言。黼黻文章,皆色之美者。白与黑谓之黼,黑与青谓之黻,青与赤谓之文,赤与白谓之章。"王先谦《集解》引王念孙曰:"观本作劝,劝人以言,谓以善言劝人也。故曰:美于黼黻文章。若观人以言,则何美之有?……《艺文类聚》人部十五正引作'劝人以言'。"

(40)"绛阙",宫廷前红色的门阙,借指朝廷。"献替",献替可否,(向帝王)进献可以的,更替不可以的。《左传·昭公二十年》:"君所谓可而有否焉,臣献其否以成其可。君所谓否而有可焉,臣献其可以去其否。""黼扆",帝王座位后屏风上的斧形花纹,借指帝王。

(41)《周易·系辞》:"天地之道,贞观者也;日月之道,贞明者也。"

(42)"节文",遵守礼节仪式等级差别。《礼记·坊记》:"礼者,因人之情而为之节文,以为民坊者也。"郑玄注:"此节文者,谓农有田里之差,士有爵命之级。"孔颖达《正义》:"此一节明小人贫富皆失于道,故圣人制礼而为之节文,使富不至骄,贫不至约。""条理首尾",礼节仪式的首尾,皆要条理分明。参考本书《诔碑》篇:"读诔定谥,其节文大矣。"本书《书记》篇:"若夫尊贵差序,则肃以节文。"本书《镕裁》篇:"然后舒华布实,献替节文。"

(43)"秉文",秉持礼仪文明道德。《诗经·周颂·清庙》:"济济多士,秉文之德。"毛传:"执文德之人也。"郑玄笺:"济济之众士,皆执行文王之德。""辞令有斐",文书辞令斐然成章。《诗经·卫风·淇奥》:"有匪君子,如切如磋,如琢如磨。"郑玄笺:"匪,文章貌。"陆德明《经典释文》:"匪,本又作斐。"孔颖达《正义》:"又言此有斐然文章之君子。"《论语·公冶长》:"子在陈,曰:'归与!归与!吾党之小子狂简,斐然成章,不知所以裁之!'"邢昺疏:"斐然,文章貌。……斐然而成文章。"

《奏启》篇

昔唐虞之臣,敷奏以言(1);秦汉之辅,上书称奏(2)。陈政事,献典仪,上急变,劾愆谬,总谓之奏(3)。奏者,进也。言敷于下,情进于上也(4)。

秦始立奏,而法家少文。观王绾之奏勋德,辞质而义近(5);李斯之奏骊山,事略而意迂(6);政无膏润,形于篇章矣(7)。自汉以来,奏事或称"上疏(8)"。儒雅继踵,殊采可观。若夫贾谊之《务农》(9),晁错之《兵事》(10),匡衡之《定郊》(11),王吉之《劝礼》(12),温舒之《缓狱》(13),谷永之《谏仙》(14),理既切至,辞亦通畅(15),可谓识大体矣。后汉群贤,嘉言罔伏(16)。杨秉耿介于灾异(17),陈蕃愤懑于尺一(18),骨鲠得焉。张衡指摘于史职(19),蔡邕铨列于朝仪(20),博雅明焉。魏代名臣,文理迭兴。若高堂《天文》(21),黄观《教学》(22),王朗《节省》(23),甄毅《考课》(24),亦尽节而知治矣(25)。晋氏多难,灾屯流移(26)。刘颂殷勤于时务(27),温峤恳切于费役(28),并体国之忠规矣(29)。

夫奏之为笔,固以明允笃诚为本(30),辨析疏通为首。强志足以成务(31),博见足以穷理,酌古御今,治繁总要,此其体也。若乃按劾之奏,所以明宪清国(32)。昔周之太仆,绳愆纠谬(33)。秦之御史,职主文法(34)。汉置中丞,总司按劾(35);故位在挚击,砥砺其气,必使笔端振风,简上凝霜者也(36)。观孔光之奏董贤,则实其奸回(37);路粹之奏孔融,则诬其衅恶(38):

名儒之与险士,固殊心焉。若夫傅咸径直,而按辞坚深⁽³⁹⁾;刘隗切正,而劾文阔略⁽⁴⁰⁾:各其志也。

后之弹事,迭相斟酌,惟新日用,而旧准弗差⁽⁴¹⁾。然函人欲全,矢人欲伤,术在纠恶,势必深峭⁽⁴²⁾。《诗》刺谗人,投畀豺虎⁽⁴³⁾;《礼》疾无礼,方之鹦猩⁽⁴⁴⁾;墨翟非儒,目以豕彘⁽⁴⁵⁾;孟轲讥墨,比诸禽兽⁽⁴⁶⁾。《诗》《礼》儒墨,既其如兹,奏劾严文,孰云能免?是以世人为文⁽⁴⁷⁾,竞于诋诃,吹毛取瑕,次骨为戾⁽⁴⁸⁾,复似善骂,多失折衷。若能辟礼门以悬规,标义路以植矩⁽⁴⁹⁾,然后踰垣者折肱,捷径者灭趾⁽⁵⁰⁾。何必躁言丑句,诟病为切哉!是以立范运衡,宜明体要⁽⁵¹⁾。必使理有典刑,辞有风轨⁽⁵²⁾,总法家之式,秉儒家之文⁽⁵³⁾;不畏强御,气流墨中⁽⁵⁴⁾;无纵诡随,声动简外⁽⁵⁵⁾,乃称绝席之雄,直方之举耳⁽⁵⁶⁾。

启者,开也⁽⁵⁷⁾。高宗云"启乃心,沃朕心⁽⁵⁸⁾",盖其义也。孝景讳启,故两汉无称⁽⁵⁹⁾。至魏国笺记,始云启闻。奏事之末,或云谨启⁽⁶⁰⁾。自晋来盛启,用兼表奏⁽⁶¹⁾。陈政言事,既奏之异条;让爵谢恩,亦表之别干。必敛彻入规⁽⁶²⁾,促其音节,辨要轻清,文而不侈,亦启之大略也。

又表奏确切,号为谠言。谠者,无偏也⁽⁶³⁾。王道有偏,乖乎荡荡。矫正其偏⁽⁶⁴⁾,故曰谠言也。孝成称班伯之谠言,贵直也⁽⁶⁵⁾。自汉置八仪,密奏阴阳⁽⁶⁶⁾,皂囊封板,故曰封事。晁错受《书》⁽⁶⁷⁾,还,上便宜。后代便宜,多附封事,慎机密也。夫王臣匪躬,必叶謇谔⁽⁶⁸⁾,事举人存,故无待泛说也⁽⁶⁹⁾。

赞曰:皂饰司直,肃清风禁⁽⁷⁰⁾。笔锐干将,墨含淳鸩。虽有次骨,无或肤浸⁽⁷¹⁾。献政陈宜,事必胜任。

简析:

本篇论臣下禀告君上的奏、启两种文体。奏启和章表一样都是臣下上呈君王的文书,然而作用不同。奏是向帝王陈述政事、按察弹劾,启是将自己的见解呈送君王。奏的意思是进奏君上,启的意思是开启心扉。不过实际上奏和表较难区分,奏也并不都是弹劾的,例如"王绾之奏勋德""贾谊之奏《务农》"等。启也"用兼表奏"。章表、奏启、议对其实都属于奏议一类,只是名称各有不同。并说启"陈政言事,既奏之异条;让爵谢恩,亦表之别干"。奏是历代运用很多的,秦代的王绾、李斯,汉代的贾谊、晁错、匡衡、谷永等,东汉的杨秉、陈蕃、张衡、蔡邕,曹魏时代的高堂隆、王朗,晋代的刘颂、温峤等都是著名的奏文高手。奏文的写作应以明晰笃诚为本,辨析疏通为要,作者须具备强力的记忆、广博的识见,足以透彻洞悉事理,善能酌古驭今,治理繁杂事端、掌握总体关键,这才是奏的文体写作要领。奏文中很重要的部分是按察弹劾,目的是为了"明宪清国","绳衍纠谬",故而应有"笔端振风,简上凝霜"的锋利气势,但是也有一些奸险小人藉此诬蔑贤者,如路粹之奏孔融。按察弹劾之奏,后来又有名为"弹事"者,由于是纠正罪恶,必须深刻峭厉,《诗经》中有将谗人"投畀豺虎"之说,《礼记》中把藐视礼仪者比喻为"鹦猩",墨翟非儒称之为"豕彘",孟轲讥讽墨家为"禽兽",故而弹劾奏文也都十分严厉。然而近世奏文往往近于诋诃,吹毛求疵,以善骂为能,丧失折衷之道。所以按劾弹事之文的写作,应该符合运用规范,把握要领,使"理有典刑,辞有风轨",既有法家体式,又有儒家文德,不惧强权霸道,正气流于笔墨,方是"绝席之雄,直方之举"。启则是表奏的"异条""别种",其写作宜于收敛事理,合乎规范,句读简短,辨理切要,清晰明快,不可奢繁。表奏后又称"谠言",其意谓无所偏私,维护坦荡王道,吐言正直,使能"事举人存"。总的来说,奏启都是为国政清明,严肃风纪所作,应该"笔锐干将,墨含淳鸩",尖锐锋利,绝不参杂丝毫诬陷成分。

语译:

唐尧、虞舜的大臣,都是口头向君上直接陈述。秦、汉时代辅助帝王的大臣,上书陈进称为上奏。陈述政治事务,贡献典则仪礼,报告紧急事变,弹劾过错谬误,总括起来都称为奏。奏的意思,就是进奏。臣下以言辞陈述,将民情进呈君上。

秦国开始称上书为奏,因崇尚法家思想故重质实而少文采。考察王绾等所奏秦始皇功勋德业,文辞质朴而义理浅近;李斯的《上书言治骊山陵》,叙事简略而立意乖违:秦政刻薄寡恩不能膏泽惠民,形象地表现在(质朴无文的)篇章之中。自汉代以来,奏事有的称为上疏,温文儒雅的奏疏相继出现,颇有丰硕文采可观。例如贾谊的《务农》,晁错的《兵事》,匡衡的《定郊》,王吉的《劝礼》,温舒的《缓狱》,谷永的《谏仙》,上述六家之奏疏说理确切透彻,文辞通达晓畅,可以称之为善识大体懂得要领之作。东汉的大批贤才,美善嘉言从不隐藏,杨秉对灾异出现向桓帝作了刚正不阿的直谏,陈蕃对桓帝诏书赏罚不公表示了强烈愤慨,具有义正辞严的文骨。张衡指摘史官记叙错误,蔡邕诠列朝廷礼仪失当,学识渊博文辞雅正十分明显。曹魏时代名臣很多,文采义理轮番兴替。例如高堂隆《论天象奏疏》、黄观《教学疏》、王朗《宜节省奏》、甄毅《奏请令尚书郎奏事处当疏》,均能恪尽为官节操而知晓治国要义。晋代特多灾难,祸患频生百姓流离失所,刘颂上疏论时政要务全面细致殷勤周到,温峤对太子造西池楼观的奢侈浪费进行诚恳痛切的谏止,他们的奏文都是善能体察国事的忠贞规劝。

奏作为一种笔的文体,自然应以明晰允当厚笃诚实为本,以辨析疏通为首要原则。坚强的意志足以成就政务,广博的识见足以洞悉事理,斟酌古人是非驾驭当今事务,治理繁杂事端掌握总体关键,这就是奏的文体写作要领。至于按察弹劾的奏文,是为了彰明宪法条令澄清国家政治。以往周代的太仆,善能弹劾过失纠正谬误。秦朝的御史,其职务为主管条文法令执行。汉代设置中丞,总管按察弹劾之事;中丞之位为众官所憚服如擅长击杀猛禽为众鸟所惧,磨炼砥砺刚正风气,必须做到笔下生风,纸上凝霜(有威严霸凌之势)。考察孔光上奏弹劾董贤,证实其确为奸诈佞臣;路粹之奏孔融,实是诬蔑其有不端罪恶:作为名儒的孔光和奸险小人路粹,同样上奏而居心善恶差异则殊为明显。至于傅咸刚直不阿,其按察之奏坚毅深入而有实据;刘隗峻切正直,而弹劾之奏文辞疏阔简略:则各有不同的志趣。

至六朝时期按察弹劾之奏称为弹事,与以往奏疏迭相更替斟酌增减,尽管日益更新,而基本规格并无多少差异。然而制造盔甲的人总希望十分坚固使人不易受伤,制造矢箭的人总希望能特别尖利易于伤人。按察弹劾的法则是纠正错误罪恶,故势必要深刻峭厉。《诗经》讽刺谗佞小人,要把他们投给豺狼虎豹吃掉;《礼记》痛恨无礼之人把他们比喻为鹦鹉、猩猩;墨翟非难儒家,把他们看作猪羊;孟轲讥讽墨家,把他们比喻为禽兽。《诗经》《礼记》、儒家(孟子)、墨家(墨翟),既然都如此尖刻地辱骂对方,那么弹劾奏文的严厉深峭,又怎么能避免呢?所以近世之人写这类文章,竞相诋毁呵责,吹毛求疵,乖戾入骨,更像是善于谩骂,大都失去诚实的折中正道。若能开辟礼仪之门而制定规矩,标志礼仪之路以树立法则,然后跨越礼法者就会折断骨肱,投机取巧者就会摔坏脚踝。何必说些急躁丑陋的语言,以诟病切至为极致呢!故而奏劾之文必须确立规范运用标准,明白基本体制要领。务必做到说理合乎朝廷典则,文辞具有雅正风范,既掌握法家果断方式,又具备儒家温文典雅;不畏横蛮制止强暴,让强大正气流播于笔墨之中;不可放纵任凭诡诈,使正直声音传扬于简册之外,这才是(御史大夫)地位独特的雄才,正直得宜的举措。

启的含义就是开。殷商高宗说:"开启你的心,浇灌我的心。"启的意义由此而来。为了避汉景帝刘启的讳,两汉没有奏章称"启"。至曹魏时期上奏的笺记文书,始称"启"或"闻",而奏文末尾,有的云"谨启"。晋代盛行用"启",兼具表奏功用。陈述政务言说情事,是奏的一个分支;辞让爵位感激谢恩,亦是表的别种形式。启之写作必须收敛整饬符合规范,音韵节奏简洁短促,辨识要领轻快清晰,文笔璀璨而不奢侈,这就是启文写作的大致要领。

表奏内容正确切要,称为"谠言"(耿直善言)。谠的意思,就是没有偏颇。王道有了偏差,背离了浩荡正大道路,纠正其偏颇,故称为"谠言"。汉成帝称班伯所说为"谠言",是因其言贵在直率。自从汉代设置八位贤能之士,秘密上奏阴阳变化,并以黑囊封缄上奏,故称

"封事"。晁错向伏生学习《尚书》,返回时,即呈上便国利民书奏。后代陈述便国利民之事,多附于"封事"中,因黑囊密封特别谨慎机密。王臣不顾自身安危,发出中正直率之言,政事得以实行、名声亦自显耀,不需要作广泛说明。

总论:黑色朝服监察司直,廓清乱状整肃风俗。文笔锋利可比干将,墨汁浓淳犹如鸩毒。奏启尖锐深入骨髓,浸肤谗言绝无接触,进献政见陈述事宜,胜任职守尽责知足。

注订:

(1)"敷奏以言",参见上篇注(3)。

(2)《论衡·对作》篇:"上书奏记,陈列便宜,皆欲辅政。……夫上书谓之奏,奏记转易其名谓之书。"

(3)"陈政事",陈述各种政治事务。《汉书·贾谊传》:"贾谊,洛阳人也,年十八,以能诵诗书属文称于郡中。……文帝说之,超迁,岁中至太中大夫。谊以为汉兴二十余年,天下和洽,宜当改正朔,易服色制度,定官名,兴礼乐。乃草具其仪法,色上黄,数用五,为官名悉更,奏之(按:此即"献典仪"也)。……是时,匈奴强,侵边。天下初定,制度疏阔。诸侯王僭儗,地过古制,淮南、济北王皆为逆诛。谊数上疏陈政事,多所欲匡建。""献典仪",向君王贡献典章制度礼节仪式。"上急变",向君王报告所发生的紧急情况。《汉书·车千秋传》:"车千秋,本姓田氏,其先齐诸田徙长陵。千秋为高寝郎。会卫太子为江充所谮败,久之,千秋上急变讼太子冤。"颜师古注:"所告非常,故云急变也。""劾僭谬",监察弹劾罪行纠正谬误。《尚书·冏命》:"绳愆纠谬,格其非心,俾克绍先烈。"孔安国传:"言恃左右之臣弹正过误,检其非妄之心,使能继先王之功业。""僭",王利器《文心雕龙校证》:"'愆'旧本作'僭',徐(燉)校作'愆',黄(叔琳)本作'愆'。案《御览》正作'愆'。"按:"僭谬",谓僭越谬误,不必非改为"愆谬"。元、明各本均为"僭谬"。

(4)"奏",就是进奏的意思。《说文》:"奏,进也。……上进之义。"王利器《文心雕龙校证》："'言敷于下,情进于上也','言'字原脱,谢(兆申)补。《御览》作'敷于下情,进乎上也'。《玉海》作'敷下情,进于上也'。"此据梅庆生天启六次本。

(5)《史记·秦始皇本纪》："秦王初并天下,……丞相(王)绾、御史大夫(冯)劫、廷尉(李)斯等皆曰:'昔者五帝地方千里,其外侯服夷服诸侯或朝或否,天子不能制。今陛下兴义兵,诛残贼,平定天下,海内为郡县,法令由一统,自上古以来未尝有,五帝所不及。臣等谨与博士议曰:"古有天皇,有地皇,有泰皇(人王),泰皇最贵。"臣等昧死上尊号,王为"泰皇"。命为"制",令为"诏",天子自称曰"朕"。'王曰:'去"泰",著"皇",采上古"帝"位号,号曰"皇帝"。他如议。'"

(6)李斯有《上书言治骊山陵》,见凌义渠《湘烟录》引汉卫尉蔡质《汉官典仪》,严可均《全秦文》卷一收入,其曰:"臣所将隶徒七十余万人,治骊山者已深已极,凿之不入,烧之不燃,叩之空空,如下天状。"马端临《文献通考》谓出卫宏《旧汉仪》。《昭明文选·剧秦美新》李善注:"爇,古然字。"即燃也。按:此恐非全文。"意迕",各本皆同,谓意义不相符合。王利器《文心雕龙校证》："'诬'原作'迕',今据《御览》改。"非是。

(7)"政无膏润",谓秦朝政治上严刑峻法刻薄寡恩,毫无恩惠于百姓。"形于篇章",形象地体现在文章上。

(8)"上疏",指陈述情事逐条分述。《汉书·扬雄传》:"独可抗疏,时道是非。"颜师古注:"抗,举也,谓上之也。疏者,疏条其事而言之。"

(9)"贾谊之《务农》",贾谊上疏强调驱民务农的重要性。《汉书·食货志》:"文帝即位,躬修俭节,思安百姓。时民近战国,皆背本趋末,贾谊说上曰:'筦(管)子曰"仓廪实而知礼节"。民不足而可治者,自古及今,未之尝闻。……夫积贮者,天下之大命也。苟粟多而财有余,何为而不成?以攻则取,以守则固,以战则胜。怀(师古曰:来也,安也)敌附远,何招而不至?今殴(师古曰:亦驱字)民而归之农,皆著于本,使天下各食其力,末技游食之民转而缘南畮(师古曰:言皆趋农作也),则畜积足而人乐其所矣。可以为富安天下,而直为此廪廪(师古曰:危也)也,窃为陛下惜之!'"

(10)"晁错之《兵事》",晁错论军事行动中的兵法运用。《汉书·晁错传》:"是时匈奴强,数寇边,上发兵以御之。错上言兵事,曰:'臣闻汉兴以来,胡虏数入边地,小入则小利,大入则大利;……陇西三困于匈奴矣,民气破伤,亡有胜意。今兹陇西之吏,赖社稷之神灵,奉陛下之明诏,和辑士卒,底厉其节,起破伤之民以当乘胜之匈奴,用少击众,杀一王,败其众而大有利。非陇西之民有勇怯,乃将吏之制巧拙异也。故兵法曰:"有必胜之将,无必胜之民。"繇此观之,安边境,立功名,在于良将,不可不择也。臣又闻用兵,临战合刃之急者三:一曰得地形,二曰卒服习,三曰器用利。兵法曰:丈五之沟,渐车之水,山林积石,经川丘阜,草木所在,此步兵之地也,车骑二不当一。土山丘陵,曼衍相属,平原广野,此车骑之地,步兵十不当一。平陵相远,川谷居间,仰高临下,此弓弩之地也,短兵百不当一。两陈相近,平地浅草,可前可后,此长戟之地也,剑楯三不当一。萑苇竹萧,草木蒙茏,支叶茂接,此矛铤之地也,长戟二不当一。曲道相伏,险陁相薄,此剑楯之地也,弓弩三不当一。……'""兵事",元本、弘治本作"兵卒",此据王惟俭本、梅庆生本。王利器《文心雕龙校证》作"兵术":"'术'原作'卒',……徐(燉)校作'术'。案《御览》正作'术',今据改。"可参考。

(11)"匡衡之《定郊》",匡衡与张谭等上奏建议确定南北郊祭祀制度。《汉书·郊祀志下》:"(汉成)帝初即位,丞相(匡)衡、御史大夫(张)谭奏言:'帝王之事莫大乎承天之序,承天之序莫重于郊祀,故圣王尽心极虑以建其制。祭天于南郊,就阳之义也;瘗地于北郊,即阴之象也。天之于天子也,因其所都而各飨焉。……昔者周文武郊于丰鄗,成王郊于洛邑。由此观之,天随王者所居而飨之,可见也。甘泉泰畤、河东后土之祠宜可徙置长安,合于古帝王。愿与群臣议定。'奏可。……于是衡、谭奏议曰:'陛下圣德,忽明上通,承天之大,典览群下,使各悉心尽虑,议郊祀之处,天下幸甚。……宜于长安定南北郊,为万世基。'天子从之。"李曰刚、王更生谓以时代先后论,此当在

"谷永之谏仙"前,说可参考,然均为汉代士人,未必定按时间先后排列。

(12)"劝礼",原作"观礼",杨明照《增订文心雕龙校注》:"'观',宋本、钞本、活字本、喜多本御览引作'劝'。按'劝'字是。《汉书》本传上疏可谳。今本'观'字非,由'劝'之形近致误,即涉上文而讹。""王吉之劝礼",王吉上疏劝定礼制。《汉书·王吉传》:"是时宣帝颇修武帝故事,宫室车服盛于昭帝。时外戚许、史、王氏贵宠,而上躬亲政事,任用能吏。吉上疏言得失,曰:'……欲治之主不世出,公卿幸得遭遇其时,言听谏从,然未有建万世之长策,举明主于三代之隆者也。其务在于期会簿书,断狱听讼而已,此非太平之基也。……今俗吏所以牧民者,非有礼义科指可世世通行者也,独设刑法以守之。其欲治者,不知所繇,以意穿凿,各取一切,权谲自在,故一变之后不可复修也。是以百里不同风,千里不同俗,户异政,人殊服,诈伪萌生,刑罚亡极,质朴日销,恩爱寖薄。孔子曰"安上治民,莫善于礼",非空言也。王者未制礼之时,引先王礼宜于今者而用之。臣愿陛下承天心,发大业,与公卿大臣延及儒生,述旧礼,明王制,驱一世之民济之仁寿之域,则俗何以不若成康,寿何以不若高宗?'"

(13)"温舒之《缓狱》",路温舒上书主张尚德缓刑。《汉书·路温舒传》:"路温舒字长君,巨鹿东里人也。……元凤中,廷尉(解)光以治诏狱,请温舒署奏曹掾,守廷尉史。会昭帝崩,昌邑王贺废,宣帝初即位,温舒上书,言宜尚德缓刑。其辞曰:'……是以狱吏专为深刻,残贼而亡极,偷为一切,不顾国患,此世之大贼也。……故天下之患,莫深于狱;败法乱正,离亲塞道,莫甚乎治狱之吏。此所谓一尚存者也。……唯陛下除诽谤以招切言,开天下之口,广箴谏之路,扫亡秦之失,尊文武之德,省法制,宽刑罚,以废治狱,则太平之风可兴于世,永履和乐,与天亡极,天下幸甚。'"

(14)"谷永之《谏仙》",谷永(字子云)屡谏皇上好神仙方术。《汉书·祭祀志》:"成帝末年颇好鬼神,亦以无继嗣故,多上书言祭祀方术者,皆得待诏,祠祭上林苑中长安城旁,费用甚多,然无大贵盛者,谷永说上曰:'臣闻明于天地之性,不可或以神怪;知万物之情,不可罔以非类。诸背仁义之正道,不遵五经之法言,而盛称奇怪鬼神,广崇祭祀之方,求报无福之祠,及言世有仙人,服食不终之药,遥兴轻举,登遐倒景,览观县圃,浮游蓬莱,耕耘五德,朝种暮获,与山石无极,黄冶变化,坚冰淖溺,化色五仓之术者,皆奸人惑众,挟左道,怀诈伪,以欺罔世主。听其言,洋洋满耳,若将可遇;求之,荡荡如系风捕景,终不可得。是以明王距而不听,圣人绝而不语。'"

(15)"通畅",元本、弘治本作"通辞",王惟俭本作"通明",此据梅庆生本,黄叔琳本注:"一作达,又作辨。"

(16)"嘉言罔伏",东汉群贤的美好言论都有所用无所隐伏。《尚书·大禹谟》:"允若兹,嘉言罔攸伏,野无遗贤,万邦咸宁。"孔安国传:"攸,所也。善言无所伏,言必用。如此则贤才在位,天下安宁。"

(17)"杨秉耿介于灾异",杨秉对桓帝微服私行而导致暴风拔树的灾异作了刚正不阿的直谏。《后汉书·杨秉传》:"秉字叔节,少传父业,兼明京氏《易》,博通《书》传,常隐居教授。……桓帝即位,以明《尚书》征入劝讲,拜太中大夫、左中郎将,迁侍中、尚书。帝时微行,私过幸河南尹梁胤府舍。是日大风拔树,昼昏,秉因上疏谏曰:'臣闻瑞由德至,灾应事生。传曰:"祸福无门,唯人所召。"天不言语,以灾异谴告,是以孔子迅雷风烈必有变动。《诗》云:"敬天之威,不敢驱驰。"王者至尊,出入有常,警跸而行,静室而止,自非郊庙之事,则銮旗不驾。故《诗》称"自郊徂宫",《易》曰"王假有庙,致孝享也"。诸侯如臣之家,《春秋》尚列其诫,况以先王法服而私出盘游!降乱尊卑,等威无序,侍卫守空宫,绂玺委女妾,设有非常之变,任章之谋,上负先帝,下悔靡及。臣栾世受恩,得备纳言,又以薄学,充在讲勤,特蒙哀识,见照日月,恩重命轻,义使士死,敢惮摧折,略陈其愚。'帝不纳。"

(18)"陈蕃愤懑于尺一",陈蕃对当时帝王诏书中"封赏踰制,内宠猥盛",以及"采女数千,食肉衣绮"等表示了强烈的愤慨。《后汉书·陈蕃传》:"陈蕃字仲举,汝南平舆人也。……时封赏踰制,内宠猥盛,蕃乃上疏谏曰:'臣闻有事社稷者,社稷是为;有事人君者,容悦是为。今臣蒙恩圣朝,备位九列,见非不谏,则容悦也。夫诸侯上象四七,垂耀在天,下应分土,藩屏上国。高祖之约,非功臣不侯。而闻追录河南尹邓万世父遵之微功,更爵尚书令黄儁先人之绝封,近习以非义授邑,左右以无功传赏,授位不料其任,裂土莫纪其功,至乃一门之内,侯者数人,故纬象失度,阴阳谬序,稼用不成,民用不康。臣知封事已行,言之无及,诚欲陛下从是而止。又比年收敛,十伤五六,万人饥寒,不聊生活,而采女数千,食肉衣绮,脂油粉黛,不可赀计。……且聚而不御,必生忧悲之感,以致并隔水旱之困。夫狱以禁止奸违,官以称才理物。若法亏于平,官失其人,则王道有缺。而令天下之论,皆谓狱由怨起,爵以贿成。夫不有臭秽,则苍蝇不飞。陛下宜采求失得,择从忠善。尺一选举,委尚书三公,使褒责诛赏,各有所归,岂不幸甚!'帝颇纳其言,为出宫女五百余人,但赐儁爵关内侯,而万世南乡侯。""尺一",章怀太子注:"尺一谓板长尺一,以写诏书也。"

(19)"张衡指摘于史职",张衡对担任史职官吏的记叙错误及图谶虚妄的指摘。杨明照《增订文心雕龙校注》:"'职',宋本、喜多本、鲍本《御览》引作'谶'。'谶'字是。'史',指条上司马迁、班固所叙与典簿不合者;'谶',指上疏论图纬虚妄,并见《后汉书》本传。"按:"史职"亦通,张衡表中有"仰干史职"之语。《后汉书·张衡传》:"张衡字平子,南阳西鄂人也。……初,光武善谶,及显宗、肃宗因祖述焉。自中兴之后,儒者争学图纬,兼复附以訞言。衡以图纬虚妄,非圣人之法,乃上疏曰:'……此皆欺世罔俗,以昧势位,情伪较然,莫之纠禁。且律历、卦候、九宫、风角,数有征效,世莫肯学,而竞称不占之书。譬犹画工,恶图犬马而好作鬼魅,诚以实事难形,而虚伪不穷也。宜收藏图谶,一禁绝之,则朱紫无所眩,典籍无瑕玷矣。'……及为侍中,上疏请得专事东观,收捡遗文,毕力补缀。又条上司马迁、班固所叙与典籍不合者十余事。又以为王莽本传但应载篡事而已,至于编年月,纪灾祥,宜为元后本纪。又更始居位,人无异望,光武初为其将,然后即真,宜以更始之号建于光武之初。书数上,竟不听。"

(20)"蔡邕诠列于朝仪",蔡邕曾详细诠列朝廷礼仪制度,此当指其《独断》所言:"正月朝贺,三公奉璧上殿,向御座北面,太常赞曰:'皇帝为君,兴。'三公伏,皇帝坐,乃进璧。古语曰:御座则起,此之谓也。旧仪:三公以下月朝,后省,常以六月朔、十月朔旦朝,后又以盛暑省六月朝。故今独以为正月、十月朔朝也。冬至阳气始起,麋鹿解角,故寝兵鼓身,欲宁志欲静不听事,送迎五日。腊者岁终,大祭,纵吏民宴饮,非迎气故,但送不迎。正月岁首,亦如腊仪。冬至阳气起,君道长,故贺。夏至阴气起,君道衰,故不贺。鼓以动众,钟以止众,夜漏尽,鼓鸣则起,昼漏尽,钟鸣则息也。"范文澜注谓指蔡邕上封事中所列七事,然其中仅第一事于朝仪有关,恐非刘勰所指。

(21)"高堂《天文》",高堂隆论上天星象。《三国志·魏书·高堂隆传》:"高堂隆字升平,泰山平阳人,鲁高堂生后也。……(青龙中)是岁,有星孛于大辰。隆上疏曰:'……夫采椽卑宫,唐、虞、大禹之所以垂皇风也;玉台琼室,夏癸、商辛之所以犯昊天也。今之宫室,实违礼度,乃更建立九龙,华饰过前。天彗章灼,始起于房心,犯帝坐而干紫微,此乃皇天子爱陛下,是以发教戒之象,始卒皆于尊位,殷勤郑重,欲必觉寤陛下;斯乃慈父恳切之训,宜崇孝子祗耸之礼,以率先天下,以昭示后昆,不宜有忽,以重天怒。'"

(22)"黄观",黄叔琳本作"王观",谓"从《魏志》改"。然黄观恐非王观。李详《补注》:"案《太平御览》九百六引《魏名臣奏》有郎中黄观上书云云,'黄'字不当辄改。"杨明照《增订文心雕龙校注》:"《御览》《玉海》六一引并作'黄'。《类聚》八五亦引魏黄观奏,足以证黄氏径改为'王'之非。"黄观论教学之奏疏今已不存,《太平御览》九百零六卷引《魏名臣奏》中有黄观上书,然非论教学。

(23)"王朗《节省》",魏文帝时王朗上奏主张割奢务俭,除繁崇省,勤稼穑,省暴繇。《三国志·魏书·王朗传》:"王郎字景兴,东海郯人也。……及文帝践阼,改为司空,进封乐平乡侯。"裴松之注引《魏名臣奏》载王朗《节省奏》曰:"……夫所以极奢者,大抵多受之于秦余。既违茧栗悫诚之本,扫地简易之指,又失替质而损文、避泰而从约之趣。岂夫当今隆兴盛明之时,祖述尧舜之际,割奢务俭之政,除繁崇省之令,详刑慎罚之教,所宜希慕哉?……当今诸夏已安,而巴蜀在画外。虽未得偃武而弢甲,放马而戢兵,宜因年之大丰,遂寄军政于农事。吏士小大,并勤稼穑,止则成井里于广野,动则成校队于六军,省其暴繇,赡其衣食。"

(24)"甄毅《考课》",甄毅提出对官吏的考察甄别。《三国志·魏书·后妃传》:"文昭甄皇后,中山无极人,明帝母,汉太保甄邯后也。……(明帝)青龙中,又封后从兄子毅及像弟三人,皆为列侯。(甄)毅数上疏陈时政,官至越骑校尉。"《魏名臣奏》载有甄毅《奏请令尚书郎奏事处当疏》:"汉时公卿皆奏事。选尚书郎,试,然后得为之。其在职,自赍所发书诣天子前发省。便处当事轻重,口自决定。或天子难问,据案处正,乃见郎之割断才技。魏则不然。今尚书郎皆天下之选,才技锋出,亦欲骋其能于万乘之前,宜如故事,令郎口自奏事,自处当。"(《太平御览》卷二百十四)此涉及考课。

(25)"尽节而知治",努力做到为官应尽职责,保持高尚节操,而且知晓治理国家的义理要领。

(26)"灾屯流移",王利器《文心雕龙校证》:"《御览》此句作'世交屯夷',徐(烿)校作'世交屯移'。"杨明照《增订文心雕龙校注》:"按作'世交屯夷'是。《宋书·文帝纪》:'(文帝)答曰:皇运艰弊,数钟屯夷。'又'(元嘉十九年诏)而频遘屯夷'。《南齐书·高帝纪下》:'(建元元年诏)末路屯夷。'《文选》傅亮《为宋公求加赠刘前军表》:'臣契阔屯夷。'并其证。"屯夷,灾难创伤。按:王、杨说亦可。

(27)《晋书·刘颂传》:"刘颂字子雅,广陵人,汉广陵厉王胥之后也。……寻以母忧去职。服阕,除淮南相。在官严整,甚有政绩。旧修芍陂,年用数万人,豪强兼并,孤贫失业,颂使大小勤力,计功受分,百姓歌其平惠。颂在郡上疏曰:'……政务多端,世事之未尽理者,难遍以疏举,振领总纲,要在三条。凡政欲静,静在息役,息役在无为。仓廪欲实,实在利农,利农在平籴。为政欲著信,著信在简贤,简贤在官久。官久非难也,连其班级,自非才宜,不得傍转以终其课,则事善矣。……'元康初,从淮南王允入朝。会诛杨骏,颂屯卫殿中,其夜,诏以颂为三公尚书。又上疏论律令事,为时论所美。"

(28)《晋书·温峤传》:"温峤字太真,司徒羡弟之子也。……时太子起西池楼观,颇为劳费,峤上疏以为朝廷草创,巨寇未灭,宜应俭以率下,务农重兵,太子纳焉。""恳切",何焯校、黄叔琳本作"恳恻"。

(29)"体国",分域治理国家。《周礼·天官冢宰》:"体国经野。"贾公彦疏:"体犹分也,国谓城中也。"

(30)《左传》文公十八年:"齐圣广渊,明允笃诚。"杜预注:"允,信也;笃,厚也。"孔颖达《正义》:"明,达也,晓解事务,照见幽微也;允者,信也,始终不愆,言行相副也;笃者,厚也,志性良谨,交游款密也;诚者,实也,秉心纯直,布行贞实也。"

(31)"强志足以成务",《史记·屈原贾生列传》:"博闻强志,明于治乱,娴于辞令。"《周易·系辞》:"开物成务。"韩康伯注:"务,事也。"

(32)"按劾",对帝王及官吏之错误进行按察弹劾以纠正其谬衍。"明宪清国",彰明宪制澄清国政。

(33)《尚书·冏命》:"穆王命伯冏为周太仆正,作《冏命》。"孔安国传:"伯冏,臣名也。太仆长,太御中大夫。"又曰:"冏命,以冏见命名篇。"《尚书·冏命》:"王若曰:……惟予一人无良,实赖左右前后有位之士,匡其不及,绳愆纠谬,格其非心,俾克绍先烈。"孔安国传:"惟我一人无善,实恃左右前后有职位之士,匡正其不及。言此责群臣正己。"孔颖达《正义》:"木不正者,以绳正之。绳谓弹正,纠谓发举。有衍过则弹正之,有错谬则发举之。格谓检括,其有非理枉妄之心,检括使妄心不作。臣当如此匡君,使能继先王之功业。"

(34)"秦之",《太平御览》引作"秦有"。"文法",文书法令。《汉书·高帝纪》:"诏曰:……吏以文法教训辨告,勿笞辱。"颜师古注:"辨告者,分别义理以晓喻之。"《汉书·公孙弘传》:"辩论有余,习文法吏事。"《汉书·尹翁归传》:"为狱小吏,晓习文法。"

(35)"总司按劾",汉代中丞率领各个御史,总管按察弹劾之事。《汉书·百官公卿表》:"御史大夫,秦官,位上卿。银印青绶,掌副丞相。有两丞,秩千石,一曰中丞,在殿中兰台,掌图籍秘书,外督部刺史,内领侍御史员十五人,受公卿奏事,举劾按章。"

(36)"位在挚击","挚"假借为"鸷",《说文》:"鸷,击杀鸟也。"段玉裁注:"古字多假挚为鸷。……击杀鸟者,谓能击杀之鸟。""挚",何焯校、黄叔琳本改为"鸷",非。《初学记》十二引崔篆《御史箴》:"简上霜凝,笔端风起。"

(37)《汉书·孔光传》:"孔光字子夏,孔子十四世之孙也。……光为大夫月余,丞相嘉下狱死,御史大夫贾延免。光复为御史大夫,二月为丞相,复故国博山侯。……明年(元寿二年),定三公官,光更为大司徒。会哀帝崩,太皇太后以新都侯王莽为大司马,征立中山王,是为平帝。帝年幼,太后称制,委政于莽。初,哀帝罢黜王氏,故太后与莽怨丁、傅、董贤之党。莽以光为旧相名儒,天下所信,太后敬之,备礼事光。所欲搏击,辄为草(文书之稿草),以太后指风(讽)光令上之,㡇眦莫不诛伤。"孔光上奏弹劾董贤,见《汉书·佞幸传·董贤传》:"董贤字圣卿,云阳人也。……哀帝立,贤随太子官为郎。二岁余,贤传漏在殿下,为人美丽自喜,哀帝望见,说其仪貌,识而问之,曰:'是舍人董贤邪?'因引上与语,拜为黄门郎,繇是始幸。……(哀帝崩)(王)莽使谒者以太后诏即阙下册贤曰:'间者以来,阴阳不调,菑(同灾)害并臻,元元蒙辜。夫三公,鼎足之辅也,高安侯贤未更事理,为大司马不合众心,非所以折冲绥远也。其收大司马印绶,罢归第。'即日贤与妻皆自杀,家惶恐夜葬。莽疑其诈死,有司奏请发贤棺,至狱诊视。莽复风(讽)大司徒(孔)光奏:'贤质性巧佞,翼奸以获封侯,父子专朝,兄弟并宠,多受赏赐,治第宅,远冢圹,放效无极,不异王制,费以万万计,国家为空虚。父子骄蹇。至不为使者礼,受赐不拜,皋(同罪)恶暴著。贤自杀伏辜,死后父恭等不悔过,乃复以沙画棺(师古曰:以朱砂涂之,而又雕画也)四时之色,左苍龙,右白虎,上著金银日月,玉衣珠璧以棺,至尊无以加。恭等幸得免于诛,不宜在中土。臣请收没入财物县官。诸以贤为官者皆免。'""实其奸回",确切证实董贤极其奸恶。范文澜、郭晋稀谓刘勰对孔光肯定不够公允,范注谓"孔光虽名儒,性实鄙佞"。恐是指其为王莽所赞赏,然孔光对董贤的弹劾是正确的,他并不曲意奉承王莽。《汉书·孔光传》:"徙光为帝太傅,位四辅,给事中,领宿卫供养,行内署门户,省服御食物。明年,徙为太师,而(王)莽为太傅。光常称疾,不敢与莽并。有诏朝朔望,领城门兵。莽又风(讽)群臣奏莽功德,称宰衡,位在诸侯王上,百官统焉。光愈恐,固称疾辞位。"

(38)"路粹之奏孔融",见《后汉书·孔融传》:"曹操既积嫌忌,而郗虑复构成其罪,遂令丞相军谋祭酒路粹枉状奏融曰:'少府孔融,昔在北海,见王室不静,而招合徒众,欲规不轨,云"我大圣之后,而见灭于宋,有天下者,何必卯金刀"。及与孙权使语,谤讪朝廷。又融为九列,不遵朝仪,秃巾微行,唐突宫掖。又前与白衣祢衡跌荡于言,云"父之于子,当有何亲?论其本意,实为情欲发耳。子之于母,亦复奚为?譬如寄物瓿中,出则离矣"。既而与衡更相赞扬。衡谓融曰:"仲尼不死。"融答曰:"颜回复生。"大逆不道,宜极重诛。'书奏,下狱弃市。时年五十六。妻子皆被诛。"章怀太子注:"《典略》曰:'粹字文蔚,陈留人,少学于蔡邕。建安初,以高第擢拜尚书郎,后为军谋祭酒,与陈琳、阮瑀等典记室。融诛之后,人覩粹所作,无不嘉其才而忌其笔也。'""诬其衅恶",路粹之奏实为"枉奏",诬蔑孔融有"欲规不轨""谤讪朝廷"、行为不端等罪恶。

(39)"径直",《太平御览》引作"果劲"。《晋书·傅咸传》:"咸字长虞,刚简有大节。风格峻整,识性明悟,疾恶如仇,推贤乐善,常慕季文子、仲山甫之志。好属文论,虽绮丽不足,而言成规鉴。……时朝廷宽弛,豪右放恣,交私请托,朝野溷淆。咸奏免河南尹澹、左将军倩、廷尉高光、兼河南尹何攀等,京都肃然,贵戚慑伏。……时仆射王戎兼吏部,咸奏:'戎备位台辅,兼掌选举,不能谧静风俗,以凝庶绩,至令人心倾动,开张浮竞。中郎李重、李义不相匡正。请免戎等官。'……吴郡顾荣常与亲故书曰:'傅长虞为司隶,劲直忠果,劾按惊人。虽非周才,偏亮可贵也。'元康四年卒官,时年五十六。""按辞坚深",按察弹劾奏章文辞坚毅深刻。

(40)《晋书·刘隗传》:"刘隗字大连,彭城人,楚元王交之后也。……隗雅习文史,善求人主意,帝深器遇之。迁丞相司直,委以刑宪。时建康尉收护军士,而为府将篡取之,隗奏免护军将军戴若思官。世子文学王籍之居叔母丧而婚,隗奏之,帝下令曰:'《诗》称"杀礼多婚,以会男女之无夫家",正今日之谓也,可一解禁止。自今以后,宜为其防。'东閤(同阁)祭酒颜含在叔父丧嫁女,隗又奏之。庐江太守梁龛明日当除妇服,今日请客奏伎,丞相长史周顗等三十余人同会,隗奏曰:'夫嫡妻长子皆杖居庐,故周景王有三年之丧,既除而宴,《春秋》犹讥,况龛匹夫,暮宴朝祥,慢服之愆,宜肃丧纪之礼。请免龛官,削侯爵。顗等知龛有丧,吉会非礼,宜各夺俸一月,以肃其违。'从之。丞相行参军宋挺,本扬州刺史刘陶门人,陶亡后,挺娶陶爱妾以为小妻。建兴中,挺又割盗官布六百余匹,正刑弃市,遇赦免。既而奋武将军阮抗请为长史。隗劾奏曰:'挺蔑其死主而专其室,悖在三之义,伤人伦之序,当投之四裔以御魑魅。请除挺名,禁锢终身。而奋武将军、太山太守阮抗请为长史。抗纬文经武,剖符东藩,当庸勋忠良,昵近仁贤,而褒求赃污,举顽用嚚。请免抗官,下狱理罪。'奏可。……而隗之弹奏不畏强御,皆此类也。""切正",严切正直。

(41)《昭明文选》有"弹事"一类。"惟新",王利器《文心雕龙校证》改为"虽新",其曰:"'虽'原作'惟',与上下文不相衔接,按《论说》篇有'虽有日新'语,今据改。"按:王说无据,此乃惟求日新月异之意。

(42)"函人",制造盔甲的人。"矢人",制造矢箭的人。《孟子·公孙丑》:"孟子曰:矢人岂不仁于函人哉!矢人唯恐不伤人,函人惟恐伤人。巫匠亦然,故术不可不慎也。"赵岐注:"矢,箭也。函,甲也。《周礼》曰:'函人为甲。'作箭之人,其性非独不仁于作甲之人也,术使之然。""术",指弹劾之术。"深峭",深刻峭厉。刘永济《文心雕龙校释》据《太平御览》引改为"势入刚峭"。

(43)《诗经·小雅·巷伯》:"取彼谮人,投畀豺虎。豺虎不食,投畀有北。"毛传:"投,弃也。""谮人",谗人。"畀",给、予。朱熹《诗集传》:"北,北方寒凉不毛之地也。不食不受,言谗谮之人,物所共恶也。"

(44)《礼记·曲礼》:"鹦鹉能言,不离飞鸟;猩猩能言,不离禽兽。今人而无礼,虽能言,不亦禽兽之心乎!"

(45)"豕彘",王利器《文心雕龙校证》据《太平御览》引改作"羊彘"。《墨子·非儒下》:"(儒者)贪于饮食,惰于作务,陷于饥寒,危于冻馁,无以违之。是若乞人,鼸鼠(田鼠)藏而羝羊(牡羊)视,贲彘(豮猪,阉割过的猪)起。"

(46)《孟子·滕文公下》:"杨氏(杨朱)为我,是无君也;墨氏(墨翟)兼爱,是无父也。无父无君,是禽兽也。"

(47)"世人",《御览》作"近世"。

(48)《史记·酷吏传》:"外宽内深次骨。"司马贞《索隐》:"次,至也。李奇曰:'其用法刻至骨。'"

(49)《孟子·万章下》:"夫义,路也;礼,门也。惟君子能由是路,出入是门也。"赵岐注:"欲人之人而闭其门,何得而入乎?闭门如闭礼也。"

(50)"踰垣者折肱",跨越礼法者如翻墙者必将折断筋骨股肱。"捷径者灭趾",投机取巧者欲行捷径就会摔坏脚踝脚趾。

(51)"立范运衡",树立规范运行标准。"宜明体要",明确其基本体制要领。

(52)"理有典刑",说理符合于朝廷典章法则。"辞有风轨",文辞具有儒家雅正折中风范。

(53)。"法家之式",法家严峻决断的体式。刘永济、杨明照谓"式"当依《御览》作"裁",可备一说。"儒家之文",儒家典雅温润的文风。

(54)"不畏强御",不畏惧霸道横蛮、抗御善事之人。见《诗经·大雅·烝民》:"唯仲山甫,柔亦不茹,刚亦不吐,不侮矜寡,不畏强御。"孔颖达《正义》:"不欺侮于鳏寡孤独之人,不畏惧于强梁御善之人。不侮不侮,即使不茹不吐。""气流墨中",正气流播于笔墨之中,使文章有庄严气势。

(55)"无纵诡随",不放纵诡诈险恶、罔顾是非善恶而盲目追随的人。《诗经·大雅·民劳》："无纵诡随，以谨无良。"毛传："诡随，诡人之善，随人之恶者。以谨无良，慎小以惩大也。"郑玄笺："王为政，无听于诡人之善不肯行而随人之恶者，以此敕慎无善之人。""声动简外"，正直之声音流播于文章简册之外。

（56）"绝席之雄"，地位特别尊贵的雄才。《后汉书·王常传》："（王）常为横野大将军，位次与诸将绝席。"章怀太子注："绝席，谓尊显之也。《汉官仪》曰：'御史大夫、尚书令、司隶校尉，皆专席，号三独坐。'""直方之举"，立义公正内外相宜的举措。《周易·坤卦·文言》："直，其正也；方，其义也。君子敬以直内，义以方外，敬义立而德不孤。"孔颖达《正义》："义者，宜也，于事得宜，故曰义。"又曰："言君子法地正直而生万物，皆得所宜，各以方正。"《韩非子·解老》："所谓方者，内外相应也，言行相称也；……所谓直者，义必公正，心不偏党也。"

（57）《说文》："启，开也。"又曰："啟，教也。"段玉裁注："按后人用啟字训开。乃废启不行矣。"按，原文皆作"啟"，今简化作"启"。

（58）"高宗"，商王武丁也。《尚书·说命上》："启乃心，沃朕心，若药弗瞑眩，厥疾弗瘳。"孔安国传："开汝心以沃我心，如服药必瞑眩极，其病乃除，欲其出切言以自警。"孔颖达《正义》："当开汝心所有，以灌沃我心；欲令以彼所见，教已未知故也。其沃我心，须切至，若服药不使人瞑眩愤乱，则其疾不得瘳愈。言药毒乃得除病，言切乃得去惑也。"

（59）汉景帝名刘启，为了避讳两汉无奏章称"启"，东汉有奏笺之称，上天子称奏，上皇后太子称笺。

（60）北宋高承《事物纪原》集类二："魏国笺记，始云启，末云谨启。"

（61）晋代用"启"如范宁《断众公受假故事启》（《太平御览》六百三十四）、司马道子《皇太子纳妃启》（《太平御览》一百四十九）、司马道子《请崇正文李太妃名号启》（《晋书·孝武文李太后传》）、陆云《国起西园第表启宜遵节俭之制》（《晋书·陆云传》），下嗣之有《沙门应致敬启》四篇(唐彦悰《集沙门不应拜俗等事》)等等。

(62)"敛彻入规"之"敛",黄叔琳本作"饬"。王利器《文心雕龙校证》:"'饬',元本、冯(允中)本、汪(一元)本、佘(诲)本、张之象本、两京本、梅(庆生)六次本、张松孙本、吴(翌凤)校本作'彻',王惟俭本作'辙',……黄本改作'饬'。"按:当以"彻"为是,彻、辙义通。

(63)"谠",就是没有偏颇。"无偏也",原作"偏也",杨明照《增订文心雕龙校注》:"按范氏谓有脱字甚是,惟谓作'正偏',似与下'王道有偏,乖乎荡荡'不相应;疑当作'无偏'。《书·洪范》:'无偏无党,王道荡荡。'隶释《石门颂》:'无偏荡荡,直雅以方。'并足与此文相发。"按:杨说甚是,刘勰此言正从《尚书·洪范》而来,故下云"王道有偏,乖乎荡荡"也。"乖乎荡荡",违背"王道荡荡"之旨。《尚书·洪范》:"无偏无党,王道荡荡。"孔颖达《正义》:"无偏私,无阿党,王家所行之道荡荡然开辟矣。"《尚书·益稷》:"来,禹,汝亦昌言。"孔安国传:"因皋陶谟九德,故呼禹使亦陈当言。"古本一作"谠言",陆德明《经典释文》:"当,丁浪反,本亦作谠,当汤反。李登《声类》云:'谠言,善言也。'"《昭明文选·典引》:"既感群后之谠辞,又悉经五繇之硕虑矣。"李善注:"谠,直言也。经,常也。繇,占也。"

(64)"矫正其偏",原作"其偏"。王利器《文心雕龙校证》:"何(焯)校云:'"其偏"上当有阙文。'谢(兆申)、徐(燉)校'荡荡'下补'矫正'二字,王惟俭本空白二字。黄(叔琳)本于'荡荡'下注云:'下有脱字。'今据谢补。"杨明照《增订文心雕龙校注》:"按'其'下疑脱'言无'二字,观上下文可见。"此据王利器说,杨明照说亦可参考。

(65)"班伯",班况之子,《汉书·叙传》:"(班伯)以侍中光禄大夫养病,赏赐甚厚,数年未能起。……(汉成帝)时乘舆幄坐张画屏风,画纣醉踞妲己作长夜之乐。上以伯新起,数目礼之,因顾指画而问伯:'纣为无道,至于是虖(同乎)?'伯对曰:'《书》云"乃用妇人之言"(《尚书·泰誓》),何有踞肆(放也,陈也)于朝?所谓众恶归之,不如是之甚者也。'上曰:'苟不若此,此图何戒?'伯曰:'"沈湎于酒"(《尚书·微子》),微子所以告去也;"式号式謼(同呼)"(《诗经·大雅·

荡》),大雅所以流连也。《诗》《书》淫乱之戒,其原皆在于酒。'上乃谓然叹曰:'吾久不见班生,今日复闻谠言!'放等不怿(悦),稍自引起更衣,因罢出。""贵直也",此谓班伯之言贵在直率。王利器在"贵直"前加"言"字。

(66)"八仪",八位贤能之士。范文澜谓:"'八仪',疑当作'八能'。"宋吴曾《能改斋漫录》卷七引刘勰语作"八仪",按:《广雅·释言》:"仪,贤也。"八仪即八贤,亦即八能也,不必改。《汉书·律历志》:"是故天子常以日冬夏至御前殿,合八能之士,陈八音,听乐均,度晷景,候钟律,权土炭,效阴阳。"《汉书·礼仪志》:"正德曰:'八能士各言事。'八能士各书板言事。文曰:'臣某言,今月若干日甲乙日冬至,黄钟之音调,君道得,孝道袤。'商臣,角民,徵事,羽物,各一板。否则召太史令各板书,封以皂囊,送西陛,跪授尚书,施当轩,北面稽首,拜上封事。"

(67)《独断》:"凡章表皆启封,其言密事,得皂囊盛。"《汉官仪》:"密奏以皂囊封之,不使人知,故曰封事。"言其奏事以黑囊密封上奏,故称"封事"。《史记·晁错传》:"错为人陗直刻深。孝文帝时,天下无治《尚书》者,独闻济南伏生故秦博士,治《尚书》,年九十余,老不可征,乃诏太常使人往受之。太常遣错受《尚书》伏生所。还,因上便宜事,以书称说。诏以为太子舍人、门大夫、家令。以其辩得幸太子,太子家号曰'智囊'。数上书孝文时,言削诸侯事,及法令可更定者。书数十上,孝文不听,然奇其材,迁为中大夫。"

(68)"王臣匪躬",王臣于国有艰难之时,不因自身利害而不去扶困济难。《周易·蹇卦》六二:"王臣蹇蹇,匪躬之故。"《象辞》:"蹇,难也。"孔颖达《正义》:"履正居中,志匡王室,能涉蹇难,而往济蹇,故曰'王臣蹇蹇'也。尽忠于君,匪以私身之故,而不往济君,故曰'匪躬之故'。""謇谔",中正直率之言。《后汉书·陈蕃传》:"灵帝即位,窦太后复优诏蕃曰:'盖褒功以劝善,表义以厉俗,无德不报,大雅所叹。太傅陈蕃,辅弼先帝,出内累年。忠孝之美,德冠本朝;謇谔之操,华首弥固。'"《晋书·武帝纪》:"帝曰:'谠言謇谔,所望于左右也。人主常以阿媚为患,岂以争臣为损哉！徼越职妄奏,岂朕之意。'"

（69）"事举人存",奏启所言政事得以实施执行,则其人之名望亦得显耀当世流传后代。《礼记·中庸》："子曰：'文、武之政,布在方策,其人存,则其政举;其人亡,则其政息。'""泛说",广泛阐说。

（70）"皂饰",司直之服饰。王利器《文心雕龙校证》："'饰'原作'饬',黄丕烈云：'活字本作饰。'今据改。皂饰乃司直之服饰。"《诗经·郑风·羔裘》："彼其之子,邦之司直。"毛传："司,主也。"孔颖达《正义》："彼服羔裘之是子,一邦之人主,以为直刺今无此人。"《汉书·百官公卿表》："武帝元狩五年初置司直,秩比二千石,掌佐丞相举不法。"《汉书·哀帝纪》："正司直、司隶,造司寇职。"颜师古注："司直、司棣,汉旧有之,但改正其职掌。而司寇旧无,今特创置,故云造也。""肃清风禁",严肃整顿清除污垢,禁饬乱状确立风纪。

（71）"次骨",参见上注（48）。"肤浸",《论语·颜渊》："子张问明。子曰：'浸润之谮,肤受之愬,不行焉,可谓明也已矣。浸润之谮,肤受之愬,不行焉,可谓远也已矣。'"邢昺疏："夫水之浸润,渐以坏物,皮肤受尘,渐成垢秽。谮人之言,如水之浸润,皮肤受尘,亦渐以成之,使人不觉知也。若能辨其情伪,使谮愬之言不行,可谓明德也。"

《议对》篇

"周爰谘谋",是谓为议。议之言宜,审事宜也⁽¹⁾。《易》之《节卦》:"君子以制数度,议德行⁽²⁾。"《周书》曰:"议事以制,政乃弗迷⁽³⁾。"议贵节制,经典之体也。昔管仲称"轩辕有明台之议",则其来远矣⁽⁴⁾。洪水之难,尧咨四岳⁽⁵⁾;宅揆之举,舜畴五人⁽⁶⁾;三代所兴,询及刍荛⁽⁷⁾。《春秋》释宋,鲁僖预议⁽⁸⁾。及赵灵胡服,而季父争论⁽⁹⁾;商鞅变法,而甘龙交辨⁽¹⁰⁾。虽宪章无算,而同异足观⁽¹¹⁾。

迄至有汉,始立驳议。驳者,杂也。杂议不纯,故曰驳也。自两汉文明,楷式昭备,蔼蔼多士,发言盈庭⁽¹²⁾。若贾谊之遍代诸生⁽¹³⁾,可谓捷于议也。至如吾丘之驳挟弓⁽¹⁴⁾,安国之辨匈奴⁽¹⁵⁾,贾捐之之陈于朱崖⁽¹⁶⁾,刘歆之辨于祖宗⁽¹⁷⁾,虽质文不同,得事要矣。若乃张敏之断轻侮⁽¹⁸⁾,郭躬之议擅诛⁽¹⁹⁾,程晓之驳校事⁽²⁰⁾,司马芝之议货钱⁽²¹⁾,何曾蠲出女之科⁽²²⁾,秦秀定贾充之谥⁽²³⁾,事实允当,可谓达议体矣。汉世善驳,则应劭为首⁽²⁴⁾;晋代能议,则傅咸为宗⁽²⁵⁾。然仲瑗博古,而铨贯以叙⁽²⁶⁾;长虞识治,而属辞枝繁⁽²⁷⁾;及陆机断议,亦有锋颖,而腴辞弗剪,颇累文骨⁽²⁸⁾:亦各有美,风格存焉。

夫动先拟议,明用稽疑⁽²⁹⁾,所以敬慎群务,弛张治术⁽³⁰⁾。故其大体所资,必枢纽经典⁽³¹⁾,采故实于前代,观通变于当今;理不谬摇其枝,字不妄舒其藻⁽³²⁾。又郊祀必洞于礼,戎事宜练于兵⁽³³⁾,田谷先晓于农⁽³⁴⁾,断讼务精于律。然后标以显义,约以正辞,文以辨洁为能,不以繁缛为巧;事以明核为美,不以深隐为奇⁽³⁵⁾:此纲领之大要也。若不达政体,而舞笔弄文,支离构辞⁽³⁶⁾,穿凿会巧,空骋其华,固为事实所摈;设得其理,亦为游辞所埋矣⁽³⁷⁾。昔秦女嫁晋,从文衣之媵,晋人贵媵而贱女⁽³⁸⁾;楚珠鬻郑,为熏桂之椟,郑人买椟而还珠⁽³⁹⁾。若文浮于理,末胜其本,则秦女楚珠,复在于兹矣⁽⁴⁰⁾。

又"对策"者,应诏而陈政也⁽⁴¹⁾;"射策"者,探事而献说也⁽⁴²⁾。言中理准,譬射侯中的⁽⁴³⁾,二名虽殊,即"议"之别体也。古之造士,选事考言⁽⁴⁴⁾。汉文中年,始举贤良⁽⁴⁵⁾,晁错对策,蔚为举首⁽⁴⁶⁾。及孝武益明,旁求俊乂⁽⁴⁷⁾,对策者,以第一登庸⁽⁴⁸⁾,射策者,以甲科入仕⁽⁴⁹⁾,斯固选贤要术也。观晁氏之对,证验古今⁽⁵⁰⁾,辞裁以辨,事通而赡,超升高第,信有征矣。仲舒之对⁽⁵¹⁾,祖述《春秋》,本阴阳之化,究列代之变,烦而不恩者,事理明也。公孙之对⁽⁵²⁾,简而未博,然总要以约文,事切而情举⁽⁵³⁾,所以太常居下,而天子擢上也。杜钦之对,略而指事,辞以治宣⁽⁵⁴⁾,不为文作。及后汉鲁丕⁽⁵⁵⁾,辞气质素,以儒雅中策,独入高第。凡此五家,并前代之明范也。魏晋已来,稍务文丽,以文纪实,所失已多,及其来选,又称疾不会,虽欲求文,弗可得也⁽⁵⁶⁾。是以汉饮博士,而雉集乎堂⁽⁵⁷⁾,晋策秀才,而麏兴于前,无他怪也,选失之异耳⁽⁵⁸⁾。

夫"驳议"偏辨,各执异见;"对策"揄扬,大明治道。使事深于政术,理密于时务,酌三五以镕世⁽⁵⁹⁾,而非迂缓之高谈;驭权变以拯俗,而非刻薄之伪论。风恢恢而能远,流洋洋而不溢⁽⁶⁰⁾,王庭之美对也。难矣哉,士之为才也!或练治而寡文,或工文而疏治。对策所选,实属通才⁽⁶¹⁾,志足文远,不其鲜欤⁽⁶²⁾!

赞曰:议惟畴政,名实相课⁽⁶³⁾。断理必刚⁽⁶⁴⁾,摛辞无懦。

对策王庭,同时酬和(65)。治体高秉,雅谟远播(66)。

简析：

本篇论议与对两种文体。议和对都是臣下发表对朝廷各种事务的看法和建议的。议是君王咨询政务,请臣下发表各自不同见解,所以臣下应该提出适宜而有节制的稳妥主张。据管仲说黄帝就曾在明台询问贤者的意见,所以有很早的渊源。历史上有很多著名的议论,解决了很多国家政务的重要问题。例如《春秋》里记载了鲁僖公会盟参与议论楚国释放宋襄公,赵武灵王叔父公子成曾反对令国人穿胡服、习骑射的议论（后经赵武灵王说明而服从）等。到汉代称为驳议,像贾谊年纪很轻议论超群,吾丘寿王驳斥民不可以挟弓箭,韩安国辨说宜与匈奴和亲不宜进攻,贾捐之议论应放弃讨伐朱厓等等。东汉的张敏、郭躬,曹魏的程晓、司马芝,晋代的何曾、秦秀等都有很得体的驳议。汉代的应劭、晋代的傅咸,则是最善驳议的高手。驳议的写作应当根据政务敬慎、弛张有序的原则,以经典为要领,借鉴前代经验,结合当时实际,善于通达变化,"理不谬摇其枝,字不妄舒其藻"。要熟悉各种不同治国理政事务,祭祀要懂礼仪,军事要懂兵法,田谷要知悉农事,断讼要精于律法,不管何类驳议,均要标显充足义理,文辞简洁严正,不能为"事实所摈",为"游辞所埋"。对策分为应帝王诏问回答的"对策",和根据抽选到的问题提出政见的"射策"。属于"议"的别体。对策常常是选择贤能、任职官员的途径和依据。如晁错、董仲舒、公孙弘、杜钦、鲁丕五人都是对策名家,晁错因此"超升高第",公孙弘得"天子擢上"。驳议在于"各执异见",对策在于"大明治道",然而,都应是优秀的"通才",论事"深于政术",论理"密于时务",熟悉三皇五帝的治道,并善于融入现实政治,能驾驭权术通达变化拯救世俗,如清风之恢恢,河水之洋洋,方可称为"王庭之美对"。

语译：

《诗经》中说要"周全普遍咨询参谋",即是议的意思。议就是适宜，审核政事是否适宜得当。《周易》的《节卦》说："君子需制订礼数等级差别，审议人才德行优劣。"《尚书·周书》说："议论政事以仪礼制度为标准，政事治理才不会迷乱错误。"议论贵在节制，方合经典体式。以往管仲说"黄帝曾于明台（听政之所）听取众贤者之议论"。所以"议"的渊源是很久远的。遭遇洪水灾难时，尧曾咨询四岳诸侯推荐治水贤才；寻求总揽朝政的"百揆"，舜筹划重用禹、稷、契、皋陶、伯益五人；夏、商、周三代之所以兴盛，即是能广泛咨询忠臣贤士甚至下访山野樵夫。《春秋》言楚人释放宋襄公，是因为鲁僖公参与会盟商议后的结果。至赵武灵王令国人穿胡服、习骑射欲因此强国，其叔父公子成曾提出反对与之争议；商鞅主张变法图强，而甘龙等与之交相辩说提出不同议论。虽然争论的建议内容无法算作典章法制，但其不同的观点都是值得参考的。

一直到汉代，才开始确立驳议制度。驳的意思，就是杂驳，不同议论观点分歧杂而不纯，所以称为驳。自两汉时代文明发达，规则法式已经明晰齐备。国家贤士济济丰盈，高论鸿裁充满朝廷。如贾谊议论全面超越替代了朝廷诸生，可以说是最善于快捷发表议论的了。至于吾丘寿王驳斥百姓不可挟带弓箭的议论，韩安国辨说宜与匈奴和亲不宜进攻，贾捐之议论应放弃讨伐朱崖，刘歆辩议汉武帝宗庙不宜拆毁，以上四例虽质朴文华各不相同，然都是能抓住要领的重要议论。东汉张敏断议《轻侮法》之不可行，郭躬议骑都尉秦彭专擅诛杀之合法性，三国曹魏程晓奏议校事官干预庶政应撤裁，司马芝建议魏明帝更铸五铢钱以为交易货物之用，何曾建议免去出嫁之女受父母牵连而被诛的律令，秦秀议定谄媚乱法的贾充应谥为"荒公"，以上这些奏议符合事实确切允当，可以说是通达礼仪符合议体的论述。汉代善于驳议的，当以应劭为首；晋代擅长驳议者，当以傅咸为主。然而仲瑗（应劭字）广博通达古代事务，议论贯通条理有序；长虞（傅咸字）善于辨识国家治理，奏议文辞略显繁琐；陆机之断议，甚有锋芒（尖锐深刻），然文辞过于丰腴缺少剪裁，对文骨刚劲颇有连累。然而他们三人（应劭、傅咸、陆机）亦各有其美，都体现了各自的风貌特色。

(《周易·系辞》和《尚书·洪范》告诉我们)凡事于行动之前必先审议计划安排妥帖,欲明辨疑虑不决之事必先用占卜来加以考核,所以要恭敬谨慎地对待各种政治事务,处理方法要弛张有度宽严适宜。故而驳议的体制要领所依据的,当以经典为枢纽关键,采用借鉴前代的历史典故,根据当前实际提出通达变化建议;务使论理不使任何枝节有谬误动摇,文字不可妄加修饰而妨碍顺畅。郊庙祭祀必须洞悉礼仪,兵戎战事必须熟悉兵法,田谷丰硕必须通晓农事,决断诉讼必须精于律法。然后明显地标志义理,配以精约的严正言辞,文章以辨析简洁为主,而不以语句繁缛为巧;叙事以明白确切为美,不以深奥隐晦为奇:这就是驳议的基本纲领和要点。如果不能熟练通晓政治体制,而舞弄文笔,以支离破碎构辞,以穿凿附会取巧,空驰骋华丽文采,必然被事实所摈弃,即使议论有某些道理,也必然被虚浮游辞所掩埋。以往秦伯(秦穆公)嫁女儿(怀嬴)给晋公子(重耳),陪嫁七十个服饰华美的婢妾,晋人更喜欢婢妾而看不起秦伯之女。楚国人卖珍珠给郑国人,装在桂椒熏香的兰木匣盒里(周边缀有珠玉,以火齐珠即玫瑰装饰,并有翡翠镶贴),郑国人买他的匣盒而把珍珠还给了他。假如驳议文辞浮华而超越义理,变成末胜于本,那么等于秦伯嫁女、楚人鬻珠,又再次出现了。

再说"对策",是应对天子诏书所提问题而陈述的政见;而"射策",是根据抽选到的问题贡献自己的见解,言语切中要害义理合乎准绳,犹如对准箭靶射中靶心,对策和射策名虽不同,而皆为议之不同文体。古代选拔造就贤能之士,都是以其处事和辨说能力为标准。到了汉文帝中期,才有"举贤良方正"的制度。晁错有关对策,为百余人对策中之翘楚。至汉武帝更加英明,广泛搜求贤能之士。对策众人中的第一名提拔任用;射策众人中凡达到甲科成绩即入仕为官,此乃选择贤能的主要方法。观看晁错的对策,能验证古事辨明今事,文辞裁断而辨析清楚,叙事通达而丰腴富赡,他能够跃升高位,确实是有原因的。董仲舒的对策,宗法《春秋》经典立论,本于天道阴阳变化,考究历代朝政变迁,虽然繁冗但不混乱,事理辨析通畅明白。公孙弘的对策,阐述简略而不够广博,然而能总括要领文辞精约,叙事切要情理标举,所以太常选举列名靠后,而天子却把他拔举为第一。杜钦的对策,对答简略而指明实事,文章为治国大事而发,不是为写漂亮文章而作。东汉鲁丕对策,文辞语气质直朴素,以风度儒雅中策,所以独登高第。以上晁错、董仲舒、公孙弘、杜钦、鲁丕五家,都是前代对策明晰典范。自魏晋以来,对策之文稍稍侧重华丽,以美艳文采纪叙实事,所受损失已经很多了。被举荐赴朝廷应试的孝廉秀才,往往托病请辞不参加会试,虽欲寻求贤能文士,亦已不可得矣。汉代博士行大射礼时,有成群的野鸡飞来大堂聚集,经三公之府飞入宫内;晋成帝策试秀才,有獐子出现在殿前。这些怪异现象出现不是别的原因,而是由于策试选举失当不能正常进行。

驳议偏向辩论是非,各自执有不同见解;对策侧重宣扬政教,大力阐明治国之道。使论事深谙朝政治理,论理密切结合时务,斟酌三皇五帝治道以熔铸世事,而不是迂阔舒缓的高谈阔论;善能驾驭权变以拯救世俗,而不是苛刻轻薄的虚伪诡辩。如清风之恢弘广阔而致远万世,如水流之洋洋盛泽而永不枯竭,这才是朝廷最美之议对。很难呀,一般文士要有这样的才华不容易。或者熟练国政治理而缺少文采才华,或者工巧文章辞采而疏于治理之能。对策所选择的文士,确实属于通才,既有坚定意志又善传世文章,真的是很少的呀。

总论:驳议咨询筹划政事,考核名实是否融洽。论理辨析果断刚毅,文辞运作严正无忒。从容应对朝廷策问,会同时务酌取和协。把握治国崇高要领,远播后世雅正鸿业。

注订:

(1)"周爰谘谋",《诗经·小雅·皇皇者华》:"载驰载驱,周爰咨谋。"毛传:"忠信为周,访问于善为咨。咨事为诹。"又曰:"咨事之难易为谋。""谘谋"同"咨谋"。朱熹《诗集传》:"周,徧;爰,于也。""议",《说文》:"议,语也。"段玉裁注:"议者,谊也。谊者,人所宜也。言得其宜之谓议。"

（2）"数度"，原作"度数"。杨明照《增订文心雕龙校注》："'度数'活字本《御览》引作'数度'。按作'数度'始与《易》合。"《周易·节卦》："节，亨。"孔颖达《正义》："节，止之义，制事有节，其道乃亨。"《节卦·象辞》："泽上有水，节；君子以制数度，议德行。"孔颖达《正义》："数度，谓尊卑礼命之多少。德行，谓人才堪任之优劣。君子象节以制其礼数等差，皆使有度，议人之德行任用，皆使得宜。"

（3）"弗迷"，当依《尚书》作"不迷"。《尚书·周官》："学古入官，议事以制，政乃不迷。"孔传："言当先学古训，然后入官治政。凡制事必以古义议度终始，政乃不迷错。"孔颖达《正义》："论议时事，必以古之制度如此，则政教乃不迷错矣。"又曰："凡欲制断当今之事，必以古之义理议论量度其终始，合于古义然后行之。则其为之政教乃不迷错也。"

（4）《管子·桓公问》："（管子）对曰：'毋以私好恶害公正，察民所恶，以自为戒。黄帝立明台之议者，上观于贤也。'"《三国志·魏书·魏文帝纪》延康元年令："轩辕有明台之议，放勋有衢室之问，皆所以广询于下也。"

（5）"尧咨四岳"，参见《章表》篇注（4）。《尚书·舜典》："舜曰：'咨，四岳！有能奋庸熙帝之载，使宅百揆，亮采惠畴。'"孔传："奋，起。庸，功。载，事也。访群臣有能起发其功，广尧之事者。言舜曰以别尧。"又曰："亮，信。惠，顺也。求其人使居百揆之官，信立其功，顺其事者谁乎？"孔颖达《正义》："上云舜'纳于百揆'，'百揆'是官名，故求其人，使居百揆之官。"

（6）"宅揆之举，舜畴五人"，杨明照《增订文心雕龙校注》："宋本、钞本、活字本、喜多本、鲍本《御览》引，'宅'作'百'，'人'作'臣'。徐（燉）'宅'校'百'，'人'校'臣'。天启梅（庆生）本'人'改'臣'。黄（叔琳）校云：'（人）一作臣。'……按'百''臣'二字并是。"按："宅揆"，即"使宅百揆"，"使居百揆之官"，不必改作"百揆"。"五人"亦通，不必改作"五臣"。"畴"，畴咨，询问。《论语·泰伯》："舜有臣五人而天下治。"邢昺疏："言帝舜时，有大才之臣五人，而天下大治。

五人者,禹也、稷也、契也、皋陶也、伯益也。"

(7)"刍荛",《诗经·大雅·板》:"先民有言,询于刍荛。"毛传:"刍荛,采薪者。"郑玄笺:"古之贤者有言,有疑事当与薪采者谋之。"

(8)"《春秋》释宋,鲁僖预议",原作"《春秋》释宋,鲁桓务议",徐校"务"作"预",梅庆生本改"预"。黄叔琳注:"按鲁桓公无议释宋事,'桓'当作'僖'。"《春秋左传》僖公二十一年经:"十有二月癸丑,公会诸侯盟于薄,释宋公。"杜预注:"诸侯既与楚共伐宋,宋服,故为薄盟以释之。公本无会期,闻盟而往,故书公会诸侯。"僖公二十一年传:"秋,诸侯会宋公于盂。子鱼曰:'祸其在此乎!君欲已甚,其何以堪之?'于是楚执宋公以伐宋。冬,会于薄以释之。"《公羊传》僖公二十一年:"楚人知虽杀宋公,犹不得宋国,于是释宋公。"又曰:"执未有言释之者,此其言释之何?公与为尔也。公与为尔奈何?公与议尔也。"何休《解诂》:"善僖公能与楚议释贤者之厄。不言公释之者,诸侯亦有力也。"

(9)"赵灵胡服,而季父争论",季父,叔父,赵武灵王的叔父赵成,号公子成。《史记·赵世家》:"(赵武灵王)王曰:'……今吾将胡服骑射以教百姓。'……使王继告公子成,……公子成再拜稽首曰:'臣固闻王之胡服也。臣不佞,寝疾,未能趋走以滋进也。王命之,臣敢对,因竭其愚忠。曰:臣闻中国者,盖聪明徇智之所居也,万物财用之所聚也,贤圣之所教也,仁义之所施也,诗书礼乐之所用也,异敏技能之所试也,远方之所观赴也,蛮夷之所义行也。今王舍此而袭远方之服,变古之教,易古人道,逆人之心,而怫学者,离中国,故臣愿王图之也。'……王曰:'……儒者一师而俗异,中国同礼而教离,况于山谷之便乎?故夫就之变,智者不能一;远近之服,贤圣不能同。穷乡多异,曲学多辩。不知而不疑,异于己而不非者,公焉而众求尽善也。今叔之所言者俗也,吾所言者所以制俗也。……'公子成再拜稽首曰:'臣愚,不达于王之义,敢道世俗之闻,臣之皋(罪)也。今王将继简、襄之意以顺先王之志,臣敢不听命乎!'再拜稽首。乃赐胡服。明日,服而朝。于是始出胡服令也。"

（10）"商鞅变法，而甘龙交辨"，《史记·商君列传》："孝公既用卫鞅，鞅欲变法，恐天下议己。卫鞅曰：'疑行无名，疑事无功。且夫有高人之行者，固见非于世；有独知之虑者，必见敖于民。愚者闇于成事，知者见于未萌。民不可与虑始而可与乐成。论至德者不和于俗，成大功者不谋于众。是以圣人苟可以强国，不法其故；苟可以利民，不循其礼。'孝公曰：'善。'甘龙（孝公之臣）曰：'不然。圣人不易民而教，知者不变法而治。因民而教，不劳而成功；缘法而治者，吏习而民安之。'卫鞅曰：'龙之所言，世俗之言也。常人安于故俗，学者溺于所闻。以此两者居官守法可也，非所与论于法之外也。三代不同礼而王，五伯不同法而霸。智者作法，愚者制焉；贤者更礼，不肖者拘焉。'杜挚曰：'利不百，不变法；功不十，不易器。法古无过，循礼无邪。'卫鞅曰：'治世不一道，便国不法古。故汤武不循古而王，夏殷不易礼而亡。反古者不可非，而循礼者不足多。'孝公曰：'善。'以卫鞅为左庶长，卒定变法之令。"《史记·秦本纪》："（秦孝公）三年，卫鞅说孝公变法修刑，内务耕稼，外劝战死之赏罚，孝公善之。甘龙、杜挚等弗然，相与争之。卒用鞅法，百姓苦之；居三年，百姓便之。"

（11）"宪章无算"，议论的内容观点无法成为典章法制。"同异足观"，但是无论同与异的观点都是值得参考的。

（12）"蔼蔼多士，发言盈庭"，《诗经·大雅·卷阿》："蔼蔼王多吉士，维君子使，媚于天子。"毛传："蔼蔼犹济济也。"郑玄笺："媚，爱也。王之朝多善士蔼蔼然，君子在上位者率化之，使之亲爱天子，奉职尽力。"《诗经·小雅·小旻》："谋夫孔多，是用不集。发言盈庭，谁敢执其咎？"郑玄笺："谋事者众，讻讻满庭，而无敢决当是非，事若不成，谁云己当其咎责者？言小人争知而让过。"按：刘勰虽引《小旻》之文，而其意与郑玄笺注略有不同。

（13）"贾谊之遍代诸生"，《屈原贾生列传》："贾生名谊，洛阳人也。年十八，以能诵诗属书闻于郡中。吴廷尉为河南守，闻其秀才，召置门下，甚幸爱。孝文皇帝初立，闻河南守吴公治平为天下第一，故与李斯同邑而常学事焉，乃征为廷尉。廷尉乃言贾生年少，颇通诸子百家之书。文帝召以为博士。是时贾生年二十余,最为少。每诏令议下,诸老先生不能言,贾生尽为之对,人人各如其意所欲出。诸生于是乃以为能,不及也。孝文帝说之,超迁,一岁中至太中大夫。"

(14)"吾丘",原作"主父",黄(叔琳)校谓当作"吾丘"。顾(广圻)校作"吾丘"。王利器《文心雕龙校证》:"按吾丘寿王驳挟弓事,见《汉书》本传,黄、顾校是,今据改。"《汉书·吾丘寿王传》:"吾丘寿王字子赣,赵人也。……后征入为光禄大夫侍中。丞相公孙弘奏言:'民不得挟弓弩。……'上下其议。寿王对曰:'臣闻古者作五兵,非以相害,以禁暴讨邪也。……今陛下昭明德,建太平,举俊材,兴学官,三公有司或由穷巷,起白屋,裂地而封,宇内日化,方外乡风,然而盗贼犹有者,郡国二千石之罪,非挟弓弩之过也。……愚闻圣王合射以明教矣,未闻弓矢之为禁也。且所为禁者,为盗贼之以攻夺也。攻夺之罪死,然而不止者,大奸之于重诛固不避也。臣恐邪人挟之而吏不能止,良民以自备而抵法禁,是擅贼威而夺民救也。窃以为无益于禁奸,而废先王之典,使学者不得习行其礼,大不便。'书奏,上以难丞相弘。弘诎服焉。"

(15)"安国之辨匈奴",《太平御览》"辨"作"辩"。《汉书·韩安国传》:"韩安国字长孺,梁成安人也,后徙睢阳。……匈奴来请和亲,上下其议。大行王恢,燕人,数为边吏,习胡事,议曰:'汉与匈奴和亲,率不过数岁即背约。不如勿许,举兵击之。'安国曰:'千里而战,即兵不获利。今匈奴负(恃也)戎马足,怀鸟兽心,迁徙鸟集,难得而制。得其地不足为广,有其众不足为强,自上古弗属(不内属于中国)。汉数千里争利,则人马罢(罢读曰疲),虏以全制其敝,势必危殆。臣故以为不如和亲。'群臣议多附安国,于是上许和亲。……大行恢对曰:'……臣窃以为击之便。'……安国曰:'不然。……且匈奴,轻疾悍亟之兵也,至如猋风,去如收电,畜牧为业,弧弓射猎,逐兽随草,居处无常,难得而制。今使边郡久废耕织,以支胡之常事,其势不相权也。臣故曰勿击便。'"韩安国与王恢曾反复辩论对匈奴是和是战。

(16)"朱厓",王利器《文心雕龙校证》:"'珠崖'原作'朱厓',黄

(叔琳)注及顾(广圻)校俱作'珠崖',按捐之之陈珠崖,见《汉书》本传,黄顾校是,今据改。"《法言·孝至》篇:"朱厓之绝,捐之之力也。"则"朱厓"亦可。珠崖,在今海南岛。《汉书·贾捐之传》:"贾捐之字君房,贾谊之曾孙也。元帝初即位,上疏言得失,召待诏金马门。……元帝初元元年,珠厓又反,发兵击之。诸县更叛,连年不定。上与有司议大发军,捐之建议,以为不当击。……捐之对曰:'……骆越(西南边境少数民族)之人父子同川而浴,相习以鼻饮,与禽兽无异,本不足郡县置也。颛颛独居一海之中,雾露气湿,多毒草虫蛇水土之害,人未见虏,战士自死。又非独珠厓有珠犀瑇瑁也,弃之不足惜,不击不损威。其民譬犹鱼鳖,何足贪也!'"

(17)"刘歆之辨于祖宗",《汉书·韦贤传》:"成帝崩,哀帝即位。……光禄勋彭宣、詹事满昌、博士左咸等五十三人皆以为继祖宗以下,五庙而迭毁,后虽有贤君,犹不得与祖宗并列。子孙虽欲褒大显扬而立之,鬼神不飨也。孝武皇帝虽有功烈,亲尽宜毁。太仆王舜、中垒校尉刘歆议曰:'……思其人犹爱其树,况宗其道而毁其庙乎?迭毁之礼自有常法,无殊功异德,固以亲疏相推及。至祖宗之序,多少之数,经传无明文,至尊至重,难以疑文虚说定也。孝宣皇举公卿之议,用众儒之谋,既以为世宗之庙,建之万世,宣布天下。臣愚以为孝武皇帝功烈如彼,孝宣皇帝崇立之如此,不宜毁。'上览其议而从之。"

(18)"张敏之断轻侮",《后汉书·张敏传》:"张敏字伯达,河间鄚人也。建初二年,举孝廉,四迁,五年,为尚书。建初中,有人侮辱人父者,而其子杀之,肃宗贳(宽也)其死刑而降宥之,自后因以为比。是时遂定其议,以为《轻侮法》。敏驳议曰:'夫轻侮之法,先帝一切之恩,不有成科班之律令也。夫死生之决,宜从上下,犹天之四时,有生有杀。若开相容恕,著为定法者,则是故设奸萌,生长罪隙。……今托义者得减,妄杀者有差,使执宪之吏得设巧诈,非所以导(教也)"在丑(类也)不争"之义。又轻侮之比,寖以繁滋,至有四五百科,转相顾望,弥复增甚,难以垂之万载。……夫春生秋杀,天道之常。春一物枯即为灾,秋一物华即为异。王者承天地,顺四时,法圣人,从经律。愿陛下留意下民,考寻利害,广令平议,天下幸甚。'和帝从之。"

(19)"郭躬之议擅诛",《后汉书·郭躬传》:"郭躬字仲孙,颍川阳翟人也。……永平中,奉车都尉窦固出击匈奴,骑都尉秦彭为副。彭在别屯而辄以法斩人,固奏彭专擅,请诛之。显宗乃引公卿朝臣平其罪科。躬以明法律,召入议。议者皆然固奏,躬独曰:'于法,彭得斩之。'帝曰:'军征,校尉一统于督(大将)。彭既无斧钺,可得专杀人乎?'躬对曰:'一统于督者,谓在部曲(大将军行有五部,部有曲)也。今彭专军别将,有异于此。兵事呼吸,不容先关督帅。且汉制棨(有衣之戟)戟即为斧钺,于法不合罪。'帝从躬议。"

(20)"程晓之驳校事",《三国志·魏书·程昱传》附其孙程晓传:"晓(字季明),嘉平中为黄门侍郎。时校事放横,晓上疏曰:'……远览典志,近观秦汉,虽官名改易,职司不同,至于崇上抑下,显分明例,其致一也。初无校事之官干与庶政者也。昔武皇帝大业草创,众官未备,而军旅勤苦,民心不安,乃有小罪,不可不察,故置校事,取其一切耳,然检御有方,不至纵恣也。此霸世之权宜,非帝王之正典。其后渐蒙见任,复为疾病,转相因仍,莫正其本。遂令上察宫庙,下摄众司,官无局业,职无分限,随意任情,唯心所适。法造于笔端,不依科诏;狱成于门下,不顾覆讯。其选官属,以谨慎为粗疏,以慁诃为贤能。其治事,以刻暴为公严,以循理为怯弱。外则托天威以为声势,内则聚群奸以为腹心。……纵令校事有益于国,以礼义言之,尚伤大臣之心,况奸回暴露,而复不罢,是尧阙不补,迷而不返也。'于是遂罢校事官。"

(21)"司马芝之议货钱",《三国志·魏书·司马芝传》:"司马芝字子华,河内温人也。……明帝即位,赐爵关内侯。……后为大司农。"本传未言及议更铸五铢钱事。《晋书·食货志》:"及黄初二年,魏文帝罢五铢钱,使百姓以谷帛为市。至明帝世,钱废谷用既久,人间巧伪渐多,竞湿谷以要利,作薄绢以为市,虽处以严刑而不能禁也。司马芝等举朝大议,以为用钱非徒丰国,亦所以省刑。今若更铸五铢钱,则国丰刑省,于事为便。魏明帝乃更立五铢钱,至晋用之,不闻有所改创。"

(22)"何曾蠲出女之科",《晋书·刑法志》:"及景帝辅政,是时魏法,犯大逆者诛及已出之女。毋丘俭之诛,其子甸妻荀氏应坐死,其族兄颙与景帝姻,通表魏帝,以匄其命。诏听离婚。荀氏所生女芝,为颖川太守刘子元妻,亦坐死,以怀妊系狱。荀氏辞诣司隶校尉何曾乞恩,求没为官婢,以赎芝命。曾哀之,使主簿程咸上议曰:'……大魏承秦汉之弊,未及革制,所以追戮已出之女,诚欲殄丑类之族也。然则法贵得中,刑慎过制。臣以为女人有三从之义,无自专之道,出适他族,还毋丧父母,降其服纪,所以明外成之节,异在室之恩。而父母有罪,追刑已出之女;夫党见诛,又有随姓之戮。一人之身,内外受辟。今女既嫁,则为异姓之妻;如或产育,则为他族之母,此为元恶之所忽,戮无辜之所重。于防则不足惩奸乱之源,于情则伤孝子之心。男不得罪于他族,而女独婴戮于二门,非所以哀矜女弱,蠲明法制之本分也。臣以为在室之女,从父母之诛;既醮之妇,从夫家之罚。宜改旧科,以为永制。'于是有诏改定律令。"

(23)"秦秀定贾充之谥",《晋书·秦秀传》:"秀性忌谗佞,疾之如雠,素轻鄙贾充,……及充薨,秀议曰:'充舍宗族弗授,而以异姓为后,悖礼溺情,以乱大伦。昔鄫养外孙莒公子为后,春秋书"莒人灭鄫"。圣人岂不知外孙亲邪!但以义推之,则无父子耳。又案诏书"自非功如太宰,始封无后如太宰,所取必己自出如太宰,不得以为比"。然则以外孙为后,自非元功显德,不之得也。天子之礼,盖可然乎?绝父祖之血食,开朝廷之祸门。谥法"昏乱纪度曰荒",请谥荒公。'"

(24)"汉世善驳,则应劭为首",《后汉书·应劭传》:"劭字仲远(《续汉书·文士传》作"仲援",《汉官仪》又作"仲瑗")。少笃学,博览多闻。灵帝时举孝廉,辟车骑将军何苗掾。中平二年,汉阳贼边章、韩遂与羌胡为寇,东侵三辅,时遣车骑将军皇甫嵩西讨之。嵩请发乌桓三千人。北军中候邹靖上言:'乌桓众弱,宜开募鲜卑。'事下四府,大将军掾韩卓议,以为'乌桓兵寡,而与鲜卑世为仇敌,若乌桓被发,则鲜卑必袭其家。乌桓闻之,当复弃军还救。非唯无益于实,乃更沮三军之情。邹靖居近边塞,究其态诈。若令靖募鲜卑轻骑五千,必有破敌之效'。勋驳之曰:'鲜卑隔在漠北,犬羊为群,无君长之帅,庐落之居,而天性贪暴,不拘信义,故数犯障塞,且无宁岁。唯至互市,乃来靡服。苟欲中国珍货,非为畏威怀德。计获事足,旋踵为害。是以朝家外而不内,盖为此也。往者匈奴反叛,度辽将军马续、乌桓校尉王元发鲜卑五千余骑,又武威太守赵冲亦率鲜卑征讨叛羌。斩获丑虏,既不足言,而鲜卑越溢,多为不法。裁以军令,则忿戾作乱;制御小缓,则陆掠残害。劫居人,钞商旅,噉人牛羊,略人兵马。得赏既多,不肯去,复欲以物买铁。边将不听,便取缣帛聚欲烧之。边将恐怖,畏其反叛,辞谢抚顺,无敢拒违。今狄寇未殄,而羌为巨害,如或致悔,其可追乎!臣愚以为可募陇西羌胡守善不叛者,简其精勇,多其牢赏。太守李参沈静有谋,必能奖厉得其死力。当思渐消之略,不可仓卒望也。'韩卓复与勋相难反复。于是诏百官大会朝堂,皆从勋议。……"本传另有《追驳尚书陈忠活尹次、史玉议》一篇,并云:"勋凡为驳议三十篇,皆此类也。"

(25)"晋代能议,则傅咸为宗",《晋书·礼志》载有傅咸《议二社表》及《驳成粲议太社》。《晋书·礼志》:"前汉但置官社而无官稷,王莽置官稷,后复省。故汉至魏但太社有稷,而官社无稷,故常二社一稷也。晋初仍魏,无所增损。至太康九年,改建宗庙,而社稷坛与庙俱徙。乃诏曰:'社实一神,其并二社之祀。'于是车骑司马傅咸表曰:'祭法王社太社,各有其义。天子尊事郊庙,故冕而躬耕。躬耕也者,所以重孝享之粢盛。亲耕故自报,自为立社者,为藉田而报者也。国以人为本,人以谷为命,故又为百姓立社而祈报焉。事异报殊,此社之所以有二也。……'时成粲议称景侯论太社不立京都,欲破郑氏学。咸重表以为:'如粲之论,景侯之解文以此坏。《大雅》云"乃立冢土",毛公解曰"冢土,大社也"。景侯解《诗》,即用此说。《禹贡》"惟土五色",景侯解曰"王者取五色土为太社,封四方诸侯,各割其方色土者覆四方也"。如此,太社复为立京都也。不知此论何从而出,而与解乖,上违经记明文,下坏景侯之解。臣虽顽蔽,少长学门,不能默已,谨复续上。'刘寔与咸议同。诏曰：'社实一神，而相袭二位，众议不同，何必改作！其便仍旧，一如魏制。'"

（26）"仲瑗博古"，仲瑗，为应劭字。"博古"，学识渊博，通晓古代各类事务。"诠贯以叙"，诠衡贯通，条理畅达。梅庆生本作"诠贯有叙"。

（27）"长虞识治"，长虞，为傅咸字。"属辞枝繁"，奏议文辞枝蔓繁琐。

（28）陆机《晋书限断议》全文已佚，仅存数句，见《初学记》卷二十一，严可均收入《全晋文》卷九十七："三祖（司马懿、司马师、司马昭）实终为臣，故书为臣之事，不可不为传，此实录之谓也。而名同帝王，故自帝王之籍，不可以不称纪，则追王之义。"李充《翰林论》曰："在朝辨政而议奏出，宜以远大为本。陆机议晋断，亦名其美矣。"《晋书》限断事，《晋书·贾谧传》有记载："先是，朝廷议立《晋书》限断，中书监荀勖谓宜以魏正始起年，著作郎王瓒欲引嘉平已下朝臣尽入晋史，于时依违未有所决。惠帝立，更使议之。谧上议，请从泰始为断。于是事下三府，司徒王戎、司空张华、领军将军王衍、侍中乐广、黄门侍郎嵇绍、国子博士谢衡皆从谧议。骑都尉济北侯荀畯、侍中荀藩、黄门侍郎华混以为宜用正始开元。博士荀熙、刁协谓宜嘉平起年。谧重执奏戎、华之议，事遂施行。"然未言及陆机之议论。"腴辞"，元明各本皆然，黄叔琳本作"谀辞"，非是。

（29）"动先拟议"，《周易·系辞上》："拟之而后言，议之而后动，拟议以成其变化。"韩康伯注："拟议以动，则尽变化之道。"孔颖达《正义》："圣人欲言之时，必拟度之而后言也。……谓欲动之时，必议论之而后动也。……言则先拟也，动则先议也，则能成尽其变化之道也。""明用稽疑"，《尚书·洪范》："次七（九畴之七）曰明用稽疑。"孔安国传："明用卜筮考疑之事。"朱熹《书集传》："稽疑曰明，所以辨惑也。稽，考也，有所疑，则卜筮以考之。"

（30）《礼记·杂记下》："张而不弛，文、武不能也；弛而不张，文、武弗为也。一张一弛，文、武之道也。"

（31）"大体所资"，指驳议体制的基本依据。"枢纽经典"，以经典为主要模式。

（32）"理不谬摇其枝"，论理不可以使任何枝节部分有谬误摇摆。"字不妄舒其藻"，文字不可妄加修饰任意抒发而妨碍顺畅。

（33）"又"，元本、弘治本等作"文"，误，此据王惟俭本、梅庆生本等。首句"戎事必练于兵"，元本、弘治本无"必"字，黄叔琳本谓"必"字"一作要，又作宜"。杨明照《增订文心雕龙校注》："按《御览》引作'宜'。下文之'先'字'务'字，皆异辞相对；上'郊祀必洞于礼'句，已著'必'字，此不应重出，当以'宜'为是。"

（34）"田"，元本、弘治本、梅庆生本作"佃"，此据王惟俭本、黄叔琳本。

（35）"深"，各本皆同。王利器《文心雕龙校证》："'环'原作'深'，今据《御览》改。'环'为彦和习用字。"可参考。

（36）"支离"，《庄子·至乐》成玄英疏："支离，谓支体离析，以明忘形也。"王延寿《鲁灵光殿赋》"支离分赴"，李善注："支离，分散也。"

（37）"游辞"，即"辞游"，《周易·系辞下》："诬善之人其辞游。"孔颖达《正义》："游，谓浮游。诬罔善人，其辞虚漫，故言其辞游也。"

（38）《韩非子·外储说左上》："楚王谓田鸠曰：'墨子者，显学也。其身体则可，其言多而不辩何也？'曰：'昔秦伯嫁其女于晋公子，令晋（《太平御览》引无"令晋"而二字）为之饰装，从衣文之媵七十人，至晋，晋人爱其妾而贱公女，此可谓善嫁妾而未可谓善嫁女也。'"

（39）《韩非子·外储说左上》："楚人有卖其珠于郑者，为木兰之柜，熏以桂椒，缀以珠玉，饰以玫瑰，辑以翡翠，郑人买其椟而还其珠，此可谓善卖椟矣，未可谓善鬻珠也。"

（40）"在"，《太平御览》作"存"，在、存皆通，意义无别。

（41）"对策"，如《汉书·严助传》："严助，会稽吴人，严夫子子也，或言族家子也。郡举贤良，对策百余人，武帝善助对，繇是独擢助为中大夫。"

（42）"射策"，如《汉书·萧望之传》："萧望之字长倩，东海兰陵人也，……望之以射策甲科为郎。"颜师古注："射策者，谓为难问疑义书之于策,量其大小署为甲乙之科,列而置之,不使彰显。有欲射者,随其所取得而释之,以知优劣。射之,言投射也。对策者,显问以政事经义,令各对之,而观其文辞定高下也。""对策"和"射策"的区别是:对策是公开提出问题,由多人来回答;射策是抽选拟好问题来回答。

(43)"射侯",《礼记·射义》:"故天子之大射谓之射侯;射侯者,射为诸侯也。射中则得为诸侯;射不中则不得为诸侯。"郑玄注:"大射,将祭,择士之射也。以为某鹄者,将射,还视侯中之时,意曰此鹄乃为某之鹄,吾中之则成人,不中之则不成人也。"孔颖达《正义》:"故'天子之大射谓之射侯'者,言天子所射之物,'谓之射侯'。言射之中,能服诸侯也。举大射言之,其实宾射、燕射皆谓之'射侯'也。'射中则得为诸侯'者,谓数有庆赐,堪得久为诸侯也。'射不中则不得为诸侯'者,数被责让,不堪久为诸侯也。非为射中封为诸侯,不中不得为诸侯也。"

(44)"造士",被选拔到国学之士人。《礼记·王制》:"升于司徒者不征于乡,升于学者不征于司徒,曰造士。乐正崇四术,立四数,顺先王《诗》《书》《礼》《乐》以造士。"郑玄注:"不征,不给其繇役。造,成也。能习礼,则为成士。乐正,乐官之长,掌国子之教。《虞书》曰:'夔,命汝典乐,教胄子。'崇,高也。高尚其术,以作教也。幼者教之于小学,长者教之于大学。《尚书传》曰:'年十五始入小学,十八入大学。'"又注曰:"顺此四术,而教以成是士也。""选事考言",选择处事能力考察言辞辨说才华。

(45)《汉书·文帝纪》:"(十五年)九月,诏诸侯王公卿郡守举贤良能直言极谏者,上亲策之,傅纳以言。"颜师古注:"傅读曰敷,敷陈其言而纳用之。"

(46)"晁错对策",《汉书·晁错传》:"后诏有司举贤良文学士,错在选中。上亲策诏之,曰:'……故诏有司、诸侯王、三公、九卿及主郡吏,各帅其志,以选贤良明于国家之大体,通于人事之终始,及能直言极谏者,各有人数,将以匡朕之不逮。……'错对曰:'平阳侯臣窋(曹窋,参子也)、汝阴侯臣灶(夏侯婴子也)、颍阴侯臣何(灌婴子)、廷尉臣宜昌、陇西太守臣昆邪(公孙昆邪也)所选贤良太子家令臣错(诏列侯九卿及郡守举贤良,故错为窑等所举)昧死再拜言:"臣窃闻古之贤主莫不求贤以为辅翼,故黄帝得力牧而为五帝先,大禹得咎繇而为三王祖,齐桓得筦子而为五伯长。今陛下讲于大禹及高皇帝之建豪英也,退托于不明,以求贤良,让之至也。臣窃观上世之传,若高皇帝之建功业,陛下之德厚而得贤佐,皆有司之所览,刻于玉版,藏于金匮,历之春秋,纪之后世,为帝者祖宗,与天地相终。今臣窑等乃以臣错充赋,甚不称明诏求贤之意。……"'时贾谊已死,对策者百余人,唯错为高第,繇是迁中大夫。"

(47)"孝武益明",《汉书·儒林传赞》:"自武帝立五经博士,开弟子员,设科射策,劝以官禄,讫于元始,百有余年,传业者寖(渐也)盛,支叶藩(多也)滋(益也),一经说至百余万言,大帅众至千余人,盖禄利之路然也。"《尚书·皋陶谟》:"翕受敷施,九德咸事,俊乂在官。"孔安国传:"翕,合也。能合受三六之德而用之,以布施政教,使九德之人皆用事。谓天子如此,则俊德治能之士并在官。俊乂,马曰:'千人曰俊,百人曰乂。'"孔颖达《正义》:"马、王、郑皆云:才德过千人为俊,百人为乂。"

(48)"对策者,以第一登庸",《玉海》卷六十一引,句下注:"公孙弘"。

(49)"射策者,以甲科入仕",汉代以射策甲科而入仕者甚众。《汉书·萧望之传》:"望之以射策甲科为郎。"《汉书·匡衡传》:"望之以射策甲科为郎。"《汉书·马宫传》:"以射策甲科为郎,迁楚长史。"等等。

(50)"晁氏之对",见卜注(46)。"证验古今",元本、弘治本作"验古今",王惟俭训诂本作"考验古今",此据梅庆生本、黄叔琳本、张松孙本。王利器《文心雕龙校证》:"《玉海》作'验古明今'。案《玉海》是。《奏启》篇云:'酌古御今。'《事类》篇云:'援古证今。'句法正同,今据补正。"王说可以参考。

(51)董仲舒为著名春秋公羊学家,有《天人三策》。《汉书·董仲舒传》："董仲舒，广川人也。少治《春秋》，孝景时为博士。……武帝即位，举贤良文学之士前后百数，而仲舒以贤良对策焉。制曰：'朕获承至尊休（师古曰：休，美也）德，传之亡穷，而施之罔极（师古曰：罔亦无也。极，尽也），任大而守重，是以夙夜不皇（暇）康宁，永（深）惟（思）万事之统（绪），犹惧有阙。故广延四方之豪俊，郡国诸侯公选贤良修絜博习之士，欲闻大道之要，至论之极（中）。今子大夫褒（师古曰：褒，进也，为举贤良之首也）然为举首，朕甚嘉之。子大夫其精心致思，朕垂听而问焉。……子大夫其尽心，靡有所隐，朕将亲览焉。'仲舒对曰：'陛下发德音，下明诏，求天命与情性，皆非愚臣之所能及也。臣谨案《春秋》之中，视前世已行之事，以观天人相与之际，甚可畏也。国家将有失道之败，而天乃先出灾害以谴告之，不知自省，又出怪异以警惧之，尚不知变，而伤败乃至。以此见天心之仁爱人君而欲止其乱也。自非大亡道之世者，天尽欲扶持而全安之，事在强勉而已矣。……臣谨案《春秋》之文，求王道之端，得之于正。正次王，王次春。春者，天之所为也；正者，王之所为也。其意曰，上承天之所为，而下以正其所为，正王道之端云尔。然则王者欲有所为，宜求其端于天。天道之大者在阴阳。阳为德，阴为刑；刑主杀而德主生。是故阳常居大夏，而以生育养长为事；阴常居大冬，而积于空虚不用之处。以此见天之任德不任刑也。天使阳出布施于上而主岁功，使阴入伏于下而时出佐阳；阳不得阴之助，亦不能独成岁。终阳以成岁为名，此天意也。王者承天意以从事，故任德教而不任刑。刑者不可任以治世，犹阴之不可任以成岁也。为政而任刑，不顺于天，故先王莫之肯为也。今废先王德教之官，而独任执法之吏治民，毋乃任刑之意与！'"

（52）"公孙之对"，《史记·平津侯（公孙弘封平津侯）主父列传》："丞相公孙弘者，齐菑川国薛县人也，字季。……建元元年，天子初即位，招贤良文学之士。是时弘年六十，征以贤良为博士。使匈奴，还报，不合上意，上怒，以为不能，弘乃病免归。元光五年，有诏征文学，菑川国复推上公孙弘。弘让谢国人曰：'臣已尝西应命，以不能罢归，愿更推选。'国人固推弘，弘至太常。太常令所征儒士各对策，百余人，弘第居下。策奏，天子擢弘对为第一。召入见，状貌甚丽，拜为博士。"

(53)"情举"，情事义理标举突出。

(54)"杜钦之对"，《汉书·杜钦传》："钦字子夏，少好经书，……（成帝时）后有日蚀地震之变，诏举贤良方正能直言士，合阳侯梁放举钦。钦上对曰：'陛下畏天命，悼变异，延见公卿，举直言之士，将以求天心，迹得失也。臣钦愚戆，经术浅薄，不足以奉大对（对大问）。臣闻日蚀地震，阳微阴盛也。臣者，君之阴也；子者，父之阴也；妻者，夫之阴也；夷狄者，中国之阴也。春秋日蚀三十六，地震五，或夷狄侵中国，或政权在臣下，或妇乘（凌）夫，或臣子背君父，事虽不同，其类一也。臣窃观人事以考变异，则本朝大臣无不自安之人，外戚亲属无乖刺（戾也）之心，关东诸侯无强大之国，三垂（三垂谓东南西）蛮夷无逆理之节；殆（近）为后宫。何以言之？日以戊申蚀，时加未。戊未，土也。土者，中宫之部也。其夜地震未央宫殿中，此必适（正后）妾将有争宠相害而为患者，唯陛下深戒之。……'其夏，上尽召直言之士诣白虎殿对策，策曰：'天地之道何贵？王者之法何如？六经之义何上？人之行何先？取人之术何以（用也）？当世之治何务？各以经（据经义以对）对。'钦对曰：'臣闻天道贵信，地道贵贞（正）；不信不贞，万物不生。生，天地之所贵也。王者承天地之所生，理而成之，昆虫草木靡不得其所。王者法天地，非仁无以广施，非义无以正身；克己就义，恕以及人，六经之所上也。不孝，则事君不忠，莅（临）官不敬，战陈无勇，朋友不信。……臣窃有所忧，言之则拂（违戾）心逆指，不言则渐日长，为祸不细，然小臣不敢废道而求从（顺也），违忠而耦（合也）意。臣闻玩色无厌，必生好憎之心；好憎之心生，则爱宠偏于一人；爱宠偏于一人，则继嗣之路不广，而嫉妒之心兴矣。如此，则匹妇之说，不可胜也。唯陛下纯德普施，无欲是从（纵），此则众庶咸说（悦），继嗣日广，而海内长安。万事之是非何足备言！'""指事"，杜钦于对策中指出天子（汉成帝）宜深戒后宫争宠为患，或暗讽天子好色。"治宣"，针对当前的政治事务而宣示发出。

(55)"鲁丕"之"丕"，元本、弘治本、王惟俭本作"平"，此据梅庆生依朱谋㙔改。谢恒钞本、何焯校本作"丕"。《后汉书·鲁丕传》:"丕字叔陵,性沈深好学,孳孳不倦,……建初元年,肃宗诏举贤良方正,大司农刘宽举丕。时对策者百有余人,唯丕在高第,除为议郎,迁新野令。"袁宏《后汉纪》卷十六载其举贤良方正对策文:"政莫先于从民之所欲,除民之所恶,先教后刑,先近后远。……精诚之所发,无不感浃。吏多不良,在于贱德而贵功,欲速,莫能修长久之道。古者贡士,得其人者有庆,不得其人者有让。是以举者务力行,选举不实,咎在刺史二千石。……吏民凋弊,所从久矣,不求其本,浸以益甚。吏政多欲速,又州官秩卑而任重,竞为小功,以求进取,生凋弊之俗。救弊莫若忠。故孔子曰:'孝慈则忠。'(《论语·为政》)治奸诡之道,必明慎刑罚。孔子曰:导之以礼乐,而民和睦,说以犯难,民忘其死。死且忘之,况使为礼义乎?"

(56)《晋书·何愉传》附《何坦传》:"坦字君平。祖冲,丹杨太守。父侃,大司农。……先是,以兵乱之后,务存慰悦,远方秀孝到,不策试,普皆除署。至是,帝申明旧制,皆令试经,有不中科,刺史、太守免官。太兴三年,秀孝多不敢行,其有到者,并托疾。帝欲除署孝廉,而秀才如前制。坦奏议曰:'……愚以王命无贰,宪制宜信。去年察举,一皆策试。如不能试,可不拘到,遣归不署。又秀才虽以事策,亦泛问经义,苟所未学,实难闇通,不足复曲碎垂例,违旧造异。谓宜因其不会,徐更革制。可申明前下,崇修学校,普延五年,以展讲习,钧法齐训,示人轨则。夫信之与法,为政之纲,施之家室,犹弗可贰,况经国之典而可玩黩乎!'帝纳焉。"

(57)《汉书·五行志中之下》:"(成帝)鸿嘉二年三月,博士行大射礼,有飞雉集于庭,历阶登堂而雊。后雉又集太常、宗正、丞相、御史大夫、大司马车骑将军之府,又集未央宫承明殿屋上。时大司马车骑将军王音、待诏宠等上言:'天地之气,以类相应,谴告人君,甚微而著。雉者听察,先闻雷声,故月令以纪气。经载高宗雊雉之异,以明转祸为福之验。今雉以博士行礼之日大众聚会,飞集于庭,历阶登堂,万众睢睢,惊怪连日。径历三公之府,太常宗正典宗庙骨肉之官,然后入宫。

其宿留告晓人,具备深切,虽人道相戒,何以过是!'后帝使中常侍晁闳诏音曰:'闻捕得雉,毛羽颇摧折,类拘执者,得无人为之?'音复对曰:'……今即位十五年,继嗣不立,日日驾车而出,泆行流闻(言帝行多骄泆,丑恶流布,闻于远方也),海内传之,甚于京师。外有微行之害,内有疾病之忧,皇天数见(显示)灾异,欲人变更,终已不改。天尚不能感动陛下,臣子何望?……'"

(58)《晋书·五行志》:"成帝咸和六年正月丁巳,会州郡秀孝于乐贤堂,有麕见于前,获之。孙盛以为吉祥。夫秀孝,天下之彦士;乐贤堂,所以乐养贤也。自丧乱以后,风教陵夷,秀孝策试,乏四科之实。麕兴于前,或斯故乎?""雉集乎堂""麕兴于前",刘勰已明言均非吉兆。

(59)"三五",《史记·孔子世家》:"今孔丘述三五之法,明周召之业。"《文选》班固《东都赋》:"事勤乎三五。"五臣刘良注:"三五,三皇五帝也。"

(60)"恢恢",《老子》:"天网恢恢,疏而不失。"河上公注:"天所网罗,恢恢甚大。""洋洋",《诗经·卫风·硕人》:"河水洋洋。"毛传:"洋洋,盛大也。"

(61)《文体明辨序说》:"夫策之体,练治为上,工文次之。然人才不同,或练治而寡文,或工文而疏治,故入选者刘勰称为通才。呜呼,可谓难也已矣。"

(62)《左传》襄公二十五年:"仲尼曰:志有之,言以足志,文以足言,不言谁知其志?言之无文,行而不远。"

(63)"畴政",筹措计划政治事务。"课",考核,《说文》:"课,试也。"

(64)"刚",弘治本、梅庆生本、黄叔琳本等作"纲",此据士惟俭训诂本。黄侃《文心雕龙札记》:"此句与下句一意相足,云摛辞无懦,则此'纲'字为'刚'字之讹。《檄移》篇赞'三驱驰刚',彼文本作'网',讹为'纲',又讹为'刚';此则'刚'反讹'纲'矣。"铃木虎雄云:"'纲'疑当作'刚'。"王利器《文心雕龙校证》:"按二氏说是,王惟俭本正作'刚',今据改。"

(65)"同时酌和",周振甫《文心雕龙今译》:"多人同时酌量应和。"詹锳《文心雕龙义证》:"'同时',会同时务,指上文'理密于时务';'酌和',指上文'酌三五以镕世'。"李曰刚《文心雕龙斠诠》:"酌和,谓酌取人和也。酌有择善而取之意。"

(66)"秉",执持。

《书记》篇

大舜云"书用识哉⁽¹⁾",所以记时事也。盖圣贤言辞,总为《尚书》,《尚书》之为体,主言者也⁽²⁾。扬雄曰:"言,心声也;书,心画也。声画形,君子小人见矣⁽³⁾。"故书者,舒也。舒布其言,陈之简牍⁽⁴⁾,取象于夬,贵在明决而已⁽⁵⁾。

三代政暇,文翰颇疏。春秋聘繁,书介弥盛⁽⁶⁾。绕朝赠士会以策⁽⁷⁾,子家与赵宣以书⁽⁸⁾,巫臣之遗子反⁽⁹⁾,子产之谏范宣⁽¹⁰⁾,详观四书,辞若对面。又子叔敬叔进吊书于滕君⁽¹¹⁾,固知行人挈辞,多被翰墨矣。及七国献书,诡丽辐辏⁽¹²⁾;汉来笔札,辞气纷纭⁽¹³⁾。观史迁之《报任安》⁽¹⁴⁾,东方朔之《难公孙》⁽¹⁵⁾,杨恽之《酬会宗》⁽¹⁶⁾,子云之《答刘歆》⁽¹⁷⁾,志气盘桓,各含殊采⁽¹⁸⁾;并杼轴乎尺素,抑扬乎寸心⁽¹⁹⁾。逮后汉书记,则崔瑗尤善⁽²⁰⁾。魏之元瑜,号称翩翩⁽²¹⁾;文举属章,半简必录⁽²²⁾;休琏好事,留意词翰⁽²³⁾,抑其次也。嵇康《绝交》,实志高而文伟矣⁽²⁴⁾;赵至《赠离》,乃少年之激切也⁽²⁵⁾。至如陈遵占辞,百封各意⁽²⁶⁾;祢衡代书,亲疏得宜⁽²⁷⁾,斯又尺牍之偏才也。

详总书体,本在尽言,所以散郁陶,托风采⁽²⁸⁾,故宜条畅以任气,优柔以怿怀。文明从容,亦心声之献酬也⁽²⁹⁾。若夫尊贵差序,则肃以节文。战国以前,君臣同书⁽³⁰⁾,秦汉立仪,始有表奏,王公国内,亦称奏书,张敞奏书于胶后⁽³¹⁾,其义美矣。迄至后汉,稍有名品,公府奏记,而郡将奏笺⁽³²⁾。

记之言志,进己志也。笺者,表也,表识其情也。崔寔奏记于公府[33],则崇让之德音矣;黄香奏笺于江夏[34],亦肃恭之遗式矣。公幹笺记[35],文丽而规益,子桓弗论,故世所共遗,若略名取实,则有美于为诗矣。刘廙谢恩[36],喻切以至,陆机自理[37],情周而巧,笺之善者也[38]。原笺记之为式,既上窥乎表,亦下睨乎书,使敬而不慑,简而无傲[39],清美以惠其才,彪蔚以文其响[40],盖笺记之分也。

夫书记广大,衣被事体,笔札杂名,古今多品。是以总领黎庶,则有谱、籍、簿、录;医历星筮,则有方、术、占、式[41];申宪述兵,则有律、令、法、制;朝市征信,则有符、契、券、疏;百官询事,则有关、刺、解、牒;万民达志,则有状、列、辞、谚。并述理于心,著言于翰,虽艺文之末品,而政事之先务也。

故谓谱者,普也。注序世统,事资周普,郑氏谱《诗》,盖取乎此[42]。籍者,借也。岁借民力,条之于版,《春秋》司籍,即其事也[43]。簿者,圃也,草木区别,文书类聚,张汤李广,为吏所簿,别情伪也[44]。录者,领也。古史《世本》,编以简策,领其名数,故曰录也[45]。

方者,隅也。医药攻病,各有所主,专精一隅,故药术称方[46]。术者,路也。算历极数,见路乃明,《九章》积微,故称为术,淮南《万毕》,皆其类也[47]。占者,觇也。星辰飞伏,伺候乃见,登观书云,故曰占也[48]。式者,则也。阴阳盈虚,五行消息,变虽不常,而稽之有则也[49]。

律者,中也。黄钟调起,五音以正,法律驭民,八刑克平,以律为名,取中正也[50]。令者,命也。出命申禁,有若自天,管仲下令如流水,使民从也[51]。法者,象也,兵谋无方,而奇正有象,故曰法也[52]。制者,裁也。上行于下,如匠之制器也⁽⁵³⁾。

符者,孚也。征召防伪,事资中孚⁽⁵⁴⁾。三代玉瑞,汉世金竹,末代从省,易以书翰矣⁽⁵⁵⁾。契者,结也。上古纯质,结绳执契,今羌胡征数,负贩记缗,其遗风欤⁽⁵⁶⁾!券者,束也。明白约束,以备情伪,字形半分,故周称判书⁽⁵⁷⁾。古有铁券,以坚信誓⁽⁵⁸⁾,王褒《髯奴》,则券之楷也⁽⁵⁹⁾。疏者,布也。布置物类,撮题近意,故小券短书,号为疏也⁽⁶⁰⁾。

关者,闭也。出入由门,关闭当审;庶务在政,通塞应详。韩非云"孙亶回圣相也,而关于州部",盖谓此也⁽⁶¹⁾。刺者,达也。诗人讽刺,《周礼》三刺,事叙相达,若针之通结矣⁽⁶²⁾。解者,释也。解释结滞,征事以对也⁽⁶³⁾。牒者,叶也。短简编牒,如叶在枝,温舒截蒲,即其事也⁽⁶⁴⁾。议政未定,故短牒咨谋。牒之尤密,谓之为签。签者,纤密者也⁽⁶⁵⁾。

状者,貌也。体貌本原,取其事实,先贤表谥,并有行状,状之大者也⁽⁶⁶⁾。列者,陈也。陈列事情,昭然可见也⁽⁶⁷⁾。辞者,舌端之文,通己于人。子产有辞,诸侯所赖,不可已也⁽⁶⁸⁾。谚者,直语也。丧言亦不及文,故吊亦称谚⁽⁶⁹⁾。廛路浅言,有实无华⁽⁷⁰⁾。邹穆公云"囊漏储中⁽⁷¹⁾",皆其类也。《太誓》云:"古人有言,牝鸡无晨⁽⁷²⁾。"《大雅》云:"人亦有言:'惟忧用老⁽⁷³⁾。'"并上古遗谚,《诗》《书》可引者也⁽⁷⁴⁾。至于陈琳谏辞,称"掩目捕省⁽⁷⁵⁾",潘岳哀辞,称"掌珠伉俪⁽⁷⁶⁾",并引俗说而为文辞者也。夫文辞鄙俚,莫过于谚,而圣贤《诗》《书》,采以为谈,况踰于此,岂可忽哉!

观此四条⁽⁷⁷⁾,并书记所总。或事本相通,而文意各异,或全任质素⁽⁷⁸⁾,或杂用文绮,随事立体,贵乎精要;意少一字则义阙,句长一言则辞妨,并有司之实务⁽⁷⁹⁾,而浮藻之所忽也。然才冠鸿笔,多疏尺牍,譬九方堙之识骏足,而不知毛色牝牡也[80]。言既身文,信亦邦瑞[81],翰林之士,思理实焉。

赞曰:文藻条流,托在笔札。既驰金相,亦运木讷[82]。万古声荐,千里应拔[83]。庶务纷纶,因书乃察[84]。

简析:

本篇论书、记两种文体及属于书记的很多品类小文体。书指书牍,记指笺记。笔类文体中除《史传》至《议对》外,刘勰又立《书记》一篇,论述其他各种日用文体,并将之归纳为书、记两大类:"书"的特点是:"舒布其言,陈之简牍。""记"的特点是:"记之言志,进己志也。""书"的最早渊源是记言的《尚书》。夏、商、周三代因"政暇"民安,书作不多,至春秋由于列国聘问出使,书作繁荣。如绕朝赠士会策书,子家告赵宣子书,巫臣谴责子反、子重书,子产谏范宣子书等,都写得犹如当面对话。到汉代更出现了很多名作,如司马迁的《报任安书》、东方朔的《难公孙弘书》、杨恽的《报孙会宗书》、扬雄的《答刘歆书》等,气势旺盛,文采鲜明。东汉魏晋的崔瑗、阮瑀、应璩、嵇康,乃至赵至、陈遵,都以擅长书简闻名。"书"的写作是为了充分表达自己想说的话,散发心中郁闷,寄托自身风采,所以应该条贯通畅地任情展现个性气质,悠闲和谐地敞开胸怀,从容自在地显示完整心灵世界。"记"是陈述自己内心情志的,如崔寔奏记、黄香奏笺、刘桢笺记、陆机笺记等,或表崇德,或示肃恭,或作规劝,或明衷情,既与表奏相近,又与书简类似,故其写作必须恭敬而不畏惧,简要而不傲慢,以清新美德见其聪慧才华,以彪炳茂盛播其深远影响。书记范围宽广,包含有六类二十四品名称不同的小文体,"总领黎庶""医历星筮""申宪述兵""朝市征信""百官询事""万民达志"六类中每一类,均列出四种文体,且对每一种文体的特征,给予了概要的论述。所以《书记》篇,实际是总论文体论前十九篇以外的其他文体的。刘勰对六类二十四种小文体的各自含义和特点,都作了非常简明、扼要、确切的概括,并且指出他们的共同特征是:"述理于心,著言于翰,虽艺文之末品,而政事之先务也。"尽管都是小文体,但是都有其实际功用。

语译：

《尚书》中虞舜说："书是用来记录事情的。"故其作用是记载当时事务。古代圣贤的言语，记载在《尚书》中，《尚书》的体制，是记言的。扬雄说："言，是心里发出的声音；书，是心里想的所写成之文字。声音、文字展现出来，可以显出君子和小人的差别。"所以"书"的意思，就是舒展发布出来。抒发散布言辞，写于竹简木牍之上，取法《周易》夬卦的卦象，贵在明快果断决策事务。

夏、商、周三代政治清明颇多闲暇，所以政务文书比较稀少。到春秋时期各个诸侯之间聘问频繁，于是携带文书出使往返十分兴盛。绕朝赠送策书给士会使其归晋而不敢谋秦，郑国子家派通讯官给晋国赵盾送书信表示十分敬重晋国，巫臣（楚人在晋为官）在晋写书信给子重、子反（楚国大臣）对他们滥杀无辜给予警告，郑国子产寄书信给子西让他转告范宣子不要重贡品（重贿赂）而不重名声。详细观察上述四封书信，好像对面晤谈一样情辞恳切。鲁国的子叔敬叔送吊书给滕国国君，可知当时外交使者奉国君之命向对方转达辞令时，大多是有书面文字的。到战国七雄时代互相敬献书札，奇诡华丽书札会聚如众辐之集于车毂。汉代以来之笔札书记，文辞气势茂盛繁荣兴旺。观看司马迁的《报任安书》，东方朔的《难公孙书》，杨恽的《报会宗书》，扬雄的《答刘歆书》，志气高昂回环激荡，各含不同瑰丽风采，善于把错综复杂、纵横交叉的情思播织于并不太长的书信之中，展示内心起伏荡漾、委婉曲折的感受。及至东汉的书记，以崔瑗之作最为美善。曹魏的阮瑀（字元瑜）擅长书记，以敏捷轻快闻名。孔融（字文举）的书记笔札，虽仅半篇也必定会被收录。应璩（字休琏）喜好讽刺时事，特别留意文词翰墨，实为阮瑀、孔融之亚也。嵇康《与山巨源绝交书》，确实心志高傲文辞奇伟；赵至写给嵇蕃叙述离别的书信，实乃少年气盛言词激切。至于陈遵口授文辞，百余封书信随其不同故旧而各表其意；祢衡代黄祖写的书信，于亲疏差别处理得十分恰当适宜，以上两家均为书简尺牍之奇才。

总括书信之各类文体，其根本宗旨在于尽情表达内心情思，驱散胸中之郁闷，寄意于文采风流，故而适宜条贯通畅任性发挥个性气质，优闲自得阐释内心情怀，文辞明晰从容不迫，（书记）是彼此之间内心声音的呈献与酬答。至于尊贵差别，则需严肃恭敬地按照礼仪来节制。战国以前，君臣上下的酬答同称为书，秦汉建立礼仪制度后，百官上书才开始称为表或奏，而诸王封国之内，也称为奏书。张敞致胶东王母后的谏游猎奏书，含义十分美善。到了东汉，逐渐有了名目和品类。三公之府称为奏记，而郡守将府则称为奏笺（奏牋）。

记是言志的，进献自己心意情志。笺的意思，是表白，用以表白真实情状。崔寔向公府上奏记，是崇敬谦让的美好德音；黄香上江夏郡守奏笺，有严肃恭敬之古代遗风。刘桢（字公幹）的笺记，文辞华丽而具有益规劝，而曹丕（字子桓）在《典论·论文》中却（只赞美其诗）没有论及其笺记，所以被世人所遗忘，假如忽略名誉（是否被曹丕称赞）而取其实绩，则其笺记更美于其诗。刘廙离开刘表投奔曹操路上写给刘表的谢笺，比喻极为确切。陆机为自己受诬申辩的奏笺，情意周密而文辞精巧，他们都是善于写作笺记之佼佼者。笺记原本之体式，上可比拟奏朝廷之表章，下则接近一般朝臣之书札，要严肃恭敬而不畏惧胆怯，简洁而不傲慢，有清新美德以见其聪慧才华，文辞彪炳以扩大其深远影响，这就是笺记的本色体制。

书记的范围十分宽广，包含各种记事体裁；而笔札名称极为繁杂，从古至今品目极多。综合统领黎民百姓的，有谱、籍、簿、录；医术历法星相占卜的，有方、术、占、式；申明宪令阐说兵戎的，有律、令、法、制；朝市商贸验征信用的，有符、契、券、疏；百官公府咨询事务的，有关、刺、解、牒；天下万民表达情志的，有状、列、辞、谚。上述六类二十四品都是述理于内心，以文字见之于翰墨，虽然是文章艺术之末类，却是政治事务的先导。

"谱"的意思，就是普遍。列明世系年代序次的系统，使事情本末得到周全普遍的叙述。郑玄的《诗谱》，就是由此而来的。"籍"的意思，就是借（借助书简以记录政事）。每年借助民众力量耕种公田，条理分明地记载于木版简牍之上,《春秋左传》上说的司籍,就是主持此事的。"簿"的意思,就是"圃"(菜园,播种各类蔬菜记录)。草木需加区别分类,文书亦需同类相聚,如张汤欺诈、李广违命,都有官吏记载于簿书,以辨别其真伪。"录"的意思,就是总领。古代的史书《世本》,以简牍方策编辑,统领记录自黄帝以来帝王公侯卿大夫的世系、谥号,所以称为"录"。

"方"的意思,就是角隅。医药攻治疾病,各有其不同主治功效,某种医药专治某一类疾病精于一隅,故医药技术称为"方"。"术"的意思,就是路径。算术历法都是术数之极致,必须清晰看见其路数方法才明白。《九章算术》积聚了数学的细微妙处,所以称为术。淮南王刘安的《万毕术》,也属于这一类。"占"的意思,就是窥视。星辰的飞动和隐伏,需静候等待方能看见,登上观台将云物变化书写下来,所以称为"占"。"式"的意思,就是规则。阴阳或盈或虚状态,五行相生相克消息,虽然变化无常,然细致考察其中均有规律可循。

"律"的意思,就是中正。乐律从黄钟的音调开始,然后宫、商、角、徵、羽五音声律得到调正,按此理制订法律以统驭万民,则八刑可公正施行,所以用律为名,乃是取其中正平和之意。"令"的意思,就是命令。发出命令申明禁止,犹如上天之命令。管仲说上所下命令如流水渗透平原,比喻万民百姓之顺从也。"法"的意思,就是"象"(仿效天地万象)。兵家谋略变化无方,奇正相生效法万象,各有所用故称兵法。"制"的意思,就是裁制。君王制订典章制度下民奉行实施,如工匠之制作器物。

"符"的意思,就是诚信。征召聘请防止伪诈,依靠符作为取信凭证,如《周易》中孚卦之表诚信。上古三代都以玉石作为取信之物,汉代则以铜虎符、竹使符为信物,到了后代则已省略简化,更改为翰墨书信了。"契"的意思,就是缔结(契书)。上古时代人民淳朴质实,以结绳作为信守的契约。六朝时代羌胡这些少数民族仍然以筹码计数之具,作为货物交易钱数账目的征信,就是上古遗风的体现。"券"的意思,就是约束。明白信守书券约束,以防备诡诈验明真伪,券上的字双方各执一半,故周代称为"判书"。古代还有"铁券",用以坚定信念誓言。王褒《僮奴》(《责髯奴文》,即其《僮约》),乃券之楷模也。"疏"的意思,就是分布。分类布陈各种事物,撮举题目含意贴切,所以短小的券书称为疏也。

"关"的意思,就是关闭(通关文书)。出入都要经由关口,所以关门开门需要谨慎;政务庶事繁杂众多,通行或阻拦应该审查详察。韩非说:"公孙亶回是圣明宰相,而原是州部管通关的小吏。"说的就是关文之事。"刺"的意思,就是晓达。《诗经》作者通过讽刺君主使上下沟通,《周礼》的"三刺"有讯问群臣、群吏、万民之方法,叙述情事互相交流,如针灸之开通经络郁结。"解"的意思,就是解释。解释郁结滞碍,征引事例核对。"牒"的意思,就是树叶(轻便如树叶)。简短的文书编成牒札,有如树叶之在枝干。路温舒截取水泽中蒲草作为简牒来书写,这就是牒书。议论政事没有决定,常用短牒来咨询谋略。牒中之更为细密的,称为"签"。"签"的意思,就是编织细密的文书。

"状"的意思,就是形貌。体现形貌的本来状况,依据事实描绘真情,表彰先辈贤能赐予谥号,且有阐述事迹的行状,这是状文中主要样式。"列"的意思,就是陈列。陈列详细情事,使昭然明白也。"辞"的意思,就是口舌辨说文辞,使自己和对方互相沟通。郑国子产擅长辞令,被诸侯所依赖,是不可缺少的。"谚"的意思,就是直率的话语。古代丧事文辞不加文饰,所以吊唁也称吊谚。市井平民的浅俗语言,常常有实在内容而少华丽文采。邹穆公(春秋邹国国君)说:"袋子漏了米仍在仓库中。"就是这类谚语。《尚书·牧誓》说:"古人曾说:'母鸡没有晨鸣。'"《诗经·大雅》也说:"人们常说:'惟有忧愁使人衰老。'"这些都是上古遗留下来的谚语,《诗经》《尚书》等都可以引用。陈琳向何进进谏称其做法是"掩目捕雀",潘岳哀辞称"掌珠伉俪",都是引用俗语来行文措辞的。文辞之浅陋鄙俗,莫过于谚语,然而圣贤的经典著作如《诗经》《尚书》,却采以为论说材料,其价值或已超越了谚语本身,怎么可以忽略呢?

综观各类四条,都属于书记的总体范围。或者各个四条之间其事理本可相通,而文意各自有所差别,或者全部任其自身素质,或者错杂运用绮丽文采,都要随着表达情事需要确立体式,然都贵在精炼切要;表意缺少一字则义理就有所欠缺,句子若多一言就会使文辞表达有妨碍,这都是有关官员的实际事务,常常被喜欢浮夸辞藻的作者所忽略。然而才能出众的鸿伟文人,往往都疏忽尺牍的写作,如秦穆公时的九方堙善识骏马,而不拘细节不去辨别毛色、雌雄。言辞既是君子本身文采,而诚信亦是国家祥瑞,文苑翰林之士,实在应该深思呀。

总论:文辞藻采条流纷繁,深深寄托笔札园区。既已驰骋金相玉质,木讷近仁又岂能无。书简流传万古声誉,千里应酬简牍传输。政治庶务纷繁复杂,全靠书札审察无虞。

注订:

(1)《尚书·益稷》:"帝曰:'……书用识哉,欲并生哉。'"孔安国传:"书识其非,欲使改悔,与共并生。"孔颖达疏:"行有不是者,又挞其身以记之,书其过以识哉。所以挞之书之者,冀其改悔,欲与并生活哉!""识",记录的意思。

(2)"总为《尚书》,《尚书》之为体",元、明各本皆同,而黄叔琳本改为"总谓之书,书之为体"。前一个"之"字,王利器《文心雕龙校证》:"'之'旧本作'尚',何(焯)校本、黄本改。案《御览》五九五作'尚'。"按:詹锳《文心雕龙义证》:"这几句话的意思是说:书之为体,来源于《尚书》,而《尚书》是以记言为主的书。义本可通,无烦改字。何焯校改之后,意思反而不如以前明确了。"詹说是对的。如果按照何、黄的改字,则是说圣贤言辞总称为书,而书大都并不是圣贤言辞,而是普通人之言辞,而《尚书》则是圣贤言辞,故何、黄之改是错误的。《尚书序》孔颖达疏:"物有本形,形从事著。圣贤阐教,事显于言,言惬群心,书而示法。既书有法,因号曰'书'。……且言者意之声,书者言之记,是故存言以声意,立书以记言,故《易》曰:'书不尽言,言不尽意。'是言者意之筌蹄,书言相生者也。"

(3)扬雄《法言·问神》篇:"弥纶天下之事,记久明远,著古昔之嗋嗋,传千里之忞忞者,莫如书。故言,心声也;书,心画也。声画形,君子小人见矣。"李轨注:"嗋嗋,目所不见;忞忞,心所不了。"又曰:"声发成言,画纸成书,书有文质,言有史野。二者之来,皆由于心。"又曰:"察言观书,断可识也。""嗋嗋",《昭明文选》陆机《文赋》李善注引《法言》作"昏昏"。

(4)《尚书序》孔颖达疏:"书者,舒也。《书》纬《璇玑铃》云:'书者,如也。'则书者写其言,如其意,情得展舒也。"《昭明文选·春秋左氏传序》:"大事书之于策,小事简牍而已。"五臣吕向注:"大竹曰策,小竹曰简,木板为牍。"

(5)《周易·夬卦》:"彖曰:夬,决也。"《周易·系辞》:"上古结绳而治,后世圣人易之以书契,百官以治,万民以察,盖取诸夬。"韩康伯注:"夬,决也。书契所以决断万事也。"

(6)"聘繁",书使来往频繁。《左传》襄公八年:"(晋国)知武子使行人知员对之(郑国王子伯骈)曰:'君有楚命,亦不使一个行李告于寡君(晋侯),而即安于楚。'"杜预注:"一个,独使也。行李,行人也。"此行李、行人均为书使。

(7)"绕朝赠士会以策",绕朝,秦大夫。士会,晋大夫。《左传》文公十三年:"晋人患秦之用士会(原为晋国太傅,时流落秦国)也,……乃使魏寿余伪以魏叛者,以诱士会。执其帑(妻儿)于晋,使夜逸。请自归于秦,秦伯许之。履士会之足于朝,秦伯师于河西,魏人在东,寿余曰:'请东人之能与夫二三有司言者,吾与之先。'使士会。士会辞曰:'晋人,虎狼也。若背其言,臣死、妻子为戮,无益于君,不可悔也。'秦伯曰:'若背其言,所不归尔帑者,有如河!'乃行。绕朝(秦大夫)赠之以策,曰:'子无谓秦无人,吾谋(欲制止士会归晋,秦伯不听)适不用也。'既济,魏人噪而还。秦人归其帑。""策",服虔以为"策书",杜预认为是马鞭。刘勰此处取服虔说。杜预注:"策,马挝。临别授之马挝,并示己所策以展情。"孔颖达《正义》:"服虔云:'绕朝以策书赠士会。'杜不然者,寿余请讫,士会即行,不暇书策为辞,且事既密,不宜以简赠人。传称'以书相与',皆云'与书',此独不宜云'赠之以策',知是马梲。梲,杖也。"

（8）"子家与赵宣以书",子家,郑国大臣。赵盾,赵宣子,晋国卿大夫。《春秋经》文公十七年:"诸侯会于扈。"《左传》:"晋侯搜于黄父,遂复合诸侯于扈,平宋也。公不与会,齐难故也。书曰'诸侯',无功也。于是晋侯不见郑伯,以为贰于楚也。郑子家使执讯（沟通询问之官）而与之书,以告赵宣子（赵盾）,曰:'寡君即位三年,召蔡侯而与之事君。九月,蔡侯入于敝邑以行。敝邑以侯宣多之难,寡君是以不得与蔡侯偕。十一月,克减侯宣多,而随蔡侯以朝于执事。十二年六月,归生佐寡君之嫡夷,以请陈侯于楚而朝诸君。十四年七月,寡君又朝以蒇陈事。十五年五月,陈侯自敝邑往朝于君。往年正月,烛之武往朝夷也。八月,寡君又往朝。以陈、蔡之密迩于楚,而不敢贰焉,则敝邑之故也。虽敝邑之事君,何以不免？在位之中,一朝于襄,而再见于君。夷与孤之二三臣相及于绛。虽我小国,则蔑以过之矣。今大国曰:"尔未逞吾志。"敝邑有亡,无以加焉。……'"

（9）"巫臣之遗子反",巫臣,原楚国大夫,后辅佐晋景公。子反,楚国司马。《左传》成公七年:"楚围宋之役,师还,子重请取于申、吕以为赏田。王许之。申公巫臣曰:'不可。此申、吕所以邑也,是以为赋,以御北方。若取之,是无申、吕也,晋、郑必至于汉。'王乃止。子重是以怨巫臣。子反欲取夏姬,巫臣止之,遂取以行,子反亦怨之。及（楚）共王即位,子重、子反杀巫臣之族子阎、子荡及清尹弗忌及襄老之子黑要,而分其室。子重取子阎之室,使沈尹与王子罢分子荡之室,子反取黑要与清尹之室。巫臣自晋遗二子（子重、子反）书,曰:'尔以谗慝贪婪事君,而多杀不辜,余必使尔罢于奔命以死。'""遗",遣送。宋刊本《太平御览》卷五九五引作"责",亦通。

（10）"子产之谏范宣",子产,郑国卿大夫。范宣子,士匄,晋国大臣。《左传》襄公二十四年:"范宣子为政,诸侯之币重,郑人病之。二月,郑伯如晋,子产寓书于子西,以告宣子,曰:'子为晋国,四邻诸侯不闻令德,而闻重币,侨也惑之。侨闻君子长国家者,非无贿之患,而无令名之难。夫诸侯之贿聚于公室,则诸侯贰。若吾子赖之,则晋国贰。诸侯贰,则晋国坏;晋国贰,则子之家坏,何没没也?将焉用贿?夫令名,德之舆也;德,国家之基也。有基无坏,无亦是务乎!……象有齿以焚其身,贿也。'宣子说,乃轻币。"

(11)范文澜《文心雕龙注》据《礼记》云:"此文'子服敬叔'应改为'子叔敬叔'。"王利器同范说,今据改。此谓进吊书,当是子叔敬叔。《礼记·檀弓》下:"滕成公之丧(鲁昭公三年),(鲁)使子叔敬叔吊,进书,子服惠伯为介。"郑玄注:"子叔敬叔,鲁宣公弟叔肸之曾孙叔弓也。进书,奉君吊书。"又曰:"(子服)惠伯,庆父玄孙之子,名椒。介,副也。"《左传》昭公三年:"五月,叔弓如滕,葬滕原公,子服椒为介。"

(12)"七国献书",黄侃《文心雕龙札记》:"七国献书,今可见者,若乐毅《报燕惠王书》、鲁连《遗燕将书》、荀卿《与春申君书》、李斯《谏逐客书》、张仪《与楚相书》皆是。""辐辏",车轮之众辐汇聚于车轴。

(13)刘永济《文心雕龙校释》:"鲍本《御览》五九五'气'作'旨',是。"杨明照《增订文心雕龙校注》:"汉来笔札,原非一家,内容自为复杂,当以作'旨'为是。"詹锳《文心雕龙义证》:"按'辞气'亦可通。《议对》篇:'辞气质素。'"

(14)"史迁之《报任安》",指司马迁《报任少卿书》。《汉书·司马迁传》:"迁既被刑(李陵之祸)之后,为中书令,尊宠任职。故人益州刺史任安予迁书,责以古贤臣之义。迁报之曰:'少卿足下:曩者辱赐书,教以慎于接物,推贤进士为务,意气勤勤恳恳,若望(怨也)仆不相师用,而流俗人之言(谓随俗人之言,而流移其志)。仆非敢如是也。虽罢(疲)驽,亦尝侧闻长者遗风矣。顾(思念也)自以为身残处秽,动而见尤,欲益反损,是以抑郁而无谁语。……古者富贵而名摩灭,不可胜记,唯俶傥非常之人称焉。盖西伯拘而演《周易》;仲尼厄而作《春秋》;屈原放逐,乃赋《离骚》;左丘失明,厥有《国语》;孙子髌脚,《兵法》修列;不韦迁蜀,世传《吕览》;韩非囚秦,《说难》《孤愤》。《诗》三百篇,大氐贤圣发愤之所为作也。此人皆意有所郁结,不得通其道,故述往事,思来者。及如左丘明无目,孙子断足,终不可用,退论书策以舒其愤,思垂空文以自见。仆窃不逊,近自托于无能之辞,网罗天下放失旧闻,考之行事,稽(计)其成败兴坏之理,凡百三十篇,亦欲以究天人之际,通古今之变,成一家之言。草创未就,适会此祸,惜其不成,是以就极刑而无愠色。仆诚已著此书,藏之名山,传之其人通邑大都,则仆偿前辱之责,虽万被戮,岂有悔哉!然此可为智者道,难为俗人言也。……'"《汉书·霍去病传》颜师古注:"(任)安,荥阳人,后为益州刺史,即遗司马迁书者。"

(15)"东方朔之《难公孙》",《太平御览》引无"朔"字,"难"作"谒"。何焯校删"朔"字。东方朔之《难公孙弘书》或已佚。范文澜《文心雕龙注》:"《难公孙书》佚。《全汉文》二十五自《初学记》十八、《御览》四百十辑得东方朔《与公孙弘借车书》:'盖闻爵禄不相责以礼,同类之游,不以远近为叙。是以东门先生居蓬户空穴之中,而魏公子一朝以百骑尊宠之;吕望未尝与文王同席而坐,一朝让以天下半。大丈夫相知,何必抚尘而游,垂发齐年,偃伏以日数哉?'李详《黄注补正》云:'玩其辞气,似与公孙弘不协,疑即此书矣。'案《艺文类聚》九十六载弘《答东方书》佚文曰:'譬犹龙之未升,与鱼鳖为伍;及其升天,鳞不可觌。'或此即弘答朔之难书欤?"

(16)"杨恽之《酬会宗》",《汉书·杨恽传》:"恽,字子幼,以忠任为郎,补常侍骑。恽母,司马迁女也。恽始读外祖《太史公记》,颇为《春秋》。以材能称。好交英俊诸儒,名显朝廷,擢为左曹。……恽宰相子,少显朝廷,一朝以晻(师古曰:晻与暗同)昧语言见废,内怀不服,报(孙)会宗书曰:'恽材朽行秽,文质无所底(师古曰:底,致也),幸赖先人余业得备宿卫,遭遇时变以获爵位,终非其任,卒(师古曰:卒亦终也)与祸会。足下哀其愚,蒙(师古曰:蒙,蔽)赐书,教督(师古曰:督,视也)以所不及,殷勤甚厚。然窃恨足下不深惟(思也)其终始,而猥(师古曰:猥,曲也)随俗之毁誉也。言鄙陋之愚心,若逆指而文过(师古曰:逆足下之意指,而自文饰其过),默而息乎,恐违孔氏"各言尔志"之义,故敢略陈其愚,唯君子察焉!……恽幸有余禄,方籴贱贩贵,逐什一之利,此贾竖之事,污辱之处,恽亲行之。下流之人,众毁所归,不寒而栗(师古曰:栗,竦缩也)。虽雅知恽者,犹随风而靡(师古曰:言逐众议,皆相毁也),尚何称誉之有!董生(董仲舒)不云乎?"明明求仁义,常恐不能化民者,卿大夫意也;明明求财利,常恐困乏者,庶人之事也。"故"道不同,不相为谋"。今子尚安得以卿大夫之制而责仆哉!……'"

(17)扬雄《答刘歆书》是对刘歆《与雄书从取〈方言〉》的回答,见《古文苑》卷十。其云:"……少而不以行立于乡里,长而不以功显于县官,著训于帝籍,但言词博览翰墨为事。诚欲崇而就之,不可以遣,不可以息,即君必欲胁之以威,凌之以武,欲令人之于此,此又未定,未可以见。今君又终之,则缢死以从命也。而可且宽假延期,必不敢有爱。雄之所为,得使君辅贡于明朝,则雄无恨,何敢有匿,唯执事图之,长监于规緵之就,死以为小。雄敢行之。谨因还使,雄叩头叩头。"

(18)"志气盘桓",心志气魄高昂、回环激荡。

(19)"杼轴乎尺素,抑扬乎寸心",思绪展布于尺幅绢素,抑扬回旋于方圆寸心。陆机《文赋》:"函绵邈于尺素,吐滂沛乎寸心。"

(20)《后汉书·崔瑗传》:"(崔骃中子)瑗字子玉,早孤,锐志好学,尽能传其父业。……瑗高于文辞,尤善为书、记、箴、铭,所著赋、碑、铭、箴、颂、《七苏》《南阳文学官志》《叹辞》《移社文》《悔祈》《草书势》七言,凡五十七篇。"《艺文类聚》卷三十一收其《与葛元甫书》残文:"今遣奉书,钱千谓赞。并颂《许子》十卷。贫不及素,但以纸耳。"余无可考。

(21)曹丕《与吴质书》:"元瑜书记翩翩,致足乐也。"《典论·论文》:"(陈)琳、(阮)瑀之章表、书记,今之隽也。"《三国志·魏书·王粲传》:"(阮)瑀少受学于蔡邕。建安中都护曹洪欲使掌书记,瑀终不为屈。太祖并以琳、瑀为司空军谋祭酒,管记室,军国书檄,多琳、瑀所作也。琳徙门下督,瑀为仓曹掾属。"裴松之注:"《典略》载太祖初征荆州,使瑀作书与刘备,及征马超,又使瑀作书与韩遂,此二书今具存。'"《典略》曰:'……太祖尝使瑀作书与韩遂,时太祖适近出,瑀随从,因于马上具草,书成呈之。太祖揽笔欲有所定,而竟不能增损。'""翩翩",敏捷轻快貌。

(22)《后汉书·孔融传》:"初,曹操攻屠邺城,袁氏妇子多见侵略,而操子丕私纳袁熙妻甄氏。融乃与操书,称'武王伐纣,以妲己赐周公'。操不悟,后问出何经典。对曰:'以今度之,想当然耳。'后操讨乌桓,又嘲之曰:'大将军远征,萧条海外。昔肃慎不贡楛矢,丁零盗苏武牛羊,可并案也。'"按:此即为"半简必录"也。又传载:"时年饥兵兴,操表制酒禁,融频书争之,多侮慢之辞。"章怀太子注有载孔融《难曹公表制酒禁书》:"融集与操书云:'酒之为德久矣。古先哲王,类帝禋宗,和神定人,以济万国,非酒莫以也。故天垂酒星之耀,地列酒泉之郡,人著旨酒之德。尧不千钟,无以建太平。孔非百觚,无以堪上圣。樊哙解厄鸿门,非豕肩钟酒,无以奋其怒。赵之厮养,东迎其王,非引卮酒,无以激其气。高祖非醉斩白蛇,无以畅其灵。景帝非醉幸唐姬,无以开中兴。袁盎非醇醪之力,无以脱其命。定国不酣饮一斛,无以决其法。故郦生以高阳酒徒,著功于汉;屈原不铺醩歠醨,取困于楚。由是观之,酒何负于政哉?'又书曰:'昨承训答,陈二代之祸,及众人之败,以酒亡者,实如来诲。虽然,徐偃王行仁义而亡,今令不绝仁义;燕哙以让失社稷,今令不禁谦退;鲁因儒而损,今令不弃文学;夏、商亦以妇人失天下,今令不断婚姻。而将酒独急者,疑但惜谷耳,非以亡王为戒也。'"又,《孔融传》:"魏文帝深好融文辞,每叹曰:'杨、班俦也。'募天下有上融文章者,辄赏以金帛。所著诗、颂、碑文、论议、六言、策文、表、檄、教令、书记凡二十五篇。"

(23)《昭明文选》载应璩《与满公琰书》《与侍郎曹长思书》《与广川长岑文瑜书》《与从弟君苗君胄书》等。严可均《全三国文》收其书信有三十余封。《三国志·魏书·王粲传》:"(应)玚弟璩,璩子贞,咸以文章显。璩官至侍中。贞咸熙中参相国军事。"裴松之注:"《文章叙录》曰:'璩字休琏,博学好属文,善为书记。文、明帝世,历官散骑常侍。齐王即位,稍迁侍中、大将军长史。曹爽秉政,多违法度,璩为诗以讽焉。其言虽颇谐合,多切时要,世共传之。'"《隋书·经籍志》:"《应璩书林》八卷,夏赤松撰。"当是六朝人编辑成书。

(24)《三国志·魏书·王粲传》:"时又有谯郡嵇康,文辞壮丽,好言老、庄,而尚奇任侠。至景元中,坐事诛。"裴松之注:"康字叔夜。……(兄)喜为康传曰:'家世儒学,少有俊才,旷迈不群,高亮任性,不修名誉,宽简有大量。学不师授,博洽多闻,长而好老、庄之业,恬静无欲。性好服食,尝采御上药。善属文论,弹琴咏诗,自足于怀抱之中。以为神仙者,禀之自然,非积学所致。至于导养得理,以尽性命,若安期、彭祖之伦,可以善求而得也;著《养生篇》。……'《魏氏春秋》曰:'康寓居河内之山阳县,与之游者,未尝见其喜愠之色。与陈留阮籍、河内山涛、河南向秀、籍兄子咸、琅邪王戎、沛人刘伶相与友善,游于竹林,号为七贤。……及山涛为选曹郎,举康自代,康答书拒绝,因自说不堪流俗,而非薄汤、武。'"臣松之案……山涛为选官,欲举康自代,康书告绝,事之明审者也。"按:此即《与山巨源绝交书》。其云:"康白:足下昔称吾于颍川,吾常谓之知言。然经怪此意,尚未熟悉于足下,何从便得之也?前年从河东还,显宗阿都说足下议以吾自代,事虽不行,知足下故不知之。足下傍通,多可而少怪,吾直性狭中,多所不堪,偶与足下相知耳。间闻足下迁,惕然不喜,恐足下羞庖人之独割,引尸祝以自助,手荐鸾刀,漫之膻腥,故具为足下陈其可否。……夫人之相知,贵识其天性,因而济之。禹不偪伯成子高,全其节也;仲尼不假盖于子夏,护其短也;近诸葛孔明不偪元直以入蜀;华子鱼不强幼安以卿相。此可谓能相终始,真相知者也。足下见直木必不可以为轮,曲者不可以为桷,盖不欲以枉其天才,令得其所也。故四民有业,各以得志为乐,唯达者为能通之,此足下度内耳。不可自见好章甫,强越人以文冕也;已嗜臭腐,养鸳雏以死鼠也。吾顷学养生之术,方外荣华,去滋味,游心于寂寞,以无为为贵。纵无九患,尚不顾足下所好者,又有心闷疾,顷转增笃,私意自试,不能堪其所不乐。自卜已审,若道尽途穷则已耳。足下无事冤之,令转于沟壑也。……足下旧知吾潦倒粗疏,不切事情,自惟亦皆不如今日之贤能也。若以俗人皆喜荣华，独能离之，以此为快，此最近之，可得言耳。然使长才广度，无所不淹，而能不营，乃可贵耳。若吾多病困，欲离事自全，以保余年，此真所乏耳，岂可见黄门而称贞哉！若趣欲共登王途，期于相致，时为欢益，一旦迫之，必发其狂疾，自非重怨，不至于此也。野人有快炙背而美芹子者，欲献之至尊，虽有区区之意，亦已疏矣，愿足下勿似之。其意如此，既以解足下，并以为别。嵇康白。"于光华《文选集评》引何义门曰："意谓不肯仕耳。然全是愤激，并非恬淡，宜为司马昭所疾也。龙性难驯，与阮公作用自别。"嵇康羡慕伯成子高等贤人体现了高尚心志壮伟气魄。

（25）"赵至赠离"，"赠"，《晋书》作"叙"。《晋书·赵至传》："赵至字景真，代郡人也。……初，至与（嵇）康兄子蕃友善，及将远适，乃与蕃书叙离，并陈其志曰：'昔李叟入秦，及关而叹；梁生适越，登岳长谣。夫以嘉遁之举，犹怀恋恨，况乎不得已者哉！惟别之后，离群独逝，背荣燕，辞伦好，经迥路，造沙漠。鸡鸣戒旦，则飘尔晨征；日薄西山，则马首靡托。寻历曲阻，则沈思纡结；登高远眺，则山川攸隔。或乃回风狂厉，白日寝光，徙倚交错，陵隰相望，徘徊九皋之内，慷慨重阜之巅，进无所由，退无所据，涉泽求蹊，披榛觅路，啸咏沟渠，良不可度。斯亦行路之艰难，然非吾心之所惧也。……顾景中原，愤气云踊，哀物悼世，激情风厉。龙啸大野，兽睇六合，猛志纷纭，雄心四据。思蹑云梯，横奋八极，披艰扫秽，荡海夷岳，蹴昆仑使西倒，踢太山令东覆，平涤九区，恢维宇宙，斯吾之鄙愿也。时不我与，垂翼远逝，锋距靡加，六翮摧屈，自非知命，孰能不愤悒者哉！……去矣嵇生，远离隔矣！茕茕飘寄，临沙漠矣！悠悠三千，路难涉矣！携手之期，邈无日矣！思心弥结，谁云释矣！无金玉尔音而有遐心。身虽胡越，意存断金。各敬尔仪，敦履璞沈，繁华流荡，君子弗钦。临纸意结，知复何云。'"干宝《晋纪》以为此系吕安与嵇康书，非。

（26）"陈遵占辞"，指陈遵口授文辞。《汉书·陈遵传》："陈遵字孟公，杜陵人也。……王莽素奇遵材，在位多称誉者，繇是起为河南太守。既至官，当遣从史西，召善书吏十人于前，治私书谢京师故人。遵冯(凭)几,口占书吏(占,隐度也。口隐其辞以授吏也),且省官事,书数百封,亲疏各有意,河南大惊。"

(27)祢衡之书信作品今已佚。《后汉书·祢衡传》:"祢衡字正平,平原般人也。少有才辩,而尚气刚傲,好矫时慢物。……刘表及荆州士大夫先服其才名,甚宾礼之,文章言议,非衡不定。表尝与诸文人共草章奏,并极其才思。时衡出,还见之,开省未周,因毁以抵(掷)地。表怃然(怪之)为骇。衡乃从求笔札,须臾立成,辞义可观。表大悦,益重之。后复侮慢于表,表耻不能容,以江夏太守黄祖性急,故送衡与之,祖亦善待焉。衡为作书记,轻重疏密,各得体宜。祖持其手曰:'处士,此正得祖意,如祖腹中之所欲言也。'"《昭明文选》李善注有两处引用祢衡书句,如潘岳《河阳县作》:"徒恨良时泰,小人道遂消。"注:"祢衡书曰:衡以良时散而复合。"颜延之《陶征士诔》:"若乃巢高之抗行,夷皓之峻节。"注:"祢衡书曰:训夷、皓之风。"

(28)"详总书体"之"总",《太平御览》作"诸"。"所以散郁陶",原作"言以散郁陶",《太平御览》引"言"作"所",当以"所"为是,"言"涉上句而误。"散郁陶",散去郁结不畅心情。此"郁陶"与《尚书·五子之歌》"郁陶乎予心"之"郁陶"义同。《尚书》孔安国传:"郁陶,言哀思也。"陆德明《经典释文》:"郁陶,忧思也。"孔颖达《正义》:"郁陶,精神愤结积聚之意,故为哀思也。"

(29)《昭明文选》班固《东都赋》:"献酬交错。"五臣张铣注:"献酬之义,相酬也。"

(30)"君臣同书",如燕惠王之谢书及乐毅之《报遗燕惠王书》(见《史记·乐毅列传》)。

(31)"张敞奏书于胶后",《汉书·张敞传》:"张敞字子高,本河东平阳人也。……久之,勃海、胶东盗贼并起,敞上书自请治之,……书奏,天子征敞,拜胶东相,赐黄金三十斤。……居顷之,王太后数出游猎,敞奏书谏曰:'臣闻秦王好淫声,叶阳后(秦昭王后)为不听郑卫之乐;楚严好田猎,樊姬(楚庄王姬)为不食鸟兽之肉。口非恶旨甘,耳非憎丝竹也,所以抑心意,绝耆(嗜)欲者,将以率二君而全宗祀也。

礼,君母出门则乘辎軿(衣车),下堂则从傅母,进退则鸣玉佩,内饰则结绸缪(谓衣衷结束绸缪也)。此言尊贵所以自敛制,不从(纵)恣之义也。今太后资质淑美,慈爱宽仁,诸侯莫不闻,而少以田猎纵欲为名,于以上闻(闻于天子),亦未宜也。唯观览于往古,全行乎来今,令后姬得有所法则,下臣有所称诵,臣敞幸甚!'书奏,太后止不复出。"

(32)"公府",指三公之府。秦汉的三公指丞相、太尉、御史大夫,西汉末改为大司徒、大司马、大司空,均为朝廷最高官吏。如《后汉书·梁统传》:"永元九年,窦太后崩,(梁)松子扈遣从兄禧(古禅字)奏记三府,以为汉家旧典,崇贵母氏,而梁贵人亲育圣躬,不蒙尊号,求得申议。……先是(郝)絜等连名奏记三府,荐海内高士,而不诣(梁)冀。""奏笺",元明清各本皆同,杨明照《增订文心雕龙校注》:"'奏笺',宋本、钞本、喜多本《御览》引作'奉笺'。按公府曰'奏记',郡将曰'奉笺',正示其名品之异。《御览》所引是也。……《三国志·魏书·崔林传》:'……吴中郎将王所亲重,国之贵臣也,杖节统事州郡,莫不奉笺致敬。'《宋书·孔觊传》'转署(衡阳王义季)记室,奉笺固辞'。是'郡将奉笺',魏宋之世犹然。"杨说可参考。以上说明记和笺的不同,一则是上书衙门有所不同,而名称有别;二则是内容差别,作用相异。

(33)"崔寔奏记于公府",崔寔奏记事无考,《后汉书·崔寔传》:"寔字子真,一名台,字元始。少沈静,好典籍。……所著碑、论、箴、铭、答、七言、祠、文、表、记、书凡十五篇。"是崔寔确有奏记之作,今佚。

(34)黄香奏笺于江夏亦无考。《后汉书·黄香传》:"黄香字文强,江夏安陆人也。年九岁,失母,思慕憔悴,殆不免丧,乡人称其至孝。……所著赋、笺、奏、书、令凡五篇。"是黄香亦有奏笺。

(35)曹丕《与吴质书》:"公幹五言诗,妙绝当时。"《典论·论文》:"刘桢壮而不密。"皆言其诗。《三国志·魏书·邢颙传》:"庶子刘桢书谏植曰:'家丞邢颙,北土之彦,少秉高节,玄静澹泊,言少理多,真雅士也。桢诚不足同贯斯人,并列左右。而桢礼遇殊特,颙反疏简,私惧观者将谓君侯习近不肖,礼贤不足,采庶子之春华,忘家丞之秋实。为上招谤,其罪不小,以此反侧。'"《三国志·魏书·王粲传》:"(刘)桢以不敬被刑,刑竟署吏。"裴松之注:"《典略》曰:文帝尝赐桢廓落带,其后师死,欲借取以为像,因书嘲桢云:'夫物因人为贵。故在贱者之手,不御至尊之侧。今虽取之,勿嫌其不反也。'桢答曰:'桢闻荆山之璞,曜元后之宝;随侯之珠,烛众士之好;南垠之金,登窈窕之首;靃貂之尾,缀侍臣之帻:此四宝者,伏朽石之下,潜污泥之中,而扬光千载之上,发彩畴昔之外,亦皆未能初自接于至尊也。夫尊者所服,卑者所修也;贵者所御,贱者所先也。故夏屋初成而大匠先立其下,嘉禾始熟而农夫先尝其粒。恨桢所带,无他妙饰,若实殊异,尚可纳也。'桢辞旨巧妙皆如是,由是特为诸公子所亲爱。"此可见刘桢奏笺之大略。

(36)"刘廙谢恩",梅庆生注谓系谢太祖曹操赦其弟之谢书,误,此书为上曹操疏,非笺也。《三国志·魏书·刘廙传》:"刘廙字恭嗣,南阳安众人也。……廙兄望之,有名于世,荆州牧刘表辟为从事。而其友二人,皆以谗毁,为表所诛。望之……寻复见害。廙惧,奔扬州,遂归太祖。太祖辟为丞相掾属,转五官将文学。"裴松之注:"廙别传载廙道路为笺谢刘表曰:'考匄过蒙分遇荣授之显,未有管、狐、桓、文之烈,孤德陨命,精诚不遂。兄望之见礼在昔,既无堂构昭前之绩,中规不密,用坠祸辟。斯乃明神弗佑,天降之灾。悔吝之负,哀号靡及。廙之愚浅,言行多违,惧有浸润三至之闲。考匄之爱已衰,望之之责犹存,必伤天慈既往之分,门户殄灭,取笑明哲。是用进窜,永涉川路,即日到庐江寻阳。昔钟仪有南音之操,椒举有班荆之思,虽远犹迩,敢忘前施?'"其末谓"昔钟仪有南音之操,椒举有班荆之思",当是确切之比喻,故谓"喻切以至",至,当也。

(37)《晋书·陆机传》:"陆机字士衡,吴郡人也。祖逊,吴丞相。父抗,吴大司马。……至太康末,与弟云俱入洛,造太常张华。华素重其名,如旧相识,曰:'伐吴之役,利获二俊。'……吴王晏出镇淮南,以机为郎中令,迁尚书中兵郎,转殿中郎。赵王伦辅政,引为相国参军。豫诛贾谧功,赐爵关中侯。伦将篡位,以为中书郎。伦之诛也,齐王冏以机职在中书,《九锡文》及禅诏疑机与焉,遂收机等九人付廷尉。赖成都王颖、吴王晏并救理之,得减死徙边,遇赦而止。"故陆机有《谢成都王笺》等作,"自理"与此"救理"相对,陆机《与吴王表》:"臣职在中书,诏命所出。臣本以笔札见知。"又曰:"禅文本草,见在中书,一字一迹,自可分别。"系陆机对自己被怀疑而受诬告有所申辩。《谢成都王笺》全文不存,《昭明文选》《齐故安陆昭王碑文》:"惠露沾吴,仁风扇越。"李善注:"陆机《谢成都王笺》曰:'庆云惠露,止于落叶。'"当亦系"自理"之作。

(38)"善"上,原有"为"字,杨明照《增订文心雕龙校注》:"'为',《御览》引无。"当删。

(39)《尚书·舜典》:"刚而无虐,简而无傲。"孔颖达《正义》:"简易之失,入于傲慢,故令简而无傲。"黄侃《文心雕龙札记》:"谓敬而不慑,所以殊于表;简而无傲,所以殊于书。"范文澜《文心雕龙注》:"表有诚惶诚恐,死罪死罪之语。上文云:书体在尽言,宜条畅以任气,则有类乎傲也。"

(40)"彪蔚以文其向",元本、弘治本作"彪蔚其文向","文"下有墨框,此据王惟俭、梅庆生本。

(41)王利器《文心雕龙校证》:"'式'原作'试',冯(允中)校云:'试当作式。'何(焯)校云:'试一作式。'顾(广圻)校作'式'。案冯、顾校是。王惟俭本正作'式',下文亦作'式',今据改。"

(42)"谱者"上,原有"故谓"二字,王利器《文心雕龙校证》:"徐(燉)校删'故谓'二字,梅(庆生)六次本剜去'故谓'二字。""注序世统",注明帝王公侯世系年代次序。《释名·释典艺》:"统,绪也。主绪人世类相继如统绪也。"郑玄为《诗经》所作的《诗谱》实际是《诗经》的年表。《诗谱序》:"诗之兴也,谅不于上皇之世。《虞书》曰:'诗言志,歌咏言,声依永,律和声。'然则诗之道放于此乎!……夷、厉以上,岁数不明,太史《年表》自共和始。历宣、幽、平王而得《春秋》次第,以立斯谱。欲知源流清浊之所处,则循其上下而省之;欲知风化芳臭气泽之所及,则傍行而观之,此诗之大纲也。"孔颖达《正义》:"郑于三《礼》《论语》,为之作序,此谱亦序之类。避子夏序名,以其列诸侯世及《诗》之次,故名谱也。……谱者,普也。注序世数,事得周普,故《史记》谓之谱牒是也。"

(43)《说文》:"籍,簿书也。"《尚书序》:"由是文籍生焉。"孔颖达疏:"籍者,借也。借此简书以记录政事,故曰籍。"《礼记·王制》:"古者,公田,藉而不税,……用民之力,岁不过三日。"郑玄注:"藉之言借也,借民力治公田,美恶取于此,不税民之所自治也。"孔颖达《正义》:"谓使民治城郭道渠,年岁虽丰,不得过三日,自下皆然。"

(44)"簿",是"圃"的音近词,"圃",菜园,此指播种各类蔬菜的记录。"张汤李广",汉武帝怀疑张汤"怀诈面欺",遣使责问张汤,《史记·酷吏列传·张汤传》:"张汤者,杜人也。……(朱)买臣楚士,深怨,常欲死之。王朝,齐人也。以术至右内史。边通,学长短,刚暴强人也,官再至济南相。故皆居汤右,已而失官,守长史,诎体于汤。汤数行丞相事,知此三长史素贵,常凌折之。以故三长史合谋曰:'始汤约与君谢,已而卖君;今欲劾君以宗庙事,此欲代君耳。吾知汤阴事。'使吏捕案汤左田信等,曰汤且欲奏请,信辄先知之,居物致富,与汤分之,及他奸事。事辞颇闻。上问汤曰:'吾所为,贾人辄先知之,益居其物,是类有以吾谋告之者。'汤不谢。汤又详惊曰:'固宜有。'减宣亦奏谒居等事。天子果以汤怀诈面欺,使使八辈簿责汤。汤具自道无此,不服。于是上使赵禹责汤。禹至,让汤曰:'君何不知分也。君所治夷灭者几何人矣?今人言君皆有状,天子重致君狱,欲令君自为计,何多以对簿为?'汤乃为书谢曰:'汤无尺寸功,起刀笔吏,陛下幸致为三公,无以塞责。然谋陷汤罪者,三长史也。'遂自杀。"卫青遣长史对责李广不听命而迷途的事例,《汉书·李广传》:"李广,陇西成纪人也。……大将军(卫)青出塞,捕虏知单于所居,乃自以精兵走之,而令广并于右将军军,出东道。东道少回远,大军行,水草少,甚势不屯行。广辞曰:'臣部为前将军,今大将军乃徙臣出东道,且臣结发而与匈奴战,乃今一得当单于,臣愿居前,先死单于。'大将军阴受上指,以为李广数奇,毋令当单于,恐不得所欲。是时公孙敖新失侯,为中将军,大将军亦欲使敖与俱当单于,故徙广。广知之,固辞。大将军弗听,令长史封书与广之莫府(卫青行军府),曰:'急诣部,如书。'广不谢大将军而起行,意象愠怒而就部,引兵与右将军食其合军出东道。惑失道,后大将军。大将军与单于接战,单于遁走,弗能得而还。南绝幕,乃遇两将军。广已见大将军,还入军。大将军使长史持糒(干饭)醪(汁滓酒)遗广,因问广、食其失道状,曰'青欲上书报天子失军曲折'。广未对。大将军长史急责广之莫府上簿(文状)。广曰:'诸校尉亡罪,乃我自失道。吾今自上簿。'"

(45)《世本》,《汉书·艺文志》:"《世本》十五篇。古史官记黄帝以来讫春秋时诸侯大夫。"裴骃《史记集解序》:"班固有言曰:'司马迁据左氏、《国语》,采《世本》《战国策》,述楚汉春秋,接其后事,讫于天汉。'"司马贞《索隐》:"刘向云:'《世本》,古史官明于古事者之所记也。录黄帝已来帝王诸侯及卿大夫系谥名号,凡十五篇也。'""领其名数",总领户籍也。《汉书·高帝纪》:"民前或相聚,保山泽,不书名数。"师古注:"名数,谓户籍也。"

(46)《汉书·艺文志》"经方十一家","经方者,本草石之寒温,量疾病之浅深,假药味之滋,因气感之宜,辩五苦六辛,致水火之齐,以通闭解结,反之于平。及失其宜者,以热益热,以寒增寒,精气内伤,不见于外,是所独失也。故谚曰:'病不治,常得中医。'"然"方",不只用在医药上。《左传》昭二十九年:"官修其方。"杜预注:"方,法术。"亦可指某种方法途径。

(47)"术",是指术数、路数。《说文》:"术,邑中道也。"段玉裁注:"邑,国也。引伸为技术。""算历",算术历法。"极数",术数极致。《九章算术》积聚了数学的微妙,见小识大,所以称为术。今存《九章算术》之九章为方田,粟米,衰分,少广,商功,均输,盈不足,方程,勾股。淮南王刘安撰《万毕术》也属于此种类型。《万毕术》一卷,《汉书·艺文志》未见著录,梁《七录》有载。《史记·龟策列传》:"臣(褚少孙)为郎时,见《万毕石朱方》。"《索隐》:"《万毕术》中有《石朱方》。"

(48)"占"是指窥测,《说文》:"觇,窥也。"段玉裁注:"窥视也。"

本意是通过占卜而窥测吉凶。"登观书云",指鲁僖公登台观察云物变化,并加以书写记录。"登",原作"精",何焯、黄叔琳均谓"疑作登",杨明照谓:"按作'登'与《左传》僖公五年合。"《左传》僖公五年:"公既视朔,遂登观台以望,而书,礼也。凡分、至、启、闭,必书云物,为备故也。"杜预注:"视朔,亲告朔也。观台,台上构屋可以远观者也。朔旦冬至,历数之所始。治历者因此则可以明其术数,审别阴阳,叙事训民。"又曰:"分,春秋分也。至,冬夏至也。启,立春、立夏。闭,立秋立冬。云物,气色灾变也。"又曰:"素察妖祥,逆为之备。"

(49)"式",指规律、法则。《说文》:"式,法也。"《周易·丰卦》:"天地盈虚,与时消息。"孔颖达疏:"天之寒暑往来,地址陵谷迁贸,盈则与时而息,虚则与时而消。"

(50)古代音乐十二律为阳律六:黄钟、太簇、姑洗、蕤宾、夷则、无射;阴律六:大吕、夹钟、中吕、林钟、南吕、应钟。音律从黄钟开始,以三分损益法,依次而产生其他各律调,并得到合适调整。《说文》:"律,均布也。"段玉裁注:"律者,所以范天下之不一而归于一,故曰均布也。"《周礼·地官·大司徒》:"以乡八刑纠万民:一曰不孝之刑;二曰不睦之刑;三曰不姻(同姻)之刑;四曰不弟之刑;五曰不任之刑;六曰不恤之刑;七曰造言之刑;八曰乱民之刑。"郑玄注:"纠犹割察也。"贾公彦疏:"谓察取乡中八种之过,断割其罪。"

(51)"管仲下令"之"令",元本、弘治本作"命",此据梅庆生本。"令"是命令。《史记·管晏列传》:"管仲既任政相齐,以区区之齐在海滨,通货积财,富国强兵,与俗同好恶。故其称曰:'仓廪实而知礼节,衣食足而知荣辱,上服度则六亲固。四维不张,国乃灭亡。下令如流水之原,令顺民心。'"《管子·牧民》篇:"错国于不倾之地,积于不涸之仓,藏于不竭之府,下令于流水之原,使民于不争之官,明必死之路,开必得之门。"

(52)"法",指效法天地万象,兵家之谋略变化无方,而奇正相生各有所用,取法万象故称兵法。《吕氏春秋·仲春纪·情欲》:"万物之形虽异。其情一体也。故古之治身与天下者,必法天地也。"高诱注曰："法，象也。"《孙子兵法·兵势》篇："三军之众，可使必受敌而无败者，奇正是也。"又曰："战势不过奇正，奇正之变，不可胜穷也。奇正相生，如循环之无端，孰能穷之？"

(53)"制"，《说文》："制，裁也。"《礼记·月令》："是月也，命有司修法制，缮囹圄，具桎梏，禁止奸，慎罪邪，务搏执。"言制订各种制度，以限制裁定民众之行为。

(54)"孚"，元本、弘治本作"厚"，此从黄叔琳本。"孚"，《说文》："卵孚也，从爪从子，一曰信也。"段玉裁注："一曰信也。此即卵即孚，引伸之义也。鸡卵之必为鸡鶵，人言之信如是矣。"《周易·杂卦》："中孚，信也。"《中孚卦》孔颖达疏："中孚，卦名也，信发于中，谓之中孚。"又曰："人主内有诚信，则虽微隐之物，信皆及矣。"

(55)"玉瑞"，《尚书·舜典》："辑五瑞，既月，乃日觐四岳群牧，班瑞于群后。"孔安国传："辑，敛。既，尽。觐，见。班，还。后，君。舜敛公侯伯子男之瑞圭璧，尽以正月中，乃日日见四岳及九州牧监，还五瑞于诸侯，与之正始。"《史记·孝文本纪》："九月，初与郡国守相为铜虎符、竹使符。"裴骃《史记集解》："应劭曰：'铜虎符第一至第五，国家当发兵，遣使者至郡合符，符合乃听受之。竹使符皆以竹箭五枚，长五寸，镌刻篆书，第一至第五。'张晏曰：'符以代古之珪璋，从简易也。'"司马贞《史记索隐》："汉旧仪铜虎符发兵，长六寸。竹使符出入征发。"

(56)范文澜《文心雕龙注》："契，诸书皆训刻也。《释名·释书契》：'契，刻也；刻识其数也。'《易·系辞》：'上古结绳而治，后世圣人易之以书契。'李鼎祚《周易集解》引《九家易》曰：'古者无文字，其有约誓之事，事大大其绳，事小小其绳。结之多少，随物众寡，各执以相考，亦足以相治也。'《书序》正义引郑注曰：'书之于木，刻其侧为契。'"

(57)"券"，《说文》："券，契也。券别之书，以刀判契其旁，故曰契券。"《周礼·天官冢宰·小司寇》："以官府之八成经邦治：……四曰听称责以傅别。"郑玄注："傅别，谓券书也。听讼责者，以券书决之。

傅，傅着约束于文书。别，别为两，两家各得一也。""傅别，谓为大手书于一札，中字别之。"孙诒让《周礼正义》："质剂、傅别、书契，同为券书，则为手书大字、中字而别其札，使各执其半字。书契，则书两札，使各执一札。傅别札字半别；质剂则唯札半别，而字全具不半别；书契则书两札，札亦不半别也。"《周礼·秋官司寇·朝士》："凡有责（债）者，有判书以治，则听。"郑玄注："判，半分而合者。故'书'判为'辨'。郑司农云：'谓若今时辞讼，有券书者为治。辨读为别，谓别券也。'"

（58）"铁券"，《汉书·高帝纪》："又与功臣剖符作誓，丹书铁契，金匮石室，藏之宗庙。"铁契，即铁券。《后汉书·祭遵传》："遵曰：'……丹书铁券，传于无穷。'"即指《高帝纪》"丹书铁契"。

（59）王褒《髯奴》即《责髯奴文》，即其《僮约》，乃券之楷模也。文见《艺文类聚》卷三十五："蜀郡王子渊以事到湔，止寡妇杨惠舍。惠有夫时奴，名便了，倩奴行酤酒。便捍大杖上冢颠曰：'大夫买便了时，但约守冢，不约为他家男子酤酒也。'子渊大怒曰：'奴宁欲卖邪？'奴复曰：'欲使便了，皆当上券。不上券，便了不能为也。'渊乃为券曰：'百役不得有二言。……奴不得有奸，私事当关白，奴不听教，当笞一百。'读券文讫，辞穷诈索，仡仡扣头，两手自缚，目泪下落，鼻涕长一尺，审如王大夫言，不如早归黄土陌，蚯蚓钻额；早知当尔，为王大夫酤酒，不听作恶。"（《全汉文》卷四十二作载，文字略有差别）"楷"，元、明、清各本皆同，《太平御览》作"谐"。杨明照谓："按'谐'字是。"又曰："子渊《童约》为俳谐之卷文。"此可作参考。

（60）《楚辞·九歌·湘夫人》："疏石兰兮为芳。"王逸注："疏，布陈也。"周振甫《文心雕龙注释》："疏，分条叙述。疏有分疏分布意，撮举题目，就切迫的用意，作短书陈述，称为疏。短书，短小的书，用短券。"

（61）"关"，即通关文书。《韩非子·问田》："徐渠问田鸠曰：'臣闻智士不袭下而遇君，圣人不见功而接上。今阳成义渠，明将也，而措于毛伯；公孙亶回，圣相也，而关于州部，何哉？'田鸠曰：'此无他故异物，主有度，上有术之故也。且足下独不闻楚将宋觚而失其政，魏相冯离而亡其国。二君者驱于声词，眩乎辩说，不试于毛伯，不关乎州部,故有失政亡国之患。由是观之,夫无毛伯之试,州部之关,岂明主之备哉!'""关于州部",州部查验通关文书的小吏。

(62)"刺",犹今之名刺(名片),即汉代之谒。以《诗经》作者之讽刺说明藉此沟通。"三刺",《周礼·秋官司寇》:"司刺:……壹刺曰讯群臣,再刺曰讯群吏,三刺曰讯万民。"贾公彦疏:"此三刺之事所施,谓断狱弊讼之时,先群臣,次群吏,后万民,先尊后卑之义。"《三国志·魏书·夏侯渊传》注:"(魏)文帝闻而请(夏侯荣)焉。宾客百余人,人一奏刺,悉书其乡邑名氏,世所谓爵里刺也,客示之,一寓目,使之遍谈,不谬一人。(文)帝深奇之。"

(63)《仪礼·大射仪》:"司马正命退楅解纲。"郑玄注:"解,犹释也。"《三国魏志·孙礼传》:"今二郡争界八年,一朝决之者,缘有解书图画可得寻案摘校也。""征事以对",李曰刚《文心雕龙斠诠》解析云:"征验于实际事例,以对答疑问。"

(64)"牒",像树叶般轻便的文书。《左传》昭公二十五年:"(桐门)右师不敢对,受牒而退。"杜预注:"右师,乐大心,居桐门。"孔颖达《正义》:"《说文》:'简,牒也。''牒,札也。'……宋之所出入粟之数,书之于牒。受牒而退,言服从也。"《史记·孟子荀卿列传》司马贞《索隐》:"按牒者,小木札也。"《汉书·路温舒传》:"路温舒字长君,巨鹿东里人也。父为里监门。使温舒牧羊,温舒取泽中蒲,截以为牒,编用写书。稍习善,求为狱小吏,因学律令,转为狱史,县中疑事皆问焉。"颜师古曰:"小简曰牒,编联次之。"

(65)《说文》:"签,验也。"《南史·吕文显传》:"府州部内论事,皆签前直叙所论之事,后云谨签,日月下又云某官某签,故府州置典签以典之。"

(66)"状者,貌也",指状就是体现形貌原状。詹锳引任昉《文章缘起》:"状者,貌也。体貌本原,取其事实也。"然今本无此语。《左传》僖公二十八年:"三月丙午,(晋)入曹,数之以其不用僖负羁(曹国大夫),而乘轩者三百人也,且曰:'献状。'"杜预注:"轩,大夫车,言其无德居位者多,故责其功状。"任昉《文章缘起》:"行状,汉丞相仓曹傅胡幹作《杨元伯行状》。"《汉书·赵充国传》:"上报曰:'皇帝问后将军,言欲罢骑兵万人留田,即如将军之计,虏当何时伏诛,兵当何时得决?孰计其便,复奏。'充国上状曰:'……臣谨条不出兵留田便宜十二事。……'"此即其《条上屯田便宜十二事状》。梁昉有《齐竟陵文宣王行状》。

(67)"列",或曰"列称",如《昭明文选》载任昉有《奏弹刘整》(张云璈《选学胶言》作《奏刘整列称》),文中多言"列称"。如"谨案齐故西阳内史刘寅妻范,诣台诉列称:……"又曰:"辄摄整亡父旧使奴海蛤到台辩问,列称:……"

(68)子产之辞,见《左传》襄公三十一年:"癸酉,葬襄公。公薨之月,子产相郑伯以如晋,晋侯以我丧故,未之见也。子产使尽坏其馆之垣而纳车马焉。士文伯让之曰:'敝邑以政刑之不修,寇盗充斥,无若诸侯之属辱在寡君者何,是以令吏人完客所馆,高其闬闳,厚其墙垣,以无忧客使。今吾子坏之,虽从者能戒,其若异客何?以敝邑之为盟主,缮完葺墙,以待宾客。若皆毁之,其何以共命?寡君使丐请命。'对曰:'以敝邑褊小,介于大国,诛求无时,是以不敢宁居,悉索敝赋,以来会时事。逢执事之不闲,而未得见;又不获闻命,未知见时。不敢输币,亦不敢暴露。其输之,则君之府实也,非荐陈之,不敢输也。其暴露之,则恐燥湿之不时而朽蠹,以重敝邑之罪。侨闻文公之为盟主也,宫室卑庳,无观台榭,以崇大诸侯之馆,馆如公寝;库厩缮修,司空以时平易道路,圬人以时塓馆宫室;诸侯宾至,甸设庭燎,仆人巡宫;车马有所,宾从有代,巾车脂辖,隶人、牧、圉各瞻其事;百官之属各展其物;公不留宾,而亦无废事;忧乐同之,事则巡之;教其不知,而恤其不足。宾至如归,无宁灾患;不畏寇盗,而亦不患燥湿。今铜鞮之宫数里,而诸侯舍于隶人,门不容车,而不可逾越;盗贼公行,而天疠不戒。宾见无时,命不可知。若又勿坏,是无所藏币以重罪也。敢请执事:将何所命之?虽君之有鲁丧,亦敝邑之忧也。若获荐币,修垣而行,君之惠也,敢惮勤劳!'文伯复命。赵文子曰:'信。我实不德,而以隶人之垣以赢诸侯,是吾罪也。'使士文伯谢不敏焉。"

(69)《尚书·周书·无逸》传:"俚语曰谚。"《孝经·丧亲》:"孝子之丧亲也,哭不偯,礼无容,言不文。"《说文》:"谚,传言也。"

(70)"廛路",市廛道路,商店街道。

(71)"囊漏储中",梅庆生本、黄叔琳本作"囊满贮中"。贾谊《新书·春秋》:"邹穆公(春秋邹国国君)有令,食凫雁者必以粃,毋敢以粟。于是仓无粃而求易于民,二石粟而易一石粃。吏请曰:'以粃食雁,为无费也。今求粃于民,二石粟而易一石粃,以粃食雁,则费甚矣,请以粟食之。'公曰:'去!非而所知也。'夫百姓煦牛而耕,曝背而耘,苦勤而不敢惰者,岂为鸟兽也哉?粟米,人之上食也,奈何其以养鸟也?且汝知小计而不知大计。周谚曰:'囊漏贮中。'而独弗闻欤?夫君者,民之父母也。取仓之粟,移之与民,此非吾粟乎?鸟苟食邹之粃,不害邹之粟而已。粟之在仓,与其在民,于吾何择?邹民闻之,皆知其私积之与公家为一体也。"储、贮,同义。

(72)"太誓",当为"牧誓"之误。《尚书·牧誓》:"王曰:古人有言曰:牝鸡无晨。牝鸡之晨,惟家之索。"孔颖达疏:"牝鸡之鸣,喻妇人知外事。故重申喻意,云雌代雄鸣,则家尽,妇夫政,则国亡。"其意为妇女不能主持掌控政权。"云",或作"曰"。

(73)"人亦有言",见于《诗经·大雅》之《荡》篇、《抑》篇、《桑柔》篇、《烝民》篇。"惟忧用老",见于《诗经·小雅·小弁》。

(74)"可引",元、明、清各本皆然,李曰刚谓当作"所引"。

(75)《后汉书·何进传》:"绍等又为画策,多召四方猛将及诸豪杰,使并引兵向京城,以胁太后。进然之。主簿陈琳入谏曰:'《易》称"即鹿无虞",谚有"掩目捕雀"。夫微物尚不可欺以得志,况国之大事,其可以诈立乎?今将军总皇威,握兵要,龙骧虎步,高下在心,此犹鼓洪炉燎毛发耳。夫违经合道,天人所顺,而反委释利器,更征外助。大兵聚会,强者为雄,所谓倒持干戈,授人以柄,功必不成,祇为乱阶。'进不听。"

(76)今潘岳哀辞中未见"掌珠"之词,然傅玄《短歌行》有"君昔视我,如掌中珠"之语,或"掌珠"亦为流行俗语。

（77）"观此四条"，元、明各本均同，杨明照《增订文心雕龙校注》："'四'，黄（叔琳）校云：'疑作数。'范文澜云：'四条，疑当作六条。'按'四'字固误，然'数''六'二字之形与'四'均不近，恐难致误。疑原作'众'，非旧本残其下段，即写出偶脱，故误为'四'耳。《檄移》篇'凡此众条'，句法与此同，可证。"牟世金《文心雕龙译注》："'四条'不误。上文说'笔札杂名，古今多品'，则以上六类属'多品'，每类各四名，即'四条'。下文说'或事本相通，而文意各异'，正指每类之内的四条而言，如'律''令''契''券'等，就是相通而各异的，各类之间就不存在这种情形。'四条'当是'各类四条'之省。"按：牟说较为妥当。

（78）"质素"，自身素质。

（79）"有司"，有关主管官员。

（80）《淮南子·道应训》："秦穆公谓伯乐曰：'子之年长矣，子姓（伯乐子）有可使求马者乎？'对曰：'……臣有所与供儋缠采薪者九方堙，此其于马，非臣之下也。请见之。'穆公见之，使之求马。三月而反报曰：'已得马矣，在于沙丘。'穆公曰：'何马也？'对曰：'牡而黄。'使人往取之，牝而骊。穆公不悦，召伯乐而问之曰：'败矣！子之所使求者，毛物、牝牡弗能知，又何马之能知？'伯乐喟然太息曰：'一至此乎！是乃其所以千万臣而无数者也。若堙之所观者，天机也，得其精而忘其粗，在内而忘其外，见其所见而不见其所不见，视其所视而遗其所不视。若彼之所相者，乃有贵乎马者。'马至，而果千里之马。"

（81）《左传》僖公二十四年："（介之推）对曰：'言，身之文也。身将隐，焉用文之？是求显也。'"《左传》僖公二十五年："公曰：'信，国之宝也，民之所庇也。'"襄公九年："信者，言之瑞（符）也，善之主也，是故临之。"

（82）王逸《楚辞章句序》："所谓金相玉质，百世无匹。"《诗经·大雅·棫朴》："追琢其章，金玉其相。"《论语·子路》："刚、毅、木、讷，近仁。"邢昺疏："此章言有此四者之性行，近于仁道也。仁者静，刚无欲亦静，故刚近仁也。仁者必有勇，毅者果敢，故毅近仁也。仁者不尚华饰，木者质朴，故木近仁也。仁者其言也讱，讷者迟钝，故讷近仁也。"

（83）李曰刚《文心雕龙斠诠》："应拔，谓应酬之拔来报往也。……《礼记·少仪》：'毋拔来，毋报往。'……今人每以'拔来报往'为与人来往频数之辞。舍人之造语，盖取义于此。"

（84）《周易·系辞上》："上古结绳而治，后世圣人易之以书契，百官以治，万民以察。"许慎《说文解字序》："及神农氏结绳为治，而统其事，庶业其繁，饰伪萌生。黄帝之史仓颉，见鸟兽蹄迒之迹，知分理之可相别异也，初造书契，百工以乂，万品以察。"